20世纪中国文学研究论文选

Selected Studies of Chinese Literature
in the 20th Century

20世纪中国文学研究论文选

Selected Studies of Chinese Literature in the 20th Century

Selected Studies of Chinese Literature
in the 20th Century

20世纪中国文学研究论文选

辽金元卷

丛书主编　张燕瑾　赵敏俐

张燕瑾　选编

社会科学文献出版社

SOCIAL SCIENCES ACADEMIC PRESS (CHINA)

教育部人文社会科学重点研究基地

首都师范大学中国诗歌研究中心规划项目

目　录

前　言

张燕瑾

对于我来说，编选这部论文选是一个沉重的任务。要选择，就要有评价；要评价，就需要比较。而这些目标的实现，就应当有充裕的时间和安静的环境来保证任务的完成。从时间方面说，最好是经历一段历史时间考验之后，再回过头来对这些学术现象进行审视，才能判断哪些成果是能够经受历史考验，历久而弥新的，哪些则只能随着时光的流逝而湮灭。傅璇琮先生说："真正的历史评价是需要时间积累的。我相信，再过五十年，也就是二十一世纪的中期，那时来评价我们的二十世纪的学术历程，肯定会比我们现在站得高、看得全。"（《百年学科沉思录·序》，人民文学出版社 1998 年）有充裕的时间也才能阅读浩如烟海的科研成果，视域开阔。没有遗漏、遍览所有文章可能难以做到，但少有遗漏应当是努力追求的目标。选择需要沉思，有一个能置身世外，摆脱各种人事纠纷和关系牢笼的世外桃源般的环境，才能做得公正、客观。这些要求又太过奢侈了。

从宏观角度看，中国学术从传统学术到现代学术的转折应在"五四"时期。"中国学术一般认为有三个高潮。第一个是中国学术思想自己'能动'（依王国维说）的结果，即春秋时期百家争鸣，'皆欲以其学易天下'的时代。一个是宋朝道学（后来又叫理学）发生以至成熟的时代。造成这个新局面的主要是长达千年的印度佛教思潮冲击的结果，经过长期的共处、冲突、磨合，到宋朝才终于如王国维所言'被中学所化'，至于为什么中学非要吸收佛学不可，除去社会政治等等原因而外，就学术本身讲，实由于佛学的抽象思维能力强于儒学，中国人如不能高攀而化之，实不能满足人类天性中要求不断提高抽象思维能力的天然要求。中国学术的第三个高潮始于清末与西方学术大规模接触之后。这个过程还没有完，也许竟没有'完'的时候，因为世界已经进入全球化的时代，全球化的程度只能愈来愈广，愈来愈深，谁化谁？怎样化？都有待观察，更有待参与。……中国传统学术与现代学术因此而有两个清晰的'界标'，这就是继上面提到的梁启超与严复诸先贤之后的'五四'先贤为我们提出来的

'民主'与'科学'。科学思想是我们中国学术自从轴心时代就缺乏或者极不发达的，经清末的诸位先驱发现之后亟需补课的；民主思想也可以说是我们自古以来没有的（从孟子到黄宗羲的民本主义毕竟不是民主主义），然而它却是培养科学思想之所必需，因此两者缺一不可。自从清末逐渐酝酿，到'五四'时期经陈独秀提出要拥护德先生（德谟克拉西，即民主）与赛先生（赛因斯，即科学）的大声疾呼而成为不刊之论。从此以后，凡是朝这个大方向努力的，就是现代学术，与这个大方向相违背的，就不是现代学术。"（李慎之《什么是中国现代学术经典》，《文汇报》1998 年 8 月 28 日）此则学术发展之大观。至于中国古代文学研究在 20 世纪的发展历程，又是与时代的风云变幻紧密相关的。

20 世纪是一个大动荡、大变革的时代。有着古老文明的中华帝国，自1840 年鸦片战争之后，就逐渐沦落为半殖民地半封建社会，不断经受世界列强的侵略欺辱。辛亥革命推翻了清政府的腐朽统治，接踵而来的便是军阀混战和日本帝国主义的侵略。八年抗战刚刚取得胜利，接着又进行了三年解放战争。其间，青年学生和仁人志士为了改变国家的现状，反对反动政府的卖国投降行径，掀起了一次又一次的爱国运动，其中影响最大、最深远的是 1919 年的"五四"运动。这期间，中国经历了两次大的思想洗礼，一次是经过"五四"运动西方民主、科学等思想传入中国，一次是马克思主义传入中国，尤其是后者，极大地改变着中国思想界、文化界的精神面貌，不仅影响学术至为深远，而且指导中国共产党人取得成功，建立了中华人民共和国。1949 年新中国成立，国家统一，民心振奋，中国历史翻开了新的一页。进入社会主义建设时期之后，却又接连不断地进行政治运动，其极端便是肆虐十年的"无产阶级文化大革命"。粉碎"四人帮"，结束"文化大革命"之后，我们的国家才进入了一个安定的历史新阶段。

社会的动荡和变革，引起社会思潮的变化；社会思潮的变化，又引起学术观念、学术思想的变化。文学研究在这种变革、变化的冲击下经历着曲折，也在变化着，发展着，前进着。在时代大潮中起伏的中国古代文学研究，也从封建的、以感悟为基础的评点方式，向现代化的、人文社会科学型学术研究转化。其发展历程，学术界一般分为四个阶段。

19 世纪初至 20 年代后期为第一阶段。这一阶段受西方民主、科学思想和文学观念的影响，是古代文学研究由旧向新转变的起始阶段。其贡献首先在于把文学研究从原来的文史哲不分、文体驳杂不拘的混杂状态中剥离出来，使之成为一门独立的学科。与以前相比，一方面是研究对象范围缩小了，排除了非文学作品；但同时又把研究范围扩大了，把原来被忽略、被排除在文学之外的民间文学、白话通俗文学纳入了研究视野。对文学性质的认识更深入了，文学是时代的产儿，应当从社会、从人生的角度来解读和评析文学作品。文学有开启民智民心、引导时代精神的作用。研究方法也从过去零敲碎打式的评点，发展为对整部作品的解析评论、对一代文学的宏观思考和对文学发展流变的系统研究，文学研究中"史"的意识出现了。文学研究不再是随感杂谈，而是迈入了科学的轨道，文学研究作为一门独立的学科诞生了。

20 年代末至 1949 年中华人民共和国成立为第二阶段，这是古代文学研究的发展阶段。影响本时期文学研究的最主要因素，是马克思主义在中国的传播，向文学研究领域输入了唯物史观，使文学研究具有了新的眼光、新的手段。在马克思主义指导下，出现了一批有分量的学术成果，奠定了学科发展的坚实基础，对后来的学术研究产生了巨大的影响作用。

中华人民共和国成立至 1978 年为第三阶段。新中国成立之后，在中国共产党的领导之下，马克思主义逐渐普及、深入到社会生活的各个领域，不仅成为国家建设的指导思想，也成为文学研究的唯一指导思想。为了巩固马克思主义的领导地位，在文化思想领域开展了接连不断的批判"资产阶级思想"的斗争。这一次次的政治运动，一方面促使学人努力地学习和运用马克思主义改造世界观，指导学术研究，取得了空前的成绩；同时，也造成了学术视角的单一化、思维方式的公式化，以及将文学现象政治化、作家作品阶级化的机械唯物论和庸俗社会学现象的发生乃至善泛化，对学术研究有着不利的影响。从总体来看，第三阶段取得的成绩是巨大的，但学术思维单一，故可谓之单向深入发展时期。

从 1978 年彻底否定"文化大革命"，实行改革开放的方针政策起，至 20 世纪终了为第四阶段。学术界对前一阶段，尤其是"文化大革命"十年的极左思潮和种种谬误，进行了认真的反思和清理，出现了另外一个空前活跃的局面。学术理论多元化和学术风格多样化成为本阶段学术研究的新气象，取得的学术成就是多方面的。

以上乃 20 世纪中国古代文学学术研究发展历程之脉络，时贤论述已颇详赡，如赵敏俐、杨树增合著《20 世纪中国古典文学研究史》（1997 年陕西人民教育出版社出版），《文学遗产》编辑部、黑龙江大学中文系合编《百年学科沉思录·二十世纪古代文学研究回顾与前瞻》（1998 年人民文学出版社出版），可以参看，这里就不详细论述了。

辽金元文学研究大体与此同步。应当说明的是，20 世纪中国古代文学研究现代化、科学化的历程，首先是从托体近卑，一向不为学人所重的戏曲小说起步的。20 世纪初提出的"小说界革命"的口号，也包含了戏曲革命在内，当时很多文章题为"小说"，文中却小说与戏曲作品并提、小说作家与戏曲作家并提，视戏曲文本为韵文体的小说，文体界定尚未厘清。

辽代文学作品存量少，成就不是很高，其研究成果我们选了顾敦鍒的《辽文学》。文章提出了对辽文学的四点总体看法，辽文学的发展分期，指出了辽文学承上启下的历史地位，也指出了辽文学中存在着"平民文学"、"白话文学"的因素。金代文学中成就最大的作家是元好问，我们选了两篇研究文章：郭绍虞的《元遗山论诗绝句》从文学批评的角度研究；沈祖棻的《读〈遗山乐府〉》从文学创作的角度进行研究。

有元一代对文学的贡献是曲，早在元代就有人意识到了。虞集云："尝论一代之兴，必有一代之绝艺足称于后世者，汉之文章，唐之律诗，宋之道学，国朝之今乐府，亦开气数音律之盛。"（孔齐《至正直记》卷三）罗宗信云："世之共称唐诗、宋词、大元乐府，诚哉！"（周德清《中原音韵》罗序）元末明初人叶子奇也说："传世之盛，汉以文，晋以字，唐以诗，宋以理学，元之可传，独此乐府耳。"（《草木子·谈薮篇》）到明代，王世贞《艺苑卮言·附录》也说元曲诸家"咸富有才情，兼擅声律，以故遂擅一代之长。所谓宋词元曲，殆不虚也。"屠隆说得更具有理论色彩："诗之变随世递迁，天地有劫，沧桑有改，而况诗乎？善论诗者，政不必区区以古绳今，各求其致可也。"（《鸿苞》卷十七《论诗文》）这便是"一代有一代之文学"的先驱。到王国维以进化论的眼光看待文学发展，说得就更明确了："凡一代有一代之文学，楚之骚，汉之赋，六朝之骈语，唐之诗，宋之词，元之曲，皆所谓一代之文学，而后世莫能继焉者也。"（《宋元戏曲史·序》）但对于元曲，明清两代都没有进行深入研究，王国维指出了这种不合理状况："独元人之曲，为时既近，托体稍卑，故两朝史志与《四库》集部，均不著于录；后世儒硕，皆鄙弃不复道。而为此学者，大率不学之徒；即有一二学子，以馀力及此，亦未有能观其会通，窥其奥窔者。遂使一代文献，郁堙沉晦者且数百年，余甚惑焉。"（《宋元戏曲史·序》）只有当元曲进入王国维的艺术视野之后，才做到了"观其会通，窥其奥窔"。王国维（1877~1927）字静安，一字伯隅，号观堂，亦号永观，浙江海宁人。学贯中西，哲学、教育、文学、史学、文字学、考古学等等所向皆精，开拓出很多学术领域。他由哲学进入文学殿堂，提出"境界"说，突出美学欣赏的领域。虽具体结论或有可商，但他充分体现出的独立精神和自由探讨的风骨，却是十分令人敬佩的，这是很值得我们继承的宝贵精神遗产。陈寅恪《王静安先生遗书序》说："先生之学博矣，精矣，几若无涯岸之可望，辙迹之可寻。"他是近代罕见的学术全才，一代宗师。在戏曲研究方面，他先后完成了《曲录》、《戏曲考原》、《录鬼簿校注》、《优语录》、《唐宋大曲考》、《录鬼簿余谈》、《古剧角色考》，1912 年完成的《宋元戏曲考》（1915 年由商务印书馆出版时，更名为《宋元戏曲史》），则是他戏曲研究中带有总结性的巨著。陈寅恪评价王氏此作曰："取外来之观念，与固有之材料互相参证。凡属文艺批评及小说戏曲之作，如《红楼梦评论》、《宋元戏曲考》、《唐宋大曲考》是也……其学术性质固有异同，所用方法亦不尽符合，要皆足以转移一时之风气，而示来者以轨则。……此先生之书所以为吾国近代学术界最重要之产物也。"（《王静安先生遗书序》）王氏学养深广，中西兼用，使戏曲研究走上了科学化、系统化的现代化学术轨道，"不仅是拓荒的工作，前无古人，而且是权威的成就，一直领导着百万的后学"。（郭沫若《鲁迅与王国维》）我们选了他的《戏曲考原》和《宋元戏曲考》中的《元剧之文章》。在《戏曲考原》中，他提出了"戏曲者，谓以歌舞演故事也"的著名论断，在《宋元戏曲考》里又提出了戏曲为"代言体"的概念，以代言体的语言、动作、歌唱，以演一故事，对戏曲的本质特征作出概括。以此为标准进行衡量，那些只咏故事而无歌舞，或只演歌舞而无故事，以及非代言体的讲唱故事者，都不是戏曲。他在考察了戏曲发展的轨迹后认为："尝考其变迁之迹，皆在有宋一代，不过因金元人音乐上之嗜好而日益发达耳。"虽然他的有些结论学术界至今还有不同意见，随着新材料的发现，他有些结论已不确切，但他对戏曲这个艺术门类进行探源性研究则具开拓之功，他对戏曲形成演进脉络的勾勒也提供了翔实的史料。《元剧之文章》则从有意境、自然、新语言三个方面论析了元杂剧的成就，这些结论一直为学界所遵循引用。《宋元戏曲考》不仅是戏曲研究，也是中国文学研究现代化成熟的标志。

较之王国维氏，吴梅治曲另有所长。吴梅（1884~1939）字瞿安，一字灵鹫，号霜厓，江苏长洲（今属苏州）人。治学于诗文词曲研究兼通，戏曲研究尤为专精。他的曲学研究侧重曲学知识体系的汇整和构建，是 20 世纪曲学另一大家。浦江清《悼吴瞿安先生》云："静安先生在历史考证方面，开戏曲研究先路，但在戏曲本身之研究，还当推瞿安先生独步。"吴氏《南北戏曲概言》纵论元明清三代之戏曲流派，颇中肯綮，在吴氏著作中，是理论色彩比较浓的一种。

郑振铎（1898~1958），福建长乐人，生于浙江永嘉（今温州），笔名西谛、

CT、郭源新等，是 20 世纪的文艺多面手，集创作家、文学评论家、文学史家、文献学家、艺术史家、考古学家于一身，且中西兼通，而于戏曲、小说等俗文学研究贡献尤大，由他创意并主持的《古本戏曲丛刊》是学科建设上功德无量的盛事。他读了不少社会学著作和俄国批判现实主义的作品及别林斯基、车尔尼雪夫斯基、杜波罗留波夫等的理论著作，故其研究颇能深入。入选的两篇文章都是分析元杂剧重要题材类型的，就很能体现他的社会学功底。

凌景埏的《南戏与北剧之交化》是从南北戏曲交流融合角度立言的。

20 世纪对"八仙"研究贡献最大的，当属浦江清之《八仙考》（1936 年，现收录于《浦江清文录》），详细考证了八仙的来源，而对元杂剧中八仙形象、不同的八仙组合、八仙戏的演出形态进行详细研究的，则是石兆原的《元杂剧里的八仙故事与元杂剧体例》一文，这不仅是研究元代神仙道化戏的重要成果，也是研究八仙的重要成果。结合《蓝采和》一剧，石兆原氏还分析了当时剧院、伶人、剧团、演出、剧本、观众等情况，纠正了一些王国维氏的失误，是很有价值的。

在研究元代大文化背景方面，我们收录了陈垣、周祖谟两位先生的著作。陈垣（1880~1971），字援庵，广东新会人，是著名史学家，对宗教史、历史文献学和元朝史注意最多。陈氏以严密的考据著称。他的考据不以一事一物为目标，而是要解决一个时代的大问题，与时代精神相结合，故其文宏阔大气，又充溢着对中华民族、中国文化的深厚感情。《元西域人华化考》即是一例。"此书著于中国被人最看不起之时，又值有人主张全盘西化之日，故其言如此。"（陈垣致友人书）文中论述了元代西域人"百年之间，作者三十余人，著述至八十余种……且皆华法，非西法，与徒夸彼善俗、思革吾华风者不同"（《结论》），是对中华民族优秀传统文化的颂扬，也是对元代文化总体风貌的准确把握，突出了元代文化的特色。陈寅恪在《重刻〈元西域人华化考〉序》中说："近二十年来，国人内感民族文化之衰颓，外受世界思潮之激荡，其论史之作渐能脱除清代经师之旧染，有以合于今日史学之真谛，而新会陈援庵先生之书尤为中外学人所推服，盖先生之精思博识，吾国学者自钱晓徵（按，钱大昕）以来未之有也。……至于先生是书之材料丰实，条理明晰，分析与综合二者俱极其工力，庶几宋贤著述之规模……先生是书之所发明，必可示以准绳，匡其趋向，然则是书之重刊流布，关系吾国学术风气之转移者至大，岂仅局于元代西域人华化一事而已哉。"可见论文之价值意义，超乎所论本身。无论从内容上看，还是从方法上看，均超迈前人，被蔡元培氏称为"石破天惊"之作。我们选录了其中的"文学篇"和"结论"两部分,足见元代对儒人和文学的政策及民族间的交流与融合,尤其是西域人华化情况。元代崇尚文儒的政策造就了元代文化的繁荣。持论与否定元代文化者大不相同。

周祖谟(1914~1995),北京人,著名语言学家。但其《宋亡后仕元之儒学教授》却是一篇研究元代文化背景的力作。文中所举多为诗文作家,对他们出仕原因、出仕心态的分析,颇为具体,实际是对元代文人心态研究的早期尝试,对我们了解元代社会、了解元代文学产生的文化背景,都是很有帮助的,对后世文人心态研究也具有启发作用。

王季思(1906~1996)名起,字季思,浙江温州人,是古代文学研究的大家,词曲研究尤为突出,20世纪中期之后,更成为中国古代戏曲研究的领军人物。其中,贡献最大的是对王实甫《西厢记》从作者、注释到论析的全面研究。我们选了他的《〈西厢记〉叙说》,谈了题材衍变、作者、剧中人物、王实甫的贡献等等,体现了王氏对《西厢记》的全面看法,是关于《西厢记》研究的权威性著作。《元人杂剧的本色派和文采派》也是一篇力作,从作品的思想倾向、人物描写、语言运用等各个方面考察和分析戏曲史上的风格流派,没有全面、深厚的学术造诣是难以做到的,其观点至今为元杂剧研究者所称引。

冯沅君(1900~1974),河南唐河人,笔名淦女士。冯氏创作与学术兼擅,是戏曲研究卓有成就的学者,其《南戏拾遗》、《古剧说汇》、《古优解》都是学术史上很有影响的著作。《王实甫生平的探索》以王实甫的散曲套数[双调集贤宾·退隐]为中心,联系《录鬼簿》等历史文献的记载,及孙楷第、陈寅恪、王季思等人的意见,为声誉显赫而身世寂寞的王实甫,画出了生平轮廓。

在关汉卿研究方面,胡适的《读曲小记(一)》是最早提出关汉卿不是金遗民说的,在关汉卿生活时代的考订方面,做出了不可忽视的贡献。李健吾《从性格上出戏兼及关汉卿创造的理想性格》,从创作论的角度展开论析,通过中西对比,全面论述了关汉卿杂剧的艺术成就,不仅在当时是很有深度的见解,在今天也有一定的参考价值。戴不凡《关汉卿笔下妇女性格的特征》是以分析人物形象见功力的论文。

任讷(1897~1991)字中敏,号二北,晚署半塘,江苏扬州人,是取得了多方面学术成就的曲学专家,最卓越的学术贡献在于使散曲研究从词学研究与戏曲研究的从属地位中脱离出来,成为一门独立的散曲学。他的著名学术论文《散曲之研究》便是散曲学研究学科独立的标志。任氏对散曲、小令、套数等基本概念和术语作了科学的界定,至今为学界所依遵;他使散曲研究脱离了零碎、随意的评点式旧曲学思维方式，构建了新的有系统性的曲学研究框架；任氏受业于吴梅，吴门师法，词曲兼修，任氏运用比较法，通过词曲比较，论证了散曲的特质，评论了散曲的流派。吴梅在为任氏《散曲丛刊》作的叙中说："今曲苑蹊径，茅塞已久，中敏一为芟剃，得成康庄，俾方车驷马，憧憧往来，不亦可大快耶？"对任氏于散曲研究之贡献，做了准确的评价。

依本书体，只以结集形式出版，没有以论文形式单独发表的作品，不在收录之列。但考虑到文章的具体情况，经研究，也有少量破例。

郭沫若是诗人、戏剧家和历史学家。其学术成就本不在文学研究方面，但其《〈西厢记〉艺术上的批判与其作者的性格》一文，通过评论《西厢记》，体现了"五四"时期一部分文艺工作者的思想感情：推崇个性自由、个性解放。他是用"五四"时期的时代眼光来解读《西厢记》的，也是运用性心理学解读《西厢记》的。他认为文艺作品是文艺家个人精神之表现，产生于个人内心的自然冲动。文章忽略了时代的影响，一些结论还不够冷静和科学，但他对元曲总体精神的判断和把握，却不无参考价值，认为"《西厢记》是有生命的人性战胜了无生命的礼教的凯旋歌，纪念塔"，则不失为经典之论。文章最初发表于 1921 年 9 月上海泰东图书局出版的新式标点本《西厢》，是作者为所改编的该书作的序引，后收入其《文艺论集》，我们也收录了。

20 世纪 50 年代中后期，进行了两次牵动全国学术界和文艺界的学术大讨论，这就是 1956 年对古典名剧《琵琶记》的讨论，和 1958 年纪念关汉卿戏剧活动 750 年及被世界和平理事会提名为世界文化名人，所进行的对关汉卿的研讨活动。当时"百花齐放，百家争鸣"的"双百方针"刚刚推出，学术研究还没有像后来的"评《红楼梦》"（评红）、"评《水浒》"那样假学术之名进行政治运动，人们踊跃发言，热烈争辩，进行得轰轰烈烈。尤其是《琵琶记》的讨论，肯定派与否定派针锋相对，论争激烈。学术方法既不同于传统经学，也不同于词曲之学，人物形象的分析成为文学作品的新的解读方式。关于关汉卿研究的文章，我们选录了李健吾、戴不凡的两篇文章，已如前述。关于《琵琶记》研究，我们选录了董每戡的《〈琵琶记〉中的蔡伯喈》（载人民文学出版社 1956 年 12 月出版的《〈琵琶记〉讨论集》）、戴不凡的《赵五娘的悲剧》（载《剧本月刊》1956 年 10 月号）。不久，他们又做了增补加工，董文成了董著《琵琶记简说》（1957 年 6 月作家出版社出版）中的一部分，戴文则成了戴著《论古典名剧琵琶记》（1957 年 12 月中国青年出版社出版）中的一部分。他们都力图从"戏"的角度分析人物形象，反握剧作题旨。这两部书在当时是很有影响的。可以说，作为肯定派的中坚人物，他们的意见起了明星作用。董

每戡 (1907~1980)，浙江温州人。董先生不仅是一位学兼中西的学者，也是剧作家和导演，著作宏富。不幸的是，1957 年夏天，应某领导之邀，在一次整风的座谈会上发言，因言得祸，被定为"极右分子"，被打翻在地。董先生深谙戏剧三昧，且中西戏剧理论素养深厚，其戏曲研究，不仅看重文学性，更看重"演剧性"、"舞台的品性"，往往从戏剧矛盾冲突中解析人物，领悟作品，这是他不同于文学史家、词曲史家的地方。考虑到董、戴的文章与著作相隔不久，而著作更成熟，影响更广泛，在论文选中，我们便节录了他们著作中的相关片段，以代论文。

文学研究与文学创作一样，都是时代的产儿，都带有时代的胎记。不仅论文中有些观点和提法大可商榷，其治学方法、思维方式，也并不都是今天的学术界所完全认同的。但这就是 20 世纪中国学术所走过的脚步，所留下的足迹。这就是历史。

有一些论文体例杂乱，这可能是新式标点始行，学界还没有统一的规范，掌握不够熟练的缘故，我们怕有违原意，也未作大的改动。

依本书编选体例，不收健在作者的文章。第四期卓有建树的学者多在壮盛之年，其论文不在入选入列；第三期不少有成就的学者，身体依然健旺，其论文也不收录。这些学者不仅对学术做出了卓越贡献，也积累了丰富的科研和教学经验，他们的健康长寿是学界幸事，是推动未来学术发展繁荣的宝贵财富。这是本书论文未按分期比例收录的原因。

以上是遴选论文因由之大要。

按本丛书体例规定，辽金元卷字数宜少于其他各卷。元代享国不永，其文学积累不丰；有元"一代之文学"为曲，而曲又素不为传统学问所重，王国维氏早已指出，散佚严重，研究者希。虽 20 世纪以来渐有改观，但毕竟缺少诗、词、散文等正统文学深厚的学术底蕴，给辽金元卷少一些篇幅是适宜的。

所收论文，以辽、金、元时代为序排列；每一时代，又以综论、文体及作家作品为序；同类论文则以发表时间先后为序。

本书虽是选录他人之论文，但既云"选"，便需要眼光见地。固然，各有所好，不同人意见总不会完全一致，不过对于学术著作来说，还是应当有大体一致的价值判断标准的。也正因如此，才深感惴惴，诚恐或因闻见不广，或因眼光短浅而导致遗珠之憾。是耶？非耶？也只好就教于方家大德了。

论文排出后，我的硕士生葛百睿君费了很多时间进行校对，在此深致谢意。

2004 年立冬之日

辽 文 学

顾敦鍒

一　历史的背景

辽就是契丹。契丹是其本名，有钢铁或刀剑之意。辽是契丹与汉化接触之后改用的名号，是因水得名的。本文所讲，大体是契丹称辽以后的汉文学，故称辽文学。契丹称辽，始于太宗之时。会同十年（汉高祖天福十二年，公元九四七年。按《二十史朔闰表》作丁未晋少帝开运四年，误。契丹于开运三年十二月已灭晋，故今从《辽史纪事本末纪年表》。黄任恒《辽痕五种》《辽代年表》亦同。）正月，太宗法驾入汴；二月，建号大辽，改元大同。以后虽圣宗又一度改号契丹，但因：（一）辽为汉化的名号，（二）道宗以后仍复号为辽，（三）辽亦有汉族的文人，（四）又专论汉字的文学，故不称契丹文学，或契丹的汉文学，而以概称辽文学为宜。

辽以前的历史，《周书·文帝本纪》说："其先出自炎帝。炎帝为黄帝所灭，子孙遁居溯野"。（卷一）《辽史·地理志》又说：

> 相传有神人乘白马，自马盂山浮土河而东；有天女驾青牛，由平地松林泛潢河而下，至木叶山，二水合流相遇，为配偶，生八子。其后族属渐盛，分为八部。（卷三十七，《孝安县》）

这些自然都是神话。远古难考，且与文学无关，姑存而不论可也。

其实，"契丹本东胡种"。（《新唐书》卷二一九。按他书称契丹为东夷，误。盖东夷，或鲜卑，或契丹，为一族，属北狄种。肃慎，或女真，或满族，又另为一族，属东夷种。二者区别至明，不可相混。）后来的变化，《辽史·世表》说："为冒顿可汗所袭，保鲜卑山以居，号鲜卑氏。"（卷六三）再以后，乃为宇文氏。《周书·文帝本纪》说：

其后有葛乌菟者，雄武多算略。鲜卑众慕之，奉以为主，遂总十二部落，世为大人。其后曰普回，因狩得玉玺三组；有文曰，"皇帝玺"。普回心异之，以为天授。其俗谓天曰宇，谓君曰文，因号宇文国，并以为氏焉。普回子莫那自阴山南徙，始居辽西，是曰献侯，为魏舅生之国。九世至侯豆归，为慕容晃所灭。……（卷一）

至是，遂称契丹。《辽史·世表》说：

九世为慕容晃所灭，鲜卑众散为宇文氏，或为库莫奚，或为契丹（卷六十三）。

宇文氏之败，在晋康帝建元二年。（公元三四四年）越五十余年至元魏时，始以契丹之名著于中国。这时契丹已渐蕃盛，居于潢河之西，士河之北，分为八部。八部之外，又有"皇族""国舅"二族。历来，皇族是大贺氏，遥辇氏，世里氏，代表乘白马的神人，是为三耶律。国舅是乙室已氏，拔里氏，代表乘青牛的天女，是为二审密，后称萧氏。到唐太宗时，契丹酋长大贺窟哥内附。太宗以其地置松漠都督府，即以窟哥为都督，赐姓李。武后时叛，败亡，遂中衰。玄宗时，遥辇氏代之，亦不振。到唐衰，世理氏的耶律阿保机崛起，统领诸部，国势复兴，遂与唐宣告独立。到梁末帝贞明二年，（公元九一六年）耶律阿保机便代遥辇氏而立，建元神册，是为太祖。

太祖立，尽服塞外诸部落。北征室韦，女真；西降回纥，吐谷浑，党项；东灭渤海；又令吐蕃新罗入贡。接着太宗再援石晋而灭后唐，遂收燕云十六州。于是契丹疆域，"东至海，西至金山，墺于流沙北至胪朐河，南至白沟"，（《辽史·地理志》，卷三七）蔚为北方一个大国。

历世宗穆宗而至景宗，正是宋太宗的时候。这时宋太宗已灭北汉、辽，宋缓冲地带既撤，两国遂起直接的冲突。高梁河之役，契丹大破宋军，进围真宗于瓦桥关。以后，契丹屡扰河北各地，对宋压迫了二十多年。圣宗时，耶律休哥专任南边事，又大破宋将曹彬于岐沟关，并盛服高句丽和女真。不久，圣宗与萧太后又亲将侵宋，直到澶州，屈宋君纳岁币，声势益盛。圣宗之子兴宗，亦克守先世遗业。到道宗时，重新与宋议定疆界，获新地七百余里，国威愈振。

但是道宗的后半期，信用佞臣耶律乙辛，自杀其子耶鲁斡，忠良多遭陷害，羁属亦生贰心，国运渐趋倾危。其孙天祚帝立，荒于游畋，国政更坏。这时，辽年年遣使到女真去求名鹰"海东青"，骚扰得很利害。金不堪其扰，复因辽纳其逃人，遂于天庆四年，（宋徽宗正和四年，公元一一一四年）举兵攻辽，陷宁江州和咸州。进据黄龙府。天祚帝自将大军征金，到驼门，闻部下有欲立其弟淳者，惶遽还军，为金人所追败。第二年，金人取辽东京。议和久不成，保大元年，（宋徽宗宣和三年，公元一一二一年）战端复起。金人克辽上京。又以辽降将为向导，克中京、西京。金又入居庸关助宋，破辽南京。天祚帝转辗漠南，到保大五年，（宋徽帝宣和七年，公元一一二五年），卒为金人所获。辽建国至是，凡九代，二百十年而亡。

二　文学启蒙期

辽的国祚既这样的短，而其势力又没有像金元那样的深入中国，所以向来研究中国文学的人，对于她的文学，大多不很注意。道地一些的，也不过把辽史文学传的序直抄一下，或稍加增损，便算好了。《辽史·文学传序》怎么说？

> 辽起松漠，太祖以兵经略方内，礼文之事，固所未遑。及太宗入汴，取晋图书礼器而北，然后制度渐以修举。至景圣间，则科目聿兴，士有由下僚擢升侍从，骎骎崇儒之美。但其风气刚劲，三面邻敌，岁以搜狝为务，而典章文物，视古犹阙。然二百年之业，非数君子为之综理，则后世恶所考述哉？作文学传。（《辽史》卷一百三，《列传》第三十三，《文学上》）

所谓"数君子"，只萧韩家奴，李浣，王鼎，耶律昭，刘辉，耶律孟简，及耶律谷欲，寥寥七人而已。其不能在文学史占一地位，自无足怪。但仔细一考，却又不然。辽文学家实在不只上述的几个人，而且他们的文学，也很有一些是斐然可观的。兹就辽文学自然的展演，分三期讲来。

契丹文学在太祖太宗的时候，是一个胚胎时期。其初，本来是一个很野蛮的民族。自唐中叶以后，才渐进文明。太祖的祖玄祖才教民稼穑，太祖的父德祖才知道冶铁，太祖的叔述澜才教民耕织及建筑城邑。到太祖阿保机的时候，因与汉族密接既久，才不知不觉的中国化起来。当时自然讲不到文学，但民间的歌谣是已经有了。如"青牛妪，会避路"。（《辽史》卷七十一，《列传》第一，《太祖淳钦皇后述律氏》）就是一例。契丹谚谓地祇为青牛妪，这个童谣是为太祖皇后地皇后而发的。地皇后便是有意主张吸收中国文化的第一个人。她劝太祖招来汉民；礼延汉士，重用韩延徽，使他"树城郭，分市里，以居汉人之降者；又为定配偶，教垦艺以养之"。又使他"营都邑，建宫殿，正君臣，定名分，法度井井"，（《辽史》卷七十四，《列传》第四，《韩延徽》）居然中国化了。这固然是韩延徽的力量。也由于皇后的向慕华化之所致。神册五年，（梁末帝贞明六年，公元九二〇年）正月，又命突里不，耶律鲁不等参考汉字隶书，制契丹大字，九月颁行。以后此体不很通行，皇族贵人，大多还是学习汉字，著作汉文。

　　有其父必有其子。太祖有三个儿子，长曰倍，次曰德光，季曰李胡；其中便有二个，倍与德光，是醉心华化的，而尤以倍为甚。耶律倍从小就聪敏好学。太祖"尝大寒命三子采薪。太宗（德光）不择而取，最先至。人皇王（倍）取其干者，束而归，后至。李胡取少而弃多，既至，袖手而立"。（《辽史》卷七十二，《列传》第二，《章肃皇帝》）太祖称倍为巧。及长，同德光助太祖征讨四方，甚著武功。神册元年（梁末帝真明二年，公元九一六年）立为皇太子。这时太祖问侍臣说："受命之君，当事天敬神；有大功德的人，我也要祭祀。古今来那一个人当最先祭祀"？当时契丹的风俗，多信佛教，所以大家都以佛对。而倍独谓："孔子大圣，万世所尊；应先祀孔子"。太祖听了非常高兴。于是就建孔子庙，诏皇太子春秋释奠。这便是倍倾向华化的明白表示。以后，他又仿太伯仲雍的故事，让位于他的兄弟德光，是为太宗。太宗既立，对倍非常猜忌，把他迁到东平，为南京。倍到南京，便教王继撰建南京碑，起书楼于西宫，又作乐田园诗，一意提倡文学，表示没有什么野心。但太宗的卫士还是满布四周，在阴伺他的动静。他觉得监视中的生活太不舒服，遂决意去国。去国时，立木海上，为辽产生第一首好诗，诗曰：

　　　　小山压大山，
　　　　大山全无力。
　　　　羞见故乡人，
　　　　从此投外国。（《辽史》卷七二，《列传》第二，《义宗倍》）

小山指太宗，大山指自己。这诗质朴无华，而抑郁愤懑，感情横溢，虽与汉人的文学比较，也是不可多得的作品。于是他携美人，载图书，渡海到唐。唐明宗迎之以天子之礼，赐姓李，名赞华，命镇滑州。以后，明宗为养子从珂所弑。这种大逆不道的行为，是富于礼教思想的耶律倍所不能容忍的，于是他就密报辽太宗，请声讨从珂。竟为从珂差人暗杀，葬于医巫闾山。这山便是他藏书万卷的地方。他于能诗之外，又通晓阴阳，音律，医药，图画之术，工辽、汉文，尝译《阴符经》为契丹文，实辽初第一文人。

次之，便要推太宗了。太宗时设置太学，讲究经术。大同元年，入汴，把中原汉唐以来的礼器图书，悉数搬到上京。中国的文化，整个的入辽；辽的制度文物，因而更臻明备；朝气活泼的辽人，遂在鸳鸯泊，鸭子河，玉盆湾，藕丝淀，山青水秀，狩猎钓游，富有"烟士披离纯"的环境中，奠定了辽文化的基础，产生出崭新鲜的文学来了。

三 文学生长期

辽的文苑中自太祖太宗播殖以后，经世宗、穆宗、景宗三主的灌溉培植，到圣宗、兴宗时，便绽出花苞来了。圣宗幼喜文翰，十岁能诗。既长，精射法，晓音律，好绘画。十二岁即皇帝位；统和六年，（宋太宗端拱元年，公元九八八年）第一次开科取士。当时辽屡窘南朝，久有取而代之之意。所以开科取士时，有一次竟以《得传国玺为正统》命题。圣宗也有《传国玺》诗云：

> 一时制美宝，
> 千载助兴王。
> 中原既失鹿，
> 此宝归北方。
> 子孙宜顺守，
> 世叶当永昌。（《辽文存》卷一）

我们从这首诗，一方面可见辽的气焰之盛，一方面亦可见其文化和文学进步的程度。以圣宗的诗与耶律倍的诗比较，情致虽觉稍逊，但修辞的手腕已逐渐进步了。圣宗最好白居易诗，有御制曲五百余首，可谓盛矣。接着，兴宗亦是好儒术，通音律，定法制，讲文学的君主。上有好者，下必甚焉。于是辽的文学家，遂先先后后的挺生出来了。

这个时代最伟大的文学家，要推萧韩家奴了。韩家奴字休坚，涅剌部人。少好学，弱冠入南山读书，博览经史，通辽、汉文字。统和十四年（宋太宗至道二年，公元九九六年）始仕。重熙时，为彰愍宫使，帝与语，才之，命为师友。韩家奴滑稽而善讽谏。有一次皇帝问他外面有没有什么异闻。韩家奴曾掌栗园，因托栗讽谏曰："臣惟知炒栗，小者熟则大者必生，大者熟则小者必焦。使大小均熟，始为尽美，不知其他。"皇帝大笑。又有一次皇帝问："我国家创业以来，孰为贤主？"韩家奴说是穆宗。他说："穆宗虽暴虐，省徭轻赋，人乐其生。终穆之世，无罪被戮，未有过今日伤死者。臣故以穆宗为贤"。时帝好猎，适有司奏猎秋山熊虎伤死数十人，所以韩家奴这样说法。他知无不言，而皇帝亦能从善如流，愈加亲信；每逢胜日，必侍帝饮酒赋诗，以相酬酢。历翰林，旋任归德军节度使，卒年七十二。有《六义集》十二卷行于世。现在录其对策一文，以见一斑。当时皇帝诏天下言治道之要旨。韩家奴的奏对，文章经济，并有可观。不避冗长，全录于下：

　　臣伏见比年以来，高丽未宾，阻卜犹强，战守之备，诚不容已。乃者选富民防边自备粮糗，道路修阻，动淹岁月，比至屯所，费已过半，只牛单毂，鲜有还者。其无丁之家，倍直佣僦，人惮其劳，半途亡窜。故戍卒之食，多不能给。求假于人，则十倍其息，至有鬻子割田不能偿者。或逋役不归，在军物故，则复补以少壮。其鸭绿江之东，戍役大率如此。况渤海，女真，高丽，合从连衡，不时征讨。富者从军，贫者侦候，加之水潦，菽粟不登，民以日困，盖势使之然也。

这是第一节，回答皇帝"徭役不加于旧，征伐亦不常有；年谷既登，帑廪既实，岂（按'岂'似当作'而'）民重困。岂为吏者慢，为民者惰欤？"一个问题的。第二个问题是："今之徭役，何者为重？何者尤苦？何者蠲省，则为便益？"他的答复是：

　　方今最重之役，无过西戍。如无西戍，虽遇凶年困弊，不至于此。若能徙西戍稍近，则往来不劳民无深患。议者谓徙之非便；一则损威名，二则召侵侮，三则弃耕牧之地。臣谓不然。阻卜诸部，自来有之。曩时北至胪朐河，南至边境，人多散居，无所统一，惟往来抄掠。及太祖西征，至于流沙，阻卜望风悉降，西域诸国，皆愿入贡。因迁种落，内置三部，以益我国。不营城邑，不置戍兵，阻卜累世不敢为寇。统和间，皇太妃出师西域，拓土既远，降附亦众。自后，一部或叛，邻部讨之，使同力相制，正得驭远人之道。及城可敦，开境数千里，西北之民，徭役日增，生业日殚，警急既不能救，叛服亦复不恒，空有广地之名，而无得地之实。若贪土不已，渐至虚耗，其患有不胜言者。况边情不可深信，亦不可顿绝，得不为益，舍不为损。国家大敌，惟在南方。今虽连和，难保他日。若南方有变，屯戍辽邈，卒难赴援。我进则敌退，我还则敌来，不可不虑也。

方今太平已久，正可恩结诸部。释罪而归地，内徙戍兵，以增堡障；外明约束，以正疆界。每部各置酋长，岁修职贡。叛则讨之，服则抚之。诸部既安，必不生衅。如是则臣虽不能保其久而无变，知其必不深入侵掠也。或云弃地则损威。殊不知殚费竭财，以贪无用之地，使彼小部抗衡大国，万一有败，损威岂浅？或又云沃壤不可遽弃。臣以为土虽沃，民不能久居，一旦敌来，则不免内徙。岂可指为吾土而惜之？

这是韩家奴"有所取必有所舍"的政治主张，也是当时辽的最重要之问题。所以他旁敲侧击，翻覆申说，是全文中最详尽，最透澈，最中心的部份。第三个问题是："补役之法，何可以复？"韩家奴也以徙戍近地对。他说：

夫帑廪虽随部而有，此特周急部民，一偏之惠，不能均济天下。如欲均济天下，则当知民困之由，而窒其隙。节盘游，简驿传，薄赋敛，戒奢侈，期以数年，则困者可苏，贫者可富矣。盖民者国之本，兵者国之卫。兵不调则旷军役，调之则损国本。且诸部皆有补役之法。昔补役始行，居者行者，类皆富贵。故累世从戍，易为更代。近岁边虞数起，民多匮乏。既不任役事，随补随缺。苟无上户则中户当之。旷日弥年，其穷益甚。所以取代为艰也。非惟补役如此，在边戍兵亦然。譬如一杯（抔？）之土，岂能填寻丈之壑？欲为长久之便，莫若使远戍疲兵，还于故乡，薄其徭役，使人人给足，则补役之道，可以复故也。

第四个问题是：盗贼之害，何可以止？韩家奴的回答，更是蔼然仁者之言了。

臣又闻自有国家者不能无盗。比年以来，群黎凋弊，利于剽窃，良民往往化为凶暴。甚者杀人无忌，至有亡命山泽，基乱首祸。所谓民以困穷，皆为盗贼者，诚如圣虑。今欲艾夷本根，愿陛下轻徭省役，使民务农。衣食既足，安习教化，而重犯法，则民趋礼义，刑罚罕用矣。臣闻唐太宗问群臣治盗之方，皆曰严刑竣法。太宗笑曰，"寇盗所以滋者，由赋敛无度，民不聊生。今朕内省嗜欲，外罢游幸，使海内安静，则寇盗自止。"由此观之，寇盗多寡，皆由衣食丰俭，徭役重轻耳。

下面是最后一节，结束全文，仍归到徙戍两字，可谓语不离宗。而寥寥数语，已安排下一个防御计划，尤与徒唱高调的人不同。他说：

> 今宜徙可敦城于近地，与西南副都部署乌古、敌烈、隗乌古等部，声援相接。罢黑岭二军，并开保州，皆隶东京。益东北戍军，及南京总管兵。增修壁垒，候尉相望，缮完楼橹，浚治城隍，以为边防。此方今之急务也。愿陛下裁之。（《辽史》卷一百三，《列传》第三十三，《萧韩家奴》）

全文读来，俨然中国古政治家的口吻。理由固属颠扑不破，行文亦极淋漓酣畅之致，确乎是"辽之晁、贾"。至于同时刘三嘏等的作品，反觉卑卑不足道了。

上面所述的，是正正经经、规规矩矩的文人和文学。文学到长足的时候，于实用之外，一定还有幽默的性质。辽文学之含有幽默性质的，现在虽不可多得。但其人其事见于载籍者，尚有可称引。兹录伶官罗衣轻事于后，以为本时期的结束。

> 罗衣轻不知其乡里，滑稽通变，一时谐谑，多所规讽。兴宗败于李元昊也，单骑突出，几不得脱。先是，元昊获辽人，辄劓其鼻，有奔北者，惟恐追及，故罗衣轻止之曰："且观鼻在否？"上怒，以毳索系帐后，将杀之。太子笑曰："打诨底不是黄幡绰。"罗衣轻应声曰："行兵底亦不是唐太宗。"上闻而释之。上尝与太弟重元狎昵，宴酣，许以千秋万岁后传位。重元喜甚，骄纵不法。又因双陆，赌以居民城邑，帝屡不竞，前后已偿数城。重元既恃梁孝王之宠，又多郑叔段之过，朝臣无敢言者，道路以目。一日复博，罗衣轻指其局曰："双陆休痴，和你都输去也。"帝始悟，不复戏。清宁间以疾卒。（《辽史》卷一百九，《列传》第三十九，《罗衣轻》）

四　文学极盛期

辽文学经太祖、太宗时代的生根长芽，圣宗、兴宗时代的抽叶绽苞，到道宗天祚时代，乃奇葩怒放，臻于极盛了。道宗自己便是一个文学家。道宗讳洪基，字涅邻，小字查剌，兴宗皇帝长子，性沉静严穆，每朝，兴宗为之敛容。二十四年（宋仁宗至和二年，公元一〇五五年。）八月，兴宗崩，即位于柩前，下诏直言曰：

> 朕以菲德，托儿所居士民之上。第恐智识有不及，群下有未信；赋敛妄兴，赏罚不中；上恩不能及下，下情不能上达。凡尔士庶，直言无讳。可则择用，否则不以为怨。卿等其体朕意。

十二月，再诏左夷离毕，（按即参知政事）。文曰：

> 朕以眇冲，获嗣大位。夙夜忧惧，恐勿克任。欲闻直言，以匡其失。今已数月，未见所以副委任股肱耳目之意。其令内外百官，比秩满，各言一事，仍转谕所部，无贵贱老幼，皆得直言无讳。（二文并见《辽史》卷二十一，《本纪》第二十一，《道宗》）

这是他庄重典雅的庙堂文学。同时他也能作神情飘逸的美文。《辽史·道宗本纪》说帝好为诗赋，清宁六年，（宋仁宗嘉祐五年，公历一〇六〇年）监修国史，耶律白请编为御制集。（卷二十一）其《清宁集》已佚。世传《蝶恋花》一阕，其词曰：

> 昨日得卿《黄花赋》，
> 细剪金英，题作多情句。
> 冷落西风吹不去，
> 袖中犹有馀香度。
> 沧海尘生秋日暮，
> 玉砌雕兰，木叶鸣疏雨。
> 江总白头必更苦，
> 素琴犹写幽兰谱。

侯延庆《退斋闲雅录》曰："刘拱卫远，宣和初，守祁州。尝接伴北使。有李处能者，北朝故相子，号李状元家，燕人之最以学著者。处能谓远曰：'本朝道宗皇帝好文，先人每荷异眷。尝以九日进《菊花赋》，次日即赐以批答'云。"（辽史拾遗卷十引）即指此事。但钱芳标《纯饮词话》说："辽主得其臣所献《黄菊赋》，题其后曰：

> 昨日得卿《黄菊赋》，
> 碎剪金英作佳句。
> 至今襟袖有馀香，
> 冷落西风吹不去。

元人张肯檃括之为《蝶恋花》词。"（刘毓盘《词史》第六章引。）周春《辽诗话》（《昭代丛书》己集）亦以为然。按钱周二氏之说是也。盖此诗出《老学庵笔记》。（卷四）陆游去道宗时不远，所录自然可靠。

道宗皇后的文学，还要比道宗高得多。她不仅驰誉当时，而且冠冕全辽，是值得我们特别注意的。宣懿皇后萧氏，小字观音，是枢密使萧惠的女儿。以重熙九年（宋仁宗康定元年，公元一〇四〇年）五月生，长而姿容冠绝，工诗书，善谈论。清宁元年（宋仁宗至和二年，公元一〇五五年）十二月册为皇后。帝后都能诗，宫中倡和，一时传为美谈。萧后的《应制属和》便是他们倡和诗的一例。毕沅《续通鉴·宋纪》（卷五七）说，嘉祐二年，（辽道宗清宁三年，公元一〇五七年）辽主作《君臣同志华夷同风诗》。后亦属和，诗曰：

> 虞廷开盛轨，
> 王会合奇琛。
> 到处承天意，
> 皆同捧日心。
> 文章通鹿蠡，
> 声教薄鸡林。
> 大宇看交泰，
> 应知无古今。（王鼎《焚椒录》，《宝颜堂秘笈》）

这首五律，措辞得体，对句工正，在应酬诗中，已是庸中佼佼。还有早一年，清宁二年，所作的《从猎秋山至伏虎林应制》一首，那就更好了。诗曰：

威风万里压南邦，
东去能翻鸭绿江。
灵怪大千俱破胆，
那教猛虎不投降！ (《焚椒录》)

这诗气象雄伟，全不似儿女子口吻。而不用典故，不避俗字，更是一首白话的好诗。无怪道宗要拿出来夸示群臣，说："皇后可谓女中才子"了。

不幸这种鱼水相得，夫倡妇随的美满生活，不能久长；萧后夫妇间的感情，竟发生裂痕了。原来辽是新兴民族，大都是野性未驯，好以畋猎为嬉，道宗亦有这个嗜好。萧后是熟悉史事的人，知道荒于狩猎的弊害，足以破家亡国，而道宗单骑驰猎，尤多危险。因而上诉切谏曰：

妾闻穆王远狩，周德用衰；太康佚豫，夏社几屋，此游畋之往戒，帝王之龟鉴也。倾见驾幸秋山，不闲六御，特以单骑从禽，深入不测。此虽威神所届，万灵自为拥护。倘有绝群之兽，果如东方之言，(按此乃后误以相如为东方也。姚士粦正之，甚是。)则沟中之豕，必败简子之驾矣。妾虽愚暗，窃为社稷忧之。惟陛下尊老氏驰骋之戒，用汉文吉行之旨，不以其言为牝鸡之晨而纳之，幸甚。(《焚椒录》)

有人说，此文"仅百二十馀言，其辞意并到，有宋人所不及者。"(《焚椒录·西园归老跋》)其品鉴殊当。那知良药苦口，忠言逆耳，道宗竟因此疏后。但萧后的环境虽劣，萧后的文学，却因这一番锻炼，更为超妙。传诵士林的《回心院》词就在这个时期中产生出来了。词曰：

扫深殿，闭久金铺暗。
游丝络网尘作堆，
积岁青苔厚阶面。
扫深殿，待君宴。

拂象床，凭梦借高唐。
敲坏半边知妾卧，
恰当天处少辉光。

拂象床，待君王。

换香枕，一半无云锦。
为是秋来转辗多，
更有双双泪痕渗。
换香枕，待君寝。

铺翠被，羞煞鸳鸯对。
犹忆当时叫合欢，
而今独覆相思块。
铺翠被，待君睡。

装绣账，金钩未敢上。
解却四角夜光珠，
不教照见愁模样，
装绣账，待君贶。

叠锦菌，重重空自陈。
只愿身当白玉体，
不愿伊当薄命人。
叠锦菌，待君临。

展瑶席，花笑三韩碧。
笑妾新铺玉一床，
从来妇欢不终夕。
展瑶席，待君息。

剔银灯，须知一样明。
偏是君来生彩晕，
对妾故作青荧荧。
剔银灯，待君行。

熱熏炉，能将孤闷苏。

若道妾身多秽贱，

自沾御香香彻肤。

熱熏炉，待君娱。

张鸣筝，恰恰语娇莺。

一从弹作房中曲，

常和窗前风雨声。

张鸣筝，待君听。（《焚椒录》）

上词十阕，哀艳动人。以一异族女子而有此大文章，作《长门赋》的司马相如地下有知，也要深愧不如了。果然道宗见了，立即回心转意，和好如初。

谁知一波未平，一波又起。这十首词，竟又引起耶律乙辛之诬；滔天大祸，发作起来了！初，后尝以正言箴皇太叔重元妃，妃衔之。重元因而谋叛，旋伏诛。而此次平乱，耶律乙辛出力最多，因进南院枢密使，权倾一时。独后家不肯相下，乙辛憾之，于是又来了一个敌人。《回心院》词竟做了这次祸变的导火线。

这事的经过，非常曲折。当时的大手笔王鼎曾作《焚椒录》以记之。鼎字中虚，涿州人。幼好学，居太宁山，数年博通经史。清宁五年擢进士第，累迁翰林学士，当时典章，多出其手。兹录其《焚椒录》数节于下，藉明此事真相；乘便，亦可以代表王鼎的文学。

（后作《回心院》）词，时诸伶无能奏演此曲者，惟伶官赵惟一能之。而宫婢单登，故重元家婢，亦善筝及琵琶，每与惟一争能，怨后不知己。后乃召登，与对弹四旦二十八调，皆不及后，单愧耻拜服。于时上常召登弹筝。后谏曰："此叛家婢女中独无豫让乎！安得轻近御前？"因遣值外别院，登深怨嫉之。

"而登妹清子，嫁为教坊朱顶鹤妻，方为耶律乙辛所昵。登每向清子诬后与惟一通，乙辛具知之，欲乘此害后。以为不足证实，更为他人作《十香》淫词，用为诬案。……乙辛阴属清子，使登乞后手书。登时虽外直，常得见后。后善书。登绐后曰："此宋国忒里蹇所作，更得御书，便称二绝。"后读而喜之，既为手书一纸。纸尾复书己作《怀古诗》一绝。……登得后手书，出与清子云："老婢淫案已得，况可汗性忌，早晚见其白练挂粉脰也！"

　　乙辛已得书，遂构词，命登与朱顶鹤赴北院陈首伶官赵惟一私侍懿德皇后，有《十香》淫词为证。乙辛乃密奏上……上览奏，大怒，即召后对诘。后痛哭转辨曰："妾托体国家，已造妇人之极。况诞育储贰，近且生孙。儿女满前，何忍更作淫奔失行之人乎！"上出《十香》词曰："此是汝作手书，更复何辞？"后曰："此宋国忒里蹇所作，妾即从单登得而书赐之耳。且国家无亲蚕事，妾作那得有亲桑语？"上曰："诗正不妨以无为有。如词中合缝靴，亦非汝所著，为宋国服耶！"上怒甚，因以铁骨朵击后，后几至殒。即下其事，使参知政事张孝杰与乙辛穷治之。

　　乙辛乃系械惟一、长命等询鞫，加以钉灼荡错等刑，皆为诬服。狱成将奏，枢密副使萧惟信驰语乙辛、孝杰曰："懿德贤明端重，化行宫帐；且诞育储君，为国大本。此天下母也，而可以叛家仇婢一语动摇之乎？公等身为大臣，方当烛照奸宄，洗息冤诬，烹灭此辈，以报国家，以正国体。奈何欣然以为得其情也！公等幸更为思之"。不听，遂具狱上之。上犹未决，指后《怀古》一诗曰："此是皇后骂飞燕也。如何更作十词？"孝杰进曰："此正皇后怀赵惟一耳。"上曰："何以见之？"孝杰曰："宫中只数赵家装，惟有知情一片月，是以二句中包含赵惟一三字也。"上意遂决。即日族诛惟一，并斩长命，赦后自尽。……（《焚椒录》）

这一出悲剧是由不少好文学组织而成的。第一是"耶律乙辛的《奏懿德皇后私伶官疏》，文曰：

　　太康元年十月二十三日，据外直别院宫婢单登及教坊朱顶鹤，陈首本坊伶官赵惟一向要结本坊入内承直高长命，以弹筝琵琶，得召入内，沐上恩宠。乃辄干冒禁典，谋侍懿德皇后御前。忽于咸雍六年九月，驾幸木叶山，惟一公称有懿德皇后旨，召入弹筝。于时，皇后以御制《回心院》曲十首，付惟一入调。自辰至酉，调成。皇后向帘下目之。遂隔帘与惟一对弹。及昏，命烛，传命惟一去官服，着绿巾金抹额，窄袤紫罗衫，珠带，乌靴。皇后亦着紫金百凤衫，杏黄金缕裙，上戴百花宝髻，下穿红凰花靴。召惟一更入内帐对弹琵琶。命酒对饮，或饮或弹。至院鼓三下，敕内侍出帐。登时直账，不复闻账内弹饮，但闻笑声。登亦心动，密从帐外听之。闻后言曰："可封有用郎君。"惟一低声言曰："奴具虽健，小蛇耳，自不敌可汗真龙"。后曰："小猛蛇却赛真嫩龙。"此后但闻惺惺若小儿梦中啼而已。院鼓已四下，后唤登揭帐曰："惟一醉不起，可为我叫醒。"登叫惟一百通，始为醒状，乃起拜辞。后赐金帛一箧，谢恩而出。其后驾还，虽时召见，不敢入帐。后深怀思，因作《十香词》赐惟一。惟一持出，夸示同官朱顶鹤。朱顶鹤遂手夺其词，使妇清子问登。登惧事发连坐，乘暇泣谏。后怒痛答，遂斥外直。但朱顶鹤与登共悉此事。使含忍不言，一朝败露，安免株坐？故敢首陈，乞为转奏，以正刑诛。臣惟皇帝以至德统天，化及无外，寡妻匹妇，莫不刑于。今宫帐深密，忽有异言，其有关治化，良非渺小！故不忍隐讳，辄据词并手书《十香词》，一纸，密奏以闻。（《焚椒录》）

这是一篇非常靡丽的文章，至于《十香词》，不知是谁所作。单登说是宋国氓里塞作。这话当然不可靠。大致也是耶律乙辛的手笔。缪荃荪编《辽文存》，把它放在耶律乙辛的名下，很有见地。因此文本由乙辛交出；而文笔的妍丽生动，也正与奏疏相同。词录如下：

青丝七尺长，
挽出内家装。
不知眠枕上，
倍觉绿云香。

红绡一幅强，
轻拦白玉光。
试开胸探取，
尤比颤酥香。

芙蓉失新艳，
莲花落故妆。
两般总堪比，
可似粉腮香？

蜻蜓那足并？
长须学凤凰。
昨宵欢臂上，

应惹领边香。

和羹好滋味,
送语出宫商。
定知郎口内,
含有暖甘香。

非关兼酒气,
不是口脂芳;
却疑花解语,
风送过来香。

既摘上林蕊,
还亲御苑桑。
归来便携手,
纤纤春笋香。

凤靴抛合缝,
罗袜卸轻霜。
谁将暖白玉,
雕出软钩香。

解带身已战,
触手心愈忙。
那识罗裙内,
消魂别有香?

咳唾千花酿,
肌肤百合箱;
元非唼沉水,
生得满身香。 (《焚椒录》)

这十首词，的确香艳透顶。无怪萧后看了，不禁技痒，也要题它一绝。诗曰：

> 宫中只数赵家妆，
> 败雨残云误汉王。
> 惟有知情一片月，
> 曾窥飞燕入昭阳。（《焚椒录》）

这诗恰巧嵌着"赵""惟""一"三字，竟以致死，冤哉！冤哉！

萧后临难，又仿"离骚"体作《绝命辞》一篇，辞曰：

> 嗟薄祐兮多幸，
> 羌作丽兮皇家。
> 承昊穹兮下覆，
> 近日月兮分华。
> 托后钧（一本作钓）兮凝位，
> 忽前星兮启耀。
> 虽蚍蜉兮黄床，
> 庶无罪兮宗庙。
> 欲贯鱼兮上进，
> 乘阳德兮天飞。
> 岂祸生兮无朕，
> 蒙秽恶兮宫闱。
> 将剖心兮自陈，
> 冀回照兮白日。
> 宁庶女兮多渐，
> 遏飞霜兮下击。
> 顾子女兮哀顿，
> 对左右兮摧伤；
> 共西曜兮将坠，
> 忽吾去兮椒房。
> 呼天地兮惨悴，
> 恨今古兮安极。

> 知吾生兮必死，
> 又焉爱兮旦夕。（《焚椒录》）

这样的天才，竟遭横死，不但是辽文学的大损失，简直是中国文学的大损失！

宣懿皇后以后，又有一个女文学家，便是天祚文妃。文妃萧氏，小字瑟瑟，善歌诗。见女真乱作，日见侵迫，而帝畋游不息，忠臣被斥，乃作歌讽谏，其辞曰：

> 勿嗟塞上兮暗红尘。
> 勿伤多难兮畏夷人。
> 不如塞奸邪之路兮选取贤臣。
> 直须卧薪尝胆兮激壮士之捐身。
> 可以朝清漠北兮夕枕燕云。

其二：

> 丞相来朝兮剑佩鸣，
> 千官侧目兮寂无声。
> 养成外患兮嗟何及？
> 祸尽忠臣兮罚不明。
> 亲戚并居兮藩屏位，
> 私门潜蓄兮爪牙兵。
> 可怜往代兮秦天子，
> 犹向官中兮望太平。
> （二歌并见《辽史》卷七一，《列传》第一，《后妃》）

二歌气度从容，陈辞婉委，规谏与鼓励之情，备极恳挚。以之结束辽文学，可谓曲终奏雅，余音袅袅。而天祚不悟，反怀恨在心；后竟以废立事诬妃赐死。这真是"狗咬吕洞宾，不识好人心！"其身败名裂，国破家亡，固所宜也。

五　余论

看了辽文学以后，我们可以得到三个印象。第一，辽的文学多出贵族之手。除上述诸帝后妃之外，《辽史·文学传》所列七人，或是王族，或是大臣。他如萧姿忠著有《西亭集》，萧孝穆著有《宝老集》，萧柳著有《岁寒集》，耶律良著有《庆会集》等等，也都是皇亲国戚，披紫拖红的人们。这当然是由于华化尚未普及，只有贵族较有学习汉文的机会的缘故。但是平民文学，也不是完全没有。姑举二例。周春《辽诗话》云："天祚自亲征败绩，中外归罪。萧奉先于擢用律耶大悲等参议军国大事。数人皆昏谬，不能裁决。国人语曰：

> 五个翁翁四百岁，
> 南面北面顿瞌睡。
> 自己精神管不得，
> 有甚心情相厮杀！

远近传为笑端，天祚闻之亦笑"云。又云："宋宣和初，收复燕山，以归朝辽民来居汴梁。其俗有《臻蓬蓬歌》。每扣鼓和'臻蓬蓬'之音，为节而舞，人多喜效之。其歌曰：

> 臻蓬蓬，
> 外头花花里头空。
> 但看明年正二月，
> 满城不见主人翁。

二歌情致和音节都好，可知辽的白话文学，也正在萌牙。可惜辽祚不永，未许其从容发展耳。

第二，辽文学多出于女子的提倡和贡献。前有太祖淳钦皇后述律氏的提倡华化，重用汉人。后有道宗宣懿皇后的《回心院词》，哀艳绝世，冠冕辽文。中间，如《辽史·列女》所记，耶律中妻萧挼兰，年二十，还能"发心诵习，多涉古今"。邢简妻陈氏，甫笄，即能涉通经义，博览诗赋，尤好吟咏，当时有女秀才之名。耶律常哥于普通诗文之外，又能作时政论，回文诗。其时政文略曰：

> 君以民为体，民以君为心。人主当任忠贤，人臣当去比周，则政化平，阴阳顺。欲怀远则崇恩尚德；欲强国则轻徭薄赋。四端五典，为治教之本；六府三事，实生民之命。淫侈可以为戒，勤俭可以为师。错枉则人敢诈，显

忠则不敢欺。勿泥空门，崇饰土木；勿事边鄙，妄费金帛。满当思溢，安必虑危。刑罚当罪，则民劝善；不宝远物，则贤者至。建万世磐石之业，制诸部强横之心。欲率下则先正身，欲治远则始朝廷。（《辽史》一百七，《列传》三十七《列女》，《耶律常哥》）

探本穷源，讲治国平天下的道理，大为国君所称许。这种文学，都足为女界生色，而为中国文学放一异彩的。

第三，是辽文学的稀少。听说缪荃荪氏曾经计划编辑《全辽诗》，谓可得四卷。但是除《辽诗话》、《辽文存》、《辽痕五种》而外，还未见专刊。就我个人见闻所及，辽的文学实在太少了。《辽史·文学传》只举七家，而作品多已不传。至如僧行均的《龙龛手鉴》，耶律纯的《性命总括》，又非文学之作。只有王鼎的《焚椒录》，竟是鲁灵光殿，硕果仅存的辽文学了。据说他们的书籍，当时一概禁绝流入中国；而且亡国以后，金、元、汉人又不以其文为重，兵燹之余，文献荡然。其篇章遂如吉光片羽，不可多得了。

今后研究辽文学的人，当注意搜罗和发掘。闻法人伯希和新得照片十数张，"计圣宗题首，哀册各一，仁德皇后题首，哀册各一，钦哀皇后哀册一，仁懿皇后题首一，道宗题首，哀册各一，宣懿皇后题首，哀册各一，及不识之契册文四。"（冯家升《契丹名号考释》，《燕京学报》第十三期）此外，日人鸟居龙藏，鸟山，及吾国的考古学者，也各有所得。辽的汉文以及契册文，今后或有逐渐复现的希望。

除上述三个印象以外，还有一点可以补述，即浮屠文学的特多。辽文学的稀少既如上述，《辽文存》也不过薄薄的八卷。但试翻《辽文存》一看，则浮屠的作品，比例的特多。塔铭、碑文、行传、幢记等，不下三四十篇，其中有几篇是写得很好的。兹录沙门了洙所作《范阳丰山章庆禅院实录》于下，以见一斑：

> 郡城西北，两舍之外，峰峦相属，绵亘百有余里，有山嶒崚，俗曰太湖。诘其得名之由，验诸图牒，则无考焉，固弗之取也。三峰叠秀，远望参差，嶻然不倚，状如丰字，因号曰丰山。
>
> 盘隥修阻，疏外人境。岭岈幽阒，雅称静居。翠微之下，营构新宇，题曰函虚殿，以其无经像之设，彩缋之繁，豁然虚白，况诸道也。树石之间，庵庐星布，采椽茅茨，示朴质也。居人无系，任其去来，示无主宰也。土厚肥腴，草树丛灌。泉清而甘，饮之无疾。春阳方煦，曾冰始泮。异花灵药，

馥烈芬披。溪谷生云，林薄发吹。夏无毒暑，在处清凉。怪石颠顶，蠚莎垒藓。谈道之者（?），匡坐其上，横经挥麈，议论诜诜。奇兽珍禽，驯狎不惊。秋夕云霁，露寒气肃，岩岫泊烟，松阴镂月，猿声断续，萤光明灭。口崖结溜，冬雪不飞，长风吼木，居实凛然。

一径东指，旁无枝岐。度石梯，下麻谷，由口院道南陟长岭，西南趣柳溪，至玄心，则下寺也。又道出甘泉村南，并坟庄，涉泥沟，河水东南奔，西冯别野，则辗庄也。又东北走驿路，抵良乡，如京师，入南肃慎里，东之高氏所营讲宇，则下院也。是三者皆供亿厥处，暨迎候往来，憩泊之所耳。

是山也，顷岁贼攘，庵宇旷然，殆弈年矣。今上龙飞，天下谧清，始复其居。乃营而补葺之，岚气增润，林影稠密，泉池不洿。譬夫病者新愈，气血裁固，神渐凷而色益舒也。

噫！处之于人，果相待也！人之于处，又乌异哉！夫境静心谧，处繁情扰，人孰弗若是乎？苟欲布设景物，高树亭观，挈朋命侣，以骋游宴者，此非其处也。或欲聚徒百千，来施委积，轰轰阗阗，溪谷成市者，则又非其处也。惟是外形骸，忘嗜欲，恬于执利，高尚其事，耽味道腴者，乃从而栖遁焉。古云所谓隐山者，则其类欤？其经始再造之年月，已具别载，非此所要，固略而不书云。（《辽文存》卷六）

契丹风俗，崇信佛教，在太祖时已然。信者既多，由文学反映出来，自是应有之事。而且塔寺碑铭，多是刻石。刻石较能经久，这便是留传下来独多的缘故。

最后，还有一点应该注意的，就是辽文人的影响。辽自道宗荒政以后，众叛亲离；才智之士，多投奔外国。他们的去路有两条，一入宋，一入金。入宋的文人，以低文化加入高文化，如滴水投入大洋，无足轻重。入金的文人，则情形不同了。他们以高文化加入低文化，如酵入面，就表现出他们的力量来了。首先入金的是韩昉。昉，燕京人，字公美，辽末状元。善作文，尤擅诏册。金太祖得之而其言始文。尝作《武元圣德神功碑》，为作者所称。制度因革，亦多出所定。他可算是金文苑中第一个花儿匠。他的儿子，名汝嘉，皇统二年进士，历仕至翰林侍读学士，便是纯粹的金源文人了。兹录其《寄元真同年》一诗：

十年尘土鬓毛斑，
杖履还来踏故山。

叶寄残红春尚在，
云酣湿翠雨仍悭。
不堪倚树追前事，
更恐临溪见病颜。
一日暂来千日去，
何时倦鸟得真还？（《全金诗》卷三十六）

其他文人，辽亡之后，相继入金。兹就张通古、虞仲文、王枢、魏道明四家，各举一例。（《金史》卷八十三）张通古，字乐之，易州易县人。读书过目不忘，入金为海陵礼重。以司徒致仕，历封谭王、郓王、曹王。其《灵壁寺》诗云：

万壑千岩里，
林开一径深。
数年劳想望，
此日快登临。
胜境情难尽，
危途力不任。
楼台相映抱，
松柏自萧森。
花散诸天雨，
灯传古佛心。
鹤泉寒漱玉，
园地旧铺金。
石磴崎岖上，
桃溪窈窕寻。
渊明能止酒，
叔夜况携琴。
所恨无长暇，
徒勤惜寸阴。
清宵谁我伴？
乘兴但孤斟。（《全金诗》卷一）

虞仲文，字质夫，宁远人，仕辽为相。入金，授枢密使平章事，封秦国公。工画人物墨竹，学文湖州。善诗，四岁作诗《赋煎饼》，有"鱼目"、"蝉声"之句，人以神童目之。其《雪花》，亦四岁时作：

> 琼英与玉蕊，
> 片片落前池。
> 问着花来处？
> 东君也不知。（《全金诗》卷一）

王枢，字子慎，良乡人，辽日登科。后仕金为直史馆。尝有《三河道中》诗云：

> 十载归来对故山，
> 山光依旧白云间。
> 不须更读《元通偈》，
> 始信人间是梦间。（《全金诗》卷四十）

上列三人，都是身仕两朝的。其他父祖仕辽，而本身仕金的，如魏道明，李献可，耶律履，边元勋兄弟等，更屈指难数。兹只举魏道明、耶律履二人。魏道明，字元道，易县人。父辽，天庆中登科，仕金为兵部郎中。子上达，元真，元化，元道，俱第进士，皆有诗学。元道最知名，仕至安国军节度使。莫年居雷溪，自号雷溪子，有《鼎新诗语》行于世。兹录其《佛岩寺》诗一首：

> 虎谷西垠北口南，
> 横桥过尽见松庵。
> 旧游新梦犹能记，
> 般若真如得偏参。
> 霜圃撷蔬充早供，
> 石泉煮茗荐馀甘。
> 残年便拟依僧住，
> 过眼空花久已谙。（《全金诗》卷三十六）

他诗如《春兴》云："燕来燕去乌衣巷，花落花开谷雨天。"《高丽馆偏凉亭》云："碧海半湾蜗角国，春风十里鸭头波。"《中秋》云："丹桂知经几寒暑，冰壶别是一山川。"都是佳句。

耶律履字履道，是东丹王的七世孙。他幼时就很聪敏。五岁时，卧庑下，见微云往来天际，忽然对乳母说："此所谓卧看青天行白云耶？"其颖悟如此。长而博学多闻，章宗常就咨访。历仕至右丞，其集行于世。今录《史院从事日感怀》一首：

> 不学知章乞鉴湖，
> 不随老阮醉黄垆。
> 试从鳞阁诸贤问：
> 肯屑兰台小史无？
> 一战得侯输妄尉，
> 长身奉粟愧侏儒。
> 禁城钟定灯花落，
> 坐抚尘编惜壮图。（《全金书》卷一）

他的七世祖，上文已经说过，是辽文学的开山老祖；我们现在就把他的七世孙来结束本文，再合格也没有了。

但是他们的工作，在中国文学史上，却不限于结束过去，彼们还要开拓将来。他们以前辈的资格，扇新朝的文风；再垦殖，再灌溉，于是金文苑中，又开出鲜丽馥郁的花朵来了。

原载《之江学报》1934年第3期

元遗山论诗绝句

郭绍虞

一

"鸳鸯绣出一生心，野史亭中带泪吟。今古宁无炼石手，补天原不用金针。"（《清诗别裁集》卷二十八）

这是屈复《题元遗山论诗后》的一绝。真的，元遗山虽则也说过："鸳鸯绣了从教看，莫把金针度与人。"但是，他尽管不以金针度人，而待他把鸳鸯绣出之后，则文章得失，固已不仅寸心自知；微旨所在，早已与人共见，何况更是论诗之作呢！

元氏《论诗绝句》的第一首："汉谣魏什久纷纭，正体无人与细论。谁是诗中疏凿手？暂教泾渭各清浑。"查慎行《初白菴诗评》云："分明自任疏凿手。"不错，这是开宗明义的第一章。下所论量，全可见其疏凿本领，全可窥其疏凿宗旨。那么，不是鸳鸯绣出之后，同时也把金针度人了吗？

不过，元遗山的《论诗绝句》，与其他的论诗绝句，犹有些不同。自从杜少陵的《戏为六绝句》，开了论诗绝句之端，于是作者纷起。其最早者，在南宋有戴石屏的《论诗十绝》，在金有元遗山的《论诗三十首》。此二者都是源本少陵，但是各得其一体，戴氏所作，重在阐说原理；元氏所作，重在衡量作家。这却开了后来论诗绝句的两大支派。到清代，王渔洋规仿元氏之作，于是论诗绝句，遂多偏于论量方面，或就一时代的作家论之，或就一地方的作家论之；其甚者，摭拾琐事以资点缀，阐说本事以为考据，而论诗绝句之中，遂亦不易看出作者的疏凿微旨了。

所以论诗绝句之阐说原理者，其宗旨本不必说。论诗绝句之仅仅衡量作家者，其宗旨也无可说。只有元氏之作，与少陵《六绝》虽不完全同轨，但于衡量作家之中，仍可为其论诗宗旨的注脚或说明，固不是漫无立场，妄施疏凿的。金针即在所绣出的鸳鸯中间；我们正可于他绣出的论诗绝句中看出他论诗的金针。

　　然而，元氏之疏凿微旨，亦正不易言。乌程施氏的《元遗山诗注》，仅疏故实，未加阐说。查慎行的《初白莽诗评》，顾奎光的《金诗选》，虽间有评语，但寥寥数语，亦嫌未能详尽。只有翁方纲《石洲诗话》卷七专解此诗；宗廷辅《古今论诗绝句》亦颇为此诗疏解。这二种较多精义，然于元氏论诗微旨，似终犹有隔一尘者。此外，徐世昌《清畿辅书征》有宁河高赓恩《元遗山张隽三论诗九十首注解》二卷；又宗廷辅《古今论诗绝句自跋》亦谓："往在陆寄庵姑丈家，阅其书目，见有《元遗山论诗绝句注》一卷，不著作者，欲索观而未暇。"此二书专注元氏此诗，当有妙义，可惜不曾见到。现在所论，只能汇萃诸家旧说而比观之。同时，再就元氏集中论诗文诸语，相互参证，以元注元，或于元氏疏凿微旨，比较能看出一些。

　　遗山论诗，究竟有没有家国兴亡之感？这在昔人虽有这般说法，或者未必如此。[①]《论诗三十首》中对于陆鲁望，似有微词。他说："万古幽人在涧阿，百年孤愤竟如何！无人说与天随子，春草输赢较几多。"自注："天随子诗：无多药草在南荣，合有新苗次第生。稚子不知名品上，恐随春草斗输赢。"此盖以陆氏"生丁末运，自以未挂朝籍，绝无忧国感愤之辞，故即其所为诗微诘以讽。"（此宗氏说）从这一首诗看来，似乎元氏论诗，颇寓家国兴亡之感。然而，元氏诗中虽尽多忧国感愤之辞，而在《论诗绝句》中却不必如此。翁方纲《元遗山先生年谱》谓："金宣宗兴定元年丁丑，先生二十八岁，在三乡作《论诗绝句》。"是此时金虽危殆，尚未到灭亡地步，兴亡之感，实无所施。而且《论诗三十首》的末一首："撼树蚍蜉自觉狂，书生技痒爱论量。老来留得诗千首，却被何人校短长。"这不已和盘托出，承认是文人习气，原出书生技痒，不必别有作用的吗？

　　遗山论诗，究竟有没有贵贱之见？元氏别有《论诗三首》，其一下云："坎底鸣蛙自一天，江山放眼更超然。情知春草池塘句，不到柴烟粪火边。"李希圣《雁影斋诗》根据此诗，遂以为遗山论诗有贵贱之见，并作诗正之云："面目都随贵贱迁，陶公枯淡谢公妍。暮云春酒词清丽，却在柴烟粪火边。"真冤枉！遗山论诗，何尝如市井小人般只生一副势利眼睛，以贵贱定高下。他不

　　[①] 朱介裴谓遗山《论诗绝句》中如"望帝春心托杜鹃"，及"未害渊明是晋人"，"可惜并州刘越石"等语，又《述次山》一首，又《乱后元都》一首，皆显然自寓之词。杨钟义《雪桥诗话》卷七录其说而辨之。

满意穷愁苦吟的诗，那是他疏凿微旨，与贵贱之见无关。他明明说过："出处殊途听所安，山林何得贱衣冠。华歆一掷金随重，大是渠侬被眼谩。"这正见得他于山林台阁不相偏重。宗廷辅云："山林台阁各是一体。宋季方回撰《瀛奎律髓》往往偏重江湖道学，意当时风气，或有借以自重者，故喝破之。"这犹是比较公允之论。他矫时弊则有之，谓有贵贱之见，则未必。

又李希圣谓遗山论诗又有南北之见，因复作诗正之云："邺下曹刘气不驯，江东诸谢擅清新。风云变后兼儿女，温李原来是北人。"也觉有些隔膜。固然，"慷慨歌谣绝不传，穹庐一曲本天然。中州万古英雄气，也到阴山敕勒川"，这一首特别表彰北齐斛律金的《敕勒歌》，大为北人吐气，似乎也有些乡曲之见。尤其明显的，如其《自题中州集后》五首之一云："邺下曹刘气尽豪，江东诸谢韵尤高。若从华实评诗品，未便吴侬得锦袍。"这一首诗，扬北抑南，十分明显，李氏之诗，即指此首而言。然而，我们千万不要误会。这是元氏本于他的疏凿标准所下的结论，并不是先存了南北之见，才去论量的。易言之，即是南北之见，不是他的疏凿标准，虽则与他的疏凿标准也不相违反。

所以元遗山的《论诗绝句》，是就诗论诗，是他论诗宗旨之所在。我们只须说明他的论诗主张，不必看他有无寄托。即使说他有些偏见，也是他论诗主张中所应有的话。

二

遗山诗学出自东坡。这在翁方纲说得很明白。翁氏《书遗山集后》云："程学盛南苏学北"，又《斋中与友论诗》云："苏学盛于北，景行遗山仰"，《读元遗山诗》云："遗山接眉山，浩乎海波翻；效忠苏门后，此意岂易言。"这些话本未尝错误。我们看金代其他诸人的诗集，也可看出此中消息，尤其是王若虚的《滹南遗老集》。苏学在金，既成一时风气，则遗山景仰东坡，薪火所传，也在情理之中。周寿昌《思益堂日札》卷六有这样一节：

> 遗山《论诗》："苏门若有忠臣在，肯放坡诗百态新。"又云："只知诗到苏黄尽，沧海横流却是谁。"是遗山于苏诗，颇存刺谬之意。然案遗山《洛阳诗》云："城头大匠论蒸土，地底中郎待摸金。"查初白云："摸金校尉，非中郎也。东坡误用，先生仍而不改。"夫遗山用典，尚承东坡之误，谓非服习坡诗有素者乎？

他很晓得遗山之不满苏诗，然而他不能不承认遗山之服习苏诗。潘德舆《养一斋诗话》很不赞成翁方纲的说法。他说："翁氏偏爱苏诗，以遗山《论诗绝句》中攻苏之作，亦附会为爱苏之论。"他又说："遗山贬苏如此，而石洲犹以为程学盛于南，苏学盛于北，屡屡举此语以教人，古人有知，岂不为遗山所笑!"他这样不赞成翁氏"遗山宗苏"之说，然而他自己《论遗山诗》一首中所言，却说：

　　评论正体齐梁上，慷慨歌谣字字道。新态无端学坡谷，未须沧海说横流。

则潘氏固亦承认遗山诗学是受苏诗影响了。就当时学术风气的大概言之，翁氏所云，固未可厚非也。

　　明白了遗山诗学出自东坡，然后其疏凿标准可得而言。遗山才气奔放亦近东坡，故其论诗，只取凌云健笔，颇讥俯仰随人，窘步相仍之作。他说："窘步相仍死不前，唱酬无复见前贤。纵横正有凌云笔，俯仰随人亦可怜。"又其《论诗》三首之一云："诗肠搜苦白头生，故纸尘昏枉乞灵。不信骊珠不难得，试看金翅擘沧溟。"都可看出他尚壮美，重豪放之旨。所以论刘琨诗则云："曹刘坐啸虎风生，四海无人角两雄。可惜并州刘越石，不教横槊建安中。"论张华诗则云："邺下风流在晋多，壮怀犹见缺壶歌。风云若恨张华少，温李新声奈尔何!"他不满意孟郊的诗："东野穷愁死不休，高天厚地一诗囚。江山万古潮阳笔，合卧元龙百尺楼。"推尊退之而鄙薄东野，这即是东坡诗所谓"要当斗僧清，未足当韩豪"之旨。他也不满意秦观的诗："有情芍药含春泪，无力蔷薇卧晚枝。拈出退之山石句，始知渠是女郎诗。"称秦少游诗为女郎风格，这也同于东坡责少游学柳屯田词之旨。他称赞李白的诗："笔底银河落九天，何曾憔悴饭山前，世间东抹西涂手，枉着书生待鲁连。"尚迈往，尚自然，这即是东坡所谓"好诗冲口谁能择"之意。所谓"遗山接眉山"者，于此等处最容易看出。

三

　　然而，遗山论诗，也不是主张一味粗豪的。他说过："斗靡夸多费览观，陆文犹恨冗于潘。心声只要传心了，布谷澜翻可是难。"则知徒逞才气，一泻无余者，未必为遗山之所好了。他又说过："排比铺张特一途，藩篱如此亦区区。少陵自有连城璧，争奈微之识碔砆。"则知排比铺张，虽不为遗山所反对，亦不是遗山之所主张。宗廷辅云："夫诗以言志，志尽则言竭。自苏、黄创为长篇，次韵，于是牵于韵脚，不得不借端生议，牵连比附而辞费矣。"则是此二诗且有暗箴宋人之意。所以《论诗绝句》中论宋诗诸首，都有一些不满意的论调。

> 奇外无奇更出奇，一波才动万波随。只知诗到苏、黄尽，沧海横流却是谁。
> 金入洪炉不厌频，精真那计（一作许）受纤尘。苏门果有忠臣在，肯放坡诗百态新。
> 百年才觉古风回，元祐诸人次第来。讳学金陵犹有说，竟将何罪废欧、梅。
> 古雅难将子美亲，精纯全失义山真。论诗宁下涪翁拜，未作江西社里人。
> 池塘春草谢家春，万古千秋五字新。传语闭门陈正字，"可怜无补费精神"。

这几首诗中，应当分两组去看。其论黄、陈者，宗派不一，当然难免有贬辞。查初白谓："涪翁生拗锤炼，自成一家，值得下拜。"这却不是遗山的意思。翁覃溪谓论黄一首并非不满西江社，论陈一首亦并非斥陈后山，"此皆力争上游之语，读者勿误会"。[1]这还可以如此说法，然而正因力争上游，所以对于黄、陈觉得不满。遗山《自题中州集后》五首之一云："陶谢风流到百家，半山老眼净无花。北人不拾江西唾，未要曾郎借齿牙。"真的，北人不拾江西唾，他们都不愿作江西社里的人。周昂《读陈后山诗》："子美神功接混茫，人间无路可升堂。一斑管内时时见，赚得陈郎两鬓苍。"王若虚之论东坡、山谷云："戏论谁知是至公，蝤蛑信美恐生风。夺胎换骨何多样，都在先生一笑中。""文章自得方为贵，衣钵相传岂是真。已觉祖师低一着，纷纷法嗣复何人。"（《论诗诗》）都可以看出金代一般人不满意江西派的论调。

然则何以对于东坡也有微辞呢！难道是入室操戈，难道是知之深故论之切！关于这，莫怪潘德舆要同翁方纲打笔墨官司。翁氏于这几首，处处谓遗山

---

[1] 翁氏《石洲诗话》于论王渔洋《论诗绝句》中论及元氏论黄一首，谓："只此一个'宁'字，其心眼并不斥薄西江派，而其尊重山谷之意，与其置山谷于子美、义山之后之意，层层圆到，面面具足。"说极牵强。郑献甫《书石洲诗话后》一文颇驳斥之。

之力争上游，处处谓不是不满东坡。而潘氏则就遗山原诗，谓奇外无奇一首"明以沧海横流责苏"。金人洪炉一首"明言苏门无忠直之言，故致坡诗竞出新态"。百年才觉一首"明言欧、梅甫能复古，而元祐苏、黄诸人次第变古"。所以说，"凡石洲所解，皆与遗山本诗，义理迥不入，脉络绝不贯，不知何以下笔。盖既为偏好苏诗所蔽，而又不敢贬驳遗山，故于无可解说处，亦强为傅会，遂使人览之茫然耳"。这些话，颇中翁氏之病，然而却未必能使翁氏心服。盖遗山之受苏学影响，诚是事实。受其影响而入室操戈，或未必为遗山之所愿为；但是就其《论诗绝句》言之，确是有些不满之辞，所以我们假使能于遗山学苏之处，看出他贬苏之故，则翁氏之旨得以大白，而潘氏之诘难，也可以没有。

最早，便想在这方面作一种调停之辞者，便是清高宗所选辑的《唐宋诗醇》。《唐宋诗醇》之论苏诗，极称其"能驾驭杜、韩卓然自成一家，而雄视百代"，极称其"地负海涵不名一体"。他以为"前之曹、刘、陶、谢，后之李、杜、韩、白无所不学亦无所不工"。他是以广大教主视苏轼的，所以对于元遗山论苏之语产生下列的见解：

> 其诗气豪体大，有非后哲所易学步者。是以元好问《论诗》有云："只知诗到苏黄尽，沧海横流却是谁。"又云："苏门果有忠臣在，肯放坡诗百态新。"盖非用此为讥议，乃正以见其不可模拟耳。
>
> 用这些话来替东坡回护，未尝不可；但是假使说这些话为元遗山论诗之旨，则未必然。

其比较近是者，为宗廷辅的说法。他说：

> 新声创则古调亡。自苏、黄派行，而唐代风流，至是尽泯。明何仲默《答李献吉诗》云："文靡于隋，韩力振之，然古文之法亡于韩；诗溺于陶，谢力振之，然古诗之法亡于谢。"世或骇其言。然东坡亦言："书之美者，莫如颜鲁公，然书法之坏，自鲁公始；诗之美者，莫如韩退之，然诗格之变，自退之始。"语见《诗人玉屑》，何书即此意耳。

这种说法，若用现在的术语，即所谓给他历史的价值，承认他在历史上的地位。无所谓褒，也无所谓贬。清代陆奎勋的《题杜少陵诗》："《文选》理熟精，宋元格具有，五霸绍三王，罪魁而功首。"昔人谓为"石破天惊，实古人所未发"，实则与东坡、仲默所云，也正是同样的意思，不过没有人以之论杜耳。

明白这些意思，则知遗山之诗虽接踵苏诗，不妨仍有不满苏诗之语。其所谓"沧海横流"，所谓"百态新"云者，原不妨为贬词，何必定为苏诗回护！东坡《书黄子思诗集后》云："予尝论书以谓钟、王之迹，萧散简远，妙在笔画之外。至唐颜、柳始集古今笔法，而尽发之，极书之变，天下翕然以为宗师，而钟、王之法益微。至于诗亦然。苏、李之天成，曹、刘之自得，陶、谢之超然，盖亦至矣。而李太白、杜子美以英玮绝世之姿，凌跨百代，古今诗人尽废。然魏晋以来高风绝尘亦少衰矣。"这与《诗人玉屑》卷十五所引东坡语同一意思。假使以辞害意，谓这是东坡贬弹李、杜，贬弹退之的话，能乎不能？那么，我们再回头来看遗山的奇外无奇一首，岂不与东坡这些话头一鼻孔出气！因此，我们可以知道即在元氏《论诗》中贬苏之词，也是学苏的。

四

于是，我们再进一步探讨何以元氏会有这种见解？说是这种见解本诸东坡的，那么，何以东坡会有这种见解？我们须知自来传统的文学观——所谓原道、宗经、征圣三位一体的文学观，总离不开以一个"古"字作中心。而在宋代禅风正盛之时，又不能不受禅学的影响。所以他们看到古诗的妙处，只是"苏、李之天成，曹、刘之自得，陶、谢之超然，盖亦至矣"。他于古诗中只取"天成"、"自得"、"超然"诸种风格，而此种风格，却正是卖逞不得才华，搬弄不得学问的；没有才的做不到，而才气奔放的却离此愈远；不学固不成，而毕生学之也不一定能到此境界。愈是向往这种风格而欲追求之，却愈做不到。因此，感觉到作诗之难。因此，感觉到作诗之所以难，乃由于古之难复。一方面因时代的关系，受时人新变的影响，而一方面中心所向往而追求的，却在于古人"天成"、"自得"、"超然"的风格，所以做到的是一种境界，而看到的是另一种心目中认为更高的境界。这样说，谓为"力争上游"，诚不为过。

元遗山便有这般见解。其《陶然集诗序》云：

诗之极致，可以动天地，感鬼神；故传之师，本之经，真积之力久而有不能复古者。自"匪我愆期，子无良媒"，"自伯之东，首如飞蓬"，"爱而不见，搔首踟蹰"，"既见复关，载笑载言"之什观之，皆以小夫贱妇，满心而发，肆口而成，见取于采诗之官，而圣人删诗亦不敢尽废。后世虽传之师，本之经，真积力久而不能至焉者。何古今虽易不相侔之如是耶？……故文字以来，诗为难；魏晋以来，复古为难；唐以来，合规矩准绳尤难。…"毫发无遗憾"，"老去渐于诗律细"，"佳句法如何"，"新诗改罢自长吟"，"语不惊人死不休"，杜少陵语也。"好句似仙堪换骨，陈言如贼莫经心"，薛许昌语也。"乾坤有清气，散入诗人脾；千人万人中，一人两人知"，贯休师语也。"看似寻常最奇崛，成如容易却艰难"，半山翁语也。"诗律伤严近寡恩"，唐子西语也。子西又言："吾于他文，不至蹇涩，惟作诗极难苦，悲吟累日，仅自成篇。初读时.未见可羞处，姑置之；后数日取读，便觉瑕颣百出，辄复悲吟累日，反复改定，此之前作，稍有加焉。后数日，复取读，疵病复出。凡如此数四，乃敢示人，然终不能工。"李贺母谓贺必欲呕出心乃已，非过论也。今就子美而下论之，后世果以诗为专门之学，求追配古人，欲不死生于诗，其可已乎？

其《东坡诗雅引》亦言：

五言以来，六朝之陶、谢，唐之陈子昂、韦应物、柳子厚最为近风雅，自馀多以杂体为主。诗之亡久矣！杂体愈备，则去风雅愈远，其理然也。近世苏子瞻绝爱陶、柳二家，极其诗之所至诚亦陶、柳之亚，然评者尚以其能似陶、柳而不能不为风俗所移为可恨耳。夫诗至于子瞻，而且有不能近古之恨，后人无所望矣。

他深晓得复古之难，尤其以复到这些近风雅，有远韵的风格为尤难。我尝谓苏东坡诗的作风与其论诗主旨，不尽相同（《中国文学批评史》上卷页四〇三）。恰恰元遗山也有同样的情形。当然，这都是受当时禅学的影响。东坡论诗之带有禅味，我已经说过，我们试看元遗山为何如？他于《陶然集诗序》说了一大篇为诗之难，究竟他怎样解决这难题呢？他轻轻一转，便转到禅路上去。

虽然，方外之学，有为道日损之说，又有学至于无学之说。诗家亦有之。子美夔州以后，乐天香山以后，东坡海南以后，皆不烦绳削而自合，非技进于道者能之乎？诗家所以异于方外者，渠辈谈道不在文字，不离文字；

诗家圣处不离文字，不在文字。唐贤所谓情性之外，不知有文字云耳。

这样，所以不必于文字中求诗。其《双溪集序》云："槁项黄馘，一节寒饿之士，以是物为颐门，有白首不能道刘长卿一字者；青云贵公子乃咳唾嚬呻而得之，是可贵也。"此即是所谓"诗有别才非关学也"之说。即使欲于文字中去求，也须做到"学至于无学"的地步。其《杜诗学引》云："窃尝谓子美之妙，释氏所谓学至于无学者耳。……夫金屑丹砂芝术参桂，识者例能指名之，至于合而为剂，其君臣佐使之互用，甘苦酸咸之相入，有不可复以金屑丹砂芝术参桂而名之者矣。故谓杜诗无一字无来处可也，谓不从古人中来，亦可也。"这些话也即是沧浪"不落言筌"的注脚。所以他赠《嵩山隽侍者学诗》亦云："诗为禅客添花锦，禅是诗家切玉刀。"（见《嵩和尚颂序》）诗与禅的关系，遗山固已深深体会到了。翁方纲《石洲诗话》谓："《论诗绝句》三十首，已开阮亭神韵二字之端，但未说出耳。"亦可谓善于体会领悟者。

所以我说他们于古诗中独取"天成"、"自得"、"超然"诸境界，多少受一些禅的影响。

以东坡这样才气奔放的人，发为豪迈雄浑的诗，而"南迁二友"乃是陶、柳二集，别有会心之处，正是此中消息透露的所在。元遗山也是如此。一方面对于邺下曹、刘的豪气，与江东诸谢的高韵，有所抑扬，而一方面对于陶、柳之诗却亦深致推许。

一语天然万古新，豪华落尽见真淳。南窗白日羲皇上，未害渊明是晋人。
谢客风容映古今，发源谁似柳州深？朱弦一拂遗音在，却是当年寂寞心。

论诗特识，原来也是有所秉承的。

五

然则，遗山论诗，是不是同沧浪一样，完全以禅喻诗呢？则又不然。其《感兴》四首之一云："廓达灵光见太初，眼中无复野狐书。诗家关捩知多少，一钥拈来便有余。"这是妙悟，似乎颇带一些禅味。然而他于这一方面，非惟不同沧浪一样，即较之东坡，也似乎觉得淡一些。

遗山《杨叔能小亨集引》中论唐诗云：

> 唐人之诗，其知本乎？何温柔敦厚，蔼然仁义之言之多也；幽忧憔悴，寒饥困惫，一寓于诗，而其阨穷而不悯，遗佚而不怨者故在也。至于伤谗疾恶，不平之气，不能自掩，责之愈深，其旨愈婉；怨之愈深，其辞愈缓。优柔餍饫使人涵泳于先王之泽；情性之外，不知有文字。

这是他"情性之外，不知有文字"的另一种看法。这样一说，所以偏于"古"的意味来得强一些，而偏于"禅"的意味反而淡一些。于是他所谓"一钥拈来"者，以妙悟之说解之，似乎还不如视为这一篇文中之所谓"知本"。

然则他所谓根本关捩何所指？我以为二字足以尽之，曰"诚"，曰"雅"。诚是集义，故能雅；雅不违心，故能诚。诚是诗之本，雅是诗之品。能知本则品自高。这些意思，在他的《杨叔能小亨集引》中说得很明白。他说：

> 唐诗所以绝出于《三百篇》之后者，知本焉尔矣。何谓本？诚是也。……故由心而诚，由诚而言，由言而诗也，三者相为一。情动于中而形于言，言发乎迩而见乎远，同声相应，同气相求，虽小夫贱妇孤臣孽子之感讽，皆可以厚人伦，美风化；无他道也。故曰不诚无物。夫惟不诚，故言无所主，心口别为二物，物我邈其千里，漠然而往，悠然而来，人之听之，若春风之过马耳。其欲动天地，感神鬼，难矣。其是之谓本。

这是所谓"诚"。他又说：

> 初余学诗，以十数条自警云：无怨怼，无谲浪，无骜狠，无崖异，无狡讦，无婟阿，无傅会，无笼络，无衔鬻，无矫饰，无为坚白辨，无为贤圣癫，无为妾妇妒，无为仇敌谤伤，无为聋俗哄传，无为瞽师皮相，无为黥卒醉横，无为黠儿白捻，无为田舍翁木强，无为法家丑诋，无为牙郎转贩，无为市倡怨恩，无为琵琶娘人魂韵词，无为村夫子兔园册，无为算沙僧困义学，无为稠梗治禁词，无为天地一我今古一我，无为薄恶所移，无为正人端士所不道。

这又是所谓"雅"。本此二观点以看他的《论诗绝句》，然后知其所以称许阮籍者——"纵横诗笔见高情，何物能浇魂磊平？老阮不狂谁会得，出门一笑大江横"。即以其咏怀之作，掩抑隐避之处，在在见其真情之流露，有符于"怨之愈深，其辞愈婉"之旨。其所以称许陈子昂者——"沈宋横驰翰墨场，风流初不废齐梁。论功若准平吴例，合着黄金铸子昂"。又因其"常恐逶迤颓废风雅不作"，始返雅道的缘故。同时，也可看出他所谓"万古文章有坦途，纵横谁似玉川卢，真书不入今人眼，儿辈从教鬼画符"。及"曲学虚荒小说欺，俳谐怒骂岂诗宜？今人合笑古人拙，除却雅言都不知"云云者，其病又在于不雅。

这是他的疏凿标准，所谓"暂教泾渭各清浑"者，可以于此看出。假使我们要说遗山论诗异于苏学之处，那么，便在这一点了。然也未尝不可说是对于东坡诗论的修正。

原载《文学年报》1936年第2期

据上海古籍出版社1983年版《照隅室古典文学论集》上编移录

读《遗山乐府》

沈祖棻

在十三世纪上半期北中国寂寞的文坛上，元好问是一位活跃的、有成就的作家。他的创作实践和学术活动对当时和后世都产生了一定的积极影响。但在当代学者们所编撰的有关古典文学的一些著作里，谈到这位作家的时候，却几乎都只论述了他的诗作，对于他的词则很少或完全没有涉及。近来重读《遗山乐府》，感到他的词，无论在题材或风格方面，都有一些特色。从空间来说，元好问固然不失为金源一朝首屈一指的词人；从时间来说，在辛弃疾、姜夔以后，王沂孙、张炎以前，他也不失为有代表性的词人之一，和与他约略同时的吴文英、刘克庄相比，也是有他独特的面貌和成就的。

首先，我们认为，元词对于祖国北方雄伟的山川景色的成功描绘就是值得肯定的。从南朝的谢灵运起，诗人开始注意"雕镂风云，模范山水"，经过唐代王、李、杜、韩等人的努力，就通过他们诗歌中的形象更其普遍和深刻地增加了人们对于祖国锦绣河山的热爱。但自从晚唐、五代以来，词这种形式就被一种并不合理的传统所规定，因而题材也就不免陷于狭窄境地，因而用词来写山水，却是非常少见的。苏轼和辛弃疾都曾大刀阔斧地给词开疆拓土，扩大了题材，也改变了风格，这就为词这一文学样式奠定了与五、七言诗同样可以从事山水描写的可能性。但在为数并不算少的苏、辛词里，有意识地从事这方面描写的作品还是很有限。另外，由于作家们都受着自己的生活方式、思想感情的制约，他们对于自然景物的爱好也就各不相同。意气飞扬，心胸开扩，富于积极进取精神的作者，很自然地会摄取雄伟博大的图景作为自己描写的对象；反之，为消极意识所牢笼的，则往往只关心和注意一些轻柔琐细的事物，而有意无意地排斥和回避那些可以使其纤弱的灵魂感到不安的东西。而元好问则不但写了一些描绘山水的词，他所写的还是祖国黄河流域那种壮伟奇丽，足以代表我们民族伟大崇高的精神气魄的自然风物；而且，这些作品，又是通过他精湛的艺术手段来完成的。这就不能不使得他在词坛上占有一个令人注目的地位。

在《遗山乐府》中，如《水调歌头》（《与李长源游龙门》、《缑山夜饮》、《赋德新王丈玉溪……》、《赋三门津》）、《水龙吟》（《同德秀游盘谷》）都是这方面很优秀的作品。试举《赋三门津》为例：

> 黄河九天上，人鬼瞰重关。长风怒卷高浪，飞洒日光寒。峻似吕梁千仞，壮似钱塘八月，直下洗尘寰。万象入横溃，依旧一峰闲。　仰危巢，双鹄过，杳难攀。人间此险何用？万古秘神奸。不用然犀下照；未必饮飞强射，有力障狂澜。唤取骑鲸客，挝鼓过银山。

三门峡在古代并不是像今天这样为人所注意的。我个人见闻很陋，不知道在元好问之外，还有多少诗人词客歌咏过它。但元好问发现了它，被它吸引住了，因而成功地刻划出了这个地区波涛汹涌，崖岸嵚奇的面貌。上片的描绘和比喻，固然使我们有惊心动魄之感，而更值得我们重视的，则是词人在下片中所体现的思想。他发出了"人间此险何用"的疑问，而终以"唤取骑鲸客，挝鼓过银山"的希望来结束全篇。那就是说，他并没有被大自然这种奇险的陵谷、狂暴的河流所吓倒，而是想"障狂澜"或"过银山"，即控制它或跨越它。正是在这种地方，表现了词人浩荡开朗的精神面貌。从而鼓舞了读者战胜自然的斗志。

从《遗山乐府》来看，元好问虽然在词中开辟了描写山川景色的境界，但他以整个篇幅来从事于山水描写的作品也还是不多，更其普遍的则是一些藉景抒情，景中带情，终于达到情景交融的作品。这原是祖国古典抒情诗人所最擅长的一种手法。只是元好问能以自己开阔豪迈的胸襟来摄取与这种胸襟相适应的景物写入词中，就使人读了以后，更有面目一新之感。这是苏、辛两大家以外的词人中所少见的。例如：

> 塞上秋风鼓角，城头落日旌旗，少年鞍马适相宜。从军乐，莫问所从谁。候骑才通蓟北，先声已动辽西。归期犹及柳依依。春闺月，红袖不须啼。
> ——《江月晃重山》（《初到嵩山时作》）
> 江山残照，落落舒清眺。涧壑风来号万窍，尽入长松悲啸。井蛙瀚海云涛，醯鸡日远天高。醉眼千峰顶上，世间多少秋毫。
> ——《清平乐》（《泰山上作》）

在这两篇小令里，前者反映了一个意气风发的侠少的气概，后者却展示了一个遗世独立的隐士的心情。在全篇中，都具有或少或多的景物描写，而这些描写，又正恰如其分地烘托、陪衬了这两个形象的精神面貌和内心活动。由于景物的安排得宜，选色配声都很恰当，才使得这两个形象更加丰满而完整。虽然这两个形象都不是值得我们今天效法的，但是这并不排斥我们承认元好问塑造他们在艺术上所获得的成功。在《遗山乐府》的长调中，这一特色是更其显著的，如《水调歌头》（《泛水故城登眺》）、《木兰花慢》（《游三台》二首）、《念奴娇》（《钦叔、钦用避兵太华绝顶，以书见招，因为赋此》）、《八声甘州》（《同张古人观许由冢……》）等都是很好的例子。但长调在体制上比小令容易铺排，在一篇小令中，要使得所写之景和所抒之情密合无间，达到水乳交融，就需要更多的匠心，要求作家具备更高妙的技巧，而从上面所举的两个例子看来，元好问是作到了这一点的。

爱情自来是词这种文学样式的最普遍的题材，在元好问以前，已经有不少作家为了反映人类的爱情生活而付出过难以估计的心思才力。《遗山乐府》在这一方面也具有自己的特色。谈到此，我们很自然地就会记起下面这篇著名的《摸鱼儿》：

问莲根有丝多少，莲心知为谁苦？双花脉脉娇相向，只是旧家儿女。天已许，甚不教白头生死鸳鸯浦。夕阳无语。算谢客烟中，湘妃江上，未是断肠处。

香奁梦，好在灵芝瑞露。人间俯仰今古。海枯石烂情缘在，幽恨不埋黄土。相思树，流年度，无端又被西风误。兰舟少住，怕载酒归来，红衣半落，狼藉卧风雨。

这篇词前面的小序简略地记载了这个悲剧的本事："泰和中，大名民家小儿女有以私情不如意赴水者。官为踪迹之，无见也。其后踏藕者得二尸水中，衣服仍可验，其事乃白。是岁，此陂荷花开，无不并蒂者。"元好问对于这个爱情悲剧的咏叹，说明了他对这一对以生命来捍卫婚姻自由的反封建的普通人民的深刻同情和哀悼。汉魏时代的民间歌手不愿意兰芝和仲卿的悲剧湮没无闻，唱出了伟大的《孔雀东南飞》。在这一点上，元好问这篇《摸鱼儿》正是它的后继者。虽然从技巧上说，这个作品中的个别词句还值得斟酌（如"香奁梦，好在灵芝瑞露"，就有些"隔"）；但总的说来，它还是非常富于魅力的。类似的作品，我们还可以举出《江梅引》所写的"西州士人家女阿金"和"同郡某郎"互相爱悦，却因为男的"从兄官陕右，女家不能待，乃许他姓"，以致阿金抑郁而死的悲剧。再如《江城子》（《观别》）一篇，从词意上看，应当是元好问中年以后的作品了。可是这位久历沧桑，饱经忧患的词人，却对于他看到的那对他并不认识的男女的离别场面，产生了那么炽热的激情，写出了："万古垂杨都是折残枝。旧见青山青似染，缘底事，淡无姿？"以及"为问世间离别泪，何日是，滴休时"这些动人心弦的名句。从这些作品看来，元好问对于受压抑的纯洁的爱情，自来是肯定的，是从不吝惜自己的笔墨去加以歌颂的。愿意而且善于歌颂普通人民真挚、纯洁的爱情，不把作品中的爱情描写局限在个人的私生活范围之内，正是元好问在这类题材上所表现的特色。

另一篇同样著名的《摸鱼儿》也有力地证明了这一点。小序说："乙丑岁赴试并州，道逢捕雁者云：'今旦获一雁，杀之矣。其脱网者，悲鸣不能去，竟自投于地而死。'予因买得之，葬之汾水之上，累石为识，号曰雁丘。时同行者多为赋诗，予亦有《雁丘词》。旧所作无宫商，今改定之。"乙丑是公元一二〇五年，那时元好问才十六岁，对于世界上许多美好的事物，却已经有了深刻的感情。在若干年以后，他还不能忘记青年时代所偶然遇到的小小悲剧，对于在民间传说中一向被认为具有坚贞爱情的禽鸟，发出沉痛的哀悼，将自己的作品重写了一遍。

> 问人间情是何物，直教生死相许。天南地北双飞客，老翅几回塞暑。欢乐趣，离别苦，是中更有痴儿女。君应有语，渺万里层云，千山暮景，只影为谁去。
>
> 横汾路，寂寞当年箫鼓。荒烟依旧平楚。招魂楚些何嗟及，山鬼自啼风雨。天也妒，未信与莺儿燕子俱黄土。千秋万古，为留待骚人，狂歌痛饮，来访雁丘处。

对于并蒂的荷花、殉情的孤雁，这样的郑重，写得那样缠绵，显然只有具有了深厚的思想感情的基础才能做到。而且，从《雁丘词》在多少年以后还加以改定看来，元好问这种优美的思想感情又是历久不衰，甚至于是"老而弥笃"的。这两篇《摸鱼儿》从南宋以来，就被人认为是元词的代表作。张炎《词源》卷下《杂论》就曾经称道过它们。但张炎只说它们"妙在模写情态，立意高远"，并没有接触到本质问题。倒是清人许昂霄的《词综偶评》所说："二阕绵至之思，一往而深，读之令人低徊欲绝。"比较地能搔着痒处。

元好问的词，对于现实政治社会的情况，远不及其诗文反映得那么丰富和明显。在《遗山乐府》中，我们固然也可以读到："初闻古寺多伥鬼，又说层冰有热官"和"旁人错比扬雄宅，笑杀韩家昼锦堂"（《鹧鸪天》）这类讽刺时政的句子，但更多的则是以男女之情来写家国之恨、身世之感的作品。这种一般称之为比兴的表现方式，原是从《诗》、《骚》以来就出现了的。

说到这一方面，我们不能不涉及到虽然在这篇短文中无法详加考论的元好问的政治社会观点问题。极其概括地说，这位作家是效忠女真贵族建立的金朝的，但他一方面又是同情在当时动乱年代里遭受苦难的人民的。因此，他悲悼金朝政权的崩溃，反对蒙古军队的侵略和破坏，同情各阶层人民在战乱中的辛苦流离。他的思想情感，说来颇为复杂。他的对异族王朝的愚忠虽然是一种反动的封建道德的胡涂观念，而他的同情苦难人民却有其进步意义。这两种存在着矛盾的观点，交织在元好问的思想意识中，在其诗文中是表现得较为清楚的，因而是比较容易区别对待的。可是在他的词中，因为大量普遍地采用了以男女之情喻家国之感的寄托手法，就往往使读者几乎无从进行"定性分析"。在这种具体条件下，对待这类作品，就不能一味赞扬，或者完全抹杀了。下面所举的《鹧鸪天》，便流露有他对于金朝覆灭的哀悼情绪。

　　玉立芙蓉镜里看，铅红无地着边鸾。半衾幽梦香初散，满纸春心墨未干。深院落，曲阑干。旧愁新恨绾衣宽。几时忘得分携处，黄叶疏云渭水寒。

从这首词中，我们大致可以看出元好问是怎样通过爱情的题材来寄托故国之思的。它上片描绘了词中的主人公——一位少妇的美好以及她和情人初别的悲哀。下片写她在所处的环境中日益累积起来的旧愁新恨以及对于当时的离别场面的念念不忘的深情。这样，就藉离别相思的儿女之情，写出了缠绵忠爱的君国之感。在这方面，调寄《鹧鸪天》的《宫体》八篇、《薄命妾辞》三篇，也同样具备着况周颐在《蕙风词话》卷三中所说的："其词缠绵而婉曲，若有难言之隐，而又不得已于言"的特征。元好问以爱情王沂孙等《乐府补题》诸作者以咏物来寄托家国之感，对于后来的词人，特别是晚清词人产生过一定的影响。

元词在风格方面的特点，概括地说，是不但能够兼备前代已经形成的婉约、豪放两派作风，而且还能够加以适当的融合，使他的某些作品达到苏轼形容书法艺术所谓"刚健含婀娜"（《和子由论书》）的境界。在苏轼出现以前的词坛，大体上是婉约派的统一帝国。苏的别开生面，辛的力征经营，才为豪放派争得了一席地位，虽然还是要被许多人斥为"别调"，不算"正宗"。自从具备了这两种词风之后，作家们就不仅各有偏长，也能够兼收并蓄，如被《宋史·文苑传》称其作风"深婉丽密，如次组绣"的贺铸，就曾写出了《行路难》（"缚虎手"）、《六州歌头》（"少年侠气"）；而被刘克庄在《稼轩集序》称其作风"横绝六合，扫空万古"的辛弃疾，也有"不在小晏、秦郎之下"的《祝英台令》（"宝钗分"）等名作。但是，一位作家的风格兼备婉约、豪放之长，并不等于能够融二者于一炉。要在一个作品里做到刚柔相济，将婉约、豪放两种对立的风格统一在一个有机体之中，还有待于进一步的创作实践。从《遗山乐府》中的一些词来看，元好问是朝这一方面努力进行了试探，并且取得了较好的成绩的。上面所举的一篇《鹧鸪天》就是一个很典型的例子。"黄叶疏云渭水寒"，是多么开阔的气象，而"满纸春心墨未干"，又是多么温柔的感情。可是当词人巧妙地将这两个形象放在一处的时候，我们并不感到它们之间的矛盾，而只感到和谐。再如《宫体》和《妾薄命辞》两组著名作品，也都具有这种风格，试举前者之七，后者之二如次：

八茧吴蚕剩欲眠，东西荷叶两相怜。一江春水何年尽，万古清光此夜圆。花烂锦，柳烘烟，韶华满意与欢缘。不应寂寞求凰意，长对秋风泣断弦。

颜色如花画不成，命如叶薄可怜生。浮萍自合无根蒂，杨柳谁教管送迎。云聚散，月亏盈，海枯石烂古今情。鸳鸯只影江南岸，肠断枯荷夜雨声。

在这类作品中，元好问是以比兴的手法，突出地寄托了他一往情深的家国兴亡之感。然而又出之以悲壮的情怀，激越的声调，因此使人读起来有一种新鲜的感觉，这正是他成功的地方。

元人徐世隆在《遗山先生文集序》中说元词"清雄顿挫，闲婉浏亮，体制最备。"清刘熙载《艺概》卷四也赞美其"疏快之中，自饶深婉，亦可谓集两宋之大成。"虽然他们所用的语言不同，但就认识到元好问兼有婉约、豪放二派作风之长来说，都很有见地。至于刘说元词是"集两宋之大成"，那就显然是一种无根据的夸大了。

公元一二三四年，蒙古灭金。那时，元好问是四十五岁。他在那年第一次编定了自己的词集。在自序中，他写道："余所录《遗山新乐府》成，客有谓余者云：'子故言宋人诗大概不及唐，而乐府歌词过之。此论殊然。乐府以来，东坡为第一，以后便到辛稼轩。此论亦然。东坡、稼轩即不论，且问遗山得意时，自视秦、晁、贺、晏诸人为何如？'余大笑，拊客背云：'那知许事，且嗷蛤蜊。'客亦笑而去。"

据此，我们可以知道，元好问直到中年，还是羡慕和效法豪放派的苏、辛的。兼取婉约一派之长，并进而追求既刚健而又婀娜的风格，乃是金亡以后的事。这种风格上的改变，当然和艺术实践有关，但更主要的、根本的原因还是应当从作家生活环境的变迁中得到解释。所以我们可以说元好问的词，由中年以前的豪放，转变而为中年以后的兼具婉约之风，或者说，在豪放的基础上济之以婉约，正是他的生活、思想、感情发生变化的结果。

原载《文学遗产增刊》十一辑，1962 年

元西域人华化考

陈 垣

卷四 文学篇

一 西域之中国诗人

泰不华	迺贤	余阙
聂古柏	斡玉伦徒	三宝柱
张雄飞（昂吉、完泽）	伯颜子中	薛超吾
郝天挺	辛文房	马彦翚
阿里		

前篇所论，如巙巙、马祖常、泰不华、贯云石、迺贤、丁鹤年等，皆有诗名。巙巙诗传者不多，顾嗣立《元诗选》癸集仅据石刻及《元风雅》选其数首。巙巙本以书名家，故诗名为书名所掩，详《美术篇》。贯云石有《酸斋集》，见《元诗选》。酸斋以乐府名，将别论之。马祖常为基督教世家，丁鹤年为回回教世家，亦将别论之。

泰不华死于方国珍之难。《元诗选》有《顾北集》，与余阙《青阳集》并列，推为元季诗人第一。其言曰"自科举之兴，诸部子弟类多感励奋发，以读书稽古为事。迨至正用兵，勋旧重臣往往望风奔溃，而挺然抗节、秉志不回，乃出于一二科目之士，如达兼善、余廷心者，其死事为最烈。然后知爵禄豢养之恩，不如礼义渐摩之泽也。故论诗至元季诸臣，以兼善为首，廷心次之，亦足见二人之不负科名"云。

至于迺贤，则有《金台集》传世，杨彝跋盛称其《颍州老翁》、《西曹郎》、《巢湖》、《新乡媪》、《新堤》诸篇，抚事感怀，有得于风人之旨。《颍州老翁》篇幅太长，今特介绍《新乡媪》一篇如下：

蓬头赤脚新乡媪，青裙百结村中老，日间炊黍饷夫耕，夜纺绵华到天晓。绵华织布供军钱，倩人辗谷输公田，县里工人要供给，布衫剥去遭笞鞭。两儿不归又三月，只愁冻饿衣裳裂，大儿运木起官府，小儿担土填河决。

茆楢雨雪镫半昏，豪家索债频敲门，囊中无钱瓮无粟，眼前只有扶床孙。明朝领孙入城卖，可怜索价旁人怪，骨肉生涯岂足论，且图偿却门前债。

数来三日当大年，阿婆坟上无纸钱，凉浆浇湿墓前草，低头痛哭声连天。恨身不作三韩女，车载金珠争夺取，银铛烧酒玉杯饮，丝竹高堂夜歌舞。黄金络臂珠满头，翠云绣出鸳鸯裯，醉呼阍奴解罗幔，床前热火添香篝。

诗中大意可分三截：第一截写专制政体之横暴，第二截写豪门势力之压迫，第三截写贫富阶级之悬殊，抑何其言之沈痛也。

迺贤，葛逻禄人。葛逻禄今为俄地，其殆开后来俄国文学之先路乎！而同时诗人则固以迺贤为被中原之化者也。《金台集》李好文《序》谓："尝爱贺六浑《阴山敕勒歌》，语意浑然，不假雕刻，顾其雄伟质直，善于模写，政如东丹突欲画本土人物，笔迹超绝，不免有辽东风气之偏。惟吾易之之作，粹然独有中和之气，非圣人之化，仁义渐被，诗书礼乐之教而致然耶！"贡师泰序则谓："子闻葛逻禄氏，在西北金山之西，与回纥壤相接，俗相类，其人便捷善射，又能相时居货，媒取富贵。易之世出其族，而心之所好独异，宜乎见于诗者卓乎有以异于人也。"程文《序》则谓："易之葛逻禄人，在中国西北数千里之外，而能被服周公、仲尼之道。家固有阀阅勋荣，可借以取富贵，而弃不就，臞然一寒生，专以诗名世。"则迺贤与托尔斯太一流正有些相类，而戴良为《丁鹤年集》序，历数元时西域诗人，独不及迺贤，抑亦异矣。

《琳琅秘室》本《鹤年集》序，与《九灵山房集·鹤年吟稿序》，稍有异同，《琳琅》本为初稿，《九灵》本为定稿也。《琳琅》本云："我元受命，西北诸国若回回、吐蕃、康里、畏吾儿、也里可温、唐兀之属，率先臣顺，奉职称藩。积之既久，文轨日同，而子孙遂皆舍弓马而事诗书。至其以诗名世，则贯公云石、马公伯庸、萨公天锡、余公廷心，其人也。论者以马公之诗似商隐，贯公、萨公之诗似长吉，而余公之诗，则与阴铿、何逊齐驱而并驾。他如高公彦敬、嶤公子山、达公兼善、雅公正卿、聂公古柏、翰公克庄、鲁公至道、三公廷圭辈，亦皆清新俊拔，成一家言。此数公者皆居西北之远国，其去幽秦，盖不知其几千万里，而其为诗，乃有中国古作者之遗风，足见我朝王化之大行，虽成周之盛莫及也。"

以上所举西域诗人十二人，独阙遒贤。《九灵》本则仅留马、萨、余三人，并贯云石、高彦敬等九人而去之。此十二人者，其诗名高下不同，而其可与中国作者抗衡则一也。戴良初以十二人并举，正可见其同负时名，足为今日言西域诗人者之参考。兹将十二人中之已见或未见于前者，疏其略历如下：

马伯庸即马祖常，达兼善即泰不华，萨天锡、鲁至道为回回教世家，雅正卿为基督教世家，别有专论。高彦敬名克恭，亦回回人，有《房山集》，见《元诗选》。善画墨竹山水，诗名为画名所掩，详《美术篇》。

余廷心名余阙，河西人，河西古诸羌，李元昊据之为西夏，元初累征之不服。其人刚直守义，蕃语谓之唐兀氏，为元色目人之一。其俗自别旧羌为蕃，河西陷没人为汉，余阙盖蕃而非汉也。据《元史》本传，余阙父名沙剌藏卜，据《元统癸酉进士录》，余阙父名屑耳为，祖及曾祖均名铣节，皆非汉姓，故余阙实西域人。至正十八年守安庆死节，有《青阳山房集》，今传于世。《元史》称其诗体尚江左，高视鲍、谢、徐、庾以下不论也。《四库提要》称其诗以汉魏为宗，优游沈涵，于元人中别为一格。胡应麟《诗薮外编》六云"元人制作，大概诸家如一，惟余廷心古诗近体，咸规仿六朝，清新明丽，颇自足赏。惜中厄王事，使成就当有可观。泰兼善绝句温靓和平，殊得唐调，二人皆才藻气节兼者"云。

聂古柏官吏部侍郎，据黎崱《安南志略》三，至大四年，聂古柏曾奉使安南。《元诗选》三集有《侍郎集》，鲁贞《桐山老农集》二有《送聂古伯主簿序》，疑同名异人也。傅习《元风雅》采聂古柏诗七首，其《番禺道中》一首，各家选本皆采之。末有句云"中朝耆旧如相问，鸟语啾啁正未堪"，竟笑吾粤为缺舌南蛮，而不自审其出于何族也。

翰克庄，名翰玉伦徒，徒或作都，或作图。西夏人。虞集弟子，《道园学古录》三九有《海樵说》，即为翰玉伦徒作。《元文类》十八选虞集撰《西夏相翰公画像赞》，翰公即玉伦徒之高祖。《元诗选》癸之丁，有翰玉伦徒诗，癸之戊又有王伦徒诗，"王"为"玉"之讹，《元诗选》误作二人。虞伯生《诗续编》卷首，有监丞玉伦徒诗，刻本亦或误作"王"，《元风雅》则作"玉"，实一人也。翰玉伦徒为纂修《宋史》二十三人之一，见《圭斋集》十三

《进宋史表》。《陔余丛考》十三刻本讹为斡三伦徒,皆误。

三廷圭,名三宝柱,畏吾人。《元史》一四四附《星吉传》。《元诗选》癸之丙有三宝柱诗。

凡此诸人,其诗今日或传或不传,然在当日则皆有声于时,然后为戴良所论列也。

唐兀去中国最近,其地又颇崇儒术,习睹汉文,故入元以来,以诗名者较他族为众。余阙、斡玉伦徒之外,尚有张雄飞、昂吉、完泽等。

张雄飞,登延祐首科进士,与马祖常、许有壬等同科,《至正集》三三有《张雄飞诗集序》,云:"延祐首科,国人暨诸部列右榜者十六人,唐兀氏张君雄飞,首科右榜有闻者也。尤工于诗,佳章奇句,不可悉举"云云。与《元史》之张雄飞字鹏举者,同名异人,一汉人,一唐兀氏也。

昂吉字启文,至正八年进士。杨维桢《送启文会试诗》有"西凉家世东瓯学,公子才名久擅扬"之句。《玉山名胜集》有昂吉倡和诗,《元诗选》有《启文集》。

完泽字兰石,《西湖竹枝集》称其聪敏过人,善读书,尤工诗律。

《元诗选》二集有《子中集》。伯颜子中,亦西域人。《明史》一二四附《陈友定传》。子中卒于洪武十二年,故《元史》无传,济阴丁之翰为作传,载《七修类稿》十六中。传云:

> 伯颜,字子中,世家西域,其祖父宦江西,遂为进贤人。幼读书,通大义,稍长,无所好,惟耽典籍,手不释卷。从钓台夏溥习进士业,四以《春秋经》领江西乡举,授龙兴路东湖书院山长,改建昌路儒学教授。壬辰兵兴,全闽、二广皆归附国朝,伯颜由是潜形遁迹,隐约江湖间。以先世有墓庐在彭蠡之涯,乃卜进贤之北山,诛茅剪荆,躬自为创竹屋三间,左图右史,闭户澹如,时寓其忠愤于词翰之间而已。洪武十二年己未秋,朝廷搜求博学老成之士,江西布政使沈本立(《明史》及《明文稿》作立本)闻伯颜名,遣从事以礼来征。伯颜闻使者至,慨然曰:"是不可以口舌争也。"先一夕具牲醴,作《七哀诗》,祭其先与昔时共事死节之士,复手书短歌一篇,饮药而卒。

王礼《麟原集》卷四有《伯颜子中诗集序》,云:"子中既断发自废为民,忠愤邑郁,仰屋浩叹,付之无可奈何,而心不能自平,时时以其慷慨之情、憔悴之色,一寓于诗。又记其旧作,辑为一卷,俾予序之。余三复而叹曰:'美哉!飒飒乎殆有唐之正音,而阳明之气也。'子中今无民社之责,将翔于青原白鹘之间,肆其力于文字,则余也葛巾野服,陪乎杖履之末,尚取新作玩绎之。"其推挹极矣。

西域人中,更有其诗不传,而其诗集序跋尚见于他人文集,可以略窥其造诣者,有薛昂夫。《松雪斋文集》卷六有《薛昂夫诗集序》,云:"嗟夫!吾观昂夫之诗,信乎学问之可以变化气质也。昂夫西戎贵种,服毡裘,食湩酪,居逐水草,驰骋猎射,饱肉勇决,其风俗固然也。而昂夫乃事笔砚,读书属文,学为儒生,发而为诗乐府,皆激越慷慨,流丽闲婉,或累世为儒者有所不及,斯亦奇矣。盖昂夫尝执弟子礼于须溪先生之门,其有得于须溪者,当不止于是。而余所见者词章耳,他日昂夫为学日深,德日进,道义之味,渊乎见于词章之间,则余爱之敬之,又岂止于是哉!"

元时西域人华学之盛,论者辄谓与科举有关,吾不谓然也。当延祐未兴科举前,如不忽木、回回、嵲嵲等,文采斐然,何尝由于科举!然此犹得谓不由科举而由学校也。若廉希宪、赡思、赵世延等,又何尝出身学校!即以科举既兴论,贯云石、迺贤、丁鹤年等,又何尝出身科举!马祖常等出身科举矣,而延祐首科即已中选,其文章学问,必早蓄于未兴科举之前,岂为科举而求学也。薛昂夫亦生于元初,科举未兴,未尝入国学,徒以爱慕华学,执业于宋遗民刘辰翁之门,其华学遂灿然有烂,赵孟頫所以惊为奇事,而深信学问之可以变化气质也。

辰翁子将孙《养吾斋集》二四有《薛超吾字说》,云昂夫为超吾之字,而不言为西域人。《天下同文集》十五有王德渊所为《薛昂夫诗集序》,述昂夫家世较详,以为回鹘人能读中夏之书,破天荒而出类拔萃也。曰:"薛超吾,字昂夫,其氏族为回鹘人,其名为蒙古人,其字为汉人。人之生世,封域不同,而能氏不忘祖,孝也;仕元朝明圣之代,名不忘国,忠也;读中夏模范之书,免马牛襟裾之诮,字不忘师,智也。惟孝与忠、智,根本立矣,文藻柯叶,又何难为!今观集中诗词,新丽飘逸,如龙驹奋迅,有并驱八骏一日千里之想,振珂顿辔,未见其止。昂夫今甫三十有一,余欲与期之于十年之后。唐□□(应是种人二字)率多武臣,少见文士,昂夫诚能篑进川增,独破天荒,异时列名于儒林、文苑传中,出类拔萃,超越前古,顾不伟欤!"

昂夫诗集今不传,昂夫诗吾亦未一见,然由赵、王两序之保证,不能不认为西域诗人之一,固不得以其诗之不传而屏之也。

西域诗人中，又有其诗传者不多，而别以与诗有关系之著述传者，则郝天挺之《唐诗鼓吹注》，及辛文房之《唐才子传》是。苏天爵为《元文类》，搜辑殆二十年，而西域诗人仅采五家，马祖常、高克恭、赵世延外，辛、郝二家而已。

郝天挺，字继先，号新斋，出于朵鲁别族。父和上拔都鲁，以武功称。天挺幼受业于遗山元好问之门，多所撰述，注《唐诗鼓吹》十卷外，又修《云南实录》五卷，事迹具《元史》本传一七四。天挺色目人，而《元史》与汉人同列，一时失检也。天挺诗传者仅一二篇，其《麻姑山》一律，《元风雅》、《元文类》并采之，而康熙御定《全金诗》四二乃据以补入金人之郝天挺卷中，不知金、元之间，有两郝天挺，一为元好问师，一为好问弟子。《池北偶谈》卷六、《元诗选》癸之乙先后辨之，《四库提要》总集类三亦引《池北偶谈》说，释陆贻典之疑。乃《新元史》一四八《郝天挺传》中，又羼入金人郝天挺语。原语见《中州集》卷九《郝天挺小传》，《金史·隐逸传》采之，曰："读书不为艺文，选官不为利养，唯通人能之。"又曰："男子生世，不耐饥寒，则虽小事不能成，子试以吾言求之。"此元好问述其师郝天挺语，而《新元史》以为是好问弟子郝天挺之言，亦一时失检也，特附识于此。《唐诗鼓吹》者，元好问所编，而郝天挺注之，赵孟頫序云：

鼓吹者何？军乐也。选唐诗而以是名之者何？譬之于乐，其犹鼓吹乎！遗山之意深矣。中书左丞郝公，当遗山先生无恙时，尝学于其门，其亲得于指教者，盖非止于诗而已。公以经济之才坐庙堂，以韦布之学研文字，出其博洽之余，探隐发奥，人为之传，句为之释，或意在言外，或事出异书，公悉取而附见之，然后唐人之精神情性，始无所隐遁焉。嗟夫！唐人之于诗美矣，非遗山不能尽去取之工，遗山之意深矣，非公不能发比兴之蕴，此政公惠后学之心，而亦遗山裒集是编之初意也。（《松雪斋文集》卷六）。

赵序仅言天挺为好问弟子，而未尝注意其为色目人。姚燧序则注意及之。曰："鼓吹，军乐也。遗山选唐诗近体六百余篇，以是名。遗山代人，云南参政郝公新斋，视为乡先生，自童子时尝亲几杖，得其去取之指归，恐其遗忘，既辑所闻与奇文隐事之杂见他书者，悉附章下，则公可当元门忠臣。公将种也，父兄再世数人，皆长万夫，于鼓吹之陪犪稍而导绣赑者，似已饫闻，乃同文人词士，以是选为后部寂寂而自随，无亦太希声乎！其亦宏壮而震厉者，亦有时乎为用也。"（《牧庵集》卷三）

则直以郝天挺为原出将门，至是乃讲求文学也。今通行本《唐诗鼓吹》，无赵、姚二序，而有徐乾学序。《四库提要》谓："天挺所注，虽颇简略，而但释出典，不涉穿凿，与明廖文炳等所解横生枝节者不同。"廖文炳为吾乡人。观今通行本，廖文炳等所解，卒不能废，盖初学便之也。

辛文房亦有诗名，陆友《研北杂志》云："王伯益执谦以字行，大名人。同时有辛文房良史，西域人，杨载仲弘，浦城人，并以能诗称。"《杨仲弘集》卷七有《元日早朝，次韵辛良史》七律一首，《句曲外史集》（卷四）亦有《元日雪霁，早朝大明宫，和辛良史省郎二十二韵》。辛文房诗，不多见，《元文类》卷四卷八载其《苏小小歌》及《清明日游太傅林亭》二篇，《四库提要》传记类二谓仅一篇者，沿《池北偶谈》十二说也。王士祯据《杨东里集》卷十，知辛文房有《唐才子传》，恨不得见。乾隆时纂《四库全书》，始在《永乐大典》中辑为八卷。后三间草堂、粤雅堂得日本刊足本十卷重雕之，此书遂复传于世，孰料西域人乃有此著述也。《四库提要》称其"较《唐诗纪事》叙述有条理，文笔亦秀润可观，传后缀论，多揣摭诗家利病，足以津逮艺林"。伍崇曜跋称其"评骘精审，似钟嵘《诗品》；标举新颖，似刘义庆《世说》；而叙次古雅，则又与皇甫谧《高士传》等相同"，称之者至矣。惟《唐才子传》三百九十七人中，无一西域人焉，则运会之异也。予在马祖常《石田集》，发见文房有《披沙诗集》，与唐李咸用诗集同名，恨未得见，安得如《唐才子传》之复出人间也。兹将《石田集》卷二《题辛良史披沙集》诗录下，亦可窥见文房诗格之一斑。诗云：

> 未可披沙拣，黄金抵自多，悠悠今古意，落落短长歌。秋塞鸣霜铠，春房剪画罗，吟边变余发，萧飒是阴何。

阴、何，阴铿、何逊也。以此相比，深许之矣。无惑乎其与王执谦等齐名，而杨载等与之倡和也。

西域人有不以诗名，而由赠诗者之众，亦可知其人之风雅。杨翮《佩玉斋类稿》卷四有《郑马彦翚赴江西省管勾诗序》，曰："金陵寓官马彦翚，由进士为江西行省管勾。行有日，其故人刘献可具请于彦翚之所尝与游尤长于诗者，咏歌之以张其行，得诗一卷，谓上元杨翮习文词，宜为序，虚其右方属焉。予惟金陵为江左文物之邦，历晋、宋、齐、梁、陈及南唐为都会，其俗特善歌诗，天朝克定季宋，金陵独未尝被兵，涵煦五六十载，人才辈出。彦翚自早岁寓金陵，有贤名，与合郡之学士大夫尽交焉，故其上官之日，具得其诗，而四方秀人名公卿之在金陵者，亦附诗卷中，由是卷之诗美且富。惟彦翚以西域世胄，入天子太学，擢右科进士，其年正强，才德方懋，宪官御史将交章论荐，何假于诗。然江西幕府，若大梁崔公、河南王公，皆当世之号能诗者，彦翚往而有同寅之好，他日将从容取吾乡之诗而观之，则是诗乌可少。"

又有官于此县，而他县人赠之诗者。如安仁县人之于弋阳县监县阿里是也。李存，安仁人，安仁为弋阳之邻县，而《俟庵集》十九有《弋阳县阿里公宣差诗卷序》，云："至正四年秋，西域阿里公受命于朝，来监信之弋阳县。公世居燕南，以孝友称，故御史季公、学士贾公、参政苏公、郎中王公，或诗以美之，或文以纪之。前乎此尝监胶水，有惠政，其民述而刻之石。今兹未几，而邑人歌咏之者，复盈耳而载路。顾安仁之于弋阳也，壤地相接，闻而知之，亦有不能已于言者，桂君才甫集而次焉。"何其声之似弋阳也。

此真有合于风人之旨者也。不问其本人是否能诗，然邦人士既各以诗投之，则其人必为风雅之士。

二　基督教世家之中国诗人

马润　　　马祖常　　　马世德
雅琥（别都鲁沙）

西域诗人中有为基督教世家者，莫著于雍古马氏。马祖常父马润，所为诗，曰《樵隐集》，见袁桷所撰神道碑，此马祖常之家学也。《樵隐集》今不传。马祖常《石田集》则至元五年奉旨为之刊行，苏天爵序称其诗"接武隋唐，上追汉魏，后生争慕效之，文章为之一变"。《四库提要》亦称"其诗才力富健，如《都门壮游》诸作，长篇巨制，回薄奔腾，具有不受羁勒之气"。集中昆仲倡和之作亦夥，风流文采，萃于一门，彬彬称盛矣。

祖常从父马世德，为保禄赐之子。由进士第，历官应奉翰林文字，曾为庸田佥事，城姑苏；后为淮南廉访佥事，又城合肥。余阙《青阳集》有《合肥修城记》，即颂马世德之功德者也。记称"世德字元臣，也里可温国人，与余前后为史氏"云。世德亦工诗，《元诗选》癸之丁有马世德《过灵泉寺》二绝，云"世德浚仪人，官刑部尚书"，而阙其字。考马氏自祖常高祖习礼吉思始迁浚都，《西湖竹枝集》称马祖常为浚仪可温人，是也。《元诗选》癸之己有潘煌《陪侍尚书元臣公寓灵泉寺诗》，由此可知过灵泉寺之尚书马世德，即合肥修城字元臣之马世德，城合肥时为淮南廉访金事，过灵泉寺时为刑部尚书也。《元诗选》癸之癸据王宾《虎丘山志》，有马世德《题虎丘诗》，遂别出一马世德，不知即为过灵泉寺之人，由其曾城姑苏一事推之，则题虎丘正其为庸田金事时也。今录其诗如下，亦足觇其鳞爪。

沧海何年涌此峰，亭亭秀出玉芙蓉，高低楼观毗卢室，表里江山太白封。宝剑有时能化虎，石潭无际却潜龙，小吴轩伴登临处，致我青云第一重。

马氏而外，基督教世家诗人当推雅琥。雅琥，字正卿，《元诗选》二集有《正卿集》。顾何以知雅琥为基督教世家，其证有三：一、《傅与砺诗文集》卷三有《忆昔行》，送雅琥正卿参书南归作，原注"初名雅古，登天历第，御笔改雅琥"。雅古为亚伯拉罕之孙，基督教徒恒以此为名，《元诗选》此诗，犹存此注，《康熙御选元诗》卷五将此注删去，而雅琥为基督教世家之证据，缺其一矣。二、孙原理选《元音》卷九采雅琥诗，称为可温人。曹学佺《历代诗选》，元诗卷七雅正卿诗，亦题"元可温雅琥著"，此与《西湖竹枝集》之称马祖常为可温人同一例，盖也里可温之省文也。四库本《元音》卷七改为"雅哈，衮诺尔人"，令人不知为何语，谬甚。三、《元秘书监志》卷十题名"著作佐郎雅古，赐进士出身，字正卿，也里可温人。泰定元年十一月二十六日以承事郎上"。为著作佐郎在前，登进士第在后，故志仍雅古名，而追纪其赐进士出身也。有此三证，雅琥之为基督教世家无疑问矣。琥曾为奎章阁参书，《元史》三五《文宗纪》"至顺二年三月，御史台臣言奎章阁参书雅琥阿媚奸臣，所为不法，宜罢其职"。所谓奸臣者，泰定帝时宰相倒剌沙乌伯都剌等，文宗党恶之，目为奸臣。魏源《元史新编》四一平反之，允也，不足为雅琥病。马祖常《石田集》卷九有《送雅琥参书之官静江诗序》，云："雅正卿以文学才谞遇知于天子，出贰郡治，馆阁僚友及京师声明之士，各忻然为文章以美其行，而请余为之序。"雅琥诗名藉甚，瞿佑《归田诗话》卷下盛称其《御沟流叶诗》，云：雅正卿有《四美人图诗》，惟《御沟流叶》最佳。诗云："彩毫将恨付霜红，恨自绵绵水自东，金屋有关防虎豹，玉书无路托鳞鸿。秋期暗度惊催织，春信潜通误守宫，莫道人间音问杳，明年锦树又西风。"琢句甚工。

胡应麟《诗薮外编》六论元诗，亟赏马伯庸"吴娃荡桨潮生浦，楚客吹箫月满楼"，雅正卿"梅花路近偏逢雪，桃叶波平好渡江"，"一声铁笛千家月，十幅蒲帆万里风"等句，以为"句格庄严，词藻瑰丽，上接大历、元和之轨，下开正德、嘉靖之途。今以元人，一概不复过目，故稍为拈出，以俟知音"云。可见元人之诗，久不在明人目中也。

贵远贱近，向声背实，自古而然，贤者不免。即雅琥本人之论诗，亦尝犯此病。许有壬跋雅琥所藏鲜于伯机《词翰》云："鲜于伯机诗，予知之已四十年，吉甫段君慨言人知其书，诗则知否相半。予方自幸在知者之中，而夷陵监郡雅琥正卿知之虽晚，爱之甚笃。正卿素言晋后虽有书，终不能如晋，唐后虽有诗，终不能如唐。予谓诗发于人心，天地无穷，人心无穷，不当主世代计也。书视诗，又艺之艺耳，正卿不屈也。及其观伯机书，则谓真《十七帖》，观其诗，又谓铁苏州，入彭泽矣。若然，则晋、唐而后，书复有晋，诗复有唐矣。予非好胜，窃喜因正卿之言，使不知伯机之半，行皆左袒，且以释吉甫之慨焉。"（《至正集》七三）则雅琥初持复古论，继亦改持进化论者，许有壬嘲之，亦艺林佳话也。

雅琥堵别都鲁沙，亦有诗名，黄镇成《秋声集》卷三，有雅正卿堵别都鲁沙《迓宪使归汉阳》诗。

三 回回教世家之中国诗人

萨都剌　丁鹤年（吉雅谟丁、爱理沙）
鲁至道（哲马鲁丁、别里沙、仉机沙）　买闾

回回教世家之诗人，莫著于萨都剌、丁鹤年。萨都剌字天锡，有《雁门集》传世，毛晋跋之曰："天锡以北方之裔，而入中华，日弄柔翰，遂成南国名家。今其诗诸体俱备，磊落激昂，不猎前人一字。半山云'看似寻常最奇崛，成如容易却艰辛'，余于天锡亦云。"顾嗣立《元诗选·萨都剌小传》云："有元之兴，西北子弟，尽为横经，涵养既深，异才并出，云石海涯、马伯庸以绮丽清新之派，振起于前，而天锡继之，清而不佻，丽而不缛，真能于袁、赵、虞、杨之外，别开生面者也。于是雅正卿、达兼善、迺易之、余廷心诸人，各逞才华，标奇竞秀，亦可谓极一时之盛"云。

顾何以谓萨都剌为回回教世家？一、据杨维桢《西湖竹枝集》，谓"萨都剌为答失蛮氏"，答失蛮者，长春真人《西游记》译为大石马，云"国中有称大石马者，识其国字，专掌簿籍"是也。《元史》二三《武宗纪》："至大二年六月，宣政院奏免儒、道、也里可温、答失蛮租税。"钱大昕《廿二史考异·元史二》据《元典章》，谓"答失蛮，为回回之修行者"，《至元辨伪录》卷三作达失蛮。此可证萨都剌为回回人也。二、据陶宗仪《书史会要》卷七谓"萨都剌为回纥人"。回纥，唐元和间改为回鹘，其族类本在葱岭之东，夙奉摩尼教，与回回之在葱岭以西奉伊斯兰教者迥殊，五代时回鹘既衰，渐有改奉伊斯兰教者。元初诸人对此等外教，多不能辨别，故统目之为回纥。长春《西游记》、刘郁《西使记》之所谓回纥，皆指伊斯兰教国也。其后渐觉有不同，于是以畏吾、伟兀等代表昔日之回鹘，以回回代表奉伊斯兰教之回纥，凡《元史》所谓畏吾儿者回鹘也，其称回纥者回回也。王恽《玉堂嘉话》卷三云"回鹘今外五，回纥今回回"是也。《元史·太祖纪》"汪罕走河西、回鹘、回回三国"，是元人目中回鹘与回回二也。卷十《世祖纪》言回回人中阿合马才任宰相，而《奸臣传》则称阿合马为回纥人，是元人目中回纥与回回一也。余别有专论详之，此不过证明萨都剌为回回人而已。

更有谓萨都剌非回回人，而适足反证其为回回人者。蒋一葵《尧山堂外纪》卷七二，谓"萨都剌本朱氏子，冒为西域回回人"，其说本之孔齐《至正直记》。正可证明萨都剌当时必自认为回回人，而人亦以回回人目之，然后可诋为冒也。至于"朱氏子"云云，实因回回教人不食豕肉，讳言猪，猪与朱音同，谓其为朱氏子者，诬之也。加异教以恶谥，自昔有之，《辍耕录》廿八有《嘲回回》一条，薄俗也。今《雁门集》卷首有萨都剌遗像，其丰采纯然一回回人。集中《客中九日诗》，有"佳节相逢作远商"之句，萨都剌曾为商，远商亦波斯、大食人本俗。据《萨氏家谱》，萨都剌弟名剌忽丁，剌忽丁回回教人名也。《四库提要》因干文传《雁门集序》有"萨都剌即华人所谓济善"一语，曲解萨都剌为蒙古语，遂谓萨都剌为蒙古人，谬甚。至于萨都剌本人，是否仍守回回旧俗，实一疑问，其《溪行中秋玩月诗》，则固以儒自命，曰"有子在官名在儒"，此西域人习华学者之通例也。

萨都剌而后，回回教诗人首推丁鹤年。丁鹤年由儒入禅，前篇已详论之，至其诗则实为元季诗人后劲。戴良《鹤年吟稿序》称：鹤年古体歌行，皆清丽可喜，而注意之深，用工之至，尤在于五七言律。其措辞命意，多出杜子美，而音节格调，则又兼得我朝诸阁老之所长，其入人之深，感人之妙，有非他诗人之所可及。"今《鹤年集》通行者有二本，《艺海珠尘》本三卷，题曰《丁孝子诗集》，《琳琅秘室丛书》本四卷，题曰《丁鹤年集》。以余所考，二本所收，皆明刻，而黄丕烈诸人则以四卷本为元刻，不知其一时疏略，抑自欺欺人也。黄丕烈跋云："此元刻元人丁鹤年诗，余友顾涧滨岁试玉峰时所收，而以归之余者也。余向藏正统重刻本，止三卷，今元本分四集，一曰《海巢集》，二曰《哀思集》，三曰《方外集》，四曰《续集》，以附录终焉。尝取与明刻校勘，分卷分体，俱非其旧，即如《海巢》一诗，元刻在卷一，或以是名集，职是之故，明刻列诸卷二中，失其旨矣。他如《哀思》以下三卷，皆有取意，而后之称者，仅据至仁一序，悉以《海巢》名之，有是理乎！得此可证庐山面目，益叹元本之不致沦没者几希。"此黄丕烈以四卷本为元刻本之说也。然试一考本集内容，则《梦得先姚墓》一首在焉。序云"己未夏五月，还武昌迁葬。兵后陵谷变迁，先姚封树，竟迷所在，久寻不得，露祷大雪中。冬十一月廿日夜，忽感异梦，翌日遂得其处，赋诗一首，以纪岁月"云。己未，洪武十二年也，元刻何能有洪武诗。此非元刻，证一。鹤年还武昌在洪武十二年，而集中《守墓陈情上武昌太守傅藻》诗，于"太守承恩下玉京"，及"拥经东出辞储馆"等句，"恩"字另行平抬，"玉京""储馆"，均空一格。此为明刻，证二。鹤年从兄马元德，卒于昌国州任，当其任昌国前，曾任奉化州。刘仁本《羽庭集》卷五有《送马侯元德任奉化州序》，为至正二十二年夏作，则元德之卒，至早亦当在至正廿三四年，而集中有"先兄太守死事之十有七年，于故史董文中家见所题竹诗，因雪涕次其韵"一首，又当在洪武己未后矣。此非元刻，证三。又其第四卷《续集》，为门人向诚编次，注曰"兵后还武昌作"，则此卷更为入明以后作可知。故《挽卫知事胡公鼎》有云"江海论交四十年，故家文物羡君贤"，若为元刻，则元亡鹤年才三十三岁，岂能说论交四十年耶！此非元刻，证四。据《明史·文苑传》，至正壬辰，武昌被兵，鹤年奉母出走，年仅十八，由此至洪武己未还武昌，中间二十八年，鹤年年四十五矣。故《逃禅室述怀》有"他乡二十年"之句，《兵后还武昌》有"乱后还家两鬓苍"之句。顾广圻、黄丕烈亦明知此集在还武昌迁葬以后作，顾题词云"须知《海巢集》，只说武昌前"，黄题词云"庐墓全亲孝，居山谢世缘"是也。然何以不一考鹤年还武昌庐墓系在何年，而遽断此为元刻，此真不可解矣。其始顾广圻以绐黄丕烈，而黄丕烈误信之，其后张金吾以假胡珽，而胡珽刊之校之，皆不复考究，甚矣板本家之不可靠也。

抑有言者，此本戴良序，末署"至正甲午秋"云云，亦殊误也。至正甲午，鹤年才二十耳，而序末云"鹤年之清节峻行，已别有传，兹不著"，是此序之作，尚在《高士传》后，而《高士传》述鹤年事，已至其避地四明时，非至正甲午，一也。《高士传》述壬辰淮兵袭武昌，"鹤年奉母夫人以行。夫人没，鹤年盐酪不入口者五年"，壬辰之后，加以五年，至少亦在丁酉，非甲午，二也。至正甲午，去元亡之年尚十有三年，而序中有"鹤年遭夫气运之适衰"一语，曾谓甲午而有是言耶！非甲午，三也。序又言"鹤年伯氏之登进士第者三人，其一即任奉化州之马元德"。据《雍正浙江志》一五二引《成化四明志》，马元德至正十七年丁酉进士，尚在甲午后三年，非甲午，四也。据《九灵山房集》，此序在《鄞游稿》内，亦惟《鄞游稿》始有与鹤年倡和诗。至正甲午，鹤年未至鄞，戴良亦未游鄞，非甲午，五也。以余考之，甲午当为丙午之讹。丙午为元亡之前二年，时东南已非元有，故可云"气运之适衰"，《九灵山房·鄞游集》八《余阙公手帖后题》云："至正丙午秋，良与临安刘庸道，同客四明。"末署九月朔，此序之作，当同在此时，时鹤年避地四明，而戴良适游鄞也。《鄞游集》传第一篇，为《高士传》，序第一篇，为《鹤年吟稿序》，题跋第一篇，为《余阙公手帖后题》。就编辑常理言，此三篇部居同，其撰著之时当同。《余阙公手帖后题》为丙午九月作，此序为丙午秋作，毫无假借。序作于至正丙午，二人适同居鄞，而集则刻于洪武己未鹤年还武昌之后。其丙午误为甲午者，犹之《雁门集干文传序》之至正丁酉误为丁丑也。至正无丁丑，萨龙光《雁门集注》以为己丑之讹，据日人岛田翰刻永和本《萨天锡逸诗序》则丁丑实为丁酉。两回教诗人集序干支均误，可谓无独有偶矣。胡珽校刊此集时，一字不苟，而于此等紧要关目，独遗略之。其识语又云"此集《四库全书》止有一卷"，今考《四库》本实三卷，而《总目》、《简明目录》误为一卷，不应遽信《总目》而不考阁书之实在也。《四库总目》谬误恒有，乌斯道作《丁孝子传》，未尝以申屠蟠比鹤年，而《总目》谓乌斯道、戴良为作传，皆以申屠蟠拟之。《高士传》谓吉雅谟丁为鹤年从兄，而《总目》谓为鹤年长兄，皆欠精审也。

至鹤年之高行，间世犹称道之。全祖望《鲒埼亭集·外编》十八有《海巢记》，云"残元遗民，以文苑巨子，不屈节，而为吾乡之寓公者三人：九灵戴先生良，玉笥张先生宪，暨丁先生鹤年也。鹤年以朝不坐燕不与之身，岂有故国故君之寄托，况又出自西域，非有中原华阀之系望，乃欲以藜床皂帽，支持一代之星火，其亦间世之豪杰也已。至鹤年之诗，颉颃于马伯庸、萨天锡、余廷心之间，则前辈表章已多，尚其小焉者"云。

吉雅谟丁，字元德，亦有诗名。戴良有《题马元德伯仲诗后》（《鄞游稿》

八)曰："元德骑鲸上天六七年矣,平生诗词流落人间者,六丁取之殆尽,独此三诗,犹为其弟鹤年所蓄。鹤年联之为卷,且追书和答之作。并题四韵于后。予得而读之,于是知二君之诗为足传矣。"今《鹤年集》附有吉雅谟丁与爱理沙诗,爱理沙字允中,亦鹤年兄,至正间进士,官应奉翰林文字。

戴良《鹤年集序》举西域诗人十二人,中有鲁至道。至道潭州路总管,杨瑀《山居新话》有鲁至道《挽樊时中、宝哥两参政诗》,《元诗选》缺载。王逢《梧溪集》有《访鲁至道总管诗》;《元秘书监志》卷九有"伯笃鲁丁,字至道,进士,至正元年四月由礼部侍郎迁秘书太监",当即此人。《元诗选》癸之丁有伯笃曾丁《浮云寺诗》:"答失蛮人,进士,至元三年任岭南广西道肃政廉访副使",癸之己有唐兀氏买住《和伯笃鲁丁浮云寺诗》,则"曾"为"鲁"之讹,即鲁至道也。

其他回回教诗人之见于《元诗选》者,癸之丙有哲马鲁丁,字师鲁,镇江儒学教授。癸之丁有别里沙,字彦诚,《西湖竹枝集》作别罗沙,而癸之戊又别出别罗沙,一人重出也。癸之辛有仉机沙,字大用,顾嗣立疑即《西湖竹枝集》之掌机沙,然掌机沙字密卿,当另一人也。

回回教诗人中有为《元诗选》所不及选,而见于赖良《大雅集》者,曰买闾。买闾字兼善,《大雅集》选其诗至十篇,称为会稽人,《御选元诗》称为西域人。王逢《梧溪集》卷四有《赠买闾教授诗》,序云:买闾字兼善,西域人。元初,祖哈只仕江南,遂家上虞。父亦不剌金,力资兼善学,以礼经领至正壬寅乡贡,擢尹和靖书院山长。礼部尚书李公尚绹言之朝,敕授嘉兴儒学教授。会政属淮闽,屏居幽遐。今春,访予最闲园,风雨花落,离索满目。观其志尚孤卓,殆忘世之荐变,身之益贫也,乃酌之酒赠之诗云:

颐卬西域士,乡荐十年前,陇亩心中越,山河枕上燕。尊同漂梗地,门扫落花天,慕杀柴桑老,诗题甲子编。

余因其祖名哈只,父名亦不剌金,知为回回教世家。哈只为曾朝天房者之称。亦不剌金或译亚伯拉罕,回回教人恒用以为名也。

四　西域之中国文家

赵世延　　　马祖常　　　　　余阙

孟昉　　　　　贯云石　　　　　　赡思（亦祖丁）
察罕

　　考元西域文家，比考元西域诗家其难数倍。因元西域人专集，其传者类皆
有诗无文，而元诗总集今传者尚众，如《元风雅》、《草堂雅集》、《大雅集》、
《乾坤清气集》、《元音》、《元诗体要》等，皆元末明初人选本，复有陈焯
《宋元诗会》、顾嗣立《元诗选》、《康熙御选元诗》等集其大成，一展卷而西
域诗人悉备。至于西域人专集之诗文并传者，今只有马祖常、余阙二家。元文
总集只有《天下同文集》及《元文类》，《同文集》限于大德以前，西域人作
品无有；《元文类》诗有五家，文有马祖常、赵世延二家，赵世延只有《南唐
书序》一首。至正间，诏修辽金宋三史，西域人预纂修之役者，《辽史》有廉
惠山海牙，《金史》有沙剌班、伯颜师圣，《宋史》有斡玉伦徒、泰不华、余
阙，皆一时之隽。至顺间，诏修《经世大典》，赵世延为总纂，虞集为其副，
然官书公同编纂，不能确指某篇为某人手笔也。王士祯论马祖常《石田文集》
云：“元代文章极盛，色目人著名者尤多，如祖常及赵世延、孛术鲁翀、康里
巙巙、贯云石、辛文房、萨都剌辈，皆是也。”（《居易录》卷二）然萨都剌以
诗名，巙巙以书名，其文并不概见。贯云石诗文为程钜夫、邓文原所称述，而
文亦不传。辛文房《唐才子传》，志在谈诗，虽非专意为文，而文尚琅琅可诵。
孛术鲁翀则系出女直，本不列于色目人，则元西域人之文实寥寥可数也。
　　赵世延文传者《南唐书序》外，有《茅山志序》，见《道藏》；有《天禧寺
碑》，见《金陵古金石考》；有《灵谷寺钟铭》，见《灵谷寺志》；有《钟山崇禧
万寿寺碑》，见《客座赘语》。据《寰宇访碑录》，则有：

　　加封圣号诏碑（皇庆二年）　　　　　　　长安
　　重阳宫敕藏御服碑（延祐二年，赵孟頫书）　盩厔（余藏有拓本）
　　东岳庙昭德殿碑（天历三年三月）　　　　大都
　　白云崇福观碑（元统元年）　　　　　　　句容
　　任城郡公札思忽儿舄墓碣（至元三年三月）　济南（《攈古录》作济宁）

　　《元史》一八〇《世延传》称“世延为文章，波澜浩瀚，一根于理”，惜乎
存者不多也。《永乐大典》台字韵有世延撰《御史台题名记》，删节不全。
　　论西域文家，仍推马祖常。今《石田文集》完全具在，且有影印本行世。苏
天爵序称：“公少嗜学，非三代两汉之书不观。文则富丽而有法，新奇而不

凿。"故《元文类》选祖常文多至二十一篇，为全集之冠。而《石田文集》亦天爵与祖常从弟易朔所辑，请旨刊诸维扬郡学者也。易朔为基督教徒恒用之名，近译以撒，亚伯拉罕之子，雅各之父也。

马祖常外，西域文家厥推余阙。阙以忠烈显，重其人者兼重其文，故《青阳集》传本较多，有五卷本，有六卷本，有明刊九卷本。《四库》本六卷，《总目简明目录》误作四卷。史称其"为文有气魄，能达所欲言"。原集具在，吾人可自得之。《元文类》不录其文，实因其行辈较晚也。

与余阙同时，同为唐兀人，而以古文名者有孟昉。《元史类编》三六《文翰传》："孟昉，字天昉，西域人，寓居北平。至正中，由翰林待制官南台御史。工书法，有《孟待制文集》。多歌曲，精究声韵之学"云。《孟待制文集》，《千顷堂书目》尚存。陈基《夷白斋集》二二有序，称为西夏人，《傅与砺文集》卷四有《孟天昉文稿序》，称为河东人，盖唐兀氏也。孟昉文不多见，《元诗选》癸之辛有《十二月乐词》，并序一篇，《两浙金石志》十八有《杭州路重建庙学记》一篇，略可见其梗概。惟余阙、苏天爵、宋褧等集，均有《题孟天昉拟古文后》。《青阳集》卷五云："孟君天昉，善模仿先秦文章，多似之。"《滋溪文稿》卷三云："太原孟天昉，学博而识敏，气清而文奇。观所拟先秦、西汉诸篇，步趋之卓，言语之工，盖欲杰出一世。"《燕石集》十五云："河东孟君天昉，明敏英妙，质美而行懿。尝拟先秦、西汉诸作，摹仿工致，大夫士皆与之。"由此观之，则孟昉古文，实开后来李梦阳、何景明一派，特余阙等对之皆有微词耳。

至贯云石，则本为元古文家姚燧弟子。欧阳玄《贯公神道碑》称："燧见其古文峭厉有法，及歌行古乐府，慷慨激烈，大奇其才。惜不永年，年仅三十九。有碑铭、记叙、杂著、诗词行世。"今其文不可得见，仅《元诗选》辑录其诗，读邓文原《贯公文集序》，亦可知其造诣所至。序云："余往在词林，获事翰林承旨姚先生，于当世文章士，少许可，然每称贯公妙龄，才气英迈，宜居代言之选。越二年，公来游钱塘，过余，相见若平生欢。示所著诗若文，予读之尽编，而知公之才气英迈，信如先生所言，宜其词章驰骋上下，如天骥摆脱羁縻，一踔千里，而王良、造父，为之愕眙却顾。吁，亦奇矣！儒先有言，古之名将，必出于奇，然后能胜，然非审于为计不能，此天下伟男子所为，非拘牵常格之士所知也。公之先大父丞相长沙王，功在旂常，公袭其休泽，尝为万夫长，韬略固其素娴，词章变化，岂亦有得于此乎！如予者，自少好为文，仅谨守绳尺自程，终亦不能奇也，视公能不有愧哉！尝观古今能文之士，多出于羁愁草野，今公生长富贵，不为燕酣绮靡是尚，而与布衣韦带角其技，以自为乐，此诚世所不能者。夫名者天下之公器也，公亦慎勿多取也夫。"（《巴西集》上）亦倾慕之至矣。程钜夫亦有《酸斋诗文跋》，云："故勋臣楚国武定公之孙酸斋，皇庆二年二月，拜翰林侍读学士，与余同僚，因出此稿。余读至《送弟之永州序》，恳款教告，五七言诗、长短句，情景沦至，乃叹曰：妙年所诣已如此！听其言，审其文，盖功名富贵有不足易其乐者，世德之流，讵可涯哉！"（《雪楼集》二五）惜今传者诗词而外，文仅《阳春白雪集》一序而已。

元西域人中有著述甚富而文亦不传者，为大食国人赡思。赡思事迹具《儒学篇》。其所著于经有《四书阙疑》、《五经思问》，于易有《奇偶阴阳消息图》，于史有《西域异人传》、《金哀宗纪》、《正大诸臣列传》，于地理有《镇阳风土记》、《续东阳志》、《重订河防通议》、《西国图经》，于子有《老庄精诣》，于法家有《审听要诀》，于集有文集三十卷。皆见《元史》一九〇本传。《千顷堂书目》悉著于录。今存者只《河防通议》二卷，辑于《永乐大典》，余皆不可得见。吾尝在《常山贞石志》发见赡思文五篇，五篇中关涉佛教者占其三，则赡思诚九流三教无所不通者也，真可谓异人矣。今介绍其目如下，倘好事者再事搜罗，所得当不止此。

加号大成诏书碑阴记（至治三年五月）　　获鹿（见《常山贞石志》十九）
哈珊神道碑（隶书，并篆额，至顺三年十二月）　　　　栾城
善众寺创建方丈记（并篆额，元统三年二月）

　　　　　　　　　　　　　　　　　栾城（见《常山贞石志》廿一）
龙兴寺钞主通照大师碑（至正六年八月）　　　　　正定
龙兴寺住持佛光弘教大师碑（年月同上）正定（见《常山贞石志》廿二

《诏书碑阴记》署真定赡思识，《善众寺方丈记》署大食赡思记，赡思不忘大食也。余藏有此碑拓本。善众寺在直隶栾城，《同治栾城志》十四亦载此碑，而《寰宇访碑录》十二误作陕西，元统三年亦误作元年，赵之谦《补录》不误。

元统中有亦祖丁，撰《魏郑公谏录序》，亦回回也。

西域人中有文名不甚显，而能尽翻译之能事者，有察罕。察罕，西域板勒纥城人，魁伟颖悟，博览强记，通诸国字书。暮年居德安白云山别墅，以白云自号。《雪楼集》卷廿九《寿白云山人诗》，有"白云山人起西域，阳春为心

玉为德"之句。"尝译《贞观政要》以献,帝大悦,诏缮写遍赐左右。且诏译《帝范》,又命译《脱必赤颜》,名曰《圣武开天记》,及《纪年纂要》,《太宗平金始末》等书,俱付史馆。"(《元史》一三七)前二书译汉为蕃,《圣武开天记》则译蕃为汉也。《脱必赤颜》疑即今所传《元秘史》。黄虞稷撰《千顷堂书目》,诸书尚存。元人本有白话文一派,察罕所译,未必悉为白话文,今黎崱《安南志略》有察罕序,辞旨典雅,足窥察罕文品一斑。"察罕"蒙古语为"白",故察罕赐姓白氏。徐明善《芳谷集》卷二有《白云察罕平章赐姓白氏序》,以白居易比之,想其文老妪都解耶!此亦元西域文家应备之一派也。

五　西域之中国曲家

贯云石　　　马九皋　　　　琐非复初
不忽木　　　兰楚芳等(十二人)

元人文学之特色,尤在词曲,而西域人之以曲名者,亦不乏人,贯云石其最著也。杨朝英《朝野新声太平乐府》,选云石曲至夥,如《塞鸿秋》、《殿前观》、《水仙子》、《清江引》、《凭栏人》、《阳春曲》、《醉高歌》、《上小楼》、《点绛唇》、《新水令》、《斗鹌鹑》、《好观音》诸调,皆有云石作品。云石之曲,不独在西域人中有声,即在汉人中亦可称绝唱也。姚桐寿言海盐人以能歌名于浙右,而其始实得自云石之传。其所著《乐郊私语》云:"州少年多善歌乐府,其传皆出于澉川杨氏。当康惠公存时,节侠风流,善音律,与武林阿里海涯之子云石交善。云石翩翩公子,无论所制乐府散套,骏逸为当行之冠,即歌声高引,可彻云汉,而康惠独得其传。"所谓州,海盐也。康惠,杨梓也。云石为阿里海涯之孙,云子者,传写讹也。姚桐寿以海盐之曲推杨氏,而杨氏实传诸云石,则云石为当时宗匠可知也。王士禛《香祖笔记》卷一云:"今世俗所谓海盐腔,实发于贯酸斋,源流远矣。"酸斋,云石号。选《太平乐府》之杨朝英号淡斋。淡斋与酸斋游,酸斋曰:"我酸子当淡"。遂以号之。语见《太平乐府序》。同时有徐姓者,号甜斋,亦负时名,人称酸甜乐府,皆一时佳话也。

云石而外,西域人中善歌者有马九皋。《太平乐府》选九皋作品亦多,有《塞鸿秋》、《叨叨令》、《庆东原》、《阳春曲》、《山坡羊》诸曲。据陶宗仪

《书史会要补遗》："九皋回纥人，以篆书名，太平路总管。"盖能歌兼能篆者也。《太平乐府》又有阿里耀卿、里西瑛、沙正卿、字罗诸人作品。西瑛为耀卿子，观其氏名，疑皆西域人，以未有确证不述。使马九皋而无《书史会要》之证明，亦无由知其为回纥也。元人目中所谓回纥即回回，而回鹘则畏吾儿也，辨见前章，不复赘。《道园学古录》二八有《寄三衢守马九皋》诗，知九皋曾为三衢守，《雁门集》则有《三衢守马昂夫索题烂柯山石桥》诗，又有《寄马昂夫总管》诗，萨龙光注（十二）谓是一人，先为三衢守，后为太平路总管也。《元风雅》有马昂夫《送僧》诗，注曰达鲁花赤，疑即此人。然《元曲选》载涵虚子《词品》，评元代曲家，有云：

> 贯酸斋如天马脱羁，马九皋如松阴鸣鹤，阿鲁威如鹤唳青霄，萨天锡如天风环珮，薛昂夫如雪窗翠竹，不忽木如闲云出岫，马昂夫如秋兰独茂。

是分马九皋、马昂夫为二人也。

余在周德清《中原音韵》，发见有西域人琐非复初者，精音律，为德清所推服。德清《中原音韵后序》云："泰定甲子秋，予既作《中原音韵》并起例，访西域友人琐非复初，读书是邦。同志罗宗信见饷，携东山之妓，开北海之樽，复初举杯，讴者歌乐府《四块玉》，至'彩扇歌，青楼饮'，宗信止其音而谓予曰：'彩字对青字，而歌青字为晴。吾揣其音，此字合用平声，必欲扬其音，而青字乃抑之，非也。'予因大笑，越其席，挦其须而言曰：'信哉，吉之多士！'语未讫，复初前驱红袖而白同调歌，曰：'买笑金，缠头锦，则是矣。'乃复叹曰：'予作乐府三十年，未有如今日之遇，宗信知某曲之非，复初知某曲之是也。'遂捧巨觞于二公之前，口占《折桂词》一阕，烦皓齿歌以送之，以报其能赏音也。"则德清之倾倒于琐非复初者，至矣。

琐非复初《中原音韵序》亦曰："余勋业相门，貂蝉满座，列伶女之国色，歌名公之俊词，备尝见闻矣。如大德天寿贺词《普天乐》云：音亮语熟，浑厚宫样，黄钟大吕之音也，迹之江南，无一二焉。吾友挺斋周德清，以出类拔萃通济之才，为移宫换羽制作之具，所编《中原音韵》，并诸起例，能使四方出语不偏，作词有法，皆发前人之所未发者。以余观京师之目，闻雅乐之耳，而公议曰：德清之韵，不独中原，乃天下之正音也；德清之词，不惟江南，实当时之独步也。"末署西域拙斋琐非复初序。

观此，则其一唱一和，互诩知音，相得极矣。琐非复初号拙斋，德清号挺斋,以斋为号,亦当时顾曲家风尚。"勋业相门"云云,琐非复初盖贵介公子,贵介公子与声色狗马之好易近,琐非复初、贯云石之所为,盖开纳兰性德诸人之先例者也。

西域贵介之擅名乐府,而在贯云石之先者,有不忽木。不忽木作品,传者特少,《太和正音谱》仅录其《鹊踏枝》散套,云:

> 臣则待醉江楼,卧山丘,一任教谈笑虚名,小子封侯,臣向仕路上为官倦守,枉沉埋了锦带吴钩。

《元诗选》癸之乙,仅录其《过赞皇五马山泉》七绝一首,云:

> 相彼山泉源本清,太平君子濯尘缨。泠泠似与游人说,说尽今来往古情。

虽一爪一鳞,然流丽可喜。涵虚子《词品》比之为闲云出岫,必有所见也。钟嗣成《录鬼簿》以与贯云石、萨都剌并称,特许为公卿居要路者所独擅,而深致不满于平民。其言曰:"前辈已死名公,有乐府行于世者,不忽木平章、贯酸斋学士等三十一人。方今名公,萨天锡、照磨等十人。右前辈公卿居要路者,皆高才重名,亦于乐府留心。盖文章政事,一代典型,乃平日之所学,而歌曲词章,由于和顺积中,英华自然发外,自有乐章以来,得其名者止于此。盖风流蕴藉,自天性中来,若夫村朴鄙陋,固不必论也。"钟嗣成盖以歌曲词章之事出于天才,惟贵介为易得名。而元时贵介,西域人特多,此西域人所以在元朝文学界中占有重要地位也。

永乐间,贾仲明撰《录鬼簿续编》,尚有西域曲家多人,曰兰楚芳、沐仲易、虎伯恭及其弟伯俭、伯让,西域人。丁野夫、赛景初,回回人。全子仁,名普庵撒里,委兀儿人。月景辉、金元素,名哈剌,及其子文石、武石,也里可温人。乐府皆有名。

结　论

(一)总论元文化

综计全书所论,凡百六十有八人:《儒学篇》三十,《佛老篇》八,《文学篇》五一,《美术篇》三二,《礼俗篇》四一,《女学篇》六,去其各篇互见者三十六人,尚存

百三十二人。此百三十二人中，有著明部族者，有泛称西域或色目者，惜不能一一
确指为今何地，然可略分葱岭东西两大部，列表如下：

葱岭东部　　　　五十六人

唐兀八	畏吾儿十一	回鹘二	高昌十七
北庭一	龟兹一	乃蛮二	合鲁二
哈剌鲁二	雍古八	斡端一	于阗一

葱岭西部　　　　六十八人

西域廿三	回回二十	回纥三	答失蛮三
大食二	阿鲁浑二	板勒纥城一	康里五
伯牙吾氏一	也里可温八		

其他　　　　八人

朵鲁别族一	尼波罗国一	色目六

其中有一地而二名，或一族而数译者，皆用名从主人之例列之。如合鲁即
哈剌鲁，斡端即于阗，回鹘、畏吾、高昌、北庭，元人本视为一，回回、回
纥，元人亦视为一，说详《文学篇》。凡此诸人皆见诸载籍、于中国文化有表
见者。其有载籍不载，或载而今已佚，或未佚而为余疏陋所未及见者，当不止
此。盖自辽、金、宋偏安后，南北隔绝者三百年，至元而门户洞开，西北拓地
数万里，色目人杂居汉地无禁，所有中国之声明文物，一旦尽发无遗，西域人
羡慕之余，不觉事事为之仿效。且元自延祐肇兴科举，每试，色目进士少者十
余人，多者数十人，中间虽经废罢，然举行者犹十五六科，色目人之读书应试
者甚众。马祖常《送李公敏之官序》言："天子有意礼乐之事，则人皆慕义向
化，朔方、于阗、大食、康居诸土之士，咸囊书橐笔，联裳造庭，而待问于有
司。"（《石田集》卷九）故儒学、文学，均盛极一时。而论世者轻之，则以元
享国不及百年，明人蔽于战胜余威，辄视如无物，加以种族之见，横亘胸中，
有时杂以嘲戏，王夫之《夕堂永日绪论·外编》谓"胡元诗人贯云石、萨天锡
欲矫宋诗之衰，而膻气乘之"云云，其一例也。清人去元较远，同以异族入
主，间有一二学者平心静气求之，则王士禛、赵翼两家之言可参考也。赵翼
《廿二史劄记》三十，有《元诸帝多不习汉文》条，云："元起朔方，不惟帝
王不习汉文，即大臣中习汉文者亦少，如小云石海牙、李术鲁翀、嵘嵘、萨都
剌等，当为翘楚矣。"言外颇有不满于元朝文物之意，然同卷又有《元季风雅

相尚》一条，云："元季士夫好以文墨相尚，独怪有元之世文学甚轻，当时有九儒十丐之谣，科举亦屡兴屡废，宜乎风雅之事，弃如弁髦。乃搢绅之徒，风雅相尚如此。盖自南宋遗民故老，相与唱叹于荒江寂寞之滨，流风余韵，久而弗替，遂成风会，固不系乎朝廷令甲之轻重也。"据此，则赵翼亦知元人文化不弱，且不系乎政府之提倡，第以此归其功于南宋遗民，则遗民何代蔑有。须知文化与政治虽有关系，但毕竟不是一事，政治之纷扰，孰甚于战国、六朝，而学术思想之自由，亦惟战国、六朝为最；汉唐号称盛世，然学术思想辄统于一尊，其成绩未必即优于乱世。"风雨如晦，鸡鸣不已"，吾人亦行其素焉耳。

以论元朝，为时不过百年，今之所谓元时文化者，亦指此西纪一二六〇年至一三六〇年间之中国文化耳。若由汉高、唐太论起，而截至汉、唐得国之百年，以及由清世祖论起，而截至乾隆二十年以前，而不计其乾隆二十年以后，则汉、唐、清学术之盛，岂过元时！且元时并不轻视儒学，至大元年加号孔子为大成至圣文宣王，延祐三年，诏《春秋》释奠，以颜、曾、思、孟配享，皇庆二年，以许衡从祀，又以周、程、张、朱等九人从祀，至顺元年，以董仲舒从祀，至正廿一年，以杨时、李侗等从祀。又并不轻视文学，延祐五年七月，加封屈原为忠节清烈公，致和元年四月，改封柳宗元为文惠昭灵公，后至元三年四月，且谥杜甫为文贞，其崇尚文儒若此。此中消息，王士祯参之最透，故《居易录》卷二之论《石田集》也，则谓："元代文章极盛，色目人著名者尤多，如祖常、赵世延辈是也。"其论《燕石集》也（卷三）则谓："此与《石田集》皆奉旨刊行。元时崇文如此，或谓九儒十丐，当时天历未行科举以前语。"天历应作延祐。九儒十丐之说，出于南宋人之诋词，不足为论据。谢枋得《送方伯载归三山序》（《叠山集》卷六）云："滑稽之雄，以儒为戏者曰：我大元制典，人有十等，一官二吏，先之者贵之也；七匠八娼，九儒十丐，后之者贱之也。吾人品岂在娼之下、丐之上乎！"此一说也。郑思肖《大义略序》（《心史》下）曰："鞑法：一官二吏，三僧四道，五医六工，七猎八民，九儒十丐，各有所统辖。"又一说也。然七八之目，二说已自不同，况谢枋得明谓"为滑稽之雄，以儒为戏者"云尔，非元制果如是也。《池北偶谈》（卷七）列举元代色目文人，持论至为平允。曰："元名臣文士，如廉希宪、贯云石，畏吾儿人也；赵世延、马祖常，雍古部人也；迺贤，葛逻禄人也；萨都剌，色目人也；郝天挺，朵鲁别族人也；余阙，唐兀氏人也；颜宗道，哈剌鲁氏人也；赡思，大食国人也；辛文房，西域人也，事功、节义、文章，彬彬极盛，虽齐鲁、吴越衣冠士胄，何以过之！"其所见较赵翼为独到，予兹所论，正与王士祯同也。试更进而考察亲见元时西域人华化者之言论，以完吾说。

(二) 元人眼中西域人之华化

危素　　　干文传　　　戴良
家铉翁

危素之叙《金台后稿》也，在至正十一年辛卯，其言曰："昔在成周之世，采诗以观民风，西方之国，豳得七篇，秦得十篇而止。自豳、秦而西，未见有诗，岂其风气未开，习俗不能以相通也欤！易之，葛逻禄氏也。彼其国在北庭西北金山之西，去中国远甚，太祖皇帝取天下，其名王与回纥最先来附，至今百有余年，其人之散居四方者，往往业诗书而工文章。易之伯氏，既登进士第，易之乃泊然无意于仕进，退藏句章山水之间。其所为诗，清丽而粹密，学士大夫多传诵之。然则葛逻禄氏之能诗者，自易之始，此足以见我朝文化之洽，无远弗至，虽成周之盛，未之有也。"此危素以成周比元，而谓其能化行西域也。

干文传之叙《雁门集》也，在至正十七年丁酉，亦以成周之化比元。其言曰："我元之有天下，拓基启祚，皆始于西北，去周之邠、镐益远，是以人生其间，多质直端重，才丰而气昌。观之马文清（应作贞）、达兼善、巎子山辈，其所为诗，往往宏伟春容，卓然凌于万物之表，可以轶汉唐而闯风雅，有周忠厚之气象，为之一新。若吾友萨君天锡，亦国之西北人也。君幼岐嶷不群，稍长愈颖敏，为文词雄健倜傥，迥迈乎人人。尝出其所作之诗曰《雁门集》者见示，予得以尽观，周人忠厚之意具在，一扫往宋委靡之弊。国家元气，肇自西北，以及于天下，有源而有委，读是诗者尚有以见之。"

戴良之叙《鹤年吟稿》也，在至正二十六年丙午，说亦云然。曰："昔者成周之兴，肇自西北，西北之诗见之於《国风》者，仅自豳、秦而止，豳、秦之外，王化之所不及，民俗之所不通，固不得系之列国以与邶、鄘、曹、桧等矣。我元受命，亦由西北而兴，而西北诸国，如克烈、乃蛮、也里可温、回回、西蕃、天竺之属，往往率先臣顺，奉职称藩。其沐浴休光，沾被宠泽，与京国内臣无少异。积之既久，文轨日同，而子若孙遂皆舍弓马而事诗书。至其以诗名世者，皆居西北之远国，其去豳、秦，盖不知其几万里，而其为诗乃有中国古作者之遗风，亦足以见我朝王化之大行，民俗之丕变，虽成周之盛莫及也。"

危素、干文传、戴良皆南人，其人皆生元季，其论元人之化洽西域也，同出一词，所谓舆论者非耶！

元好问生金末元初，其所选诗，号《中州集》，宋人之留元者有家铉翁，为题其后。文见《元文类》八三，曰："世之治也，三光五岳之气，钟而为一代人物。其生乎中原，奋乎齐鲁、汴洛之间者，固中州人物也；亦有生于四方，奋于遐外，而道学文章为世所崇，功化德业被于海内，虽谓之中州人物可也。故壤地有南北，人物无南北，道统文脉无南北，虽在万里外，皆中州也。暇日获观遗山元子所裒《中州集》，百年而上，南北名人节士所为诗，皆采录不遗，盛矣哉，元子之为此名也！广矣哉，元子之用心也！夫生于中原，而视九州四海之人犹吾同国之人，胸怀卓荦，过人远甚，若元子者，可谓天下士矣。数百载之下，必有谓予言为然者。"此又宋人之先见，而其后竟言中者也。盖铉翁留元十余年，得睹元初人物气象，与宋季之偏激狭隘，迥然不同，知其后必昌，故为是论。岂知不用百载，而西北子弟之成就，已过乎铉翁所期也。

(三) 元西域人华文著述表

汉唐以来，翻经沙门，传教教士，华文著述众矣，然大抵皆宣扬本教、发挥西学之书，求可以称华学者盖寡。元西域人不然，百年之间，作者至三十余人，著述至八十余种，经史、词章、老庄、申韩、舆地、艺术、阴阳、医药之属无不具。且皆华法，非西法，与徒夸彼善俗、思革吾华风者不同，此元人特色也。《元史》无艺文志，清金门诏、倪灿、钱大昕诸家补之，互有详略。今兹所录，不过西域人之部，然已有出诸家补志外者，则疏漏仍恐不免，姑俟异日续补之。

人名	书名	备考
蒲寿宬（回回）	心泉学诗稿	四库辑《永乐大典》本。《倪志》误以寿宬为寿庚弟。
	心泉诗余	《彊村丛书》本。
巎巎（康里）	大元通制	删修人之一，见《顺帝纪》三。
马润（雍古）	樵隐集	见《清容集·马公神道碑》。
马祖常（雍古）	英宗实录	以下六种，见《元史》本传。
	皇图大训	
	承华事略	
	列后金鉴	

	千秋记略	
	章疏一卷	又见《千顷堂书目》。
	石田山房集	有影印《元四家集》本。
赡思（大食）	帝王心法	以下十四种，见本传。
	四书阙疑	
	五经思问	
	奇偶阴阳消息图	
	老庄精诣	"诣"《千顷堂书目》作"语"。
	镇阳风土记	
	续东阳志	
	河防通议	《四库》辑《永乐大典》本。
	西国图经	
	西域异人录	
	金哀宗纪	
	正大诸臣列传	
	审听要诀	
	文集三十卷	
偰玉立（回鹘）	世玉集	《元诗选》。
偰百僚逊（回鹘）	近思斋逸稿	见《千顷堂书目·外国 类》。《明诗综》九五亦有偰逊诗。
泰不华（伯牙吾氏）	重类复古编（十卷）	本传。
	顾北集	《元诗选》。
	宋史	分撰廿三人之一，见《圭斋 集·进宋史表》。
伯颜师圣（哈剌鲁氏）	金史	分撰六人之一，见《进金史表》。
贯云石（畏吾儿）	直解孝经一卷	本传。
	贯公文集	《巴西集》有序。
	酸斋文集	《千顷堂书目》。
	酸斋集	《元诗选》。
迺贤（合鲁氏）	河朔访古记	《四库》辑《永乐大典》本。
	金台集	近日翻元本。
	金台后集	《说学斋集》有序。

	前冈诗集	见《宋元诗会》。
	海云清啸集	见《千顷堂书目》。
丁鹤年（回回）	丁鹤年集	琳琅秘室丛书本。
	丁孝子诗集	《艺海珠尘》本。
	皇元风雅	《九灵山房集》有序，与蒋易、傅习等所编同名。
赵世延（雍古）	经世大典	纂修人之一，见《元文类·经世大典叙录》。
	风宪宏纲	本传。
余阙（唐兀）	五经传注	本传。
	易说五十卷	见《九灵山房集·余幽公手帖后题》。
	青阳山房集	有四卷、五卷、六卷、八卷各本。
	宋史	分撰廿三人之一，见《圭斋集·进宋史表》。
高克恭（西域）	房山集	《元诗选》。
	高尚书文集	《式古堂画考》有王士熙跋。
	高文简公集（七卷）	见《千顷堂书目》。
聂古柏	侍郎集	《元诗选》。
斡玉伦徒（唐兀）	宋史	分撰廿三人之一，见《圭斋集·进宋史表》。
张雄飞（唐兀）	张雄飞诗集	《至正集》有序。
昂吉（唐兀）	启文集	《元诗选》。
伯颜子中（西域）	子中集	《元诗选》。
薛超吾（回鹘）	薛昂夫诗集	《松雪斋集》《天下同文集》有序。
郝天挺（朵鲁别族）	云南实录五卷	本传。
	唐诗鼓吹注（十卷）	通行本。
辛文房（西域）	唐才子传十卷	《粤雅堂》本，日本本，近翻元本。
	披沙集	《石田集》有《题披沙集》诗。

	布都公行状	见《雪楼集》。布都公，察罕父。
雅琥（也里可温）	正卿集	《元诗选》、曹学佺《历代诗选》。
萨都剌（答失蛮）	雁门集	有三卷、六卷、八卷、二十卷本。
	萨天锡诗集（二卷）	《千顷堂书目》。士礼居藏十卷。
	集外诗一卷	毛晋刻。
	萨天锡逸诗	日本刻。
	西湖十景词	见《元史类编》。
沙剌班（畏吾儿）	金史	分撰六人之一，见《进金史表》。
廉惠山海牙（畏吾儿）	辽史	分撰四人之一，见《进辽史表》。
	仁宗实录	以下二种，见本传。
	英宗实录	
孟昉（西域）	孟待制文集	《夷白斋集》有序。
	孟天昉拟古文	《燕石集》《滋溪集》有题词。
察罕（西域板勒纥城）	圣武开天记	《千顷堂》作《皇元太祖圣武开天记》。以下三种，均见本传。
	纪年纂要	《雪楼集》有序，《千顷堂》作《帝王纪略纂要》。《借月山房》重订本。
	太宗平金始末	
盛熙明（龟兹）	法书考八卷	《楝亭十二种》本。
	补陀洛迦山考	见《普陀山志》。
萨德弥实	瑞竹堂经验方	《四库》辑《永乐大典》本。《吴文正集》有序。
	易原奥义一卷	以下三种，见《四库总目》，统名《易体用》。《松乡集》有序。

保八（色目）	周易原旨六卷	
	周易尚占三卷	
戈直	贞观政要集论（十卷）	通行本。
札马鲁丁（西域）	万年历	见《历志》，至元四年进。
可里马丁（西域）	万年历	见《仁宗纪》，皇庆二年上。
忽思慧	饮膳正要三卷	《道园学古录》有序。

原载北京大学《国学季刊》第一卷第四号，1923 年 12 月

燕京大学《燕京学报》第 2 期，1927 年 12 月

据河北教育出版社 1996 年版《中国现代学术经典·陈垣卷》移录

宋亡后仕元之儒学教授

周祖谟

目录

一　宋亡后元之搜访遗逸

宋自南渡后，中原非无恢复之望，顾以君主柔懦，政纲弛坠，故无由振奋。其忠謇之臣，虽屡谋匡复，然奸佞用事，亦不能各展其才，为国效命。徒见其垂亡而不得救，是可叹也。

于时士大夫不幸生逢其世，日处于忧患之中，进无以拯危纾难，退不得远逝以自疏，劳心忉忉，惟有克己复礼，躬行实践，养廉耻，厚士习，为务。故自渡江以来，学官月讲，必以《春秋》，以此为复仇之书，不敢废也。推其意，盖使为乱臣贼子者增惧，使用夏变夷者加劝焉尔。（见戴表元《剡源文集》卷七《春秋法度编序》）及至教道深结于人心，然后为臣死忠，为子死孝。儒者之大用，端在乎是矣。

然自度宗以后，国步愈艰。内无贤相，外无良将。及元人南侵，首失襄樊，于是鄂饶二州，相继沦没。且长江一水，中流荡然，全无备御。及其捣虚直冲而下，则惟有土崩瓦解，破败无存耳。故至德祐乙亥冬，乃议纳土，赍降表，奉使燕京矣。于时百姓流进，士族歼尽，其间士大夫从容就义，临难死节者，尤多。自古国亡，丧灭之惨痛，未有如是者也。

元人既平江南，乃籍宋太庙礼乐器及秘书省、国子监、国史院、太常寺之图书、祭器、乐器等物，同时并诏访逸才。元世祖至元十三年二月诏曰："前代圣贤之后，高尚儒医卜筮，通晓天文历数，并山林隐逸名士，仰所在官司具以名闻"。（《元史》卷九《世祖纪》）十八年诏亦如之。（见《元史》卷八十一《选举志》）是时江南儒臣多有出仕新朝者，如留萝炎、王虎臣、谢昌元之徒，均为尚书是也。（见《延祐四明志》及袁桷《清容居士集》卷三十三《师友渊源录》）。至元二十一年阿鲁浑萨理复劝世祖以儒术治天下，宜招致山泽道艺之士以备任使。帝纳其言，置集贤馆以待之。（《元史》卷一百三十本传）二十三年复令侍御史、行御史台事程文海与行台官至江南博采知名之士（《元史》卷十四《世祖纪》），当时被召之人乃多。

《元史》卷一百七十二《程钜夫（文海）传》云：

> 至元二十四年奉诏求贤于江南，帝素闻赵孟蕑叶李名，钜夫当临行，帝密谕必致此二人。钜夫荐赵孟頫、余恁、万一颚、张伯淳、胡梦魁、曾晞颜、孔洙、曾冲子、凌时中、包铸等二十余人，帝皆擢置台宪及文学之职。

至元二十七年程世京所撰《程雪楼（钜夫）年谱》亦云：

> 至元二十三年三月诏公赍汉字诏书乘驲求贤江南，四月诏遣叶、李、赵、孟、蕑赴阙，公遂遍历诸郡，广求贤俊。二十四年春率所荐赵孟頫、张伯淳等二十余人赴阙复命。

案钜夫奉诏搜求贤才，中书通事舍人帖木儿不花偕行，（见赵孟頫《松雪斋集》卷八《故处士王公墓志铭》）被征而起之士，似皆欲以行道自许，实则不肯肥遁自甘，而畏死偷生者也。《元史》卷一百七十三《叶李传》云：

> 李，杭州人，少有奇质，从学于太学博士义乌施南学，补京学生。宋亡，隐富春山。江淮行省及宣宪两司争辟之署苏杭常等郡教授，俱不应。至元十四年世祖命御史大夫相威行台江南，且求遗逸，以李姓名闻。世祖大悦，即授奉训大夫，浙西道儒学提举。李闻命欲遁去，而使者致丞相安童书有云："先生在宋以忠言谠论著称，简在帝心，今授以五品秩。士君子当隐见随时，其尚悉心以报殊遇"！李乃幡然北向再拜曰："仕而得行其言，此臣夙心也，敢不奉诏"！二十三年程文海奉命搜贤江南，李至京师，授资善大夫尚书左丞。

夫李为使者甘言所动，乃即翻然北面，利禄害人之深，于此可见。至云仕而得行其言，是其夙心者，则文饰之词耳，何可信哉。袁桷有云："君子之出也，大言以行道者，夸诬之流也"。(《清容居士集》卷二十三《送邓善之应聘序》)殆即为李而发欤？考当时与李偕来者，除程钜夫传所云，尚有吴澄，(见《元史》一百七十一《澄传》)朝廷皆擢以不次之位。李为尚书左丞；赵孟頫为兵部郎中，入直集贤；澄擢应奉翰林文字；张伯淳则授杭州路儒学教授，迁浙东道按察司知事(并见《元史》本传)；曾冲子授福建提刑佥事(见清·包发鸾修《南丰县志》卷十九)。二十五年再下诏求贤，则胡长孺应荐至京师，待诏集贤；既而召见内殿，拜集贤修撰。(见《元史》一百九十本传)二十八年诏复求隐晦之士，俾有司具以名闻(《元史》卷八十一《选举志》)，盖如是不惮其烦也。

至成宗大德二年，邓文原复由杭州路儒学正调崇德州教授，被征入京师，(见《剡源文集》卷十四《送邓善之序》)五年擢应奉翰林文字。袁桷亦于大德初因阎复、程文海、王构荐，为翰林国史院检阅官。(并见《元史》一百七十二本传)大德九年既再诏求山林间有德行文学识治道者(见《选举志》)，至仁宗延祐元年复敕各省平章为首者及汉人省臣一员专意访求遗逸，苟得其人，先以名闻，而后致之。(见《元史》卷二十五《仁宗纪二》)直至是年八月复科举，下诏求贤之事乃希。

盖自至元十三年迄仁宗延祐元年，三十八年之间，无日不搜访遗献，虽若求贤以光治道，实则网罗士流，收拾人心，以塞乱源耳。甚且小人之得志者，欲陷他人于不义，更举其所知以告有司；有司亦方藉此以邀功，则尤可哀矣。《宋史》卷四百二十五《谢枋得传》云：

至元二十三年集贤学士程文海荐宗臣二十二人，以枋得为首，辞不起。二十五年福建行省参政管如德将旨如江南，求人才，尚书留梦炎以枋得荐；枋得遗书梦炎曰："江南无人材，求一瑕吕饴甥程婴杵臼厮养卒，不可得也。……夫女真之待二帝亦惨矣，而我宋今年遣使祈请，明年遣使问安；王伦一市井无赖狎邪小人，谓梓官可还，太后可归，终则二事皆符其言。今一王伦且无之，则江南无人材可见也。今吾年六十余矣，所欠一死耳，岂复有它志哉"？终不行。……福建行省参政魏天祐见时方以求材为急，欲荐枋得为功，使其友赵孟迴来言，枋得骂曰："天祐仕闽，无毫发推广德意，反起银冶病民，顾以我辈饰好邪？"及见天祐，又傲岸不为礼，与之言，坐而不对。天祐怒，强之而北。

是知异族之搜访遗逸，固别有用心，而夫已氏复以此阿宠取容，独何心哉。若留梦炎者，世祖已薄其为人，（见《元史·赵孟頫传》）其为虎作伥者，尤可鄙矣。

二　元之儒官及出仕之山长学正

元人虽累年搜访逸才，宋之士大夫洁身自好不为名利所动者至多。或杜门谢客，或窜伏草莽，以保西山之节。甚且毁儒服，裂冠冕，逃归释老，以避其锋，如刘辰翁、郭以南（见《剡源文集》卷十四《送郭以南为道士北游序》）者是也。至于起而应征者，盖皆倾慕荣华，苟合干进者流。《剡源文集》卷十四《送子仪上人北游序》云：

自中州文轨道通，而东南岩氓岛客无不有弹冠濯缨之想，彼诚郁积久，而欲肆其扬扬者也，然不能无所诱焉。

又同卷《送邓善之序》云：

大德戊戌春，巴西邓善之以材名被征，将祗役于京师。于时甘泉近臣，乘缒而致词，瀛洲仙官，扬镳而先途。友朋星罗，从徒蚁奔。扳末光附余声之士饯善之于郊者，退而无不颂善之于家曰："嘻乎伟哉！善之其果能去此而行其志也乎哉"！

如是可知当时扳名附势者亦大有人在，不仅程雪楼所荐诸人而已。王奕《玉斗山人集》卷二《拜祖庭归途有感》云：

少小从师读鲁书，几回掩卷想风雪，得游邹鲁圣贤地，谁创华夷道德途？地势虽然有离合，脚跟却莫放模糊！不知江右明经士，曾识春秋两字无？

又赵文《青山集》卷七《相扑儿》云：

一儿攀肩猿上枝，一儿接臂倒立之。立者忽作踞地伏，攀者引头立其

足。飞跳倏忽何轻翩，怜尔骨节柔如绵。少年屈折支体软，红锦缠头酒论
碗。此儿巧捷未足称，江南何限无骨人。

盖皆有感而发。则当时应新朝之聘，不远数千里走京师以取朱紫者，莫非幸进
之徒也，宜乎为众人所讥讪。然亦有起家为书院山长，县学教谕，州路儒学教
授，儒学学正，及行省儒学提举者。是又在为公卿外而掌学务者也。

考州县之立学校官，起源甚早，而宋之州郡立学，则始于仁宗庆历四年。
《通考》卷六十三"学校"条云：

> 庆历四年诏诸路州军监各令立学，学者二百人以上许更置县学，于是州
> 郡不置学者鲜矣。又置教授，以三年为一任，以经术行义训导诸生，委运司
> 及长史于幕职州县官内荐教授，或本处举人举有德艺者充。当时虽置教授，
> 或用兼官，或举士人，委于漕司，而未隶朝廷也。熙宁六年诏诸路学官并委
> 中书门下选差，至是教授始命于朝廷矣。

是州县有学，自宋仁宗始，教授命于朝廷，自神宗始也。

至宋南渡以后，北方府学则多废堕。及元世祖中统二年九月始诏立诸路提
举学校官。后王鹗复请于各路选委博学老儒一人提举本路学校，因立十道提举
学校官。（见《元史》卷一六〇《王鹗传》）至元二十八年又命江南诸路学及
各县学内设立小学，选老成之士教之。县学内则设有教授学正山长教谕之职。
《元史·选举志》云：

> 凡儒师之命于朝廷者曰教授，路府上中州置之；命于礼部及行省及宣慰
> 司者曰学正、山长、学录、教谕，路州县及书院置之。路设教授、学正、学
> 录各一员，散府上中州设教授一员，下州设学正一员，县设教谕一员，书院
> 设山长一员。中原州县，学正、山长、学录、教谕并受礼部付身。各省所属
> 州县，学正、山长、学录、教谕并受行省及宣慰司札付。……教授之上，各
> 省设提举二员。正提举从五品，副提举从七品，提举凡学校之事。

又卷九十一《百官志》云：

> 儒学提举司，秩从五品，各处行省所署之地皆置一司，统诸路府州县学

校祭祀、教养、钱粮之事，及考校呈进著述文字。

儒学教授，秩九品，诸路各设一员，及学正一员，学录一员。其散府上中州亦设教授一员，下州设学正一员。

元代学官之制度盖如此矣。而宋之遗民出仕为学官者，就史传考之不下十数人。

其为山长而著名者，得三人焉，曰黄泽，曰曹泾，曰胡炳文。

黄泽，字楚望，资州人。《元史·儒学传》云："泽生有异质，慨然以明经学道为志。好为苦思，屡以成疾，疾止复思，久之如有所见，作《颜渊仰高钻坚论》。蜀人治经，必先古注疏，泽于名物度数考核精审，而义理一宗程朱，作《易》、《春秋》二经解《二礼祭祀述略》。大德中江西行省相臣闻其名，授江州景星书院山长，使食其禄以施教。又为山长于洪之东湖书院，受学者益众。至正六年卒，年八十七"。（一二六〇———一三四六）

曹泾，字清甫，休宁人。《宋元学案》卷八十九云："泾，八岁能通诵五经。咸淳戊辰丙科，授昌化主簿。博学知名。马端临尝师事之。入元为紫阳书院山长，卒年八十有二"。（亦见清·吴坤修《安徽通志》卷二百十九）

胡炳文，字仲虎，婺源人。《宋元学案》卷八十九云："父孝善先生斗元，从朱子从孙小翁得《书》、《易》之传。先生笃志家学，又潜心朱子之学，上溯伊洛，以达洙泗渊源，靡不推究。仁宗延祐中以荐为信州道一书院山长，调兰溪学正，不赴。至大间其族子淀为建明经书院，以处四方来学者。儒风之盛，甲东南。所居面山，世号'云峰先生'"。（亦见《元史·儒林传》，略有异同，今从《学案》）

其为学正者得一人焉，曰刘应龟。《金华黄先生文集》卷三《山南先生行述》云："应龟，字元益，世为婺之义乌人，少恢疏，常落落多大志。宋咸淳间游太学，马丞相（廷鸾）高其材，将女焉，先生不可乃已，由是名称藉甚。于时同舍生或取高第，而先生故为博士弟子员。值德祐失国，乃返耕，筑室南山之南，卖药以自晦。居久之，会使者行部，知先生贤，强起以主教乡邑，先生始幡然出山即席，于是至元二十有八年矣。终更调长月泉。有司以累考合格，上名尚书，铨曹谬以年未及，出其名，复俾正杭学。明年遂以疾卒于家，寿六十四。大德十一年八月二十日也"。（事迹亦见《元诗选》癸之甲）

案山长与学正皆非朝廷命官，虽为有司推举，然任之者均以训迪后学为务，不足病也。相传鄞王应麟入元亦曾为山长，明儒颇有讽议之者；而全谢山《鲒埼亭集外编》卷二十九《宋王尚书画像记》云："先生应元人山长之请，史传家传志乘诸传皆无之，不知其所出。然即令曾应之，则山长非命官，无所属也。箕子且应武王之访，而况山长乎"？由是观之，仕山长与学正，虽为盛名之累，然其职若今之县立小学校长，亦无庸深讥矣。

三　出仕之儒学教授

至于遗民之为教授而著名者，则有十人焉，曰戴表元、牟应龙、赵文、刘埙、仇远、马端临、欧阳龙生、熊朋来、傅定保、张观光。

戴表元，见《元史·儒学传》，生于宋理宗淳祐四年，卒于元武宗正大三年。（一二四四——一三一〇）传云："表元，字帅初，一字曾伯，庆元奉化州人。咸淳中入太学，以三舍法升内舍生。既而试礼部第十人登进士乙科，教授建宁府。后迁临安教授，行户部掌故，皆不就。大德八年表元年已六十余，执政者荐于朝，起家拜信州教授。再调教授婺州，以疾辞。初表元闵宋季文章骫弊已甚，慨然以振起斯文为己任，至元大德间东南以文章大家名重一时者，唯表元而已。年六十七卒，有《剡源集》行于世"。（此本于袁桷《清容居士集》卷二十八《戴先生墓志铭》）

其所撰自序称："生于淳祐甲辰，辛未春试南省，中第十名。五月对策，中乙科，赐进士及第。乙亥春以故归旧庐，会兵变，走避邻郡，及丁丑岁兵定归鄞，至是三十四岁矣。家素贫，毁劫之余，衣食益绝，乃始专意读书，授徒卖文以活老稚。鄞居度亦不可久，遂买榆林之地而庐焉。如是垂三十年，执政者知而怜之，荐授一儒学官，因起教授信州。噫！老矣。大德丙午归自信州，体气益衰，即以家事属诸子，使自力业，以治养具，忘怀委分，自号曰'剡源先生'"。此于平生事迹叙述甚详。

赵文，字仪可，一字惟恭，号青山，庐陵人。生于宋理宗嘉熙三年，卒于元仁宗延祐二年（一二三九——一三一五），年七十七。仪可于宋景定咸淳间尝冒宋姓三贡于乡，后始复本姓，入太学，为诸生，宋亡入闽，依文天祥，元兵破汀州，与天祥相失，遁归故里。后为东湖书院山长，选授南雄郡文学，而年亦老矣，卒年七十七。有《青山集》八卷。（事迹详《程雪楼集》卷二十二《赵仪可墓志铭》，刘将孙《养吾斋集》卷二十九《赵青山先生墓表》。）

刘埙，字起潜，号水村，南丰人，生于宋理宗嘉熙四年，卒于元仁宗延祐六年（一二四〇——一三一九），年八十。起潜少孤，事母竭至孝性，宋咸淳六年举于乡（见清·包发鸾修《南丰县志》卷十八）。吴澄《草庐吴文正集》卷三十六《故延平路儒学教授南丰刘君墓表》云："起潜之在宋已卓荦不群,年三十七而宋亡。郡庠缺官,当路交荐,年五十五始署旴郡学正。年七十受朝命为延平郡教授。官满既代,诸生不容其去,复留授业者三年乃归。归四年,延祐己未也,年八十矣。后八月七日端坐而逝"。其平生所著书百三十五卷,今存者有《水云村稿》十五卷,《隐居通议》三十一卷。

熊朋来,字与可,豫章人。《元史·儒学传》云:"朋来,宋咸淳甲戌(十年)登进士第第四人,授从仕郎,宝庆府签书判官厅公事,未上而宋亡。世祖初得江南,尽求宋之遗士而用之,尤重进士。……朝廷以东南儒学之士,唯福建庐陵最盛,特起朋来为两郡教授。卒年七十八。有家集三十卷"。案史未言其卒年,考吴澄《吴文正公集》卷三十六《前进士豫章熊先生墓表》称至治癸亥五月卒,癸亥为至治三年,则其生当为宋理宗淳祐六年也。(一二四六——一三二三)

牟应龙,字伯成,其先蜀人,后徙居吴兴。《元史·儒林传》云:"祖子才仕宋,赠光禄大夫,父巘为大理少卿。应龙当以世赏补京官,尽让诸从弟,而擢咸淳进士第。沿海制置司辟为属,以疾辞不仕而宋亡矣。故相留梦炎事世祖为吏部尚书,以书招之曰:'苟至,翰林可得也',应龙不答。已而起家教授溧阳州,晚以上元县主簿致仕,泰定元年卒,年七十八"。(一二四七——一三二四)

仇远,字仁近,一曰仁父,钱塘人。生于宋理宗淳祐七年丁未(一二四七年),咸淳中以诗名,与白珽并称,人谓之曰仇白。宋亡落魄江湖间,至大德九年乙巳部使者强以学识起为溧阳州学教授,居数年,罢归,时年已六十余。(《四库全书·金渊集提要》称远于至元中尝为溧阳教授,旋罢归,与集中各诗记载年月者不合,盖承方志之误。)晚以杭州知事致仕。自号近村,亦号山村。有《金渊集》六卷,《山村遗集》一卷。其卒年不详。(《新元史》远附《吾邱衍传》,事迹甚略。此参照《金渊集》及清乾隆《杭州府志》。)

马端临,字贵与,乐平人。《宋元学案》卷八十九云:"父廷鸾,宋咸淳中官右丞相。时休宁曹泾精诣朱子学,先生从之游,师承有自。以荫补承事郎。宋亡不仕,著《文献通考》。自唐虞至南宋,补杜佑《通典》之阙,二十余年而成。仁宗延祐四年遣真人王寿衍寻访有道之士,至饶州路录其书上进。诏官为镂板,以广其传,仍令先生亲赍所著稿本赴路校勘,英宗至治二年始竣工。先是留梦炎为吏部尚书与先生之父在宋为同相,召致先生欲用之,以亲老辞。及父卒,稍起为慈湖柯山二书院山长,教授台州路,三月引年终于家"。

欧阳龙生，字成叔，浏阳人。《宋元学案》卷八十八云："成叔，忠叟子，从醴陵田氏受'春秋三传'，试国学，以《春秋》中第二。至元丙子侍其父还浏阳，左丞崔斌召之，以亲老辞。居山十有七年，浏有文靖书院祠龟山杨时，沦废已久。部使者至，谋复其旧，授先生为山长。秩满，改本州教授，迁道州路教授，卒年五十有七"。

傅定保，字季谟，号古直，晋江人。《元诗选》癸之甲云："宋咸淳中礼部奏赋第四。时相沮抑新进，未令赴廷试。大德初提举吴涛荐授漳州路学正，改二山书院山长。至治中以平江路儒学教授致仕"。

张观光，字直夫，号屏岩。吴师道《吴礼部集》卷十四《张屏岩文集序》云："东阳屏岩先生，当宋季年以诗义为浙士第一。入太学，才二十有六岁，英华之气发于文辞，同时辈流，固望而敬之矣。未几国亡，随其君北迁，道途之凄凉，羁旅之郁悒，闵时悼己，悲歌长吟，又有不能自已者焉。方中朝例授诸生官，独以亲老丏归，遂得婺学教授。改调时，年甫强仕，即陈情辞禄以遂志养。杜门深居，沉潜经籍，益造精微"云云。《四库全书·屏岩小稿提要》云："元张观光撰。集中有甲子岁旦诗，诗中有岁换上元新甲子句，以历家三元之次推之，上元甲子当属泰定。观其除夕即事诗中称明朝年八十，则得寿颇长"。据是则观光之卒，当在元泰定元年之后也。

考当时遗民之出仕为教授者尚不止此，今就其名较著及事迹可考者述如上。

至于为儒学提举而著名者，则有四人焉。曰王义山，曰白珽，曰郑陶孙，曰艾性夫。

王义山，宋元史均无传，《四库全书总目·稼村类稿提要》云："义山，字元高，丰城人，宋景定中进士，知新喻县，历永州户曹。入元官提举江西学事"。案《义山稼村类稿》三十卷，其卷二十九《自撰墓志铭》云："生于宋嘉定甲戌（七年）八月之戊午，自淳祐己酉（九年）至景定辛酉（二年）与弟义端以赋四上春官"。卷七《重修旧居记》云："德祐乙亥（元年）半刺永嘉，台评谓某为杭山（章鉴）客，以议迁并劾；亡何，江闽有参议之檄至章贡未上。至元丙子（十三年）夏始归先庐居焉。不二年乡邦士友白之省，省以赍币聘于先庐，俾职教路学，至是又挈家寓于冷舍。明年掌一道学事，遂退而老于东湖之上"。《提要》云："历永州户曹"，永州当为永嘉之误。其文集自序作于彊圉大渊献（至元二十四年丁亥）正月元日，其卒当在此以后矣。

白珽，字廷玉，钱塘人，生于宋理宗淳祐八年，卒于元文宗天历元年（一二四八——一三二八）。年十三受经太学，以诗名于一时。宋濂《元故湛渊先生白公墓铭》云："元丞相伯颜平江南，闻先生贤，檄为安丰丞，辞不赴，乃客授藏书之家，如是者一十七年。程文宪公钜夫刘中丞伯宣前后交荐之，复以疾辞。中岁尝出游梁、郑、齐、鲁，历览河山之胜，登临吊古，讯人物风土，慨然有尚友千载之义。南北孤远，士久困逆旅，则必昌言甄拔之，自是学益充，文益富，而家益贫。会李文简公衍出将使指，喟然叹曰：'有才如是，坐视其穷可乎'？力挽起之，授太平路儒学正。未几摄行教授事，寻转常州路儒学教授（大德四年）。俄再迁教授庆元，未上，升江浙等处儒学提举司副提举，阶将仕佐郎。秩满，谢事养疴海陵，先生已六十又七。及再迁从事郎婺州路兰溪州判官，则不复有宦情矣。以天历元年九月卒，年八十一"。案廷玉有《湛渊集》一卷。

郑陶孙，字景潜，处州人。滁孙弟也。《元史·儒学传》云："滁孙，宋景定间登进士第，知温州乐清县，累历宗正丞，礼部郎官。至元三十年有以滁孙名荐者，世祖召见，授集贤直学士，寻升侍讲学士。弟陶孙，亦登进士第。征至阙，授翰林国史院编修官，升应奉翰林文字，后出为江西儒学提举。有文集若干卷"。

艾性夫，不见史传。《四库全书》，《剩语》二卷，元艾性夫撰。《提要》云："考《江西通志》称抚州三艾：叔可字无可，宪可字元德，性字天谓，皆工于诗。……吴澄《支言集》有《高夔妻艾氏墓志》，称为咸淳贡生性夫之女，习见其家儒教，屡以勖其夫云云。……疑《江西通志》本作性夫字天谓，传刻脱一'夫'字也。考集中有谢枋得挽诗一首，则性夫元初尚存。又曹安谰言长语称，于成化五年之元江署学，一家多藏书，内一诗集乃江浙道提举艾性夫作，贯酸斋作序云云。宋无江浙道提举，盖其晚年已仕元矣"。今案《剩语》卷下《留城寄旷翁》诗云："吾年七十入城府，君更老吾仍出山。早岁相期作深隐，至今头白未能闲"。此亦为晚年仕元之证。

凡是所举，皆生于有宋，负科第之名，曾食宋禄者也。至如生当宋季，国变后起而仕元者，皆不预焉。（如龚璛，程荣秀，是也。）若夫白珽于宋本为太学生，而亦入录者，正以见危复之清高耳。

四　出仕之原因

夫人之好尚不一，有如饮食嗜欲之不齐。高官厚禄可以荣妻子眩僮仆者，固众人之所好；然亦有朱幡在前，掉臂而去，无枉求无诡谒以荣其身者；是未可强同也。惟当易代之际，主忧臣辱之时，则出处取予授受之间，不可不慎焉。

溯自靖康之变，河北沦于左衽，时凶焰方炽，勇斗嗜杀，敌兵所向，士无噍类。观李致尧《葬枯骨碑》所述汾州一役，生民死亡之惨，可为痛泣。然八十余年之后，复有贞祐之祸。元兵践蹂中原，创痛更甚于前。大河南北，人民杀戮殆尽，百不一存。即以贞祐元年保州城陷，居民老幼同遭殄歼一事观之，其残暴可知（见刘因静《修文集》卷四《武强尉孙君墓志铭》及《孝子田君墓表》）。其后六十年，元兵南侵，更深入腹地，战无不胜，攻无不克，其间死于锋镝之下者，更不可以数目计矣。

士大夫生当其时，耳之所闻，目之所睹，莫不怵惕惊心，方埋首饮泣之不暇，岂复有荣华轩冕之思？故自南渡以后河北遗民不得高翔远引者，乃相率避居山野。力耕作，治庐舍，联络表树，以相保守。终不肯婴世故，慕荣利，以亏其节。于时全真大道太一三教，如风靡水流，聚徒训众，义不仕金，其高风亮节，可谓蜕于尘埃之外，矗然不淬者矣（见陈援庵师《南宋初河北新道教考》）。暨乎元人灭金，统驭中原，履其土，荐其毛，犹有不仕之臣焉。（如萧㪍、刘因即其人也）况当祥兴之后，神州陆沉，宋之遗民岂可腼颜事仇以求荣禄乎？是以文宋瑞、谢叠山至死不屈，大节凛然，足为万世师表。虽欹嵚磊落可为涕泣，然天地得不压不坠，人类得不尽死灭，尚赖有此。故《宋季三朝政要》云：

疾风吹劲草，板荡识纯臣。死者人之所难，而得其死者尤难也。主忧臣辱，义在必死。夫食君之禄，死君之难，不以生死易其节，此诚烈丈夫也！

然而窃疑若戴表元诸人者，平居于春秋大义讲之审矣，何为应此教授一职？且《元史·选举志》云："府州教授准从八品，再历路教授准正八品"，则教授之秩俸年得三四十两银而已，（见《元史》卷九十六《食货志》）其数既微，将何所取？今推其故，殆有数因：

一曰年老家贫，无以为活：夫人幸而得至其老，又不幸老而穷，此人情之所矜悯者也。然人老而穷，则又往往气昏志阻，不得不役于衣食。若戴表元者，儒贫而老，则舍授徒卖文，无以为活。故其自序云："执政者知而怜之，荐授一儒学官"。是其出仕于元者，乃年老家贫有以致之耳。若《送陈养晦赴松阳校官》诗云：

书生不用世，什九隐儒官，抱璞岂不佳，居贫良独难。（文集卷二十七）

是自道之语也。其《送杜子问（裕）赴学官序》云：

> 邑中故家虽衣冠强盛，如李杨黄者，亦皆逋播离析，子问不得已携其耿耿者去而之西。会尊官贵客适知其名，左馆右谷。既而为之荐进于当途，假之文学掾之阶而强之仕，于是子问老矣。曰："我无愿于仕也，而不能无愿于禄"。俯首束衽忘数千里江楚之劳而赴焉。（文集卷十三）

则知家贫年老，偃蹇无所依，而不得不食一命之禄者非一人也。仇远《金渊集》卷一《予久客思归，以"秋光都似宦情薄山色不如归意浓"为韵言志》云：

> 未仕每愿仕，既仕复思归，了知归来是，宜悟求仕非。干禄本为贫，原非慕轻肥。已昧好为戒，复贻素餐讥。时艰士失业，十家九寒饥。岂无禹稷思，力薄愿乃违。

亦明言其出仕之故。又陆文圭《墙东类稿》卷六《送张菊存（仲实）序》云：

> 吾友张子仲实与吾交十余年矣，岁在甲申，余适钱塘，君年少甚新，有诗名，风致清远，器宇高朗，翩翩佳公子也，于是始倾盖定交。余时随计上省，君敦谏甚苦，余感其言，拂袖径归，杜门不复出。复数年客自杭来者，谓仲实经明行修，诸生迎入学，师事之，省台贵人籍籍道仲实名字。余私念君人品甚高，志不轻就，殆家贫亲老，将为禄仕计耳。又数年余再适钱塘，一见相与道旧，感慨久之。

是又因亲老而违其初衷者。虽则如是，其所得者亦微矣。仇远《学舍自吟》云："金渊文学掾，旅食经岁年，石田薄有收，尽足裨俸钱。丝毫了无补，教养愧前贤"。（《金渊集》卷一）又《送杨刚中赴淮安教授》云："西蜀杨君子，才为博士优，儒官清似水，学舍小于舟。吴地仍多潦，淮田薄有收，虽非温饱计，足解友朋忧"。（卷三）则广文官冷之状可知矣。

二曰免除徭役：徭役之事，何代无之，而元于常赋之外，取之于民者过重。其差科之名有四：曰丝科，曰包银，曰俸钞，曰丁税。太宗时既有丝料、丁税之法，至宪宗而增包银，世祖复增俸钞，各验其户之上下而科焉。所征之数，虽多寡有时而殊，然至世祖至元十七年以后，全科户当出丝一斤六两四钱，包银四两，俸钞一两，丁税粟三石。至于地税，则上田亩三升，其量至轻，而户丁科差之重乃如此。（见《元史》卷九十三《食货志》及清《续文献通考》卷十六）夫民力有几，而可如是横征暴敛乎？

虽然，儒士军站僧道诸户则一切蠲免焉。《元史》卷一百七十七《陆垕传》云："伯颜南下后，上章奏免儒役"（附《臧梦解传》）迨至元十三年江南初平，世祖亦敕诸路儒户通文学者三千八百九十并免其徭役。其后叶李奏请各道立儒学提举司，凡儒户徭役乞一切蠲免（见《元史》李传），并可其奏。至元二十五年十月又诏免儒户杂徭，大德十一年五月（时武宗已即位）复勉励学校，蠲儒户差役。盖终元之世，儒户差役，无不蠲除。然则诸人所以俯首为文学掾者，此亦一因也。

三曰避种人之歧视：自古异族人居中国者，莫不忌刻汉人，以防叛乱，故元人初入中原，其官佐之制即以国人为之长，色目人次之，而汉人又次之。及平江南，朝廷虽间用南人，而州路吏属仍以国人居其首要，甚且赋税刑法亦南北异制，则种族之歧视，非人之所能堪者。诸人之出仕新朝，亦藏身隐晦之术耳。《剡源文集》卷十四《送谢仲潜序》云：

> 始余以文学掾游金陵，时年才三十尔，性喜攻古文辞，每出经义策诸生，以观其能占对与否，而鼓舞抑扬之。同时执简数百人，有谢仲潜常在鼎甲中。别去二十有五年，余寄食钱塘市舍授徒，于是耳目疲耗，心胆销怯，值稠人广席，谈辩纵横，辄畏缩如不胜，况有所挟乎？外者尤不敢仰首视。乃闻有吴江教官能礼貌旧老，为之喜甚。己亥秋八月吴江教官者（秩）满，以谒来见余。余延坐，问之，盖仲潜也。曰："自契阔来一日不废学，然盖更事诸变故，寒漂暑燠，较前为诸生时意气亦不复有。其俯仰升斗之禄，直欲少避啬夫亭长诃辱耳。故邂逅冠服与我相类者，亦稍稍有志扶持之"。

呜呼！忍辱出仕，以避啬夫亭长之诃诟，其志亦可悲矣。而所谓啬夫亭长者，殆指种人而言耳。

以意推之，诸公之为八品儒官，盖不出此三因也。

五　出仕后之自悔

古语云：在山为远志，出山为小草。诸公既俯首包羞以食元禄，终不能无悔恨之词。方赵孟頫深衣拜聘扬镳北首之际，意气固甚可轩昂也，然已为贤士所嗟惜，故《剡源文集·书叹》称子昂有"遭逢不自闷，颇为谈者惜"之语（卷二十七）。至其晚年尤多"罪出"之词。其《自警》诗云："齿豁头童六十三，一生事事总堪惭，唯余笔砚情犹在，留与人间作笑谈"（见《松雪斋集》卷五）。又《罪出》诗亦有"见事苦不早"之语，足见违志之苦。然而所以见事苦不早者，亦为名利所诱耳。赵文《青山集》卷三《约心堂记》云：

> 君子读书为士，莫不各有一初心。自古圣贤出处，此身可困可厄，而不可以负吾心之约。负约于人，犹曰不信，吾与吾心言矣，能爱富贵而食言乎？虽然，一行作吏，不得以如其约者多矣。异时入幕视案牍，引笔据理可否，衔袖进大吏，不可其意，不得不小回互，意终日郁然不乐。遇事欲慷慨论列，顾孺人稚子，咿嘤涕泣止。虽守道君子不以势权私昵动其心，然而不得以如其约者多矣。盖虽崛强如退之，所谓不食高翔，亦何尝尽行其志？仕宦累人，从古则然，而况吾世？

是知仕宦终非士君子所能胜。况屈身异族，事达官富人以腼颜求活乎？观仇远《金渊集》卷五《岁穷早睡》所云：

> 骥尾流光不可追，山中小草合知非，腊余四日春先到，官满三年客早归。暗雨随风茅屋漏，荒城争米燎盆稀。明朝又赴公筵贺，灯下醒眠懒解衣。

则岁暮风寒，以明朝赴公筵之贺，欲解衣而卧皆不可得，其为累也孰甚？又《衰年》云：

> 衰年六十喜平头，微禄虚名老可羞。自笑一生同蝲蝲，了知万事等蜉蝣。寡欢元亮须归去，老病相如已倦游。只忆西湖春涨绿，柳边雪外舣兰舟。

又戴表元《丙午二月以府檄出宿了岩》诗云：

> 衰年慕栖息，役役殊未休，天明发东郭，日晏泊西州。岂其千金躯，为此一餐谋？宿麦青已郁，檞桑黄亦稠。欣然一会意，所愧非吾丘。悔日谅不远，誓言良未酬。挥手谢还往，伊曚自伊曚。（《文集》卷二十七）

此又皆自艾之辞也。甚且当其懊恼不已之时，深悔其识字，乃欲为耕渔樵猎而不可得。如《剡源文集》卷二十七《送官归》云："生世悔识字，祝身如野农"，《金渊集》卷一《言志》云："老尚着儒冠，却悔识知无"，是也。然其最为沉痛者，莫过王义山之自悔。其《稼村类稿》卷二十九《自撰墓志铭》云：

> 余生于宋嘉定甲戌八月之戊午，世居隆兴府丰城县长丰乡之槎溪，今为龙兴路富州。自淳祐己酉至景定辛酉与弟义端以赋四上春官，乙亥春江上报至，丞相杭山先生章公鉴议国事不合，遂去。某以门下客为监察御史潘希圣所劾。辛巳岁卜居东湖，丙戌夏归省松楸，葺先君弊庐。吾老矣，死已晚矣。苟获体其受而归全幸矣。独不幸而读书，又不幸而窃科第，又不幸而立乎人之朝；向使不读书，不窃科第，不立乎人之朝，岂不陶陶然天地间一民？既读书，既窃科第矣，既立乎人之朝矣，而谓一民之不如，呜呼！必有不如者矣！

志题作于丙戌之八月，丙戌为至元二十三年，时义山由儒学提举告归，年已七十有三，追悔平生，其音甚哀。察其所以如是云云者，盖亦感发于中，有不得已于言者也。刘因《静修文集》卷四《孝子田君墓表》曾云：

> 呜呼！天地至大，万物至众，而人与一物于其间，其为形至微也。自天地未生之初，极天地既壤之后，前瞻后察，浩乎其无穷。人与百年于其间，其为时无几也。其形虽微，而有可以参天地者存焉。其时虽无几，而有可以与天地相终始者存焉。故君子当平居无事之时，于其一身之微，百年之顷，必慎守而深惜，惟恐其或伤而失之。实非有以贪夫生也，亦将以全夫此而已矣。及其当大变，处大节，其所以参天地者以之而立，其所以与天地相终始者，以之而行；而回视百年之顷，一身之微，何足为轻重于其间哉！然其所以参天地而与之相终始者，皆天理人心之所不容已，而人之所以生者也。于此而全焉，一死之余，其生气流行于天地万物之间者，凛千载而自若也。使其舍此，而为区区岁月筋骸之计，而禽视鸟息于天地之间，而其心固已死矣。而其所不容已者，或有时发焉，则自视其身亦有不若死之为愈者。是欲全其生，而实未尝生；欲免一死，而继以百千万死。呜呼，可胜哀也哉！

观此则其理甚明。夫死生之际，固人之所难处者，若诸公之为教授也，未必可以遂其生；不为教授也，未必致于死；宜乎赧然于面，戚焉于心矣。然稼村者，尝师事刘后村克庄，又为文文山所知，其人固受朱学者；虽仕于元，而非彼苟求富贵者也。

六 诸公出仕之评论

昔叠山谢氏有言曰："人可回天地之心，天地不能夺人之心，大丈夫行事论是非，不论利害；论逆顺，不论成败；论万世，不论一生"。（《与李养吾书》）今诸人既出仕教授，晚节不终，则难免为后人所非议。故《四库全书总目》赵文、青山集提要云：

> 文与谢翱、王炎午同入文天祥幕府，沧桑以后，独不能深自晦匿，以迟暮余年重餐元禄，出处之际实不能无愧于诸人。然其文章则时有《哀江南赋》之余音，拟以古人，其庾信之流亚乎？

又《刘埙水云村稿》提要云：

> 埙才力雄放，尤长于四六，集中所载诸启札，大抵皆在宋世所作，其他古文，则多入元以后所作。灏瀚流转，颇为有气。惟其年过七旬，复出食元禄，而《晚春郊行》诗云："路少过军仍鼓吹，地多遗老自衣冠"，《丙子闽山》诗云："汉祚纵移诸葛在，唐兵虽败子仪侯"，皆其未出山时所作，是则可以不存耳。

此皆贬损之辞。而杨公远《野趣有声画提要》云：

> 公远宋亡时年四十九，入元未仕，当从周密之例称南渡遗民；然入元以后干谒当路颂扬德政之诗不一而足，其未出仕当由梯进无媒，固不能与密之终身隐遁者同日语矣。今系之元人，从其志也。

案叔明本未仕元，以其攀援当路，乃必系之于元，且谓"从其志也"，岂不可悲？是知人之出处大节不可不慎也。刘静修《辋川图记》云："人之大节一亏，百事涂地，凡可以为百世之甘棠者，而人皆得以刍狗之"。（文集卷二）

噫，可惧也已。

虽然，平情论之，诸人膺公府之高选以为儒官，其去诡称行道而蒙瑕裹玷者远甚。盖其职至卑，仅屏伏闾里，为村塾学究，日与童孺相处，尚与取通使上大夫执珪结绶与当代贵人相周游者不同。其意盖在藏锋敛颖，韬潜谨饬，浮沉小官，以守其身而已。若果有意于富贵也，则戴表元何为却张可与荐乎？诸人既沉晦于下，以教化风俗为事，且初心亦未尽泯，当亦为人所矜悯。《剡源文集》卷十三《送罗寿可归江西序》云：

> 古之所谓士大夫者，少而学成于其身，壮而材闻于其国，及其老而无志于用，则退而以其学师于其乡，是故有以一人而成千万人之俗。

观此则儒者之为儒官，在化民成俗，以保读书种子，亦隐然有其职志存焉。且当举世俶扰之际，蚩蚩之氓行且为背礼犯义之行，而诸君施教于下，使民德归厚，不为恶俗所染，则疹疠之气化为祥淑，此皆儒者之大用，有不期然而然者。且自江汉先生赵复传程、朱之学于北方之后，其道大行。此后南北之间凡儒冠儒服者皆互为师友，以相砥砺，其成效虽至微至隐，而于外族蹂践之下犹存一脉生生不息之气者，端赖此耳。

且诸君之为教也，匪但化民成俗而已，并隐然有为天地立心，为生民立极之意，盖知异族之侵扰横暴，必不可久也，故教后学，勿以当前进取为功，而以潜藏待时为用，使深蓄其力以待剥穷必复之机，则于人心亦不无小补。如《青山集》卷三《萧同伯倦归堂记》云：

> 今……出门适莽苍，豺虎塞路，天下虽大，何行而可？虽欲不杜门裹足自囚空山盖不可得矣。然则君之倦而归也，天倦之也。……虽然天不倦也。君见夫日乎？日之西而没也，以为无日矣，将旦时彼轧轧而东者，犹昨日也。由是而观之，则自盘古开天以至于今，天未始一息倦也。使天而倦，吾其鱼矣。……同伯今日之倦归，庸知非造物者补汝颣，息汝劂，而将有所用之，未可知也。

又《墙东类稿》卷六《送吴仲鲁序》云：

> 天历间乌江吴仲鲁来与仆讲《易》墙东之下，将归省其亲，丐一言以为

别。仆请以《易》为赠。《易》曰"君子以言有物，而行有恒"；又曰"君子藏器于身，待时而动"；又曰"君子以俭德避难，不可荣以禄"；是三言者，于己切于义，当于时宜，子其识之！仆年八十，将槁死林下，不及见子功业之成矣。抑未死以前皆临深履薄之日月也。子何以处我？仲鲁不答，太息而去。（案陆文圭，于宋咸淳初以《春秋》中乡选，元延祐设科再中乡举，晚年以授徒为生）

是即王应麟所谓"潜龙以不见成德，管宁所以箴邴原也；全身以待时，杜袭所以戒繁钦也"。其用意之深长，可知矣。如是而言，诸人之出，蒙羞遭耻亦颇违其本念。考其所为，尚与走马而赴新朝之聘者有异，则白圭之玷，庶稍湔乎？至于《提要》所云，正《春秋》责备贤者之意，亦以发后人之警惕焉尔。

抑又论之，儒者之为道，忠恕而已。合乎忠恕，则合乎仁义。忠恕仁义，皆出自天理人心之所同然，其术不偏不颇，故为道德之极。若宋儒之学，固时有迂阔之论，然所以正人心化风俗者，莫不三致意焉。夫自南渡以来，国事已危如累卵，其能赓续一百五十年不即颠覆者，正在儒者迭生其间，以沉潜刚克之气约束人心，以果敢强毅之行攻发奸佞，有以全济耳。及乎德祐丙子之后，则有忠臣义士至死不易其节，此尤非一手一足之烈所幸致，而皆先民之心力所陶育而成者。是知儒者之为道，天下之达道也。读圣贤书者，岂可不自知蹈厉乎？若夫教授之为职，虽至微至卑，其事则至难；盖子弟有一悖理而隳业者，皆教之授之者有所不至也。朱文公《漳州教授厅壁记》云：

> 教授之为职，其可谓难矣，惟自任重而不苟者知之。其以为易而无难者，则苟道矣。何也？曰教授者以天子之命教其人邦人，凡邦之士，廪食县官，而充弟子员者，多至五六百余，少不下百十数，皆惟教授者是师，其必有以率厉化服之，使躬问学，蹈绳矩，出入不悖所闻，然后为称。此非反之身而何以哉？是可不谓难矣乎？

如是观之，为人师者不可不反身而诚矣。今诸君之仕元而为教授，能凛然以古道自持，知其出仕之非，而能勤其所事之重，则元之立朝不及百年而亡者，又未始非传朱学者之力也。此固非诸人之所及知，而后之人亦鲜有论及之者，是不可无说。惜乎！史家讥其晚节不终，而适中其短也。

（民国三十五年十一月）

主要参考书目

《宋史》	赵文《青山集》	黄溍《金华黄先生集》
《宋季三朝政要》	张观光《屏岩小集》	吴澄《吴文正集》
《宋元学案》	王奕《玉斗山人集》	刘将孙《养吾斋集》
《元史》	赵孟𫖯《松雪斋集》	全谢山《鲒埼亭集》
《文献通考》	仇远《金渊集》	《延祐四明志》
清修《续文献通考》	白珽《湛渊遗稿》	清吴坤修《安徽通志》
谢枋得《叠山集》	刘因《静修文集》（畿辅丛书本）	清陈文騄修《杭州府志》
王义山《稼村类稿》	程钜夫《雪楼集》	清包发鸾修《南丰县志》
戴表元《剡源文集》	袁桷《清容居士集》	《元诗选》
艾性夫《剩语》	吴师道《吴礼部集》	《四库全书总目提要》
陆文圭《墙东类稿》		

原载《辅仁学志》第十四卷一、二合期，1946 年

元杂剧里的八仙故事与元杂剧体例

石兆原

一 前人的论述——引言

元人杂剧多演吕仙度世事，叠见重出，头面强半雷同，马致远之《岳阳楼》即谷子敬之《城南柳》，不惟事迹相似，即其中关目线索亦大同小异，彼此可以移换，其第四折必于省悟之后，作列仙出场现身指点。因将群仙名籍，数说一过。此岳伯川之《铁拐李》，范子安之《竹叶舟》诸剧皆然，非独《岳阳楼》、《城南柳》两种也。《岳阳楼》：《水仙子》云"这一个汉钟离现掌着群仙箓，这一个铁拐李发乱梳，这一个是蓝采和板撒云阳木，这一个是张果老赵州桥倒骑驴，这一个是徐神翁身背着葫芦，这一个是韩湘子韩愈的亲侄，这一个是曹国舅宋朝的眷属，则我是吕纯阳爱打的简子愚鼓"。《城南柳》：《水仙子》云"……这个是提筦篱，不认椒房……"《铁拐李》：《二煞》云"汉钟离有正一心，吕洞宾有贯世才，张四郎曹国勇神通大……张果老驴儿快……"《竹叶舟》：《十二月》云"……这一个吹铁笛韵美声和，这一个貌娉婷筦篱手把……"又《尧民歌》云"这一个是双丫髻常吃的醉颜酡，则俺曾梦黄粱一晌滚汤锅，觉来时早五十载暗消磨，才知道吕纯阳是俺正非他"，梁廷枏《曲话》卷二。

读了这一段话，不由得令我想起京戏《南天门》曹福将冻死的时节，恍惚中看见八仙的那一段唱词，以为它的来源很古，一定和元杂剧有关系。梁氏接着又说：

汤若士《邯郸梦》末折"合仙"，俗呼为"八仙度卢"为一部之总汇，排场大有可观，而不知实从元曲学步，一经指摘，则数见者不鲜矣。《混江龙》云："一个汉钟离双丫髻，苍颜道扮，一个曹国舅八彩眉象简朝绅，一个韩湘子弃举业儒门子弟，一个蓝采和他是个打院本乐户官身，一个挂铁拐的李孔目又带些残疾，一个荷饭筦何仙姑挫过了残春，眼睁着张果老把眉毛

褪",通曲与元人相似……（同上,卷二）

更令我想到,明人既然可以袭用元人,清人自然可以袭用明人的,那么现在京戏（通常叫做旧戏,是相对着新兴的话剧而言,也有人叫做平戏,那是因为北京改为北平,所以京字,自然应运改成平字了,但是尚不通行,喜欢旧剧的人叫她做"皮黄"也是很通行的,但是京戏二字尚不落伍,还没有成了历史上的名词）里的"见八仙"（俗呼《南天门》曹福死的这场叫"带见八仙"若不唱曹福死这场,自然,用不着"八仙"了）一定是从元剧里留传下来的。但是元剧是不是真是如同梁氏所说呢,却要经过一番探讨了。

二 关于八仙的元杂剧

经过一番探讨以后,乃知梁氏所说是对的,但不尽然,因为在元杂剧里第四折有"八仙"出场的不只是吕仙的故事,差不多是关于所谓"八仙"的,都可以玩这一套把戏的。相传元时杂戏分有十二科目。（见《太和正音谱》）

1、神仙道化　2、林泉丘壑　3、披袍秉笏　4、忠臣烈士　5、孝义廉节
6、叱奸骂谗　7、逐臣孤子　8、铍刀赶棒　9、风花雪月　10、悲欢离合
11、烟花粉黛　12、神头鬼面

做戏剧的人认定一科,专门作去。这话虽然不见得可靠,但是就现在剧本看来,如第一流作家马致远所存之剧关乎前一二两科占多数,则又似乎可信。如此说来,"八仙"之类,自然入第一科,但是细细分析起来这里面尚有许多部分可分,（和尚与道士是绝不在一起的,所谓法定的"神祇"却也另有他们自己的领域,在实际上仙人与道士似乎分不开了,但是他们的地盘也有很清的界限,这里为篇幅所限,且为免生枝节起见,只是从略）轮到"八仙"的位下已然没有多少地盘了,今计之如下:

（一）关于钟离权的二本
  1.《开坛阐教黄粱梦》
  2.《汉钟离度脱蓝采和》
（二）关于吕洞宾的六本

1. 同于（一）之1
2. 《吕洞宾三醉岳阳楼》
3. 《吕洞宾度铁拐李岳》
4. 《陈季卿悟道竹叶舟》
5. 《吕洞宾三度城南柳》 （明）
6. 《吕洞宾桃柳升仙梦》 （明）

（三）关于铁拐李二本
1. 同于（二）之3
2. 《铁拐李度金童玉女》 （明）

（四）关于韩湘子二本
1. 《韩湘子三度韩退之》 （未）
2. 《韩湘子三赴牡丹亭》 （未）

（五）关于蓝采和一本
1. 同于（一）之2

（六）关于张果老一本
1. 《张果老度脱哑观音》 （未）

（七）（八）关于何仙姑、曹国舅无

此外不在八仙之列而行动类于八仙者三本
1. 《王祖师三度马丹阳》 （未）
2. 《马丹阳三度任风子》
3. 《马丹阳度脱刘行首》

以上除去重复，共十四本，其注"明"字者乃明初人所作，体例毫无差异，前人皆认为元剧（二种见于《元曲选》，一种为《古名家杂剧》本。后者因比较难见，且不必须，故不计之），经近人考证，方知其为明作者，注"未"字者为未见之书，前人皆曰已佚，今不敢必定其已不在人间，故以未见注之，以期后日有幸得见此希世之珍宝也。以现存元人所作计之，只得七种，而关于吕洞宾者已占四种之多（蓝采和剧内，洞宾曾出场装孤，非只列一仙而已，然究不为主要角色，故不计之，否则将五种矣），人以为多演吕仙事，非无故也。

三　八仙的素描

剧本里的八仙故事，是以度脱为主，故大半的名字离不开度脱、三度等字样。就其内容考察，都是被度的占重要地位，度人的，不过站在陪衬地位，虽然度人的为主角（正末）是很平常的事，但以故事来论，则都没有被度的人重要。今略述之：

（一）钟离权　　《岳阳楼》的《水仙子》："这一个是汉钟离现掌着群仙箓"。《铁拐李》的《二煞》："汉钟离有正一心"。（此据《元曲选》本，《元刊古今杂剧三十种》本则无之，因元刊本《上小楼》，《么篇》之后，即接《尾声》。《元曲选》本则《么篇》之后尚有《耍孩儿》、《二煞》二曲，方至《煞尾》（即元刊本之《尾声》），此词在《二煞》中，自然减去矣）《竹叶舟》，《尧民歌》："这一个是双丫髻，常吃的醉颜驼"。（陈季卿云是汉钟离大仙）元刊本无宾白作'这个落腮胡常带醉颜酡'按《元曲选》此为《尧民歌》之第一句。以上各人尚有一支《十二月》。元刊本则并入《尧民歌》中，不同处很多。兹为明瞭起见，将二者并列于此，以资比较：

甲，元刊本《叨叨令》……（摆八仙队子上）外末云：师父，这几个是谁。《尧民歌》："这个胜仙花曾游大罗，这个吹铁笛韵美声和，这一个口略绰手拿着个笊篱，这一个发蓬松铁拐斜拖，这个曾将那华阳女度脱，这个绿罗衫笑舞狂歌，这个落腮胡常带醉颜酡。"外末云：师父你，（唱）"我邯郸店黄粱梦经过，觉来时改尽旧山河，正是一场兴废梦南柯，真个是当初受坎坷，今日万古清风播。"（下）（散场）

乙，《元曲选》本《叨叨令》……（完）〔冲末扮东华帝君执符节引张果、汉钟离、李铁拐、徐神翁、蓝采和、韩湘子、何仙姑上，〕〔陈季卿云〕呀，许多大仙来也。弟子一个也不认得，望师父说与弟子知道。〔正末指张科唱〕《十二月》：这一个倒骑驴疾如下坡〔陈季卿云〕元来是张果大仙。〔做拜科〕〔正末指徐科唱〕这一个吹铁笛韵美声和〔陈季卿云〕是徐神翁大仙。〔做拜科〕〔正末指何科唱〕这一个貌娉婷笊篱手把〔陈季卿云〕是何仙姑大仙。〔做拜科〕〔正末指李科唱〕这一个髻蓬松铁拐横拖〔陈季卿云〕是李铁拐大仙。〔做拜科〕〔正末指韩科唱〕这一个蓝关前将文公度脱〔陈季卿云〕是韩湘子大仙。〔做拜科〕〔正末指蓝科唱〕这一个绿罗衫拍板高歌〔陈季卿云〕是蓝采和大仙。〔做拜科〕〔正末指钟离科唱〕《尧民歌》：这一个是双丫髻，常吃的醉颜驼（酡）〔陈季卿云〕是汉钟离大仙。〔做拜科云〕敢问师父姓甚名谁？〔正末云〕呆汉，俺不说来，〔唱〕则俺曾黄粱一晌滚汤锅，觉来时早来五十载暗消磨〔陈季卿云〕……〔做拜科云〕……〔正末唱〕才知道吕纯阳是俺正非他〔云〕……〔陈季卿云〕……〔正末唱〕……〔东华帝君云〕……〔词云〕……〔陈季卿同众共拜科〕〔正末唱〕《煞尾》：……

可见元刊本比之《元曲选》本简略甚多，其异同处对于戏剧史很有关系（本文这里不能论及）。以后所引以《元曲选》本为主，因为它比较通行。这里所举，不过令人知道元刊本和《元曲选》本有许多异同，《元曲选》本虽然常见，而其所表现不是确定而只是相当可靠罢了。《任风子》、《刘行首》和《蓝采和》三本只列群仙队子，并没有唱，自然无法钩稽。《黄粱梦》的《煞尾》（在群仙出场以前）中有两句自叙是："道与哥哥，非是风魔，这个爱吃酒的钟离便是我"。明人（以前皆认为元人，其实其杂剧体例与元人无异。这里为叙述便利，仍把它列入，只特标出"明人"二字，以为识别，后仿此）贾仲名的《金安寿》有："汉钟离绿蚁醺酣"（《鸳鸯煞》）的记载。谷子敬的《城南柳》的《水仙子》："……这个是袖三卷金书出建章。"由上面的纪载，钟离权是一个有落腮胡须梳双丫髻，好吃酒，常带醉容，穿着"神仙的"官服，掌着群仙箓的人。但是他虽没有被度脱的剧，却也有一段记述他的身世的文字。在《黄粱梦》第一折里正末上云：

贫道覆姓钟离名权，字云房，道号正阳子，京兆咸阳人也，自幼学得文武双全，在汉朝，曾拜征西大元帅。后弃家属，隐遁终南山，遇东华真人授以正道。发为双髻，赐号太极真人。

这里有一件事可注意的，是他的名字的变迁。覆姓"钟离"名"权"是他自己说的，并且也是实事（《列仙传》）。但是戏剧里都叫他做"汉钟离"。直到如今提起"汉钟离"的名字，妇孺皆知；若问到"钟离权"则就不知为何许人了。戏剧的力量竟有如此之大，实在是可惊异的呀！

（二）吕岩　《岳阳楼》的《水仙子》：〔正末云〕贫道姓吕名岩字洞宾，道号纯阳子〔唱〕"则我是吕纯阳爱打的简子愚鼓"。铁拐李的《二煞》："吕洞宾有贯世才"。《竹叶舟》的《尧民歌》："则俺曾梦黄粱一晌滚汤锅，觉来时早五十载暗消磨，才知道吕纯阳是俺正非他"。明人谷子敬的《城南柳》的《水仙子》："贫道因度柳呵！道号纯阳"。贾仲名的《金安寿》的《鸳鸯煞》："唐吕公红颜不改"。由以上的纪载知道：

吕岩字洞宾，是唐时一个很有才能的人。因为做过一个五十年盛衰遍尝的梦，醒来时一顿黄粱尚未熟，因此省悟，后来得道号纯阳子。爱打简子愚鼓，度化众生，是个最热肠的神仙。

但《黄粱梦》里面所载的更较详细多了。略谓：

吕岩字洞宾，本贯河南府人氏，自幼攻习儒业，欲上朝进取功名。行到邯郸道黄化店，在那里"打尖"，因为赴选心急，催那店中王婆加速煮饭，这时来了一个道人劝他出家，这道人正是正阳子钟离权，因为看吕岩有神仙之份，特奉东华帝君之命，前来度脱他的，争奈吕岩这时功名心正热，如何肯听这出世之言，不由得伏枕睡去。在梦中他到了京师，弃文就武，一举及第，招赘在高太尉家，不觉十八年光景，早生了一儿一女。这时他已做到天下兵马大元帅，只因为蔡州反了吴元济，朝廷命他前去征讨，他的泰山给他饯行，因饮酒吐血，遂立誓断酒。到了阵前，因贪了贼人的珠宝卖阵回来，到了家中正遇上自己妻子和魏尚书的公子通奸，一怒把她休了，因此断了色。接着卖阵的事犯了，始而朝廷要把他斩首，后来因他先前的功劳，改配到沙门岛去，他方知道祸根皆由贪财而起，又立誓断了财。起解上路，正值寒冷天道，路上非常艰苦，幸而"解子"念他英雄，放了他自回去了。他带着一儿一女受了不知多少苦楚，幸得了一个樵夫的指引方到了一个茅庵前，方要借宿求些饮食，不想这庵主的儿子非常凶暴，不由分说，把他的儿女先后扔下涧去，并赶上前来杀他。吕岩到了这时纵再想生气，也没有工夫了。只觉得被那人杀了，但用手摸时头还长在颈上，睁开眼来，那先生坐在对面，问那饭时，却还未熟，尚须再加一把火呢，于是他觉到人世的沧桑，不过一梦，立时大悟，跟了那先生前去出家去了，东华帝君见他省悟过来，立时将他升入仙班，赐号纯阳子。

（三）铁拐李 《岳阳楼》的《水仙子》："这一个是铁拐李发乱梳"，《竹叶舟》的《十二月》："这一个鬓蓬松铁拐横拖"，明人谷子敬的《城南柳》的《水仙子》："这个是携一条铁拐入仙乡"，贾仲名的《金安寿》的《鸳鸯煞》："李先生四海云游全凭着这条拐"。由以上的记载，只能知道铁拐李是个鬓发蓬松不好修饰挂着拐的人，此外不能知道一点他的身世。《铁拐李》剧里则是这样：郑州奉宁郡有一个都孔目岳寿，这人很有才能。虽是"文案中无半点儿差错"，却无人不惧怕他。以至朝廷特派的刷卷大臣韩魏公都知道他把持官府，特地私行到他门前来查看，见门口吊着一个道人，自己走上前把那道人给放走了，那个道人乃是吕洞宾，因岳寿有神仙之份前来度他的。在他门口大哭三声，又大笑三声，叫他的儿子福童做无爷业种，他妻子李氏做寡妇，正赶上岳寿接不到韩魏公回来，胸中没有好气，洞宾又叫他做没头鬼，遂命跟人张千把他吊起来；及至张千又出来，看见吊着的先生没有了，被一个乡下模样的老人把他放走了，遂回明岳寿，和这个老人为难。以后岳寿不耐烦了，命张千把老人放去，张千因暗地索要金钱，发见了金牌，知道这老人就是韩魏公，一吓真非同小可，岳寿也知道了，直吓得一病不起，韩魏公到了衙署，阅看案卷，并无错误，知道岳寿是一能吏，命吏人孙福前去安慰他，教他不要害怕，但是已然来不及了，他的病已沉重，遂把妻子托给孙福、张千，就死去了。他的灵魂到了地府，阎君因他生前作恶太多，正欲加以极刑，吕洞宾来了，要将他度化为弟子，阎君应允，但他的尸首已被他的妻子焚化，不能还魂了，乃寻得奉宁郡东门里青眼李屠的儿子小李屠，那人死了三日热气未断，命他前去借尸还魂。岳寿醒来，眼前的人全不认得，自己也变成丑陋不堪瘸腿的人了，细细想来，方记起还魂之事，乃推说自己魂魄不全，必须亲身到城隍庙去取，出得门来直找到旧日家里，这时他的妻子已然经韩魏公褒奖闲人不许进门的了，他用了许多言语说明自己是岳寿，妻子方把他认下，不久李屠赶了来，两家争吵不休，告到韩魏公台前，韩魏公审明他是岳寿借尸还魂，正在无法下断，吕洞宾来了，岳寿一见立刻省悟，随着吕真人前去出家，李岳二家的官司，亦只得不了而了了。

（四）韩湘子　《岳阳楼》的《水仙子》："这一个是韩湘子韩愈的亲侄"，《铁拐李》的《二煞》："韩湘子的仙花腊月里开"，《竹叶舟》的《十二月》："这一个蓝关前将文公度脱"，明人谷子敬的《城南柳》《水仙子》："这个是种牡丹的姓名香"，贾仲名的《金安寿》，《鸳鸯煞》："韩湘子顷刻花开"。由以上的记载得知：韩湘子是唐韩愈的亲侄，他能种仙花，使之顷刻开放，后来韩文公因谏迎佛骨贬在潮州，路过蓝关，湘子曾来度他。

（五）蓝采和　《岳阳楼》的《水仙子》："这一个是蓝采和板撒云阳木"，《竹叶舟》的《十二月》："这一个绿罗衫拍板高歌"，《铁拐李》的《二煞》："蓝采和拍板云端里响"，明人贾仲名的《金安寿》《鸳鸯煞》："蓝采和达道诙谐"，谷子敬的《城南柳》《水仙子》："这个是敲数声檀板游方丈"。由以上的记载得知：蓝采和是一个能诙谐，懂音乐，常敲云板的人，这比之《蓝采和》剧里，简单多了，剧里是这样说：

汴梁"梁园棚"内勾栏里有一个作杂剧的末尼，姓许名坚，乐名蓝采和，同着妻子喜千金、孩儿小采和、媳妇儿蓝山景、姑舅兄弟王把色、两姨兄弟李薄头一行人做场，正阳子钟离权知他有神仙之份，特地到勾栏里来度他，他这时正在得意场中，如何肯听，当下他以为这个风魔先生搅了他的生意，命王把色锁了勾栏门，把钟离先生锁在勾栏内，但这如何锁得住正阳子，次日是他的生日，一般同行的朋友，多来与他庆寿，钟离先生又跑到他门前来度化他，他还是不肯听，闭上门只管吃酒，钟离先生见他执迷不悟，乃命吕洞宾扮作官府，差吏人去勾他的官身，不要别人代替，只要他自己去，及至勾到，说他不遵官府，误了官身，必要"扣厅"责打四十。蓝采和至此非常恐惧，求救无门，看看就要受刑，正在此时钟离先生来了，又向官府度化他为弟子，官府自然应允，他亦感到祸福的无常，欣然跟这风魔先生而去，他的家属知道他出了家，忙赶来劝阻，他却一点也不顾虑到他们的言语。他同师父住了三年，师父说他功行完满，令他出来，正遇上他的妻子和兄弟们在那里帮着小孩子们做场，因为在人世早已过了三十年光景，喜千金、王把色等都已是八九十岁的人，不能再去做场，只可为"小的"们"作乐"了，他们见了蓝采和仍是那样年青，劝他再演杂剧，以维持他们的生活，他受了他们的鼓动，也因为一时技痒，颇思再一显身手，不知揭开了旧日作杂剧的神帐，钟离权和吕洞宾却从里面走了出来，蓝采和大为惊怕，不敢再起凡心，钟离先生乃度脱他，成了正果。

（六）张果老　《岳阳楼》的《水仙子》："这一个是张果老赵州桥倒骑驴"，《竹叶舟》的《十二月》："这一个倒骑驴疾如下坡"，《铁拐李》的《二煞》："张果老驴儿快"，明人谷子敬的《城南柳》，《水仙子》："这个是倒骑驴登上苍"，贾仲名的《金安寿》，《鸳鸯煞》："张果老倒骑的驴儿快"。由以上的纪载知道：张果老（本名张果，因为他岁数大，所以加一"老"字，这和汉钟离一样，是个妇孺皆知的名字，若提起张果倒没有人知道了，但是不同的地方是钟离权下面割去一字，此则加上一字耳，）是一个能倒骑驴的老人，并且他曾在赵州桥走过（关于张果老与赵州桥的故事，是很普遍的，大半的原因是因为杂剧里这样说的缘故，详见后）。

（七）何仙姑　《竹叶舟》的《十二月》："这一个貌婷婷笊篱手把"，从这句词里，也可以大约知道何仙姑是怎样的一位仙人了。

（八）曹国舅　《岳阳楼》的《水仙子》："这一个是曹国舅宋朝眷属"，《铁拐李》的《二煞》："……曹国舅神通广大"，明人谷子敬的《城南柳》，《水仙子》："这个是提笊篱不认椒房"。由以上记载，得知曹国舅是宋朝人，因为特别缘故，脱离了尊贵的地位而出家的。

以上八仙的排列，第一是按他们各人本身的材料而定的，第二，却因现在所传的八仙人位而定，（这个定数已有很久的历史了）若实际上在《元杂剧》里并不是这样的固定，乃是颇有异同的，今列之于此。

（1）《岳阳楼》的《水仙子》里所举的是：①汉钟离，②铁拐李，③蓝采和，④张果老，⑤徐神翁，⑥韩湘子，⑦曹国舅，⑧吕纯阳。

（2）《竹叶舟》的《十二月》和《尧民歌》里所举的是：①张果（〔正末指张科〕〔唱〕这一个倒骑驴疾如下坡〔陈季卿云〕元来是张果大仙〔做拜科〕此处较别处所举少一老字），②徐神翁，③何仙姑，④铁拐李，⑤韩湘子，⑥蓝采和，⑦汉钟离，⑧吕纯阳。

（3）《铁拐李》的《二煞》里所举的是：①汉钟离，②吕洞宾，③张四郎，④曹国舅，⑤蓝采和，⑥韩湘子，⑦张果老，（⑧铁拐李自己，"我记七真游海岛，随八仙赴蓬莱"）

（4）明人谷子敬的《城南柳》，《水仙子》所举的是：①铁拐李，②汉钟离，③蓝采和，④张果老，⑤曹国舅，⑥徐神翁，⑦韩湘子，⑧吕纯阳。

（5）明人贾仲名的《金安寿》《鸳鸯煞》所举的是：①汉钟离，②唐吕公，③韩湘子，④张果老，⑤蓝采和，⑥铁拐李。

各剧的次序不同，并没有什么深意，只不过为了韵的限制，把各人的事述按照韵的自然顺序排列下来罢了，一、二、四三种，都是吕洞宾唱，所以把他自己放在末了，也是一种自然的叙法，今再以人为纲排比于下，以增明晰。

1. 汉钟离 （1）　　（2）　　（3）　　（4）　　（5）

2. 铁拐李 （1）　　（2）　　（3）　　（4）　　（5）

3. 蓝采和 （1）　　（2）　　（3）　　（4）　　（5）

4. 张果老 （1）　　（2）　　（3）　　（4）　　（5）

5. 徐神翁 （1）　　（2）　　　　　　（4）

6. 韩湘子 （1）　　（2）　　（3）　　（4）　　（5）

7. 曹国舅 （1）　　　　　　（3）　　（4）

8. 吕纯阳 （1）　　（2）　　（3）　　（4）　　（5）

9. 何仙姑　　　　（2）

10. 张四郎　　　　　　　（3）

汉钟离，铁拐李，蓝采和，张果老，韩湘子，吕纯阳六人，五剧皆载，入选当然无有问题，张四郎只见于一剧，落选亦不可惜，所可惜者一个吹铁笛背葫芦的徐神翁"这一个吹铁笛韵美声和"（《竹叶舟》），"这个是背葫芦的神通大"（《城南柳》），"这一个是徐神翁身背着葫芦"（《岳阳楼》），〔按近时通行的八仙图，徐神翁这两件东西却传给了曹国舅（笛）和铁拐李（葫芦）了〕，既同以三剧叙及而失败于曹国舅，又被只见于一剧的何仙姑夺去了地位，由此看来，神仙之传与不传亦有幸有不幸也，何仙姑之所以能以一见而入八仙之列者，或者就是为她是一个女性的缘故罢，这样说虽近于悬揣，但是她既没有可传的事迹和灵异，为什么能不被淘汰而反侥幸传久呢。在一群奇形怪状的人里面，加上一个窈窕的仙子，无论在绘画上或在戏剧表演上都增加不少的调剂的美感，比着只有一群干燥的男性引人兴趣多了，那么以上的推想并不是太妄想的，是事实上可能而且必然的了，我们看到了明人手里（指以后南戏的作家，并不是这里所说的谷、贾二人）的"八仙"就没有了徐神翁的踪迹，更可以帮助我们明白以上的话。

四　八仙的系统及其衍变

就上节所论，八仙的系统应当是这样：

时间：	汉	唐	宋
仙人：		何仙姑	
		张果老	曹国舅
	钟离权	吕洞宾	铁拐李
			蓝采和
		韩湘子	

钟离权是汉代人是无可疑义的，从他后来的变名汉钟离看来，更是无法移动，但这里却无剧本可凭，有之即是《黄粱梦》的自白，吕洞宾被钟离权度脱见于《黄粱梦》，蓝采和被钟离权度脱见于《蓝采和》，吕洞宾度脱铁拐李见于《铁拐李》，这四人的系统很明显的，至于何仙姑，张果老，韩湘子，曹国舅，四人在元杂剧中却不能找出他们的系统，虽然这里还有几本杂剧未曾举到，但那都是关于吕洞宾的，和这四人没有多大关系。如：

（一）《吕洞宾三醉岳阳楼》乃演吕洞宾度化岳阳楼下老柳和杜康庙前白梅花的故事，一共度了三次，所以称"三醉岳阳楼"。这里面倒是有关于徐神翁和钟离权的一点记载，却没有何张韩曹四人的。

（二）《陈季卿悟道竹叶舟》乃演吕洞宾以竹叶贴于壁上作舟，度脱陈季卿事，没有关于"八仙"中别人的记载。

（三）《马丹阳度脱刘行首》和《马丹阳三度任风子》皆演马丹阳度人事，马丹阳为吕洞宾再传弟子，当然亦可归于吕系。（今未见本《王祖师三度马丹阳》之王祖师为王嚞，乃吕洞宾之弟子，《刘行首》第一折，〔正末扮王重阳上云〕贫道姓王名嚞，道号重阳真人，未成道时在登州甘河镇上开座酒店，人则唤我做王三舍，有正阳祖师纯阳真人他化作二道人，披着毡来俺店中饮酒，贫道幼年慕道，不要他的酒钱。似此三年，道心不退……遂弃却家业，跟他学道，传得长生不死之诀。成其大道。吕祖引贫道……第二折〔正末扮马丹阳上云〕贫道姓马，名裕，字义辅，号丹阳抱一真人，奉师父王重阳法旨，来这汴梁……可见马为吕之再传弟子）

此外明人《城南柳》即《岳阳楼》故事之另一写本，《金安寿》演铁拐李度金童玉女事，亦俱是吕洞宾故事系统以内的文字。

关于张果老和韩湘子本有三本戏可凭，可惜如今又都不能见到，（《张果老度脱哑观音》、《韩湘子三度韩退之》、《韩湘子三赴牡丹亭》）遂无法可以考出，这是无可奈何的事。

我们回来再考察一下钟离与吕、李、许（蓝采和）四人的系统也是不稳固的，最大的破绽即是在唐时的八仙人数问题，因为我们知道现在的八仙有三人是宋时的人，第一个是曹国舅，既然他是"宋朝的眷属"（《岳阳楼》），自然不能在唐朝成仙了，第二个是蓝采和，他也是北宋时的人，（《蓝采和》第一折，《混江龙》"俺在这梁园城一交却又早二十年……俺这里不比别州县……"是以汴梁为国都，正北宋时代也）第三个是铁拐李，他是韩魏公同时的人，他是吕洞宾的徒弟，一个人绝不会跑到几百年以前去，在师父还未得道的时候，就已成了仙道的，但是在《黄粱梦》里钟离权却和吕洞宾说："屈（曲）着指自数过，真神仙是七座，添伊家总八个"（《煞尾》）那七个真神仙都是谁，是不是有曹国舅等三位在内，若没有他们，那么除去钟离和张果老、何仙姑、韩湘子，下剩还有三位，就是用新陈代谢的方法，把后来落伍的徐神翁、张四郎补上，也还有一个空额，何用说张、何、韩三人虽同在唐朝，此时能否已成仙，尚是问题呢。按《列仙传》（题明王世贞著）载：

张果隐于恒州中条山，往来汾晋间，得长生秘术……常乘一白驴，日行数万里，休息时，折叠之，其厚如纸，置于中箱中，乘则以水，噀之后成驴，……果常言："我生尧丙子岁……"（卷五，此文甚长，杂叙故事多唐太宗时事，不及备录）

何仙姑广州增城县何泰女也，生而顶有六毫，唐武后时住云母溪，年十四五……后渐辟谷，语言异常……景龙中白日升仙，天宝九载见于麻姑坛立五色云中，大历中又现身于广州小石楼……

韩湘子字倩夫，韩文公之犹子也，落魄不羁，遇纯阳先生，因从游，登桃树，堕而尸解……（八仙故事本拟各以剧中所载和《列仙传》相较，今因其占篇幅过多，且不必需，故略去之）

既明言，遇纯阳先生，因从游，则韩亦吕之弟子，年代自应比吕晚，则此时（吕成仙时）仙人又少了一个，只六位矣。

元杂剧的关目是极简陋的，不合事理之处甚多，不独是八仙的故事是这样，若任何一种故事都细一检查，其不能发见同样或比较更甚的错误的是极少数，所以治元杂剧的故事，不能用这种方法的，上面所以那样作的，是因为有两个不可不如此做的原因。

第一，由于八仙故事的时代不合，前人可以借用后人的故事，可以明白：如京戏中《取洛阳》："先生好比诸葛亮"（光武赞邓禹语）一类不合事实，时代谬误的词句是"古已有之"不足为异的。

第二，八仙的事实据《列仙传》所载，绝没有联合一起的可能，但是现代的八仙故事，确实是一个极普通的神仙集团，并且是一个牢不可破的集团，无论少哪一位，都可以根本影响这个团体的，这是在戏剧，鼓词，绘画，图案，以及一般人的想像谈话，都没有例外的。所以如此的原因，自然还有这里不能论及的其他成分，但是其能所以如此普遍，不能不说是完全由元杂剧作家的这种无理由的牵合生出来的。

五　八仙在舞台上

经过了上两节的讨论，使我急切的要知道八仙在剧本里的表现怎样，可惜的是这一方面的纪载很简略，不能使我们充分的明白，如今就着可以见到的几条记在下面。

1.铁拐李　在韩魏公的公堂上吕洞宾既然把岳寿度醒。二人离了公堂，走到一个不知名的所在。正末（岳寿）唱罢了那支醒悟过后的《耍孩儿》，就见〔众仙队子上奏乐科〕〔吕洞宾云〕众仙长都来了也，李岳跟我朝元去来。正末接着唱《二煞》，（词见前）唱完了，〔吕洞宾云〕您众人听者，这的是李屠的尸首，岳寿的魂灵我着他借尸还魂来，〔词云〕贫道再降临凡世……跟贫道证果朝元，拜三清同朝玉帝，〔正末拜谢科唱〕《煞尾》。

2.《任风子》 任屠修行了十年以后，经过了"六贼"的魔障。他那十年前摔杀的孩儿又来向他要头，至终被那孩儿杀了，醒来却未曾死。只见马丹阳告诉他说他功成行满了。丹阳说过那："为你有终始，救你无生死。贫道马丹阳，三度任风子"四句诗后，只见〔众仙各执乐器迎科〕〔正末（任屠）唱〕《尾》。

3.《刘行首》 林员外和"六贼"都退去以后，正末（马丹阳）和刘行首说："刘行首你跟贫道见众仙去来"。接着就是：〔东华帝君引众仙上云〕刘行首你听我道者：〔词云〕"你本是唐朝宫眷，秉真心不染尘缘。……降生做上厅行首，二十年重遇真仙。……驾青鸾证果朝元"。

4.《黄粱梦》 吕洞宾梦醒以后，钟离权和他说他梦中所见是自己在点化他，并且说明自己是钟离权特意来度化他的。接着：〔东华帝君引群仙上云〕"吕岩你省悟了么？〔洞宾云〕弟子省了也。〔东华云〕你既省悟了……位列仙班，赐号纯阳子。〔诗云〕你不是凡胎浊骨……拜三清同归紫府"。

5.《竹叶舟》 陈季卿省悟以后，追着吕洞宾要跟他出家。吕洞宾和他说完了自己住处的景致。就见〔冲末扮东华帝君，执符节，引张果，汉钟离，李铁拐，徐神翁，蓝采和，韩湘子，何仙姑上〕〔陈季卿云〕呀！许多大仙来了，弟子一个也不认得，望师父说与弟子知道：接着正末（吕洞宾）指着七个仙人，指一个唱一句，陈季卿拜一次；连洞宾自己直唱了《十二月》、《尧民歌》两只曲子。接着〔东华帝君云〕奉上帝敕旨，陈季卿既有神仙之分，做吕纯阳弟子，可着群仙引领西去，共赴蟠桃宴者。〔词云〕"西望瑶池集众真，东来紫气彻天门，从今王母琼筵上，共献蟠桃增一人"。〔陈季卿同众共拜科〕〔正末唱〕《煞尾》。

6.《岳阳楼》 郭马儿（老柳）。因他媳妇被吕洞宾杀了，扯着洞宾告到官里，不料他的媳妇贺腊梅尚在，官人说他诬告，要把他推出去杀坏。他急了，不得已求吕洞宾救他。谁想一转眼间所有官人都不见了！只有一群先生。向吕洞宾讲教，方知道那是汉钟离等七位大仙。（这里八仙要改扮一次，第一次）是〔外扮孤一行人上〕……杀坏了者，〔孤一行下〕………可知要救哩。……（第二次）〔外扮汉钟离上云〕……）正末（吕洞宾）唱完了《水仙子》（即数完了八仙）。郭马儿知道了自己是三十年前岳阳楼下老柳树，浑家贺腊梅乃是杜康庙前白梅花，经了吕洞宾三次点化，至此不由觉悟，情愿出家。……〔钟离云〕你二人既得省悟听吾指示〔词云〕你本是人间土木之物，差洞宾将你引度，今日个行满功成，跨青鸾同登仙路。〔郭旦拜谢科〕〔正末唱〕《收尾》。

7.《城南柳》 老柳杀了自己老婆小桃，却诬陷是洞宾杀的，告到官里，官命公人同他去捉洞宾，谁想捉了来，却在他自己身上搜出了杀人的刀子。官大怒，说他不该妄赖平人，就命洞宾把他杀了。他只好闭目等死，那知一时众公人和洞宾都变成了众仙。老柳树睁开眼来，方知道自己没有死，立时觉悟了自己的前身，忙向洞宾打稽首，并请教众仙人的姓名，正末（吕洞宾）唱完了《水仙子》，他更加觉悟。洞宾乃带着他并众仙去赴瑶池蟠桃会。到得那里见自己老婆在那里献桃。洞宾乃和他说明，她本是瑶池仙种。只为度他方到尘世。又唱了一支《落梅风》，在蟠桃会上众仙一同朝见王母，洞宾特命老柳、小桃进前拜见，众仙一齐奏乐。正末唱《滴滴金》《折桂令》。〔王母云〕蟠桃宴罢……众仙听我剖断他两个咱。〔词云〕……〔旦，净谢科〕〔正末唱〕《随尾》。

8.《金安寿》 〔王母引众仙上云〕……俺西池金母，为金童玉女思凡，谪生下方为人。如今他业债满彻，复还仙界，着他过来者。〔正末（金安寿）同旦（童娇兰）上云〕小姐今日得省悟也，见西池金母去来。〔唱〕《双调》《新水令》。……〔金母云〕金童玉女为你思凡，致使吾令铁拐亲往尘世度你等……《庆宣和》……〔金母云〕……〔正末同旦舞科唱〕《早乡词》，《褂搭沽》，《石竹子》。〔金母云〕……〔正末唱〕《山石榴》，《么篇》，《醉也摩挲》，《相公爱》，《胡十八》〔金母笑科云〕〔正末唱〕《一锭银》，《阿纳忽》，《不拜门》，《慢金盏》，《大拜门》。〔金母云〕……〔正末云〕……〔唱〕《也不啰》，《喜人心》，《风流体》，《忽都白》，《唐兀歹》。〔金母云〕金童玉女您离瑶池多时，您则知您女直家会歌舞，可着俺八仙舞一会你看。〔八仙上歌舞科〕〔共唱〕《青天歌》（共八节）〔正末唱〕《川拨棹》，《七兄弟》，《梅花酒》，《收江南》。……〔金母云〕……〔词云〕你本是大罗神仙，在人间三十余年，今日个功成行满，随群仙证果朝元。〔正末同旦拜谢科〕〔正末唱〕《鸳鸯煞》。

9.《蓝采和》 蓝采和见神帐中走出了钟离，洞宾，忙着离了家人戚友，同定二人到一个不知名的所在，随着八仙出现。（吕与钟离在内）情节与《铁拐李》相似。

总观以上所述，则八仙并不占怎样重要的地位，只不过为调济单调（元剧人物大半极简单）出来摆一摆队子，增加一些热闹而已。但在这几本所能见到的剧本里，他们出现的方式除却时间都在第四折内主角觉悟以后外，却还有不同的数点应当纪述：

a.“将群仙名籍数说一过” （见前引曲语）是有例外的。

如上所举2，3，4三种都没有数说群仙的唱词。

b.作乐与否　　上举九种中有三种注明众仙奏乐（①铁拐李〔众仙队子上奏乐科〕②《任风子》〔众仙各执乐器迎科〕③《城南柳》〔旦献桃，净进酒，众仙奏乐科〕）其他则未有注明（《金安寿》有〔八仙上歌舞科〕〔共唱〕《青天歌》当然更较为热闹，但不能与奏乐同论），可惜的是其注明奏乐的，也没有注着什么乐器，减了不少的价值。

c.出现的不同　　上举九种戏中有七种都是"众仙队子"上，惟《岳阳楼》与《城南柳》二种都先装一回官吏，然外再改扮作仙人的。

d.领导者的不同　　这里面可以分作三种，①无领导者，只由汉钟离领队（或不注谁领队）有：《铁拐李》，《任风子》，《岳阳楼》，《城南柳》，《蓝采和》五种；②由东华帝君领导者有：《刘行首》，《黄粱梦》，《竹叶舟》三种；③由西池王母（金母）领导者一种《金安寿》。

在第四条中，有一点值得注意的，是东华帝君和西池王母的消长，据上面的统计，虽然东华帝君有三种而王母只一种，但暗中有两个消息，早表示出这个趋势，第一个是《竹叶舟》中东华帝君的言语，他说：

> 奉上帝敕旨，陈季卿既有神仙之份……可着群仙引领西去，共赴蟠桃宴者〔词云〕……从今王母琼筵上，共献蟠桃增一人

这和"拜三清同朝玉帝"，（《铁拐李》）"拜三清同归紫府"，（《黄粱梦》）显然有了大的改变了，第二个是《城南柳》中吕洞宾的动作。

> 〔净云〕弟子恰才省了也，师父是吕真人，弟子是城南柳树精〔正末云〕既知你本来面目……如今跟俺群仙同赴瑶池西王母蟠桃会去……〔众仙行科〕〔旦扮王母……上云〕……〔众仙见科〕〔正末云〕今日吕岩度的老柳小桃，特来娘娘前祝寿，你两过来，参见娘娘者〔做见科〕〔旦献桃净进酒众仙奏乐科〕

这简直和《金安寿》相差不多，所不同只是众仙出场的时间略早，先度了人而后赴蟠桃会耳。我们再看一看作家的时代，马致远（《岳阳楼》，《任风子》，《黄粱梦》的著者）、岳伯川（《铁拐李》的著者）是第一时期的作家（约一二六〇至一二八〇），杨景贤（《刘行首》的著者）的时代无考（《宋元戏

曲史》谓"或与明初之杨景言为一人"），而范子安（名康，《竹叶舟》的著者）则为第二期之作家（约一二八〇至一三四〇），至谷子敬（《城南柳》的作者）和贾仲名（《金安寿》的著者）则为明初人矣，可见王母之代东华帝君在剧中领导群仙，时期当在一三〇〇以后也。尚有一事可作证明，即《岳阳楼》与《城南柳》二剧题材体制皆极相同，惟对于八仙领导者则绝对不同，在《岳阳楼》柳和梅觉悟以后，钟离即刻指示他们，而到谷子敬手里却教洞宾领带着柳和桃去见王母，这样大的变化自然是为了时代的关系，是极可注意的。

六　蓝采和的历史价值

现在有一个须要特别提出来叙述的剧本，就是那无名氏的《蓝采和》，这本剧对于元杂剧各方面都保存着不少极可宝贵的且未经人道的材料，因为第一，剧中的故事是说蓝采和在梁园内作杂剧，所以言动都是本行的话，第二此剧为《续古名家杂剧》本，极为少见（现存北平图书馆善本室）王静安、吴瞿庵诸氏皆未见有关于此剧的纪载，余季豫（嘉锡）氏，对于此剧极为推崇（见于跋文），但未能详为钩稽，致使尚少人知，盖余氏乃专精目录学之学者，虽知此为可贵，但为观点不同，所以不能将戏剧史的价值发挥尽致，今余特本季豫先生之发见，将剧本详为钩稽，凡有关于戏剧者，皆论列之，以终此篇，且以告世之爱戏剧者知此剧为戏剧史上最可宝贵之材料也。

甲　剧院

这时的剧院名叫"勾栏"，多和别的技艺的表演场所相连在一起，大约天下各处皆有，但以京都为盛。

　　（末）俺在这梁园棚内勾栏里做场，（净）和俺在这梁园棚内勾栏里做场，（末）俺这里不比别州县（一折）

勾栏的门是在杂剧开演以前，临时开开，戏演完了仍旧锁在那里的。

　　（净）开了这勾栏门，看有什么人来，（又）我方才开了勾栏门，有一个先生坐在乐床上。（末）既然他不出去，王把色锁了勾栏门者。（一折）

里面演戏的地方叫做戏台。

（末）着老的便道，你是个上戏台的末尼，和他那风魔先生一般见识，（二折）

观众的所在有二，一个是"神楼"，一个是"腰棚"，神楼的地位比着腰棚要好一些。

（净）这个先生你去那神楼上或腰棚上看去，（末）老师父你去腰棚上看去，这乐床上不是你坐处（一折）（后来蓝采和和这先生争吵起来，有许多看不起他的言语，他这起首一语，虽貌为恭敬，但已有这穷先生不配坐神楼的意味。）

戏台上妇女扮装的所在名叫"乐床"，观众是不许坐的，这和现今的"后台（尤其是坤伶的）重地，闲人免进"的制度差不多。

（钟离做见乐床坐科，净）这里是妇人做排场的，不是你坐处，（末）老师父……这乐床上不是你坐处，这是妇女们做排场在这里坐，（又净）我便道……这里是妇女们做排场的坐处，他倒骂俺（一折）

乙　伶人

伶人通常叫做"路歧"，无论人称自称都是这样，但以自称为多。

（末）俺……路歧体面，（又）俺路歧每怎敢自专，（一折）是火"村"路歧，料应有那里……（四折）

也叫"伶伦"或是乐宫，

（孤）因此处有个伶伦姓许名坚，（二折）（末）俺师父度了个乐官徒弟（四折）

一剧团的首领人称为"末尼"，或是重要的角色亦称"末尼"，如同现今梨园行之称呼老闆（板）一样：

（钟）你那许坚末尼在家吗，（又）我游遍天下不曾见你这个末尼，（此乃讥刺，并非赞美，但是上文有"你是什么好驰名的行院"则是责备他们全体，如今专和一人说，称为"末尼"实是因为他是首领的，）（又）说梁园棚勾栏里末泥（同末尼）蓝采和做场哩（一折）（又）你是个上戏台的末尼（二折）

《宋元戏曲史》七：末尼色以主张为职……不亲在搬演之列，故宋戏剧中净末二色反不如副净副末之著也。

《古剧脚色考》谓："至南宋之季，末泥则为长，职在主张。"这里我们知道元时仍是与南宋时一样，末泥的职务在主张，如：1、王把色你将旗牌，帐额，神帏，靠背都与我挂了者。2、王把色锁了勾栏门者。3、兄弟有看的人么，好时候也，上紧收拾。都是末尼吩咐旁人的话。

他们在自己真姓名以外，还有一个乐名，也和如今伶人的艺名差不多。

（末）小可人姓许名坚，乐名蓝采和，浑家是喜千金，所生一个儿子是小采和，媳妇儿蓝山景，姑舅兄弟是王把色，两姨兄弟是李薄头（一折）（以蓝采和之名例之，喜千金等当俱是乐名。）

他们的技艺都是从小学来的。

（末）咱须是吾兄我弟，幼年间逐队相随，止不过逢场学艺。（四折）

他们是完全指着演剧为生活的，及至年老了不能演剧了，还可以为后生们帮忙，奏乐，维持生活。

（末）做一段有憎爱，劝贤孝新院本，觅几文济饥寒，得温暖养家钱。……学这几分薄艺，胜千顷良田。（一折）（净）自从蓝采和跟着师父出家去了，可早三十年光景。王把色我如今八十岁，李薄头七十岁，嫂嫂九十岁，都老了也。做不的营生，他每年小的便做场，我们与他擂鼓，我先去收拾擂鼓者。

演剧的时候，家人眷属是可以一同搬演的。

《古剧脚色考·余说四》"盖唐时乐工，率举家隶太常。……至合演戏剧惟……《云溪友议》一则近之。……南宋杂剧……则容或有合演之事。……元剧既兴，男优与女伎并行，如《青楼集》所载……女子既兼旦末则亦各自为曹不相混矣。……盖宋元以后，男可装旦，女可为末，自不容有合演之事。……"与这里蓝采和全家演剧的情形不合。盖纵男可装旦，女可为末，定为男女分演自是可能。然同时男女合演，亦事实所许可，证之今日演戏情形，当可明瞭。况"男可装旦"女亦可装旦。（见后）非装旦色非男子不可。静安先生因未见此剧，故作是论，对于事实未尽合也。

那时伶人和唐宋两代差不多，虽然自己营业，却是"官身"。官里任何时都可以呼唤，耽误了差使，是要"扣厅"责打的，伶人对之极为畏惧。

在第二折祗候唤蓝采和的官身，蓝采和因为自己正过生日，不肯去，命王把色，李薄头去，祗候不要，命王把色引着"装旦色"去，祗候也不要，只要他自己去。蓝采和不得已说道："我正是养家二十口，独自落便宜，罢罢罢，我去官里走一遭去"。谁知到了那里，因耽误了时刻，官府和他说道："你知罪么，不遵官府，失误官身，拿下去扣厅打四十"！蓝采和很是惧怕。幸亏钟离先生来了，度脱了他，方免得此难。

丙　剧团

剧团的名称，叫做行院，或者火院。

（末）路歧体面习行院。（钟）你是什么好驰名行院。
（又）你这等每日做场，你则为那火院，几时是了。（一折）

全剧团的人数，多者至百余；少者十余人亦可。

（末）再不将百十火伴相将领，从今后十二瑶台独自行。（二折）（但据剧中蓝采和一行只有六人，此外虽有旁人当亦不多。因为既有了能主张又能演戏的蓝采和，又有能收拾东西的王把色、李薄头，装旦色等亦全，可知所欠者只奏乐之人耳。）

剧团的组织约可分为三部分：第一是编剧本的地方，名字叫书会社。编剧的人，伶人称他做恩官，多半是文人才子，与演员并不直接在一起。

（末）俺路歧每怎敢自专，这的是才人书会划新编。

（一折）（末）并依着会社恩官，求些好本领。（二折）

第二是演员，就是那些自称为"路歧"，在勾栏里"做场"的人。

（末）俺在这梁园棚勾栏里做场。（净）和俺……做场。（一折）

他们是各工一"色"的，以蓝采和的一行人而论：真角色（扮演者）有末，（蓝采和）有旦（喜千金）及外旦，（蓝山景）有徕儿（小采和）有净；（王把色，李薄头。）假角色（所扮者）（案上徕儿应为假角色，焦循《剧说》卷一："徕儿多不言以何色扮之……盖徕儿者扮为儿童状也"。）末与徕儿，不变称谓，旦及外旦为"妆旦色"。

（末）我今日好的日头，着王把色去，（祗候）不要他去你去；（末）着李薄头去，（祗候）也不要他去；（末）着王把色引着"妆旦色"去，（祗候）都不要，只要蓝采和去。

（蓝采和一行共六人，除他和小采和没有提到不算，只剩四人。而祗候又不要王把色和李薄头去。这里所说的妆旦色，自然是指喜千金和蓝山景婆媳两个了。蓝采和着王把色引她们去，也就是因为他们是妇女，到官里去，令人引着比较方便一些的。）

《宋元戏曲史》七谓："优伶本非官吏，又非妇人。故其假作官吏妇人者，谓之'装孤装旦'也"。王先生未见此剧，不知女子可为旦；所以其解释装孤装旦之"装"又未能尽合于事实也。不但如此，即外旦之意义，在此剧中，于"调了正色之外又加某色以充之也"以外，亦大有可考究者：一、年龄。蓝山景为小采和之妻，小采和为徕儿，则外旦年龄自不会太大。（指所扮者）二、技艺。外旦并不是专工如"擦旦"等的，只是练习着将来作旦（正旦）的。〔第四折净云〕"都老了也，做不的营生，他们年小的便做场"。（这里所谓"年小"自然指的是小采和蓝山景等，那么喜千金老了，蓝山景便可以代替她而作正旦了）

净则分为二：一，王把色。一，李薄头。

依上边蓝采和的例子，这两个自然乐名了，王李二字也不一定是他们的姓。大半是王把色的名字，还许是取上二字有滑稽的意义呢（元曲的净角滑稽的意味很多，不似后来多偏于恶劣一方面）。李薄头则更不能得其底细，但我们可以断定也是一种假角色。

第三是奏乐的人，人数的多少现在不可确知。

　　（净）都老了也，做不的营生，他们年小便做场，我们与他擂鼓。

只知道奏乐的乐器有锣，板，鼓，笛等。

　　（末）是一火村路歧……持着些……锣，板，和鼓，笛。（四折）。

丁　演出

在演戏的前一天要贴出报子去，名字叫贴"花招儿"。

　　（末）昨日贴出花招儿去，两个兄弟先收拾去了。（一折）

到了演戏的那一天，先由不重要的闲散角色，开了门，把勾栏内收拾干净了，戏台上应用的物件预备好了，再擂鼓奏乐。

　　（净）俺先去勾栏里收拾去，开了这勾栏门。（末）王把色，你将旗牌，帐额，神帧，靠背，都与我挂了者，(净)我都挂了。(一折)(净)我先收拾擂鼓者，看有什么人来。（四折）

演的剧目，可以由观者预先点定，演者便按着人家点的戏演去。

　　（钟）我特来看你做杂剧，你做一段什么我看？（末）师父要作什么杂剧？（钟）但你记的，数来我听。
　　（末）数几段师父听咱。什么杂剧请恩官望着心爱的选。（一折）

演什么既决定了，便可上装了，那时的名字叫做"梳裹"，亦叫"做排场"。

（末）那一火快疾忙去梳裹。(四折)(净)这里是妇人们做排场的。（末）这是妇女们做排场在这里坐。（一折）

面部的化妆，亦是用粉墨的。

《古剧角色考》：净之傅粉墨，明代则然，元代已不可考。与此剧所载有所不同。第二折蓝采和述说演剧状况时有："倚仗着粉鼻凹五七"的话，可知元人演剧，实已用粉墨涂脸。又《伍员吹箫》第一折净扮费得雄上诗云："我做将军只会掩，兵书战策没半点。我家不开粉铺行，怎么爷儿两个尽擦脸"。则"冲末"则且有时须以粉墨涂脸矣。（本剧以冲末扮费无忌）而王先生云"元代已不可考"，盖偶未考也。

剧中人的衣服，都是特制的"戏衣"，不是和平常人一样的。

（末）再不去乔妆扮，打拍撺掇,(三折)(旦)你旧时作杂剧的衣服神帐都全在未动。（非原文）（末）我着他笑嘻嘻将衣帽衣服全新置。（四折）

化装完毕，杂剧就可以做了。做杂剧叫做"做场"。

（末）俺在梁园棚内勾栏里做场。（净）和俺……做场。（一折）
（净）他每年小的便"做场"。

搬演故事名为杂剧，亦叫做传奇。

（钟）我特来看你做杂剧。（末）师父要做什么杂剧。
（末）你道我谎人钱胡将这传奇扮。（一折）

故事的一种叫做一段。

（钟）你做一段什么？我看。（末）数几段师父听咱……做一段于祐之金水题红怨……做一段老令公刀对刀……（一折）

做到武的故事，一切武器，凡应用的都要预备的。

（末）是一火村路歧，料应在那公科，持着些枪刀剑戟。……（四折）

做杂剧不一定拘守本子，要按照剧情，在适当的时候，可以加以更改，自由动作，但必须引人兴趣，合于事理，不背常情。

（末）再不去戏台上信口开河。（四折）（末）打诨通禅，穷薄艺，知深浅。（一折）

一个好的演员必须要多记剧本，演戏技术更须件件精通，不但要般般都会，可以指导旁人，表演时的做工，尤须丝丝入扣，紧慢适中，妙合剧情。蓝采和正是这样一个演员。

（末）旧么麽院本我须知，论同场本事我般般会，（末）他们都怎到的，论指点谁及，做手儿无敌，识紧慢迟疾。（四折）

戊　剧本

剧本在那时叫做"院本"。

（末）做一段有憎爱劝贤孝新院本,(一折)(末）旧么麽院本我须知。（四折）

剧本有两个来源，一个是旧日传下来的叫做"古本"。

（末）俺将这古本相传，路歧体面。（一折）

另一个来源是书会社的文人新编的。

（末）俺路歧每怎敢自专，这的是才人书会划新编。

那时最风行的剧本为《题红怨》,《琵琶怨》等。

（末）我做一段于祐之金水题红怨，张忠泽玉女琵琶怨。

武剧亦很盛行（这时武戏名脱剥杂剧，）最著者为：《老令公刀对刀》，《小尉迟鞭对鞭》，《三王定政临虎殿》等。

（末）我试数几段脱剥杂剧，做一段《老令公刀对刀》，《小尉迟鞭对鞭》或是《三王定政临虎殿》……（一折）

但第一等流行的剧，还不是以上所举，乃是《诗酒丽春园》和《云拥蓝关》等。

（末）都不如《诗酒丽春园》……或是作《雪拥蓝关马不前》。（案上所举，杂剧如《老令公刀对刀》《三王定政临虎殿》等都是前人所未见到，而且现存元剧里不曾引用的故事，但这里即和《小尉迟》、《丽春园》等同列，当日自必盛行，于此亦可见此等剧价值之一斑）

己 观众

伶人称观众为恩官，与编剧的人同一称谓，可见观众的地位很高，并且可以点戏的。

（末）并依着书会社恩官求些好本领。（二折）（末）什么杂剧请恩官望着心爱的选。（案，这里所谓"望着心爱的选"当然只能对少数人说，决不能请所有观众都自己来选戏，其选戏办法，当如现在普通情形之"烦演"，或堂会，社戏之主事者一二人之派定也）

他们来看戏大半是看了"花招儿"来的，也有不少的，是看了勾栏门开了，戏台上已然挂好了旗牌，帐额，神帧，靠背等物，知道杂剧要开始了，才呼朋唤友大众同到勾栏里来看的。

（末）昨日贴出"花招儿"去，两个兄弟先收拾去了……来到勾栏里也，兄弟，有看的人么，好时候也，上紧收拾。
（末）王把色你将旗牌，帐额，神帧，靠背都与我挂了者……有那远方来看的，见了呵传出去说梁园内勾栏里末尼蓝采和做场哩……（一折）

观众的种类不同，但多为中上社会人物，他们的目的，都是到勾栏里来消遣的。

（末）你（指钟离）你道我谎人钱，胡将这传奇扮……则许（多）官员上户财主看勾栏散闷。

既为消遣来的，看到好处自然会喝采，那时喝采叫做"妆喝"。

（末）不争我又作场，又索央众父老们"妆喝"。（三折）

观一次剧要用多少钱，却没有纪载着。

第一折的"做一段有憎爱劝贤孝新院本，觅几文济饥寒，得温暖养家钱"没有固定的数目，"几文"是无法定规的。但伶人确实可以籍此养家并且很是充裕。

（末）俺在这梁园城一交又早二十年……俺这里不比别州县，学这几分薄艺，胜似千顷良田。

只有一件，观众对于伶人所要求的是一种"十门皆精"的好演员，若这种技艺"炉火纯青"的演员一去，勾栏里立刻便会清冷起来。

（净）自从哥哥去了，勾栏里就没人看，（末）为什么勾栏里看的十分少，则你那话不投机一句多。（三折）

若是这个团体非演剧不可的话，必须设法把他 （那好的演员）请回来，不然就得赶快造就人材，但是后面的方法不是一旦就能成功，而且不一定可靠的。

（旦）你回家去，收拾勾栏，做几场戏俺家盘缠，你再出来。（三折）

蓝采和不听人劝，竟自出家去了，喜千金一行人，只好维持着不景气的局面，以等待小采和等的成立了。

那么名角台柱制，在那时候被观众规定，已是很稳固了。

七　结论

元杂剧中的八仙故事，至此可以讨论终止了，本文因为时间的不充分，材料的搜集不甚完备，自然所论到的免不了有很多的不能满意处，但有两点作者认为是不会错误而愿意在这里叙说一下的。

第一，八仙不但在元杂剧里，就是在任何种剧里（自然是前面没有论到的，这是因为题材的关系，没法多论的。）都没有占到最重要的地位，只不过辅助旁人增加一些热闹而已。（论八仙中各人本身故事的当事人，自然是例外。）

第二，八仙原本是极散漫的，并且有的时间很冲突，没有联合的可能，如今能在民众脑筋里占这样重要地位，完全由于元剧作者的牵合之功。

至于特辟篇幅的蓝采和一剧，所论虽稍溢出八仙领域，但其对于元戏全体，至少有下列不可泯灭的数点。

①男女合演的历史问题。②装旦色的性别问题。③净角面部化装的历史问题。④自来未见著录之杂剧。

凡此种种都是新的领域，面积虽不广大，却藏着很多可贵的珍宝，精于此道的学者，若肯在这方面去努力，一定会有新的发见等在前面，作者是在这里热烈希望着。

原载《燕京学报》第18期，1935年12月

元杂剧及其时代

朱东润

（一）

在讨论元人杂剧以前，我们应当知道：在我们现在所看到的一百几十种元人杂剧之中，臧晋叔的《元曲选》占去九十四种。所以假如臧晋叔的选本有了问题，连带地整个的元人杂剧也有问题。我们把《元曲选》和《古今杂剧三十种》对勘：第一看到曲调字句的互异，第二就是在《元曲选》里面我们看到整段的宾白，可是其他的本子，完全删却宾白，甚至使得我们对于全剧不易了解。这里也许是元代流行的本子原有异同，也许是《元曲选》曾经臧晋叔的修改，现在均不得而知。晋叔《元曲选序》说："或又谓主司所定题目外，止曲名及韵耳，其宾白则演剧时伶人自为之，故多鄙俚蹈袭之语。"在《元曲选》里我们还看到许多"鄙俚蹈袭"的宾白，而且在《桃花女》这一类的杂剧里宾白有时每段多至一千字以外，尤其和《元曲选序》"曲白不欲多"的原则相反；这却是未经晋叔修改的一证。总之，无论如何，我们所讨论的元杂剧，主要部分还是以《元曲选》为根据。

其次，谈到元杂剧里面的时事，我们应当知道，元代杂剧作家写到史事，往往和事实不合，在这里固然有一部分是无意的错误，而大部分却是有意的歪曲。本来在元代作家中，虽然有修养有素的关汉卿、白朴这一类人，同时也有红字李二、张国宾这一类出身倡家的作者。出身既然不同，素养因之亦异，偶然有些史实的颠倒，原不足怪。可是大部分却是有意的歪曲。这也有几种原因。一则作剧原与作史不同，作史自然要追求事实的真相，作剧却不然，常常因为剧情的牵制，连带地史实也要移转，以事实迁就剧情，这是歪曲的第一个原因。二则在元代有"诸乱制词曲为讥议者流"（《元史》卷百〇五《刑法志》四）一条法令，所以元代作家谈到当时的时事，往往采取陈古刺今的方法，以避免当时的文网。我们所要讨论的就是后面的这一点。

元杂剧所有的时代错误很多，像《东坡梦》所举子瞻兄妹三人，"弟曰子由，妹曰子美，嫁秦少游者是也"，多半是游戏文章，原算不上什么错误。但是像《冻苏秦》里，写着苏秦上万言长策，不遇而回，以至唱"如今那有才学的受困穷，几时得居要路为卿相！"确把元代儒人所受的困厄曲曲写出。《范张鸡黍》范巨伯唱"你道是文章好立身，我道今人都为名利引，怪不着赤紧的翰林院那伙老子们钱上紧。"接着又道，"有钱的无才学，有才学的却无钱，有钱的将着金帛，干谒那官人每，暗暗的衙门中分付了，到举场中各自去省试殿试，岂论那文才高低。"这里要是认定作者写的是汉代范巨卿、张元伯的故事，那当然是时代错误了，可是作者述古刺今，所写的正是元代科场之弊。还有这种止论门阀、专重结纳的风气，在科举未复之前，是杂剧作家所想不到的，所以在元杂剧中，虽然我们常看到"一举状元及第"或"得了头名状元"的故事，但是这种写着科场流弊的杂剧必定要到仁宗延祐二年（1315）恢复科举以后才能产生。所以《范张鸡黍》出于元代第二期作家之手，不是偶然的事。

我们推求元杂剧里的事情，常常可以用这类的方法，但是却不能不防备推求太过的流弊。《毛诗序》推论作者的时世，《西昆发微》推论李义山的用意，何尝没有道着的地方，但是正因为他们推求太过，以至不能取信于后代。所以推求元杂剧里的时事，我们一定要从当时人的著作和元代的史籍求得旁证，那么我们所得的结果才有可信的根据。

（二）

杂剧的创始在金末元初的时代，关汉卿所作杂剧，《太和正音谱》谓为杂剧之始。元杨维桢《宫词》说："开国遗音乐府传，白翎飞上十三弦，大金优谏关卿在，'伊尹扶汤'进剧编。"（《铁崖先生古乐府》卷之十四）正指此事，可是金末元初是怎样的一个时代呢？自金贞祐二年（1214）宣宗南渡至天兴三年（1234）金亡之时，共二十年中，彼时河北一路，因为蒙古人的掳掠残杀，以及女真人和汉人的仇杀，土豪的迫害，整个地成为人间地狱；而造成这样的人间地狱，当然蒙古人要负最大的责任。刘因《武强尉孙君墓铭》说：

> 戊申夏六月丁巳，武强尉孙君以疾卒。临卒，疏其子继贤等曰："吾以世泽，生有四幸，若等可勿忘。金崇庆末（1212），河朔大乱，凡二十余年，数千里间，人民杀戮几尽，其存者以户口计，千百不一余，而吾与存

焉，一幸也。其存焉者，又多转徙南北，寒饥路隅，甚至髡钳黥灼于臧获之间者，皆是也，而吾未尝去坟墓，且获尉乡县焉，二幸也。当其扰攘时，侵凌逼夺，无复纪序，而吾四妹一弟，俾皆以礼婚嫁，今皆成家，若与世不相与者，三幸也。平居非强宗，世乱受凌暴，自其分尔，而吾乃为乡人所推，遂得挺身树栅，保千余家，凡族党姻戚，皆赖以安全，四幸也。"

——《静修先生文集》卷十七

刘因《翟节妇诗序》说："昔金源氏之南迁也，河朔土崩，天理荡然，人纪为之大扰，谁复维持之者！"（《静修先生文集》卷一）他还有一首《杂诗》说："闻昔飞狐口，奇兵入捣虚。人才九州外，天道百年余。草木皆成骑，衣冠尽化鱼。遗民心胆破，讳说战争初。"（《静修先生文集》卷七）在这首诗里，我们可以看到蒙古人应负的责任。《元史》卷二百〇二《邱处机传》也说在元太祖时，"国兵践蹂中原，河南北尤甚，民罹俘戮，无所逃命。处机还燕，使其徒持牒招求于战伐之余，由是为人奴者得复为良，与濒死而得更生者，毋虑二三万人，中州人至今称道之。"

蒙古人的残杀掳掠，第一步是在河北，到了金哀宗的时候，蒙古人再向河南侵掠，直至金亡的时期，那时残杀的目标转移到河南。《元史》卷一百六十三《张雄飞传》记着："国兵屠许，惟工匠得免。"卷百五十五《史天泽传》也说："世祖时在藩邸，极知汉地不治，河南尤甚。"在这个时期内，驻扎在河南的军队，有的"郡中婚嫁必先赂之，得所请而后行，咸呼之为翁。"（《元史》卷百五十九《赵璧传》）有的简直"杀人之夫而夺其妻。"（《元史》卷百四十六《杨惟中传》）当然在这残杀掳掠的一群中，也有依附蒙古人的汉军。

金亡以后不久，蒙古人再积极南侵，一直到世祖至元十六年（1279），于是整个的中国完全陷落。在这一段时间内，当然地残杀掳掠之祸，也逐渐向南推进。《元史》卷百七十《雷膺传》记着："是时江南新附，诸将市功，且利俘获，往往滥及无辜，或强籍新民以为奴隶。"卷百九十七《羊仁传》记着羊仁一家的分散，情形尤惨。"至元初，阿珠兵南下，仁家为所掠，父被杀，母及兄弟皆散去，仁年七岁卖为汴人李子安家奴，力作二十余年。子安怜之，纵为良。仁踪迹得母于颍州蒙古军塔海处，兄于睢州蒙古军约尼处，弟于邯郸连大家，皆为役，尚无恙。乃遍恳亲故，贷得钞百锭，历诣诸家求赎之。经营百计，更六年乃得遂，大小二十余口复聚居为良。"在这段时期内，屠城之祸也尽多。

因为蒙古人的一再向南发展，残杀掳掠之祸也跟着军队的移转而向南推进，本是史实，可是蒙古人的兵祸好像也跟着时代的推演而略见缓和，所以像贞祐二年以后河北所受的祸害，以致"邢州旧万余户，兵兴以来，不满数百，凋坏日甚。"（《元史》卷百五十七《刘秉忠传》）这样的记载，以后究不多见。所以元初的兵祸，多分是河北第一，河南第二，江南第三。当然这是约略的推计，够不上说精确。

在金代遗民的著作里，我们看不到什么兴亡之感。刘祁《归潜志》（卷七）尝说："天兴之变，士大夫无一人死节者"，其事可想。元遗山的诗里虽然也有沧桑之叹，但是想到他曾为降元的崔立立碑，还有早年在降元的严实幕中，其后作《东平行台严公神道碑》称其功业，以及《癸巳寄中书耶律公书》称为萧、曹、丙、魏、房、杜、姚、宋，我们也可想见其为人了。这一类的事实，并不足奇。大致在彼时北方的汉人眼中，女真人也是要不得，所以听到蒙古人的侵掠，多数人认为是汉人抬头的机会，这正和北宋会女真灭辽，南宋会蒙古灭金，是一样的心理。至于辽人既灭而女真之祸更甚于辽，金人既灭而蒙古之祸更甚于金，本来无从逆料，总之，没有身受蒙古之祸的人却认为民族复兴之机。金人南渡以后，"偏私族类，疏外汉人，其机密谋谟，虽汉相不得预。"（见《归潜志》卷十二）首先引起猜嫌，同时汉人也起了铲除女真的运动。见于记载的，有下列几节：

贞祐二年，受代有期，而中原被兵，盗贼充斥，互为支党，众至数十万，攻下郡邑，官军不能制。渠帅岸然以名号自居，仇拨地之酷，睚眦种人，期必杀而后已。若营垒，若散居，若侨寓托宿，群不逞哄起而攻之，寻踪捕影，不遗余力，不三二日，屠戮净尽，无复噍类。至于发掘坟墓，荡弃骸骨，在所悉然。

——元好问《临淄县令完颜公神道碑》（《遗山先生文集》卷二十八）

前年京兆治中李友直私逃华州，结同知防御使冯朝、河州防御判官郝遵甫、平凉府同知致仕杨庭秀、水洛县主簿宿徽等，团集州民，号忠义扈驾都统府，相挺为乱，杀其防御判官完颜巴锦及城中女真人。以书约都统杨珪，为府兵所得，珪讳之，请自效，诱友直等执之，麾所招千余人，纳仗，坑诸城中。

——《金史》卷十四《宣宗本纪》（贞祐三年）

先是华州李公直以都城隔绝，谋举兵入援，而玉恃其军为可用，亦欲为勤王之举。……公直一军，行有日矣，将有违约，国朝人有不从者，辄以军法从事。京兆统军使谓公直据华州反，遣都统杨珪袭取之，遂置极刑。

——《金史》卷一百十《韩玉传》

在这几节里，"种人"、"国朝人"即指女真，李公直当即李友直，《韩玉传》中所谓"将有违约"者，也许是指公直铲除女真的计划。他的企图是显然地失败了，可是代表了当时北方汉人的欲望，所以金代遗民的著作里谈不到什么兴亡之感，在元人杂剧里也不多见。

在南宋灭亡以后，情形完全两样了，不但在南宋遗民的诗文词里面都看到兴亡之感，就是在他们的散曲里面，也留着不少的痕迹。举赵文宝的几首曲于次：

小窗开水月交光，诗酒坛台，莺燕排场，歌扇唤风，梨云飘雪，粉黛生香。红袖台已更旧邦，白头民犹说新堂，花妒幽芳，人换宫妆，惟有湖山，不管兴亡！

[折桂令]（《湖山堂》）

来时春社，归时秋社，年年来去搬寒热。语喃喃，忙怯怯，春风堂上寻王谢，苍陌乌衣夕照斜。兴，多见些；亡，都尽说。

[山坡羊]（《燕子》）
——以上《乐府群玉》

文宝这两首曲是赋，意犹易见，曹明善的曲则是比兴，更将沧桑之感完全写尽，举二则于次。

长门柳丝千万结，风起花如雪，离别复离别，攀折更攀折，苦无多旧时枝叶也。

长门柳丝千万缕，总是伤心树，行人折嫩条，燕子衔轻絮，都不由凤城春作主。

[清江引]（《失题》）见《乐府群玉》

但是在元人杂剧里面，看不到什么南宋人的兴亡之感。这却另有一种解释。杂剧本来是北方的产物，所以第一期的作家完全是北方人，也可算是金的遗民；待到后来杂剧在杭州盛行的时候，时代恰在至顺元年（1330）前后——据钟嗣成《录鬼簿》——上去宋亡（1279）之日，为时已久，不独"君父至尊亲，送其终也，有时而既"，而且多数作者生于宋亡之后，自然也无从谈到什么兴亡之感了。可是像无名氏《谢金吾》、《昊天塔》两剧之言杨家故事，尤其像《谢金吾》第四折清江引，"谢得当今圣明主，不受奸臣误，把清风楼重建一层来，着杨六郎元镇三关去，直把宋江山扶持到万万古！"在这里我们隐约看到对于南宋的追思，纵使我们不能肯定地这样说。

在这样的一个兵马荒乱的时代，产生了元杂剧。还有，在整个的元代，我们处处看到异民族对于汉人的迫害。本来自从五代以来，直到元代，中国的北部逐渐地堕入异民族的掌握之中，契丹人败了，来了女真人，女真人败了，又来了蒙古人。可是就是在元代，契丹人和女真人的迫害还在。《元史》卷百九十九《张特立传》记特立"改宣德州司候，州多金国戚，号难治，特立至官俱往谒之，有五将军率家奴劫民群羊。"这还可说是金泰和年间事。又卷百五十三《刘敏传》记："初耶律楚材总裁都邑，契丹人居多，其徒往往中夜挟弓矢，掠民财，官不能禁，敏戮其渠魁，令诸市。"这是元代契丹人的迫害了。

蒙古入统中国以后，始终是把中国人看做被征服民族：最初还曾经计划过来一下整个民族的大屠杀。宋子贞《中书令耶律公神道碑》（《国朝文类》卷五十七）记着，"自太祖西征之后，仓廪府库，无斗粟尺帛，而中使别迭等金言，虽得汉人，亦无所用，不若尽去之，使草木畅茂以为牧地。公即前曰：'夫以天下之广，四海之富，何求而不得，但不为耳，何名无用哉！'因奏地税商税酒醋盐铁山泽之利用，岁可得银五十万两、绢八万匹、粟四十万石。上曰：'诚如卿言，则国用有余矣，卿试为之。'"这是元太宗时候的事。当时蒙古人预备用吃鹅肉的计划，耶律楚材却告诉他们吃鹅蛋的办法，总算汉人藉此苟延残喘，但是汉人的生命仍旧是受着不断的危害。就是当时的汉军——在蒙古人指挥下的军队——也曾于甲戌年（1214）在牛栏山受着蒙古人的屠杀。（见《元史》卷百五十一《石抹孛迭儿传》）鼎鼎有名的汉奸董文用也说着"我汉人，生死不足计。"（至元元年—1264—事。见虞集《道园学古录》卷二十《翰林学士承旨董公行状》及《元史·董文用传》）直到顺帝至元三年（1337）还有巴延请杀张、王、刘、李、赵五姓汉人的事。（《元史》卷三十九《顺帝本纪》）总之，在整个的元代，蒙古人始终是以被征服民族待遇汉人，始终是在计划着大屠杀。

就是在容许着汉人存在的时候，也是时时禁止持兵器、田猎、养马、学武艺。在《元史·世祖本纪》里，就可以看见以下各次的禁令。

申严汉人军器之禁。（至元十九年二月）

分汉地及江南所拘弓箭兵器为三等，下者毁之，中等赐近居蒙古人，上等贮库。（至元二十二年五月）

己亥敕中外，凡汉民持铁尺手挝及杖之藏刃者，悉输于官。（至元二十三年二月）

戊申括诸路马，凡色目人有马者，三取其二，汉民悉入官。敢匿与互市者罪之。（同年六月）

戊午禁江南民挟弓矢，犯者籍而为兵。（至元二十六年四月）

申汉人田猎之禁。（至元二十七年九月）

申严江南兵器之禁。（至元三十年二月）

此后申严汉人兵器田猎之禁，《元史》里常常可以看到。英宗至治二年（1322）正月甲戌禁汉人习武艺也有明令。《元史》卷百〇五《刑法志》还载着：

> 诸汉人持兵器者禁之，汉人为军者不禁。
> 诸民间有藏铁尺铁骨朵及含刀铁柱杖者，禁之。
> 诸弃本逐末习用角牴之戏，学攻刺之术者，师弟子并杖七十七。

《刑法志》还载着藏甲、藏零散甲片、藏枪若刀或弩、藏弓箭之罪。这样一来，民间的武器禁尽了，再加以铁法的规定，"无引私贩者比私盐减一等，杖六十七，铁没官。"武器的来源也断绝。还有"江南铁货及生熟铁器，不得于淮汉以北贩卖，违者以私铁论。"（皆见《刑法志》）在淮河以北，不论生熟铁器，有引与否，一切不得贩卖，于是在大都附近数千里之内，成为绝对的安全地带。我们也许认蒙古人为文化较低的民族，但是他们防制汉人的计划，不能不算周密了。

《世祖本纪》（《元史》卷十三）记着至元二十二年（1284）"定拟官军格例，以河西、回回、辉和尔，依各官品充万户府达噜噶齐，同蒙古人。女真、契丹同汉人。若女真、契丹生西北，不通汉语者，同蒙古人；女真生长汉地，同汉人。"本来达噜噶齐是止有蒙古人做的，经过这样的规定，凡是不通汉语的都做得，通汉语的都做不得。到顺帝至元二年（1334）"禁汉人南人不得习蒙古色目文字"。（见《元史》卷三十九《顺帝本纪》）在这里，我们又可以看到蒙古人是怎样地根据语言文字的差异，永远地加深了征服民族和被征服民族间的裂痕。

从种种方面，我们可以看到奇渥温氏一朝怎样地统治中国。在这里不是以一姓统治万民，而是以一个民族统治另一个民族，在胜利的时候，他们是加紧地掳掠、屠杀，直到失败的时候，他们退出长城，度原来的游牧生活。他们不了解中国，也不希望中国的了解；他们不接受中国文化，也不希望中国接受他们的文化。在中国历史里，元代可以算是黑暗时期中最黑暗的一幕。

但是在这段最黑暗的时期中，全部的元人杂剧出来了，在中国文学史上留下了永恒的光辉，除了李直夫（即薄察李五，所作今存《虎头牌》一种）系女真人外，其余全是汉人，他们的努力值得后人无穷的钦慕。可是假如我们认为元代杂剧是因为元人与西方交通，才能发达，固然是与史实不合；万一认为是因为元代国势大盛，才能有这样伟大的戏剧，也与事实违反。在元人杂剧里，我们所看到的，是被征服民族的血泪。有些是由痛苦而感到麻木，由麻木而产生颓废，由颓废而追求享乐，享乐是享乐了，可是在欢愉的眼角里仍蒙着悲惨的泪颗；但是有些毕竟是痛苦，是呼号，是在无可希冀之中想望解放的方法。

（三）

蒙古人向中原进攻，遇到了抵抗后，就来一次大屠杀；要是遇不到抵抗，那么就是掳掠。宋子贞《中书令耶律公神道碑》说着，"国初方事进取，所降下者因以与之，自一社一民，各有所主。"这是贞祐之初到金亡时候的事。当时所掳的奴隶，据宋子贞说："时诸王大臣及诸将校所得驱口，往往寄留诸郡，几居天下之半"，实在是一个可惊的数字。子贞又说："时河南初破，被俘虏者不可胜计，及闻大军北还，逃去者十八九。有诏停留逃民及资给饮食者，皆死无问，城郭保社，一家犯禁，余并连坐。由是百姓惶骇，虽父子弟兄，一经俘虏，不敢正视。逃民无所得食，踣死道路者，踵相接也。"明诏保障掳掠者的权利，在中国史上真是稀有了。元遗山《续小娘歌》（《遗山先生文集》卷六）"山无洞穴水无船，单骑驱人动数千，直使今年留得在，更教何处度明年。""太平婚嫁不离乡，楚楚儿郎小小娘，三百年来涵养出，却将沙漠换牛羊！"又《癸巳（1233）五月三日北渡》（《遗山先生文集》卷十二）"道傍僵卧满累囚，过去舻车似水流，红粉哭随回鹘马，为谁一步一回头！""白骨纵横似乱麻，几年桑梓变龙蛇，只知河朔生灵尽，破屋疏烟却数家！"这是金亡时候掳掠的记载。

到蒙古人灭南宋的时候，除了从事残杀掳掠的军队，还有随军的专门杀掠的人。世祖二十二年八月"御史台言：无籍之军，愿从事杀掠者，初假之以张渡江兵威；今各持弓矢，剽劫平民，若不分隶各翼，恐生他变。"（《元史》卷十三《世祖本纪》）这是宋亡时候掳掠的记载。

关汉卿的杂剧《拜月亭》写着在蒙古军队攻下河北以后的一段离合姻缘。第一折 [点绛唇]："锦绣华夷，忽从西北天兵起。"[混江龙]："许来大中都城内，各家烦恼各家知。"把当时的祸源指明，其后 [金盏儿]："哥哥道做军中男女若相随，有儿夫的不掳掠，无家长的落便宜。"将掳掠妇女的情形约略写一写。无名氏《冯玉兰》更写着当时的军官如何杀死男人，掳掠妇女。

杨显之《酷寒亭》第三折店小二的自白，把他生活的经过，完全记着：

小人江西人氏，姓张名保，因为兵马嚷乱，遭驱被掳，来到回回马合麻沙宣差衙里。往常时在侍长行，为奴作婢。他家里吃的是大蒜、臭韭、水答饼、秃秃茶食；我那里吃的！我江南吃的都是海鲜，曾有四句诗道来：〔诗云〕：江南景致实堪夸，煎肉豆腐炒东瓜，一领布衫二丈五，桶子头巾三尺八。他屋里一个头领，骂我蛮子前，蛮子后。我也有一爷二娘、三兄四弟、五子六孙，偏你是爷生娘长，我是石头缝里迸出来的！谢俺那侍长见我生受多年，与了我一张从良文书。本待回乡，又无盘缠，如今在这郑州城外，开着一个小酒店儿，招接往来客人。昨日有个官人，买了我酒吃，不还酒钱，我赶上扯住道，还我酒钱来。他道：你是什么人？我道：也不是回回人，也不是达达人，也不是汉儿人，我说与你听者，〔唱〕我是个从良自在人。

元代蓄奴的风气很盛，张国宾《合欢衫》楔子，侯兴说："老爹，你也好与我一纸从良的文书了。"石子章《竹坞听琴》楔子，郑彩鸾对都管说："为你年纪高大，与你这纸从良的文书。"无名氏《来生债》第二折卜儿说："但是家中人都与他从良文书。"在这些地方，我们都看到蓄奴的风气。奴隶的来源，除了由世奴孳长以外，多数是由于征讨所得，但是也有占降民为奴，和籍新民为奴者。（见《元史》卷十二《世祖本纪》及卷百七十《王利用传》）这些奴婢到手以后，有留为自用的，有到手转卖的；甚至有卖良家子女为娼（《元史》卷十《世祖本纪》），或取人子女为奴妾者。（见《元史》卷百五十三《贾居贞传》）《元史》卷百五十六说："将校素无俸给，连年用兵，至有身为大校，出无马乘者。"当时掳掠的风气也许是这种无给制度的结果。

（四）

蒙古人入主中国以后，蒙古军队到处驻防，姚燧《千户所厅壁记》说："我元驻戍之兵，皆错居民间，以故万夫千夫百夫之长，无廨城邑者。"（《牧庵集》卷六）宋本《绩溪县尹张公旧政记》说："万夫长、千夫长、百夫长，恃世守，陵轹有司，欺细民，细民畏之过守令，其卒群聚为虐。"（《国朝文类》卷三十一）在这种情形之下，产生了无恶不作的"衙内"和"权豪势要之家"，——皆指当时蒙古军官。另有《说衙内》一篇考之，今不赘。

关汉卿《鲁斋郎》就写着这样的一个，楔子鲁斋郎引张龙上，诗云：

> 花花太岁为第一，浪子丧门再没双，街市小民闻吾怕，则吾是权豪势要鲁斋郎。小官鲁斋郎是也，谢圣恩可怜，除授今职。小官嫌官小不做，嫌马瘦不骑。但行处引的是花腿闲汉，弹弓黏竿，鹌儿小鹞，每日价飞鹰走犬，街市闲行。

鲁斋郎抢了银匠李四的妻子，李四到郑州请六案都孔目张珪与他做主，张珪掩口道："哎哟，吓杀我也！早是在我这里，若在别处，性命也送了你的。我与你些盘缠，你回许州去罢，这言语你再也休题。"接着唱："被论人有势权，原告人无门下，你便不良会可跳塔轮铡，那一个官司敢把勾头押，题起他名儿也怕！"

张珪算是不抵抗主义者，接着鲁斋郎教他把妻子献上，张珪只得照办。他的妻子道："你在这郑州做六案都孔目，谁人不让你一分，那厮什么官职，你这等怕他，连老婆也保不的！你何不拣个大衙门告他去？"张珪道："你轻说些，倘或被他听见，不断送了我也。〔唱〕他他他嫌官小不为，嫌马瘦不骑，动不动挑人眼，剔人骨，剥人皮。〔云〕他便要我张珪的头，不怕我不就送去与他。如今只要你做个夫人，也还算是好的。"后来鲁斋郎问他："张珪，你敢有些烦恼，心中舍不的么？"张珪回道："张珪不敢烦恼。"

武汉臣《生金阁》所写的庞衙内也是一例，第一折庞衙内领侍从上，诗云：

> 花花太岁为第一，浪子丧门世无对，闻着名儿脑也疼，只我有权有势庞衙内。小官姓庞名勋，官封衙内之职。我是权豪势要之家，累代簪缨之子。

我嫌官小不做，马瘦不骑，打死人不偿命，若打死一个人，如同捏杀一个苍蝇相似。

郭成在酒店里，看见庞衙内，献上生金阁儿，要想做官，衙内连郭成的浑家也要，对他说："你的浑家与我做个夫人，我替你另娶一个，你意下如何？"郭成不肯，唱道："他他他从头儿说事故，就就就吓的我麻又酥，道道道别求个女艳姝，待待待打换我这丑媳妇，我我我这面不搭头不梳，那那那有甚的中意处。"庞衙内发了怒，一面把郭成的浑家扶到后堂，一面拿大铁锁把郭成锁到马房里去。郭成的妻子对嬷嬷说："我待要寻一个大大的衙门告他去哩。"嬷嬷唱道："你待要叫屈声冤，姐姐也，谁敢便收词接状？"最后嬷嬷是被丢在八角琉璃井里，郭成是被铜铡铡了头。

元人杂剧所写的"衙内"和"权豪势要之家"，为数不少，现在不必多举，他们所以这样地横行，第一就是打死人不偿命。《元史》卷百〇五《刑法志》说："诸蒙古人因争及乘醉殴死汉人者，断罚出征，并全征烧埋银。"这里给了蒙古人以法律上的保障，还有当时驻防各地的军队"兵若民异属……其卒群聚为虐，或讼之有司，举令甲召其偏裨共弊（原文），则诺而不至，事率中寝，民苦无可奈何。"（见宋本《绩溪县尹张公旧政记》）蒙古人杀了人，根本就不必偿命，再加一般官吏，因为"兵若民异属"的缘故，也就没有制裁他们的法权，所以在《鲁斋郎》、《生金阁》里，一则说"那一个官司敢把勾头押"，一则说"谁敢便收词接状"。

高文秀《黑旋风双献功》所写的事更妙。白衙内拐了孙孔目的妻子，第三折上场道："小子白衙内，平生好依翠，拐了郭念儿，一日七个醉。自家白衙内的便是，自从我拐了那郭念儿来，我则怕那孙孔目来告状，因此上我借这大衙门坐三日，他若来告状，我自有主意。"后来果然孙孔目来告状，白衙内道："如何，我道他来告状么，如今把这厮下在死囚牢里，我直牢死他。"这类借坐衙门的事，好像有些儿戏，但是在元代是尽有的。《元史》卷百六十《王磐传》记着西域大贾"恃势干官府，直来坐厅事，指挥自若。"卷百四十三《策丹传》说："时有以驸马为江浙行省丞相者，其宦竖恃公主势，坐杭州达噜噶齐位，令有司强买民间物，不从辄殴之。"这都是借坐衙门的故事，在商贾和宦竖都可以借坐衙门的时候，那么白衙内"官拜衙内之职"，（《双献功》楔子）当然有这样的权利。

元代汉人受着蒙古军官的压迫，真是到了走头无路的境地，杂剧作家却指示了他们两条出路，以后再说。

（五）

在蒙古人的武力压迫以外，同时来了经济侵略，这样一边杀掠，一边榨取，汉人真走上了绝路。经济侵略多分是西方民族所做的事，蒙古人打到亚西，打到欧洲，带回来的就是这一批放高利贷的西方民族，在当时的记载里称为羊羔利。元遗山《顺天万户张公勋德第二碑》（《遗山先生文集》卷二十六）说："军兴以来，贾人出子钱致求赢余，岁有倍称之积，如羊出羔，今年而二，明年而四，又明年而八，至十年则累而千。调度之来，急于星火，必借贷以输之，债家执券日夕取偿，至于卖田业，鬻妻子，有不能给者。"遗山没有把贾人的来路指明。王磐《中书右丞相史公神道碑》说："兵火之余，民间生理贫弱，往往从西北贾人借贷，周岁辄出倍息，谓之羊羔利。稍积数年，则鬻妻卖子，不能尽偿。"（《国朝文类》卷五十八）《元史·王磐传》记着王磐为真定顺德路宣慰使的时候，"郡有西域大贾，称贷取息，有不时偿者，辄置狱于家，拘系榜掠其人。且恃势于官府，直来坐厅事，指挥自若。磐大怒，叱左右捽下，箠之数十。时府治寓城上，即挤诸城上，几死，郡人称快。"在这里证明了放羊羔利的是西域人，其为当时众怨所归，也可以看出。

但是王磐这样的官员太少了，多数的是和放高利贷的大贾勾结，甚至代人民向他们借债，随即代他们向人民索偿。《元史》卷百九十一《吴澄传》说："岁乙未，籍民户，有司多以浮客古籍，及征赋，逃窜殆尽，官为称贷，积息数倍，民无以偿。澄人观，因中书耶律楚材，面陈其害。"《耶律楚材传》（《元史》卷百四十六）也说："先是州郡长吏，多借贾人银以偿官，息累数倍，曰羊羔儿利。至奴其妻子，犹不足偿。楚材奏令本利相侔而止，永为定制。"《楚材传》所说的，多分和《吴澄传》所说的是一件事，所谓"奴其妻子"，应指奴民之妻子而言。假使是以官之妻子为奴犹不足偿，那么西域贾人的威势更可怕了。

在元人杂剧内，关于高利贷的事，关汉卿《救风尘》第一折，"干家的乾落得淘闲气，买虚的看取些羊羔利"，提出羊羔利的名称。关作《窦娥冤》楔子蔡婆道："这里一个窦秀才，从去年问我借了二十两银子，如今本利该银四十两。"无名氏《鸳鸯被》第一折刘员外云："自从李府尹借了我十个银子，今经一年光景，不见回来，算本利该二十个银子还我。"无名氏《来生债》楔子庞居士云："我有一故友，乃是李孝先，往年问我借了两个银子，出外做买卖去，本利该还四个了。"还有郑廷玉《看钱奴》第二折周荣祖骂贾仁道："我骂你个勒揹穷民贾员外，或是有人家典段疋，或是有人家当环钗，你则待加一倍放解。"在这许多场所，我们看到羊羔利是怎样地到处流行着。

鬻妻卖子的事，在元杂剧里也留下阴影来。《窦娥冤》窦秀才向蔡婆借钱，无法偿还，蔡婆就要他的女儿做儿媳妇，窦秀才道："谁想蔡婆常常着人来说，要小生女孩儿做他儿媳妇，况如今春榜动，选场开，正待上朝取应，又苦盘缠缺少，小生出于无奈，只得将女孩儿端云送与蔡婆婆做儿媳妇去。〔做叹科云〕嗨！这个那里是做媳妇，分明是卖与他一般，就准了他那先借的四十两银子，分外但得些少东西，勾小生应举之费，便也过望了。"《鸳鸯被》写着李府尹罢任以后，托道姑向刘员外借钱，刘员外听说府尹有一个小姐，就说："既是这等，我借与他十个银子，着他立一纸文书，你就做保人，着他那个小姐也画个字，久后好还我债。"一年以后，府尹未回，债亦未偿，刘员外对道姑说："你如今问他那小姐讨那银子去，有便还我，若无呀，这里也无人，我虽然叫做员外，这等年纪，还没浑家，他若肯与我做个浑家，一本一利都不要他还。"

债权人对于债务人的威胁，因为当时的官吏对于债权者的拥护而益见横暴，在元杂剧也有实证。《来生债》楔子李孝先向庞居士借了两个银子，本利伤折，无钱还他，上场道："小生前者往县衙门首经过，见衙门里面绷扒吊拷追征十数余人，小生向前问其缘故，那公吏人道，是欠少那财主钱物的人，无的还他，因此上拷打追征。小生听罢，似我无钱还庞居士，若告将下来，我那里受的这苦楚。小生得了这一口惊气，遂忧而生疾，一卧不起。"这一类吊拷追征的事，在元代一面维持"官为称贷"的信用，一面拥护西域大贾的利息，当然是应有尽有。《陈州粜米》第三折包待制唱："俺俺俺宋朝中大小官员，他他他胜与你财主每追征了些利钱，您您您怎知道穷百姓苦恹恹叫屈声冤。"在这里完全写的元代事实，"宋朝"两字，只是一种掩护。

（六）

在异民族统治之下，经过了重重叠叠的武力压迫和经济侵略，这一个时期中，当然谈不上吏治，而元代吏治之坏也确为二十四史中所仅见。所以造成这样的状况，其直接的原因也有几个。

第一，元代郡邑正官完全是蒙古人或色目人。《元史》卷六《世祖本纪》至元二年（1265）二月"甲子以蒙古人充各路达噜噶齐，汉人充总管，回回人充同知，永为定制。"其后至元五年（1268）三月"罢诸路女真、契丹、汉人为达噜噶齐者，回回、奈曼、唐古人仍旧。"大德八年（1304）三月"诏诸王驸马所分郡邑达噜噶齐惟用蒙古人，三年依例迁代，其汉人、女真、契丹名为蒙古者，皆罢之。"（见《元史》卷二十一《成宗本纪》）在蒙古人不了解中国文化，也不接受中国文化，用为郡邑正官，其治绩已可想见；至于当时尚有汉人冒充蒙古者，其人品更可见了。

第二，元初军官是无给职，同时州县官吏也是无给职。《元史》卷百六十八《陈祐传》说："中统元年（1260）真除祐为总管，时州县官以未给俸，多贪暴，祐独以清慎见称。"同卷《陈天祥传》说："时州县未有俸给，天祥从便规措而月给之，以止其贪，民用勿扰。"这是至元十三年（1276）以后的事。陈祐、陈天祥是偶然的例证，止可作为例外，我们所见到的，是自从元人入居中国，一直到至元十三年或以后，州县官是无俸给的。军官没有俸给，其必然的结果是掳掠；州县官没有俸给，其必然的结果是贪污。这都是当时政治制度的产物。

第三，元代尝以郡邑为养贫之地。《元史》卷百八十五《盖苗传》记着，大臣"又欲宿卫士悉出为郡长官，俾以养贫。苗议曰：'郡长所以牧民，岂养贫之地哉？果有不能自存，赐之钱可也。若任郡寄，必择贤才而后可。'"这是顺帝后至元六年（1340）以后的事。

还有，元代官长的出身的问题。在元代，因为科举制的中断和国子学的不振，所以由士人进身的官员特少，而由胥吏进身的特多。本来这种趋势，在金代已经显然，元遗山《雷希颜墓铭》（《遗山先生文集》卷二十一）曾说到金名士高廷玉献臣道："卫绍王时，公卿大臣多言献臣可任大事者，绍王方重吏员，轻进士，至谓高廷玉人才非不佳，恨出身不正耳。"宣宗南渡，高琪为相，大恶进士，更用胥吏，又使由郡转部，由部转台省，不三五年皆得要职，士大夫反畏避其锋。刘祁叹为亡国之政。（见《归潜志》卷七）《元史》卷百六十三《张德辉传》也说，元世祖时"或曰：'辽以释废，金以儒亡，有诸？'对曰：'辽事臣未周知，金季乃所亲睹，宰执中虽用一二儒臣，余皆武弁世爵，及论军国大事，又不使与闻。大抵以儒进者三十之一。国之存亡，自有任其责者，儒者何与焉！'"这种重用吏胥的趋向，到元代遂成为一面倒的情势。

元《经世大典序录·治典》说："国朝入官之制，自吏业进者为多，卿相守令，于此焉出，故补吏之法尤为详密。"（见《国朝文类》卷四十）姚燧《送李茂卿序》也说："大凡今仕惟三途，一由宿卫，一由儒，一由吏。由宿卫者出中禁，中书奉行制敕而已，十之一。由儒者则校官，及品者提举教授，出中书；未及者则正录而下，出行省宣慰，十分一之半。由吏者省台院中外庶司郡县十九有半焉。"（《牧庵集》卷四）仁宗延祐二年，复行科举，但是由士人进身的仍旧很少，甚至较科举未复以前的情形还要坏。《元史》卷百八十五《林镛传》说："泰定四年（1327）转国子博士，俄拜监察御史，当时由进士入官者仅百之一，由吏致位显要者常十之九。"这些都是元代重用胥吏的情势。

固然我们无从证实由士人进身的一定会比由胥吏进身的较好，而且从孙仲章《勘头巾》、孟汉卿《魔合罗》两本杂剧，以及虞集《王诚之墓志铭》，（《道园学古录》卷十九）我们也知道胥吏中间也确有智量过人、关心民瘼的人，但是究竟胥吏进身的较之士人进身的差得多了。他们的素养，完全两样。士人里面人品尽管不齐，但是诗书读多了，忧国忧民的思想，多少总会渗入他的潜意识里，成为人生观的一部分。胥吏的濡染可就太坏了，成年累月的"手执哭丧棒，囊揣滴泪钱"，这确是人格上的最大的创伤。

这一切的原因造成了元代的吏治。

元杂剧对于当时滥官污吏常常有刻毒的讽刺。王仲文《不认尸》第三折孤上诗云："我做官人只爱钞，再不问他原被告，上司若还刷卷来，厅上打得狗也叫。"孟汉卿《魔合罗》第二折孤上诗云："我做官人单爱钞，不问原被都只要，若是上司来刷卷，厅上打的鸡儿叫。"李行道《灰栏记》第二折郑州太守苏顺上诗云："虽则居官，律令不晓，但要白银，官司便了。"李行道《还牢末》楔子孤上诗云："做官都说要清名，偏我要钱不要清，纵有清名没钱使，依旧连官做不成。"更深刻的写法，如关汉卿《窦娥冤》第一折写着楚州太守桃杌看见张驴儿跪下，也就跪下，祗候道："相公，他是告状的，怎生跪着他？"太守道："你不知道，但来告状的，就是我衣食父母。"《魔合罗》里也有这样的科诨。我们不必管他是不是抄袭，但这种科诨的流行，反映着无给制之下的州县官的生活。

当时的人民于官吏的咒诅，也反映在杂剧里。《不认尸》第三折李氏唱道："你要我数说您大小诸官府，一划的木笏司糊涂，并无聪明正直的心腹，尽都是那绷扒吊拷的招伏，把因人百般拴住，打的来登时命卒，哎哟！这便是您做下的个死工夫。"无名氏《陈州粜米》第一折张慁古唱道："做官的要了钱便糊突，不要钱方清正，多似你这贪污的枉把皇家禄请。"在这里，看到当时人民对于官府的认识。当我们读到马致远《陈抟高卧》第四折郑恩的自白，"平生泼赖曾为盗，一运峥嵘却做官"，我们不禁猜疑这是马致远对于元代官吏的讽刺。

因为当时郡邑正官的不了解和昏聩，所以实权便渐渐的从州县官的手里转到胥吏。在这里有孔目，有令史，令史又称为外郎。无名氏《神奴儿》第三折曾经诙谐地道："天生清干又廉能，萧何律令不曾精，才听上司来刷卷，登时吓的肚中疼。自家姓宋名了人，表字赃皮，在这衙门里做着个令史。你道怎么唤做令史？只因官人要钱，得百姓们的使，外郎要钱，得官人的使，因此唤做令史。"接着县官着人请外郎，外郎云："料着是告状的，又断不下来，唤我呢，我见相公去。"县官见了外郎，跪下道："外郎，我无事也不来请你，有告人命事的，我断不下来，请你来替我断一断。"在《不认尸》里也有同类的记载。《灰栏记》第二折写得更奇，郑州太守苏顺，将判断官司的事，全交给赵令史、却自叹自慰道："这一桩虽则问成了，我想起来，我是官人，倒不由我断，要打要放都凭赵令史做起，我是个傻厮那！〔诗云〕今后断事我不嗔，也不管他原告事虚真，笞杖徒流凭你问，只要得的钱财做两分分。"但是纵使一切威权都交给令史，最后的责任仍是官长的，所以赵令史舞弊事发，一待追问，却说："哎哟！小的做个吏典，是衙门里人，岂不知法度，都是州官原叫做苏模棱，他手里问成的，小的无过是大拇指头挠痒，随上随下，取的一纸供状，便有些什么违错，也不干吏典之事。"在这样的情形之下，人民的生活就可想见了。

元世祖至元初，马祖常建白一十五事，曾经说起："亲民之官，守令为急，然守令者缘系朝廷迁除之人，才或不良，心亦知惧，而行省所差府州司县提控案牍，都吏目典史之徒，往往恃其名役之细微，纵其奸猾，舞文弄法，操恃官长，倾诈庶民。盖此徒出自贴书小吏，数十年间，转充是役。卑职顷居田亩，尝闻此等言曰，'我辈身无品级，子无荫叙。'原此初心，谓之无赖，而令窃弄府州司县之权，剥刻单弱以肥其孥，良可悯叹。"（《国朝文类》卷十五）此处可以看到胥吏的无赖，而元代由吏致位显要者常十之九，那么，元代吏治之坏，不为无因了。

在官长昏聩之下，吏权日重，所以在《不认尸》里令史自夸道："我这枝笔比刀子还快呢。"又道："我这管笔着人死便死。"那时"全凭着这令史口内词因，葫芦提取下招伏。"（《不认尸》第四折）因为吏员权重，生死在握，所以引起一般人民的怨毒。李致远《还牢末》第四折正末对赵令史唱道："想着你黑的是心，白的是财，只要图人性命将人害。且看鬼门关上谁先到，枉死城中那个该，毕竟是行短的天教败，少不得将你心肝百叶做七事家分开。"无名氏《货郎旦》第三折张三姑唱："可知道今世里令史每都挞钞，和这古庙里泥神也爱钱"，更是意外的调侃。

元杂剧里写胥吏的地方很多，尤其是岳伯川《铁拐李》写得淋漓尽致。铁拐李原名岳寿，为郑州都孔目。他的兄弟张千夸道："你不知道俺哥哥的名儿。若说起来，吓你八跌，他是岳寿，见做着六案都孔目，谁不怕他？有个外名儿叫做大鹏金翅雕。俺这郑州奉宁郡，但除将一个清官来，俺哥哥着他坐一年便一年，着他坐二年便二年，若不要他坐呀，只一雕就雕的去了。俺哥哥是大鹏金翅雕雕那正官，俺是个小雕儿，雕那佐二。"（第一折）第二折岳寿临死叹道："他那擎天柱官人每得权，俺拖地胆曹司又爱钱。你须知我六案间峥嵘了这几年，也曾在饥喉中夺饭吃，冻尸上剥衣穿，便早死呵不敢怨天！"岳寿死后，魂游地府，阎王烧起九鼎油镬，放上一文金钱，教岳寿自取，岳寿唱道："火坑里消息我敢踏，油锅内钱财我敢拿，则为我能跳塔，快轮铡，今日向阴司折罚。"（楔子）在这些地方，都可以看到深刻的讽刺。后来岳寿夺小李屠胎还魂，瘸着一条腿，自叹道："我想当初做吏人时，扭曲作直，瞒心昧己，害众成家，往日罪过，今日折罚，都是那一管笔。〔唱〕则我那一管笔扭曲直，一片心瞒天地，一家儿享富贵，一辈儿无差役。……俺只道一世里吃不尽那东西，谁承望半路里脚残疾！……为甚我今日身不正，则为我往常心不直，和那鬼魂灵不能勾两脚踏实地。至如省里、部里、台里、院里，咱只说府里、州里，他官人每一个个要为国不为家，怎知道也似我说的行不的。"（第三折）这里是胥吏的忏悔，连带地是对于一般官员的讽刺。

（七）

元代有"一官二吏，九儒十丐"之说，在谢枋得、郑思肖的文章里，也曾有同样的记载。但是在元代典章里，并没有这样的规定，所以也许是宋代遗民的宣传。儒就是读书人，也是知识分子，向来是享有特殊地位的，可是蒙古人一来，特殊地位发生动摇，当然会引起剧烈的反感。

在蒙古人初入中国的时候，比较有特殊地位的是工匠；读书人和一般人民享受着同样的命运，不是被杀，就是被掳。刘因《武遂杨翁遗事》曾说："保州屠城，惟匠者免。予（杨翁）冒入匠中，如予者亦甚众。或欲精择能否，其一人默语之曰：'能挟锯亦匠也。'拔人于生，挤人于死，惟所择，事遂已，而凡冒入匠中者皆赖以生，当时恨不知其人之姓名。"（《静修先生文集》卷二十一）《元史》卷百六十三《张雄飞传》也说："国兵屠许，惟工匠得免。有田姓者，琮故吏也，自称能为弓，且诈以雄飞及李氏为家人，由是获全。"总之，在元初，工匠占着特殊地位，当然的这是因为工艺对于军事上有直接价值的缘故。

因为工匠取得地位的缘故，所以知识阶级的出路，除了冒充工匠苟全性命以外，就是以工匠比附。《元史·耶律楚材传》说："夏人禅巴沁以善造弓见知于帝，因每自矜曰：'国家方用武，耶律儒者何用？'楚材曰：'治弓尚须用弓匠，为天下者岂可不用治天下匠耶？'"这是知识阶级抬头的一幕。但是到了元人破汴梁的时候，蒙古人掳掠士人如故，元遗山《癸巳岁寄中书耶律相公书》说："百年以来，教育讲习非不至，而其所成就者无几，丧乱以来，三四十人而止矣。夫生之难，成之又难，乃今不死于兵，不死于寒饿，造物者挈而授之维新之朝，其亦有意乎，无意乎？诚以阁下之力，使脱指使之辱，息奔走之役，聚养之，分处之，学馆之奉不必尽具，饘粥足以糊口，布絮足以蔽体，无甚大费，然施之诸家，固已骨而肉之矣。"（《遗山先生文集》卷三十九）其后四年丁酉"楚材奏曰：'制器者必用良工，守成者必用儒臣。儒臣之事业非积数十年殆未易成也。'帝曰：'果尔，可官其人。'"（见《元史·耶律楚材传》）士人的地位逐渐的引起蒙古人的注意，这是元太宗时候的事。

但是直到宪宗（1251~1259）时候，儒者的地位还是很低，所以宪宗问高智耀道："儒家何如巫医？"（见《元史》卷一百二十五《高智耀传》）中间在壬子年（1252）世祖尚在藩邸的时候，张德辉"与元裕北观，请世祖为儒教大宗师，世祖悦而受之。因启累朝有旨蠲儒户兵赋，乞令有司遵行。"（见《元史》卷百六十三《张德辉传》）这种摇尾乞怜的情形，真是可悯，但是世祖渡江的时候，儒生所受的掳掠仍与前无异。《高智耀传》说："时淮、蜀士遭俘虏者皆没为奴，智耀奏言以儒为驱，古无有也。陛下方以古道为治，宜行之以风厉天下。"《廉希宪传》（《元史》卷百二十六）也说："世祖渡江取鄂州，命希宪入籍府库，希宪引儒生百余拜伏军门，因言今王师渡江，凡军中俘获士人，宜官购遣还以广异恩。"从这许多方面，我们可以知道在元人灭金灭宋的时期，士人是度着怎样悲惨的命运。

干戈稍定以后，本来是士人抬头的日子了，可是一则台省院部郡邑正官完全是蒙古人的世界，二则补官之法，十分之九都是胥吏出身，士人还是处在不利的地位。在文学上所表现的情绪是兀傲、嗟叹以及对于一般官吏的咒诅。先举元人散曲数则于次：

> 担挑山头月，斧磨石上苔，且做樵夫隐去来。柴，买臣安在哉？空岩外，老了栋梁材。
>
> 夜来西风动，九天鹏鹗飞，困杀中原一布衣。悲，故人知未知？登楼意，恨无天上梯。

（马致远《金字经》，《东篱乐府》）

> 忘忧草，含笑花，劝君闻早冠宜挂。那里也能言陆贾，那里也良谋子牙，那里也豪气张华，千古是非心，一夕渔樵话。

（白仁甫《庆东原》，《阳春白雪》前三）

> 杀三士，因二桃，不如五柳庄前傲。文魔贾岛，诗穷孟郊，酒困山涛，他得志笑闲人，他失脚闲人笑。
>
> 诗情放，剑气豪，英雄不把穷通较。江中斩蛟，云间射雕，席上挥毫，他得志笑闲人，他失脚闲人笑。

（张小山《庆东原》，《阳春白雪》前三）

从嗟叹到兀傲，从"困杀中原一布衣"到"不如五柳庄前傲"，是情绪的移转，本来只是那一回事。可是在散曲里，叙述自己的情怀，所以还留着相当的余地；在杂剧里，借他人之酒杯，倾自己之块垒，尽情奔放，一泻无余，流露了作者的"勃然不可磨灭之气，英雄失路，托足无门之悲。"高文秀《渒范叔》第一折范睢唱道："自古书生多命薄，端的可便成事的少，你看几人平步蹑云霄。便读得十年书，也只受得十年暴；便晓得十分事，也抵不得十分饱。至如俺学到老，越着俺穷到老，想诗书不是防身宝，划地着俺白屋教儿曹。"这里写的不是战国的说士而是后代的穷儒。第三折又道："人道是文章好济贫，偏我被儒冠误此身，到今日越无求进，我本待学儒人倒不如人！"这的确是元代的穷儒了。因为元代儒人地位的下落，所以在元杂剧常有儒人不如人的恶谑。像《荐福碑》的"你本是儒人，我着你今后不如人"；《秋胡戏妻》的"我想着儒人颠倒不如人，早难道文章好立身"；《举案齐眉》的"你道是儒人今世不如人"；以及《合同文字》的"也只为不如人，学做儒人"；都是相当的例子。

马致远《荐福碑》所写的情绪更复杂，第一折张镐唱道："则这断简残编孔圣书，常则是养蠹鱼，我去这六经中枉下了死工夫。冻杀我也，《论语》篇，《孟子》解，《毛诗》注；饿杀我也，《尚书》云，《周易》传，《春秋》疏。以及道河出图，洛出书，怎禁那水牛背上乔男女，端的可便定害杀这汉相如。"在这里他把穷儒遭际讲尽了，接着又唱："这壁拦住贤路，那壁又挡住仕途，如今这越聪明越受聪明苦，越痴呆越享了痴呆福，越糊涂越有了糊涂富。则这有银的陶令不休官，无钱的子张学干禄。"在这一段，把当时盘据要津、妨碍贤路的情形都和盘托出，但是还没有詈骂。

《误入桃源》或以为马致远作，第一折刘晨自言慕山林幽雅，遂有终焉之意，又唱道："空一带江山江山如画，止不过饭囊饭囊衣架，塞满长安乱似麻。每日价大纛高牙，冠盖头踏，人物不撑达，服色尽奢华，心行更奸猾，举止少谦洽，纷纷扰扰由他，多多少少欺咱，言言语语参杂，是是非非交加。因此上不事王侯，不求闻达，隐姓埋名做庄家，学耕稼。"一切对于当道的愤懑，完全借着刘晨口中一一道出。

延祐二年，科举复兴，士人进身之阶总算来了，但是连带地也来了科场的不平。本来国学试贡授官的品级，规定蒙古六品，色目正六品，汉人从七品，其中差别，已经显然。还有考试的方法也规定"试蒙古生之法宜从宽，色目生宜稍加密，汉人生则全。"（《元史》卷八十一《选举志》）除此以外，再加试官的贪黩，科举之弊，于此尽见。杨显之《潇湘夜雨》第二折试官上诗云："皆言桃李属春官，偏我门墙另一般，何必文章出人上，单要金银满秤盘。今年轮着我家主司考卷，我清耿耿不受民钱，乾剥剥止要生钞。"即此以观，其事可想。

宫大用《范张鸡黍》可算是借着范、张生死之交，专写元代科场流弊的一部杂剧。第一折范巨卿指出随朝职名被大官人家子弟都占去了，又有权豪势要之家，三座衙门把的水泄不通，后面唱道："国子监助教的尚书是他故人，秘书监里著作的参政是他丈人，翰林院应举的是左丞相的舍人。"这完全是把持科举，阻塞贤路了，所以范巨卿接着又唱道："我堪恨那伙老乔民，用这等小猢狲，但学得些装点皮肤，子曰诗云，本待要借路儿苟图一个出身，他每现如今都齐了行不用别人。将凤凰池拦了前路，麒麟阁顶杀后门，便有那汉相如献赋难求进，贾长沙痛哭谁偢问，董仲舒对策无公论。便有那公孙弘撞不开昭文馆内虎牢关，司马迁打不破编修院里长蛇阵。"到第二折更唱道："天不生仲尼，万古如长夜，秦灰犹未冷，汉道复衰绝，满目奸邪，天丧斯文也。今日个秀才每遭逢着末劫，有那刀笔吏入省登台，屠沽子封侯建节。"这里又把当时的仕途情态加以慨叹，真是慷慨高歌，欷歔欲绝了。

郑德辉《王粲登楼》第二折王粲唱："如今那有钱人没名的平登省台，那无钱人有名的终淹草莱，如今他可也不论文章只论财。"这是和《范张鸡黍》

在同样的情绪之下写出来的。元杂剧第二期有名的作家，在宫大用、郑德辉之外，还有乔梦符。梦符《渔父词》云："沙堤缆船，渔夫问讯，溪友留连，笑谈便是编修院，谁贵谁贤！不应举江湖状元，不思凡蓑笠神仙，鱼成串，垂杨岸边，还却酒家钱。"（《梦符散曲》）读书人肮脏之气藉此完全写出，而我们也赖以知道元代科场之弊一至于此。

（八）

元代的政治，全在权豪势要滥官污吏的手里，一般的平民压得透不过气来，在杂剧里，我们处处可以看到。杂剧作家指示我们的途径，好像止有两条路。李文蔚《燕青博鱼》第一折燕青唱："我不向梁山泊里东路，我则拖你去开封府的南衙。"梁山泊和开封府是两条路：关于开封府的有许多以包公为中心的杂剧，其后演变为《包公案》；关于梁山泊的有许多以梁山好汉为中心的杂剧，其后演变为《水浒传》。

我们在元朝的时代里，牵进包公故事和《水浒》故事，好像时代错误，但是这是不成问题的。一则作剧原与作史不同，在事实方面本来不妨稍加迁移，就我范围。二则元代讥议时政，见之禁令，所以述古刺今，成为风气。因此元杂剧中，在《秋胡戏妻》里，可以看到金、元签军之事；在《冻苏秦》里，可以看到金、元人上万言长策的风气；（金末李之纯上万言书，见刘祁《归潜志》卷一；元许衡上疏，见《元史》本传）在《范张鸡黍》、《王粲登楼》里，可以看到元代科场之弊。乃至金朝士大夫以政事最著名之王翛然，（见《归潜志》卷八及《金史》卷百〇五本传）在无名氏《杀狗劝夫》第四折自称："小官姓王名翛然，在这南衙开封府做过府尹，方今大宋仁宗即位，小官西延边才赏军回来。"还有当金人入寇，徽宗传位钦宗，其时敌人围汴，情势危急，但是在无名氏《百花亭》第四折种师道却云："方今大宋钦宗皇帝即位，改元靖康，朝廷命老夫招集天下英雄豪杰征讨土番，直杀过相思河，将西凉平定。"在这许多地方，我们应当记得元杂剧的写定用不到根据史实。

现存元杂剧里关于包公的，有关汉卿的《鲁斋郎》、郑廷玉的《后庭花》、武汉臣的《生金阁》、李行道的《灰栏记》、曾瑞卿的《留鞋记》，以及无名氏的《陈州粜米》、《合同文字》、《神奴儿》、《盆儿鬼》，并托名关汉卿的《蝴蝶梦》。在这许多杂剧里，除去儿女离合的小故事外，包公是永远和权豪势要滥官污吏以及强横恶霸处在不两立的地位。《灰栏记》第四折包待制上云："官拜龙图待制天章阁学士，正授南衙开封府府尹之职，敕赐势剑金牌，体察滥官污吏，与百姓伸冤理枉，容老夫先斩后奏。以此，权豪势要之家，闻老夫之名，尽皆敛手；凶暴奸邪之辈，见老夫之影无不寒心。"《陈州粜米》第二折包待制唱云："老夫有件事向君王陈奏，只说那权豪每是俺敌头。他便似打家的强贼，俺便似看家的恶狗。他待要些钱和物，怎当的这狗儿紧追逐。"接着又道："只愿俺今日死、明日亡，惯的他千自在、百自由。"这不是悔恨，而是孤立无助的慨叹。包公又道："我和那权豪每结下些山海也似冤仇，曾把个鲁斋郎斩市曹，曾把个葛监军下狱囚，剩吃了些众人每毒咒。到今日一笔都勾！从今后不干己事休开口，我则索会尽人间只点头，倒大来优游。"这里所看到的只是怨愤，不是灰心。

《鲁斋郎》的鲁斋郎，《生金阁》的庞衙内，《蝴蝶梦》的"权豪势要之家打死人不偿命"（《蝴蝶梦》第一折）的葛彪，以及《陈州粜米》的"打死人不要偿命，如同房檐中揭一个瓦"（《陈州粜米》第一折）的刘衙内，都是元代异民族统治中国之下的产物。传说中的包公，专和这一般人作对，这是包公受人讴歌的地方。在《陈州粜米》里，刘衙内保举其子小衙内及婿杨金吾往陈州放粮，大称小斗，倚势打死张憨古，无恶不作，包公奉命前往查办，刘衙内嘱托道："老府尹若到陈州，那两个仓官可是我家里小的，看我分上看觑着。"包公看剑道："我知道，我这上头看觑着。"刘衙内责备包公没面情，包公便唱着骂道："你积攒的金银过北斗，你指望待天长地久，看你那于家为国下场头，出言语不识娘羞。我须是笔尖上挣闹来的千钟禄，你可甚剑锋头博换来的万户侯！"后面两句，更见出元代世袭的武官是怎样地受着读书人的轻视。

在元杂剧里，包公虽是奉了"势剑金牌，先斩后奏"，尽管对于《后庭花》的店小二、《灰栏记》的赵令史、《盆儿鬼》的盆罐赵，可以为所欲为，但是遇到了权豪势要之家，就露出许多左支右绌的情势。《蝴蝶梦》葛彪倚仗皇亲国戚，殴死孛老，王大、王二、王三因报父仇，打死葛彪，王三被捕到官，要是包公存心释放王三，正可援"诸人杀死其父，子殴之死者不坐，仍于杀父者之家征烧埋银五十两"（见《元史》卷百〇五《刑法志》）的条文，一径给他放了，但是毕竟皇亲还是皇亲，包公也止得杀死偷马的赵顽驴，替王三偿葛彪之命。《鲁斋郎》的鲁斋郎，无恶不作，但是包公无从上奏，止有捏造鱼齐即之名。奏请处分，一俟批准，再行加笔补点，才算偷偷地除此一害。《陈州粜米》的小衙内和杨金吾，作恶多端，包公正要除此二人，刘衙内已经请求赦书，包公止得趁赦书未到，教小撇古将小衙内打死，给他一个迅雷不及掩耳。

止有《生金阁》的庞衙内，是痛快地杀死了，但是包公一面吩咐将衙内斩首示众，一面特赐郭成进士出身；但是包公本无"特赐"的职权，那么，斩首的号令也是一样的无稽。所以尽管包公立意和权豪势要作对，实际上除了偷天换日以外，毕竟也是无可如何。

现存元杂剧中关于《水浒》故事的，有高文秀的《黑旋风》、李文蔚的《燕青博鱼》、康进之的《李逵负荆》、李致远的《还牢末》和无名氏的《争报恩》。正和包待制、王翛然一样，因为他们是民间耳熟能详的人物，所以也成为故事的中心。在北宋的末年，宋江等止是一群强盗，但是现在变了，在《黑旋风》和《燕青博鱼》里面，他们也成为和权豪势要作对的人物。本来在蒙古侵入中国以后，蒙古军队到处的烧杀掳掠，成为常事，正如范子安《竹叶舟》所说的"你则看凌烟阁那个是真英武，你则看金谷乡都是些乔男女"；（第一折）无名氏《连环计》所说的"俺只问鸳鸯班中怎容的诸盗贼，麒麟阁上是画的甚公侯"。（第一折）号称主持正义的军队既然杀人放火，那么，杀人放火的强盗有时也就不妨主持正义。因此，在元杂剧里，梁山好汉就以两种不同的姿态出场，有时杀人放火，有时也就替天行道。

《双献功》第一折宋江上场诗云："家住梁山泊，平生不种田。刀磨风刃快，斧蘸月痕圆。强劫机谋广，潜偷胆力全。弟兄三十六，个个敢争先。"又说："风高敢放连天火，月黑提刀去杀人。"《李逵负荆》第二折宋江上场诗云："旗帜无非人血染，灯油尽是脑浆熬。鸦嗛肝肺扎煞尾，狗咽骷髅抖搜毛。"《还牢末》第四折李逵上场诗云："上山鞋履不闻声，下山锣鼓便齐鸣。蓦然一阵风来处，知是强人带血腥。"还有《燕青博鱼》第一折燕青唱："今日拜辞了主人家，绰着这过眼齐眉的枣子棍，依旧到杀人放火蓼儿洼，须认的俺狠哪吒。"在这些地方，都可以看到梁山泊的本来面目。

把梁山好汉的地位提高的，是他们和权豪势要作对的这件事。《双献功》写着孙孔目因为带同妻子郭念儿赴泰山东岳庙烧香，请黑旋风李逵作为护臂。半途郭念儿被白衙内拐走了，孙孔目告官缉捕，不料白衙内借坐衙门，反将孙孔目下狱，这又是"衙内"们干的一件无法无天的事。李逵探监时唱道："呀！俺哥哥又不是打家截道的杀人贼，倒赔了个如花似玉的好娇妻，送与你这倚权仗势白衙内。"（第三折）他有时唱："我也不用一条枪，也不用三尺铁，则俺这壮士怒，目前见血。东岳庙磕塔的相逢无话说，把那厮滴溜扑马上活挟。他若是与时节，万事无些，不与啊山儿待放会劣撇，恼起我这草坡前倒拖牛的性格，强逞我这敌官军勇烈，我把那厮脊梁骨各支支生搣做两三截。"

(第二折) 这里看到他和"衙内"们对敌的决心。

《燕青博鱼》里也有同样的一件事。燕青因被逐下山，呕气成瞽，不料被杨衙内打了一顿，正待追问，燕二道："兄弟休要大惊小怪的。则他便是杨衙内，是个有权有势的人，打死人如同那房檐上揭块瓦相似，你和他打了这一操，他如今不来寻你，就是你的造化了。"燕青道："哥也，你说那里话！〔唱〕你道是他打了我呵，似房檐上揭瓦，不信道我打了他呵，就着我这脖项上披枷！调动我这莽拳头，扇动我这长梢靶，我向那前街后巷，便去爪寻他。我一只手揪住那厮黄头发，一只手把腰脚牢揸，我可敢滴溜扑活撺那厮在马直下。"(第一折) 燕青敢作敢为的气概，也就够人倾倒了。

就凭着这点和权豪势要作对的勇气，梁山好汉博得一般人的同情。《争报恩》第一折济州通判夫人李千娇道："我一向闻得宋江一伙，只杀滥官污吏，并不杀孝子节妇，以此天下驰名，都叫他做呼保义宋公明。"在第二折里千娇烧夜香，祷告道："天也，李千娇头一炷香愿天下太平，第二炷香愿通判相公与一双孩儿身体安康，第三炷香愿天下好男子休遭罗网之灾。"要是梁山好汉，当真做到替天行道，妇孺皆知，也就不枉了《盗牢末》第四折宋江下场诗，"俺梁山泊远近驰名，要替天行道公平，忠义堂施呈气概，结交尽四海豪英。"

杂剧作家指示我们这两条出路。但是这是怎样的出路呢？无论传说中的包待制止是理想的人物，就是当真有了，也止能偷天换日地干一下。《水浒》好汉多得很，但是纵使他们组织严密和传说中宋江们一样，也止能就地除去白衙内、杨衙内这样一两个小民贼。总之，这两条出路，在整个的民族复兴的途径上，是没有关系的。我们的艰难多着呢，从贞祐南渡起（1214）一直要等到顺帝至正十五年（1355）韩林儿称帝，朱元璋起兵，经过了 141 年的大黑暗，才算得了复兴的曙光，但是在这段大黑暗中间，文学家是不断地——纵使微弱地——透露了他们的呼声。

（九）

在最近因为俗文学的抬头，重新提起时人对于元人杂剧的注意。可是一般人读元杂剧，常常给他一种过分的推崇，认为这是戏剧中的标准作品，正和明代臧晋叔不满徐文长、汤义仍的作品，更选元剧百种，以为当时的准则一样。其实论到元人杂剧，在组织上，在结构上，大都不及后代的作品。在这里所看到的止是一种特有的趣味、新鲜的生气和一股初生之犊不畏虎的姿态。这正是每一种好的新文学产生以后应有的常态，而不是后代作品所能摹仿的东西。

还有，现代人读元杂剧，止看到这是戏剧，而忘去了杂剧后面的时代，忘去了这是在异民族压迫之下写出来的东西。固然，在元杂剧里，尽管有颓废的享乐，但是字里行间，到处流露了痛苦和呼号，这一点却没有受到现代人的注意。我们要知道假使不是这样，那么在蒙古人掳掠残杀、居民十不余一的情形之下，当时流行于一般社会的杂剧，对于这种严重的情势，一些影子都没有留下，那才是中国文学史上的奇迹。

《乐记》说："治世之音安以乐，其政和；乱世之音怨以怒，其政乖；亡国之音哀以思，其民困。"确是讨论吾国文学的颠扑不破之论。加以在过去的时代中，中国民族经过了无数的丧乱流离，所以，文学上不断地看到了政治的阴影，在诗，在文，在词，都是如此。到了元初，散曲和杂剧勃兴，实际地取得了文学的领导者的地位，那么，在散曲和杂剧里，更应当显然地看到时代的阴影。这一点，元代的学者也曾经说过。元刘祁《归潜志》说："古人歌诗皆发其心所欲言，使人诵之至有泣下者；今人之诗，惟泥题目事实句法，将以新巧取声名，虽得人口称而动人心者绝少，不若俗谣俚曲之见其真情而反能荡人血气也。"（卷十三）读元杂剧时，就要看定这"见其真情而荡人血气"之处。

张惠言《词选序》论词，以为"盖'诗'之比兴，变'风'之义，骚人之歌，则近之矣。然以其文小，其声哀，放者为之，或跌荡靡丽，杂以昌狂俳优。然要其至者莫不侧隐盱愉，感物而发，触类条鬯，各有所归，非苟为雕琢曼词而已。"张氏《词选》论词中寄托，有时故为刻深，以致引起后人的非议；但是后人尽管对于张惠言有部分的非议，他的整个的立论毕竟无处推翻，词的文学决定不是雕琢曼词的文学。同样地，我们也可以论元杂剧。在这里，"跌荡靡丽，昌狂俳优，"竟是杂剧文学的本等了，再加因为戏剧的体裁，古人袍笏登场，一切陈古刺今的言论，从古人口中说出，又添了一层瞽惑，可是"侧隐盱愉，感物而发"，到底可以看出。刘知几说："言近而旨远，辞浅而义深，虽发语已殚而含义未尽，使夫读者望表而知里，扪毛而见骨，睹一事于句中，反三隅于句外，晦之时义，不亦大哉！"（《史通·叙事》篇）读元杂剧时，我们应当晓得这一层意义。

原文《国文月刊》第 77、78 期，1949 年

戏曲考原

王国维

楚词之作，《沧浪》、《凤兮》二歌先之；诗余之兴，齐、梁小乐府先之；独戏曲一体，崛起于金元之间，于是有疑其出自异域，而与前此之文学无关系者，此又不然。尝考其变迁之迹，皆在有宋一代，不过因金元人音乐上之嗜好，而日益发达耳。

戏曲者，谓以歌舞演故事也。古乐府中，如《焦仲卿妻》诗、《木兰辞》、《长恨歌》等，虽咏故事，而不被之歌舞，非戏曲也。〔柘枝〕、〔菩萨蛮〕之队，虽合歌舞，而不演故事，亦非戏曲也。唯汉之角抵，于鱼龙百戏外，兼搬演古人物。张衡《西京赋》曰："东海黄公，赤刀粤祝，冀厌白虎，卒不能救。"又曰："总会仙倡，戏豹舞罴，白虎鼓瑟，苍龙吹篪，女娥坐而长歌，声清畅以逶蛇；洪崖立而指麾，被羽毛之襳褵。度曲未终，云起雪飞。"则所搬演之人物，且自歌舞。然所演者实仙怪之事，不得云故事也。演故事者，始于唐之大面、拨头、《踏摇娘》等戏。代面（即大面），出于北齐。北齐兰陵王长恭，才武而面美，常著假面以对敌。尝击周师金墉城下，勇冠三军，齐人壮之，为此舞，以效其指麾击刺之容，谓之《兰陵王入阵曲》。拨头，出西域。胡人为猛兽所噬，其子求兽杀之，为此舞以象之也。踏摇娘，生于隋末。隋末，河内有人，貌恶，而嗜酒，常自号郎中。醉归必殴其妻。其妻美色，善歌，为怨苦之辞。河朔演其曲而被之弦管，因写其夫之容，妻悲诉，每摇顿其身，故号踏摇娘。（右见《旧唐书·音乐志》，《乐府杂录》及《教坊记》，所载略同）及昭宗光化中，孙德昭之徒及刘季述，始作《樊哙排闼》剧（宋陈旸《乐书》第一百八十六卷）。唐时戏剧可考者仅此。至宋初，搬演较为任意。宋孔道辅奉使契丹，契丹宴使者，优人以文宣王为戏，道辅艴然径出（《宋史·孔道辅传》）。又祥符天禧中，杨大年、钱文僖、晏元献、刘子仪以文章立朝，为诗皆宗李义山，后进多窃义山语句。尝内宴，优人有为义山者，衣服败裂，告人曰：吾为诸馆职捔扯至此。闻者欢笑。（刘攽《中山诗话》）至南宋时，洪迈《夷坚志》，叶绍翁《四朝闻见录》所载优伶调谑之事，尚与此相类。虽搬演古人物，然果有歌词与故事否？若有歌词，果与故事相应否？今不可考。要之，此时尚无金元间所谓戏曲，则固可决也。

杂剧之名，始起于宋。宋制：每春秋圣节三大宴，小儿队、女弟子队，各进杂剧。队舞及杂剧之制，具见《宋史·乐志》及宋孟元老《东京梦华录》。《宋志》谓舞队之制，其名各十。小儿队凡七十二人，女弟子队凡一百五十人。每春秋圣节三大宴，其第一，皇帝升座，宰相进酒，庭中吹觱篥，以众乐和之。赐群臣酒，皆就坐。宰相饮，作〔倾杯〕，百官饮，作〔三台〕。第二，皇帝再举酒，群臣立于席后，乐以歌起。第三，皇帝举酒如第二之制，以次进食。第四，百戏皆作。第五，皇帝举酒如第二之制。第六，乐工致辞，继以诗一章，谓之口号，皆述德美及中外蹈咏之情。第七，合奏大曲。第八，皇帝举酒，殿上独弹琵琶。第九，小儿队舞，亦致辞以述德美。第十，杂剧。罢，皇帝起更衣。第十一，皇帝再坐，举酒，殿上独吹笙。第十二，蹴鞠。第十三，皇帝举酒，殿上独弹筝。第十四，女弟子队舞，亦致辞，如小儿队。第十五，杂剧。第十六，皇帝举酒，如第二之制。第十七，奏鼓吹曲，或用法曲，或用龟兹。第十八，皇帝举酒，如第二之制。第十九，用角抵。宴毕。而队舞制度，《东京梦华录》所载尤详。初，参军色作语，勾小儿队舞。小儿各选年十二三者，二百余人，列四行，每行队头一名，四人簇拥，并小隐士帽。著绯、绿、紫、青生色花衫，上领四契义襕，束带，各执花枝排定。先有四人，裹卷脚帕头，紫衫者，擎一彩殿子，内金贴字牌，擂鼓而进，谓之队名。牌上有一联，谓如："九韶翔彩凤，八佾舞青鸾"之句。乐部举乐，小儿队舞步进前，直叩殿陛。参军色作语问，小儿班首近前进口号。杂居人皆打和，毕。乐作，群舞合唱。且舞且唱。又唱破子毕，小儿班首入，进致语；勾杂剧入场，一场两段。内殿杂戏，为有使人在座，不敢深作谐谑，惟用群队，装其似像，市语谓之拽串。杂戏毕，参军色作语，放小儿队。又群舞〔应天长〕曲子，出场。女弟子队舞，杂剧，与小儿略同，惟节次稍多。此徽宗圣节典礼也。若宴辽使，其典礼与三大宴同，惟无后场杂剧，及女弟子排队。辽宴宋使，则酒一行，觱篥起歌。酒二行，歌。酒三行，歌，手伎入。酒四行，琵琶独弹，饼茶致语，食入，杂剧进。（《辽史·乐志》）由此观之，则宋之搬演李义山，辽之搬演文宣王，既在宴时，其为杂剧无可疑也。

杂剧亦有歌词。《宋史·乐志》谓："真宗不喜郑声，而或为杂剧辞，未尝宣布于外”是也。其词如何，今不可考。唯三大宴之致辞，则由文臣为之。故宋人集中多乐语一种，又谓之致语，又谓之念语。兹录苏子瞻兴龙节集英殿宴乐语，如下节：

　　教坊致语

臣闻帝武造周，已兆兴王之迹；日符祚汉，实开受命之祥。非天私我有邦，惟圣乃作神主，仰止诞弥之庆，集于建丑之正，端玉履庭，爰讲比邻之好，虎臣在泮，复通西域之琛。式燕示慈，与人均福。恭维皇帝陛下，睿思冠古，濬哲自天，焕乎有文，日讲六经之训，述而不作，思齐累圣之仁，夷夏宅心，神人协德，卜年七百，方过历以承天，有臣三千，咸一心而戴后，彤庭振万，玉座传觞，诵干戈载戢之诗，作君臣相说之乐。斯民何幸，白首太平。臣猥以微生，亲逢盛旦，始庆猗兰之会，愿赓击壤之音。下采民言，上陈口号：

　　口号

凛凛重瞳日月新，四方惊喜识天人，共知若木初生旦，且种蟠桃不计春。请使黑山归属国，给扶黄发拜严宸。紫皇应在红云里，试问清都侍从臣。

　　勾合曲

祝尧之寿，既馨于欢谣，众舜之功，愿观于备乐。羽旅在列，笙磬同音，上奉严宸，教坊合曲。

　　勾小儿队

鱼龙奏技，毕陈诡异之观，髫龀成童，各效回旋之妙。嘉其尚幼，有此良心，仰奉宸慈，教坊小儿入队。

　　队名

“两阶陈羽籥，万国走梯航”乐队。

　　问小儿队

工师在列，各怀自献之能，侲子盈庭，必有可观之伎。未知来意，宜悉奏陈。

　　小儿致语

臣闻生民以来，未有祖宗之仁厚。上帝所眷，锡以神圣之子孙。孚佑下民，笃生我后。瞻舜瞳之日月，望尧颡之山河。若帝之初，达四聪于无外，如川方至，倾万宇以来同，恭维皇帝陛下，齐圣广渊，刚健笃实，识文武之大者，体仁孝于自然。歌诗思齐，见文王之所以圣，诵书无逸，法中宗之不敢康。诞日载临，舆情共祝，神策授万年之算，洛书开五福之祥。臣等嬉游天街，沐浴王化，欲陈舞蹈之意，不知手足之随。未敢自专，伏取进止。

勾杂剧

金奏铿钝，既度九韶之曲；霓裳合散，又陈八佾之仪。舞缀暂停，优伶间作。再调丝竹，杂剧来欤！

放小儿队

游童率舞，遂物性之熙怡，小技毕陈，识天颜之广大。清歌既阕，叠鼓频催，再拜天街，相将归去。

勾女童队

垂鬟在列，敛袂稍前，岂知北里之微，敢献南山之寿。霓旌全集，金奏方谐，上奉威颜，两军女童入队。

队名

"君臣千载遇，歌舞万方同"乐队。

问女童队

掺挝屡作，旌夏前临，顾游女之何能，造彤庭而献技。欲知来意，宜悉奏陈。

女童致语

妾闻瑞凤来祥，共纪生商之兆，群龙下集，适同浴佛之辰。佳气充庭，和声载路，辇出房而雷动，扇交翣以云开，喜动人天，春回草木。恭维皇帝陛下，凝神昭旷，受命穆清，三后在天，宜兴王之世有；四人迪哲，知享国之无穷。乃眷良辰，欲均景福，庭设九宾之礼，乐歌四牡之章。妾等幸觏昌期，获瞻文陛，虽乏流风之妙，愿输率舞之诚。未敢自专，伏候进止。

勾杂剧

清净自化，虽莫测于宸心，诙笑杂陈，示俯同于众乐。金丝再举，杂剧来欤！

放女童队

分庭久立，渐移爱日之阴；振袂再成，曲尽回风之态。龙楼却望，鼍鼓频催。再拜天阶，相将归去。

天子大宴之典如是，民间宴会之伎乐，当仿此而稍简略。故乐语一种，凡婚嫁、宴享落成时，均用之。更有于勾队、放队外，兼作舞词者，秦观、晁无咎、毛滂、郑仅等之《调笑转踏》是也。兹录郑仅之《调笑转踏》如下：

调笑转踏

良辰易失，信四者之难并；佳客相逢，实一时之盛事。用陈妙曲，上佐清欢。女伴相将，调笑入队。（此与《乐语》之勾队相当。少游作，此下尚有口号一首）

秦楼有女字罗敷，二十未满十五余。金镮约腕携笼去，攀枝折叶城南隅。

使君春思如飞絮，五马徘徊芳草路，东风吹鬓不可侵，日晚蚕饥欲归去。归去，携笼女。南陌柔桑三月暮，使君春思如飞絮，五马徘徊频驻。蚕饥日晚空留顾，笑指秦楼归去。

石城女子名莫愁，家住石城西渡头。拾翠每寻芳草路，采莲暗过白蘋洲。

五陵豪客青楼上，醉倒金壶待清唱，风高天阔白浪飞，急催艇子摇双桨。双桨，小舟荡，唤取莫愁迎叠浪。五陵豪客青楼上，不道风高江广。千金难买倾城样，那听绕梁清唱。

绣户珠帘翠幕张，主人置酒宴华堂。相如年少多才调，消得文君暗断肠。断肠初认琴心挑，么弦暗写相思调，今来万事不关心，此度伤心何草草。草草，最年少，绣户银屏人窈窕，瑶琴暗写相思调，一曲关心多少！临邛客舍成都道，苦恨相逢不早。

湲湲流水武陵溪，洞里春长日月迟，红英满地无人扫，此度刘郎去后迷。

行行渐入清流浅，香风引到神仙馆，琼浆一饮觉身轻，玉砌云房瑞烟暖。烟暖，武陵晚，洞里春长花烂熳，红英满地溪流浅，渐听云中鸡犬。刘郎迷路香风远，误到蓬莱会馆。（此下尚有九诗、九曲，分咏各事，以句调相同，故略之。）

放队

新词宛转递相传，振袖倾鬟风露前，月落乌啼云雨散，游人陌上拾花钿。

今以之与《乐语》相比较，则《乐语》但勾放舞队，而不为之制词；而转踏不独定所搬演之人物，并作舞词。唯阕数之多少，则无一定。如上郑仅之〔调笑〕，多至十三阕；秦、毛二家各八阕，而晁无咎作，则仅七阕耳。（秦、晁、郑三家〔调笑〕，均见《乐府雅词》，毛作见《宋六十一家词·东堂词》中）其但作勾队遣队辞，而不为作歌词者，亦有之，如洪适之《句降黄龙舞》及《句南吕薄媚舞》是也（见《盘州文集》卷七十八）。然诸家〔调笑〕，虽合多曲而成，然一曲分咏一事，非就一人一事之首尾而咏之也。惟石曼卿作《拂霓裳转踏》述开元天宝遗事（见王灼《碧鸡漫志》卷三），是为合数阕咏一事之始。今其辞不传，传者惟赵德麟（令畤）之商调〔蝶恋花〕，述《会真记》事，凡十阕，并置原文于曲前；又以一阕起，一阕结，之视后世戏曲之格律，几于具体而微。德麟于子瞻守颖州时，为其属官，至绍兴初尚存。其词作于何时，虽不可考，要在元祐之后，靖康之前。原词具载《侯鲭录》中，录之如下：

夫传奇者，唐元微之所述也。以不载于本集而出于小说，或疑其非是。今观其词，自非大手笔，孰能与于此？至今士大大极谈幽元，访奇述异，莫不举此以为美谈。至于倡优女子，皆能调说大略。惜乎，不比之以音律，故不能播之声乐，形之管弦。好事君子，极宴肆欢之余，愿一听其说，或举其末而忘其本，或纪其略而不及终其篇，此吾曹之所共恨者也！今因暇日，详观其文，略其烦亵，分之为十章。每章之下，属之以词。或全摭其文，或止取其意；又别为一曲，载之传前，先叙全篇之意。调曰商调，曲名〔蝶恋花〕，句句言情，篇篇见意。奉劳歌伴，先听格调，后听芜词。

丽质金娥生玉殿，谪向人间，未免凡情乱。宋玉墙东流美盼，乱花深处曾相见。密意浓欢方有便，不奈浮名，便遣轻分散。最恨多才情太浅，等闲不念离人怨。

传曰：余所善张君，性温茂，美风仪，寓于蒲之普救寺。适有崔氏孀妇，将归长安，路出于蒲，亦止兹寺。崔氏妇，郑女也。张出于郑，叙其亲，乃异派之从母。是岁，丁文雅不善于军，军之徒因大扰劫掠蒲人。崔氏之家，财产甚厚，惶骇不知所措。张与将之党有善，请吏护之，遂不及难。郑厚张之德，因饰馔以命张，谓曰："姨之孤嫠未亡，提携弱子幼女，犹君之所生也。岂可比常恩哉！今俾以仁兄之礼奉见。"乃命其子曰欢郎，女曰莺莺，出拜尔兄。崔辞以疾，郑怒曰："张兄保尔之命，宁复远嫌乎？"又久之，乃至，常服睟容，不加新饰，垂鬟浅黛，双脸桃红，而已颜色艳异，光辉动人，张惊为之礼，因坐郑旁，凝睇丽绝，若不胜其体。张问其年几？郑曰：十七岁矣。张生稍以词导之，宛不对，终席而罢。奉劳歌伴，再和前声。

锦额重帘深几许，绣履弯弯未省离朱户。强出娇羞都不语，绛绡频掩酥胸素。黛浅愁深妆淡注，怨绝情凝不肯聊回顾。媚脸未匀新泪污，梅英犹带春朝露。

张生由是拳拳，愿致其情，无由得也。崔之侍儿曰红娘，私为之礼者数四矣。间遂道其衷。翌日，红娘复至，曰："郎之言所不敢忘。崔之族姻，君所详知，何不因媒而求聘焉?"张曰，"余始自孩提之时，性不苟合。昨日一夕间，几不自持。数日以来，行忘止，食忘饱，恐不逾旦！莫若因媒而娶，则数月之间，索我于枯鱼之肆矣。"红娘曰："崔之贞顺自保，虽所尊不能以非语犯之，然而善属文，往往沈吟章句，怨慕者久之，君试为喻情诗以乱之，不然，无由得也。"张大喜，立缀春词二首以授之。奉劳歌伴，再和前声。

懊恼娇娘情未惯，不道看看役得人肠断。万语千言都不管，兰房跬步如天远。废寝忘餐思想遍，赖有青鸾，不比凭鱼雁。密写香笺论缱绻，春词一纸芳心乱。

是夕红娘复至，持彩笺以授张，曰："崔所命也。"题其篇曰，"明月三五夜"，其词曰："待月西厢下，临风户半开，隔墙花影动，疑是玉人来。"奉劳歌伴，再和前声。

庭院黄昏春雨霁，一缕深心，百种成牵系。青翼蓦然来报喜，花笺微喻相容意。待月西厢人不寐，帘影摇光，朱户犹慵闭。花动拂墙红萼坠，分明疑是情人至。

张亦微喻其旨。是岁二月十四日矣。崔之东墙，有杏花一株，攀援可逾。既望之夕，张因其所而逾焉。达于西厢，则户果半开。良久，红娘来，连曰："至矣，至矣!"张生且喜且骇，心谓得之矣。及乎至，则端神丽容，大数张曰："兄之恩，活我家者厚矣，由是慈母以弱子幼女见依，奈何因不令之婢，致淫泆之词，始以护人之乱为义，而终掠乱以求之。是以乱易乱，其去几何！诚欲寝其词，以保人之奸，不正；明之母，则背人之惠，不祥；是用托于短章，愿自陈启。犹惧兄之见难，故用鄙靡之词，以求必至，非礼之动，能不愧心? 特愿以礼自持，无及于乱!"言毕，翻然而逝。张自失久之，复逾而出。由是绝望矣。奉劳歌伴，再和前声。

屈指幽期惟恐误，恰到春宵，明月当三五。红影压墙花密处，花阴便是桃源路。不谓兰诚金石固，敛袂怡声，恁把多才数。惆怅空回谁共语，只应化作朝云去。

后数日，张君临轩独寝，惊欻而起，则红娘敛衾携枕而至，抚张曰："至矣，至矣，睡何为哉！"并枕重衾而去。张生拭目危坐者久之，犹疑梦寐。俄而，红娘捧崔而至，娇羞融冶，力不能运肢体。向时之端丽不复同矣。是夕，旬有八日矣。斜月晶莹，幽辉半床，张生飘飘然，且疑神仙之徒，不谓从人间至也。有顷，寺钟鸣晓，红娘促去，崔氏娇啼宛转，红娘又捧而去。终夕无言。张生自疑于心曰："岂其梦耶？"所可明者，妆在臂，香在衣，泪光荧荧然，犹莹于茵席而已。奉劳歌伴，再和前声。

数夕孤眠如度岁，将谓今生，会合终无计。正是断肠凝望际，云心捧得常娥至。玉困花柔羞扶泪，端丽妖娆不与前时比。人去月斜疑梦寐，衣香犹在妆留臂。

此后又十数日，杳不相知。张生赋《会真诗》三十韵，未毕，而红娘至。因授之以贻崔氏。自是复容之。朝隐而出，暮隐而入，同安于向所谓西厢者一月矣。张生将往长安，先以情喻之，崔氏宛无难词，然愁怨之容动人矣。欲行之再夕，不可复见，而张生遂西。奉劳歌伴，再和前声。

一梦行云还暂阻，尽把深诚缀作新诗句；幸有青鸾堪密付，良宵从此无虚度。两意相欢朝又莫，不奈郎鞭暂指长安路。最是动人情怨处，离情盈抱终无语。

不数月，张生复游于蒲，舍于崔氏者，又累月。张生雅知崔氏善属文，求索再三，终不可见。虽待张之意甚厚，然而未尝以词继之。异时，独夜操琴，愁弄凄恻，张窃听之，求之，则不复鼓矣。张生以文调及期，又当西去，当去之夕，崔恭貌怡声，徐谓张曰："始乱之，今弃之，固其宜矣！愚不敢恨，必也君终之，亦君之惠也，又何必深感于此行！然则君既不怿，无以奉宁，君尝谓我善鼓琴，今且往矣，既达君此诚。"因命拂琴，鼓〔霓裳羽衣序〕，不数声，哀音怨乱，不复知其是曲。左右皆欷歔。崔投琴拥面泣下，趣归郑所，遂不复至。奉劳歌伴，再和前声。

碧沼鸳鸯交颈舞，正恁双栖，又遣分飞去。洒翰赠言终不许，援琴诉尽奴心素。曲未成声先怨慕，忍泪凝情，强作〔霓裳序〕。弹到离愁凄咽处，弦肠俱断梨花雨。

诘旦，张生遂行。明年，文战不利，遂止于京。因贻书于崔氏，缄报之词，粗载于此。曰：捧览来问，抚爱过深，并惠花胜一合，口脂五寸，致耀首膏唇之饰，虽荷多惠，谁复为容！伏承便于京中就业，于进修之道，固在便安。但恨鄙陋之人，永以遐弃。命也如此，又复何言！自去秋以来，忽忽如有所失，至于梦寐之间，亦与叙感咽离忧之思。绸缪缱绻，暂若寻常，幽会未终，惊魂已断。虽半衾如暖，而思之甚遥。昔中表相因，或同宴处，兄有援琴之挑，鄙无投梭之拒。及荐枕席，义盛恩深，愚幼之情，永谓终托，岂期既见君子，而不能以礼定情，致有自献之私，不复明侍巾栉，杀身永恨，含叹何言！倘若仁人用心，俯遂幽劣，虽死之日，犹生之年。或如达士略情，舍小从大，以先配为丑行，谓要盟为可欺，则当骨化形销，丹诚不泯，因风委露，犹托清尘。存殁之诚，言尽于此，临纸呜咽，情不能伸。千万珍重！奉劳歌伴，再和前声。

别后相思心目乱，不谓芳音，忽寄南来雁。却写花笺和泪卷。细书方寸教伊看。独寐良宵无计遣，梦里依稀，暂若寻常见。幽会未终魂已断，半衾如暖人犹远！

玉环一枚，是莺幼年所弄，寄充君子下体之佩。玉取其坚洁不渝，环取其终始不绝，兼致彩丝一约，文竹茶合碾子一□枚，此数者，物不足珍，意者，欲君子如玉之贞，鄙志如环不解，泪痕在竹，愁绪萦丝，因物达诚，永以为好。心迩身远，拜会无期，幽愤所钟，千里神合，千万珍重！春风多厉，强饭为佳。慎自保持，勿以鄙为深念也。奉劳歌伴，再和前声。

尺素重重封锦字，未尽幽闺别后心中事，佩玉彩丝文竹器，愿君一见知深意。环欲长圆丝万系，竹上斓斑，总是相思泪。物会见郎人永弃，心驰魂去人千里。

张之友闻之，莫不耸异，而张之志固绝之矣。岁余，崔委身于人，张亦有所娶，适经其所，张求以外兄见之，已诺之，而崔终不为出。张君怨念之诚，动于颜色，崔知之，潜赋一诗寄张，曰："自从消瘦减容光，万转千回懒下床，不为旁人羞不起，为郎憔悴却羞郎。"然竟不之见。后数日，张君将行，崔又赋一诗以谢绝之，曰："弃置今何道，当时且自亲，还将旧来意，怜取眼前人。"奉劳歌伴，再和前声。

梦觉高唐云雨散，十二巫峰隔断相思眼，不为旁人移步懒，为郎憔悴羞郎见。青翼不来孤凤怨，路失桃源，再会终无便。旧恨新愁那计遣，情深何似情俱浅。

逍遥子曰：乐天谓微之能道人意中语，仆于是益知乐天之语为当也。何则？夫崔之才华宛美，词彩艳丽，则于所载缄书诗章尽之矣。如其都愉淫冶之态，则不可得而见，及见其文，飘飘然仿佛出于人目前，虽丹青摹写其形状，未知能如是工且至否？仆尝采摭其意，撰成"鼓子词"十章，示余友何东白先生。先生曰：文则美矣，意犹有未尽者，胡不复为一章于其后，且具道张之于崔，既不能以理定其情，又不能合之于义。始相遇也，如是之笃，终相失也，如是之遽。必及于此，则全矣！余应之曰：先生真为文者矣。言必欲有始终箴戒而后已。大抵鄙靡之词，止歌其事之所可；歌，不必如是之备。若夫聚散离合，亦人之常情，古今所同惜也，又况崔之始相得，而终至相失，岂得已哉！如崔已他适，而张诡计以求见，崔知张之意，而潜赋诗以谢之，其情盖有未能忘者矣。乐天曰：天长地久有时尽，此恨绵绵无绝期。岂独主彼者耶？余因命此意，复成一阕，缀于传末。

镜破人离何处问，路隔银河，岁会知犹近。只道新来消瘦损，玉容不见空传信。弃掷前欢俱未忍，岂料盟言，陡顿无凭准。地久天长终有尽，绵绵不似无穷恨。

德麟此词，毛西河《词话》已视为戏曲之祖。然犹用通行词调，而宋人所歌，除词调外，尚有所谓大曲。王灼《碧鸡漫志》曰："凡大曲，有散序、靸、排遍、攧、正攧、入破、虚催、实催、衮遍、歇拍、杀衮，始成一曲，谓之大遍。而〔凉州〕排遍，予曾见一本，有二十四段。后世就大曲制词者，类从简省；而管弦家，又不肯从首至尾吹弹，甚者，学不能尽。"云云。此种大曲,自唐已有之。如郭茂倩《乐府诗集》所载〔水调歌〕、〔凉州〕、〔伊州〕等,叠数多寡不等,皆借名人之诗以入曲。兹录〔水调歌〕十一叠,如下:

水调歌第一

平沙落日大荒西,陇上明星高复低,孤山几处看烽火,壮士连营候鼓鼙。

第二

猛将关西意气多,能骑骏马弄珊戈,金鞍宝铰精神出,笛倚新翻 [水调歌]。

第三

王孙别上绿珠轮,不羡名公乐此身,户外碧潭春洗马,楼前红烛夜迎人。

第四

陇头一段气长秋,举目萧条总是愁,只为征人多下泪,年年添作断肠流。

第五

双带仍分影,同心巧结香,不应须换彩,意欲媚浓妆。

入破第一

细草河边一雁飞,黄龙关里挂戎衣,为受明王恩宠甚, 从事经年不复归。

第二

锦城丝管日纷纷,半入江风半入云 此曲只应天上有,人间能得几回闻。

第三

昨夜遥欢出建章,今朝缀赏度昭阳,传声莫闭黄金屋,为报先开白玉堂。

第四

日晚笳声咽戍楼,陇云漫漫水东流,行人万里向西去,满目关山空恨愁。

第五

千年一遇圣明朝,愿对君王舞细腰,乍可当熊任生死,谁能伴凤上云霄。

第六彻

闺烛无人影,罗屏有梦魂。近来音耗绝,终日望君门。

此种大曲,叠数既多,故于叙事尤便。于是咏事者,乃不用词调,而用大曲。《碧鸡漫志》谓:宣和初,晋府守山东人王平,词学华赡,自言得《夷则商霓裳羽衣谱》,取陈鸿、白乐天《长恨歌传》,并乐天寄元微之《霓裳羽衣曲歌》,又杂取唐人小诗长句,及明皇太真事,终以微之《连昌宫词》,补缀成曲,刻板流传。曲十一段,起第四遍、第五遍、第六遍、正攧、入破、虚催、衮、实催、衮、歇拍、杀衮。其词今不传,传者唯同时曾布所撰 [水调歌头] 大曲,

咏冯燕事,见王明清《玉照新志》。如下:

水调歌头
排遍第一

魏豪有冯燕,年少客幽并,击球斗鸡,为戏游侠久知名。因避仇来东郡,元戎逼属中军,直气凌貔虎,须臾叱咤风云,懔懔座中生。偶乘佳兴,轻裘锦带,东风跃马,往来寻访幽胜。游冶出东城堤上,莺花掩乱,香车宝马纵横。草软平沙稳,高楼两岸春风,笑语隔帘声。

排遍第二

袖笼鞭敲镫,无语独闲行。绿杨下,人初静,烟淡夕阳明。窈窕佳人,独立瑶阶,掷果潘郎,瞥见红颜横波盼,不胜娇软倚云屏。曳红裳频推朱户,半开还掩,似欲倚,伊哑声里,细诉深情。因遣林间青鸟,为言彼此心期,的的深相许,窃香解珮,绸缪相顾不胜情。

排遍第三

说良人滑将张婴,从来嗜酒,回家镇长酩酊。长醒,屋上鸣鸠空斗,梁间客燕相惊。谁与花为主?兰房从此,朝云夕雨两牵萦。似游丝狂荡,随风无定。奈何岁华荏染,欢计苦难凭,惟见新恩缱绻,连枝并翼,香闺日日为郎,谁知松萝托蔓,一比一毫轻。

排遍第四

一夕还家醉,开户起相迎。为郎引裾,相庇低首略潜形。情深无隐,欲郎乘间起佳兵。授青萍,茫然抚弄,不忍欺心,尔能负心于彼,于我必无情。熟视花钿不足,刚肠终不能平。假手迎天意,一挥霜刃,窗间粉颈断瑶琼。

排遍第五

凤皇钗宝玉凋零,惨然怅娇魂,怨饮泣吞声。还被凌波唤起,相将金谷同游,想见逢迎处,揶揄羞面,妆脸泪盈盈。醉眠人,醒来晨起,血凝螓首,但惊喧白邻里,骇我卒难明。故幽囚推究,覆盆无计哀鸣。丹笔终诬服,圜门驱拥,衔冤垂首欲临刑。

排遍第六(带花遍)

向红尘里有喧呼,攘臂转身辟众,莫遣人冤滥,杀张室忍偷生。傢吏惊呼呵叱,狂辞不变如初,投身属吏,慷慨吐丹诚。仿佛缧绁,自疑梦中,闻者皆惊。叹为不平割爱,无心泣对虞姬,手戮倾城宠。翻然起死,不教仇怨负冤声。

排遍第七攧花十八

义城元靖贤相国，嘉慕英雄士，赐余缯。闻此事，频叹赏，封章归印，请赎冯燕罪，日边紫泥封诏，阖境赦深刑。万古三河风义在，青简上，众知名。河东注，任流水滔滔，水涸名难泯。至今乐府歌咏，流入管弦声。

此大曲之〔水调歌头〕，与词之《水调歌头》字数、韵数，均不相合。又间有平仄通押之处。稍后，有董颖者，（颖字仲达，绍兴间人，尝从汪彦章、徐师川游。彦章为作《字说》，见陈振孙《书录解题》）作〔道宫·薄媚〕大曲咏西子事亦然。陈氏《乐书》谓：优伶常舞大曲，唯一工独进，但以手袖为容，蹑足为节，其妙串者，虽风骞旋鸟不逾其速矣。然大曲前缓叠不舞，至入破则羯鼓、襄鼓、大鼓与丝竹合作，句拍益急，舞者入场，投节制容，故有催拍、歇拍，姿制俯仰百态横出。（《乐书》一百八十五卷）曾氏〔水调歌〕至排遍第七而止，故伴以舞与否，尚未可知；董氏〔薄媚〕则自排遍第八起，经入破以至杀衮。其必兼具歌舞，无可疑者。其词见曾慥《乐府雅词》，兹录之如下：

道宫·薄媚

排遍第八

怒涛卷雪，巍岫布云，越襟吴带如斯。有客经游，月伴风随，值盛世，观此江山美，合放怀，何事却兴悲？不为回头，旧谷（疑国之误）天涯，为想前君事，越王嫁祸献西施，吴即中深机。阖庐死，有遗誓，勾践必诛夷。吴未干戈出境，仓卒越兵，投怒夫差，鼎沸鲸鲵。越遭劲敌，可怜无计脱重围。归路茫然，城郭邱墟，飘泊秸山里。旅魂暗逐战尘飞，天日惨无辉。

排遍第九

自笑平生，英气凌云，凛然万里宣威。那知此际，熊虎途穷，来伴麋鹿卑栖。既甘臣妾犹不许，何为计？争若都燔宝器，尽诛吾妻子，径将死战决雄雌，天意恐怜之。偶闻太宰正擅权，贪赂市恩私。因将宝玩献诚，虽脱霜戈，石室囚系，忧嗟又经时，恨不如巢燕自由归。残月朦胧，寒雨潇潇，有血都成泪。备尝险厄反邦畿，冤愤刻肝脾。

第十攧

种陈谋，谓吴兵正炽，越勇难施；破吴策，惟妖姬。有倾城妙丽，名称（一作字）西子岁方笄。算夫差惑此，须致颠危。范蠡微行，珠贝为香饵。苎萝不钓钓深闺，吞饵果殊姿。　素肌纤弱，不胜罗绮，鸾镜畔，粉面淡匀，梨花一朵琼壶里。嫣然意态娇春，寸眸剪水，斜鬟松翠，人无双宜。名动君王，绣履容易，来登玉陛。

入破第一

窣湘裙，摇汉佩，步步香风起。敛双蛾，论时事，兰心巧会君意。殊珍异宝，犹自朝臣未与，妾何人，被此隆恩，虽令效死奉严旨。　隐约龙姿忻悦，重把甘言说。（悦、说二字皆韵，此为四声通押之祖）辞俊雅，质娉娉，天教汝众美兼备。闻吴重色，凭汝和亲，应为靖边陲。将别金门，俄挥粉泪，净妆洗。

第二虚催

飞云驶香车，故国难回睇，芳心渐摇，迤逦吴都繁丽。忠臣子胥，预知道为邦祟，谏言先启：愿勿容其至。周亡褒姒，殷倾妲已。　吴王却嫌胥逆耳，才经眼，便深恩，爱东风暗绽娇蕊，彩鸾翻妒伊。得取次于飞，共戏金屋，看承他宫尽废。

第三衮遍

华宴夕，灯摇醉粉，菡萏笼蟾桂。扬翠袖，含风舞，轻妙处，惊鸿态，分明是。瑶台琼榭，阆苑蓬壶景，尽移此地。花绕仙步，莺随管吹。宝帐暖，留春百和，馥郁融鸳被。银漏永，楚云浓，三竿日犹褪霞衣。宿醒轻腕嗅，宫花双带系，合同心时，波下比目，深怜到底。

第四催拍

耳盈丝竹，眼摇珠翠，迷乐事，宫闱内。争知渐国势陵夷。奸臣献佞，转恣奢淫，天谴岁屡饥。从此万姓，离心解体。　越遣使阴窥虚实，蚤夜营边备。兵未动，子胥存，虽堪伐尚畏忠义。斯人既戮，且又严兵卷土赴黄池。观衅种蠡，方云可矣。

第五衮遍

机有神，征鼙一鼓，万马襟喉地。庭喋血，诛留守，怜屈服，罢兵还，危如此。当除祸本，重结人心，争奈竟荒迷。战骨方埋，灵旗又指。　势连败，柔荑携泣，不忍相抛弃。身在兮，心先死，宵奔兮，兵已前围。谋穷计尽，唳鹤啼猿，闻处分外悲。丹穴纵近，谁容再归。

第六歇拍

哀诚屡吐，甬东分赐，垂莫日，置荒隅，心知愧。宝锷红委，鸾存凤去，辜负恩怜，情不似虞姬。尚望论功，荣归故里。　降令曰：吴无赦汝，越与吴何异。吴正怨，越方疑，从公论合去妖类。蛾眉宛转，竟殒鲛绡，香骨委尘泥。渺渺姑苏，荒芜鹿戏。

第七煞衰

王公子，青春更才美，风流慕连理。耶溪一日，悠悠回首凝思。云鬟烟鬓，玉珮霞裾，依约露妍姿。送目惊喜，俄迂玉趾。 同仙骑洞府归去，帘栊窈窕戏鱼水。正一点犀通，遽别恨何已！媚魄千载，教人属意，况当时金殿里。

曲文迄于宋南渡之初，所可考见者，仅此。宋吴自牧《梦粱录》载谓：汴京教坊大使孟角毬，曾做杂剧本子；葛守诚撰四十大曲。殆即此类。此后如周密《武林旧事》所载南宋官本杂剧段数，陶宗仪《辍耕录》所载金人院本名目中，其目之兼举曲调名者，犹当与曾、董大曲不甚相远也。

今以曾、董大曲与真戏曲相比较，则舞大曲时之动作，皆有定制，未必与所演之人物所要之动作相适合。其词亦系旁观者之言，而非所演之人物之言，故其去真戏曲尚远也。至由叙事体而变为代言体，由应节之舞蹈而变为自由之动作，北宋杂剧已进步至此否，今阙无考。以后杨诚斋《归去来辞引》（《诚斋集》卷九十七），其为大曲，抑自度腔，均不可知。然已纯用代言体，兹录于下：

　　归去来辞引

侬家贫甚诉长饥，幼稚满庭帏。正坐瓶无储粟，漫求为吏东西。偶然彭泽近邻圻，公秫滑流匙，葛巾劝我求为酒，黄菊怨冷落东篱。五斗折腰，谁能许事，归去来兮。

老圃半榛茨，山西欲蒺藜，念心为形役又奚悲！独惆怅前迷，不见后方追，觉今来是了，觉昨来非。

扁舟轻飐破朝霏，雨细漫吹衣。试问征夫前路，晨光小恨熹微。

乃瞻衡宇载奔驰，迎候满荆扉。已荒三径存松菊，喜诸幼入室相携，有酒盈樽，引觞自酌，庭树遣颜怡。

容膝易安栖，南窗寄傲睨，更小园日涉趣尤奇。尽虽设柴门，长是闭斜晖。纵遐观矫首，短策扶持。

浮云出岫岂心□，鸟倦亦归飞，翳翳流光将入，孤松抚处凄其。

息交绝友堑山溪，世与我相违，驾言复出何求者，旷千载今欲从谁？亲戚笑谈，琴书觞咏，莫遣俗人知。

解后又春熙，农人欲载菑，告西畴有事要耘耔。容老子舟车，取意任委蛇。历崎岖窈窕，丘壑随宜。

欣欣花木向荣滋，泉水始流渐。万物得时如许，此生休笑吾衰。

寓形宇内几何时？岂问去留为！委心任运何多虑，顾遑遑将欲何之？大化中间，乘流归尽，喜惧莫随伊。

富贵本危机，云乡不可期。趁良辰孤往恣游嬉。独临水登山，舒啸更哦诗，除乐天知命，了复奚疑。

此曲不著何调，前后凡四调，每调三叠，而十二叠通用一韵。其体于大曲为近。虽前此如东坡［哨遍］隐括《归去来辞》者，亦用代言体；然以数曲代一人之言，实自此始。要之，曾、董大曲开董解元之先，此曲则为元人套数杂剧之祖。故戏曲之不始于金元，而于有宋一代中变化者，则余所能信也。若宋末之戏曲，则具于《曲录》卷一，兹不复赘。

原载《国粹学报》第五十期，1909 年

据中国戏剧出版社 1984 年版《王国维戏曲论文集》移录

元剧之文章

王国维

元杂剧之为一代之绝作，元人未之知也。明之文人始激赏之，至有以关汉卿比司马子长者（韩文靖邦奇）。三百年来，学者文人，大抵屏元剧不观。其见元剧者，无不加以倾倒。如焦里堂《易馀籥录》之说，可谓具眼矣。焦氏谓一代有一代之所胜，欲自楚骚以下，撰为一集，汉则专取其赋，魏晋六朝至隋，则专录其五言诗，唐则专录其律诗，宋专录其词，元专录其曲。余谓律诗与词，固莫盛于唐宋，然此二者果为二代文学中最佳之作否，尚属疑问。若元之文学，则固未有尚于其曲者也。元曲之佳处何在？一言以蔽之，曰：自然而已矣。古今之大文学，无不以自然胜，而莫著于元曲。盖元剧之作者，其人均非有名位学问也；其作剧也，非有藏之名山，传之其人之意也。彼以意兴之所至为之，以自娱娱人。关目之拙劣，所不问也；思想之卑陋，所不讳也；人物之矛盾，所不顾也。彼但摹写其胸中之感想，与时代之情状，而真挚之理，与秀杰之气，时流露于其间。故谓元曲为中国最自然之文学，无不可也。若其文字之自然，则又为其必然之结果，抑其次也。

明以后传奇，无非喜剧，而元则有悲剧在其中。就其存者言之，如《汉宫秋》、《梧桐雨》、《西蜀梦》、《火烧介子推》、《张千替杀妻》等，初无所谓先离后合、始困终亨之事也。其最有悲剧之性质者，则如关汉卿之《窦娥冤》，纪君祥之《赵氏孤儿》，剧中虽有恶人交构其间，而其蹈汤赴火者，仍出于其主人翁之意志，即列之于世界大悲剧中，亦无愧色也。

元剧关目之拙，固不待言。此由当日未尝重视此事，故往往互相蹈袭，或草草为之。然如武汉臣之《老生儿》，关汉卿之《救风尘》，其布置结构，亦极意匠惨淡之致，宁较后世之传奇，有优无劣也。

然元剧最佳之处，不在其思想结构，而在其文章。其文章之妙，亦一言以蔽之，曰：有意境而已矣。何以谓之有意境？曰：写情则沁人心脾，写景则在人耳目，述事则如其口出是也。古诗词之佳者无不如是，元曲亦然。明以后，其思想结构尽有胜于前人者，唯意境则为元人所独擅。兹举数例以证之。其言情述事之佳者，如关汉卿《谢天香》第三折：

[正宫·端正好] 我往常在风尘，为歌妓，不过多见了几个筵席，回家来仍作个自由鬼；今日倒落在无底磨牢笼内！

马致远《任风子》第二折：

[正宫·端正好] 添酒力晚风凉，助杀气秋云暮，尚兀自脚趔趄醉眼模糊。他化的我一方之地都食素，单则俺杀生的无缘度。

语语明白如画，而言外有无穷之意。又如《窦娥冤》第二折：

[斗虾蟆] 空悲戚，没理会，人生死，是轮回。感著这般病疾，值著这般时势，可是风寒暑湿，或是饥饱劳役；各人证候自知，人命关天关地，别人怎生替得？寿数非干一世。相守三朝五夕，说甚一家一计。又无羊酒缎匹，又无花红财礼，把手为活过日，撒手如同休弃。不是窦娥忤逆，生怕旁人论议。不如听咱劝你，认个自家悔气，割舍的一具棺材停置，几件布帛收拾，出了咱家门里，送入他家坟地。这不是你那从小儿年纪，指脚的夫妻，我其实不关亲，无半点凄怆泪。休得要心如醉，意似痴，便这等嗟嗟怨怨，哭哭啼啼。

此一曲直是宾白，令人忘其为曲。元初所谓当行家，大率如此；至中叶以后，已罕觏矣。其写男女离别之情者，如郑光祖《倩女离魂》第三折：

[醉春风] 空服遍萋萋眩药不能痊，知他这腌臜病何日起。要好时直等的见他时，也只为这症候因他上得。得。一会家缥渺呵，忘了魂灵；一会家精细呵，使着躯壳；一会家混沌呵，不知天地。
[迎仙客] 日长也愁更长，红稀也信尤稀，春归也奄然人未归。我则道相别也数十年，我则道相隔着数万里，为数归期，则那竹院里刻遍琅玕翠。

此种词如弹丸脱手，后人无能为役；唯南曲中《拜月》、《琵琶》差能近之。至写景之工者，则马致远之《汉宫秋》第三折：

［梅花酒］呀！对着这迥野凄凉，草色已添黄，兔起早迎霜。犬褪得毛苍，人搦起缨枪，马负着行装，车运着馔粮，打猎起围场。他他他伤心辞汉主，我我我携手上河梁。他部从，入穷荒；我銮舆，返咸阳。返咸阳，过宫墙；过宫墙，绕回廊；绕回廊，近椒房；近椒房，月昏黄；月昏黄，夜生凉；夜生凉，泣寒螀；泣寒螀，绿纱窗；绿纱窗，不思量。

［收江南］呀！不思量，便是铁心肠，铁心肠也愁泪滴千行；美人图今夜挂昭阳，我那里供养，便是我高烧银烛照红妆。

（尚书云）陛下回銮罢，娘娘去远了也。 （驾唱）

［鸳鸯煞］我煞大臣行，说一个推辞谎，又则怕笔尖儿那火编修讲。不见那花朵儿精神，怎趁那草地里风光。唱道伫立多时，徘徊半晌，猛听的塞雁南翔，呀呀的声嘹亮，却原来满目牛羊，是兀那载离恨的毡车半坡里响。

以上数曲，真所谓写情则沁人心脾，写景则在人耳目，述事则如其口出者。第一期之元剧，虽浅深大小不同，而莫不有此意境也。

古代文学之形容事物也，率用古语，其用俗语者绝无。又所用之字数亦不甚多。独元曲以许用衬字故，故辄以许多俗语或以自然之声音形容之。此自古文学上所未有也。兹举其例，如《西厢记》第四剧第四折：

［雁儿落］绿依依墙高柳半遮，静悄悄门掩清秋夜，疏刺刺林梢落叶风，昏惨惨云际穿窗月。

［得胜令］惊觉我的是颤巍巍竹影走龙蛇，虚飘飘庄周梦蝴蝶，絮叨叨促织儿无休歇，韵悠悠砧声儿不断绝；痛煞煞伤别，急煎煎好梦儿应难舍，冷清清的咨嗟，娇滴滴玉人儿何处也？

此犹仅用三字也。其用四字者，如马致远《黄粱梦》第四折：

［叨叨令］我这里稳丕丕土炕上迷没腾的坐，那婆婆将粗刺刺陈米喜收希和的播，那塞驴儿柳阴下舒着足乞留恶滥的卧，那汉子去脖项上婆婆没索的摸。你则早醒来了也么哥，你则早醒来了也么哥，可正是窗前弹指时光过。

其更奇绝者，则如郑光祖《倩女离魂》第四折：

〔古水仙子〕全不想这姻亲是旧盟，则待教袄庙火刮刮匝匝烈焰生。将水面上鸳鸯忒楞楞腾分开交颈，疏剌剌沙鞴雕鞍撒了锁鞯，厮琅琅汤偷香处喝号提铃，支楞楞争弦断了不续碧玉筝，吉丁丁玎精砖上摔破菱花镜，扑通通东井底坠银瓶。

又无名氏《货郎旦》剧第三折，则用叠字，其数更多。

〔货郎儿六转〕我则见黯黯惨惨天涯云布，万万点点潇湘夜雨；正值着窄窄狭狭沟沟堑堑路崎岖，黑黑黯黯彤云布，赤留赤律潇潇洒洒断断续续，出出律律忽忽鲁鲁阴云开处，霍霍闪闪电光星注；正值着飕飕摔摔风，淋淋渌渌雨，高高下下凹凹答答一水模糊，扑扑簌簌湿湿渌渌疏林人物，却便似一幅惨惨昏昏潇湘水墨图。

由是观之，则元剧实于新文体中自由使用新言语。在我国文学中，于《楚辞》、《内典》外，得此而三。然其源远在宋金二代，不过至元而大成。其写景抒情述事之美，所负于此者，实不少也。

元曲分三种，杂剧之外，尚有小令、套数。小令只用一曲，与宋词略同。套数则合一宫调中诸曲为一套，与杂剧之一折略同。但杂剧以代言为事，而套数则以自叙为事，此其所以异也。元人小令套数之佳，亦不让于其杂剧。兹各录其最佳者一篇，以示其例，略可以见元人之能事也。

小令

〔天净沙〕（无名氏。此词《庶斋老学丛谈》及元刊《乐府新声》，均不著名氏，《尧山堂外纪》以为马致远撰，朱竹垞《词综》仍之，不知何据）

枯藤老树昏鸦，小桥流水人家，古道西风瘦马，夕阳西下，断肠人在天涯。

套数

《秋思》（马致远。见元刊《中原音韵》、《乐府新声》）

〔双调·夜行船〕百岁光阴如梦蝶，重回首往事堪嗟！昨日春来，今朝花谢，急罚盏夜阑灯灭。

〔乔木查〕秦宫汉阙，做衰草牛羊野，不恁渔樵无话说。纵荒坟横断碑，不辨龙蛇。

［庆宣和］投至狐踪与兔穴，多少豪杰，鼎足三分半腰折，魏耶？晋耶？

［落梅风］天教富，不待奢，无多时好天良夜，看钱奴硬将心似铁，空辜负锦堂风月。

［风入松］眼前红日又西斜，疾似下坡车，晚来清镜添白雪，上床与鞋履相别。莫笑鸠巢计拙，葫芦提一就装呆。

［拨不断］利名竭，是非绝，红尘不向门前惹，绿树偏宜屋角遮，青山正补墙东缺，竹篱茅舍。

［离亭宴煞］蛩吟罢一枕才宁贴，鸡鸣后万事无休歇，算名利何年是彻！密匝匝蚁排兵，乱纷纷蜂酿蜜，闹穰穰蝇争血。裴公绿野堂，陶令白莲社，爱秋来那些？和露摘黄花，带霜烹紫蟹，煮酒烧红叶。人生有限杯，几个登高节？嘱付与顽童记者，便北海探吾来，道东篱醉了也。

〔天净沙〕小令，纯是天籁，彷佛唐人绝句。马东篱《秋思》一套，周德清评之以为万中无一，明王元美等亦推为套数中第一，诚定论也。此二体虽与元杂剧无涉，可知元人之于曲，天实纵之，非后世所能望其项背也。

元代曲家，自明以来，称关马郑白。然以其年代及造诣论之，宁称关白马郑为妥也。关汉卿一空倚傍，自铸伟词，而其言曲尽人情，字字本色，故当为元人第一。白仁甫、马东篱，高华雄浑，情深文明。郑德辉清丽芊绵，自成馨逸。均不失为第一流。其余曲家，均在四家范围内。唯宫大用瘦硬通神，独树一帜。以唐诗喻之：则汉卿似白乐天，仁甫似刘梦得，东篱似李义山，德辉似温飞卿，而大用则似韩昌黎。以宋词喻之：则汉卿似柳耆卿，仁甫似苏东坡，东篱似欧阳永叔，德辉似秦少游，大用似张子野。虽地位不必同，而品格则略相似也。明宁献王曲品，跻马致远于第一，而抑汉卿于第十。盖元中叶以后，曲家多祖马、郑，而祧汉卿，故宁王之评如是。其实非笃论也。

元剧自文章上言之，优足以当一代之文学。又以其自然故，故能写当时政治及社会之情状，足以供史家论世之资者不少。又曲中多用俗语，故宋金元三朝遗语，所存甚多。辑而存之，理而董之，自足为一专书。此又言语学上之事，而非此书之所有事也。

原载《东方杂志》第九卷第 9、11 号，第十卷第 3~6、8~9 号

1913 年 4 月至 1914 年 3 月

据中国戏剧出版社 1984 年版《王国维戏曲论文集》移录

南北戏曲概言

吴 梅

金元以来，士大夫好以俚语入词，酒边灯下，四字《沁园春》，七字《瑞鹧鸪》，粗豪横决，动以稼轩龙洲自况，同时诸宫调词行，即词变为曲之始，迨董解元作《西厢》，以方言俗语，杂砌成文，世多诵习，于是作者大率以谐俗之词实之，如《天宝遗事》①、《王焕》②、《乐昌分镜》③、《王魁》④等，虽不尽传，而传者皆道路悠谬之语，嬉笑谑浪，取悦于人，故戏剧之始，仅有本色一家，无所谓辞藻纷纭，纂组缜密也。王实甫作《西厢》，以研炼浓丽为能，此是词中异军，非曲家出色当行之作。观《丽春堂》剧《满庭芳》云，"这都是托赖着大人虎势，赢的他急难措手。打的他马不停蹄。"又云，"则你那赤瓦不刺强嘴兀自说兵机。"《耍孩儿》云，"这泼徒怎敢将人戏，你托赖着谁人气力？睁开你那驴眼可便窥着阿谁！我便歹杀者波，是将相的苗裔。"即如《西厢》中《四边静》云，"若能够汤他一汤，倒与人消灾障。"《小梁州》云，"鹊伶渌老不寻常。"《搅筝琶》云，"怕我是赔钱货，两当一便成合，凭着他举将除贼，消得个家缘过活，费了什么？古那便结丝萝，休波，省人情奶奶忒虑过，恐怕张罗。"《满庭芳》云，"你休要呆里撒奸！您待恩情美满，教我骨肉摧残！他手搭着檀棍摩挲看，粗麻线怎透针关？直待教我拄着拐帮闲钻懒，缝合唇送暖偷寒。待去呵，消息儿踏着犯。待不去，教甜话儿热趱。教我左右做人难。"⑤诸曲文字，亦非雅人口吻。王元美以《挂金索》一支为佳，殊非公允⑥。是故知元人以本色见长，方可追论流别也。当时善此艺者，以大都东平及浙中最盛，其散处各行省者，又皆沈浮下僚不得志之士。⑦而江西嘌唱，尤能变易故常，别创南北合套之格，繁声一启，词法大备，《辍耕录》所载家门，有和尚先生秀才列良禾下大夫卒子良头帮老都下孤下司吏仵作诸种，不过就剧中角目分析之，无当于文字之高下。即《正音谱》所列丹邱宗匠黄冠承安等十五体，亦止就剧情言之，而于作家美恶无涉焉，大抵元剧之盛，首推大都，自实甫继解元之后，创为研炼艳冶之词，而关汉卿以雄肆易其赤帜，所作《救风尘》、《玉镜台》、《谢天香》诸剧，类皆奔放滉漾跅弛以自喜。东篱则清俊开宗，《汉宫秋》一种，臧晋叔以为元剧之冠，论其风格，卓尔大家。

自是三家鼎盛，矜式群英。后起如王仲文、杨显之，并时瑜亮。《救孝子》《临江驿》《酷寒亭》足使已斋颊首，实甫服膺。论者拟诸虎贲中郎，未免过刻。石子章《听琴竹坞》，自谓得东篱神髓，而幽艳过之。真定一隅，作者亦富。《天籁》一集，质有其文。"秋雨梧桐"实驾"碧云黄花"之上，尽亲灸遗山謦欬，斯咳唾不同流俗也。《圯桥进履》、《石州醉词》，⑧ 瓣香兰谷，已开江右之先。他如尚仲贤《煮海》、《戏妻》，⑨ 戴善甫《邮亭记》梦，⑩ 论其高下，亦难轩轾。东平高氏力追汉卿，毕生绝艺，雕绘梁山。⑪ 上较王关，差觉才弱。享年不永，悼惜尤深。锲而不舍，并辔二甫矣。时起擅名，仅在《出塞》、⑫《垓下别姬》，即为名明代练川《千金》之本，其词散佚，无可评骘。丹邱谓雁陈惊寒，意者植基不厚与？仲清《伏剑》⑬、寿卿《红梨》⑭ 风格翩翩，居然实甫也。大名宫天挺，襄陵郑光祖，平江姚守中，山东王廷秀或以豪迈胜，或以艳冶胜，或以恬淡胜，要皆不越三家范围。至江州沈和作《潇湘八景》、《欢喜冤家》，以南北词合成，极为工巧。⑮《参军》、《代面》、蛮子关卿，开后代传奇之首，结金元散套之局，斯可谓不随风气，自辟蹊径者矣。浙中词学，夙称彬彬，一时名家，指不胜屈，金仁山《西湖梦》，范子安《竹叶舟》，陈存甫《锦堂风月》，皆脍炙人口也。而鲍天祐《史鱼尸谏》，流播诸路，腾誉宫廷。⑯周文质《杜韦娘》、《苏武还乡》二剧，又开牧之《扬州梦》之局，人文蔚起，他方莫及。⑰ 流寓中，如乔孟符、曾瑞卿等，又皆一时彦士，雍容坛坫，啸傲湖山，极裙履之胜概矣。尝谓元人之词约分三类：喜豪放者学关卿。工锻炼者宗二甫。尚轻俊者效东篱。而张小山以小令著称，不入庆家爨弄，斯又词品之高卓者也。明代诸家，符采辉映，开国之始，咸有可观，若王子一等十六家，⑱半承元季余风，今读《城南柳》、《误入桃源》等剧，其词绮组雕镂，不若前元之沉着，而南曲传奇，日新月异，郁蓝生所品，高晋音所论，亦如诗中钟嵘，画中谢赫，书中庾肩吾也。论其流别，约分四端：自《琵琶》、《拜月》出，而作者多喜拙素。自《香囊》、《连环》出，而作者乃尚词藻。自《玉茗四梦》，以北词之法作南词，而偭越规矩者多。自吴江诸传，以俚俗之语求合律，而打油钉铰者众。于是矫拙素之弊者用骈语，革辞采之烦者尚本色，正玉茗之律，而复工于琢词者，吴石渠、孟子塞是也。守吴江之法而复出以都雅者，王伯良、范香令是也。夫词曲之道，谈言微中，可以解纷，本不以俚鄙为讳也。《香囊》以文人藻采为之，遂滥觞而有文字家一体，及《玉合》、《玉玦》诸作，益工修词，本质几掩，抑知曲以模写物情，体贴入理，所贵委曲宛转，以代说词，一涉藻缋，即蔽本来。而积习未忘，不胜其靡。此体亦不能偏废矣。今复备论之：《琵琶》尚矣，《荆》、《刘》、《拜》、《杀》固世所谓四大传奇也。而《白兔》、《杀狗》俚鄙腐俗，读者至不能终卷。虽此事所尚，不在词华，而庸俗才弱，终不可以古拙二字文过也。正统间，邱文庄以大老名儒，惬志音乐，所作《五伦全备》、《投笔记》、《举鼎记》、《罗囊记》，虽迁叟之谰言，实盛世之鼓吹。惟青衿城阙，既放佚少年，而白纻管弦，欲弥缝于晚岁，伯玉寡过，殊苦未能。[19] 邵氏《香囊》[20]、雨舟《连环》[21] 工于涂泽，非作者之极轨也。而好之者珍若璠璵，转相摹效。郑若庸之《玉玦》，梅鼎祚之《玉合》，喜以骈语入科白，伯龙《浣纱》、伯起《祝发》，至通本皆作俪语，[22] 又变之极者矣。《琵琶》、《拜月》，古今咸推圣手也，则诚以本色见长，而未尝不事藻饰。[23] 君美以浑脱著誉，而间亦伤于庸俗。[24] 是以学则诚易失之腐，学君美易失之嗲。寿陵学步，腾笑万口，而献王荆叙，且直摩则诚之垒，出词鄙俗，亦十倍于永嘉。继之者涅川《双珠》、弇州《鸣凤》、《叔回》、《八议》道行青衫[25] 肤浅庸劣，皆学则诚之失也。 近充《绣襦》工于调笑。[26] 中麓《宝剑》，本于乡贤。[27] 追步《幽闺》，终伤粗率。反不如槎仙《蕉帕》，夷玉《红梅》，俊词翩翩，不失雅范焉[28]。吴江诸传，独知守法[29]。《红蕖》一记，足继高、施。其余诸作，颇伤庸俗。虽持法至严，而措词殊拙。临川天才，不甘羁靮。异葩耀采，争巧天孙。而诘屈聱牙，歌者龃舌[30]，吴江尝云，"宁协律而词不工，读之不成句，讴之始协，是为中之之巧。" 曾为临川改易《还魂》字句，托吕玉绳以致临川，临川不怿，复书玉绳曰："彼恶知曲意哉？余意所至，不妨拗折天下人嗓子。"世所谓临川近狂，吴江近狷，自是定论。惟宁庵定法，可以学力求之，若士修词，不可勉强企及，大匠能与人规矩，不能使人巧，此之谓也。于是为两家之调人者，如吴石渠之《粲花五种》[31]，孟称舜之《娇红节义》，[32] 此以临川之笔，协吴江之律也。自词隐作谱，海内向风，衣钵相承，不失矩度者，如吕勤之《烟鬟阁》十种[33]，卜丫大荒之《乞麾》、《冬青》[34]，王伯良之《男后》、《题红》[35]，范文若之《鸳鸯》、《花梦》[36]，皆承词隐之法，而大荒《冬青》，终帙不用上去叠字，勤之《神剑》、《二媱》等记，并转折科段，亦效吴江，其境益苦矣。此又以宁庵之律学若士之词也。他若冯梦龙之《双雄》、《万事》[37]，吏叔考之《梦磊》、《合纱》[38]，沈孚中之《绾春》、《息宰》[39]，徐复祚之《红梨》、《宵光》[40]，协律修辞，并臻美善。而袁箨庵奉谱整严，辞韵恬适，《西楼》一帙，即能引用谱书，以畅己意，笔端慧识，迥异诸家。九宫旧词，为声音滞义，藉作者疏通之，凫公诚出中伯上也[41]。惟《珍珠衫》、《歜动》一折，秽亵难堪，虽非海淫，终滋物论耳。有明曲家，作者至多，而条别家数，实不出吴江、临川、昆山三家，惟昆山一席，衣钵无传，伯龙好游，家居绝少，吴中绝艺，仅在歌伶。斯由太仓传宗㊷，故工伎独冠一世。中秋虎阜，斗韵流芬。㊸沿至清初，斯风未泯。世祖入关，时南方作者，首推百子，梅村展成，咸工此道，一时坛坫，宗仰吴门㊹。而措词亦复美善，湖上笠翁，虽负盛誉，而文字卑陋，仅供优孟衣冠而已。乾嘉以还，作者渐少，间有操翰，大抵宗法藏园，嗣徽湖上，而能洞悉正变者鲜矣。此清曲之大概也。至分部别居，亦可略论之。当明崇弘间，皖人阮圆海瓣香汤奉常，以尖刻为能。所作《燕子笺》、《春灯谜》、《牟尼合》、《双金榜》诸种，布局造事，务极诡秘，亟欲一新词场之耳目。而红友山农承石渠之传，以新颖之思，状物情之变，论其优劣，远胜湖上。即就曲律言之，红友尤兢兢慎守也㊺。曲阜孔尚任、钱唐洪昇先后以传奇进御，世称南洪北孔是也。顾《桃花扇》、《长生殿》二曲，仅论文字，似孔胜于洪。不知排场布置，宫调分配，昉思远出东堂之上㊻。余尝谓《桃花扇》有佳词而无佳调，深惜云亭不谙度声。二百年来词场不祧者，独其稗畦而已。二家既出，于是词人各以征实为尚，不复为凿空之谈，所谓陋巷言怀，人人青紫，香闺寄怨，字字桑濮者，此风几乎革尽。曲家中兴，断推洪孔焉。他若马佶人㊼、刘晋充㊽、薛既扬㊾、叶雅斐㊿、朱良卿㉛、邱屿雪㉜之徒，虽一时传唱，遍于旗亭，而律以文辞，正如面墙而立。独李玄玉一人永占㉝，直可追步奉常。且《眉山》一剧㉞，尤非明季诸家可及，与朱素臣《茞楼》十八种㉟，一时可称瑜亮。归玄恭《万古愁》，尤展成《钧天乐》，一则鞭挞王霸，一则洗发古今㊱，不独前无古人，抑且后无来者。论者比元恭于贾凫西，诚为允协，而实非词家之正则也。乾嘉以来，钱唐夏惺斋、铅山蒋士铨皆称词匠，而惺斋头巾气重，不及藏园。临川桂林允推杰作，一传为黄韵珊，尚不失矩度，再传为杨恩寿，已昧厥本来。宣城李文瀚，阳湖陈烺，等诸自郐，更无讥焉㊲。其有出类之士，不事依傍，如唐蜗寄之改易旧词㊳，舒铁云之自制箫谱㊴，不袭金元之格，独抒性灵，斯又非元明诸家所可束缚焉。雅雨《旗亭》㊵，恒岩《芝龛》㊶，一拾安史之昔尘，一志边徼之逸史，骎骎乎入南声之室。而陈厚甫《红楼梦》，张漱石《玉燕堂》，曲律乖方，未能搬演，益觉荆石山民之高雅矣㊷。周文泉《补天石》，虽便词场，而立意不高，其弊与夏惺斋《南阳乐》正同。同光以后，作者几绝，惟《梨花雪》、《芙蓉碣》二记，略传士大夫之口。顾皆拾藏园之余唾，且耳不闻吴讴，又何从是正其句律乎？盖当时学子，皆注意于决科射策之文，经史且废而不读，遑及音乐。况光宣间，黄冈俗讴，正遍海内。词曲之道，几几亡佚矣。夫词家正轨，亦有三长。文人作词，名工制谱，伶家度声。苟失其一，即非雅奏。自文人不善讴歌，而词之合律者渐少。俗工不谙谱法，而曲之见摈者遂多。重以胡索淫哇，充盈里耳。伶人习技，务在趋时。而度曲之道尽废，因略述流别如此。

———————————

①元王伯成撰此书，合诸套数而成，与董词相类，《正音谱》《北词广正谱》皆援引此本，且云套数不作杂剧。

②宋黄可道撰，见刘一清《钱唐遗事》。

③见周德清《中原音韵》。

④宋无名氏撰明叶子奇《草木子》云："俳优戏文，始于王魁，永嘉人作之。识者曰，若见永嘉人作相，宋当亡。及宋将亡，乃永嘉陈宜中作相。"

⑤据古本与今世通行金圣叹批本异。

⑥词云："裙染榴花，睡损胭脂皱；纽结丁香，掩过芙蓉扣；线脱珍珠，泪湿香罗袖；杨柳眉颦，人比黄花瘦。"

⑦见李中麓《小山小令序》。

⑧李文蔚作曲十二种，以《张子房圮桥进履》，《蔡萧闲醉写石州慢》二剧为最，今不传，仅传《燕青博鱼》一种，见《元曲选》。

⑨《张生煮海》，《秋胡戏妻》。

⑩善甫为江浙行省务官，有《陶秀实醉写风光好》一剧。

⑪高文秀，东平府学生员，早卒。喜谱梁山事，《黑旋风》剧多至八种。

⑫张时起，字才英，东平府学生员。居长芦有《垓下别姬》、《昭君出塞》、《花月秋千》、《沈香太子》四剧。

⑬顾仲清，有《陵母伏剑》、《火烧纪信》二种。

⑭张寿卿，浙江省掾吏。有《诗酒红梨花》一剧，明徐復祚《红梨记》即据此改作南曲。

⑮《录鬼簿》："云南北调和腔，自和甫始"又云："江西称为蛮子汉卿者是也"。

⑯天祐，字吉甫，昆山州吏。以《尸谏》折得盛名。明周定王《元宫词》云："尸谏灵公演传奇，一朝传到九重；知奉宣贵与中书省，诸路都教唱此词。"为一时推重如此。

⑰文质，字仲彬，晚就路吏。

⑱十六家者：王子一，刘东生，王文昌，谷子敬，蓝楚芳，陈克明，李唐宾，穆仲义，汤舜民，贾仲名，杨景言，苏復之，杨彦华，杨文奎，夏均政，唐以初也。其中有著述可称者，王子一有《误入桃源》、《海棠风》、《楚阳台》、《莺燕蜂蝶》四种。刘东生有《娇红记》、《世间配偶》二种。谷子敬有《城南柳》、《枕中记》、《闹阴司》三种。汤舜民有《风月》、《瑞仙亭》二种。贾仲名有《金童玉女》、《对玉梳》、《萧淑兰》、《升仙梦》、《意马心猿》五种。杨景言有《风月海棠亭》、《生死夫妻》二种。苏復之有《金印记》一

种。杨文奎有《翠红乡》、《王魁不负心》、《封鹭遇上元》、《玉合记》四种。他人仅见散曲而已。此二十三种内，惟《误入桃源》、《城南柳》、《金童玉女》、《对玉梳》、《萧淑兰》、《翠红乡》六种见《元曲选》，《金印记》一种明人有传刻本，余则亡佚焉。

⑲文庄曾作《钟情丽集》记少年遇合事，晚年颇悔之，故作《五偷记》。

⑳邵给谏，名宏治，荆溪人。

㉑王济，字雨舟，乌镇人，官通判。二种均见《六十种曲》。

㉒《江东白苎》有补陆天池《明珠》，一折所有白文亦全用骈句。

㉓记中赏荷、赏秋亦工绮语，不尚白描，惟末后八折为朱教谕所补，词不称矣。

㉔君美此记为后人犀杂殊失旧观，故魏良辅不为点板。

㉕均见《六十种曲》。

㉖《传奇汇考》虚舟作《玉玦》，旧院人恶之，共馈金求薛近兖作此，以雪其事。

㉗李开先以《傍妆台》百阕为康对山所赏，遂负盛名，所作《宝剑》、《登坛记》亦是改其乡先辈之作，见《吴骚合编》。

㉘《蕉帕》汲古本，《红梅》颇难觏矣。

㉙沈宁庵，名璟，吴江人，有曲十七种。

㉚汤若士，名显祖，临川人，有曲五种。

㉛吴炳，字石渠，宜兴人，永历时官至刑部尚书。有曲五种：《疗妒羹》、《画中人》、《西园记》、《绿牡丹》、《情邮记》也。《绿牡丹》几兴大狱，详见《冬青馆集》。

㉜孟，字子若，会稽人，有《桃花人面》杂剧、《娇红记》传奇。

㉝吕天成，字勤之，会稽人，自号郁蓝生。著有《神女》、《金合》、《戒珠》、《神镜》、《三星》、《双楼》、《双阁》、《四相》、《四元》、《二媱》、《神剑》十一种，皆不传。

㉞卜世臣，字大荒，秀水人。

㉟王骥德，字伯良，会稽人，有《曲律》四卷、《男王后》杂剧一卷、《题红记》传奇二卷。

㊱文若，字香令，号荀鸭，自称吴侬松江人，有《花筵赚》《鸳鸯棒》《倩画眉》《勘皮靴》《梦花酣》《花眉旦》《雌雄旦》《金明池》《欢喜冤家》九种。

㊲梦龙，字子犹，吴县人，尝取旧曲删改成《墨憨斋十四种》，又作《双雄记》《万事足》二种。

㊳叔考，名樊，会稽人，有《双丸》、《双梅》、《李瓯》、《梦磊》、《合纱》等十种。

㊴孚中字，会稽钱唐人，有《绾春园》、《息宰河》二种。

㊵复祚，字阳初，常熟人，有《一文钱》、《红梨记》、《宵光剑》、《梧桐雨》四种。

㊶中伯，为郑若庸，昆山人，《玉玦》外尚有《大节五福》诸记。

㊷太仓魏良辅，曾订《曲律》，学者皆宗之，吴江徐大椿为再传弟子。

㊸吴中中秋节，歌者必至虎邱献伎，见张岱《陶庵梦忆》《沈宠绥》《度曲须知》。

㊹谓李玄玉，详后。

㊺《笠翁十五种》，文词至劣，独排场、角目新俊可喜，红友《拥双艳》三种外，他多不见，布局既新，措词尤雅，清初作者莫能及也。

㊻《桃花扇》耐唱之曲实不多，即《访翠》《寄扇》《题画》三折，世所盛称为佳曲。而《访翠》仅《锦缠道》一支可听，《寄扇》则全袭《孤思》，《题画》则全袭《写真》，通本无自造新声之能力。《长生殿》则集古今耐唱、耐做之曲，一剧中不独生旦诸曲出出可听，即净丑过派各小曲亦丝丝入扣，恰如分际。且《舞盘》折《八仙会蓬海》一套，《重圆》折《羽衣曲》一支，皆自集新腔，不默守九宫旧格，而《侦报》之《夜行船》，《弹词》之《货郎儿》，《合围》之《看花回》，《觅魂》之《混江龙》，试问云亭有此魄力否。

㊼有《梅花楼》、《荷花塘》、《十锦塘》三种。

㊽有《罗衫合》、《天马媒》、《小桃源》三种。

㊾有《书生愿》、《醉月缘》、《战荆轲》、《芦中人》四种。

㊿有《琥珀匙》、《女开科》、《开口笑》、《铁冠图》四种。

○51有《乾坤啸》、《艳云亭》、《渔家乐》等三十种。

○52有《虎囊弹》、《党人碑》、《蜀鹃啼》等九种。

○53《一捧雪》、《人兽关》、《永团圆》、《占花魁》。

○54《眉山秀》谱东坡小妹事。

○55中以《秦楼月》、《翡翠园》为最佳。

○56传中《世巡》一折将古今不平事皆平反定狱。

○57韵珊有《茂陵弦》、《帝女花》、《脊今原》、《鸳鸯镜》、《凌波影》《桃溪云》《居官鉴》七种。恩寿，字蓬海，长沙人，有《麻滩驿》《桃花源》《婗婳封》《桂枝香》《再来人》《理灵坡》六种。文瀚，字云生，有《紫荆花》《胭脂鸟》《凤飞楼》《银汉槎》四种。烺，字潜翁，有《仙缘记》《海虬记》《蜀锦袍》《燕子楼》《梅喜缘》等第十种。

○58有《女弹词》《长生殿补阙》等十四种。唐名英，官九江关监督。

○59有《卓女当垆》《樊姬拥髻》《酉阳修月》《博望访星》四折。

○60卢见曾有《旗亭记》，谱王之涣事。

○61董恒岩有《芝龛》，记谱沈云英、秦良玉事。

○62陈厚甫《红楼梦传奇》，一无足取。《玉燕堂四种》，文字尚善，惜少剪裁，以《离骚》檃括入曲，又太棘口。

原载《国学丛刊》第一卷第三期，1923 年 3 月

元代"公案剧"产生的原因及其特质

郑振铎

一 何谓"公案剧"?

"公案剧"是什么?就近日所传的《蓝公案》、《施公案》、《彭公案》、《包公案》、《海公案》一类的书的性质而观之,则知其必当为摘奸发覆,洗冤雪枉的故事剧无疑。吴自牧《梦粱录》所载说"小说"的内容,有烟粉灵怪,传奇公案,朴刀赶棒,发迹变泰的分别。那时,传奇公案,已列为专门的一科,和"烟粉灵怪"的故事,像《洛阳三怪记》、《西山一窟鬼》、《碾玉观音》等话本,同为人们所爱听的小说一类了。宋人话本里的"公案传奇",以摘奸发覆者为最多。情节有极为离奇变幻的,像:

> 简贴和尚(见《清平山堂话本》及《古今小说》)
> 宋四公大闹禁魂张(见《古今小说》)
> 错斩崔宁(见《京本通俗小说》及《醒世恒言》)
> 勘皮靴单证二郎神(见《醒世恒言》)
> 合同文字记(见《清平山堂话本》)

等等,尽有足和近代的侦探小说相颉颃的。《宋四公大闹禁魂张》和《勘皮靴单证二郎神》二篇,其结构尤饶迷离徜恍之致。

清平山堂刊的《简帖和尚》,其题目之下,别注一行道:

> 公案传奇。

是知"公案传奇"这个名目,在很早的时候便已成为一个很流行的称谓。而这一类"摘奸发覆,洗冤雪枉"的故事,当是很博得到京瓦市中去听小说的人们的喝采的。他们把她们当作了新闻听；同时，也把她们当作了故事听。

这一类的故事，其根源大多数自然是从口头或文告、判牍中来的。经了说话人一烘染，自会格外的有生趣，格外的活泼动人。

到了元代，杂剧及戏文里，很早的便已染受到这种故事的影响，而将她们取来作为题材。

观于元戏文和杂剧里"公案剧"数量之夥，可知"公案剧"在当时也必定是很受听众欢迎的。

二　元代的"公案剧"

锺嗣成的《录鬼簿》记录元杂剧四百余本，其中以"公案"故事作为题材的总在十之一以上。即就存于今者而计之，其数量也还可以衰然成为数帙。且列其目于下：

包待制三勘蝴蝶梦

感天动地窦娥冤

包待制智斩鲁斋郎 （以上关汉卿作）

包待制智勘后庭花 （郑廷玉作）

包待制智勘生金阁 （武汉臣作）

救孝子烈母不认尸 （王仲文作）

张鼎智勘魔合罗 （孟汉卿作）

包待制智勘灰阑记 （李行道作）

河南府张鼎勘头巾 （孙仲章作）

秦脩然断杀狗劝夫 （萧德祥作）

包待制陈州粜米

朱砂担滴水浮沤记

包待制智赚合同文字

神奴儿大闹开封府

玎玎珰珰盆儿鬼 （以上无名氏作）

若并《王月英元夜留鞋记》 （曾瑞作）、《郑孔目风雪酷寒亭》 （杨显之作）一类性质的剧本而并计之，则当在二十几种以上。

元戏文里，也有不少这一类题材的曲本，像：

杀狗劝夫
何推官错勘尸
曹伯明错勘赃
包待制判断盆儿鬼
小孙屠没兴遭盆吊
神奴儿大闹开封府

等等皆是。惜存于今者并不多耳。（仅存《杀狗劝夫》及《小孙屠没兴遭盆吊》）

最有趣的是，公案剧不仅是新闻剧，而且为了不忿于正义的被埋没，沉冤的久不得伸，一部分人却也竟借之作为工具，以哗动世人的耳目，而要达到其"雪枉理冤"的目的。周密的《癸辛杂识》（别集上，照旷阁本）曾载有祖杰的一则，其文云：

温州乐清县僧祖杰，自号斗崖，杨髡之党也。无义之财极丰。遂结托北人，住永嘉之江心寺，大刹也。为退居，号春雨庵，华丽之甚。有富民俞生，充里正，不堪科役，投之为僧，名如思。有三子，其二亦为僧于雁荡。本州总管者，与之至密，托其访寻美人。杰既得之，以其有色，遂留而蓄之。未几，有孕。众口籍之，遂令如思之长子在家者娶之为妻，然亦时往寻盟。俞生者，不堪邻人嘲诮，遂挈其妻往玉环以避之。杰闻之，大怒，遂俾人伐其坟木以寻衅。俞讼于官，反受杖。遂诉之廉司，杰又遣人以弓刀置其家而首其藏军器，俞又受杖。遂诉之行省，杰复行赂，押下本县，遂得甘心焉，复受杖。意将往北求直，杰知之。遣悍仆数十，擒其一家以来，二子为僧者，亦不免。用舟载之僻处，尽溺之，至刳妇人之孕以观男女，于是其家无遗焉。雁荡主首真藏叟者不平，又越境擒二僧杀之。遂发其事于官，州县皆受其赂，莫敢谁何。有印僧录者，素与杰有隙，详知其事，遂挺身出告，官司则以不干已却之。既而遗印钞二十锭，令寝其事，而印遂以赂首，于是官始疑焉。忽平江录事司移文至永嘉云：据俞如思一家七人，经本司陈告事。官司益疑，以为其人未尝死矣。然平江与永嘉无相干，而录事司无牒他州之理。益疑之。及遣人会问于平江，则元无此牒。此杰所为，欲覆而彰耳。姑移文巡检司追捕一行人。巡检乃色目人也，夜梦数十人皆带血诉泣，及晓而移文已至，为之悚然。即欲出门，而杰之党已至，把盏而赂之。甫开樽，而瓶忽有声如裂帛，巡检恐而却之。及至地所，寂无一人。邻里恐累，而皆逃去，独有一犬在焉。诸卒拟烹之，而犬无惊惧之状，遂共逐之，至一破屋，噪吠不止。屋山有草数束，试探之，则三子在焉，皆恶党也。擒问，不待捶楚，皆一招即伏辜。始设计招杰，凡两月余，始到官，悍然不伏供对。盖其中有僧普通及陈轿番者，未出官。普已赍重货入燕求援，以此未能成狱。凡数月，印僧日夕号诉不已，方自县中取上州狱。是日，解囚上州之际，陈轿番出觇，于是成擒，问之即承。及引出对，则尚悍拒。及呼陈证之，杰面色如土。陈曰："此事我已供了，奈何推托！"于是始伏。自书供招，极其详悉，若有附而书者。其事虽得其情，已行申省。而受其赂者，尚玩视不忍行。旁观不平惟恐其漏网也，乃撰为戏文以广其事。后众言难掩，遂毙之于狱。越五日而赦至。（夏若水时为路官，其弟若木备言其事）

在这里，我们可以明白，公案剧之所以产生，不仅仅为给故事的娱悦于听众而已，不仅仅是报告一段惊人的新闻给听众而已，其中实孕蓄着很深刻的当代的社会的不平与黑暗的现状的暴露。

平民们去观听公案剧，不仅仅是去求得故事的怡悦，实在也是去求快意，去舞台上求法律的公平与清白的！当这最黑暗的少数民族统治的时代，他们是聊且快意的过屠门而大嚼。

三　元代公案剧产生的原因

所以元代公案剧多量的产生，实自有其严重的社会的意义在着的。我们不要忘记了元代是蒙古人统治中国的一个时代。他们把居住于中国的人民分别为左列的四个等级：

（一）蒙古人，那是天之骄子，贵族，最高的统治者；

（二）色目人，包括回回人及其他西方诸民族的人民在内；他们为了被征服较早；所以蒙古人也利用之，作为统治中国的爪牙；

（三）汉人，包括北方的人民，连金人也在内；

（四）南人，即江南的人民，最后臣服于他们的。

南人是最倒霉的一个阶级，是听任蒙古人、色目人的践踏、蹂躏而不敢开口喊冤的一个被统治、被压迫的阶级。

而蒙古人、色目人，又是怎样的不懂得被征服者们的风俗、习惯，不明了他们的文化，甚至大多数的统治者，都是不明白中国的语言文字的。

叫那大批的虎狼般的言语不通的官僚们，高高在上的统治着各地的民众，怎样的不会构成一个最黑暗、最恐怖的无法律、无天理的时代呢？

即有比较贤明些的官吏们，想维持法律的尊严，然而他们却不能不依靠着为其爪牙的翻译或胥吏的。那一大批的翻译和胥吏，其作恶的程度，其欺凌压迫平民们的手段，是常要较官僚们厉害数倍，增加数倍的。

这样的情形，即以翻译吏支配着法庭的重要的地位的情形，是我们以今日之租借地的法庭的情形一对证便可明白其可怖的程度的。

下面的一段故事，已不记得那一部笔记里读到了，但印象却深刻到至今不曾暗淡了下来！

在元代，僧侣们的势力是很大的。有一部分不肖的奸僧们便常常的欺压良民。某寺的住持某某，庙产不少，收入颇丰，便以放债为业。到期不还的，往往被其凌迫不堪。有一天，许多债户到他那里请求宽限。但他坚执不允，必求到官理诉。众人便不得已的和他同上官衙。其中有几个黠者，却去求计于相识的翻译。翻译吏想了一会之后，便告诉他们以一个妙策：每个债户都手执香枝，一个空场上预先搭好了一个火葬堆。众人拥了那位住持到衙门里去。问官是不懂汉话的，全恃翻译吏为之转译。那位住持向他诉说众债户赖债不还的情形，并求追理。那个翻译吏却把他的话全都搁了下去，另外自己编造了一段神谈，说：那位住持是自知涅槃之期，特来请求允许他归天的，所以众人都执香跟随了他来。问官听了这，立刻很敬重的允许其所求。于是，不由那位住持的分说，争辩，众人直拥他向火葬场走去，还导之以鼓乐，生生的把这位债主烧死了。而那位问官，还被蒙在鼓里，以为他管下真的出了一位圣僧！

这故事未免太残忍，但可见翻译吏所能做的是怎样的倒黑为白的手段！

在这种黑无天日的法庭里，是没有什么法律和公理可讲的。势力和金钱，便是法律的自身。

所以，一般的平民们便不自禁的会产生出几种异样的心理出来，编造出几个型式的公案故事：

第一型是清官断案，不畏势要权豪，小民受枉，终得于直。这是向往于公平的法律，清白的法官的心理的表现。正像唐末之产生侠士剑客的故事，清初遗民之向慕梁山水浒的诸位英雄们的事迹的情形一般无二。这是聊且快意的一种举动。

第二型是有明白守正的吏目，肯不辞艰苦，将含冤负屈的平民，救了出来。这也许在当时曾经有过这一类的事实。饥者易为食，渴者易为饮。他们便夸大张皇其事而加以烘染、描写。这也正是以反证出那一班官僚们是怎样的"葫芦提"，而平民们所向往的竟是那样的一种精明强干的小吏目们！

基于这两点，元代的公案剧，其内容、其情调，便和宋代话本里的公案故事有些不同，也便和明以来的许多"公案集"像《廉明公案》、《海刚峰公案》、《包公案》等等，有所不同。

四 与宋代"公案传奇"的不同

宋代的"公案传奇"，只不过是一种新闻，只不过是说来满足听众的好奇心的。至多，也只是说来作为一种教训的工具的。在其间，我们只见到情节的变幻，结构的离奇，犯罪者的狡猾，公差们的精细。除了《错斩崔宁》的少数故事之外，很少是含冤负屈，沉怨不伸的。

像《简帖和尚》，这和尚是那末奸狡，然而终于伏了法。当日推出这和尚来，一个书会先生看见，就法场上做了一只曲儿，唤做《南乡子》：

怎见一僧人，犯滥铺模受典刑。案款已成招状了，遭刑，棒杀髡囚示万民。沿路众人听，尤念高王观世音。护法喜神齐合掌，低声，果谓金刚不坏身。

《勘皮靴单证二郎神》写道士孙神通冒充二郎神，奸污了内宫韩夫人。后来，因了一只皮靴，生出许多波折，终于被破获伏法而死。"正是：但存夫子三分礼，不犯萧何六尺条。自古奸淫应横死，神通纵有不相饶。"

说书者们是持着那样的教训的态度。

便是包公的故事，像《合同文字记》，也并不怎样的"神奇"， 也不是什么专和"权豪势要"之家作对的情节，只是平平淡淡的审问一桩家产纠纷的案件。"包相公问刘添祥：这刘安德是你侄儿不是。老刘言不是。刘婆亦言不是。既是亲侄儿，缘何多年不知有无。包相公取两纸合同一看，大怒，将老刘收监问罪。"

这些，都是常见的案件，都是社会上所有的真实的新闻，都是保存于判牍、公文里的故事，而被说话人取来加以烘染而成为小说的。除了说新闻，或给听众以故事的怡悦之外，很少有别的目的，很少有别的动机。说话人之讲说这些故事，正和他们之讲说"烟粉灵怪"、"朴刀赶棒"一类的故事一样，只是瞎聊天，只是为故事而说故事。

五 元代公案剧的特质

但元代公案剧的作者们却不同了。他们不是无目的的写作，他们是带着一腔悲愤，要借古人的酒杯，以浇自己的块垒的。所以，往往把古人的公案故事写得更为有声有色，加入了不少的幻想的成分进去。包待制在宋人话本里，只是一位精明强干的官僚。在明、清人的小说里，只是一位聪明的裁判官。但在元代杂剧里，他却成了一位超出乎聪明的裁判官以上的一位不畏强悍而专和"权豪势要"之家作对头的伟大的政治家及法官了。他甚至于连皇帝家庭里的官司，也敢审问。（像《金水桥陈琳抱妆盒》）

> ［双调新水令］钦承圣敕坐南衙，掌刑名纠察奸诈。衣轻裘，乘骏马，列祇候，摆头踏。凭着我懒劣村沙，谁敢道侥幸奸猾！莫说百姓人家，便是官宦贤达，绰见了包龙图影儿也怕！
>
> ——《包待制智勘后庭花》

一般平民们是怎样的想望这位铁面无私，不畏强悍的包龙图复生于世呀！然而，他是属于宋的那一代的，他是只能在舞台上显现其身手的！

这，便把包龙图式的故事越抬举得越崇高，而描写便也更趋于理想化的了。

元代有许多的"权豪势要"之家，他们是不怕法律的，不畏人言的。他们要做什么便做什么，用不着顾忌，用不着踌躇。像杨髡，说发掘宋陵，他便动手发掘，谁也不敢多说一句话。——虽然后来曾造作了许多因果报应的神话，以发泄人民的愤激。而杨髡的一个党羽，僧祖杰，竟敢灭人的全家，而坦然的不畏法律的制裁。要不是别一个和尚和他作对，硬出头来举发，恐怕他是永远不会服辜的。要不是有一部分官僚受舆论的压迫而毙之于狱，他是更可以坦然的被宣告无罪而逍遥自在的。（他死后五日而赦至！）连和尚都强梁霸道到如此，那一班蒙古人、色目人自然更不用说了。法律不是为他们设的！

《包待制智斩鲁斋郎》所写的鲁斋郎，是那样的一个人？且听他的自述。"花花太岁为第一，浪子丧门再没双。街市小民闻吾怕，我是权豪势要鲁斋

郎。……小官嫌官小不做，嫌马瘦不骑。但行处引的是花腿闲汉，弹弓粘竿，
虢鸟小鹞。每日价飞鹰走犬，街市闲行。但见人家好的玩器，怎么他倒有，我
倒无。我则借三日，玩看了，第四日便还他，也不坏了他的。人家有那骏马雕
鞍，我使人牵来，则骑三日，第四日便还他，也不坏了他的。我是个本分的
人！"这样的一个本分的人，便活是蒙古或色目人的一个象征。他仗着特殊的
地位，虽不做官，不骑马，却可以欺压良民，掠夺他们之所有。所以，一个公
正的郑州人，"幼习儒业，后进身为吏"的张珪，在地方上是"谁不知我张珪
的名儿"，然而一听说鲁斋郎，便连忙掩了口：

　　〔仙吕端正好〕被论人有势权，原告人无门下。你便不良会，可跳塔轮
铡，那一个官司，敢把勾头押。题起他名儿也怕！　〔幺篇〕你不如休和他
争，忍气吞声罢，别寻个家中宝，省力的浑家。说那个鲁斋郎，胆有天来大。
他为臣不守法，将官府敢欺压，将妻女敢夺拿，将百姓敢碰踏，赤紧的他官职
大的忒稀诧！

总是说他"官职大的忒稀诧"，却始终说不明白他究竟是个什么官。后来他见
了张珪的妻子，便也悄悄的对他说，要他把他的妻在第二天送了去。张珪不敢
反抗，只好喏喏连声的将他的妻骗到鲁斋郎家中去。直到了十五年之后，包待
制审明了这案，方才出了一条妙计，将鲁斋郎斩了。然这最后的一个结局，恐
怕也只是但求快意，实无其事的罢。
　　《包待制智勘生金阁》杂剧里的庞衙内，也便是鲁斋郎的一个化身。他是
"权豪势要之家，累代簪缨之子"。嫌官小不做，马瘦不骑，打死人不偿命。若
打死一个人，如同捏杀个苍蝇相似。他"姓庞名绩，官封衙内之职"。然而这
"衙内"是何等官名？还不是什么"浪人"之流的恶汉、暴徒么？他夺了郭成
的"生金阁"，抢了郭成的妻，还杀死了郭成。他家里的老奶娘，知道了这事，
不过在背地里咒骂了他几句，他却也立即将她杀死。他不怕什么人对他复仇。
直到郭成的鬼魂，提了头颅，出现在大街上，遇到了包拯，方才把这场残杀平
民的案件破获了。然而鬼魂提了自己的头颅而去喊冤的事是可能的么？以不可
能的结局来平息了过分的悲愤，只有见其更可痛的忍气吞声的状相而已！

　　便捉赴云阳，向市曹，将那厮高杆上挑，把脊筋来吊．我着那横亡人便得
生天，众百姓把咱来可兀的称赞到老。

这只是快意的"咒诅"而已。包拯除去了一个庞衙内,便被众百姓"称赞到老",可见这值得被众百姓"称赞到老"的官儿在元代是如何的缺乏,也许便压根儿不曾出现过。所以只好借重了宋的那一代的裁判官包拯来作为"称赞"的对象了。

《包待制陈州粜米》杂剧里的刘衙内也便是鲁斋郎、庞衙内同类的人物。朝庭要差清廉的官到陈州去粜米,刘衙内却举荐了他的一个女婿杨金吾,一个小衙内(他的儿子)刘得中去。这二人到了陈州倚势横行,无恶不作。他们粜米,"本是五两银子一石,改做十两银子一石;斗里插上泥土糠秕,则还他个数儿。斗是八升小斗,秤是加三大秤。如若百姓们不服,可也不怕。放着有那钦赐的紫金锤呢。"

所谓"钦赐的紫金锤",便是那可怕的统治者的权力的符记罢。一个正直的老头儿,说了几句闲话,他却吃了大苦:

[仙吕点绛唇] 则这官吏知情,外合里应,将穷民并。点纸连名,我可便直告到中书省。

[混江龙] 做的个上梁不正,只待要损人利己惹人憎。他若是将咱刁蹬。休道我不敢掀腾!柔软莫过溪涧水,到了不平地上也高声。他也故违了皇宣命,都是些吃仓廒的鼠耗,咂脓血的苍蝇。

[油葫芦] 则这等攒典?哥哥休强挺,你可敢教我亲自秤。今世人那个不聪明,我这里转一转,如上思乡岭,我这里步一步,似入琉璃井。秤银子秤得高,哎,量米又量的不平。元来是八升嗷小斗儿加三秤,只俺这银子短二两,怎不和他争!

[天下乐] 你比那开封府包龙图少四星,卖弄你那官清法正行,多要些也不到的担罪名。这壁厢去了半斗;那壁厢搲了几升。做的一个轻人来还自轻。

[金盏儿] 你道你奉官行,我道你奉私行。俺看承的一合米,关着八九个人的命。又不比山麋野鹿众人争,你正是饿狼口里夺脆骨,乞儿碗底觅残羹。我能可折升不折斗,你怎也图利不图名。

他这样的争着,却被小衙内命手下人用紫金锤将他打得死去活来:

[村里迓鼓] 只见他金锤落处,恰便似麦雷着顶。打的来满身血迸,教我呵怎生扎挣!也不知打着的是脊梁,是脑袋,是肩井。但觉的刺牙般酸,

剐心般痛，剔骨般疼。哎呦，天那！兀的不送了我也这条老命！

[元和令] 则俺个籴米的有甚罪名，和你这粜米的也不干净！现放着徒流笞杖，做下严刑，却不道家家门外千丈坑，则他这得填平处且填平，你可也被人推更不轻！

[上马娇] 哎，你个萝卜精头上青，坐着个爱钞的寿官厅，面糊盆里专磨镜。哎，还道你清，清赛玉壶冰！

[胜葫芦] 都只待遥指空中雁做羹，那个肯为朝廷。有一日受法餐刀正典刑，怎时节钱财使罄，人亡家破，方悔道不廉能。

[后庭花] 你道穷民是眼内疔，佳人是颏下瘿，便容你酒肉摊场吃，谁许你金银上秤秤。儿也，你快去告不须惊，只指着紫金锤专为照证。投词院直至省，将冤屈叫几声。诉出咱这实情，怕没有公与卿，必然的要准行。任从他贼丑生百般家着智能，遍衙门告不成，也还要上登闻将怨鼓鸣。

这老头子，张憨古，是咒骂得痛快，但他却牺牲了他的性命。"柔软莫过溪涧水，到了不平地上也高声"，他们是那末可怜的呼吁和哀鸣呀！然而便这"高声"的不平鸣，也成了罪状而被紫金锤所打死。

后来，包待制到陈州来查，张憨古的儿子小憨古方才得报他父亲之仇。包待制将杨金吾杀死，还命小憨古亲自用紫金锤将刘小衙内打死。刘衙内将了皇帝的赦书来到时，却发见了他的子和婿的尸身。包待制不留情的连他也捉下。

这当然是最痛快的场面。然而，这是可能的事么？

总是以不可能的结局来作为收场，还不是像唐末人似的惯好写侠士剑客的雪不平的故事的情形相同么？

六　糊突的官

写包待制是在写他们的理想中的贤明正直的裁判官的最崇高的型式。同时却有许多糊涂的官府，毫不懂事，毫不管事，专靠着他们的爪牙（即吏役们）作为耳目。判案的关键竟完全被执握在那些吏目的手里。

蒙古官或色目官都是不认得汉字，不懂得汉语，更是不明白什么法律的。最本分的官府，是听任着他们的翻译和吏目们的播弄；而刁钻些的，或凶暴些的，其为非作歹，自更不堪闻问了！

但有心于作恶的不良的官吏，总没有糊突无知的多。而在糊突无知的作为里，被牺牲的平民们也决不会比敢作敢为的恶官僚少些。大抵做官糊突的，总有一个特征，什么都颠倒糊突，任人播弄，但至少有一点是不糊突的：那便是贪污的好货的心！糊突官大抵十有九个是贪赃的。

有许多的元代公案杂剧，都写的是官府的如何糊涂的断了案，被告们如何的被屈打成招。

关汉卿的那一部大悲剧《感天动地窦娥冤》，便写的是，张驴儿想以毒药杀死了蔡婆，却误杀了他自己的父亲；反诬窦娥为药死他老子的人，告到了官府。那糊突的官府，却糊里糊涂的把窦娥判决了死刑。且看这戏里的官府：

> （净扮孤引祗候上，诗云）我做官人胜别人，告状来的要金银。若是上司当刷卷，在家推病不出门。下官楚州太守桃杌是也。今早升厅坐衙。左右，喝撺厢。（祗候么喝科）
> （张驴儿拖正旦卜儿上，云）告状，告状！
> （祗候云）拿过来。
> （做跪见，孤亦跪科，云）请起！
> （祗候云）相公，他是告状的，怎生跪着他。
> （孤云）你不知道，但来告状的就是我衣食父母！

而这种以"告状的为衣食父母"的官府，除下毒手将被告屈打成招以外是没有第二个方法的：

> ［骂玉郎］这无情棍棒，教我捱不的，婆婆也，须是你自做下怨他谁！劝普天下前婚后嫁婆娘每，都看取我这般傍州例。
> ［感皇恩］呀，是谁人唱叫扬疾，不由我不魄散魂飞。恰消停，才苏醒，又昏迷。捱千般打拷，万种凌逼，一杖下，一道血，一层皮。
> ［采茶歌］打的我肉都飞血淋漓，腹中冤枉有谁知。则我这小妇人毒药来从何处也，天那，怎么的覆盆不照太阳辉！

严刑之下，何求不得，窦娥便只得招了个："是我药死公公来。"

孟汉卿的《张孔目智勘魔合罗》里所写的河南府的县令是这样的一个人物：

> 我做官人单爱钞，不问原被都只要。若是上司来刷卷，厅上打的鸡儿叫。

而他的手下得用的吏目萧令史却又是这样的一个人物：

> 官人清如水，外郎白如面。水面打一和，糊涂成一片！

这几句话便是他们最好的供状！在这"糊涂成一片"的场面上，无辜的刘玉娘便被迫着不得不供道："有小叔叔说，玉娘与奸夫同谋，合毒药药杀丈夫"了！

王仲文的《救孝子贤母不认尸》里的官巩得中是："小官姓巩，诸般不懂。虽然做官，吸利打哄。"他不会问案。诸事都靠着他的令史。

> （令史云）相公不妨事，我自有主意。
> （孤云）我则依着你。

这样，因了官的糊涂，便自然而然的把权力都放在吏的身上去了。

李行道的《包待制智勘灰阑记》里的糊突官郑州太守苏顺，他的自述更是逼真：

> 虽则居官，律令不晓，但要白银，官事便了。可恶这郑州百姓欺侮我罢软，与我起个绰号，都叫我做模棱手。因此我这苏模棱的名，传播远近。

他听了原告马员外妻的诉词却是不大明白：

> 这妇人会说话，想是个久惯打官司的。口里必力不剌说上许多，我一些也不懂的。快去请外郎出来。

这"外郎"便正是播弄官府的吏目。

这种糊突的官府，在别一个时代是不会大量产生的，只有在这元代，在这少数民族统治了中国的时代，才会产生了这许多怪事奇案！而那大批的糊突透顶的官府们恰便是那些无数的不会开口说话，不会听得懂原被告的诉词的蒙古官儿、色目官儿们的化身。

七　横暴的吏目

随着官的糊突，便渐渐的形成了吏的专横。官所依靠于吏者愈甚，吏之作奸犯科，上下其手的故事便愈多。

为汉奸的翻译吏，往往其凶暴的程度是更甚于本官的。官如梳，吏则如箆。其剥削百姓们的手段，是因了他熟悉当地的情形而更为高明的。

吏的故事，因此，在元代的公案剧里便成功了一个特殊的东西。几乎在任何糊突官的故事里，总有一个毒辣狠恶的吏目在其中衬托着，而其地位也较本官更为重要。

他们惯于蒙蔽上官，私受请托，把一场屈官司，硬生生的判决了下来。无理的强扭作有理，有理的却反被判为有罪。而其关键则都在狡猾的罪人的知道如何的送礼。

无名氏的《神奴儿大闹开封府杂剧》，叙李德义妻王腊梅杀死了他的侄儿神奴儿，却反诬神奴儿的寡女陈氏，因奸气杀了他哥哥，谋害了他侄儿，因了李德义的私下送钱给"外郎"，"外郎"便将陈氏屈打成招了。

> [尧民歌] 呀，他是个好人家，平白地指着奸夫。哎，你一个水晶塔官司人忒胡突，便待要罗织就这文书，全不问实和虚。则管你招也波伏，外郎呵，自窨付兀良，可是他做来也那不曾做。
>
> [耍孩儿] 你可甚平生正直无私曲，我道您纯面搅则是一盆糊。若无钱怎挝得你这登闻鼓。便做道受官厅党太尉能察雁，那里也昌平县狄梁公敢断虎。一个个都吞声儿就牢狱。一任俺冤仇似海，怎当的官法如炉。

这两段话，把这"外郎"骂得够痛快了，但还不足以尽其罪状的百一！《灰阑记》里的赵令史，又《救孝子》里的"令史"，又《勘头巾》里的赵令史等等，也没有一个不是这样的人物。

> [滚绣球] 人命事，多有假，未必真。要问时，则宜慢，不可紧。为甚的审缘因再三磨问，也则是恐其中暗昧难分。休倚恃你这牙爪威，休调弄你这笔力狠，你那笔尖儿快如刀刃，杀人呵须再不还魂！可不道闻钟始觉山藏寺，到岸方知水隔村，休屈勘平人！
>
> ——《救孝子》
>
> [牧羊关] 我跟前休胡讳，那其间必受私。既不沙怎无个放舍悲慈。常言道饱食伤心，忠言逆耳。且休说受苞苴是穷民血，便那请俸禄也是瘦民脂。咱则合分解民冤枉，怎下的将平人去刀下死。

[隔尾] 这的是南衙见掌刑名事，东岳新添速报司，怎禁那街市上闲人厮讥刺。见放着豹子豹子的令史，则被你这探爪儿的颅人将我来带累死！

——《勘头巾》

虽然是有人在这样的劝告着，拦阻着，然而那狠恶的吏是作恶如故。这还是受贿而被金钱的脂膏污腻了心肠的。更可怕的是，那吏的本身便是一个罪犯，他凭借着特殊的势力为非作歹；那案情便更为复杂、更为残酷了。

《包待制智勘灰阑记》叙马员外妻和赵令史有奸，她便串通了赵令史，把丈夫的妾张海棠屈打成招，说她药杀丈夫。又把她所生的一个孩子夺了过来。要不是包待制勘出了真情，张海棠便非死在他的刀笔之下不可。

元戏文《小孙屠没兴遭盆吊》写的是：一个令史朱邦杰，恋爱孙必达妻李琼梅，却设计去害必达和他的弟弟必贵（因他冲破了他们的秘密）。必贵在狱中被盆吊死。要不是东岳泰山府君下了一场大雨，救醒了必贵，他已是成了一个含冤负屈的鬼魂了。虽是贤明的官府，却也发觉不了他们的鬼计。为了他们杀死了一个梅香，冒作琼梅，说是必达杀妻（其实琼梅是乘机跟随了邦杰走了）。梅香的鬼，虽死而不甘心，其鬼魂老是跟随着他们，因此始得破了案。

把鬼魂报冤的事，当作了全剧的最要紧的关头，明显的可见当时对于这一类作奸犯科的令史们，用人力是无法加以制裁的。故不得不用了人力以外的力量。

八　贤明的张鼎的故事

在横暴的吏目的对面，也不是没有少数的贤明的人物。像元剧所歌颂的张鼎，便是其一。从元剧作者们的特殊的歌颂、赞许那贤明的吏张鼎的事实上看来，我们可以知道，肯行方便的虚心而精明的吏目，在这黑暗的时代，也尽有可以展布其裁判的天才的机会。换一句话，便是：可见这黑暗时代，操纵那审判的大权的，倒不是官而是吏。吏的贤恶，是主宰着法律的公平与否的。只可惜贤吏太少而恶吏太多，"漫漫长夜何时旦"的局面，只是继续了下去。

在张鼎的故事里，正反映出百姓们的可悲痛的最低度的求公平的希望的微光。

以张鼎为中心人物的故事剧，有《魔合罗》和《勘头巾》。这二故事，都是已被糊突的官府判了死刑的案子。他为了不忍，为了公平，为了正义，才挺身而出，想要求得真情实相。

他是个谨慎小心的人，好行方便，不肯随和着他人而为非作歹。他是个勤恳的贤吏的模范：

> ［集贤宾］这些时曹司里有些勾当，我这里因金押离了司房。我如今身耽受公私利害，笔尖注生死存亡。详察这生分女作歹为非，更和这忤逆男随波逐浪。我可又奉官人委付，将六案掌，有公事怎敢仓皇。则听的冬冬传击鼓，偌偌报撏箱。

在《魔合罗》里，他见到受刑的刘玉娘眼中流下泪来，便去审问她，请求堂上的相公给他复审。他是一个都孔目，素有能吏之名，相公便允许了他的请求。那受了贿的萧令史所编造的判牍，毕竟瞒不过张鼎的精明的眼光。刘玉娘的丈夫李德昌外出为商，病了回家。到家后便死了。他的兄弟李文道告她药杀亲夫。然而没有奸夫，那服毒药也没有下落，究竟在谁家合来，也不知道。

> 早是这为官的性忒刚，则你这为吏的见不长，则这一桩公事总荒唐。那寄信人怎好不细访，更少这奸夫招状。可怎生葫芦推拥他上云阳！

后来他寻到那寄信人，知道他在送信给玉娘之前，曾遇到李文道，通知过他。由此线索，才把这案情弄明白了：原是李文道合毒药杀死了他哥哥的。

《勘头巾》的故事，似更为复杂。王小二和刘平远有隙，当众声言：要杀死他。他的妻逼小二立了保辜文书。不料刘平远果然被杀，因此王小二遂被嫌疑，逮捕到官，受不过打而屈招。但张鼎却挺身为他辨枉，审问出：道士王知观和刘妻有奸，杀死了他而嫁祸于王小二。其关键在赃物芝麻罗头巾的发现上。得了这头巾，小二的嫌疑乃大白。

张鼎判案时，并不是没有遇到阻力。恶的吏目，总在挑拨着。他们要挑拨本官和张鼎发生意见。果然本官大怒，而要张鼎在三日内审明此案，否则便有罪。（二剧皆如此）张鼎是自怨自艾着："没来由惹这场闲是非，亲自问杀人贼。全不论清廉正直，倒不如懵懂愚痴。为别人受怕耽惊，没来由废寝忘食……则为我一言容易出，今日个驷马却难追！"（《勘头巾》）然而他却终于为了正义而忘身。"则要你那万法皆明，出脱的众人无事，全在你寸心不昧！"（《魔合罗》）不昧的寸心，永远要为正义和公平争斗着。这便是百姓们所仰望着的公正贤明的吏目！这样故事的产生，当然也不会是偶然的。

九 鬼神与英雄

但可痛的是，在实际的黑暗社会里，贤明的吏目像张鼎者是罕有，而不糊突的官府，像包拯者却又只是属于宋的那一代的，百姓们在无可控诉的状态下，便又造作了许多鬼与神与英雄的故事。那些故事又占着元杂剧的坫坛上的大部分的地位。《生金阁》是鬼的控诉的故事。《窦娥冤》、《神奴儿》也是如此。无名氏的《玎玎珰珰盆儿鬼》剧更是鬼气森森的逼人。《朱砂担滴水浮沤记》也是由鬼魂出来控诉、报冤的。《小孙屠》戏文，其顶点也在被杀的梅香的鬼的作祟。假如鬼魂无灵的话，那些案件是永远不会被破获的。而神在其中，也是活跃着。《小孙屠》是由东岳泰山府君出场。而《朱砂担》则更惨，王文用被杀的冤魂，在人间是无可控诉的，只是由太尉神领着鬼力，捉住了杀人贼，施行其最后的审判。

英雄替人报仇雪恨的故事是更多。就见存的杂剧算来，有：

（一）黑旋风双献功（高文秀作）

（二）同乐院燕青博鱼（李文蔚作）

（三）郑孔目风雪酷寒亭（杨显之作）

（四）都孔目风雨还牢末（李致远作）

（五）争报恩三虎下山（无名氏作）

等数本，其情节差不多都是相同的。有权力的人，诱走了某人的妻。他到大衙门里去告状，不料遇到的官，却便是那诱走他的妻的那个人。于是不问情由的，将他判罪。这场冤枉是没法从法律上求伸的。于是，一群的英雄们便出现了。（李逵，或燕青，或宋彬等等）他们以武力来代行士师的权与刑罚。他们痛快的将无恶不作的"衙内"之流的人物执行了死刑。——那些"衙内"大约也便是"嫌官小不做，嫌马瘦不骑"的元代的特殊阶级吧。这些水浒英雄们的故事，当时或不免实有其例——天然的，在法律上不能伸的仇冤总会横决而用到武力来代行审判的。

但就上文看来，不能无所感。被统治的或被征服的民族，其生活于黑暗中的状况是无可控诉的。为奴为婢的被践踏、被蹂躏、被掠夺、被欺凌的一生，是在口说笔述以上的可怖的。"嫌官小不做，嫌马瘦不骑"的那些"衙内"是在到处横行着，个个人都便是"权豪势要"的人物。法律不是为他们而设的。不得已，百姓们只好在包拯（甚至降格以求之，在张鼎）那些人的身上去，求得法律上的公平；然而不知包拯却只是属于宋的那一代的！更空虚些的，却找到了鬼与神。那自然益发可悲！

倒还是求直于英雄们的武力的，来得痛快！其实，在黑暗的时代，也只有"此"势力足以敌"彼"黑暗的势力耳。然而恐怕连这也只是空想！

1934 年 4 月 24 日于北平

原载《文学》第二卷第六期，1934 年 6 月 1 日

据上海古籍出版社 1984 年版《郑振铎古典文学论文集》移录)

论元人所写商人、士子、妓女间的三角恋爱剧

郑振铎

一　史料的渊薮

在官书，在正史里得不到的材料，看不见的社会现状，我们却常常可于文学的著作，像诗、曲、小说、戏剧里得到或看到。在诗、曲、小说、戏剧里所表现的社会情态，只有比正史、官书以及"正统派"的记录书更为正确、真切，而且活跃。在小说、戏剧，以及诗、曲里所表现的，不一定是枯燥的数字，不一定是无聊的事实的帐本，——要在那里去寻找什么数字，十分之十是要失望的——而是整个的社会，活泼跳动的人间。

我以为，我们今日要下笔去写一部中国历史，——一部通史，文化史，社会史，经济史，等等——如果踢开了或抛弃了这种活生生的材料，一定要后悔不迭的。唐代的史料存在于《太平广记》和《全唐诗》里的，准保要比新、旧《唐书》多而重要。同样的，我们要知道元代——这个畸形的少数民族统治的黑暗时代——的状况，元杂剧和元散曲却是第一等的最活跃的材料的渊薮。

那些戏剧的题材，尽管说的秦皇、汉祖，写的是杨妃、昭君，唱的是关大王、黑旋风，歌颂的是包龙图、王翛然，描写的是烟粉灵怪、金戈铁马、公案传奇，然而在这一切人物与情节的里面，却刻骨镂肤的印上了元这一代的社会的情态——任怎样也拂拭不去，挖改不掉。

同时，元这一代的经济力是怎样的强固的爬住了这些戏剧、散曲，而决定其形态，支配其题材的运用之情形，也可于此得见之。

诚然的，现在留存的许多元剧，还有令我们感到不足的地方，特别是有许多曾经过明人的改订、增入，而失去了一部分的原形。但那也并无大害。我们很不难在那真伪的材料之间求得一个决定。

这里所论的，是许多可讨论的题材里的比较有趣的一个，就是论及元剧里

所写的商人、士子和妓女间的三角恋爱的争斗的。以这种"三角恋"的故事为题材的元剧，不在少数，存留于今的也还有不少。然其间，我们很可以窥见元这一代的经济状况的一斑。而同时也便说明了：构成了这种式样的三角恋的戏剧的，乃正是元这一代的那样的"经济状况"在幕后决定着，支配着，指挥着，或导演着。

二 叙写商人、士子和妓女间的"三角恋"的诸剧

以商人、士子、妓女间的三角恋爱的争斗为题材的杂剧，很早的便已经开始了。杂剧之祖的关汉卿，曾作着一本《赵盼儿风月救风尘》。据今日的《元曲选》所载的，此剧的故事为郑州人周同知的儿子周舍和一个秀才安秀实间的争夺妓女宋引章事。但臧晋叔所添注的"说白"，未必可靠。仔细读着全剧，所谓"周舍"者，实是"商"而非"官"。他是一个富商，并非一个官家子弟。

[雁儿落] 这厮心狠毒，这厮家豪富，衡一味虚肚肠，不踏着实途路。（第四折）

[赚煞] ……哎，你个双郎子弟，安排下金冠霞帔，却则为三千茶引，嫁了冯魁。（第一折）

还不明明的说是和双渐、苏卿的故事相同么？不过苏卿之嫁冯魁，是心不愿，宋引章之嫁周舍，却是她自己所欲的。她不听她好友赵盼儿之劝，竟抛弃了穷秀才的安秀实而嫁给了豪富的周舍。这大约是人情世态之常。但后来，引章为周舍所虐待，赵盼儿才偕安秀实去救出了她。结果，还是秀才胜利。

所谓双渐、苏卿的故事，曾盛行于元这一代，作为歌曲来唱者不下七八套（皆见《雍熙乐府》）。王实甫则写了《苏小卿月下贩茶船》一本。张禄《词林摘艳》存其一折（《粉蝶儿》套，大约是第二折吧）。其故事是：妓女苏小卿喜书生双渐，而渐则贫穷无力。有茶商冯魁者，携二千茶引发售，遇见小卿而悦之。即设计强娶了小卿到茶船上来。小卿终日在船无聊。后双渐为临川令，复将小卿夺了过来。

无名氏《斗鹌鹑》套，写"赶苏卿"事，最为明快。小卿和双渐相见了：

[幺篇] ……见了容仪，两意徘徊，撇了冯魁。怎想道今宵相会！解缆

休迟，岸口慌离，趁风力到江心一似飞。

　　[尾声] 冯魁酩酊昏沉睡，不计较苏卿见识。一个金山岸醒后痛伤悲，一个临川县团圆庆贺喜。

他们是这样的双双脱逃而去。实甫的一套，写的却是鸨母和冯魁设计，伪作双渐写给小卿的信，和她决绝。她虽因此不得已而嫁了冯魁，而心里却是百分的不愿意。"你道是先忧来后喜，我着你有苦无甜。"

　　[尧民歌] 使了些精银夯钞买人嫌，把这厮剔了髓，挑了筋，剐了肉不伤廉。我从来针头线角不会拈，我则会傅粉施朱对妆奁。心严财钱信口添，着这厮吃我会开荒剑。

　　这故事成了后来许多同型故事的范式。许多写商人、士子、妓女间的三角恋者，均有意无意的受了这双渐、苏卿的故事的影响。

　　马致远的《江州司马青衫泪》也便是双渐、苏卿故事的翻版之一。不过把双渐改成了白居易，苏卿改成了裴兴奴，冯魁改成了浮梁茶客刘一郎耳。白香山的一篇那末沉痛的抒情诗《琵琶行》，想不到竟会变成了这样的一篇悲喜剧！白居易和妓女裴兴奴相恋。当他出为江州司马时，兴奴却被欺骗的嫁给了茶客刘一郎。后二人复在江州江面上相逢。兴奴等刘一郎睡了之后，却便偷上了居易的船而逃去。因元微之斡旋之力，皇帝竟同意于他们的婚姻，而将刘一郎流窜远方而去。

　　武汉臣的《李素兰风月玉壶春》也是可被放在这一型式里的。号为玉壶生的秀才李斌，在春天清明节，到郊外去踏青，遇到了妓女李素兰，便即偕同赴妓院里去。同居了许久。有故人陶伯常的，经过嘉兴，取了李斌的万言长策，去见天子。而李斌却受尽了鸨母的气。有个客人甚舍，见素兰而爱之。他原是装了三十车羊绒潞绸到这嘉兴府做些买卖的。鸨母逼走了玉壶生，要教素兰嫁给甚舍。她不肯，竟剪了头发。有一天，素兰正约玉壶生相会，为甚舍等所冲破，而告到了官。这官恰是陶伯常。他已由京回来。这时，天子已看了玉壶生的万言策，甚为嘉许，便命他做了本府同知。素兰遂嫁了他。而甚舍却抗议道："同姓不可为婚。"素兰证明本身姓张，不姓李。于是甚舍被断遣还乡，而玉壶生和素兰则"从今后足衣足食，所事儿足意。呀，不枉了天地间人生一世。"

这样的结果，诚是秀才们所认为"不枉了天地间人生一世"的！

无名氏的《逞风流王焕百花亭》，那故事正是连合了双渐、苏卿和玉壶春的。而情节更惨楚，遇合之际，更为娇艳可喜。有妓女贺怜怜的，在清明佳节，到郊外去游玩。于百花亭上遇见了一个书生，风流王焕。因了卖查梨条的王小二的介绍，二人便做了同伴。半年之后，王焕没了钱财，却被鸨母赶他出去，将怜怜嫁给了延西边上的收买军需的高常彬。常彬居怜怜于一萧寺，内外不通消息。又是王小二替他们传达了一番信息。于是王焕便扮做了一个卖查梨条的。

[随尾煞] 皂头巾裹着额颅，斑竹篮提在手，叫歌声习演的腔儿溜。新得了个查梨条除授，则这的是郎君爱女下场头。

他进了寺，和怜怜相见。得知高常彬私吞军款的事，便到延西边上，向种师道告发了他。师道将常彬杀却，怜怜便嫁给了王焕。这剧所写的高常彬，虽不是一个商人，却是一个收买军需的"买办"，仍是"商人"的一流。

元末明初的作家贾仲名，有《荆楚臣重对玉梳记》一剧，写的也是双渐、苏卿型的故事。有妓女顾玉香的，和秀才荆楚臣作伴了两年。不料有一东平府客人柳茂英，装二十载棉花来松江货卖。他见玉香而喜之，要和她作伴。当然，那妓家是欢迎他的，便把荆楚臣赶出门外。楚臣得了玉香之助，到京求取功名。茂英再三的以财富诱惑玉香，都被她拒却了。玉香对他说道："则俺那双解元普天下声名播，哎，你个冯员外舍性命推没磨，则这个苏小卿怎肯伏低将料着，这苏婆休想轻饶过。呆厮，你收拾买花钱，休习闲牙磕。常言道：井口上瓦罐终须破！"但茂英还是不省得。玉香被他缠得慌，便逃到京城去。楚臣却中了状元，除句容县令。在途中，玉香为茂英追及。正在逼她时，恰好遇见楚臣。那柳茂英便被锁送府牢依律治罪，而玉香却做了楚臣的夫人。"探亲眷高抬着暖轿，送人情稳坐着香车。"好不体面。

石君宝的《李亚仙诗酒曲江池》一类的杂剧，也可归入这一行列里。不过缺少了商人的一角，而露面者却只有鸨母的恶狠狠的面目耳。

未见流传的杂剧，今见载于《录鬼簿》里者，我们如果就其名目而爬搜了一下，一定还可以寻到不少的这一类的剧本。

白仁甫有《苏小小月下钱塘梦》，武汉臣有《郑琼娥梅雪玉堂春》，戴善甫有《柳耆卿诗酒玩江楼》，王廷秀有《盐客三告状》，殆皆可归入这一类型里去的。而纪君祥有《信安王断复贩茶船》的一剧，也许便是故意开玩笑的一个关于冯魁的翻案文字的滑稽剧吧？《盐客三告状》也许亦为其同类。

三　商人们的被斥责

但这一类型的故事，其共同的组织是可知的。第一，士子和妓女间的热恋，第二，为鸨母所间隔，而同时恰好来了一位阔绰的嫖客。鸨母便千方百计的离间士子与妓女间的感情，或设法驱逐了士子，欺骗着妓女，强迫她嫁给了那阔绰的嫖客。这阔绰的嫖客呢，大约不是有二千茶引的茶商，便是一个豪富的盐商，一个手头里把握无数钱财的军需官，或一个贩潞绸的山西客人，或一个有二十载货物的棉花商人。第三，妓女必定反抗这强迫的姻缘——但也有自动的愿意嫁给的，像《风月救风尘》，但那是例外。——她或以死自誓，剪发明志，像《玉壶春》里的李素兰，或私自脱逃了去寻找她所恋的，像《重对玉梳记》里的顾玉香。但最多的是，不得已而嫁给了那个商人，像苏卿之嫁给冯魁，裴兴奴之嫁给刘一郎，贺怜怜之嫁给高常彬。第四，士子与妓女间，忽然的重逢了，或在船上，或在山寺，或在途中。而这时，必有超出于经济势力之上的统治者出来，将妓女从商人手中或船里，夺取了去，将她嫁给了士子。

这样的，四个段落，形成了一场悲欢离合的恋爱的喜剧。那布置，简言之，是如左式的：

(一) 士子和妓女的相逢；

(二) 商人的突入场中；

(三) 嫁作商人妇或设法逃脱；

(四) 士子的衣锦归来，团圆。

这显然都是以士子为中心，全就士子方面的立场而叙写的戏曲，故对于商人们是，往往加以不必要的轻蔑或侮辱。——也许只有今已失传之《盐客三告状》和《断复贩茶船》之类是故意的写着反面的文章吧。

在士子们的口中，他是怎样自负着，而对商人们是怎样的憎恨，看不起，——这当然的是包蕴着传统的轻视。

> [三煞] 你虽有万贯财，争如俺七步才。两件儿那一件声名大？你那财常踏着那虎口，去红尘中走；我这才但跳过龙门，向金殿上排。你休要嘴儿尖，舌儿快，这虔婆怕不口甜如蜜钵，他可敢心苦似黄蘖。
>
> ——《玉壶春》第三折

有的几乎在破口的大骂着。郑廷玉的《看钱奴买冤家债主》云："子好交披上片驴皮受罪罚。他前世托生在京华，贪财心没命煞，他油铛内见财也去抓。富了他三五人，穷了他数万家。今世交受贫乏还报他。"

郑光祖《醉思乡王粲登楼》云："如今那有钱人没名的平登省台，那无钱人有名的终淹草莱，如今他可也不论文章只论财！"这便是骂元这一代的，不过借了古人王粲的口中说出而已。

甚至借妓女之口而骂之，而劝之，而诅咒之：

[三煞] 贩茶船柱儿大，比着你争些个棉花载数儿俭，斟量来不甚多。那里禁的半载周年，将你那千包百篓，也不索碎扯零持，则消得两道三科。休恋这隋堤杨柳，歌尽桃花，人赛嫦娥。俺这狠心的婆婆，则是个追命的母阎罗。

[二煞] 若是娶的我去家中过，便是引得狼来屋里窝。俺这粉面油头，便是非灾横祸。画阁兰堂，便是地网天罗。敢着你有家难奔，有口难言，有气难呵。弄的个七上八落，只待睁着眼跳黄河。

[黄钟煞] 休置俺这等掂梢折本赔钱货，则守恁那远害全身安乐窝。不晓事的颏人认些回和，没见识的杓俫知甚死活，无廉耻的乔才惹场折挫，难退送的冤魂像个什么。村势煞捺着则管独磨，桦皮脸风痴着有甚飐抹，横死眼如何有个分豁，喷蛆口知他怎生发落，没来由受恼耽烦取快活。丢了您那长女生男亲令阁，量你这二十载棉花值的几何！你便有一万斛明珠也则看的我。

——《重对玉梳记》第二折

甚至极轻蔑的讥笑他，甚至极刻薄的骂到他的形貌和打扮：

[耍孩儿] 这厮他村则村，到会做这等腌臜态，你向那兔窝儿里呈言献策。遮莫你羊绒绸段有数十车，待禁的几场儿日炙风筛。准备着一条脊骨，揢那黄桑棒，安排着八片天灵撞翠崖。则你那本钱儿光州买了滑州卖，但行处与村郎作伴，怎好共鸾凤和谐。

[四煞] 则有分剔腾的泥球儿换了你眼睛，便休想欢喜的手帕儿兜着下颏。一弄儿打扮的实难赛，大信袋滴溜着三山骨，硬布衫拦截断十字街。细

端详，语音儿是个山西客，带着个高一尺和顶子齐眉的毡帽，穿一对连底儿重十斤壮乳的麻鞋。

——《玉壶春》第三折

甚至借商人们自己的口中而数说着自己的不济，不若士子们之有前程：

[滚绣球] 读书的志气高，为商的度量小，是各人所好。便苦做争似勤学。为商的小钱番做大本，读书的白衣换了紫袍。休题乐者为乐，则是做官比做客的妆幺。若是那功名成就心无怨，抵多少买卖归来汗未消，枉了劬劳。

——武汉臣《散家财天赐老生儿》第二折

把商人们厌弃到这般地步，士子们的身价抬高至这般地步；这全是传说的"士大夫"的精灵在作怪。在实际社会上，全然不是这样的。

荆楚臣的情人顾玉香说道：

[煞尾] 做男儿的，除县宰称了心，为妻儿的，号县君享受福。则我这香名儿贯满松江府，我与那普天下猱儿每可都做的主。

那只是幻想的唱着凯歌而已。为了戏曲作家们多半是未脱"士子"的身分的，他们装着一肚子的不平，故往往对于商人们过分的加以指摘，责骂。

从前，有一个寓言道，人和狮子做了好朋友。他们一同出游，互夸其力量的强大。恰好走过一座铜像下面。那铜像铸着一只狮子，伏在人的足下，俯头贴耳的受人的束缚。人道：这不是人的力量强过狮子的证据么？狮子笑道：你要知道，那铜像是人铸的呀。如果是狮子铸来树立的，便会是人俯伏于狮的足下了。

这正足以说明，那些三角恋爱剧，为何如此的贬斥商人阶级的原因。

石君宝《诸宫调风月紫云庭》杂剧里，有一段话说得最是痛快，说尽了这三角恋爱的场面的情况：

[醉中天] 我唱道那双渐临川令，他便脑袋不嫌听。搔起那冯员外，便望空里助彩声。把个苏妈妈便是上古贤人般敬。我正唱到不肯上贩茶船的小卿，向那岸边相刁蹬，俺这虔婆道，兀得不好拷末娘七代先灵！

正如韩楚兰所谓："尔便有七步才，无钱也不许行，六艺全，便休卖聪明!"那妓院里便是这般形相，那世界也便是这般形相。杜蕊娘（见关汉卿《金线池》）也是这样的说："无钱的可要亲近，则除是驴生戟角瓮生根。"

在实际社会里，商人们是常常高奏凯歌的。一败涂地的，也许便是"士子"们。

四　商人们的初奏凯歌

就以那些描写商人、士子、妓女间的三角恋爱剧而论，在其间，商人们也都是初奏凯歌的。至少，鸨母们及一般社会的同情是在他们那一边的。甚至妓女们也未必个个都是喜欢秀才的呢。

鸨母们对于富商大贾，尽了帮忙的一切力量。在《贩茶船》剧里，鸨母假造了双渐的信来欺骗苏小卿，她却真的相信了这假信里的话：

[石榴花] 原来这负心的真个不中粘，想当初啜赚我话儿甜。则好去破窑中捱风雪，受斋盐。那时节谨廉君子谦谦，赍发的赴科场，才把鳌头占，风尘行不待占粘。如今这七香车五花诰无凭验，到做了脱担两头尖。

[斗鹌鹑] 别有的泪眼愁眉，无福受金花翠靥。我这里按不住长吁，揾不干揾不干泪点。谁承望你半路里将人来死抛闪。恩情似水底盐，到骂我做路柳墙花，顾不的桃腮杏脸。

于是冯魁占了上风，便乘机娶了她而去。

在《青衫泪》里，裴兴奴替远赴江州为司马的白居易守志，鸨母却逼她跟从了茶客刘一郎。她坚执不从。鸨母却设了一计，令人传了一个消息，说白居易已经死在任上。她信以为真，便于祭奠了居易之后，随了茶客刘一郎上他的茶船。

在《重对玉梳记》里，荆楚臣是被强迫的赶出门外。那东平府的商人柳茂英便乘机对妓女顾玉香献尽殷勤。她逃了出去，仍被茂英所追上。假定楚臣这时不来，玉香必定仍是落在茂英手里的。

在《百花亭》里，高常彬是毫不费力的娶了贺怜怜去。在《玉壶春》里，假如陶伯常不恰恰的在甚舍扯了李斌告状时来到嘉兴大街上，李素兰恐怕也便要落在甚舍手下的。在关汉卿的《救风尘》里，虽赵盼儿再三的劝宋引章嫁给安秀实，不嫁周舍。引章却道："我嫁了安秀实呵，一对儿好打《莲花落》！"这便是真正的妓女们的心理！

在一般社会里，不喜欢白衣的"秀才"的，恐怕也不止鸨母为然。在《拜月亭杂剧》（元刊《古今杂剧》本）里，王瑞兰的父亲王安抚硬生生的把她从蒋世隆的病榻边拖走了。瑞兰道："不知俺耶心是怎生主意！提着个秀才便不喜！穷秀才几时有发迹！"

而商人们便在这般的世情上，占了胜利，奏了凯歌。

明周宪王的《宣平巷刘金儿复落倡》一剧，描写刘金儿怎样的厌弃贫穷而向慕富家子弟，丰裕生活。她连嫁了好几个丈夫，都没有好结果。结果还是再做了娼妇。但她那种追逐于优裕的生活之后的思想，却是一般娼妓所同具有之的，未可以厚非。而像裴兴奴、苏小卿辈的意志比较坚定者却倒是例外。

为什么戏曲作家们把握着这些题材来写作时，总要把妓女们写得很崇高，很有节操，完全是偏袒着士子们的一边的呢？

一方面，当然为了这些剧原都是为士子们吐气扬眉的，对于作为士人们的对手的妓女们，便也不得不抬高其地位；而同时，为了要形容商人们怎样的强横与狼狈，便也不能不将妓女们的身分抬高到和贞女节妇并立的地位。

在实际社会上，这些故事都是不容易出现的。妓女们是十之九随了商人们走了的。商人们高唱着凯歌，挟了所爱的妓女们而上了船或车，秀才们只好眼睁睁的望着他们走。这情形，特别在元这一代，是太普遍，太平常了。

五 士子们的"团圆梦"

然而"士子们"不能甘心！

他们想报复。——至少在文字上，在剧场上。而在实际社会里，他们的报复却是不可能。

于是乎，在这些商人、士子、妓女间的三角恋爱的喜剧里，几乎成了一个固定的型式，便是士子和妓女必定是"团圆"。士子做了官，妓女则有了五花诰，坐了暖轿香车，做了官夫人。而那被注定了的悲剧的角色，商人呢，则不是被断遣回家，便是人财两失，甚至于连性命都送掉。

《救风尘》里的安秀实终于和当初不肯嫁他的妓女宋引章结婚。

苏小卿已经嫁了冯魁；裴兴奴已经嫁了刘一郎；她们都住在她们丈夫们的贩茶船上。当然没法和她们的情人们会面相聚的。然而，在这里，作者们便造作了传达信息和忽闻江上"琵琶声"的局面出来。

但他们虽然会面了，仍是不能长久相聚的，强夺也不可能。作者们便又使她们生了逃脱的一念，在丈夫熟睡的时候，她偷偷的上了情人的船，人不知，鬼不觉的。等到丈夫们发觉了时，他们的船已经是远远的不知撑到什么地方去了。

这是不得已的一种团圆的方法。

像《玉壶春》那样的写着：恰好遇见陶太守归来，还带了一个同知的官给李斌，而当场把妓女李素兰抢夺过来给了斌；像《百花亭》那样的写着：军需官高常彬回了军队时，恰遇他的情敌王焕已经发迹为官，告了他一状，他便延颈受戮，而他的妻贺怜怜也便复和她的王焕团圆；像《重对玉梳记》那样的写着：当顾玉香正在逃脱不出柳茂英的势力圈子，而恰恰的，她的情人荆楚臣便得了官回来，且还恰恰的在最危急的时候，在最危急的地方，遇见了他们，他救出了她，还将他的情敌柳茂英送府断罪。果有那样的痛快的直捷了当的团圆的局面么？

这是不可能的，我可以说，在实际的社会里，特别在元的这一代。没有那末巧遇的，像双渐、苏卿、白傅、兴奴的情形。更万万没有那末巧遇的，像楚臣、玉香、李斌、素兰。而在元这一代里，士子们更永远的不会逢有这种痛快的直捷了当的团圆的。

这只是一个梦；这只是一场"团圆梦"。总之，这只是"戏"！

在元这一代，士子们是那样的被践踏在统治者的铁蹄之下。终元之世，他们不曾有过扬眉吐气的时候。

而因此，他们的"团圆梦"便更做得有声有色！

六 元代士子的社会地位的堕落

士为四民之首，向来地位是最尊最贵的。也有穷苦不堪，像王播寄食僧寺，范进、周进（《儒林外史》）之受尽奚落的。然而一朝时来运来，便可立刻登青云，上帝京，为文学侍从之臣。立刻，妻也有了，家也有了，仆役也有了，田地也有人送来，财货也有人借给。所谓"富贵逼人来"者是。这不是一套魔术的变幻么？而这魔术的棒，这亚拉定神灯似的怪物件，便是"科举"者是。不管是诗赋，经策，是八股文，其作用是全然一致的。昔人有诗云："十年窗下无人问，一举成名天下知。"便是实况。因此，便养成了"百般皆下品，惟有读书高"的心理了。宋代尤重士，不论居朝在乡，士的地位都是很高的。金人取了中国北部，却也知道笼络人心，屡行科举。南宋对于士更是看重。

但那个"以马上得天下"的蒙古民族却是完全不懂得汉人、南人的社会状况的。他们的生活和思想，与汉人、南人是那末的不同。元帝国所囊括的地域是那末广，所包容的不同文化与思想的民族是那末众多。要他们怎样的特别的照顾到汉人、南人的旧有文化和制度，当然是不可能的。于是乎，科举的这个制度，"士"的登庸的阶梯，便也不被注意的废止了下来。

元史《选举志》尝痛论元代仕宦流品之杂。"捕盗者以功叙，入粟者以资进。至工匠皆入班资，而舆隶亦跻流品。诸王公主，宠以投下，俾之保任，远夷外徼，授以长官，俾之世袭。凡若此类，殆所谓吏道杂而多端者欤？"其实，在元世祖时代，根本上便不曾有过科举。到了仁宗延祐间方才恢复了科举制度。而得上第者未必便有美官。士子出身者大抵皆浮沉下僚，郁郁不得志。《辍耕录》云：

> 国朝儒者，自戊戌选试后，所在不务存恤，往往混为编氓。

"士"的地位在元这一代便根本上起了动摇。他们是四民中的一个，而不复居其"首"。他们手无缚鸡之力，身无一技之能，自然更不能为农、工、商所看得起。而把握着当时经济权的商人，则尤视"士"蔑如。郑德祐的《遂昌山樵杂录》云：

> 高昌廉公，讳希贡……尝言：先兄（希宪）礼贤下士如不及。方为中书平章时，江南刘整，以尊官来见。先兄毅然不命之坐。刘去，宋诸生褴褛冠衣，袖诗请见。先兄急延入坐语，稽经绅史，饮食劳苦如平生欢。既罢，某等兄弟请于先兄曰：刘整，贵官也，而兄简薄之。宋诸生，寒士也，而兄加礼殊厚，某等不能无疑。敢问。公曰：此非汝辈所知。吾国家大臣，语默进退，系天下轻重，刘整官显尊贵，背其国以叛者。若夫宋诸生，与彼何罪而羁囚之。况今国家起沙漠，吾于斯文不加厚，则儒术由此衰熄矣。

像廉希宪那末爱士的人实在不多见，而他的这个"于斯文加厚"的行为便为后人所称。然竟也无以起儒术之衰。

同书又载尤宣抚一事云：

时三学诸生困甚。公出,必拥呼曰:"平章。今日饿杀秀才也!"从者
叱之。公必使之前,以大囊贮中统小钞,探囊撮予之。

那些酸秀才的窘状,不亚于沿门托钵的人物么?金刘祁《归潜志》(卷七)有
一段文字形容金末仕宦者之苦:"往往归耕,或教小学养生。故当时有云:古
人谓十年窗下无人问,一举成名天下知。今日一举成名天下知,十年窗下无人
问也。"却恰好用来形容元这一代的士子的苦闷。

故元代的作者,每多挺秀的才士,而沦为医卜星相之流,乃至做小买卖,
说书,为伶人们写剧本,以此为生。关汉卿做医生,而郑光祖为杭州路吏,赵
文宝以卜术为生业,做阴阳教授,施惠乃居吴山城隍庙前,以坐贾为业。

其或足以自立者,都是别有原因的,不是被贵游所援引,便是家本素封,
不患衣食。顾阿瑛、倪云林他们之所以名重天下,原来也便是惯作寒士们之东
道主的。

"士子"的社会地位的堕落,也便是形成了他们的落魄与贫穷的原因。而
在三角恋爱的场面上,他们当然显得寒酸、落伍、减色,而不能和商贾们作有
力的争衡的了。

七 元代商业的繁盛与商人地位的增高

而同时,商贾们的地位却突然的爬高了几层,重要了许多。和士人阶级的
没落,恰好成一极明显的对照。

杭州虽是故都,但依然繁华如故,并不因南宋的灭亡而衰落下去。也许反
因北方人的来游者多,藩邦外国人的来往经商旅行者多,以及驻防军队的数量
的增加等等之故,而更显得有生气起来。作剧者关汉卿到杭州来过。而曾瑞卿
来到了杭州之后, 便定居于此,不肯再回北方去。许多剧本都是刊于杭州的。
——更多的古籍是发见于此。她成了元这一代的"文化城"。郎瑛《七修类稿》
云:

吾杭西湖盛起于唐。至南宋建都,则游人仕女画舫笙歌,日费万金,盛
之至矣。时人目为销金锅,相传到今,然未见其出处也。昨见一《竹枝词》,
乃元人上饶熊进德所作,乃知果有此语。词云:"销金锅边玛瑙坡,争似侬
家春最多。蝴蝶满园飞不去,好花红到剪春罗。"

所谓"销金锅"也便是商业中心之意。其实在元这一代，于杭州外，附近的松江，——驻防军的大本营所在地——茶业的中心的九江，及市舶司所在地的泉州、上海、澉浦、温州、广东、庆元（连杭州，凡七所）等地，也都是很繁盛的。这些，都还是"江南"之地。北方的都市还不在其中。

"江南"素为财富之区。南宋的政府，诛求尤酷。元代所谓江南，即指最繁荣的：

（一）江浙行省　（二）江西行省　（三）湖广行省

而言。据《元史·食货志》，江南三省天历元年"夏税"钞数，总计中统钞一十四万九千二百七十三锭三十三贯。

江浙省五万七千八百三十锭四十贯，

江西省五万二千八百九十五锭一十一贯，

湖广省一万九千三百七十八锭二贯。

而商税的收入，历代都占不大重要的地位者，这时却大为增加，大为重要。至元七年，定三十分取一之制以银四万五千锭为额。至元二十六年大增天下商税，"腹里"为二十万锭，江南为二十五万锭。到了天历之际，天下总入之数，视至元七年所定之额盖不啻百倍云。（《元史·食货志》）所谓百倍，即约四百五十万锭也。仅江南三省已占了四十万零三百八十五锭多了。计：

江浙行省二十六万九千二十七锭三十两三钱

江西行省六万二千五百一十二锭七两三钱

湖广行省六万八千八百四十四锭九两九钱

较之"夏税"已多四倍，而盐税，酒税，茶税，互市税尚不在内。可见这个时代的商业的隆盛，商人负担能力之惊人。市舶司的税，至元间，其货以十分取一，粗者十五分取一。后禁商入海，罢市舶司。不久，又屡罢屡复。惜未详其税入的总额。想来，那笔数目必定是很可观的。

酒税为国赋之一，"利之所入，亦厚矣。"仅"杭州省酒课岁办二十七万余锭"，其他可知。

天下盐总二百五十六万四千余引，而两浙之盐，独占了四十五万引。江西、湖广及两淮等处的盐引也不在少数。在盐课钞总七百六十六万一千余锭里，江南三省是占了很大的一个数字的。

茶的总枢纽为江州，总江淮荆湖湖广之税皆输于江州的榷茶都转运司。天历二年，始罢榷司而归诸州县。而其岁征之数，凡得二十八万九千二百一十一锭。

还有种种的杂税呢，且不说了罢。总之，就商人的负担之重，——从古未有之重——便知元这一代从事于商业者是如何的占势力。他们成了国家的重要的础石。国税从他们身上付出的是那末多。而元地域那末广大，兵威那末强盛。为商贾的往来，交通，除去了不少的阻碍。其商业之突盛，是必然的情形。《旧唐书·食货志》云："士农工商四人各业。食禄之家，不得与下人争利，工商杂类，不得预于士伍。"而元这一代，商人却成了一个特殊的阶级了。他们和蒙古民族有经济和商业上的必要的往来，其接近的程度当然较士子们为密。而元代又有"入粟"为官之例。由商人一变而为官吏，当也是极平常的事。

处在这样的优越的条件之下，商人和士子间的三角恋爱的争斗，其胜利权，当然是操在商人的手上了。

故冯魁、柳茂英们，硬生生的拆散了秀才妓女们的鸳鸯，而夺取了她们去。秀才们忍气吞声，妓女们没法挣扎。

他们只是幻想的等候着以另一种势力——自己做了官，或朋友做了官——来夺回了他们的所爱。

而这幻想却终于是幻象而已。这等候，却终于是不会在实际社会上实现的。

为了戏曲家们的本身便是"士子"的同流，其同情便往往寄托在秀才们的身上，而往往给商人们以一个难堪的结果——这正足以证：在实际社会上，秀才们恐怕是要吃亏到底的；故才有了那样的"过屠门而大嚼"的团圆！

八 茶客及其他

在那些商人们里，无疑的，茶商和盐商是最为称豪长的，故也最为士人们所深恶痛绝。

盐是日常的必需品。把握了盐的贩卖权的商人们，几乎没有一个不成了豪富之家的。连沾着了些盐的气息的官吏们，也都个个的面团团的起来。西门庆的富裕，和贩盐很有关系。明代的阔人汪廷讷，在南京有了很宽大华美的别墅，他能够收买别的作家们的稿子，他刻了很多很讲究的书；那精致是到今尚藉藉人口的。总为了他是个和"盐"的一字有些渊源。

清的戏曲家唐英，在江州享尽了福，刻了一部极讲究的《琵琶亭集》，那是专为了白居易的《琵琶行》的一诗而集刻之的。他自己的剧曲，也刻得不少。他成了当时一部分文人的东道主。而扬州的盐商们，在清代，也是始终的把握着文运的兴衰。他们和帝王们分享着养士之名。

在元这一代，盐商们也许还没有那末阔绰，那末好文、好名，知道怎样的招贤纳士,但他们的强横,却也够瞧的了。

我曾见到元人一套嘲盐商的曲子,极淋漓痛快之致。惜一时失记出于何书。故未能引在这里。

茶商的地位,在元代显然也是极重要的。冯魁是贩茶客,刘一郎也是贩茶客。宋人茶税钱,治平中,凡四十九万八千六百贯。而元代茶税,竟增至银二十八万锭以上。按钱一百贯折银一锭计,则所增不啻在五十余倍以上。明代茶税,也居不甚重要的地位。倪元璐《国赋记略》及《明史·食货志》均以为:明取官茶以易西马。

> 若无主者令军人薅种,官取八分,有司收贮,于西番易马。
>
> ——《国赋纪略》(《学海类编》本)页五

则在明代,茶之对外贸易,除了以货易货之外,是很少输出的。但元代则幅员至广,商贾通行无阻。茶商贸易至为自由、便利。其获利之厚自在意中。故增税至银二十八万锭以上而茶商不以为困。他们便能有余财以供挥霍;便能和士子们在恋爱场中相角逐而战胜了他们。士人们遂养成了最恨茶商的心理。王实甫《贩茶船》借苏小卿之口骂之道:

> [耍孩儿]俺伴是风流俊俏潘安脸,怎觑那向日头獦儿的嘴脸。乔趋跄宜舞一张揿,怎和他送春情眼角眉尖。我心里不爱他心里爱,正是家菜不甜野菜甜。觑不的乔铺苦,看了他村村棒棒,怎和他等等潜潜。
> [二煞]你休夸七步才,连敢道三个盐,九江品绝三江激。倚仗你茶多强挽争着买,倚仗着钱多热死粘。眼见的泥中陷。赤紧的泛茶的客富,更和这爱钞的娘严。

无名氏《苏卿题恨》云:"恨呵,恨他那有势力的钱!彼几文泼铜钱将柳青来买转。莫不我只有分寡宿孤眠!"

又无名氏《咏双卿》云:"嗟乎,但常酬歌买笑,谁再睹沽酒当垆。哎,青蚨压碎那茶药琴棋笔砚书!今日小生做个盟甫,改正那村纣的冯魁,疏驳那俊雅的通叔!"

这正和纪天祥的《断复贩茶船》有些同类吧,而悲愤之情却溢于纸外。

王日华有《与朱凯题双渐小卿问答》(见《乐府群玉》),其中冯魁的

"答"最妙：

> 黄金铸就劈闲刀，茶引糊成划怪锹。卢山风髓三千号，陪酥油尽力搅。双通叔，你自才学，我揣与娘通行钞，他掂了咱传世宝，看谁能够凤友鸾交！

元散曲作家刘时中有《上高监司》曲文两大套，刻划世态，至为深切。第二套写商人舞文弄法，破坏钞法的，尤为极重要的史料。

> [滚绣球]库藏中钞本多，贴库每弊怎除！纵关防住谁不顾，坏钞法恣意强图。都是无廉耻卖买人，有过犯驱传徒，倚仗着几文钱百般胡做，将官府觑得如无。只这素无行止乔男女，都整扮衣冠学士夫，一个个胆大心粗。
> [倘秀才]堪笑这没见识街市匹夫，好打那好顽劣江湖伴侣，旋将表德官名相体呼。声音多厮称，字样不寻俗，听我一个个细数。
> [滚绣球]籴米的唤子良，卖肉的呼仲甫，做皮的是仲丁，邦辅，唤清之必定开沽。卖油的唤仲明，卖盐的称士鲁。号从简是采帛行铺，字敬先是鱼蚱之徒，开张卖饭的呼君宝，磨面登罗底叫德夫，何足云乎！

这真是蕴蓄着一肚子的愤妒而在刻划的写着的。而多财善贾之流，不仅冒用了文人们的雅号，窃披上士夫们的衣冠，且还实际上和士子们争夺社会的地位和歌人的恋爱。

> [塞鸿秋]一家家倾银注玉多豪富，一个个烹羊挟妓夸风度。掇标手到处称人物，妆旦色娶去为媳妇。朝朝寒食春，夜夜元宵暮。吃筵席唤做赛堂食，受用尽人间福。

时中这一段话，正足为许多元剧为什么把商人、士子、妓女间的三角恋爱的故事写成了那个式样的注脚！

1934 年 10 月 13 日写毕

原载《文学季刊》第 1 卷第 4 期，1934 年 12 月 16 日

据上海古籍出版社 1984 年《郑振铎古典文学论文集》移录

宋金元戏剧搬演考

钱南扬

引　辞

研究中国戏剧史者，对于戏班的组织，戏场的规模，搬演的情况等，往往谈得很少。诚然，材料不多，不易下笔，确是事实。可是这也是戏剧史的重要部分，不应知难而退，现在不揣谫陋，姑且来试一下。见闻有限，失误必多，引玉抛砖，希读者诸君，不吝赐教！

本文所引用的三篇主要材料，在时代方面，事先须略加说明。《宦门子弟错立身戏文》，《永乐大典戏文三种》本，原题"古杭才人新编"。其中少数几套曲子，插入两三支北曲。案：《录鬼簿》卷下，谓南北合套创于沈和。沈和，是元中叶人。而本戏既南北曲并用，岂不是受了沈和的影响，则其时代当在沈和之后了。其实不然。我们晓得一种文体，总是渐渐衍化而成。本戏在套曲中偶然插入两三支北曲，实在不成其为合套，不过开南北合用之端，对沈和创南北合套一些启发而已。写作时代自然应在沈和之前。本戏以河南府为西京，以东平为府。考宋、金、元三史《地理志》，金以大同府为西京，以河南府为中京金昌府，元初两京都改为路，以河南府为西京的，只有宋朝如此；东平宋、金皆为府，元世祖至元九年改路。可见本戏当出宋人手。

《庄家不识勾阑耍孩儿套》，《朝野新声太平乐府》本，杜善夫撰。《道光长清县志》卷十一引《灵岩志》云：

> 元杜仁杰，字仲梁，号止轩，一号善夫；长清人。德行文章，冠冕南北。元世祖闻其贤……以翰林承旨授公，累征不就。

这里说元人是错的。元蒋正子《山房随笔》云：

> 杜善甫，山东名士。……有荐之于朝，遂召之。表谢不赴，中二联云：

"俾献言于乞言之际，敢尽其忠；若求仕于致仕之年，恐无此理。"

朱经《青楼集序》也云：

> 元初并海宇，而金之遗民若杜散人、白兰谷、关已斋辈，皆不屑仕进。

可见金亡时杜已七十岁，且不再出仕元朝，自应作金人为是。而《错立身戏文》中已有北曲；且也提到杜善甫，如第十二出白云："你课牙比不得杜善甫。"故二者一宋一金，时代实差不了多少。惟金亡较早，在宋理宗端平元年，又四十余年而宋才亡。

《汉钟离度脱蓝采和杂剧》，脉望馆《古名家杂剧》本，原无撰人姓氏，《也是园书目》列入元无名氏。其《油葫芦曲》云：

> 这的是才人书会划新编：我做一段《于祐之金水题红怨》，《张忠泽玉女琵琶怨》，做一段《老令公刀对刀》，《小尉迟鞭对鞭》，或是《三王定政临虎殿》，都不如《诗酒丽春园》。

所举杂剧有作者姓名可考者，《题红怨》为李文蔚作，《琵琶怨》为庚天锡作，《丽春园》为高文秀或王德信作，都是元初人，则本剧盖出元中叶人之手。

这三种资料，恰好出于宋、金、元三朝人之手。而演戏规模，三朝大致相似，故可相提并论。

戏班与演员

演戏最主要是演员，而演员必须有个组织——即戏班，故首先来谈谈。在旧社会里，戏班大致可分二种：一是为统治阶级服务的，一是为人民大众演出的。前者又可分二种：一是供奉内廷的——即皇家的戏班，有教坊与钩容直的杂剧色。《东京梦华录》卷九"宰执亲王宗室百官入内上寿"条云：

> 教坊色长二人……皆诨裹宽紫袍，金带义襕。
> 教坊乐部……皆裹长脚幞头，随逐部服紫绯绿三色宽衫，黄义襕，镀金凹面腰带。
> 诸杂剧色皆诨裹，各服本色紫绯绿宽衫，义襕，镀金带。

《梦粱录》卷二十"妓乐"云：

> 散乐传学教坊十三部，唯以杂剧为正色。……色有色长，部有部头。……其诸部诸色分服紫绯绿三色宽衫，两下各垂黄义襕，杂剧部皆诨裹，余皆幞头帽子。

南宋盖即承北宋之制，故服色相似。惟南宋时，教坊与钧容直时置时罢。《宋史·乐志》云：

> 高宗建炎初，省教坊；绍兴十四年复置；……绍兴末复省。宁宗隆兴二年……大臣皆言："临时点集，不必置教坊。"乾道后，北使每岁两至，亦用乐，但呼市人使之，不置教坊。
>
> 绍兴中，钧容直旧管四百人，杨存中请复收补，权以旧管之半为额。寻闻其召募骚扰，降诏止之。……绍兴三十年，复诏钧容班可蠲省。

其演员之可考者，北宋时，《东京梦华录》"入内上寿"条云：

> 是时教坊杂剧色鳌膨刘乔、侯伯朝、孟景初、王颜喜而下，皆使副也。

《梦粱录》卷二十"妓乐"云：

> 向者汴京教坊大使孟角球曾做杂剧本子，葛守诚撰四十大曲，丁仙现捷才知音。

仅见此数人。南宋时，《武林旧事》卷四乾、淳教坊乐部云：

> 杂剧色
> 德寿宫
> 刘景长　王喜　茆山重　盖门贵　盖门庆　侯谅　张顺　曹辛　宋兴　李泉现
> 前教坊
> 伊朝新　王道昌
> 前钧容直

仵谷丰　李外喜

二是承应官府的，有衙前乐。《宋史·乐志》云：

> 又有亲从亲事乐，及开封府衙前乐。……诸州皆有衙前乐。

《梦粱录》卷二十"妓乐"云：

> 绍兴年间，废教坊职名，如遇大朝会、圣节……，并拨临安府衙前乐
> 人……以奉御前供应。

则在南宋时，临安府衙前乐也兼供奉内廷了。其演员之可考者，仅见《武林旧
事》"乾、淳教坊乐部"：

> 杂剧色　衙前
> 龚士美　刘恩深　陈嘉祥　吴兴祐　吴斌　金彦升　王青　孙子贵　潘浪贤
> 王赐恩　胡庆全　周泰　郭名显　宋定　刘信　成贵　陈烟息　王侯喜　孙子昌
> 焦金色　杨名高　宋昌荣

《武林旧事》更有杂剧三甲：刘景长一甲八人，盖门庆进香一甲五人，内中只
应一甲五人，潘浪贤一甲五人。称甲，犹云部、色。宋彭乘《续墨客挥犀》卷
五云："熙宁九年，太皇生辰，教坊例有献香杂剧。"进香，当即献香，盖承
北宋旧制；内中只应，即内廷供奉；自然是皇家的戏班。其中演员，有德寿宫
的杂剧色，也有临安府的衙前乐人，正是因为拨衙前乐人供应之故。惟这里共
有四甲，不知何故云"三甲"。

　　这种为统治阶级服务的演员，都来自民间，故《梦粱录》称他为"散乐"。
《周礼》"春官"："旄人掌教舞散乐。"注："散乐，野人为乐之善者。"《新
唐书·礼乐志》："玄宗为平王时，有散乐一部。……及即位……置内教坊于蓬
莱宫侧，居新声散乐倡优之伎。"《唐会要》卷三十四开元二年："敕散乐巡
村，特宜禁断！"一则曰野人之乐，再则曰巡村演唱，其来自民间甚明；而统
治者攫为己有，也由来久矣。

　　至于金、元情况，文献不足，一无所知。仅《金史·乐志》中，有禁伶人不得

以历代帝王为戏；及太常乐工人数少，即以渤海汉人教坊及大兴府乐人兼习云云而已。

　　现在要讲到为人民大众演出的戏班了。他们是冲州撞府，沿村转庄，以演戏为营生，过着流浪生活。所以有"路岐"之称：

　　　　情愿为路岐。——《错立身》第五出《六么令》
　　　　是一火村路岐。——《蓝采和》第四折《庆东园》

　　剧团人数是不会十分多的，盖戏文脚色一般只有七种，见《永乐大典戏文三种》、《南词叙录》等书；而且每种脚色只有一人。如《错立身》，又少了个丑，共只六种；其第五出，末先扮家人，后扮王恩深，明说"末改扮上"，可见末只一个。此种情况，在《张协状元》中屡见，兹不赘。试再看《蓝采和》，其第一折正末白云：

　　　　小可人姓许，名坚，乐名蓝采和；浑家是喜千金，所生一子是小采和，媳妇儿蓝山景，姑舅兄弟是王把色，两姨兄弟是李薄头。

也只有六人。就使再加上后场，——这里王把色即是后场人物，《都城纪胜》"瓦舍众伎"云："杂剧中……其吹曲破断送者，谓之把色。"充其量也不过十余人。《蓝采和》第二折末白："我正是养家二十口，独自落便宜。"尚近情理，而《尾声》云："再不将百十口火伴相将领。"则完全是夸大之辞。

　　此外，宋朝的业余演员也有个团体组织，叫做绯绿社，《都城纪胜》"社会"云："豪贵绯绿清乐社，此社风流最胜。"《武林旧事》卷三"社会"云："绯绿社，杂剧。"这是后世票房的滥觞。在初期戏文《张协状元》中已经提到它，可见它的成立是相当早的。

剧本和戏场

　　除了演员和演员所组成的戏班之外，剧本和戏场也是演出的重要条件。有了剧本，则手中有货；有了戏场，则演出有方。

　　讲到剧本，先要谈谈编写剧本的书会。书会中人称为才人，他们是不得志于时的，接近市民阶层的文人；与为统治阶级服务的文人，所谓名公者，是对立的。它起源于何时，不可确知。一般说来，宋、金、元三朝戏剧，大部分出于书会才人之手。当时温州有九山书会、永嘉书会，杭州有古杭书会，苏州有

敬先书会等等。《武林旧事》卷六"诸色伎艺人"云:

> 书会:李霜涯,作赚绝伦;李大官人,谭词;叶庚;周竹窗;平江周二
> 郎,猢狲;贾廿二郎。

此当是古杭书会。可见除编写戏剧之外,还兼写其它唱词。有他们编写戏剧,供应剧团,使剧场不断有新戏上演,对于戏剧事业的繁荣,起着促进的作用。直至明初,严禁歌舞,于是书会解体,不复存在。

讲到戏场,来源相当古,如《隋书·柳彧传》云:

> 自是每岁正月,万国来朝……于端午门外,建国门内,绵亘八里,列为
> 戏场。

这还是临时性的。到了唐朝,都集中在寺院里,如《南部新书》戊卷云:

> 长安戏场,多集于慈恩;小者在青龙,其次荐福、保寿。尼讲盛于保
> 唐;名德聚之安国。

这才是经常性的。宋朝称戏场为勾栏,都集中在瓦子里。《梦粱录》卷十九"瓦舍"云:"谓其来时瓦合,去时瓦解之义,易聚易散也。"《东京梦华录》卷二"东角楼街巷"云:

> 街南桑家瓦子,近北则中瓦,次里瓦,其中大小勾栏五十余座。内中瓦
> 子莲花棚、牡丹棚,里瓦子夜叉棚、象棚最大,可容数千人。

这是北宋汴梁的勾栏情况。又有临时性的,见前书卷六"元宵",卷八"六月六日崔府君生日、二十四日神保观神生日"等条。专供教坊、钧容直、衙前乐演出。南宋建都临安,比汴梁更为兴盛。即就瓦子而言,《梦粱录》卷十九"瓦舍",《西湖老人繁胜录》"瓦市",《武林旧事》卷六"瓦子勾栏"所载,共有二十三处之多;北瓦一处,即有勾栏十三座。这种勾栏,当然不限于京城,较大的都市都有,如《错立身》曾提到河南府勾栏,《蓝采和》曾提到洛阳梁园棚;又如《辍耕录》卷二十四有松江府勾栏塌倒事;可证。也有路岐不

入勾栏的，《武林旧事》卷六"瓦子勾栏"云：

> 或有路岐，不入勾栏，只在要闹宽阔之处做场者，谓之打野呵。此又艺之次者。

《都城纪胜》"市井"云：

> 此外如执政府墙下空地，旧名南仓前，诸色路岐人，在此作场，尤为骈阗。又皇城司马道，亦然。候潮门外殿司教场，夏月亦有绝伎作场。其他街市，如此空隙地段，多有作场之人。

讲到勾栏的内部情况，主要有三部分：一，戏台；二，看席；三，戏房。《庄家不识勾栏套》云：

> [六煞] 见一个人手撑着椽做的门，高声的叫："请！请！"道："迟来的满了无处停坐。"……
>
> [五煞] 要了二百钱放过咱，入得门上个木坡，见层层迭迭团圝坐。抬头觑是个钟楼模样；往下觑却是人旋窝。见几个妇女面台儿上坐。又不是迎神赛社，不住的擂鼓筛锣。

这段描写还不够明了，把它和日本刻本《唐土名胜图会》所载的明朝《查楼图》对照，就明白了。《查楼图》虽时代较晚，然二者仍大致相合。看席有三等：一，神楼；二，腰棚；三，站着看。《蓝采和》第一折白云：

> （钟离上）……（做见乐床坐科）（净）这个先生，你去那神楼上，或腰棚上看去。这里是妇人做排场的，不是你坐处。

庄家入得门上个木坡，木坡指梯子之类，可见他坐的是神楼。图中地位较高，正对戏台的就是神楼；两旁较低的，当是腰棚。在神楼里只能看见戏台上坐着做排场的妇女，戏台前站着看的三等看众，是看不见腰棚的。故《庄家不识勾栏》套中，没有提到腰棚。

戏台与看席的重要，可不言而喻；戏房也同样重要。倘然没有戏房，则上场前无处化装，下场后无处休息，也就演不成戏。

搬 演

搬演，也叫敷演，《错立身》第一出《鹧鸪天》云："贤每雅静看敷演。"也叫作场或做场，同上第四出白云："只靠一女王金榜，作场为活。"又第二出白云："前日有东平散乐王金榜，来这里做场。"

戏剧搬演，因剧种不同，方式各异。现在先来看看宋杂剧。《武林旧事》卷一《天基圣节排当乐次》云：

> 初坐第四盏：杂剧，吴师贤已下做《君圣臣贤爨》，断送《万岁声》。
> 第五盏：杂剧，周朝清已下做《三京下书》，断送《绕池游》。
> 再坐第四盏：杂剧，何晏喜已下做《杨饭》，断送《四时欢》。
> 第六盏：杂剧，时和已下做《四偌少年游》，断送《贺时丰》。

又卷八《皇后归谒家庙·赐筵乐次》云：

> 初坐第四盏：勾杂剧色，时和等做《尧舜禹汤》，断送《万岁声》。
> 再坐第七盏：勾杂剧，吴国宝等做《年年好》，断送《四时欢》。

正戏之外，都有断送。断送，就是现在江浙方言的所谓饶头戏。《武林旧事》卷十，著录《官本杂剧段数》有二百八十本之多。然这里所举六本，除《三京下书》外，都未见著录，可见遗漏尚多。盖自北宋真宗初为杂剧词，见《宋史·乐志》；迄此南宋末叶，将近三百年，宜其剧本积聚之多了。然南宋末叶，民间戏文久已盛行，也惟有统治者抱残守缺，尚在搬演此种旧剧。

金朝沿袭宋制，用于宴乐，也有杂剧，见《金史·礼乐志》。惟不知何时，改称院本。《辍耕录》卷二十五《院本名目》，有六百九十种之多，分为十一类；并云："金有院本、杂剧、诸宫调，院本、杂剧，其实一也。"除其中若干条名目与宋杂剧相同，当出于宋杂剧外，其余绝大部份为金人所编撰。王国维《曲录》卷一考定为"金人之作"，是完全正确的。

院本的搬演，同样也有断送，惟不叫断送，而叫拴搐。拴，犹云系；搐，牵动，然必系住，才可牵动，故也有系义；二者实是同义叠用，谓把这段短剧和院本联系起来。《院本名目》第九类为《拴搐艳段》，都专作拴搐用的。

《错立身》第十二出《天净沙》云:

> 做院本生点个《水母砌》,拴一个《少年游》,吃几个掂心撅背。

案《院本名目》第十一类《诸杂砌》有《水母》,与《录鬼簿》卷上高文秀《泗州大圣降水母》同一题材,乃是一出武打戏。因为《水母》是《诸杂砌》的戏,这里为了协韵,故下面加了个砌字。砌,谓砌末,大概这类戏中砌末用得特别多。拴,即拴搐,《拴搐艳段》中正有这个《少年游》。拴搐是同义叠用,故这里可以省去一个搐字,单称拴。

当宋元戏文、金元杂剧产生之后,宋杂剧、金院本自然大受影响。如初期戏文《张协状元》,正戏之前先有一段《诸宫调张协》,断送《烛影摇红》;《庄家不识勾栏》套《六煞》:"说道:前截儿院本《调风月》,背后么末《敷演刘耍和》。"么末,即金元杂剧。可见宋杂剧、金院本已由正戏而降为开场戏,此后逐渐为戏文、杂剧所淘汰。从此才是纯粹的戏剧,不再有百戏参杂其间。

演出前的准备工作,一是挂招子,如:

> 侵早已挂了招子。——《错立身》第四出《桂枝香》
> (生……看招子介) (白)且入茶坊里问个端的。——同上第十二出白
> 正打街头过,见吊个花碌碌纸榜。——《庄家不识勾栏》套《耍孩儿》
> 昨日贴出花招儿去。——《蓝采和》第一折白

招子是彩色的,所以叫"花招儿",又叫"花碌碌纸榜";上面不但写着戏名,一定还有演员的名字,所以延寿马看了招子,便知道王金榜在作场。

二是收拾勾栏,如《蓝采和》第一折云:

> (末):……王把色,你将旗牌、帐额、神帏、靠背,都与我挂了者。……远方来看的见了呵,传出去说:"梁园棚勾栏里,末尼蓝采和做场哩。"

这里所举四物,旗牌不是插在戏台两侧,便是插在戏台里壁,只有这样,才不妨碍演出。帐额挂在台口上方,只要看山西洪赵县明应王庙大殿上壁画,画面是个戏台,台口上方挂着帐额,上写"大行散乐忠都秀在此作场"十一个大字(见一九五七年《戏曲研究》第二期),这里也当然写着蓝采和的名字。神帏的

"帧"，不见字书，疑即"帧"的俗字，明应王庙壁画，在戏台里壁也有两幅画，画虽两幅，内容是统一的，大概是降龙图之类，这里的神帧，盖即此类。靠背是安放在椅子上的，至今犹然。接下去就是戏剧开场了。

这种剧团，演戏营生之外，还须负担承应官府的义务，叫做"唤官身"。如《错立身》第四出云：

> [桂枝香]（末上）勾栏收拾，家中怎地？莫是我的孩儿，想是官身出去……
> [前腔]（净上）适蒙台旨，教咱来至……相公安排筵席，勾阑罢却，勾阑罢却，休得收拾，疾忙前去……
> （末）孩儿与老都管先去，我收拾砌末恰来。
> （净）不要砌末，只要小唱。

因为王金榜身体不快，没有及时到勾栏里去，她父亲收拾好了勾栏，就担心她莫非官身出去了？及至回到家中，果然碰到唤官身，王金榜只好抱病而去。盖遇到唤官身，倘然误了时刻，不能及时赶到，叫做"失误官身"，是要办罪的，如《蓝采和》第二折云：

> （孤扮官人上）……左右，拿过蓝采和来者！（末上）呀！可怎了也？误了官身，大人见罪，见今拘唤，须索见咱。
> （做见跪科）（孤）你知罪么？不遵官府，失误官身，拿下去扣厅打四十。准备了大棒子者！

可见当时的演员，受统治者的压迫是很利害的。不但耽误了他们赖以生活的营业；而且弄得不好，还要办罪。这种唤官身之类，不能算演唱，只有在戏场搬演，为人民大众服务，才是正式演唱。

《燕京学报》第 20 期，1936 年 12 月

据上海文艺出版社 1980 年版《汉上宦文存》移录

南戏与北剧之交化

凌景埏

引　言

南戏与北剧，因为产生地域不同，非特曲调殊异，体例亦各不相犯。元初北剧流入南方，一时靡然向风①。其后互相消长。及明弘治、正德间，北剧渐趋衰落，竟从此一蹶不振。自元中叶以后，南戏北剧都以杭州为中心区域②，同在一地，自必互相接触而发生变化，终至撤废南北的区别，演成混合的体裁。虽然有人说这种南北混淆的体例，"非驴非马，不可为训"③，但实在是戏剧进化的必然趋势。其化合之迹，与演变的程序，混合的体制，以及首变体例的作家和作品，在戏曲演进史上，我觉得都很重要，本文就考述这几方面。

（上）南戏之北上

宋元南戏与明传奇，论戏曲者常混合不分，实则二者不尽相同。钱南扬先生所著《宋元南戏考》④及《宋元南戏百一录》⑤，研考极详，可以参阅，这里不用再讲。南戏与北剧的接触，从合腔开始。首用合腔的，乃是南戏，由合腔演进而为传奇中的合套和整套北曲。因为南戏体例比北剧宽，变化自然容易。

（一）南北合腔

南戏北剧，根本在曲调的不同，南戏通本南曲，北剧全本北词。虽然如此，但也尽有例外。如北剧关汉卿《望江亭中秋切脍》第三折有《南羽调·马鞍儿》，吴昌龄《花间四友东坡梦》第二折有《南仙吕·月儿高》。南戏《赵氏孤儿记》第十三出有《北端正好》及《北傥秀才》，第四十三出有《北川拨棹》；《寻亲记》第三十一出有《北清江引》；《琵琶记》第十出有《北叨叨令》，十五出有《北混江龙》⑥等。然关、吴杂剧中的南曲，乃是剧中人另外唱歌的曲调，并不表示戏中情意，又都在一套尾声的后面；所以仍没有乱北剧的体例。南戏《赵氏孤儿记》及《寻亲记》、《琵琶记》等，虽然都经明人修改，已不是他的真面目；但既有合腔，偶用一二支北曲，自所难免的。

合腔为元代沈和所创制。钟氏《录鬼簿》⑦云：

> 和字和甫，杭州人，能词翰，善谈谑，天性风流，兼明音律，以南北调合腔自和甫始。如《潇湘八景》、《欢喜冤家》等曲，极为工巧。后居江州，近年方卒。江西称为蛮子关汉卿者，是也。

沈氏为《录鬼簿》的后期人物⑧，约在元代中叶。钟氏著录其作品《祈甘雨货郎朱蛇记》，《徐驸马乐昌分镜记》，《郑玉娥燕山逢故人》，《闹法场郭兴何杨》，《欢喜冤家》五本⑨。观小传中语气，《潇湘八景》、《欢喜冤家》二种，乃是用南北合腔的。《潇湘八景》的名称，像是散曲，所以五种剧本中不录⑩。《欢喜冤家》我以为是南戏，《南词叙录》中《宋元旧篇》及沈璟《南九宫谱》引无名氏《集古传奇名散套·正宫刷子序》曲中的《欢喜冤家》当即此本。盖倘是北剧，何以沈氏创南北合腔后，于现存元剧中未见此体而反在南戏中有呢？如谓《录鬼簿》所载，都是杂剧，不应当有南戏，则萧德祥的《小孙屠》南戏，《录鬼簿》也著录的。且钟氏所录，都称"传奇"⑪，未尝自言专录北剧的。故《录鬼簿》中除此二本外，或许再有若干南戏，后当再考。

现存完全保持南戏本来面目的，只有《永乐大典》的三种戏文。其中除《张协状元》为南戏早期作品外⑫，《小孙屠》及《宦门子弟错立身》均作合腔。这两本戏文大概是同时期的作品。《小孙屠》的作者，我以为确是萧德祥⑬，理由是：

1.萧氏为《录鬼簿》中后期人物，《小孙屠》亦非元中叶以前的作品，有两点可证。

a.用南北合腔，必在沈和创制此体以后。

b.剧中引子省改词句，如同后来的传奇。早期南戏如《张协状元》通本四十余折，引子词句，全无改省的。

2.《小孙屠》为南戏，萧德祥乃是南戏作家，他的作品中又有《小孙屠》一本⑭。

3.《小孙屠》系杭州古杭书会所编：萧氏既为杭州人，又是武林书会的编辑⑮。武林与古杭均是杭州的别称，古杭书会与武林书会当即一个书会。

观以上三点，可知《小孙屠》确为萧德祥作。除非武林书会与古杭书会系在同一地方命名意义相同的二个书会：萧氏在武林书会编有杂剧《小孙屠》，同时古杭书会又请他人编小孙屠南戏。事实上似乎不会这样，况且萧氏是著名南戏作家，《小孙屠》南戏何以反非其手笔呢？

我所以要证明《小孙屠》为萧德祥作，因为萧氏与首创合腔的沈和同为《录鬼簿》中后期人物⑯：《小孙屠》既为萧氏所作，则合腔创制后，当时此体即流行于南戏⑰。由此可知南戏变化而为传奇，是在这时发轫的。

南戏的合腔，为传奇中合套的雏形，合腔为一折中偶用南北二种腔调，如《小孙屠》戏文中用合腔《北新水令》，《南风入松》，《北折桂令》，《南风入松》，《北水仙子》，《南风入松》，《北雁儿落》，《南风入松》，乃是一折中旦唱之一段，前后都是南曲；又一折用《北端正好》，《南锦缠道》，《北脱布衫》，《南刷子犯序》；又一折用《北新水令》，《南锁南枝》，《北甜水令》，《南香柳娘》；只用北曲二支，更简单了。传奇的合套，则从头至尾，无不南北曲相间，足见合腔为合套的原始形式。因为合腔与合套，时贤亦往往混而不分⑱，故特在这里附述。

（二）传奇中之北曲

宋元南戏，进而为明代传奇，其大体与南戏无殊。钱南扬君《宋元南戏考》云："宋元南戏与明传奇，细按之虽有不同，然而并无一种显著的区别。"⑲这话不错。而钱君谓南戏中无整套北曲，传奇中必有几出北曲戏⑳，则事实并不如此。如《香囊记》，《三元记》，《埋剑记》，《绿牡丹》等传奇均全本没有一出整套北曲的。

朱明开国，自洪武至景泰之际，没有著名的南戏。《传奇汇考》中往往有称明初旧本的，如《白蛇记》、《芦花记》、《沉香亭》、《留生气》、《葵花记》、《金镜记》、《四节记》等书，然不知他果何所据而断定的？且上列《四节记》为成化、弘治间沈采所作，则所谓明初的范园，亦极广泛㉑。今得见明早期的传奇，则为成化、弘治、正德间作品，如邵文明《香囊记》；姚茂良《精忠记》；沈采《千金记》；邱濬《投笔记》；薛近兖《绣襦记》；沈受先《三元记》诸本，均有北曲。内中《香囊》、《三元》仅偶用单支北词；《精忠》、《绣襦》中已见合套。然全本各只一出㉒，还不见整套北曲戏。《千金》及《投笔》中始见北套㉓。因知明早期之传奇，虽然已由合腔进而为合套，单支北词进而为整套北曲，仅偶一用之。其后传奇数十出中亦大都仅杂一二出北套。玉茗堂《四梦》，北曲较多，然北套最多之《邯郸记》，三十折中亦只有五套[24]。《长生殿》五十折中北套有七折[25]，清代传奇中亦属少见的。故传奇仍以南曲为主，北曲仅其附庸而已。

传奇中的北曲，可分以下三类：

1. 单曲　用以分清剧情的界限，有时用作引子或尾声：

a. 北剧中用单支南曲，南戏中用单支北词，往往不是表示剧中情意，而是剧中人的一段歌唱或另一情节，用别一曲调以清界限，于排场最宜。传奇中如《浣纱记·演舞》折在《好姐姐》二支之后，各系以《北二犯江儿水》一支。盖《风入松慢》与《好姐姐》各二支，自成《南仙吕》一套，而《二犯江儿水》则为演习歌舞所唱之曲，故宜另用北词分界限。又如《绣襦记·策射头名》折，四支《北耍孩儿》接《南滴溜子》与《双声子》。《耍孩儿》乃是对策之词，如奏疏书牍一样，另是一篇文章，亦不是戏剧本身的曲词。又或一出尾声之后，用一二支北曲，如《明珠记·饮药》折《山坡羊》套后用《北江儿水》一支；《玉玦记·商嫖》折《集贤宾》套后，用《北醋葫芦》二曲；界限尤其显明。

b. 单支北曲又往往用作冲场曲或尾声。冲场曲的性质，如同引子，《北黄钟醉花阴》及《北南吕一枝花》，尤为常见。而《玉玦记·阴判》折之《北沈醉东风》，《埋剑记·称乱》折之《北南吕金字经》亦都是冲场曲。即有不是冲场，也不杂在过曲之中。如《埋剑记·猎遇》折用《北双调清江引》二支，第二支虽非冲场，然紧接前一支《清江引》，下又接《双调引子》，又《玉玦记·观潮》折，引子后用《北清江引》及《北水仙子》，后接《南惜奴娇》套，均不混杂过曲。北曲用似尾声的，以《北清江引》为多。且有北曲因在传奇中习用，而等于南词者，即如《北醉花阴》往往以前引子歌唱，《黑麻令》南曲谱不载，而亦南北通用。

2. 合套　传奇中合套，有以下二种格式：

a. 南北曲整齐相间，如合腔一样[26]。套前常用南引子，或有数支南曲，如《紫钗记·玩钗》折《北新水令》《南步步娇》套，前用《高阳台》六支，但不多见。

b. 一套中南北曲前后互用。此非合套正体，故论曲者谓有乖曲律[27]。如《绣襦记·面讽》折，《紫钗记·折柳》折，均前用《北寄生草》，后叠用《南解三酲》；《明珠记·送愁》折，前叠《北红纳袄》四支，后用《南泣颜回》，

《榴花泣》，《扑灯蛾》等曲，体例又稍异了。

3.北套　整套北曲，等于杂剧。然多用南引子，又往往不守元剧联套规律。其例如下：

a.元剧一套首曲，各有定例。如《仙吕》用《点绛唇》；《南吕》用《一枝花》；《正宫》用《端正好》；《中吕》用《粉蝶儿》；《双调》用《新水令》；《黄钟》用《醉花阴》；《越调》用《斗鹌鹑》；《商调》用《集贤宾》；《大石》用《念奴娇》或《六国朝》。传奇《南柯梦·启寇》折，首曲乃用《正宫脱布衫》，下接《小梁州》、《耍孩儿》，元剧联套，从无此例。

b.套前往往有类似传奇引子之冲场曲。如《紫钗记·河西款檄》在《正宫端正好》套前用《中吕粉蝶儿》，《双调新水令》，《南吕一枝花》各一支，性质同引子。

c.叠数曲而成一折，南曲中甚多，北曲则无此例；传奇北套乃有叠用。如《彩毫记·罗袜争奇》即叠《沽美酒》三曲而成一折。

d.北剧一套必有煞尾，而传奇北套或不用。如《彩毫记·展武相逢》《点绛唇》套，即以《寄生草》作结。然亦有用二煞尾的，如《玉玦记·侵南》折《北双调新水令套》，《鸳鸯煞》后接《北络丝娘煞》，元剧亦无此例。

以上所说传奇中北套不守元剧联套规矩的几点，无一不是受传奇的影响。盖传奇联套是有引子及尾声，首曲不规定，叠数曲成一套等体例的。传奇中采用北曲，乃是北化；而北套用传奇的体例，则又是南化，所以南北的交化，传奇中已开始了。

（下）　北剧之南化

杂剧的变化，始于明初打破单唱的规律，而中间又经过一静止时期。至万历时，与传奇混合，北剧的体例，乃全部变化而成新体的短剧，即所谓南剧。

（一）　明初杂剧之演变

南戏自元沈和创合腔以后，渐渐发生变化，杂剧则因体例谨严，终元之世，没有变更。明初王子一、谷子敬、贾仲明、杨文奎等杂剧今存臧氏《元曲选》^㉘，都和元剧体例没有差异。但刘东生《娇红记》已破元剧独唱体例；周宪王《诚斋杂剧》更多变化。故北杂剧之南化，在明初开始。东生及宪王杂剧变化之点，考述如下：

a.刘东生《娇红记》

刘东生，越人，名兑，所作杂剧有《月下老世间配偶》及《娇红记》二本。《娇红记》已著录于宁献王的《太和正音谱》，故此剧当为洪武年间作品㉙。今日本九皐会影印明本的《娇红记》，有宣德十年丘汝乘的序。这时距洪武末年，已三十余年了，东生已在晚年，故丘叙有云：

> 越人刘先生，待予以忘年之交，一旦过顾，示以若编，继索为序；展而读之，一唱三叹，铿乎金石，灿乎文锦也。

全剧分上下二本，各四折，仍是元剧一本四折的体例㉚。通本全用北词，惟打破元剧独唱之规律。开卷即有金童玉女同唱《赏花时》一曲，下本第一折末旦同唱《蔓青菜》一支。同唱虽仅偶尔一用。然首先打破百余年来元剧严密的体例，戏曲史上，不可不大书特书，至于青木正儿《近世戏曲史》及日本影印本节山学人的跋语，均谓此记末唱中杂有旦唱㉛，则我不以为然。盖影印本第三折中，有书旦唱二曲，实在是刻本的错误。细察曲文，仍是末唱而非旦唱，甚为显明。兹录二曲原文以证：

> 第一曲 末云："这梨花才待开也"。旦折一枝儿。旦唱："珠露温溋溋花瓣，多管是为春阴芳信悭。你看它玉容寂寞泪空弹，翠袖娉婷香未残，恨子恨一点儿芳心开较晚。"末掷花在地上。旦拾起在手云："你怎么丢了这花？"末云："这花含着泪，知它是为谁来？"旦递花与末云："你去书房里可不好？"
>
> 第二曲 旦云："今日天道寒冷，哥哥，且坐向一会火去。"末放下花坐科。旦附耳末，背云："你身上衣薄，敢冷么？"末云："我白日里身上冷呵不打紧，则是夜间独自难过。"《出队子》旦唱："小慧向金炉内添炭，陡恁的越罗衫怯乍寒。你道我沈腰轻争奈客衣单；你道我潘貌瘦羞将宝镜看；你怎知道我肠断春风花月颜！"

第一曲中所谓"恨子恨一点儿芳心开较晚"，是当时末有寄托之语；如阅剧本上文，非常明显。第二曲中"你道我沈腰轻争奈客衣单；你道我潘貌瘦羞将宝镜看"，"沈腰潘貌"，岂是女子自称之词！是末唱之误为旦唱，可以无疑。故《娇红记》虽然破北剧单唱之例，开杂剧复唱之端；但仅有同唱，而尚没有接唱呢！

b.周献王《诚斋乐府》

周宪王朱有燉，号诚斋，又号锦窠老人，明太祖周定王橚的长子。定王于洪武十一年，由吴王改封周王，就藩河南开封，洪熙元年薨。世子有燉袭封，在位十五年，正统四年薨[32]。宪王博学善书，又通晓音律，所作杂剧三十一种[33]，与散曲等总称《诚斋乐府》[34]。《奢摩他室曲丛》第一集辑收二十四种之多，《十段锦》、《柳枝集》、《酹江集》、《盛明杂剧》二集、八千卷楼藏《元明杂剧》等书，皆有其剧本。他的杂剧多数作于永乐宣德时候。其早年作品，犹恪守元人规律，中年以后之作，乃渐破杂剧体例，采南戏的格式。综其变更，有下例数端：

1.折数　元剧体例，以四折为一本。虽然也有例外，如纪君祥《赵氏孤儿大报仇》有五折；张时起《赛花月秋千记》，据《录鬼簿》所记有六折；然极罕见。宪王杂剧如《牡丹园》，《曲江池》均用五折。北剧折数的限止，至宪王已渐解放，进而为南剧的不拘折数了。

2.复唱　刘东生《娇红记》偶用同唱。《诚斋乐府》中同唱常见。《牡丹品》，《牡丹园》，《牡丹仙》，《得驺虞》，《蟠桃会》，《八仙庆寿》各剧，都有二人或二人以上的同唱及轮唱。又有四折非一人唱的，如《复落娼》首折腊儿唱；二折刘佳景唱；三折徐母唱；四折白婆唱；然同是旦色，仍守元剧旦本之例，未有一折中生旦接唱的[35]；但有所谓生旦全本，如《曲江池》全本五折，旦末相间，首折旦唱；二折末唱，三折旦唱，四折末唱，末折旦唱。一本中各折旦末分唱，元剧李好古《沙门岛张生煮海》已有此例；惟《张生煮海》四折中仅一折系旦唱，余均末唱，并非如宪王《曲江池》旦末全本这样整齐相间。旦末本外，又有卜[36]唱，如《继母大贤》四折，全是卜唱；《复落娼》第三折，亦是卜唱。青木正儿《近世戏曲史》[37]谓此例为元曲所无；但《复落娼》等三折剧文书明"正旦扮卜儿上"，是卜唱仍属旦本，并非新体了。

3.舞唱　宪王杂剧中有好多本插演歌舞。如《牡丹品》第二折，《牡丹园》第五折；《牡丹仙》第二折，第四折；《蟠桃会》第三折；均有舞唱。按南戏中有舞唱之例，如古本《琵琶记》第三出有舞唱《雁儿舞》[38]；《白兔记》第三出有舞唱《插花三台令》[39]。北剧则无此体例，虽明初贾仲明

《金童玉女》杂剧的西王母宫殿之场面中有八仙之舞，然此舞为余兴的插演，不可为剧中科段之一种的。

4.定场诗　　北剧每折角色登场，先念诗句，然后独白，进而为对话，南戏往往用词代诗句。宪王《牡丹品》剧第三折付末上念《西江月》词，则变北而就南了。

5.收场　　南戏中不论何种戏剧，都以团圆封赠收场，几为定格。宪王《继母大贤》剧乃以封赠作收。吴瞿安先生跋云：“第四折用封赠作收，亦极饱满，略似南戏。”这又是南化的一例。

（二）杂剧与传奇之混合

传奇既由南戏北化演进而成，其中北套，已经南北交融。当时觉得这样南北兼并，实在是截长补短的美事，且这时杂剧的规律，又早在动摇，于是索性把杂剧过于束缚的体例，全部解放，采用传奇的体例，甚至把根本的曲词，也易北为南，与传奇除了长短不同之外，几无差别。这种便是所谓“南剧”。也有用传奇体例而曲仍北调的，广义言之，这种也可称南剧。故南剧乃是杂剧与传奇混合而成的新体制，并不是单由杂剧或传奇化成的短剧。

（a）南剧产生前之传奇与杂剧

宪王之后，至弘治正德间，南戏经过变化而称为传奇，北剧渐衰，且传奇多出文人学士之手，故重在词藻。这时产生的《香囊记》和《连环记》即开明曲骈绮派之端。体例方面堪注意的，则为沈采之《四节记》。沈字练川，事迹不详，所作尚有《千金记》及《还带记》。沈德符《顾曲杂言》说《四节记》是成化弘治间作品。此记今不见传本，但据《曲海提要》①所记，则凡四卷，分“春”、“夏”、“秋”、“冬”四景，各述一故事。“春景”为《杜子美曲江记》；“夏景”为《谢安石东山记》；“秋景”为《苏子瞻赤壁记》；“冬景”为《陶秀实邮亭记》。《曲品》云：

> 此作以寿镇江杨相公。初出时甚奇。但写得不浓，惟略点大概耳。故久之觉意味不长。一记分四截，是此始。

这种分截的体裁，后来称他剧体。所谓剧体，是指南剧的体裁。因为北剧虽有合几本而成一书，但剧中事情是连贯不分的。而南剧往往一本演一故事，以四本合题总名,与此体相同。像《四节记》这样,如把他分作四本,各本即同南剧。但这时南杂剧还没有创制,当然不能说他就是杂剧,而只能称剧体的传奇。

此时北曲不振,杂剧作家很少,著名的只有康海、王九思。康有《东郭先生误救中山狼》剧;王亦有《中山狼院本》,及《杜子美沽酒游春》剧,皆有传本㊶。九思的《中山狼》仅一折,开后来南剧单折之端㊷,亦堪注意。德涵《中山狼》与敬夫《曲江春》均为四折,全守元剧规律。

嘉靖时南曲大盛,有海盐,义乌,弋阳,余姚,昆山,青阳诸腔。北曲日益衰颓。当时杨升庵云㊸:

> 近日多尚海盐南曲,士夫禀心仿之精,从婉娈之习者,风靡如一,甚者北土亦移而耽之。更数十年,北曲亦失传矣。

际此北剧衰落之期,只有杨升庵、徐文长等数人还在作杂剧。杨有《宴清都作洞天玄记》,新发见的脉望馆钞校本《古今杂剧》中有此本,惜未寓目,不知全守北剧规律否?他还有《泰和记》,是剧体的传奇。今在《盛明杂剧》二集中所见的《武陵春》,《兰亭会》,《写风情》,《午日吟》,《南楼月》,《赤壁游》,《龙山帽》,《同甲会》八剧,或谓即是升庵《泰和记》中八本。《盛明杂剧》目次《武林春》下题有"许时泉或作杨升庵。"本文《武陵春》,即标许潮。而编者沈泰的眉批,则谓遴选升庵之作。《兰亭会》又题杨升庵,其余六本,并署许氏。这八本究竟杨作还是许作,即沈氏当时,亦未能决定。大概许潮亦有《泰和记》,内容体裁与杨作类似,所以容易混淆;或者杨作经许氏修改,因此有作者不同的传说。这八本中的《赤壁游》,《同甲会》全系南套。即使此记确为升庵所作,亦只是剧体传奇里的散出,而不是作者以南曲作的杂剧,故不能称他南剧。要是这也称南剧,则《四节记》早就是南剧了。徐文长作有《四声猿》剧,内中只有《翠乡梦》一种是他少年时的作品,当作在嘉靖时㊹。此剧用合套。从元沈和创合腔以后,北剧中合腔与合套,尚未见过,文长或是首用呢!

此时杂剧尚有李开先的《园林午梦》,为一折本北曲。短剧在这时期已渐流行,然一切犹守北剧规律。故北剧自周宪王《诚斋乐府》稍起变化,其后又经过静止时期。及至万历时北剧体例始大破,而全部与传奇混合了。

(b) 南剧之创制

南剧的名称,始见于吕天成《曲品》。吕氏云:"不作传奇而作南剧者:

徐渭、汪道昆。"所谓"南剧",就是用南曲或传奇体例的杂剧。万历时北曲更加衰微。沈德符《顾曲杂言》云:

> 嘉隆间度曲知音者,有松江何元朗,蓄家童习唱,一时优人俱避舍。以所唱俱北词,尚得金元遗风。予幼时犹见老乐工二三人,其歌童也,俱善弦索,今绝响矣。何又教女鬟数人,俱善北曲,为南教坊顿仁所赏。顿曾随武宗入京,尽传北方遗音,独步东南。暮年流落,无复知其技者。正如李龟年江南晚景。其论曲,谓南曲箫管,谓之唱调,不入弦索,不可入谱。近日沈吏部所订《南九宫谱》盛行,而《北九宫谱》反无人阅,亦无人知矣。

又云:

> 自吴人重南曲,皆祖昆山魏良辅,而北词几废。今惟金陵尚存此调。然北派亦不同,有金陵,有汴梁,有云中,而吴中以北曲擅场者,仅见张野塘一人;故寿州产也,亦与金陵小有异同处。顷甲辰年马四娘以生平不识金闾为恨。因挈其家女郎十五六人来吴中唱《北西厢》全本。其中有巧孙者,故马氏粗婢,貌甚丑而声遏云,于北曲关搎窍妙处,备得真传,为一时独步,他姬曾不得其十一也。四娘还曲中,即病亡。诸妓星散。巧孙亦去为市姬,不理歌谱矣。今南教坊有傅寿者,字灵修,工北曲,其亲生父家传,誓不教一人。寿亦豪爽,谈笑倾坐。若寿复嫁去,北曲真同广陵散矣。

北曲既渐无人能唱,杂剧乃成案头读物。然戏剧本为搬演而作,于是杂剧作家,势必根本改变其曲调,且渐及于规律。郑振铎先生曾说:"这时代杂剧作者虽不少,然也与唱北曲者一样,多不甚明了北剧的结构,往往以南剧的规则,施之于杂剧;其能坚守元人北剧的格律者甚少。杂剧的面目竟为之大变。"⑮实则此时元剧存在,谱亦未亡,作者欲明了北剧的作法,不是难事。体例的变化,即因北曲在歌场已成广陵散,无人能唱,作者应搬演的需要,乃用南曲谱剧;曲既南词,规律自然亦渐次从南;况且杂剧的南化,明初已在萌芽;这种变化,是杂剧自然的解放和进步。

南剧之首创者,近人每称徐文长。吴瞿安先生《顾曲麈谈》⑯云:

> 徐文长《四声猿》中《女状元》剧,独以南词作剧,破杂剧定格。自是

以后，南剧孳乳矣。

顾敦鍒先生《明清戏曲的特色》⁴⁷云：

> 首先以南词作杂剧的是徐文长。他的尝试，大大地成功。

实则首创南剧者不是文长，乃是他的弟子王骥德。王氏在《曲律》⁴⁸中曾自述首创南剧。他说：

> 余昔谱《男后》剧曲用北调，而白不纯用北体，为南人设也。已为《离魂》，并用南调。郁蓝生谓自尔作祖，当一变剧体。既遂有相继以南词作剧者。后为穆考功作《救友》，又于燕中作《双鬟》及《招魂》二剧，悉用南体。知北剧之不复行于今日也。

王氏于文长虽为后辈，但用南词谱成的《离魂》剧之著作期，则早于徐之《女状元》。盖文长《四声猿》，非作于一时。其中《月明和尚度柳翠》为早年之作，纯为北体。《雌木兰》，《狂鼓史》，《女状元》则作在晚年。《曲律》⁴⁹又云：

> 徐天池先生《四声猿》，故是天地间一种奇绝文字。《木兰》之北，与《黄崇嘏》之南，尤奇中之奇。先生居与余仅隔一垣。作时，每了一剧，辄呼过斋头，朗歌一过，洋洋得意。余拈所警绝以复，则举太白以醻，赏为知音。中《月明度柳翠》一剧，系先生早年之笔。《木兰》，《祢衡》得之新创。而《女状元》则命余更觅一事，以足四声之数，余举杨用修所称《黄崇嘏春桃记》为对。先生遂以春桃名嘏。今好事者以《女状元》并余旧所谱《陈子高传》称为《男皇后》，并刻以传，亦一的对；特余不敢与先生匹耳。

王氏自称《男皇后》剧为旧谱，当然作在文长《女状元》之前。而《离魂记》虽作在《男皇后》之后，但也不迟于《女状元》，否则王氏何敢掩没师长，而称作祖。后人不察，以为文长年辈比伯良长，便以为南剧是徐氏首创了。

《离魂记》的著作期，也就是南剧的初创期，大约在万历前期。因按伯良卒于天启三年⁵⁰，《离魂》是他早年写的，其时文长已在晚年。

伯良首创南剧,同时汪道昆也起而仿效。他的《大雅堂四剧》,《五湖游》是南北合套;《高堂梦》,《远山戏》,《洛水悲》都是南词。稍后则陈与郊,孟称舜,徐复祚,汪延讷,许潮,叶宪祖,王澹翁,王应遴,车任远,袁于令辈大家以南词作剧了[51]。

(c) 南剧之体例

南剧体例,错综变化,作者似可任意制作,然总不能超越北剧与传奇的范围。故南剧是二者混合的剧体。兹举述如下:

a.折数　南剧折数不定,一折的短剧很多。最长为吴中情奴《相思谱》的九折。此时杂剧与传奇的差异,只在全本的长短。故有分则为杂剧,合则为传奇的。如沈璟《属玉堂传奇》十七种的《十孝记》和《博笑记》均分演十事,当时即称剧体[52]。又如叶宪祖的《四艳记》传奇,即是《盛明杂剧》中的《夭桃纨扇》,《碧莲绣符》,《丹桂钿盒》,《素梅玉蟾》。因之后人误以《四艳记》为已经失传的叶氏传奇。程羽文《盛明杂剧序》有云:"以全本当八股大乘,杂剧为尺幅小品"。他所谓全本即是传奇。

b.家门　宋元南戏。开场由末脚念词一首或二首,报告戏情,明人称为家门。传奇沿用此体,南剧亦有采用。虽一折的短剧,也有用家门的。汪道昆《大雅堂四剧》,每剧一折,各有副末开场。如《洛水悲》:

末上《临江山》……(辞略)更有一段新词,名《洛神记》。小子略陈纲目,大家齐按宫商。

　　帝子驰名八斗　　　　神人结好重渊
　　邺下风流遗事　　　　郢中巴里新篇

全与传奇家门无异。既是南曲,又有家门,虽系一出的短剧,而竟是具体而微的传奇了。然也有全本北词如祁元儒之《错转轮》,孟称舜之《英雄成败》及《桃花人面》,也用副末开场。南北体例的化合,在此更显见了。

c.题目正名　宋元南剧,在副末开场之前,有四句韵语,称为"题目"[53]。北剧亦有"题目正名",不过在一本戏的末后,地位与南戏不同。传奇则没有题目;但在副末念毕开场后,亦有四句韵语,常称他"下场诗"。这四句也同题目一样,用以隐括剧意,如《明珠记》:

　　刘尚书遇乱遭奸计,　古押衙假作偷花使

> 无双女死后得重生， 王仙客两赠明珠记

末句且是剧名。这种韵语，其性质实同题目，故南剧中即有称他"题目"或"正名"的[34]。也有虽是南套，不用家门而有正名。如汪延讷之《广陵月》，王澹翁之《樱桃园》等都是南套而用正名。南剧无论南北套，题目正名均在戏文开端，如同宋元南戏。其外又有"总正名"，这在北剧中也有。如王伯良校注的《古本西厢记》有"总名"；刘东生《娇红记》也有所谓"总关目"，性质是一样的。因为《西厢记》和《娇红记》都是合数本而成一书的杂剧，故用总正名隐括全书。但南剧往往以情节不同的四剧，合为一本。他的四句总正名，每句是一剧的正名。如徐文长《四声猿》的总正名：

> 狂鼓史渔阳三弄，　　　玉禅师翠乡一梦。
> 雌木兰代父从军，　　　女状元辞凰得凤。

这是与杂剧总关目不同的。

　　d.楔子　南戏与传奇无楔子。北杂剧的楔子，乃是一二支零曲，非《仙吕赏花时》，即《仙吕端正好》[35]。南剧中叶宪祖《团花凤》四折，用南套与合套，纯是南体；但题目正名外，又用南曲《正宫普天乐》为楔子。这是比全本北套而用副末开场，尤其新颖了。

　　相传为徐文长作的《歌代啸》，前面的楔子，是以传奇中的副末开场及杂剧的正名和合而成的，书中虎林冲和居士的《凡例》有云：

> 今曲于传奇之首，总序大纲曰"开场"。元曲于出内或出外另有小令曰"楔子"。至曲尽又别有"正名"，或四句或二句隐括剧意，亦略与开场相似，余意一剧自宜振纲，势即不可处后；故特移正名向前，聊准楔子，亦所以存旧范也。

楔子是：

> 开场临江仙……（辞略）且听咱杂剧正名者：
> 没处泄愤的，是冬瓜走去，拿瓠子出气；
> 有心嫁祸的，是丈母牙疼，灸女婿脚根；

眼迷曲直的，是张秃帽子，教李秃去戴；

胸横人我的，是州官放火，禁百姓点灯。

这种体例，实在就是家门。不过所称正名，不是一首七言诗，而是很长的四句韵文罢了。

e.散场诗传奇往往每出有"下场诗"，在末出的又称"散场诗"。南剧中的南套，自多采用，即北套亦有用的。用散场诗尤常见，如徐渭《渔阳弄》，《歌代啸》；孟称舜《桃花人面》；绿野堂《真傀儡》等。末出都有韵语。

f.唱法杂剧南化，首在破单唱之例。南剧当然用复唱了。也有虽是北套，而唱则复唱的。《盛明杂剧》初二集中六十种杂剧，除明初二种外，仅梁辰鱼《红线女》；孟称舜《英雄成败》；王衡《郁轮袍》；梅鼎祚《昆仑奴》；沈自征《渔阳三弄》；凌初成《虬髯翁》犹守北剧末本或旦本之单唱法㊽。其中《昆仑奴》及《虬髯翁》虽全守北剧规律，然说白终非北剧气息了。

上述南剧的体例，恐不详尽，故在篇末附有《盛明杂剧》六十种体例表，以供参阅。现在得见的嘉隆以后至明末的杂剧，大部分在内了。

结　语

南北戏剧之交化，足以观二者的消长。元初北剧流入南方，压倒南戏。及元中叶，南戏稍盛，文人亦有写作，沈和又创为南北合腔，这时南戏已进而与北剧对峙。元末明初，南戏名作如《琵琶记》及《荆》《刘》《拜》《杀》等产生，北剧乃反欲择取其长了。弘正间北剧渐趋衰落。到隆万时，昆曲由其发源地而风行南北，南戏到了全盛时期，北曲则不绝如缕。杂剧乃大起变更，与传奇化合。至是戏剧殆无复南北之分，这实在是戏剧的大进步。盖南戏与北剧，互有短长：体例方面，北剧束缚过甚，组织亦太简单，音律方面，则北曲有变宫变徵，虽云声烦调促㊾，然自比较复杂。且就音节而言，南曲清峭柔远；北曲劲切雄丽，各有其妙。总之，北剧体例之破除，乃北剧本身的解放；南戏之采用北调，系音节的调节。二者化合，戏曲方臻完美了。

末了，我有一点感想，便是束缚过严的规律，虽然一时不易解放，但是必有一朝破灭无余，反不如规律宽的能得长久存在。试观北剧规律，多么谨严，元中叶以后南戏在北化用合腔的时候，他却丝毫不变。到明初虽稍在变动，但即静止。然终至全部解放，化成南剧。所以我在引言中说这是戏剧演进的必然趋势呢！

———————

①徐渭《南词序录》云："元初北方杂剧，流入南徼，一时靡然向风，□辞遂绝，而南戏亦衰。"

②钱南扬先生《宋元南戏百一录》（页三）云："从此（指南渡）之后，杭州遂成了南戏的中心区域。"又云："（页九）元初作剧者均北人，中叶以后，则悉为杭州人，其中虽有北籍的，然亦久居浙江了。"

③吴瞿安先生《诚斋乐府·曲江池跋》云："通剧用五折，与《赵氏孤儿》同，杂剧体例间有之；非如王辰玉《郁轮袍》合南北词七折成书（按《郁轮袍》七折，内第二第五折系全白，曲词仅五折，而第一折用《仙吕点绛唇》套；第三折用《正宫端正好》套；第四折用《南吕一枝花》套；第六折用《双调新水令》套；第七折用《中吕粉蝶儿》套；并无南曲）。非驴非马，斯不可为训耳。"

④载《燕京学报》第七期。

⑤哈佛燕京学社出版。

⑥据士礼居旧藏《新刊巾箱蔡伯喈琵琶记》，陈、毛两家刻本，多第八出《文场选士》，中有《北江儿水》一支。

⑦《曲苑》本卷下。

⑧王国维《宋元戏曲史》以《录鬼簿》所称"前辈已死名公才人"为第一期，名"蒙古时代"，自太宗窝阔台取中原起，至世祖忽必烈南北统一止。《录鬼簿》中所称"方今已亡名公才人与余相知或不相知者"为第二期，名"一统时代"，自世祖至元起至至顺后至元止。钟氏所称"方今才人相知者"为第三期，名"至正时代"，实则第二期与第三期中很多同时人物，不过其中高寿的则到元末还在；故作品也许有很多是同时作的，要是把他们分为两个时期，似觉欠妥；况且天一阁明钞本《录鬼簿》下卷开端只书："方今才人相知者为之作传以《凌波仙曲》吊之"，本不分存亡的，所以我只把《录鬼簿》中人物，分前后期：上卷为前期，下卷为后期。

⑨天一阁明钞本《录鬼簿》少《闹法场郭兴何杨》一本。

⑩《太和正音谱》著录沈和所编杂剧六种，即多一《潇湘八景》，这或是宁献王未见其书，误为杂剧，郑振铎先生插图本《中国文学史》（第四十九章）谓《潇湘八景》见于《雍熙乐府》；但查嘉靖刊足本《雍熙乐府》，并无此曲。

⑪按杂剧与传奇，系当时戏剧的总名，故南戏亦称传奇，如《永乐大典》本《小孙屠》开场云："后行子弟，不知敷演甚传奇？"明指该戏文的。

⑫钱南扬君推测此戏或为宋人所作，见武汉大学《文哲学季刊》钱君所著《张协戏文中之两桩重要材料》。

⑬青木正儿曾经提及《小孙屠》或为萧氏所作；但他因为不知道萧氏是书会中人，不敢决定，他说："据此，（指《录鬼簿》所载萧氏事迹）则萧德祥所作《小孙屠》之为南曲戏

文有可能性，而其人又为杭州人，因此或疑《永乐大典》本即此人之作，然小传中'以医为业'之语，与《大典》本'古杭书会编'注语之关系，究以何种见解解释欤？则德祥苟非平生以医为业而与'书会'曾有关系者？或德祥之作，后为书会中人所改定者？此事固难于决定，然《大典》本之《小孙屠》戏文，可推断其为萧德祥，或其以后之人所作。"见商务出版王古鲁译青木氏《中国近世戏曲史》第五章页九一。

⑭《录鬼簿》云："萧德祥，杭州人，以医为业，号复斋，凡古文俱隐括为南曲，街市盛行，又有南曲戏文等"，又著录其作品《四春园》，《小孙屠》，《王翛断杀狗劝夫》，《四大王歌舞丽春园》，《包待制三勘蝴蝶梦》，天一阁明钞本不录。

⑮天一阁明钞本《录鬼簿》贾仲名吊萧氏词有云："武林书会展雄材，医业传家号复斋。"

⑯同注⑦。

⑰大约与《小孙屠》同时的作品《宦门子弟错立身》，亦用合腔。

⑱钱南扬君《宋元南戏百一录·南戏名目》中载《欢喜冤家》注云："此戏为元沈和所作，而中间用南北合套的。"又吴瞿安先生《顾曲麈谈》卷下第一节有云："南北合套，为元末沈和所创。"可见都是混合不分的。

⑲《燕京学报》第七期页一三九五。

⑳《燕京学报》第七期页一三九六又一三九八。

㉑采用青木正儿说，见王译《中国近世戏曲史》第五章第四节。

㉒《精忠记》第二十九出《告莫》，《绣襦记》第二十五出《责善则离》，俱用《北新水令》，《南步步娇》合套，又《绣襦记》第十一出《面讽背遁》叠用《北寄生草》及《南解三酲》，此是合套的别体。

㉓《投笔记》（环翠楼钞本）第二十六出用《北双调新水令》套，《千金记》第二十二出《北追》，亦用《新水令》套。其前虽有南曲，但排场变换，不是一套，传奇联套，往往因排场变动而更易，许守白《曲律易知》论之最审。

㉔《邯郸记》中北套为：第三出《度世》；第九出《房动》；第十五出《西谍》；第十六出《大捷》；第二十七出《极欲》。

㉕《长生殿》北套为：第十折《疑谶》；十七折《合围》；二十折《侦报》；三十二折《哭像》；三十三折《神诉》；三十八折《弹词》；四十六折《觅魂》，又二十八折《骂贼》，前半北曲，后半南曲。

㉖传奇合套，有时用一支北曲，间二支南曲，如《南江儿水》间《北雁儿落》及《北得胜令》，则称《北雁儿落带得胜令》，仍如一曲。

㉗许守白《曲律易知·余论》："《绣襦·面讽》一折，用《北寄生草》四支，《解三酲》三支，开若士《紫钗记·折柳》之滥觞，今《折柳》盛行，而群不知谬，盖《绣襦》已作俑矣。"

㉘《元曲选》中有王子一《刘晨阮肇误入桃源》；谷子敬《吕洞宾三度城南柳》；贾仲名《铁拐李度金童玉女》，荆楚臣《重对玉梳记》，《萧淑兰情寄菩萨蛮》；杨文奎《翠红乡

儿女两团圆》，新发见之脉望馆钞校本《古今杂剧》中有明初丹邱先生《冲漠子独步大罗天》，《卓文君私奔相如》；黄元吉《黄廷道夜走流星马》；贾仲名《吕洞宾桃柳升仙梦》，惜尚未寓目。

㉙《正音谱》有宁献王洪武三十一年自序。

㉚元剧有事情长而非四折所能尽的，则分数本。如《太和正音谱》载王实甫《破窑记》，《丽春园》，《贩茶舡》，《进梅谏》，《于公高门》各有二本；《西厢记》分作五本。

㉛王译青木正儿《近世戏曲史》第六章第一节云："上本第三折之末唱中，杂有旦唱三曲。"（按《娇红记》原书署旦唱仅二曲）又节山学人跋语中有云："本书上下二卷，各四折，每折惟一调，用北曲套数；但正末外有旦唱，旦末合唱，是明人杂剧之变也。"

㉜《明史》卷一百十六。

㉝三十一种为：《天香圃牡丹品》，《十美人庆赏牡丹园》，《兰红叶自诉烟花梦》，《瑶池会八仙庆寿》，《惠禅师三度小桃红》，《挡搜判官乔断鬼》，《豹子和尚自还俗》，《甄月娥春风庆朔堂》，《美姻缘风月桃源景》，《宣平巷刘金儿复落娼》，《福禄寿仙官庆会》，《神后山秋狝得驺虞》，《黑旋风仗义疏财》，《小天香半夜朝元》，《张天师明断辰钩月》，《李妙清花里悟真如》，《洛阳风月牡丹仙》，《李亚仙花酒曲江池》，《清河县继母大贤》，《赵贞姬身后团圆梦》，《刘盼春守志香囊怨》，《紫阳仙三度常椿寿》，《东华仙三度十长生》，《群仙庆寿蟠桃会》，《孟浩然踏雪寻梅》，《关云长义勇辞金》，《吕洞宾花月神仙会》，《河嵩神灵芝献寿》，《四时花月赛娇容》，《南极星度海棠仙》，《文殊菩萨降狮子》。

㉞亦称《诚斋传奇》，见《百川书志·外史》类。

㉟有轮唱，均为旦唱。

㊱卜儿为元剧中老妇人之称。

㊲商务本王译第三章第三节页六十四。

㊳通行本缺舞唱之说明文，曲牌作《雁儿落》。

㊴据《汇刊传奇》本，南戏中此种舞诵之痕迹，青木氏疑即流露南宋杂剧曾舞曲破的遗风，见商务本王译《近世戏曲史》第三章第三节页六十。

㊵卷十七。

㊶康氏《中山狼》有《盛明杂剧》本；王氏《中山狼》院本有《王渼陂全集》本，《沽酒游春》有全集本，及《盛明杂剧》本。

㊷元剧晚进王生《围棋闯局》，虽亦一折，然偶尔命笔，谱《西厢记》中人物的事情，犹为全书增补一折，不可为例。

㊸《词品》卷一。

㊹文长正德十六年生，万历二十一年卒，见《疑年续录》。

㊺见插图本《中国文学史》第四册第五十九章页一一九六。

㊻卷下第四章。

㊼载《燕京学报》第二期。

㊽卷四。

㊾卷四。

㊿见《曲律》毛以燧跋。

(51)陈氏的《昭君出塞》，《文姬入塞》，《袁氏义犬》；孟氏的《死里逃生》；徐氏的《一文钱》；汪氏的《广陵月》，许氏的《南楼月》，《赤壁游》，《龙山宴》，《同甲会》；叶氏的《天桃纨扇》，《碧莲绣符》，《丹桂钿盒》，《素梅玉蟾》，《团花凤》；王氏澹翁的《樱桃园》；应遴的《逍遥游》；车氏的《蕉鹿梦》；袁氏的《双莺传》，都是南曲。

(52)《新传奇品》云："《十孝》有关风化，每事三出，似剧体，此自先生创之。"《曲品》云："《博笑》体与《十孝》类。"沈自晋《南词新谱》云："《十孝记》系先词隐作。如杂剧十段"。实在这种体裁，即同《四异记》、《泰和记》等。因为这时有了南剧，所以称他剧体。并非词隐新创的。

(53)如《小孙屠》题目：李琼梅设计丽春园，孙必贵相合成夫妇，朱邦杰识法明犯法，遭盆吊没兴小孙屠。

(54)《蕉鹿梦》署"题目"；《歌代啸》称"正名"。

(55)《百种曲》中有二种例外：一用《仙吕忆王孙》；一用《越调金蕉叶》。（编者案，《仙吕端正好》，应为《正宫端正好》之误。）

(56)卓人月《花舫缘》，湛然《鱼儿佛》，衡芜室《再生缘》，为旦末合本的单唱剧。

(57)《紫叶轩曲话》云："金元入主中原，旧词于嘈杂缓急之际，不能尽按，乃别创新声以媚之，是为北曲，盖北鄙杀伐之音，二变错杂，声烦调促，郑卫之遗也。"

附盛明杂剧六十种体例表

剧名	作者	著作期	折数（或出数）	曲调	唱法	楔子	题目正名	副末开场	散场诗（或下场诗）
牡丹仙	周宪王	宣德	四	北套	复	无	有[1]	无	无
香囊怨	周宪王	宣德	四	北	单	有	有	无	无
曲江春	王九思	弘正间	四	北	单	有	有	无	无
中山狼	康海	正德[2]	四	北	单	无	有	无	无
不伏老	冯维敏	嘉隆间	五	北	单	有	有	无	有
翠乡梦	徐文长	嘉靖[3]	二	合套	复	无	总[4]	无	有
渔阳弄	徐文长	万历前期[5]	一	北	复	无	总	无	有

南戏与北剧之交化

剧名	作者	著作期	折数（或出数）	曲调	唱法	楔子	题目正名	副末开场	散场诗（或下场诗）
雌木兰	徐文长	万历前期[5]	二	北	复	无	总	无	有
女状元	徐文长	万历前期[5]	五	南套[6]	复	无	总	无	有
高堂梦	汪道昆	万历前期[7]	一	南	复	无	总[8]	有	有
五湖游	汪道昆	万历前期[7]	一	合	复	无	总	有	有
远人山戏	汪道昆	万历前期[7]	一	南	复	无	总	有	有
洛水悲	汪道昆	万历前期[7]	一	南	复	无	总	有	有
男王后	王骥德	万历前期[7]	四	北	复	有	有	无	无
红线女	梁辰鱼	嘉靖后期至万历初年	四	北	单	无	有	无	无
昭君出塞	陈舆郊	万历天启间[9]	一	南[10]	复	无	无	无	有
文姬入塞	陈舆郊	万历天启间[9]	一	南	复	无	无	无	有
袁氏义犬	陈舆郊	万历天启间[9]	五	南[11]	复	无	有	无	有
一文钱	徐复祚	万历天启间[9]	六	南[12]	复	无	有	无	有
死里逃生	孟称舜	万历天启间[9]	四	南[13]	复	无	无	无	有
英雄成败	孟称舜	万历天启间[9]	四	北	单	无	无[14]	有	有
桃花人面	孟称舜	万历天启间[9]	五	北	复	无	无[15]	有	有
花舫缘	孟称舜原本卓人月改编	万历天启间[9]	四	北	单[16]	无	有	有	无
昆仑奴	梅鼎祚	万历天启间[9]	四	北	单	无	有	无	无
广陵月	汪延讷	万历天启间[9]	七	南	复	无	无	无	无
郁轮袍	王衡	万历天启间[9]	七[17]	北	单	无	无	无	无
真傀儡	王衡	万历天启间[9]	一	北	复	无	有	无	有

剧名	作者	著作期	折数（或出数）	曲调	唱法	楔子	题目正名	副末开场	散场诗（或下场诗）
武陵春	许潮	万历天启间[9]	一[18]	上半折南曲下半折北套	上半折单唱下半折复唱	无	无	无	有
兰亭会	许潮	万历天启间[9]	一[19]	上半折南曲下半折北套	复	无	无	无	有
写风情	许潮	万历天启间[9]	一[20]	上半折北套下半折南曲	复	无	无	无	有
午日吟	许潮	万历天启间[9]	一[21]	首尾南套中北套	复	无	无	无	有
南楼月	许潮	万历天启间[9]	一	南[22]	复	无	无	无	有
赤壁游	许潮	万历天启间[9]	一	南	复	无	无	无	有
龙山宴	许潮	万历天启间[9]	一	南[23]	复	无	无	无	有
同甲会	许潮	万历天启间[9]	一	南	复	无	无	无	有
易水寒	叶宪祖	万历天启间[9]	四	合	复	无	有	无	无
夭桃纨扇[24]	叶宪祖	万历天启间[9]	八	南	复	无	无	无	有
碧莲绣符	叶宪祖	万历天启间[9]	八	南	复	无	无	无	有
丹桂钿合	叶宪祖	万历天启间[9]	七	南	复	无	无	无	有
素梅玉蟾	叶宪祖	万历天启间[9]	八	南	复	无	无	无	有
北邙说法	叶宪祖	万历天启间[9]	一	北[25]	复	无	无	无	无
团花凤	叶宪祖	万历天启间[9]	四	南[26]	复	有	无	无	无
有情痴	徐阳辉	万历天启间[9]	一	北	复	无	无	无	有
脱囊颖	叶宪祖	万历天启间[9]	四	前二折南套后二折合套	复	无	无	无	有
红莲债	陈汝元	万历天启间[9]	四	北	单	无	有	无	有
春波影	徐翙	万历天启间[9]	四	北	单[27]	有	有	无	有
络冰丝	徐翙	万历天启间[9]	一	合	复	无	无	无	无
错转轮	祁元儒	万历天启间[9]	四	北	复	无	无[28]	有[29]	无
逍遥游	王应遴	万历天启间[9]	一	南[30]	复	无	无[31]	有	有

剧名	作者	著作期	折数（或出数）	曲调	唱法	楔子	题目正名	副末开场	散场诗（或下场诗）
樱桃园	王澹翁	万历天启间 [9]	四	南	复	无	有	无	有
蕉鹿梦 [32]	车任远	万历天启间 [9]	六	南 [33]	复	无	有 [34]	有	有
相思谱	吴中情奴	万历天启间 [9]	九	南 [35]	复	无	无	无	有
再生缘	衡芜室	万历天启间 [9]	四	北	单 [36]	无	无	无	无
齐东绝倒	竹痴居士	万历天启间 [9]	四	合套	复	无	有 [37]	有	有
虬髯翁	凌初成	万历末至天启间	四	北	单	无	有	无	无
鱼儿佛	湛然	万历末至天启间	四	北	单 [38]	无	有	无	无
双莺传	袁于令	万历末至天启间	七	南	复	无	无	有	有
霸亭秋 [39]	沈自征	天启	一	北	单	无	有	无	无
鞭歌妓	沈自征	天启	一	北	单	无	有	无	无
簪花髻	沈自征	天启	一	北	单	无	有	无	无

①宪藩本正名在四折后，北本移在首折之前，下《香囊怨》同，可见沈氏编《盛明杂剧》时，正名在前，已成风气了。

②康氏曾救李献吉之难，后来海得罪，献吉不救，此剧乃讽刺李氏，考康海免官，在正德五年，则此剧当作在五年稍后。

③王骥德谓此剧系徐氏早年的作品，见《曲律》卷四。

④以下三剧，合称《四声猿》，用总正名。

⑤此剧与以下《雌木兰》、《女状元》为徐文长晚年作，亦见《曲律》，徐氏卒于万历二十一年。

⑥第二出北套。

⑦汪氏四剧用南套，当作在王氏创制此体以后。

⑧与下列三剧，合称《大雅堂四剧》，用总正名。

⑨以下作者，虽有崇祯间犹存，但《盛明杂剧》编于崇祯二年，故其作品，大概都在崇祯之前。

⑩用合腔。

⑪末折合套。

⑫末折北套。

⑬首折合套。

⑭⑮副末开场中的诗句,性质同题目正名。

⑯旦末合本。

⑰内二折全系宾白,曲仅五折。

⑱ ⑲ ⑳合南北二套,实是二出。

㉑首尾南套,中间北套,可分三出。

㉒末有北曲二支。

㉓杂合腔。

㉔与下列三剧,合名《四艳记》。

㉕首有北曲 。

㉖有合套。

㉗末折小儿唱。

㉘同⑭,⑮。

㉙首有《画堂春》一阕,七言诗四句,虽不署副末开场,实即家门。

㉚末有北曲。

㉛同⑭,⑮,㉘。

㉜《蕉鹿梦》为车氏《四梦记》之一,余三梦为《高唐》,《南柯》,《邯郸》。

㉝首折北套。

㉞副末开场中之诗句,即署题目。

㉟末折北套。

㊱生旦合本。

㊲同⑭,⑮,㉘,㉛ 。

㊳末旦合本。末折《煞尾》,生旦同唱。

㊴与下列二剧,合称《渔阳三弄》。

原载《燕京学报》第27期,1940年8月.

元代壁画中的元剧演出形式

周贻白

中国戏剧，从歌舞俳优的相互结合，形成一种以表演故事情节为中心的独立艺术形式，在北宋时代（公元960年至1126年）已出现于东京（今之河南开封）的民间戏棚。这种戏棚，当时也叫"勾栏"，勾栏就是栏干的别称，因为当时的戏剧表演，还不曾构成高出地面的舞台，只在平地用栏干围成一个方形，作为现代所谓舞台面，以便与观众席有所区别。由是通称之为勾栏。据宋孟元老《东京梦华录》载，北宋末年的东京，有一个桑家瓦子，分为中瓦、里瓦，共有勾栏五十余座，最大的戏棚，可以容纳观众数千人。当时的戏剧体制，一般的名为"杂剧"，其表演形式，或以滑稽谐谑为主，或以故事情节为主。前者，多属于官方的所谓"教坊"的演出；后者，则属于民间勾栏的节目。比方当时的勾栏，每年过了七月七日，便搬演《目连救母》杂剧，一直演到七月十五日为止。观众比平常日子特别加多。这说明中国戏剧以表演故事为主，在这时期不但具体形成，而且可以按照中国的节令和习俗来演应景的戏了（七月十五日为中元节，例须举行盂兰盆会，就是目连和尚的生母刘青提的故事）。

北宋的杂剧，由民间勾栏发展到以表演故事情节为主，到了南宋光宗赵惇时代，在南宋所辖地区的温州，便产生了所谓"温州杂剧"，或亦称为"戏文"。而在金朝统治的淮河以北地区，则直接继承着北宋民间勾栏所演《目连救母》杂剧一类形式。降至元代，便根据这一基础而加以发展。特别是歌唱部分，系以当时流行于北方一带的民歌小曲所组成的"套曲"为主。一套中包括同一音组的许多曲调作为一个"宫调"，以四套不同的"宫调"作为一本。其情节不够接合或须加以补充的地方，便用一个所谓"楔子"来作为过场。"楔子"的体式，通常只有一两个曲调的唱词，大部分为独白或对白。其唱词例由一个"正末"扮男性，或"正旦"扮女性主唱。其馀各项脚色，如"净"、"丑"、"外"之类，则只能念白，没有唱词。这形式，就是大家今日所熟知的"元代杂剧"。

元代杂剧，不仅是中国戏剧史上的一代光芒，同时在文学史上也具有高度的成就。不过戏剧的内容虽系以剧本中唱白作为根据，但必须通过演员的表演，根据其舞台上的艺术形象来作为衡量标准。元代杂剧的剧本，现存者还有一百几十种。但当时的演出情况，以往我们知道得却很少，虽然从现存剧本的"科介"中获得一些文字记载，也不容易完全明白，而这里所刊载的一幅元代壁画，所画的正是元代杂剧当时的上演情况。

这一幅壁画，现仍存在于山西洪赵县道觉乡明应王庙内。洪赵县原即洪洞县，明应王庙当地人或名龙王庙，又名水神庙，在洪赵县城西北十五公里，广胜寺下院隔壁，因彼此毗连，以往曾被认为是广胜寺的一部分，其实是与广胜寺无关的另一所庙宇。庙内正殿四壁，都画有彩色的壁画，靠南壁的一幅，即这里所刊载的元代杂剧演出时的舞台面，及所演戏剧中一些人物形象。上端横题作"大行散乐忠都秀在此作场"。下缀边沿，极似旧日的帐檐。这东西，在元代勾栏中，名为"帐额"。其所题"大行"，似即指太行山脉一带地区，"散乐"原指"百戏"，中国戏剧源出"百戏"，且对诸般歌舞杂技皆有所结合。故当其形成一项专作故事表演的独立艺术形式之后，即沿称"散乐"，并以此作为戏剧艺人的通称。"忠都秀"为主要演员的艺名，元代女艺人，多以"秀"字命名，如珠帘秀、天然秀、芙蓉秀、燕山秀等等，皆当时有名演员，而且所扮脚色不限于一门，比方珠帘秀能演"花旦"和"末泥"；芙蓉秀能演"杂剧"，也能唱"南戏"（即戏文——温州杂剧）。男优艺名，则多就其面形而称以绰号，如"玳瑁脸"、"象牛头"之类，且亦兼扮多门脚色。比方燕山秀的丈夫马二，艺名"黑驹头"，"旦末双全，杂剧无比"（以上均见元夏伯和《青楼集》）。"作场"即登场演戏的意思，同时也是一种当场献技的通称，无论为故事说唱或杂技表演，凡择一空地，围聚观众，以及在固定的勾栏演出，都可叫做"作场"或"做场"。宋陆游诗："斜阳古柳赵家庄，负鼓盲翁正作场。身后是非谁管得，满村听唱蔡中郎。"这就是指一个瞎子老翁围聚观众在打着鼓说唱蔡伯喈的故事。可见这幅壁画所题横额，确有其现实根据。至于横额下面所画的一些人物，无疑是一本杂剧中的一个场次。不管其所画是舞台或勾栏，但可以看出，这个舞台画已经是三面朝外的形式。其靠后一面，则设有台幔，略如今日京剧舞台上的所谓"守旧"，其作用显系凭这个台幔而有了前后台的划分。今之后台，旧称"戏房"，即登场脚色化装的地方，亦即置放行头把子的场所。如图中所示，其左方有人揭开台幔的一角，向外偷窥，似为一尚未化装的女性。这地方，应当就是今日舞台上的所谓"上场门"，是剧情进行中一切脚色上场表演时的来路。其右方虽为台幔所遮，当亦有所谓"下场门"，而作为演毕下场的去路。由此可以证明，元代杂剧剧本中"某某上"、"某某下"，就是以左右两个场门供其先后上下。以往有人说，元剧的演法是"先令司宾白者出场，两旁分立……然后正末登场引吭而歌"（见吴梅《顾曲麈谈》）。如果真是这样，不但没有场次的分别，也不必用上下场门来作为脚色的出入之所，甚至一剧的演出，前后情节也没有时间和空间的分别了。中国戏剧发展到元代杂剧这一阶段，已经过不少曲折的过程，才达到完全成熟的地步，由是产生许多今日尚能读到的有价值的作品，如果在舞台表演方面还是那样呆板，脚色上下甚至没有先后之分，又有谁肯相信呢？图中所画靠后这幅台幔，左面是一人右手仗剑，左手扬掌向右；右面是一条带着火焰的青龙，张牙舞爪向左作抗拒状，而皆以烟云及松树为衬托。这很明白地是一个人与龙相斗的故事（可能是周处斩蛟）。这种台幔，在元代的勾栏名叫"靠背"或"神帧"，如《蓝采和》杂剧中，蓝采和在勾栏准备做场时分付司乐的人白："王把色！你将旗牌、帐额、神帧、靠背，都与我挂了者！"便是指这类东西。这也说明当时勾栏，已经有增助戏剧气氛的一些必要的设备。然而，从这幅壁画来看，主要的还是画面上这些舞台人物的形象。其中包括所演故事、剧中人的扮相及所穿服装、伴奏的音乐及司乐者的地位，以及剧中人手中所拿的砌末（今称道具）等等，都是值得加以研究的问题。

这幅壁画上的人物，除左角揭幔偷窥者一人不算，属于舞台表演部分者共十人，分作三排。第一排五人，全属由演员化装的剧中人。第二排四人，除左起第二人画粗眉挂短髯，似属化装的剧中人外，其馀左起第一人，戴鞑帽而有连腮胡，似为未化装的本相，其旁置一大鼓，或系司乐人。右起第一人为女性，左手持椭圆形长柄扇（旧名宫扇），第二人也是女性，手执节板（即今拍板的前身），皆系元代服色，与第一排五人不同。第三排一人，戴鞑帽作吹笛状，当亦为司乐人。根据其服色分别，第一排五人及第二排左起第二人，应皆为剧中人；其馀男女四人，当系司乐或作其他杂务者。由此说明，当时勾栏表演杂剧，司乐人即在演员身后或附近，而且也有其他非剧中人参杂其间。这种情况，在解放前的各地方剧种中，最为常见，尤其是在神庙戏台或私人庭院的演出中，更多这类现象。即令发展得较为高度的剧种，如解放以前的京剧或昆剧，舞台上还存留着"检场人"的活动，而场面司小锣者，还兼代催场职务，时时出入于上下场门。所以如壁画所示，把司乐者或担任其他杂务的人和剧中人画成前后行列，并无可异之处。至于第一排这五个人，当为某一剧的某一场次中登场人物。居中一人，戴展脚幞头，穿圆领大袖的红袍，手执朝笏，足登乌靴，仅露靴尖，面容清秀、微髭。但两耳坠有金环，说明其为女性所扮饰。这也许就是如帐额所题主要演员"忠都秀"吧？按照这个扮相看来，其所戴展脚幞头始于唐代，为帝王所戴，到宋代，则帝王宰相皆可戴。（今之戏班行头，名为相貌，则专属于宰相或一品大臣。）红袍为王侯或一品大臣服色，唐宋都是如此，手中持有朝笏，可见其身分应为臣僚而非帝王（如属帝王则应秉圭——较朝笏直而短）。左起第一人，戴软翅巾，穿圆领青袍，胸臂都绣有云龙，腰系玉带，以左手提右前襟露出右胫，右手持宫扇。右起第一人，戴东坡巾，穿圆领淡黄袍，胸臂及腹部均绣有云鹤，束带，以右手置腹前，左手持长柄刀。这两个人，面容都颇为妩媚，似皆女性所扮饰。左起第二人，所戴似为黑色攒顶（今作软罗帽），穿镶边土黄色开襟长袍，绣花搭膊，布袜，黄色单梁鞋，袒其胸部，以左手指居中穿红袍者，右手作势，若有所托持。其面相作浓眉，白色眼圈，戴黑色连鬓假须（今名黑札），露嘴。右起第二人，所戴亦与东坡巾近似。但左脑后有软翅，穿淡青色镶边长袍，加绣花搭膊，系带，着乌靴，叉手，面相作扫帚眉，戴苍色三绺假须（今名黔三）。根据这五个人的舞台形象来看，有人认为是元无名氏《冻苏秦衣锦还乡》一剧的第四折，居中戴展脚幞头穿红袍者为苏秦，右起第二人戴苍色三绺须者为张仪，左起第二人戴黑色连鬓假须者为张仪的仆人陈用（代张仪暗送银子给苏秦的人）。也有人说是一个八仙度人得道的故事，居中穿红袍者为被度化的人，左起第二人是钟离权，右起第二人是吕洞宾，吹笛的为韩湘子，执节的为蓝采和（见《戏曲研究》第二期刘念兹《明应王殿元代戏剧壁画调查札记》）。这两种看法都不易使人同意。被认为是《冻苏秦》剧第四折的原因，或系联系到现在一些地方剧种中《六国封相》这出戏，苏秦作"小生"扮饰，佩六国相印之后，应戴相貌着红袍，由此而推测其左右二人，当即张仪和陈用。但元剧《冻苏秦》的苏秦，为"正末"扮，是否如今日的"小生"，已不易知，而且元剧第四折作苏秦被封为六国都元帅，而张仪仍系秦国的右丞相，那么苏秦不应戴相貌，张仪也不当戴东坡巾、着镶边长袍加搭膊，除帽子不同，竟和其仆人陈用为一样服色了。若说是八仙度人的故事，姑无论这个被度化的人是谁，而钟离权和吕洞宾都不应是这种扮相，而且蓝采和并非女性，韩湘子也不会戴毡帽而作当代服装。那么，这究竟应当是元代杂剧中哪一本的哪一折呢？根据第一排五个人和第二排左起第二人的扮相与现存的一些元代杂剧相印证，这一班人物，却和高文秀作《须贾大夫谇范叔》一剧可相比附。其理由如次：

第一排居中戴相貌穿红袍者，应为该剧第四折范睢改名张禄在秦国拜相后的扮相。左起第二人，正拉开胸前衣衫，怀中揣着一些白色颗粒和一根根黄褐色的东西，这些东西很明白地是须贾向范雎请罪时，范雎命人将其"去了衣袂"，以喂驴马的"茥豆"（草料）给他揣在怀里要他吃下去，其露嘴当系表示咀嚼草料。当时范雎唱："这东西去年时你备的，我与你揣在怀里，放在跟底，请先生服毒自吃！俺这里别无甚好饭食。"这个人应当就是须贾。右起第二人，衣冠端正，叉手而立，应即齐国中大夫骍衍。骍衍因敬礼范雎，须贾怀疑范雎对骍衍泄露魏国的秘密，由是把范雎打死，抛入厕坑。该剧第四折，骍衍拜访范雎，范雎命与须贾对质，骍衍当场说明："丞相当日，并无此事"，应即其人。第二排左起第二人，粗眉短髯，戴宽檐帽，脑后垂披风，系仆人装扮，应即须贾家的院公，曾在厕坑中将范雎救起，赠银放其逃去。该剧第四折，须贾为范雎所辱，准备自杀，院公上场为其说情云："望丞相爷看老院公薄面，饶过俺主人罢！"当即此人。至于左起第一人和右起第一人，一人持扇掀起右襟；一人持刀注视，当即范雎的扈从。执扇者表示伺候；持刀者表示护卫，在剧中应为卒子或张千。这个看法如果不对，也许所画的是元代杂剧中今已不存的一本，那便只好暂时存疑了。此外，除了这些化装的剧中人，其馀作元代服装的几个乐人或作其他杂务者，其中最值得注意的，是那些伴奏的乐器。如壁画所示，有鼓、笛、节板三种。据旧有记载，元代杂剧所唱为北曲，伴奏器乐以弦索为主，包括琵琶、三弦或月琴（原作阮），只有元无名氏《蓝采和》杂剧，曾说到一伙流浪江湖的杂剧艺人："料应在那公科地，持着些枪刀剑戟、锣板和鼓笛"的话，其唱词中也有"你待着我作杂剧，扮兴亡，贪是非；待着我擂鼓吹笛、打拍收拾。莫消停，殷勤在意。快疾忙，莫迟疑！"由此证知，唱北曲虽或以弦索伴奏，但表演杂剧时，其伴奏乐却以鼓笛为主。同时也证明了枪刀剑戟一类"把子"和草料之类的"砌末"的存在。此外如以女性扮男子，甚至以"正末"脚色而主唱，都可由这幅壁画得到证实。诸如此类，如果与今日中国戏剧的一些地方剧种联系起来，可看出其渊源以及根据这些基础发展而来的一些进步情况。回顾这幅壁画，我们可以看到中国戏剧以往经过的途径，也可以使我们在读到现存的元代杂剧的剧本时，获得一些当时舞台演出上的实际知识。然而，最重要的还是如何认识我们的传统，从而发挥我们固有的民族风格和艺术表现上的优越性。这幅壁画，应当是一种很难得的参考资料。

《文物》1959年第1期

侯马董氏墓中五个砖俑的研究

周贻白

中国戏剧发源甚早，在唐代，已有所谓"歌舞戏"与"参军戏"。至北宋时期，"歌舞戏"与"参军戏"虽已相互参合成为所谓"杂剧"，但仍分两类，一为以歌舞表演故事；一则以诙谐嘲弄为主。前者，属"歌舞戏"范畴；后者，则由"参军戏"直接衍变而来。到了南宋又有所变化。

南宋时代，与女真族的金邦以淮河为界分治南北地区，但一般人民的社会生活并无截然相异之处。因此，北宋时期的杂剧演出形式，一方面随宋室的南渡，流传到淮河以南的南宋辖区；一方面仍存留于金邦统治之下的淮河以北，不过彼此的称谓已有不同。在南宋辖区，一般地名为"杂剧"，或称"官本杂剧"，意即"通行的杂剧"；在金则名为"院本"，或作"行院之本"，意即"行院所演杂剧"。（行院指演剧的勾栏——剧场。或亦兼指妓院。）这类"官本"或"院本"，今存的名目，各有几百种，有明著故事或人物名者，有单著曲调名或脚色名者。虽可约略分别其或具情节、或有唱词，但很难想象究为怎样的演出形式。不久以前，我曾从两张南宋画页看到南宋官本杂剧两个节目的写真，认出一个节目应为《眼药酸》，而另一个却不能悬断。最近山西侯马发掘了一座金代董氏墓，其墓室情况及所发见的古物，已见《文物》一九五九年第六期简报，惟墓室北壁堂屋檐上，砌有一座舞台，舞台上有五个演员，是用青砖雕成，面部衣装，都敷有颜色。不但线条分明，并且各具神态。这几个砖俑发见之后，有人认为系一般舞俑，也有人认为是在表演一个戏剧节目，因而称其为"戏俑"。其实，按中国戏剧的发展过程来说，这五个砖俑，大可以证明宋金分治南北的时代，中国戏剧演出上某些未获得答案的问题。据宋耐得翁《都城纪胜》载：

> 杂剧中，"末泥"为长，每四人或五人为一场……"末泥色"主张，"引戏色"分付，"副净色"发乔，"副末色"打诨，又或添一人"装孤"……

这段记载，虽然说的是南宋首都临安（今杭州）的杂剧脚色，事实上这类脚色在北宋时期已早存在。比方孟元老《东京梦华录》记北宋末年首都东京（今河南开封）社会风物，其"京瓦伎艺"条，有"张廷叟、孟子书主张"。这两人应即杂剧中"末泥色"。同时《都城纪胜》所记虽为南宋临安的事物，而侯马董氏墓葬，根据其"买地券"的年号，是金泰和八年（公元1208年）。下葬时期则为金大安二年（公元1210年）。这个时期，在南宋则为宋宁宗赵扩的嘉定元年至三年（公元1208—1210年）。若把南宋和金联系起来看，《都城纪胜》所记杂剧脚色，事实上与金院本是相同的。如元陶宗仪《辍耕录》载：

> 唐有传奇，宋有戏曲……金有"院本"、"杂剧"、"诸宫调"。"院本"、"杂剧"，其实一也。国朝（元朝）"院本"、"杂剧"，始厘而二之。"院本"则五人：一曰"副净"，古谓之"参军"。一曰"副末"，古谓之"苍鹘"。——鹘能击禽鸟，"末"可打副净，故云。一曰"引戏"，一曰"末泥"，一曰"孤装"，又谓之"五花爨弄。"或曰："宋徽宗见爨国人来朝，衣装鞋履，巾裹傅粉墨，举动如此，使优人效之以为戏。"……

按所谓"五花爨弄"起于"爨国人来朝"，虽未可信，但"巾裹傅粉墨"，实为"副净色"的装扮，在北宋时代，这种装扮，名为"诨裹"。如《东京梦华录》"天宁节上寿"条："诸杂剧色皆诨裹"，意即为了取笑而装扮出来的形象。其"傅粉墨"，则名为"抹跄"，《东京梦华录》"宝津楼诸军呈百戏"条："次有一击小铜锣，引百馀人，或巾裹，或双髻，各着杂色半臂，围肚看带。以黄白粉涂其面，谓之抹跄。"由此可见，"杂剧色"中这种装扮，在北宋时早已有之。另据明初朱有燉《刘金儿复落娼》杂剧，其第一折"混江龙"曲云："妆旦的穿一领销金衫子，踏爨的着两件彩绣时衣，捷讥的办官员穿靴戴帽，付净的取欢笑抹土搽灰"。这几个砖俑的右起第一人，即为"巾裹傅粉墨"的扮相。其在南宋杂剧或金院本中，应即"副净"脚色。又明初朱权《太和正音谱》，载有杂剧院本脚色名目九项，为"正末"、"付末"、"狙"、"孤"、"靓"、"鸨"、"猱"、"捷讥"、"引戏"。实则"狙"即"装旦"，亦即"引戏"（原文作"引戏，院本中狙也"）。"靓"即"净"，亦即"副净"（对正末而言，故以净为副）。"鸨"、"猱"皆当时市语（"鸨"为妓女假母，"猱"为妓女总称），非脚色名。"捷讥"其解释作"古谓之滑稽，院本中便捷讥谑者是也。俳优称为乐官"。按"捷讥"，或作"节级"，如脉望馆藏本《闹铜台》剧，朱同上场诗："曾在郓城为捷讥，今归山内度时光。"而《水浒传》第五十一回，雷横打了白秀英之后，书中有云："把雷横枷了，下在牢里，当牢节级，却是美髯公朱同。"又元剧《盆儿鬼》第三折张憨古唱"黄蔷薇"曲："俺这里高声叫有贼，慌走到街里。又无一个巡军捷讥，着谁来共咱应对？"由此可见，"捷讥"实为"节级"的音转。其"俳优称为乐官"，亦即因北宋时杂剧脚色，或属于军伍，"节级"本为军吏或狱吏的官称之故。至其在脚色中的地位，据宋周密《武林旧事》记南宋临安事，"杂剧色"、"衙前"条中有"孙子昌，副末节级"。然则"捷讥"实即"副末"。他如"正末"即"末泥"；"孤"原作"当场妆官者"。其解释虽未允当，而实即"装孤"或"孤装"的简称。故这九项名称，基本上仍只五人。但"引戏"之为"妆旦"，我个人以前的看法认为"引戏"并非脚色，比方《武林旧事》所记杂剧三甲；"刘景长一甲八人：戏头李泉现，引戏吴兴祐，次净茆山重、侯谅、周泰，副末王喜，装旦孙子贵。""内中只应一甲五人：戏头孙子贵，引戏潘浪贤，次净刘兖，副末刘信。"则"装旦"者可为"戏头"，但在"杂剧色"、"衙前"条中，则作"孙子贵，引"，是孙子贵又为"引戏"。因此，我把"戏头"和"引戏"都认作是任何脚色皆可担任的两种职司。现在根据这五个砖俑来看，右起第二人，无疑地是一个"装旦"，由是联系到《辍耕录》所载院本五人，有"引戏"而无"装旦"，可见"装旦"实即"引戏"，但为什么叫"引戏"呢？《都城纪胜》说："引戏色分付，副净色发乔，副末色打诨"。"发乔"指"发科"，亦即以表情动作示意；"打诨"，即"便捷讥谑"的"对白"或"旁白"。皆不难理解。惟"分付"不知所指，为"嘱托"，为"命令"，为"交代"，抑为"发踪指示"，皆不易断定。兹据这一砖俑来看，"引戏"既即"妆旦"，其间便有线索可寻了，据元代杜善夫《庄家不识勾栏》耍孩儿散套云：

[耍孩儿四煞] 一个女孩儿转了几遭，不多时引出一火。中间里一个妖人货，裹着枚皂头巾，顶门上插一管笔，满脸石灰，更着些黑道儿抹，知他待是如何过！浑身上下，则穿领花布直裰。

[三煞] 念了会诗共词，说了会赋与歌，唇天口地无高下，巧语花言记许多。临绝末道了，低头撮脚，爨罢将么拨。

以前我读这两曲时，单知道这是金院本或南宋杂剧中所谓"爨弄"一类表演，"一个女孩儿转了几遭"，只把他看作是开场时一种舞蹈，并未联接下文

"不多时引出一火"这一句，现在联系这个"装旦"的砖俑来看，这个"引出一火"的"引"字，实即"引戏"之一"引"，这"一火"，也就是除"引戏"外其他四个脚色。所谓"狭人货"，很明白地就是"副净色"的扮相，如"裹着枚皂头巾……满脸石灰，更着些黑道儿抹……浑身上下，则穿领花布直裰"，与砖俑中右起第一人，皆相吻合。同时，所谓"引戏色分付"即指"装旦"首先上场，其他脚色皆系因这一"女孩儿"之故而做戏。"引戏"，就是在她身上引出戏情来的意思。"分付"，则指"装旦"者居于主动地位，其他脚色皆系被动。其间或为嘱托，或为命令，或为交代，或为发踪指示，则并无一定。右起第三人，即居中一人，戴卷脚幞头穿红袍，乌靴，双手执牙笏，这一脚色，应即"末泥色"，为一甲之长。后世或称"正末"，简称"末"。杜善夫曲所谓"临绝末道了"，即指由"末泥色"念白收场。右起第四人，戴黑色圆顶无脚幞头，穿圆领紧袖长袍，腰系红色带，掖起左边袍角，颇似今日戏装中箭衣。看样子，实为当时军吏或狱吏的扮相。这一砖俑，当即所谓"节级"——"捷讥"，在院本中则为"副末色"。左起第一人，身材较矮，戴短脚幞头，黄色上衫，下有义襕，敞胸露臂，胸臂上皆刺有花绣，面上亦傅有粉墨，手执一纸卷。这一人物，应当就是所谓"装孤"或"孤装"的脚色。"孤"的意思，《太和正音谱》虽然解释作"当场妆官者"，但实为当时市语"孤老"的省称，即解放前交际场中的阔人富商，亦借称妓院中乐于花钱的来客。如朱有燉《继母大贤》剧"净瓶儿"曲："赠表妆孤一划瓢。"但在后世戏剧中则以"孤"为"官"，文官称'酸孤'；武职称'郎孤'。实际上"装孤"或"孤装"，皆指其本非有职位的人，而故意装出官的样子来。所以这一个砖俑，面容猥琐，身上刺着花绣，实为当时这类人物在舞台上的一般形象。

综上所述，侯马董氏墓中这座舞台上的五个砖俑，实为金院本中五个脚色，其所演为何种节目，虽待研究，但根据右起第一人所示"副净色"的形象，其面部所涂粉墨，与今之一些地方剧种的丑脚钩脸，极为相近，特别是以右手大食两指置于口中表示"打胡哨"，也说明是院本表演中应具的技术。比方《永乐大典》今存南戏三种《宦门子弟错立身》一本中，完颜寿马愿做散乐（即民间戏班）王金榜的女婿，王父说："不嫁做杂剧的，只嫁个做院本的。"寿马唱"调笑令"曲："我这爨体不番梨，格样全学贾校尉，趋抢嘴脸天生会，偏宜抹土搽灰，打一声哨，土响半日，一会道，牙牙小来来胡为。"由此证知，"金院本"之或名"五花爨弄"，固非无据，而砖俑中这个"副净色"，实为当时表演所谓"踏爨"的现实摹写。其面部涂饰，亦即所谓"抹土搽灰"

的"趋抢嘴脸",也就是北宋时期所谓"抹跄"。因此,这五个脚色,从右至左顺序排名,应为"副净色"、"引戏色"(即装旦)、"末泥色"(即正末)、"捷讥色"(即副末)、"装孤"。这一发现,在中国戏剧史的发展过程中,不但使我们能够联系实物,解答了以前未能明确的某些问题,同时,也使旧有一些文字记载,更具体地获得印证。如果不是党和政府注意保存民族文化遗产,我们是很少有机会看到这种珍贵实物的。

原载《文物》1959年10期

元人杂剧的本色派和文采派

王季思

文学是社会生活的反映，在不同历史时期，由于阶级形势，社会风尚的不同，文学上也必然反映出不同的风貌。特别是不同历史时期所流行的文学作品，如所谓唐诗、宋词、元曲，它们先后之间虽有其承传关系，但归根到底是在当时的社会影响之下各自形成一代的文学风貌。在同一个历史时期里，由于不同阶级、阶层对文学的要求不同，作家的生活道路、文艺爱好的各异，他们的作品又往往表现出不同的风格。风格相近的作家又自然形成为彼此可以互相区别的流派，如盛唐诗人的边塞诗派、山水诗派，两宋词家的豪放词派、婉约词派。元人杂剧是我国文学史上有作品流传的最早的戏剧形式，它在思想和艺术上的成就又达到当时文艺的最高水平，部分作品700年来上演不衰，影响也很深远。本文试图就元人杂剧的时代风貌和不同流派进行初步的探索。由于文学历史现象的复杂性和个人历史知识、理论水平的限制，文中提出的论点只能是尝试性质的。如果这些论点能引起学术界的注意，通过反复研讨，从而引出比较正确的结论，那么，即使原来那些不成熟的论点全被推翻，它究竟也在元人杂剧的研究工作中起了垫脚石的作用了。

元人杂剧同其他不同历史时期的文学，如唐诗、宋词、明清传奇，有其明显的不同表现，那就是它的悲歌慷慨、本色当行的时代风貌。当时杂剧创作上的主要流派，即以关汉卿、石君宝、康进之、高文秀等为其代表的本色派，集中表现了这种时代风貌。同时，随着杂剧创作的发展，以王实甫、白朴、马致远、郑光祖等为其代表的文采派也在逐渐形成。

关于我国戏曲流派，明人已有论述。王骥德《曲律·论家数》说："曲之始止本色一家，观元剧及《琵琶》、《拜月》二记可见。自《香囊记》以儒门手脚为之，遂滥觞而有文词家一体。……夫曲以模写物情，体贴人理，所取委曲宛转，以代说词；一涉藻绘，便蔽本来。然文人学士，积习未忘，不胜其靡，此体遂不能废。"臧懋循《元曲选序》说："曲有名家，有行家。名家者，出入乐府，文采烂然，在淹通闳博之士，皆优为之。行家者，随所装演，无不摹拟曲尽，宛若身当其处而几忘其事之乌有；能使人快者掀髯，愤者扼腕，悲者掩泣，羡者色飞，是惟优孟衣冠，然后可与于此。故称曲上乘，首曰当行。"这些论述把我国戏曲分为本色当行的行家和文采烂然的名家二派。并认为"曲之始止本色一家"，由于"文人学士，积习未忘"，才产生了"文词家一体"，这是符合我国戏曲历史发展的实际的。他们认为行家的成就在名家之上，这评价也是我们所可以接受的。

当行指适应于某一行业的要求，就戏曲说，是指符合于演戏的行业的要求。本色一般是就语言的自然本色，很少装饰或假借说的。语言是思想的外衣，语言的本色归根到底决定于思想内容的要求。一个接近人民群众、熟悉当时社会各种人物的作家，可以按照现实生活的本来面貌来写戏，他的戏曲语言必然是本色的。如果他还对前代流传的诗词歌赋有修养，掌握了传统诗文的有效手法，他还可以在本色的基础上设色加工。反之，如果是一个生活内容空虚的作家，专靠搬弄书本材料来写戏，即使文采烂然，也只能成为一些封建文人案头欣赏之作，不可能通过舞台演出对群众产生积极的影响的。因此就戏曲的本色说，我比较倾向于臧懋循在《元曲选序》里的解释，即"人习其方言，事肖其本色，境无旁溢，语无外假"。所以要"人习其方言"，要"境无旁溢，语无外假"，到底还是为了"事肖其本色"，就是依照事物的本来面貌来描写。它的基本精神是符合于我们今天对于现实主义的解释的。

戏曲脚本最初总是为舞台演出写的，最早的脚本往往只是舞台演出的记录。如果不本色，群众听不懂，看得也莫名其妙，它就不能适应舞台演出的要求。因此最初从民间产生的戏曲总是本色当行的。戏曲史上最早出现的戏曲作家直接向民间戏曲学习，也大都具有本色的风格。我们就初期元人杂剧来检查，关汉卿、高文秀等向来被认为本色的作家不必说了；就是王实甫、白朴等开后来文采一派的作家，也是在本色的基础上设色加工的。马致远开始表现较为明显的文采派的倾向。到了元剧后期，郑光祖、乔吉等作家，脱离人民群众的斗争愈远，追求文采的倾向也愈来愈显著了。

关汉卿，向来被认为元人杂剧里的最早作家之一，同时是我国戏曲史上本色当行一派作家的代表人物。他的作品所表现的进步思想，如认为官吏的贪赃枉法是人民痛苦的根源，违背子女愿望的婚姻只有给青年们带来痛苦，主张对压迫者进行报复、反抗，使他有可能写出《窦娥冤》、《救风尘》、《单刀会》等表现一定程度的战斗性的现实主义作品；而天从人愿、人定胜天，以及藐视敌人、坚信胜利的思想，又使他的部分作品带有浪漫主义的色彩。

从关汉卿的这种思想出发，他作品中所选择的正面人物，即剧中主角，往往是受压迫最深的下层妇女，如窦娥、赵盼儿、杜蕊娘、燕燕等，同时赋予这些妇女以坚强的反抗性格，在她们身上寄托了胜利的希望。即使不是下层妇女，如《单刀会》里的关羽，《西蜀梦》里的张飞，同样表现了斗争胜利的信心和至死不忘复仇的意志。

基于关剧这种主题思想和人物性格的要求，关剧在关目处理上有它们的特点，这就是把正面人物放在对抗性的矛盾的尖端来刻画，使他们放射出惊人的反抗火花，最后终于击败了强大的敌人，取得了胜利。在封建社会里，像窦娥、杜蕊娘、燕燕等下层妇女所遭受到的种种侮辱、迫害，那是最常见的。因此作者就有可能更好地从现实生活选择素材，进行艺术概括，体现了高度的现实主义精神。然而由于当时统治阶级掌握了国家机器及其它上层建筑，受迫害、受侮辱的下层妇女在对他们进行反抗斗争时，并不都是胜利的，特别当她们还没有组织起来的时候，要取得斗争的胜利就更加困难。这样，在故事发展到后半，也即斗争最艰苦的阶段，作者就往往不是按照客观现实的本来面目选择素材，进行艺术概括，而是在斗争中出现幻想的奇迹，如窦娥的对天誓愿，六月下雪，包公的梦见蝴蝶为蜘蛛所网，受到感动等；或者由于意外的巧合，构成胜利的条件，如《救风尘》里的坏蛋周舍要去追赶赵盼儿、宋引章，恰好驴子漏蹄了，马又产驹了；等到赶上了时，遇到的恰好是封建社会难得的清官，他不但没有胜诉，反而挨了一顿大板子。其他如窦娥死后恰好碰到她父亲去查案；王尚书招亲，恰好招着了他以前逼女儿离弃的蒋世隆，也同样是巧合的。关剧关目上这个特点可以用明人在文艺批评方面的一句话来概括："始正而末奇"①。"始正"奠定了作品的现实主义的基础，"末奇"表现了作品的浪漫主义精神。我国一部分长期在民间流传的故事，如千里寻夫的孟姜女，以哭倒长城结束；生死相恋的梁山伯、祝英台，以裂坟化蝶终场，都具有类似的性质。可以推想关剧关目的这种安排，同样是接受了民间文学的影响的。而这一点也正好表现本色派作家与文采派作家的不同，他们主要是吸收了民间文学的营养，而没有过分重视书本上的材料。

戏剧语言的朴素、本色，决定于作家对现实认识的清楚、是非观念的分明和生活知识的丰富。这样，他就有可能从现实生活里汲取语言材料，通过现实的本来面目来打动观众和读者，而不必从书本上去搬弄模拟。一切当行本色的戏曲家在语言上有其共同的特征，关汉卿在这方面的成就更其突出。他在《窦娥冤》里的曲白写得那么朴素、本色，因为他对当时官府的黑暗以及它给人民带来的灾难是了如指掌的。他在《救风尘》里的曲白写得那么朴素、本色，因为他对当时受压迫受侮辱最深的下层妓女的生活和斗争既十分熟悉，对像周舍那样的浮浪子弟也一眼看透了他内心的种种活动的。

关汉卿的戏曲语言在本色、朴素之中又兼有泼辣的特色，这决定于作家强烈的感情和鲜明的爱憎。他在《救风尘》中写赵盼儿和周舍的斗嘴，《诈妮子》中写燕燕对小千户的诅咒，《单刀会》中写关羽胜利归来时的豪情胜概，使读者眉飞色舞。假使关汉卿对作品中的正面人物没有深切的同情，对周舍、小千户等坏蛋没有强烈的憎恨，他的曲词、宾白就不可能写得那样泼辣。

我国文学史上的现实主义作家，如杜甫、白居易，他们主要是从儒家的民本思想、仁政思想出发，对人民有所同情，从而写出人民的痛苦，揭露官吏的贪暴，希望朝廷对此有所了解，进而改良政治，缓和阶级矛盾，来挽救封建统治阶级濒临崩溃的危机。受了新的时代气氛的激荡，人民反抗阶级压迫、民族压迫的斗争风起云涌，关汉卿在杂剧里不但写出了当时人民的痛苦，还写出了他们的挣扎和斗争，这是他超过了前代现实主义作家的地方。然而关汉卿归根到底只能从"人命关天关地"的儒家人道主义出发来反映人民的痛苦和斗争。他憎恨那不分好歹、不辨贤愚的天地，通过窦娥的口对它百般诅咒，是为了希望出现一个能为人民主持正义的天地；六月下雪，使楚州亢旱三年，对贪官污吏提出警告。他通过窦娥的口指责"官吏们无心正法，使百姓有口难言"，是为了希望出现一个"为天子分忧，为万民除害"的清官，平反了人民的冤狱，恢复了封建社会的正常秩序。他在《救风尘》、《望江亭》、《金线池》等戏的结尾都让一个地方官出来判决是非，在《诈妮子》的结尾让受欺骗受侮辱的婢女燕燕在夫人的主持之下嫁给小千户作侍妾，同样表现了这种思想局限。

元人杂剧里写下层妇女的反封建压迫的戏，在关汉卿之外，首先值得我们注意的是石君宝。石君宝遗留下《曲江池》、《紫云庭》、《秋胡戏妻》三个戏。《曲江池》写妓女李亚仙跟郑元和恋爱的故事，当郑元和被他父亲打死时，李亚仙把他救活了，鸨母赶来，叫她撇了他回去，李亚仙说："常言道：娘慈悲，女孝顺；你不仁，我生忿（即忤逆）。"这跟封建社会认为"天下无不是的父母"，认为"父欲子死，子不得不死"的道德教条是鲜明对立的。正是在这种进步的思想指引之下，作者才有可能把李亚仙写得那样泼辣、可爱。试看她下面这一段跟老鸨顶嘴时的曲白：

……到家里决撒喷（决裂意），你看我寻个自尽，觅个自刎。官司知，

> 决然问；问一番，拷一顿：官人行怎亲近，令史们无投奔，我看你哭啼啼带着锁披着枷，怎时分……（云）走列衙门首古堆邦（孤单单的样子）坐地，有人问妈妈："你为什么来送了这孤寒的老身？"妈妈道："这都是那生忿的小贱人送了我也！"

这就说明如果鸨母不答应她和郑元和结合，她便要以性命相拚，就是死了也要叫她吃官司，休想从她身上捞到半点便宜，并把她自杀以后老鸨怎样在衙门里披枷带锁、吃拷受问的景象生动地比划给她看。这些语言是从当时妓女本身的生活里概括出来的，它是多么本色；同时它把妓女跟老鸨的斗争表现得那样尖锐、激烈，因此它又是十分泼辣的。正是在这样坚强的反抗者面前，那老鸨的终于让她把那穷光邋遢的郑元和留在家里才是可以理解的。

《紫云庭》写一个卖唱的妓女韩楚兰跟一个官家公子灵春马爱上了，遭到老鸨和那官老爷的反对，她就和灵春马双双私奔，一路以卖唱为生。后来那官老爷访到了他们的行踪，叫他们到官府里来说唱，并终于让他们团圆。这剧本虽然是个节略本，没有宾白，但从主角韩楚兰的唱辞来看，它是完全依照一个冲州撞府、卖嘴说唱的妓女的特定性格来写的。她受压迫更深，生活经历更丰富，因此斗争也更有办法。韩楚兰在开场时，表白她自己的生活说：

> 我勾阑里把戏得四五回铁骑，到家来却有六七场刀兵。我唱的是《三国志》先铙《十大曲》，俺娘便《五代史》续添《八阳经》②。

铁骑、刀兵都是战争故事，《三国志》、《五代史》也都是说唱的篇目。这些话真正做到了"人习其方言，事肖其本色，境无旁溢，语无外假"。然而它又多么动人地概括了韩楚兰的生活，表现了她和老鸨之间尖锐的矛盾啊。

现在我们试来看看韩楚兰决心要跟老鸨决裂时的表白：

> 今后去了这驼汉子的小鬼头，看怎结末那吃勤儿的老业魔（勤儿是指那些向妓女献殷勤的公子哥儿，老业魔即骂老鸨，结末意即结果。这二句意即我要走了，看你有什么办法）？再怎施展那个打鸳鸯抖搜的精神儿大？只明日管（定会意）舞旋旋空把个裙儿系。劳攘攘干（徒然意）将条拄杖儿拖，早则没着末（意即没归宿），致仕了弟子（即妓女），罢任吧虔婆（即老鸨）。

被骂作虔婆的老鸨是靠那被称作弟子的妓女过活的。妓女不干了，老鸨也只好跟着"罢任"了。这不仅仅是妓女和老鸨之间的关系，在阶级社会里同时也说明了一切被剥削者和剥削者之间的关系的。这些关系只有那些深受剥削的人们认识得最清楚。在封建社会的作家也只有跟这些被剥削者生活在一处，才有可能认识这种关系，从而把封建社会里这些下层人物的性格写得那么泼辣、鲜明。

《秋胡戏妻》同样是元人杂剧里的杰作，作品里突出的思想是认为妻子为了"整顿妻纲"可以教训教训丈夫。正是在这种进步思想指导之下，作者才有可能把女主角罗梅英的反抗性格写得那么鲜明、泼辣。当她母亲要她改嫁那有钱的李大户时，她可以拿自己那经受过长期艰苦生活考验的硬性子来把她顶回去说："只我那脊梁上寒嗉是捱过这三冬冷，肚皮里凄凉是我旧忍过的饥，休想道半点儿差迟。"当她丈夫在她面前流露出一副无耻的嘴脸时，她会主动向他讨休书，表示宁可沿街讨饭也不能跟他共同生活。

从《曲江池》、《紫云庭》看，石君宝对城市下层人民的生活十分熟悉；从《秋胡戏妻》看，他把乡村劳动人民的生活环境又写得那么真切动人。他写罗梅英远望那桑园的景象是："俺只见野树一天云，错认做江村三月雨。"写她到了桑园时的景象是："只见那浓阴冉冉，翠锦哎模糊，冲开它这叶底烟，荡散了些枝头露。"这些曲子不仅把剧中人物的生活环境诗化了，同时流露了作者对这种生活环境的喜爱心情。关剧就这方面看，未免显得逊色，虽然他描写城市下层人民的生活和斗争有超过石君宝的地方。

为石君宝杂剧创作的这种思想倾向和人物性格所决定，在关目安排上也总是把人物放在带有对抗性质的矛盾的尖端来刻画的。

然而生活在700年前的石君宝还不可能为李亚仙、韩兰英、罗梅英等受侮辱、受迫害的妇女找出一条跟封建家长彻底决裂的道路，因此作者写她们受侮辱、受迫害时的反抗斗争虽十分动人；而在经过斗争，矛盾缓和下来之后，依然只能以一家父子夫妇的大团圆结束。这同关汉卿的《诈妮子》，杨显之的《潇湘雨》，在结局上有其类似之处。前人说元人杂剧到第四折往往成为"强弩之末"，主要因为作家在最后解决问题时往往流露了调和阶级矛盾的倾向，损害了前面那些在斗争中表现得十分坚强的人物的性格。

杨显之是关汉卿的"莫逆之交"，他的《潇湘雨》也跟关汉卿的《窦娥冤》一样，700年来一直上演不衰。剧本写崔通先贫后富，入赘高门，把千里迢迢来找他的原妻张翠鸾当作逃奴，刺配沙门岛，深刻揭露了封建统治阶级的残酷。然而作者事先既把张翠鸾安排作谏议大夫张商英的女儿，为后来的勉强团圆打了埋伏，又写她的受难是因她父亲触犯淮河神引起的，这就用封建迷信的思想掩盖了阶级矛盾的实质。在我们今天看来，他的另一个戏《酷寒亭》却更值得注意。这个戏里写的大妻小妇争风吃醋、通奸谋害等情事也是当时杂剧中常见的；值得注意的是剧中以主角登场的草莽英雄宋彬和店小二张保的形象。下面就是张保登场时的一段自白：

> 小人江西人氏，姓张名保。为天兵勘乱③，遭驱被掳，来到回回马合麻沙宣差衙里。往常时在待长行为奴作婢，他家里吃的是大蒜、臭韭、水答饼、秃秃茶食，我那里吃的……他屋里一个头领，骂我蛮子前蛮子后。我也有一爷二娘三兄四弟五子六孙，偏你是爷生娘长，我是石头缝里迸出来的。谢俺那待长见我生受多年，与了我一张从良文书。本待回乡，又无盘缠。如今在这郑州城外开着一个小酒店儿，招接往来客人。昨日有个官人买了我酒吃，不还酒钱。我赶上扯住道："还我酒钱来。"他道"你是什么人？"我道："也不是回回人，也不是达达人，也不是汉儿人④，我说与你听者：我是个从良自在人。"

这段自白生动地反映出元初的民族矛盾和阶级矛盾。由于当时元朝分中国人为四等：蒙古人最贵，色目人次之，汉儿人又次之，南人最贱，这个已经从良的奴隶被人家白吃了酒还不敢承认自己是南人。宋彬是个路见不平，拔刀相助的英雄人物。后来判罪刺配沙门岛，又扭开枷锁，打死解差，继续在山中聚义反抗。剧中的郑孔目在郑州府衙里作司吏，本是封建统治阶级的帮凶，却依靠一度结识这个草莽英雄，才能保护自己。这就多少反映了当时农民起义的声势已引起统治阶级内部的分化。宋彬在下场词里说："今天下事势方多，四方里竞起干戈。其大者攻城略地，小可的各有巢窠"。这是当时中国人民到处以武装斗争反抗元朝统治的真实反映。杨显之还写过《黑旋风乔断案》的水浒故事戏，可惜没有流传。

杨显之虽没有像关汉卿、石君宝那样擅长写城市下层人民的反抗，却已在部分作品里描写了领导农民起义的英雄人物。他又是一个和民间艺人合作，擅长改编民间戏曲的作家⑤。决定于他的这种思想倾向和创作道路，他杂剧的曲白、关目也向来是以当行本色著称。

元代前期已出现了专写水浒故事戏的作家，高文秀写了八种，康进之写了两种，红字李二写了五种。这是元代广大农民的武装斗争在杂剧创作上的鲜明反映。从现在留传下来的高文秀《双献头》、康进之《李逵负荆》、李文蔚《燕青博鱼》、无名氏《黄花峪》等几个水浒戏看，它们的共同表现是：

（一）剧中受迫害的人物不再向官府控诉，而请求梁山英雄为他们报仇除害。这跟那些以清官判案结束的公案戏有本质的区别。

（二）把梁山水浒的环境和梁山英雄美化了。如《李逵负荆》写梁山泊环境是"雾锁着青山秀，烟罩定绿扬州"，一片和平美好的景象。写梁山英雄为了人民的利益，可以拿头颅相赌。《双献头》、《黄花峪》都写梁山英雄只身深入虎穴，铲除了那些为非作歹的恶霸。《黄花峪》写梁山泊"纵横河港一千条，四下方圆八百里。东连大海，西接咸阳，南通巨野金乡，北靠青、济、兖、郓。有七十二道深河港，屯数百只战舰艨艟；三十六座宴台，聚百万军粮马草。声传宇宙，五千铁骑敢争光；名播华夷，三十六员英雄将。"就俨然是一个气象兴旺的独立国家。

（三）写梁山义军内部既纪律严明，又上下团结。义军领袖之间各以兄弟相待，不像封建统治阶级内部的上下等级森严，又彼此争权夺利。

（四）全剧关目紧凑，往往一波未平，一波又起，曲词本色当行。《李逵负荆》在这方面取得的成就尤为显著。从《李逵负荆》中人物矛盾的产生、发展、解决看，是合情合理的。李逵和宋江的矛盾是因李逵误听人言、不明事实真相引起的。后来他们调查了事实，分清了是非，问题就跟着解决了。在一些小关目上又处处体现了喜剧的风格特征。如第一折老王林一边替李逵打酒，一边一把眼泪一把鼻涕地向他诉述自己女儿满堂娇的被抢；第二折李逵上山摹仿老王林的做作声口，向宋江、吴用转述老王林的不幸遭遇；第三折李逵和宋江、鲁智深下山对质时又摹仿满堂娇的声口，赚老王林打开门来就抱住他当自己的女儿痛哭。这些地方见出作家在安排关目时已注意到全剧风格的一致性。曲词既本色，又泼辣；既整练，又流走，完全可以和关汉卿、石君宝并驾齐驱。又往往在曲词中插入说白，曲白结合得更好。

元人杂剧里有不少公案戏，包括关汉卿的《窦娥冤》在内，揭露封建社会的黑暗相当深刻，但归根到底是希望朝廷派个清官来替代那些贪官污吏，把政治改良一下。水浒戏就不同，它是反映当时广大农民要求推翻封建地主阶级的统治的，这就在一定程度上表现当时人民的革命性。

以关汉卿、石君宝为代表的描写下层妇女反抗封建压迫的戏⑥，以康进之、高文秀为代表的描写农民起义英雄的戏，以及纪君祥的《赵氏孤儿》，李直夫的《虎头牌》，无名氏的《昊天塔》、《谢金吾》、《赚蒯通》、《陈州粜米》等，它们共同构成了以悲歌慷慨、本色当行为其风格特征的元人杂剧的主流。它们的成就有大小，但可以肯定都是带有一定理想色彩的现实主义作品。这在《窦娥冤》、《单刀会》、《秋胡戏妻》、《紫云庭》、《李逵负荆》、《昊天塔》、《陈州粜米》等杂剧里表现尤为明显。它们是当时广大人民在深重的阶级压迫和民族压迫中进行坚决反抗的艺术反映；同时是作家们深入下层人民生活并和民间艺人密切合作的成果。

在向来认为本色派的元剧作家里还有另一种类型，它可以郑廷玉、武汉臣为代表。在郑廷玉现传六个杂剧中，《看钱奴》是最能表现他的独特风格的。剧本写秀才周荣祖带着老婆儿子上京应考，回到家来因墙下藏金被掘，穷得活不下去，只得把亲生儿子卖给当地财主贾仁作养子。过了 20 年，贾仁已死，他的养子贾长寿到泰安东岳神庙去烧香，正好周荣祖夫妇叫化到泰安，也在神庙里过宿，就在偶然的机缘里父子相认，一家又得团圆。剧本写周荣祖贫穷落魄，忍痛卖子，以及贾仁的刻薄、悭吝，那是按照事物的本来面貌描绘，并表现了作家高度艺术概括的才能的。他写贾仁看上了周荣祖的儿子，但又舍不得出钱，于是特意叫他在字据上写明："不许反悔，如有反悔，罚宝钞一千贯。"周荣祖问他："那反悔的人罚宝钞一千贯，我这正钱可是多少？"他说："我是个财主，指甲里弹出来的你也吃不了。"可是当他把孩子领过来之后，周荣祖问他要恩养钱，他不但分文不给，反过来要周荣祖给他钱。他的理由是周荣祖养不起孩子，如今这孩子在他家里吃饭，就得付饭钱。这场戏把贾仁对穷人的残酷剥削，作了无情的揭露，他连穷人卖儿子的钱都要赖掉，那还有什么不赖的呢？这种刻薄性格是剥削阶级最本质的东西，然而作为一个看守金钱的奴才，贾仁性格里还有另一方面：悭吝。试看他临终时跟儿子的对白：

> 贾仁：我儿，我这病觑天远，入地近，多分是死的人了。我儿，你可怎么发付我？
> 长寿：若父亲有些好歹啊，你孩儿买一副好杉木棺材与父亲。
> 贾仁：我的儿，不要买，杉木价高。我左右是死的人，晓的什么杉木柳木。我后门头不有那一个喂马槽，尽好发送了。
> 长寿：那喂马槽短，你偌大一个身子装不下。
> 贾仁：哦，槽可短，要我这个身子短也容易，拿斧子来把我这身子拦腰剁做两段折叠着，可不装下了。我儿也，我嘱咐你：那时节不要咱家斧

子，借别人家的斧子剁。

　　长寿：父亲，俺家里有斧子，可怎么向人家借？

　　贾仁：你那里知道，我的骨头硬，若使我家斧子，剁卷了口，又得几文钱钢。

读者看到这里可能要笑痛肚皮，然而就在这些地方，作品血淋淋地揭示了一个被金钱腐蚀了的丑恶灵魂，暴露了剥削阶级的本性：金钱就是生命，就是一切。而为了这一点，甚至在他呼出最后一口气时，还估摸着怎样占人家的便宜。

　　从《看钱奴》这些描绘看，不能不承认郑廷玉是个现实主义的作家。然而剧中这些人物活动，依照作者的主观解释，都是命中注定的；因此杂剧开场时，就由东岳增福神上场，把周家的福力借给那穷苦的贾仁20年。这样，贾仁便在砌墙脚时挖到了周家的藏金，替周家看守20年的财产，最后仍通过他养子贾长寿的手交还给周家。贾仁有了泼天也似家私，为什么还那样刻薄、悭吝呢？在作者看来，不是由于他的剥削阶级本质所决定，恰恰由于他原来是个做泥水匠的"穷贾儿"，他只能依照神的意旨替那大财主周家看管20年的钱财，而丝毫不能动用它。这又是多么荒谬的想法啊。

　　郑廷玉的另外一个影响比较深远的《后庭花》杂剧，通过两件比较复杂的通奸谋杀案，一定程度上反映了当时社会的混乱与官府的黑暗，同时带有鬼神迷信的色彩。他的《楚昭公》杂剧写吴兵侵楚的历史故事，曲折反映了侵略战争给人们带来的灾难；同时宣扬"贤达妇三从四德"、"仁孝子百顺千随"的封建道德，还有龙神救护孝子贤妻的描写。

　　和郑廷玉同时的作家武汉臣，他的《生金阁》杂剧题材跟关汉卿的《鲁斋郎》相似，都是写恶霸强占人家妻子的故事，具有深刻的现实内容。然而作品远没有《鲁斋郎》的动人。这首先由于作家的宿命论思想，把剧本主人公郭成的不幸遭遇看成是命定的"血光灾"，削弱了作品的现实意义。其次是正面人物郭成没有写好，作者写他热衷功名，主动向那恶霸出妻献宝，因而招致了不幸，这就降低了人们对他的悲剧的同情。

　　他的《老生儿》杂剧写的本是地主家族内部争夺家私的丑剧，作者从封建宗法观念出发，大力加以赞扬。

　　从上面介绍的郑廷玉、武汉臣的杂剧看，可以概括出它们的风格特征是：

　　（一）作品一般缺乏进步的思想倾向，虽然部分场子反映了社会现实，有时还揭露得相当深刻；但往往同时宣扬了宿命论和封建道德。血淋漓的现实惨象和不可抗拒的命运安排、阴森恐怖的鬼神场景交互出现，构成了这些作品的特色。元人杂剧里一些无名氏的公案戏，如《盆儿鬼》、《朱砂担》、《神奴儿》等，同样表现了这种风格特征，它们在民间都有深远的影响。

（二）剧中正面人物的不幸遭遇写得相当动人，但缺乏坚强的反抗性格；有时作品中的反面人物比正面人物更能吸引人。

（三）全剧关目往往从作者的主观想法来安排，而不是从剧中人物的不同环境、性格出发，展开戏剧冲突。由于作家的宿命论思想的支配，往往在作品开始时就出现"神奇"的情节，如由神直接上场宣布剧中主角的命运，或由一个算命先生透露神的意旨，然后按照人物预定的命运安排关目。这些情节是"神奇"的，然而它是歪曲了现实的。而在一些有理想的现实主义作家，总是在戏剧矛盾发展到高潮，剧中正面人物利用一些现实所可能的条件进行斗争而依然未能取得最后胜利时才出现奇迹，如《窦娥冤》的六月飞雪，《孟姜女》的哭倒长城，给人一种"精诚所至，金石为开"的感觉，表现了"人定胜天"、"天从人愿"的精神。郑廷玉等作品的最后有时也出现巧合的关目。如贾长寿到东岳神庙烧香，正好碰到周荣祖夫妇在那里叫化。作家这样安排是为了证明神所预定的不可改变的命运，这就不可能给读者一种新奇的感觉。然而由于郑廷玉等作家对当时人民的痛苦是有一定的认识的，他们又都熟悉舞台生活；因此剧中的部分场子，如《看钱奴》的《卖子》，《生金阁》的《献宝》，基本上按照现实的本来面貌安排关目，展开矛盾，跟关汉卿一派作家有其一致之处。

（四）语言朴素、本色，但不像关汉卿一派的泼辣。

从上面这些风格特征看，这类作家看到了现实中的不合理现象，但不能正确的解释；看到了被压迫人民的痛苦，但看不到他们的反抗斗争。他们对受迫害的人民有同情，对黑暗的社会现实有不满，因此可能在作品里局部地反映了现实。然而由于他们没有企图跟广大人民一起斗争来改变自己的命运，而把希望寄托在神灵、在宗教、在封建统治者，这就使他们不可能像关汉卿一派作家那样在现实中汲取战斗力量，赋予他们的作品以理想的色彩和乐观的精神。

元人杂剧中这一派本色作家跟关汉卿一派有明显的区别。如果我们肯定关汉卿一派是有理想的现实主义作家，那他们就只能是爬行的或鼠目寸光的现实主义作家。也正因为这样，前一派的作品往往兼有积极浪漫主义精神，而后者往往蒙上了一层消极浪漫主义的阴影。

元人杂剧里这两种不同流派的产生，首先决定于不同阶级的观众对戏曲的不同要求。从蒙古灭金到在全中国建立元朝统治的初期，在淮河以北的广大地区，民族矛盾和阶级矛盾交错在一起，广大人民反对民族压迫和阶级压迫的斗争前仆后继，他们必然要求在戏曲舞台上看到自己的斗争和胜利，看到敌人的丑恶和失败。这就是关汉卿一派本色作家作品产生的根本原因，同时构成了元剧风格的主要特征。然而当时中国北方的封建社会结构并没有因金元的交替而有所改变。封建社会的思想意识，特别是忠孝节义等道德观念，虽没有像中国南方那样由于理学家的宣传而深入人心，却依然是占统治地位的意识形态。元初的统治者为了巩固它的封建统治，更大力提倡佛道等宗教来麻痹人民的反抗思想。从郑廷玉、武汉臣等作品里，我们明显看到了统治阶级思想意识的影响。当然，比之关汉卿一派作家，他们的作品就比较受到统治阶级的欢迎。

其次决定于不同作家的生活经历和对待生活的态度。今天我们对元代杂剧作家的生活经历知道得很少。然而从蒙古灭金后就废除科举，断绝了许多出身中小地主阶级的士子在政治上向上爬的道路；当时杂剧作者大多数是在政治上找不到出路终于和倡优合作的书会才人。这就使他们比较熟悉下层人民的生活，同时在和倡优合作之中逐步掌握了杂剧的艺术形式。这是关汉卿一派作家和郑廷玉一派作家在戏曲创作方面的共同生活基础。这种共同的生活基础，使他们的杂剧都有较为浓厚的生活气息，语言朴素、本色，关目紧凑、当行，符合于当时舞台演出的要求。然而关汉卿通过《窦娥冤》、《救风尘》等杂剧表示要对敌人进行针锋相对、至死不屈的斗争；而郑廷玉在《忍字记》里宣扬的却是"得忍且忍，得耐且耐，不忍不耐，小事成大"的人生哲学。石君宝在《曲江池》里认为对待不仁的父母，子女也可以不孝，在《秋胡戏妻》里认为妻子可以教训教训丈夫来"整顿妻纲"，而郑廷玉在《楚昭公》里宣扬的却是"贤达妇三从四德"，"仁孝子百顺千随"。这种对生活的不同态度不能不在他们杂剧创作的风格上表现出来。

最后还有文艺本身的传统影响。我国向来认为"燕赵多慷慨悲歌之士"。由于燕赵地处边塞，人民生活艰苦，又常有战斗，因此在诗歌风格上也特为悲壮。汉魏乐府里的《入塞》、《出塞》、《关山月》等横吹曲，以及南北朝乐府中的北方民歌《木兰辞》、《敕勒歌》等，充分表现了这种慷慨悲歌的传统。到盛唐时期，高适、岑参等的边塞诗又继承这传统而有所发展。从金人的南下到元兵的灭宋，在这漫长的一个半世纪里，北方中国人民的斗争特别艰苦，同时从契丹、女真等民族流传进来的在马上弹唱的音乐，又发展了北方的乐曲风格，使它更适合于表现富有战斗性的曲词的内容。徐渭《南词叙录》说："今之北曲，盖辽金北鄙杀伐之音，壮伟狠戾，武夫马上之歌。"又说："听北曲使人神气鹰扬，毛发洒淅，足以作人勇往之志，信胡人之善于鼓怒也。"这是善于形容北方乐曲的慷慨悲歌的风格的。以关汉卿为代表的集中在当时"玉京书会"里的"燕赵才人"⑦，他们所写的以北曲演唱的杂剧可说是"燕赵悲歌慷慨"的文艺传统在新的历史时期的发展。然而应该看到，在我国文学史上有慷慨悲歌的作品，也有愁苦悲叹的作品。在汉魏乐府里，《陌上桑》、《羽林郎》和《孤儿行》、《妇病行》同样反映了当时的现实，然而前者给人明快的感觉，后者就使人读了心情沉重。严羽《沧浪诗话》说："高岑之诗悲壮，读之使人感慨；孟郊之诗愁苦，读之使人不欢。"可见唐诗里同样有这种不同风格的流派。下至宋人话本，如《碾玉观音》中的璩秀秀，《郑意娘传》中的郑意娘，多少给人一些悲壮的感觉。如《菩萨蛮》、《志诚张主管》中的人物就缺乏一种鼓舞人向黑暗现实斗争的力量。我国文学史这些不同作家作品的风格特征在元人杂剧里同样表现出来。

现在我们再来看看元人杂剧里的文采一派，即臧懋循所称为名家的。

向来有人认为王实甫《西厢记》是元人杂剧里文采一派的代表作，明代戏曲评论家何元朗说它"调脂弄粉"，又说它"才情富丽，真辞家之雄"，意即说它不本色。王骥德不同意他的看法，他说："《西厢》组艳，《琵琶》修质，其体固然。何元朗并訾之，认为《西厢》全带脂粉，《琵琶》专弄学问，殊寡本色，夫本色尚有胜二氏者哉？""其体固然"是说作品的内容要求这样。王实甫写张生、莺莺的故事，他们本来是有文学修养的青年，如果不用这些华丽的词句，反而不能表现他们的本色。王骥德从作品的内容要求出发理解本色，而不仅仅根据词句的是否华丽来判断，见解确在何元朗之上。我们从《西厢记》的思想倾向，人物描写，关目安排等方面来看，应肯定王实甫是一个有理想的现实主义作家。就这方面看，他跟关汉卿、石君宝等本色作家有其基本一致之处。然而比之关汉卿一派，王实甫的戏曲确实给人一种文采烂然的感觉，因为他在本色的基础上作了较多的设色加工，而这正是表现戏曲史上文采一派的最高成就的。

比之关汉卿、石君宝等擅长写下层妇女的反抗斗争的作家，王实甫就较多地选择上层统治阶级里带有叛逆性格的人物来描绘。这不仅《西厢记》，就是他现传的另一个戏曲《丽春堂》也是写统治阶级内部的矛盾的。王实甫也写过妓女苏小卿的戏，现在还残留下一折，然而比之关汉卿的《救风尘》、《金线池》，石君宝的《曲江池》、《紫云庭》，就未免逊色。王实甫剧中的主角虽然在某一个问题上对封建统治阶级不满，如崔莺莺在婚姻问题上对老夫人不满，完颜丞相在用人问题上对朝廷不满，然而他们本身就是统治阶级的成员，在更多问题上和统治阶级利益一致。这就决定他们在矛盾冲突中所表现的性格不如关汉卿、石君宝剧中人物性格的坚强、泼辣。我如拿杜蕊娘、李亚仙对鸨母的态度和崔莺莺对老夫人的态度比较，可以明显区别出来。其次是在人物描绘上较多采取抒情诗人的手法，由景入情，情景交融，而不像关汉卿那样从人物的不同社会地位出发描写他们对事件的不同态度，由一个矛盾引出另一个矛盾，一步步突出人物的性格特征。最后是较多吸收传统诗词中的辞汇、句法到戏曲中去，曲辞显得比较整练，华美，而不像关汉卿一派作家的善于提炼当时下层社会各种人物的口头语言，以本色、泼辣著称。

和王实甫同时的杂剧作家白朴，风格基本上和王实甫相近，但从他的《梧桐雨》杂剧看，就带有更多的感伤的情味。

元人杂剧里在王实甫、白朴之外，还有另一类以文采著称的作家，马致远在这类作家里有其代表性。明代文人特别喜爱马致远的作品，明初朱权的《太和正音谱》列他为"群英之首"，不是偶然的。

以马致远为代表的这类作家作品，不但曲辞、宾白比较华丽，而且表现了更多的封建文人的思想意识。这不仅跟那些接近下层人民和民间艺人的本色派作家不同，就是比之王实甫、白朴等擅长写封建统治阶级内部叛逆者的形象的作家，也有明显的区别。就马致远遗留下来的七个杂剧看，《汉宫秋》是成就最高的作品，作品中的主角汉元帝以为边塞久和，忠臣有用，可以高枕无忧，可是一旦敌兵压境，君臣上下，一筹莫展，这些描写对封建没落王朝的批判相当深刻。另一方面作品还通过毛延寿勾引外族入侵和王昭君投江殉国，曲折反映了当时的民族矛盾。他的《荐福碑》杂剧通过书生张镐的不幸遭遇，一定程度上反映了元代政治的黑暗、社会的混乱。他说：

> 这壁拦住贤路，那壁又挡住仕途，如今这越聪明越受聪明苦，越痴呆越享了痴呆福，越糊涂越有了糊涂富。只这有钱的陶令不休官，无钱的子张学干禄。

相当深刻地揭露了当时统治阶级的是非颠倒，贪污成风。他的《青衫泪》杂剧通过裴兴奴的自白对妓女的非人生活，作了血淋淋的控诉：

> 经板似粉头排日唤，落叶似官身吊名差。俺那老母呵，更怎当她银堆里

舍命，钱眼里安身，挂席般出落着孩儿卖。几时将缠头红锦，换一对插鬓荆钗。

从这些地方看，马致远对现实有一定的认识，对封建统治阶级最腐朽的一面表现出一定的清醒态度，对受压迫最深的下层人民怀有一定的同情。马致远思想里这些积极因素，使他的部分作品如《汉宫秋》，或作品里的部分描绘，如《荐福碑》、《青衫泪》、《陈抟高卧》等戏里的片段，在艺术上取得较高的成就，而有别于那些一味宣扬愚忠愚孝或因果报应的作品，如郑廷玉的《楚昭公》、刘唐卿的《降桑椹》等。

然而马致远对现实的不满，主要是从一个封建文人的个人利益受到损害出发的，这在《荐福碑》里表现最明显。《荐福碑》里的书生张镐那样厌恶他在村塾里的教学生活，只因为这样教下去不知几时是他的发达时节；他在龙神庙里那样怨气冲天，只因为龙神的"杯珓儿"暗示他不能做官。这种封建文人的思想意识在他的《青衫泪》、《汉宫秋》里同样流露出来。作者在《汉宫秋》里写汉元帝和王昭君的爱情，实际是以封建社会的"名士风流"为蓝本的。他在《青衫泪》里同情妓女裴兴奴，归根到底为了她能够赏识一个"诗措大、酒游花、却原来也会治国平天下"的白侍郎。这样，他剧中主人公在功名得意时就对着皇帝、宰相、满朝大臣，洋洋得意，像张镐、裴兴奴在《荐福碑》、《青衫泪》终场时所表现的那样；在看到宦途险恶、世路艰难时，就逃出山林，逃向神仙，像陈抟、吕岩在《陈抟高卧》、《黄粱梦》二剧中所表现的那样。马致远剧作中这些思想倾向，包括他对现实不满的思想在内，跟他在散曲里所表现的基本一致。他继承了我国历史上一些对现实有所不满的文人名士的传统，用杂剧这一新的艺术形式表现出来，使他成为元代以来在文人里影响最大的杂剧作家之一。

马致远剧作里的宿命论观点同样十分显著，这不仅表现在《荐福碑》、《陈抟高卧》等杂剧，就是《汉宫秋》里的王昭君也自说："母亲生妾时梦月入怀，复堕于地。"暗示她的不幸遭遇是命定的。《青衫泪》里的裴兴奴在受尽鸨母的折磨时还只恨自己的"年月日时"不好，命该如此，不敢埋怨她的母亲。在这种思想指导之下，马致远剧中的正面人物常常是软弱的，动摇的，在强大的压力面前表示无可奈何的态度而带有浓厚的感伤主义色彩。这不仅表现在汉元帝、张镐等封建统治阶级人物身上，就是封建社会受压迫最深的妓女裴兴奴也未能例外。裴兴奴为了要嫁白侍郎，曾拒绝了阔商刘一郎的求爱，但当她听到了那伪造的白侍郎的死信时，立即改变态度，主动把刘一郎留下来。我们拿裴兴奴跟关汉卿、石君宝等剧中所描写的妓女比较，她就只能给我们一个可怜虫的印象。

马致远杂剧在人物描写上有一个显著特点，就是通过剧中人物直接倾吐他自己的心情，这跟本色派的作家要按照不同人物的本来面貌来描写有明显的区别。我们看他的《荐福碑》，就好像读他的〔黄钟·女冠子〕一类的散曲，倾诉他"都不迭半纸来大功名一旦休"的痛心；看他的《青衫泪》，就好像读他〔大石调·青杏子〕散曲，歌颂他"天赋两风流"的姻缘；看他的《陈抟高卧》等神仙道化剧，更像读他的〔双调·夜行船〕、〔般涉调·哨遍〕等散曲，欣赏他"红尘不向门前惹，绿树偏宜屋角遮，青山正补墙头缺"的世外桃源。普希金在指出莎士比亚和拜伦之间的不同时说："莎士比亚是个什么样的人，总共只能理解一种性格的悲剧家拜伦在他的面前是多么渺小，拜伦把自己性格的某些特点配给他的主角。"⑧这些区别在关汉卿和马致远之间是同样存在的。

马致远的写剧更多地像写诗，为了情景交融，他比较注意环境气氛对剧情的衬托，而不能够掌握人物性格的矛盾，合情合理地展开情节。像汉元帝在灞桥对着满目秋光送他心爱的妃子去国，归来后在嘹唳雁声中引起一连串的回忆和怀思。又像吕洞宾在岳阳楼上面对着"龙争虎斗旧江山"，抒发他的古今兴亡之感；作为抒情诗来读，满不差，然而很难想象它在广场中演出会受到群众的欢迎。像《汉宫秋》第四折就是汉元帝的独脚戏，他一个人断断续续唱了十几支曲子，陪衬他的就只有一个哑巴似的小黄门，以及在梦里偶然出现的王昭君。

关目安排上的公式化倾向已较为明显地在马致远的戏曲里出现，特别是他的几个神仙道化剧。开始时总是某一个神仙或教主，发现某处某人有神仙之分，于是下凡去度他，他先是"执迷不悟"，经过酒、色、财、气的种种考验，终于看破红尘，决心出家，于是八仙突然相继出现，接引他同登仙国。

马致远杂剧的最大成就在语言，尤其在曲词方面，他更多吸收前代诗人词人的成就到戏曲里，形成自己独特的风格，这同王实甫、白朴的杂剧有其一致之处，像《汉宫秋》里那些向来为人所传诵的曲子不必说了，就是他的神仙道化剧里有些曲子在抒情写景方面都有独到的地方。试看陈抟辞朝时唱的〔离亭宴带歇指煞〕：

把投林高鸟西风里放，也强如衔花野鹿深宫里养。你待要加官赐赏，教俺头顶紫金冠，手执碧玉简，身着白鹤氅。昔年旧草庵，今日新方丈。贫道呵除（下疑落了"睡"字）外别无伎俩，本不是贪名利世间人，只一个乐琴

书林下客，绝宠辱山中相。推开名利关，摘脱英雄网，高打起南山吊窗，常
只是烟雨外种莲花，云台上看仙掌。

在作家抒写他对功名富贵的厌弃和对自由生活的向往时，他把山林隐逸的环境
美化了。作品中所表现的这种思想感情并没有超出魏晋以来隐逸诗人、山水诗
人的范畴，然而我们在读过文学史上许多田园诗、山水诗之后，最初接触到这
些曲子时多少还有一些新鲜的感觉，因为它是通过这种新的文艺形式表现的。
语言在工整之中兼有流走之势，他既掌握了向来文人惯用的辞汇、声律和对
偶，同时还采取了一些民间艺人运用语言的手法。

　　然而马致远的戏曲有不少地方是为了炫耀渊博或掩饰内容的空虚而滥用文
词的。如《汉宫秋》里呼韩邪单于上场时一段广引历史故事的定场白就有点可
厌，而且成为明人传奇里许多以骈体写宾白的作品的滥觞。他在《汉宫秋》里
的〔梅花酒〕、〔收江南〕二曲，运用连环句式和增句格，浓烈地渲染了汉元
帝送别王昭君时的凄凉情绪，成为向来传诵的名作：

　　　　呀，俺向着这迥野悲凉，草已添黄，色早近霜，犬褪得毛苍，人擞起缨
　　枪，马负着行装，车运着糇粮，打猎起围场。他他他伤心辞汉主，我我我携
　　手上河梁。他部从入穷荒，我銮舆返咸阳，返咸阳，过宫墙；过宫墙，绕回
　　廊；绕回廊，近椒房；近椒房，月昏黄；月昏黄，夜生凉；夜生凉，泣寒
　　螀；泣寒螀，绿纱窗；绿纱窗，不思量！
　　　　呀！不思量除是铁心肠，铁心肠也愁泪滴千行。美人图今夜挂昭阳，我
　　那里供养，便是我"高烧银烛照红妆"。

同调的两支曲子曾在《荐福碑》第四折里出现，也用连环句式和增句格：

　　　　呀，张仲泽你忒下得，说小生当日，正波迸流移，无处可也依栖。他倚
　　恃着黄金浮世在，我险些儿白发故人稀。当日在，村庄里；村庄里，教学
　　的；教学的，谢天地；谢天地，遂风雪；遂风雪，脱白衣；脱白衣，上丹
　　墀；上丹墀，帝王知；帝王知，我身亏；我身亏，那一日；那一日，便心
　　里；便心里，得便宜。
　　　　呀！你今日得便宜翻做了落便宜，你待将沤麻坑索换我凤凰池。你道你
　　父亲年老更残疾，他也不是个好的，常言道，"老而不死是为贼"。

这二曲的格调跟前二曲那样类似，然而读了索然寡味，我想很可能他是先写《汉宫秋》，取得了艺术的效果，于是在《荐福碑》里也如法炮制。两相比较，我们可以得出结论：为了更好地表达内容，我们并不排斥文采；而一切不顾作品内容的生搬硬套则必须摈斥。

从上面的分析来看，马致远的戏曲是有他的特点的。这些特点较多地表现了文人名士的习气，使他成为元人杂剧里另一派文采作家的代表人物。他的戏曲在明清以来文人中拥有广大的读者，但在舞台方面的影响就远不及关汉卿、王实甫等作家。跟马致远同时的作家风格相近的还有费唐臣。他的《贬黄州》杂剧写苏轼谪官黄州时唱的〔点绛唇〕曲：

万顷潇湘，九天星象，长江浪，吸入诗肠，都变做豪气三千丈。

是善于抒发这位以风格豪放著称的诗人的胸怀的。然而在元代前期马致远的同调究竟是少数。到后期情况就不同了，当时著名的杂剧作家郑光祖、乔吉，他们的作品都带有比较浓厚的文人气息和感伤情调。这跟当时元朝统治的渐趋稳定和杂剧创作中心的南移杭州有关，同时决定于作家的生活道路和文艺爱好。郑光祖、乔吉原来都是北方人，到了杭州，羡慕江南的人才之多，景物之盛，定居下来。在长期同许多南方文人相处之后，生活上既脱离了广大人民的斗争，文艺上也沾染了南方词家柔媚的习气，他们的创作就不可能继承关汉卿、高文秀等慷慨悲歌的传统发展。

比之马致远，郑光祖、乔吉更多地把文人名士的风流故事搬上舞台，他们的成就也以这方面为较突出，对明清两代文人戏曲创作的影响也较大，如郑光祖的《王粲登楼》、《倩女离魂》，乔吉的《两世姻缘》、《扬州梦》等杂剧。

马致远的曲子更多地接受了陶渊明、李白等诗人以及豪放派词家的成就，这在他的神仙道化剧里表现得更明显。就是《汉宫秋》、《荐福碑》等杂剧，也隐隐在歌曲里传达出悲愤苍凉的心声。郑光祖、乔吉却更多地接受了李长吉、李商隐等诗人以及婉约派词家的影响，带有比较浓厚的感伤情调。在音律和修词上，郑光祖、乔吉比之马致远更注意了。周德清在《中原音韵》里引郑光祖《王粲登楼》里的《迎仙客》曲作为写曲子的典范说："美哉！德辉之才，名不虚传（德辉是郑光祖的字)！"主要是就他的注意音律说的。他们都喜欢用典、对偶、组织华美的词藻，而不善于从现实生活中提炼各种人物口头的语言，像关汉卿、石君宝、郑廷玉这些作家那样。他们用这种手法写他们所熟悉的题材时，往往能发挥他们的长技，把他们的曲子写成一首首动人的抒情诗，像他们杂剧里向来为人传诵的片段那样。问题在他们每每喜欢在这些地方卖弄才情，炫耀技巧。乔吉在遇到部分可以随意增加句子的曲调如［混江龙］、［后庭花］等，就尽量铺排。郑光祖喜欢在曲子里嵌从一到十，又从十到一的数字，如《倩女离魂》里的［十二月］、［尧民歌］二曲。他的《王粲登楼》里有首《捣练歌》，连写了几十句叠字句，如"星眼眼长长出泪，多多多滴捣衣中"等，就完全是文字游戏。

本色派曲家一些动人的曲子或宾白是从人物性格和情节发展中自然流出的，对上文说，它是一连串戏情发展的结果；对下文说，它又是一连串新的戏情的起点。如关汉卿在《诈妮子》里写婢女燕燕在跟小千户发生爱情之后，邻家女伴在寒食邀她去游戏，她不等终场就匆匆回来时唱的一段曲子：

> 年例寒食，邻姬每斗来邀会，去年时没人将我拘管收拾，打秋千，闲斗草，直到个昏天黑地。今年个不敢来迟，有一个未拿着性儿女婿。

这是燕燕当时的行动和心情的最好表白，同时见出燕燕被小千户骗上手之后仍始终对他怀疑，因而为下文他们之间一连串新的矛盾透露了消息。这样的戏曲语言就必然是生动的，前后血脉贯串的。郑光祖、乔吉等文采派作家的曲子往往是见一物，赋一词。如《扬州梦》写杜牧到了扬州，看到了扬州的好景致，于是唱了两支歌咏扬州的曲子，他见了牛僧孺，牛僧孺请他喝酒，他又唱了一支赞美酒的曲子；后来牛僧孺拿出笔砚请他题诗，他又唱了一支赞美文房四宝的曲子。这些曲子既不是人物性格与情节发展的必然结果，就不大能够起活络前后戏情的作用，因而给我们一种死板、呆滞的感觉。

在关目安排上由于这些作家不能从现实生活直接进行艺术概括，就只能模拟前人或互相蹈袭。郑光祖《㑇梅香》的模拟《西厢记》不必说了；他的《王粲登楼》也未能摆脱《冻苏秦》、《举案齐眉》等写书生先穷后贵的窠臼。乔吉的《金钱记》从故事内容看，无疑是《韩寿偷香》的翻版。他的《两世姻缘》的第四场更全仿马致远的《青衫泪》。

他们爱写的人物是文士名流，像王粲、韦皋、杜牧、白敏中等。出现在他们笔下的小姐、妓女或侍婢，也都爱好文谈应对，带有浓厚的文人气息。暂时处在他们对立面的人物如蔡邕、牛僧孺、张延赏、韩夫人等也都不是坏人，因此他们之间虽然一度也翻过脸，经过彼此说明，或第三者从中解释，原来都是误会，于是后堂摆酒欢庆，全戏跟着终场。这些戏里没有一个反面人物，有些有钱有势的丈人丈母在他们的穷女婿上门时，开始也不许他成亲，甚至把他轰出门去；但同时总要暗中吩咐另一个人给他鞍马金银，送他上京应考。当女婿取得了功名，不肯认他的丈人丈母时，这个人就出来排解，说老人家当时这样做正是为了刺激他上进。于是那些夫人、员外又成了这些穷秀才的大恩人。这跟关汉卿一派本色作家把人物放在阶级社会的典型环境中去刻画，通过尖锐的矛盾斗争，突出人物的性格，完全是两种作法，效果也截然不同。后者往往通过戏剧冲突揭示了阶级社会不可调和的矛盾，前者却掩盖了它。

从上面语言运用、关目安排、人物描写一连串的手法看，体现了以郑光祖、乔吉为代表的文采派的共同风格。钟嗣成在《录鬼簿》里批评郑光祖说："惜乎！所作贪于俳谐，未免多于斧凿。""贪于俳谐"，不仅指在曲词宾白上卖弄小聪明，更重要的是创造笑料，掩盖了血淋淋的现实。"多于斧凿"，主要是说戏剧情节和人物不符合事物本来的面貌，是人工刻画出来的。明末李贽说《西厢记》、《拜月记》是"化工"，是"宇宙之内本自有如此可喜之人"，而《琵琶记》是"画工"，"似真非真，所以入人之心者不深"。他对《琵琶记》的批评实际上也可以移用于郑光祖、乔吉等的作品。

郑光祖曾以儒补杭州路史，乔吉是江湖清客之流，他们在当时统治阶级里一般没有什么地位，因此在作品里也流露怀才不遇的牢骚和对世态炎凉的不满。从他们的部分爱情剧如《倩女离魂》、《金钱记》等看，他们对青年男女追求自愿结合的爱情有同情。然而他们又都是寄生在封建统治阶级的人物，因此同时在作品里流露了追求功名的庸俗思想，偶然也通过剧中主角宣扬封建道德的门面话，虽然还不像郑廷玉、秦简夫那样的头巾气。

和郑、乔二家同时的宫大用，也表现较多的文人习气，他的《范张鸡黍》杂剧有点像马致远的《荐福碑》，《七里滩》杂剧有点像马致远的《陈抟高卧》，风格也与郑、乔二家有点不同，要显得豪迈一点。

根据上面的分析，元人杂剧前期作家绝大多数是本色的。但在本色之中，又可以区分为以关汉卿为代表的一派和以郑廷玉为代表的一派。后来由于文人染指戏曲的渐多，开始出现了一些在本色基础上设色加工的作家，王实甫在这方面取得最大的成就。到了马致远、郑光祖、乔吉等作家就表现了更多的文人习气，脱离现实的倾向和片面追求词藻、音律的作风也愈来愈严重。

元人杂剧里不同流派的形成，归根到底决定于当时不同观众的爱好，同时和剧作家的生活道路和文艺修养有关。自称为"响当当一粒铜豌豆"的关汉卿把那些受压迫最深的妇女写得那么泼辣、生动,如果不熟悉她们的生活,不同情她们的遭遇,同时掌握了表现她们的各种艺术手法,这有可能吗?郑廷玉、武汉臣、秦简夫等就比较熟悉地主阶级的生活。康进之、高文秀爱写草泽英雄,郑光祖、乔吉却爱写风流名士。从这些不同作家的杂剧里明显看出他们的阶级烙印;而作品风格的不同,更直接表现了他们的艺术修养。

从一些残余下来的文献看,当时不同风格的戏曲作家已经有了不同的集体组织。关汉卿称他自己的戏曲活动为"我家生活",又说:"子弟所扮是我一家风月。"就宋元时期的戏曲小说看,家就表示流派。当时在大都影响最大的玉京书会就集中了关汉卿、白朴、赵子祥等好些作家,而马致远和李时中、花李郎等却参加了另一个元贞书会。从他们创作倾向的明显不同看,这两个同时在大都出现的书会之间不可能没有矛盾斗争。

不同戏曲流派的斗争,首先表现在题材的选择上。关汉卿一派作家写了许多受压迫人民直接起来斗争的戏,马致远写了四种神仙道士戏,乔吉写了三种文士风流戏,这些不同题材反映了不同阶级阶层对戏曲的要求。其次表现在同类题材的不同处理上。如同写恶霸抢占妇女的戏,关汉卿的《鲁斋郎》和武汉臣的《生金阁》就各有不同写法:前者写恶霸鲁斋郎见到了人家有长得好的妻子就抢,后者却写那书生自己向恶霸讨好,惹火烧身。又如写有权有势的丈人看不起穷女婿,《拜月亭》里的王尚书不管他女婿病得要死,拉起女儿就走,充分勾画出他的凶恶嘴脸。《王粲登楼》里的蔡丞相一面把女婿轰出去,一面又暗叫人看顾他,就比较符合那些员外老爷的口味。不同流派在戏曲创作上的斗争主要表现在这两方面。至于语言的本色或华丽,泼辣或和平,也投合不同观众的胃口,但比之题材的选择和处理,还是次要的。

文学史上的不同流派在互相斗争时往往即互相吸收,诗文如此,戏曲也未能例外。关汉卿的曲子是本色的,然如《单刀会》里写关羽的归舟:"缆解开岸边龙,船分开波中浪,棹搅碎江心月。"又如《诈妮子》里写小千户的书房:"翠筠月朗龙蛇乱,碧轩夜冷灯香信,绿窗雨细琴书润。"未尝不华美。王实甫、马致远偏于文采,然如《西厢记》惠明送书时唱的大段曲词和《任风子》里"添酒力晚风凉,助杀气秋云暮"等曲,未尝不本色。关汉卿的杂剧思想倾向比较好,但也出现了像《玉镜台》那样赞扬老夫小妻的庸俗作品。他的另一个写妓女的杂剧《谢天香》,从人物、关目到语言,都带有更多的文人气息。元代文采派作家的总成就虽不及以关汉卿为代表的本色派,仍有个别杰出的作品,如王实甫的《两厢记》、白朴的《墙头马上》、马致远的《汉宫秋》、郑光祖的《倩女离魂》。因此我们在研究元人杂剧时虽更重视关汉卿、石君宝、高文秀、康进之等作家的成就；仍不能因此抹杀其他流派的长处。

从上面对于元人杂剧里本色派和文采派的论述，我想提出下面几点意见，作为本文的小结。

（一）分析戏曲史上不同流派，应从作品的思想倾向、人物描写、语言运用等各个方面去考察，过去有些戏曲论著往往只就曲词的本色或华美、豪放或清丽来分析，现在有些文学史又只从题材内容来分，都不能更好说明问题。

（二）戏曲史上不同流派的形成，反映了不同阶级阶层对现实的态度和他们的美学观点，因此总是跟当时的阶级形势、文艺思潮密切相关。从文艺本身看，又总是跟它以前的文学流派有继承关系。因此我们不能把它们孤立起来看。

（三）我国古典戏曲基本上可分为本色、文采二派。现实主义是前者的特征，其中部分优秀作品又往往带有积极浪漫主义的色彩。后者中的王实甫、白朴基本上仍是现实主义作家，从马致远到郑光祖、乔吉，就愈来愈表现脱离现实的倾向，多数作品又带有浓厚的感伤情调和消极浪漫主义色彩。

（四）元人杂剧里不同流派的作家作品在戏曲史上的影响是深远的。关汉卿、高文秀等一派本色作家，由于深刻揭露了封建社会的黑暗，表现了受压迫人民的反抗斗争，长期以来在民间戏曲里有深远的影响。明清以来民间流行的《赛琵琶》、《白蛇传》以及三国、水浒、杨家将等故事戏，基本上沿着这一派作家的创作道路发展。他们写下层人民如何对敌斗争取得胜利，写农民义军领袖之间如何面对事实，分清是非，从而团结对敌，对今天的读者也还有一定的历史教育意义。至于郑廷玉、武汉臣一派，就在《琵琶记》、《白兔记》、《杀狗记》等南戏以及明末清初李玉、朱素臣等的作品如《人兽关》、《翡翠园》、《双熊梦》等戏曲里得到继承。这些作品中虽也有片段反映现实的，整体说来是宣扬封建统治阶级的道德教条和迷信思想的。王实甫、白朴等文采作家的进步思想倾向在汤显祖的《牡丹亭》、孟称舜的《娇红记》等作品里得到继承。而马致远、郑光祖、乔吉等作家却在更多的以名士风流自命的作家里发现了他们的同调。明清传奇作家里还有混合郑廷玉、武汉臣和郑光祖、乔吉二家为一手的，沈璟的《红蕖记》、蒋士铨的《香祖楼》、《空谷香》等传奇就明显表现了这种倾向。他们既宣扬了地主阶级的封建道德，又投合那些封建文人的生活趣味。因此向来文人们都把他们捧得很高，今天看来就很少可取了。

①这句话见《文心雕龙》的《隐秀》篇，是明人伪作的。

②《十大曲》是金元时期民间流行的十首词，见《阳春白雪》卷一；《八阳经》是西域竺法护译的《八阳神咒经》，是当时"说经家"演唱的篇目。

③此句《元曲选》本作"因为兵马嚷乱"，现据《古名家杂剧》本改正。

④回回人是色目人的一种，达达人即蒙古人，汉儿人指当时中国北方的汉族和女真、契丹等族的人民。

⑤他和当时著名杂剧演员顺时秀熟悉，顺时秀尊敬他作伯父，又因擅长于替民间流传的杂剧补写词曲，因此被称为"杨补丁"。

⑥这里就他们的主要成就而言。

⑦根据贾仲明在《录鬼簿》里的题记和吊词看，当时在大都影响最大的玉京书会就集中了关汉卿、白朴、赵子祥等好些作家。

⑧据《俄国文学史》论述普希金部分转引。

原载《学术研究》1964年第3期
据河北教育出版社2005年版《王季思全集》第一卷移录

读曲小记（一）

胡 适

一　关汉卿不是金遗民

《录鬼簿》说："关汉卿，大都人，太医院尹，号已斋叟。"这里本没有说他是金朝的遗民。蒋仲舒《尧山堂外纪》始说："金末为太医院尹，金亡不仕。"任中敏先生的《元曲三百首》沿用蒋说。

王国维先生在《宋元戏曲考》第九章曾讨论关汉卿的年代。他引杨铁崖《元宫词》云：

> 开国遗音乐府传，白翎飞上十三弦。大金优谏关卿在，《伊尹扶汤》进剧编。

王先生推想《伊尹扶汤》是汉卿所编杂剧之一。因此，王先生相信关汉卿"固逮事金源矣"。王先生又引《尧山堂外纪》之说，颇疑其言"不知所据"；但他又引《辍耕录》（二十三），知"汉卿至中统初尚存。案自金亡（一二三四）至元中统元年（一二六〇），凡二十六年。果使金亡不仕，则似无于元代进杂剧之理。宁视汉卿生于金代，仕元为太医院尹，为稍当也。"

王先生颇信宁献王《太和正音谱》说关汉卿"初为杂剧之始"的话，故他的结论是："杂剧苟为汉卿所创，则其创作之时，必在金天兴与元中统间（一二三二——一二六三）二三十年之中。此可略得而推测者也。"

郑振铎先生（《中国文学史》四十六章）也曾考汉卿的年代，对于旧说稍有修正。他说：

> 汉卿有套曲《一枝花》一首，题作"杭州景者"，曾有"大元朝新附国，亡宋家旧华夷"之语，藉此可知其到过杭州，且可知其系作于宋亡（一二七

八）之后。

《录鬼簿》称汉卿为已死名公才人，且列之篇首，则其卒年至迟当在一三〇〇年之前。其生年至迟当在金亡之前的二十年（即一二一四年）。

郑先生的考订，远胜于旧日诸家之说。但他还不能抛弃杨铁崖、蒋仲舒诸人的妄说，所以他还要把汉卿的生年放在金亡之前二十年。

其实杨铁崖（一二九六———一三七〇）的年代已晚，他的"大金优谏"一句诗，是不可靠的。蒋仲舒更不可信了。关于关汉卿的史料，比较可信的，止有《辍耕录》卷二十三记"嗓"字一条，使我们知道他死在王和卿之后。王和卿在中统初（约一二六〇）作咏大蝴蝶小令，见于《辍耕录》此条，称"大名王和卿"。此条记他"坐逝"，但无年代。王恽的《中堂事记》，记中统元年（一二六〇）初设中书省时的官属，其中"架阁库官"二人之一为"王和卿，太原人"。年代相近,似可信即是此人。《辍耕录》记他的大名籍贯未必无误。《辍耕录》说：

> 或戏关云："你被王和卿轻侮半世，死后方还得一筹。"

似乎王和卿的死，远在咏蝴蝶小令使"其名益著"之后。

郑振铎先生根据汉卿《杭州景》套曲，考定他到杭州，在一二七八年宋亡之后，是很对的。但他说汉卿的"卒年至迟当在一三〇〇年之前"，还嫌太早。

关汉卿有《大德歌》十首，此调以元成宗的"大德"年号为名，必在"大德"晚年。大德凡十一年（一二九七———三〇七），而汉卿曲子中云：

> 吹一个，弹一个，唱新行大德歌。

这可见他的死年至早当在一三〇七左右。此时上距金亡已七十四年了。

故我们必须承认关汉卿是死在十四世纪初期的人，上距金亡已七八十年，他决不是金源遗老，也决不是"大金优谏"。

他的年代既定，我们可以知道不会是"初为杂剧之始"。杂剧的起始问题，我们还得重新研究。

二　严忠济

任中敏先生在他校订的《阳春白雪》里，和他的《元曲三百首》里，都误注严忠济之名为严实。严忠济是严实的儿子，《元史》卷一四八有他们父子的传。

严实字武叔，泰康长清人，少年时为侠少之魁，金朝东平行台命为百户，有功权长清令。一二一八年，他降宋，宋授为济南治中，分兵四出，尽克太行以东。一二二〇年，他率领彰德、大名、磁、洛、恩、博、滑、濬等州三十万户，投降蒙古太师木华黎，木华黎拜实为金紫光禄大夫，行尚书省事。此后他连攻曹、濮、单三州，又占取东平。蒙古之有河北、山东，实之功最大。

金之后，蒙古封他为东平路行军万户。

他虽是猛将，但不嗜杀，所至保全人民甚多，《元史》称为"宽厚长者"。

一二四〇年死，年五十九。"远近悲悼，野哭巷祭，旬月不已。"《遗山集》卷二六有碑文二篇。

严忠济字紫芝，实之第二子。一二四〇年袭为东平路行军万户。政治"为诸道第一"。中统二年（一二六一），有人说他威名太盛，召还京师，以弟忠范代他。

至元二十三年，特授中书左丞，行江浙省事，他以老辞不就。三十年（一二九三）死。

王恽的《中堂事记》记严忠济的被召还，是因为忽必烈听了严忠范的谗言。此事可补《元史》本传之阙。

三　白无咎

王国维先生注《录鬼簿》"白无咎学士"条云："案学士名贲，白珽子。"

此注大误。静庵先生所据不知何书。但白珽是钱塘人，据梁廷灿的《名人生卒年表》（页九二）生于一二四八，死于一三二八。白贲是北方人，他死时，白珽还没有生哩！

白无咎名贲，是白仁甫的伯父（"白贲无咎"见于《周易》"贲卦"爻词）。元好问的《善人白公墓表》（《遗山集》二四）云：

公讳某，字全道，姓白氏，其家于河曲者不知其几昭穆矣。……

崇庆壬申（一二一二）避地太谷，不幸遘灾，春秋六十有九，终于寓舍。……

子男五人：长曰彦升，……次曰贲，广览强记。尤精于《左氏》，至于禅学道书岐黄之说，无不精诣。弱冠中泰和三年（一二〇三）词赋进士第，历怀宁主簿，岐山令。远业未究而成殂谢，士论惜之。次曰华，贞祐三年（一二一五）进士，历省掾，入翰林，仕至枢密院判官，右司郎中。……

这里的白贲，就是白无咎。白华就是白文举，《遗山集》中称为"白枢判兄"，就是白仁甫的父亲（《金史》卷一一四有详传）。白无咎二十岁中泰和三年进士，可推知他生在一一八三或一一八四，比元好问还大七岁。他死的很早，约在三十岁左右（约一二一三）。他终于县令，不应称"学士"。

他是金朝人，死在金亡之前约二十年。

《中州集》卷九另有一个白贲，有诗一首，小传云："贲，汴人，自号'决寿老'，自上世以来，至其孙渊，俱以经学显。"

冯海粟（子振）和《鹦鹉曲》自序云：

白无咎有《鹦鹉曲》云："侬家鹦鹉洲边住,是个不识字渔父。浪花中一叶扁舟, 睡煞江南烟雨。觉来时满眼青山（《阳春白雪》选此曲,山字下有"暮"字）, 抖擞绿蓑归去。算从前错怨天公, 甚也有安排我处!"余壬寅岁（一三〇二）留上京……诸公举酒索余和之。……

按此调原名《黑漆弩》，杨朝英初选《阳春白雪》收此曲，说是"无名氏"作。《阳春白雪》有贯酸斋序，酸斋死在一三二六，此选当在其前。冯海粟在大德时说此曲是白无咎作，不知何据。冯海粟连和三十多首，都收在杨朝英续选的《太平乐府》里。《太平乐府》有至正辛卯（一三五一）邓子晋序，序中云：

是编首采海粟所和白仁甫《黑漆弩》为之始，盖嘉其字按四声，字字不苟，辞壮而丽，不淫不伤。

这可见十四世纪的人往往把白仁甫和白无咎混作一个人，已不知道他们的伯父侄儿的关系了。

白无咎死在金亡之前，他不曾走到江南去，故此词不是白无咎之作。白仁甫曾到襄、鄂，曾久居金陵。也许此曲真是白仁甫作的。

原载1936年3月19日天津《益世报》"读书周刊"第41期

据上海古籍出版社1988年版《胡适古典文学研究论集》移录

再谈关汉卿的年代
——与冯沅君女士书

胡 适

冯沅君女士在她的《古剧四考》（《燕京学报》二十期）的一条小注里，提及我的《读曲小记》。我说汉卿曾做《大德歌》，大德是元成宗的年号（一二九七————三〇七），已在金亡之后近七十年了，所以旧说关汉卿是金朝遗民，金亡不仕，是不可信的。沅君用《古今说海》的《金志》来说"大德"是金时和尚的尊称，不是年号。她因此更相信关汉卿是金人。我写此信答她。（适之）

沅君：

收到《燕京学报》二十期，就被人借去了，所以不曾写信给你。今天重读你的《古剧四考》，我想写短信给你。

和尚称"大德"，唐、宋早已有了（例如《唐文粹》卷六十二有白居易的《抚州景云寺故律大德上弘和尚塔碑》，又有许尧佐的《庐山东林寺律大德熙怡大师碑》）。你不必到《大金国志》去找（《金志》不是全书。有广雅书局版刻的全本）。

《大德歌》与《大德乐》之因年代得名，毫无可疑。《庆元贞》也是因为元贞年号来的。《庆宣和》也是因北宋年号来的，都无可疑。

你试翻看天一阁钞本的《录鬼簿》的贾仲名吊词，就可以知道元贞（一二九五————二九七）、大德（一二九七————三〇七）的时期是曲家公认为"唐虞之世"的！

赵公辅下"元贞大德乾元象，宏文开……"

赵子祥下"一时人物出元贞，击壤讴歌贺太平。"

狄君厚下"元贞大德秀华夷。……"

李时中下"元贞书会李时中、马致远、花李郎、红字公，四高贤合捻《黄粱梦》。……"

顾仲清下"唐虞之世庆元贞。"

张国宾下"教坊总管喜时丰，斗米三钱大德中。……"

花李郎下"乐府词章性，传奇么末情，考(都)兴在大德元贞。"

元贞大德（一二九五——一三〇七）颇像英国的伊里沙伯时代，正如诗史上有建安、正始，又有元和、长庆也。故《庆元贞》、《大德歌》、《大德乐》的因年号得名，都是平常自然的事，毫不足怪。

关汉卿的《南吕一枝花》题为"杭州景"，而开口就唱：

大元朝新附国，亡宋家旧华夷。

这岂是亡金遗老的口气吗？况且此曲写杭州"满城中绣幕风帘，一哄地人烟凑集，百千里街衢整齐，万馀家楼阁参差。……"，这也不是杭州新破时的情形。临安破在一二七六年，去金亡（一二三四）已四十多年了。故说关汉卿生于金末，或无大问题。若说他是金朝的太医院尹，国亡不仕，那就非抹煞《南吕一枝花》和《大德歌》诸曲不可。

说汉卿是金"遗民"者，只有二人：一为杨铁崖，一为作《青楼集序》的朱经，他们都是元末明初的人，都不足为凭。

关汉卿的死年，至早不得在一三〇〇年以前。故他的生年约当一二三〇，至早亦不得过一二二〇，金亡时他不过三、四岁或十三、四岁的小孩而已。

杜善夫（仁杰）确是金朝遗老，其年辈与元遗山相等，而享高年，元人文集中称为"止轩"者是也。他的《庄家不识勾栏》一曲，可知其时勾栏中戏剧久已成立。最可注意者，杜善夫此曲中已说到"前截儿院本《调风月》，背后么末敷演刘耍和"的戏名，而刘耍和是红字李二和花李郎的岳丈。

大概元剧起于行院之中，《辍耕录》廿五所谓"教坊色长魏、武、刘三人鼎新编辑，……至今乐人皆宗之"者，就是说这三人始创（"鼎新"即是"革故鼎新"，用《易》卦本义，今言就是"革命"）这新式的戏剧。初时都称"院本"，后来士人为之，始称"杂剧"，以别于行院之本。

我颇疑心刘耍和可能即是魏、武、刘三人中之"刘色长"。其"鼎新"时代大约在至元（一二四六——一二九四）时代。到了元贞、大德时代，关、马诸人始为教坊写剧，就开了一个戏剧史上的"唐虞之世"。马致远、李时中与刘耍和的两个女婿合作《黄粱梦》，而贾仲名歌颂为"四高贤合捻《黄粱梦》"，可见当时人并不嫌院本之低微下贱（因为当时的士人阶级也就很够低微下贱了）。

若此说大致不错，则最早的杂剧（院本）大概是那些无名氏的作品。关汉卿的许多杂剧之中，也许有许多是改削教坊院本的。

关汉卿生平一事，本与你的《四考》都无关，因为你加了那条小注，所以我写这信和你讨论，并略述我的"元剧起原说"，请你和侃如指教。

匆匆问双安

适之 一九三七年，三，六夜

原载《文学年报》第3期，1937年5月

据上海古籍出版社1988年版《胡适古典文学研究论集》移录

从性格上出戏兼及关汉卿
创造的理想性格

李健吾

一出戏离不开情节。没有情节，小孩子看戏就看不下去。可是一出戏光是有情节，大人也不容易看下去。人在世上活久了，就知道人必须为什么活着。我们有善良的愿望、美丽的幻想，可以上天入地，寻幽访奇，求真理于神话，但是我们不能放弃逼真，蔑视虚象。世态传奇戏的致命伤就在自以为抱牢现实，其实只在拼凑情节，它的戏剧性可能非常激动，然而清醒的头脑稍一回味，就会感到这太巧合，结构虚伪，关系暧昧，因而起了不可置信的心思。在戏剧分类上，这种廉价的戏剧性倾向过分畸重，喜剧就有沦入闹剧的可能，悲剧就有沦入惨剧与险剧的可能。而人物出现只是一种偶然遇合，或者最好的时候，只是为了满足一种浅薄的教训。

在元人杂剧中，《公孙合汗衫》是这种倾向的一个显著例证。剧作者主观制造他的情节，不是根据观察或者体会得来的社会发展规律，结合戏里的事件，深入正常现象，因而获致惊人的必然变动。和这相反的，却是杂剧《陈州粜米》：包拯在第三折给妓女笼驴，已经是一种有趣而又意外的收获，接着就见远道出迎的放粮赃官把被迎的长官吊在十里长亭的槐树上。这位佚名作者未免想入非非，然而细一想来，却又十分合理，因为泼辣笔墨在这里结合着人物的性格。包拯在这出戏里，有胆量，有机智，尤其难得的，有幽默，而又那样平易，我们从他身上意会到了农民创造的包拯的严正而又可爱的形象。他要两位大少爷赃官把他吊起来。因为只有这样，脏官才能慑服。剧作者要这位清官被吊，因为只有这样，才能显出赃官平日何等作威作福，草菅人命。奇突的转折在这里说明戏剧性的作用。

记得有人问高尔基，他写戏怎样安排他的情节。他回答说：他有各样各式的开始，很可能还为戏事先安排了一些情节，可是主要人物的形象经过酝酿，逐渐取得生命，在他动笔的时候，他们不依照他的设计行动，而依照他们自己的意志行动（大意）。最好的剧作家都要等他们孕育的人物在心头活了过来，才肯动笔，也才能尊重人物的典型存在，强迫自己退到客观地位，为他们配合最能突出他们的存在的典型环境 (有时候，人物取得生命，也就同时取得成长的环境，所以创作公式在这里是得不到的)。有些大剧作家，身在阶级社会，对理想有强烈憧憬，但是由于尊重人物的真实存在，对社会发展规律一向忠实不二，在组织戏剧结局上，就陷入了心手不应的尴尬局势。他们不得不向巧合求救，不得不向已经丧失生命的传统程式求救。莫里哀的喜剧的结束往往草率了事。关汉卿的《窦娥冤》的结尾，也正说明这种不得已而为之的苦恼心情。平复窦娥的人世冤屈，需要窦娥的鬼魂自己奔波，否则阳间就无能为力。——这岂不分外使人滋生凄凉之感？岂不分外使人痛恨旧社会暗无天日？一般悲剧，不写平复，因而结局上就不会遇到这种表面不真实的情况。

情节是戏剧的基本因素。情节由于具有坚定的社会基础，保证人物活动的可信任，例如莎士比亚式的情节，实际就变成一种手段。剧作家布置情节，分配事件，要它为推进主题任务向四面八方开拓，发挥到了淋漓尽致的地步；但是必须接受主要人物的支配，不能像野马一般信蹄而驰。只有在显示人的存在的意义的时候，戏剧性才给自己找到了真实生命与感动观众的力量。只有这时候，它是高尚的 (道德上)、高明的 (技巧上)。别林斯基说的好："人是戏剧的主人公，不是事件在戏剧中支配着人，而是人支配着事件，按自由意志给他们以这样或那样的收场、这样或那样的结局。"①

关心苦难是每一位艺术家所表现于作品的中心感情。感情面越宽阔，也就是说，越能放下小恩小怨，灵魂也就越显的纯洁、伟大。他们的作品变成世纪精神进展的指标。莎士比亚的戏剧就这样赢得了后人同声赞佩。关汉卿的戏剧同样具有这种高度现实主义的精神作用。郑振铎同志早年认为"在他剧中，看不见一毫他自己的影子"，足以说明他努力跳出文人的抒情 (往好里说)，然而牢骚 (往坏里说) 的传统，把他的精到的艺事献于苦难的众生。郑振铎同志还有一句公允的评价值得重视："汉卿所不善写者，唯仙佛与'隐居乐道'的二科耳。他从不曾写过那一类的东西。"②他虽然写鬼，但是从技术观点看来，只是一种戏剧手段。鬼的存在，例如窦娥的鬼魂，反映人间正气不伸，属于安慰观众的一种程式。迷信在这里的消极作用，正如莎士比亚的悲剧，远不及艺术上所起的积极作用。然而元明杂剧之中，仙佛与"隐居乐道"二科，在数量上占了一个不小的比例；就关汉卿写作最多来看，竟不涉及，却是铁铸的事实。我们知道，选择题材，也正说明艺术家的思想方向、处世态度与生活范畴。关汉卿热爱人生，关心的是为实际幸福而奋斗的苦男苦女，并不向往避世者或者无力者以及他们自乐其乐或者自苦其苦的境界。避世的戏剧题旨也就不必说了，因为它们今天已经寿终正寝了，我们不妨掉转头来看一眼两出有名的杂剧：《唐明皇秋夜梧桐雨》和《破幽梦孤雁汉宫秋》。我不晓得别人怎么样，我每次读完第四折，就象读完李后主的词一样，兜起一种冷清孤寂的感觉。一种莫可奈何的疲倦于现世、依恋于既往的衰老心情，在长篇独唱（应当是"独白"，因为没有第二个人应对）之中流散；这是有声有色的感触。它是前三折的戏剧的积累的后果。说确实了罢，我们在景物与心情的美妙配合之中，还听到了两位承平享乐的帝皇的咎由自取的呻吟。性格完全懦弱。斗争并不存在。然而他们却是一国之君。我相信观众的反应是复杂的：一方面欣赏唱词的渲染力（甚至于孤立词意，适应自己的哀愁），一方面却也觉得唱者（人物）是自作自受。我们希望两位剧作者的笔墨是客观的、谴责的，但是关汉卿决不需要我们希望。他的入世精神决定他在选择题材的时候选择积极性格。

放下皇冠戏，我们再来看一眼一出公案剧，就会分外明白消极性格在观众心理上所起的尴尬作用。《生金阁》可以说是"以公案剧形式，抒写民众的痛苦与希望的"[③]，但是由于这位作为民众的主要人物（一位秀才）的投机心理与附炎行为，我们对他的自取其祸的不幸遭遇，就很难不起带有谴责的同情。任何人看过村店那一折戏，天真颠顶的秀才献过宝，庞衙内奚落他道："料着这厮的文章也不济事，则凭着那件宝贝要做个官"，我们未尝不觉得庞衙内话有道理。在我们这位秀才献宝之后，进一步表示感激，又说："小生有一个丑浑家，着他拜谢大人"，于是庞衙内见色心喜，起了夺妻害命的心肠。等秀才明白自己上当受骗，已经太迟了，观众痛恨庞衙内逞凶作恶的时候，难免稍带着也要骂他一声糊涂。世上尽有这种自投罗网的冤大头，剧作家也尽有自由从现实中选择人物，但是从主题上着眼，就该尽可能避免一切带来负作用的可能，保持主题的积极意义。因为说到最后，主要人物的性格必然会反映到事件的发展上，影响观众的同情上落。我们只要拿这位秀才和《陈州粜米》里的张憋古父子一比，性格作用就有了充分说明。[④]

四折或五折的杂剧的一般形式，限制了剧作家反映生活和创造性格的广大摄取机能。他们不可能追求复杂。典型和个性的结合也就必然受到损害。他们在这一点上，与其说是接近莎士比亚的悲剧，不如说是接近莫里哀的喜剧。后起的传奇戏在长度上许可变化多端了，可惜剧作家很少想到性格上出戏，因而也就往往停留在情节的巧合阶段。

关汉卿知道怎样提高他的戏剧的主题意义。他的最好的喜剧的圆满结束是主人公根据"自由的意志"而争取到的。就连他的悲剧也是主人公由于性格倔强又不肯认输才形成的。他在那样一个乱糟糟的社会,不但看到了可恨,而且就在同时,也看到了可爱,也正由于人间可爱,剧作家才为了捍卫与扩大可爱,把主题任务上的斗争意义提到最高峰,以可能的对比把斗争鲜明化或者尖锐化起来。高尔基指导一位青年作家,就说缺陷"是由于不相信我们现在地上的善良生活底可能性而来。"⑤ 关汉卿在这一点上,又和喜剧的莎士比亚相近,都在实现中发现了理想,莎士比亚才情如汪洋,来在文艺复兴之后,精神有所归趋,心灵有所振奋,笔下也就鸟语花香,无限绮丽。关汉卿来在一个民族纠纷无终无了的动乱时代,然而也正由于动乱,封建社会的厚墙在有心之士的慧眼前,不免露出了它的裂缝。关汉卿和他的谦虚的书会友朋,就协力以自然道德的武器,从事于裂缝的扩大。而关汉卿的理想,也正由于来自动乱,比起莎士比亚的理想来,分外富有泥土气息。由于向往"善良生活",关汉卿就特别着意于理想性格的创造,因为毫无疑问,"善良生活"的实现有待于人力的争取,决不是懒汉乞儿般地、待人周济可以坐而致之,也决不是成仙得道、自私自利地可以修而致之。命运是这些向往"善良生活"的人物 (剧作家把理想寄托在他们身上) 为自己争来的。争不到的时候,他们倒下了,祸害或者来自外方,或者来自本身,然而在倒下的时候,教育了观众。更多的时候,是他们战胜了,迫使结局转为喜剧。这种迫使转变的社会力量,十之三四来自剧作家的促狭的巧妙安排,十之六七来自他们从被压迫者方面发现而又加以集中使用的反抗精神。莫里哀的喜剧往往仰仗"下等人"作成美满姻缘。莎士比亚的喜剧往往是男性社会中居于劣势的妇女奇兵突击的结果。关汉卿尽量把主脚派给妇女承当,可能有实际情况要他这样做,例如剧团有观众喜爱的女演员,或者观众喜爱女演员多有机会出现,但是把理想性格赋于女主人公,却是他作为剧作者的分内事。如同莎士比亚,他的妇女直接参予行动。这些妇女是善良的,然而她们的性格之所以不同于众,不是由于一般的善良品质,而是由于她们具有战斗任务所必需的两个灵性充沛的条件:智勇兼备。勇或者刚强更是基本。例如《三勘蝴蝶梦》里的后母、《窦娥冤》里的窦娥都是。作为一个活人来看,这不够全面,缺乏个性的富丽内容,只是剧作家从事于主题任务的实现,在和绝对优势的统治势力作战而又必须取得胜利的时候,"必先利其器"。技巧是器,而理想性格也正是器。莎士比亚创造了波希霞 (《威尼斯商人》)、薇娥拉 (《第十二夜》)、罗瑟琳 (《皆大欢喜》) ……就性格而言,未尝不可以说是大同小异。我们不妨选一位主动力最强的海伦娜 (《终成眷属》) 来看。

　　她是一个已故名医的女儿，受到当地贵族罗西昂伯爵夫人的保护，不幸的是她爱上了伯爵夫人的心高气傲的儿子，阶级身份使她绝对没有机会邀致他的垂爱。她不灰心，鼓励自己道：

> 我们的解救，我们求之于上天，
> 往往全看我们自己。天命
> 赐我们以行动自由；只有我们
> 自己麻痹，计划才会拖延。——（第一幕第一场）

她听说国王重病，无药可医，决计带了父亲的秘方到京城一试，老臣引荐她晋见国王，看出这年轻貌美的女医生有些异乎寻常女子，便道：

> 你像个反叛，可是这样的反叛，
> 圣上偏不害怕。

为了坚定国王的信心，她愿意接受任何处分，如果医治不了他的沉疴。国王听她说话，仿佛看见一道奇光从她的身上射出，不由夸道：

> 我觉得像有天神从你这样
> 软弱的身体发出强大的声音；
> 就常识看来，一切似乎不可能，
> 可是我心里并不这样想。生命
> 对你可贵；因为青春、美丽，
> 智慧、勇敢、一切值得生命
> 夸耀而你全有的品质、一切
> 幸福能说成幸福的品质，你全
> 敢于孤注一掷，表示你医道
> 高明，不然你便是力图一逞。——（第二幕第一场）

她治好国王的重病。国王酬谢她、满足她的愿望，强迫伯爵娶她。戏似乎可以结束了。但是不，戏才开始。有阶级成见的伯爵，在婚礼举行之后，丢下新妇远征去了。她必须让他成为自己的名实相符的丈夫。这是一出不愉快的喜剧。

海伦娜最后把丈夫赢回来了，真就赢回了他的心吗？剧作者没有说明，我们也就不必追问下去了罢。

我们长篇累牍引证说明海伦娜的性格的语言，用意就在拿这些美好词句，转送给关汉卿的女主人公，例如赵盼儿与谭记儿，因为她们属于一种类型人物。她们为了挽回自己的恶运，尤其是为了挽回近人的恶运，奋力以赴。假如我们需要差别的话，那就是莎士比亚创造这种理想性格，"奉送"出身，最低也就是到资产阶级为止，而关汉卿创造的理想性格，大多属于社会中的畸零人，有的是妓女，有的是寡妇 (特别是《五侯宴》里的王李氏)，有的是丫鬟 (燕燕)。莎士比亚把理想性格每每寄托在贵族女子身上，关汉卿每每寄托在一般低下社会直接受迫害的妇女身上。毫无疑问，关汉卿的现实主义精神，更有战斗性。他在这一点上和莫里哀接近，眼睛都向下看。

这些居于劣势的妇女，能转危为安，救别人或者救自己，关汉卿明白指出，不是由于天意或者宿命、外力或者巧合，而是由于本人具有的不惜一拼的全智全勇的精神。赵盼儿和谭记儿敢于正视危险。机智主要来自社会阅历；镇定主要来自友爱。而斗争进行中，她们都有胜利在握的信心。她们熟悉她们的敌人，掌握他们的性格，例如周舍 (商人兼公子) 好色、贪便宜，杨衙内 (贵公子) 好色、喜奉承，她们拿稳了只要迎合一步，他们就会从百步高台上跌到脚边。缺乏必胜的信心，缺乏使宇宙易色的魄力，又缺乏社会阅历和天赋所有的察言观色的应变才能，最后，又缺乏受害者出身低下的报复的雄心，演员的失败是容易想象到的。赵盼儿把话说得响亮："不是大口，怎出得我这烟月手!"

可能有人要问：世上有这种人吗？有这种事吗？对。但是谁能担保绝对没有吗？就连一鳞半爪也没有吗？进步是怎么来的？请问，社会主义社会的现实在今天是不是事实？你的猥琐的身边可能没有这种人、这种事，但是这不就是取消了莎士比亚的喜剧、我们的全部传奇？不就因而取消了向往理想的美丽幻想？不就取消了改变现实的善良愿望？不就取消了乐观精神、人民的声音？艺术家有责任在艺术上击败迫害者，而且现实生活就有这种情况，只是一般人忽略了那星星之火罢了。伟大艺术就是在真实的基础上，把星星之火变成烽火。一句话，让虚象有真实之感。在主要任务完成了的时候，在观众批准了主要成就的时候，后人面对事实，就该同样有责任还它公道，而不单单限于指摘。

把艺术完全和现实等同来看，自然主义者也许有过这种错觉。但是现实主义者如巴尔扎克，摄取最多的时代与社会，却也不就把他的伟大创作，作为小说艺术，看成一架平面照相机。⑥他的继承者有福楼拜，恨透了照相这种说法。胡风否定艺术功能，认为"随地有生活"，仅仅暴露自己的丑恶政治意图。须知伟大艺术从来有所选样。选择本身就显示作家的倾向性。在反映一个实相的时候，也就反映实相的总和——真理。高尔基根据他的成功的创作经验，曾经教导我们道："剧作家把握了这些任何一种品质，有权把它加深和扩大，使它肯有尖锐和鲜明性，使剧本某个人物成为一个具有突出的和明确的性格的人。"他进一步指出道："必须把剧中人做成这样，要使他的每一句话和一举一动的意义完全清楚，要使他像活人一样会被人蔑视、憎恨和喜爱。"⑦

理想性格之所以被人看成理想，由于行动，不是由于语言离开性格，单独美化。高尔基教导一个青年作家道："为着描写这样的场面，你应该用非常简单正确的语言和最真挚而激烈的语气去描述它"。⑧关汉卿明白这种道理。他看中了"本色"语言。朱权喜爱"典雅清丽"，醉心"佳句"，把关汉卿说成"琼筵醉客"，因为"观其用语，乃可上可下之才"。⑨错把人物的语言看成剧作家的语言，正是缺乏生活的文人传统。这种只知主观存在的文人的洁化或者美化心理，我们在朱权这里遇见，但是朱权仅仅说明这种洁癖的普遍存在。拉·布吕埃尔指摘莫里哀用语芜杂⑩，根本忘却莫里哀的人物出身各别，"下等人"不必说了，贵人当时就有一种学"下等人"语言的时髦风气。莎士比亚的海伦娜在第一幕第一场的语言，干脆说了罢，实在不堪入耳。十九世纪的诗人看不下去。可是十六世纪的观众并不见怪。关汉卿、莎士比亚、莫里哀不是在写抒情诗。他们是在写戏剧诗。他们的抒情诗，就我们读到的来说，不低于任何一位戏剧诗人，而任何一位戏剧诗人的戏剧诗，却很难作到他们那样"本色"。是什么作成《秋胡戏妻》的力量的？这和罗梅英的质朴的语言有着不小的关系。是什么作成《孤儿大报仇》的力量的？这和公孙杵臼的慷慨就义的语言有着不小的关系。但是语言贴切性格到了令人拍案叫绝的地步的，却是赵盼儿回答周舍的问话："你曾说过誓嫁我来。"让我们多听几遍她的俏利的答话罢：

> 俺须是卖空虚，凭着那说来的言儿誓为活路。（带云）怕你不信呵，（唱）遍花街请到娼家女，那一个不对着明香宝烛，那一个不指着皇天后土，那一个不赌着鬼戮神诛？若信这咒盟言，早死的绝门户！

有谁骂妓女像她这妓女骂的那样狠毒吗？然而这是实情。嫖客正是这样常骂她们。可是精明的周舍就一时忘了个一干二净。不迟不早，这话来在高潮上。唱词结合性格，性格结合身份，骂妓女正所以骂周舍，爽辣而又泼辣，把戏剧性提到最高峰。准确性在这里十分惊人。

关汉卿不是每出戏都能具有这种高度艺术功能的戏剧语言，但是在结构上，我们必须承认，他有深刻理解。王国维认为"元剧最佳之处，不在其思想结构，而在其辞"，可以说是知其一而不知其二。⑪四折或五折的杂剧，诚实在形式上简单了些。可是这不等于说，思想与结构，作为问题，并不存在。形式尽管简单，能否引人入胜，作为剧本，仅就结构而言，就有决定影响。关汉卿最了不起的地方，就戏剧艺术而言，就是高潮往往统一在戏剧性最强烈的当口，而这紧张的当口又是主要人物的性格最后一力促成的顶点。这正是别林斯基所说的"人支配着事件"。这也正是高尔基所希望于人物的行动。莎士比亚未尝不有结构上的败笔，例如《终成眷属》、例如《一报还一报》，戏剧性并不结合性格。巴尔扎克指摘雨果的《欧那尼》缺乏真实戏剧性，问道："这出戏的结构什么地方表明了对这位皇帝的灵魂有过慎密的研究？"⑫就明白结构和人物的"灵魂"有着密切的关系。一样是写性格，《贤母不认尸》在戏进入正文以前，就揭破了杨李氏不放二儿子从军的隐情，后来她至死不认尸，就是这种感情做基础。剧作者看了性格的作用，可是他不及关汉卿，因为他轻轻就把性格发放了，不像关汉卿在《三勘蝴蝶梦》里，把后母的隐情一直留到公堂上最后关头，在她坚持三儿子偿命之后，在包拯疑心三儿子是"乞养来的螟蛉之子，不着疼热"之后，她才说破大儿子和二儿子是前妻所生，"不争着前家儿偿了命，显得后虔婆忒心毒。"苦衷一出口，性格一明朗，包拯立刻站到她这方面，戏有了奇突的进展。

关汉卿不必另起炉灶，因为他深入戏剧三昧，知道性格上出戏。他活在中国戏剧事业初期，活在十三世纪，身上背了一些思想落后（尤其是《陈母教子》）、趣味俗恶（甚至于《三勘蝴蝶梦》）的东西，但是这太不足以损害他在世界戏剧史上，以精湛与有高度思想性的戏剧艺术，站在伟大剧作家的行列。

作者附记：本文所谈的理想性格是一种积极性格；但是积极性格也有阴谋百出的极端个人主义者在内，例如莎士比亚的马克白·理查三世，所以我们这里用了理想性格。

①译文引自《戏剧论丛》1957年第4辑第42页。

②引自郑振铎《插图本中国文学史》第3册第46章第5节。

③引自《元人杂剧选》的附录《关于元人杂剧及本书的编选工作》（作家出版社编辑部严敦易执笔）。

④《生金阁》有可取之处，但是《公孙合汗衫》就没有什么值得推荐的了，即使从介绍社会生活一点着眼，也缺乏特色。

⑤引自高尔基《给斯尔格捷夫》的第二封信。（《给初学写作者》，平明出版社出版。）

⑥巴尔扎克在他的小说《古物陈列所》的序言里，说起他写人物："用这一个真人的手，另一个真人的脚，这一个的胸脯，那一个的肩膀。"高尔基谈他的《母亲》里的工人形象，有同样说明。

⑦⑧引自高尔基《论剧本》（《剧本》1963年9月号）。

⑨引自朱权《太和正音谱》。

⑩参看拉·布吕埃尔（1645年—1696年）的《性格论》第一章第三十八节："莫里哀的失败只在没有避免俚俗和不成交语言，就是说，行文不干净。"

⑪王国维指出："关汉卿一空倚傍，自铸伟词，而其言曲尽人情，字字本色，故当为元人第一。"从语言上肯定关汉卿，正如朱权从语言上贬低关汉卿，说明过去欣赏戏剧，多属纯文学观点。王国维指出"思想结构"，实际绝少涉及。

⑫引自巴尔扎克《欧那尼》的剧评（《文艺理论译丛》第二期）。

原载《戏剧论丛》1958年第1辑

关汉卿笔下妇女性格的特征

戴不凡

关汉卿擅长写封建压迫下的妇女。他笔下的妇女，个个都有鲜明的性格。但是，其中的姑娘们，往往又有一个共同的特征：气性很高，不好惹，犟得很，齿牙锋利，敢说敢做，粗野泼辣，但却令人可爱。颇像带刺的野玫瑰。

关汉卿写过很多"旦本"。旦是正旦。金元杂剧中的正旦，有时像我们所习见的青衣、花旦之类。例如，《西厢记》中的莺莺，说她是青衣，也就差不多；《曲江池》中的李亚仙，多少是个花旦或花衫底子。但是，关汉卿的"正旦"，往往很难用我们今天的行当去理解。你说杜蕊娘像花旦，但花旦恐未必能表现她顶撞母亲时那股尖刻、辛辣的感情；你说她像泼辣旦，但她非常正派，具有青衣气质。如说窦娥像青衣，但要叫一位京戏青衣像原著的正旦那样，热辣辣地嘲讽她婆婆六十多岁还要做新娘，"愁则愁眼昏时扭不上同心扣"，——这般撒野，那就很为难，更别说进一步大撒其野，要在刑前发下三誓来证明"官吏每无心正法"了。（京戏窦娥和原著处理不同，受定型化了的行当限制，也是一个原因。）总之，要想像关汉卿原作中的"正旦"，你就必须在青衣、花旦之上，再加上泼辣旦的风度，而没有泼辣旦的邪气、俗气。

可能是关汉卿所在的那个戏班子里的那位女演员，很善于表演带有泼辣味儿的正旦。关汉卿很可能是在演员的敦促下，才写下了一大批不好惹的姑娘。但是，作为一个作家来说，他如果不熟悉生活，洞察人情世故，对生活有所感触，有所判断，那么，即使送他三千茶引，也不见得能写出半个人物来的。

问题很值得研究。因为关汉卿不止写了一位不好惹的姑娘，而是写了很多各具鲜明个性但都是脾气满犟的姑娘。一位画家偶然画了一幅长刺的野玫瑰，或许不会引起人们太大的注意；但这位画家画来画去尽是画长着刺的野玫瑰时，就不能不令人深思了。

关汉卿所写的姑娘们，她们身上究竟长着什么样的刺？这些刺究竟怎样长出来的？有些什么作用？那还得看一看原剧的具体描写。现在且让我们来看一下《金线池》、《窦娥冤》、《调风月》和《救风尘》，看这些剧本中的姑娘们到底是怎样一个人。

《金线池》是关汉卿的一本"风情剧"。从剧中的形象来看，关汉卿在这部喜剧的背后。写出了一个悲剧性的社会！一个人与人的关系反常的社会!

杜蕊娘是杜母"亲生的女，又不是买来的奴"。可是这位一手拿着"一串数珠"，一手拿着"一条拄杖"的老婆婆，是用什么态度对待自己亲女儿的呢？她让亲女儿做娼妓！——如果她生活在一个稍稍讲点人道和廉耻的社会中，一个做母亲的人，怎肯让自己的亲生女儿去操皮肉生涯！如果她稍稍还有点母女天性的话，她怎会叫亲女儿去沿门卖笑？按照一般的情况来说，不得已让女儿为娼，当女儿要从良时，做母亲的岂会不许可？然而，杜蕊娘的母亲却不是这样。"他只待夜夜留人夜夜新"，女儿对她说年纪大了要嫁人，她却叫"丫头，拿镊子来！镊了鬓边的白发，还着你觅钱呢！"她有自己一套似乎很完整的逻辑：女儿骂她"……不关亲；只着俺淡抹浓妆倚市门，积下金银囤！"但她却发起怒来，振振有词地骂道："你这小贱人！你今年才过二十岁，不与我觅钱，教那个觅钱！"——换句话说：在她心目中，女儿＝觅钱的工具，这是一个正常的、无可辩谈的公式，她命令女儿应该"夜夜留人夜夜新"，否则，那便是"女孩儿不孝顺!"——看，这是什么样的逻辑啊！在她心目中，女儿夜夜换男人，那才是孝顺为娘之道！女儿要嫁人，那就违背了这条逻辑，那就要被她斥责为"有你这样生忿忤逆的!"而忤逆不孝，如所周知，在古代道德和法律上都是要受制裁的。由此可见，在蕊娘生活的社会里，道德和法律都同意或默许母亲把女儿当作觅钱工具的。这个社会，残暴冷酷已达到了不顾起码的人情的程度。正因为如此，所以当蕊娘硬要嫁韩辅臣时，她母亲才会流露出一些慈悲，说自己"如今性子淳善了，若发起村来，怕不筋都敲断了你的"——她还算是个"淳善"的，如若不然，女儿不为她觅钱，即使敲断了筋，也是可以的，社会也不会对她制裁的。因为，她是一位家长，家长惩治一下女儿，在封建制度下又算得什么呢！

在我们看来，这是连起码的人类天性和廉耻都没有的事；然而，在杜母的观念上，却是天经地义的事情！显然，如果她后面不站着一个寡廉鲜耻的畸形的社会，而是一个正常状态的社会，那么，这位手拿数珠，口念经文，也想做个慈悲人的老婆婆，对自己的女儿是不至于连一点做母亲的天性都没有，甚至于学起一般鸨母的方法，散布对韩辅臣的流言蜚语，来破坏女儿的爱情的。

杜蕊娘的爱人韩辅臣，这位志诚的狎客，其实也是这个人与人关系不正常的社会的产物。

韩辅臣才貌双全，具备为杜蕊娘一见钟情的各种条件。杜蕊娘发脾气的时候，他愿下跪受打，甚至"跪到明日，我也只是跪着。"他真心诚意地爱着蕊娘。可是，他却用着一种不正常的手段来达到和蕊娘结婚的目的。杜母说韩辅臣"气高"；他自己也说"我须是读书人凌云豪气"，按说，这位有豪气的"上朝取应，路过济南"的秀才，当在杜家母女跟前先后碰了壁时，他应当走王金龙、郑元和、王魁……这些人的路，还是上朝取应去。可是，他并不这样。碰了壁，他却还要消停几日，等他哥哥石府尹的消息。石府尹复任济南时，批评他"我已谓贤弟扶摇万里，进取功名去了。却还淹留妓馆，志向可知矣！"然而他却无动于衷，反说被人欺侮，"还说那功名怎的！"由此可见，"出气"对于他，要比求取功名重要得多，韩辅臣确是"气高"得很的。可是，接着，他就用哀告、唱喏、下跪甚至寻死的方法，迫使石府尹在金线池上摆酒成合他们；摆酒没有结果，又在公堂之上，再一次用哀告、唱喏、下跪甚至寻死的方法，迫使石府尹用"失误了官身"的由头，来迫使蕊娘嫁他。换句话说，这位"气高"的秀才，用了非常"不气高"的方法，来达到倾吐他"被人欺侮，险些儿一口气死了"的恶气的目的，来恢复他"人头上做人"的声望。显然，用着府尹的力量来压伏他的对方，是这位"气高"的人认为最好的方法，所以他才会不上京应试，才会不惜当众唱喏、下跪、寻死。如果他感到用尹府的力量来压伏对方，本身就是一种不气高的、卑鄙可耻的事情，那么，这位性高气豪的秀才是决不至于唱喏，更不至于当府堂上众人之面前要寻死的。而韩辅臣却不然。以官压民，在这位善良、被人欺侮的"气高"者看来，却是一件问心无愧的，正常合理的行为。

韩辅臣确实爱杜蕊娘，他确实受了杜家母女的恶气，我们觉得他怪可怜的。因此，当这位可怜虫非常自以为是地运用石府尹的力量来压制对方时，一幅以官压民的社会图象，就鲜明地浮在我们面前了。

但是，使人惊奇的还不只是韩辅臣，而是他的哥哥石好问这位府尹，石府尹见着老同学韩辅臣到来，立刻就想到去唤上厅行首来伴酒作乐；当辅臣和蕊娘结识以后，他非常慷慨地拿出银子给杜母做茶钱；杜蕊娘不理韩辅臣的时候，他还掏出银子在金线池上摆酒。帮着朋友嫖妓，在这位府尹看来，正如同请朋友吃家常便饭一样，是非常正当的事。石好问的作为，颇像《金瓶梅》中帮嫖丽春院的谢希大之类；但那些毕竟是"篾片"，而他却是堂堂府尹！但是，更使人惊奇的是：这位府尹为了成全朋友和杜蕊娘结合，居然用失误官身的由头，把杜蕊娘拘到公堂上来，叫公差们"刑杖擎鞭"来威胁她。在这里，做官的人就这般"自由"，可以随便拘人，用刑！封建社会原来也有部"王法"，"王法"在字面上从来也是禁止罪及无辜的。可是，石府尹——这位断事官思想上根本就没有这条"王法"存在，所以他才那么毫无顾虑的"送人情"——把妓女杜蕊娘传来，威胁一通。当然，石府尹到底还不失为一个可爱的人物，因为他这样做的动机和效果，都是为了成全这一对爱人。在这里，当我们看到这位热心成全朋友的府尹，采取的是这样一种反常的粗暴方式在做一件好事时，不由人不想起后文将要谈到的，窦娥生活的那个社会，那个"官吏们无心正法"的没"王法"的社会和杜蕊娘生活的社会，在本质上其实并没有什么不同。

对于杜母、韩辅臣和石府尹的分析，可使我们看见这些人生活的环境中，是不讲什么法律、礼教、人情和秩序的，这是一个横暴贪婪的社会！就在这样的社会中，有一个杜蕊娘。

杜蕊娘其实并不是从娘胎里一出来就在头上生着犄角的。是这个横暴贪婪的社会，是封建制度下的火坑生活，逼得她身上长出棱角来的。"他只待夜夜留人夜夜新……不依随又道是女孩儿家不孝顺！"——她原来还是像社会上一般姑娘们一样，即使带着牢骚也还是孝顺母亲的。"十度愿从良，长则九度不依允"——母亲不许她嫁人，她也就勉强放下念头。从这些地方来看，杜蕊娘原来也是一个颇为温顺的姑娘。"我如今不小也非嫩，……年纪老无人问"，——快三十岁了，不能老是过送旧迎新、倚门卖笑的生活吧！她要给自己找一个归宿。这个姑娘平时一定听过很多"大曲"，看过很多院本杂剧的。她虽然"怎肯跟将那贩茶的冯魁去"，但她的想法也没有能超过世俗社会的一般姑娘："那大曲内尽是寒儒，想知今晓古人家女，都待与秀才每为夫妇"。她因而希望"改家门做的个五花诰夫人"。这种想法，其实也是相当"敦厚"的。（不过，在这些平庸的想法之中，却包含着一个合理的纯洁的要求：希望摆脱反人道的生活，过正常人的生活。）

在这个反常社会中，杜蕊娘希图摆脱非人的生活，去过正常的人的生活，自然而然会遭到横暴贪婪的阻力。但是，强大的压力不能把她压得更温顺、敦厚；由于坚决要过合理生活，由于厌倦了卖笑生涯，由于年纪一天大一天的缘故，强大的压力却使这位本来温顺敦厚的女性越来越变得很不温顺很不敦厚起来。

正由于她有过"十度愿从良，九度不依允"的经验，所以这一回她看上了韩辅臣后，预料是一定又会受到阻拦的。这就是她在第一折上场后，要那样破口咒骂娼门生活的原因。她说，"佛留下四百八门衣饭，俺占着七十二位凶神！"她骂嫖客们"……都是矜爷害娘、冻妻饿子、拆屋卖田、提瓦罐爻槌运！"她也骂自己家是凭着"恶、劣、乖、毒、狠"骗钱，是"不义"的营生。显然，这是"十度愿从良"，都没有被依允的结果，是前十次苦闷累积的迸发。总之，从第一折杜蕊娘上场，唱《点绛唇》──《天下乐》，在这一场中，我们已可以感触到这个大姑娘逼人的锋芒。这时，如果她还是想忍受着，还是想"孝顺"母亲，那么她只可能有感伤，叹息，哀怨，最多是恳求而已。然而杜蕊娘却不是这样。不止是埋怨她娘不许她嫁韩辅臣，她还把几年来积蓄在心头的苦闷，一古脑儿破口而出。她甚至尖刻地比方道："无钱的想要亲近（我），则除是驴生犄角瓮生根！"骂她娘是个"斜皮脸老魔君"，说"你这般心肠，多少经文忏的过来！"──娘不许她嫁人，她却把娘的老根子从根到底都挖出来骂一顿！于此，我们看到了这个姑娘的厉害。于此，我们可以看到，女儿=觅钱工具这个公式，凭着家长（母亲）的势力，许多年来像千斤石似的压在想过正常合理生活的杜蕊娘身上，但并没有能把她压得百依百顺，而只是把她压得越来越不驯服，以至于想嫁韩辅臣受到板障时，这一股不能驯服的力量，便如同野马一样不受任何拘束了。

这样一个带着锋芒的姑娘坚决要从良，而她母亲却是钱迷心窍，两人间的尖锐冲突是不可避免的。

杜蕊娘和她娘见面时，非常坦率地提出来，"我如今不老也非为嫩"，"母亲嫁了您孩儿吧，孩儿年纪大了也。"──这回，她在母亲面前，提起自己终身大事时，不像我们在戏曲舞台上常见的那些姑娘们；她没有什么羞涩，脸红，不好意思，难以启齿，等等。她把想说的话，不加任何修饰地说出来。因为，这已经是"第十一次"了！如果是第一次，她恐怕也是会害臊的。

在"镊了你鬓边的白发，我还着你觅钱"的贪得无厌的顽固老母面前，杜蕊娘现在采取不再是哀告的方式，不再是依伏在母亲怀中求取爱怜矜惜，而是对母亲的责备："母亲，你只管与孩儿任性怎的！"母亲说自己"如今性子淳善了，若发起村来，怕不筋都敲断你的！"她列举事实，反唇相讥："你道是性儿淳，我道你是意儿村！"母亲骂她生忿忤逆，她却骂"还是你不关亲！"母亲说，嫁韩辅臣怕会去打莲花落，她却不再辩，拂袖而去！总之，一句话，这回她要嫁韩辅臣，那就非嫁不可。她丝毫不管这样做会被她娘认为忤逆不孝，甚至于敲断了筋！她娘拿出最严厉的言语，她却以更锋利的言语还击！这情况颇似山羊以角去抵恶狼的利齿。但不同的是：山羊的角是来自娘胎，而杜蕊娘则是由于这一回十分坚决地要从良，连同前十回被压抑的苦闷在支持着她，才使她在固执不许她出嫁的母亲面前显得口快如刀。正如山羊一样，没有尖角，那怎能去碰恶狼的利齿呢！

母亲执拗不过女儿，但又舍不得放下觅钱的工具。于是，她采用一位尚未完全失却理智和人情的母亲决不会采用的办法：造谣说，韩辅臣缠上了另外一个粉头，借此来冷女儿的心，以便女儿仍然作她的觅钱工具。

气高性犟，再加上济南府的姐妹们，"那一个不是我手下教过的！"如今，韩辅臣竟然撇了她而爱上另一个人，这对于杜蕊娘来说，不尽是希望落空，而且还是下不了台的事情。"东洋海洗不尽脸上羞，西华山遮不了身边丑，大力鬼顿不开眉上锁，巨灵活神劈不断腹中愁！"这四句唱词决不是故意夸张，而是准确地道出了杜蕊娘的心情的。

接着，韩辅臣来了。被赶逼出门的韩辅臣，原是带着一肚皮的委屈的；如今一进门，看见她弹着琵琶，所以冷语相嘲道："元来你那旧性儿不改，还弹唱呢！"——他以为蕊娘是个水性杨花之人。然而，听信了谗言的蕊娘，却在痛恨他弃旧怜新！因此，韩辅臣虽然迅速改变了态度，哀求，跪下请罪，甚至请她"打我几下吧！"但是，这一切不能感动她丝毫，甚至于连打也不屑打他："休想我指甲儿汤着你皮肉！"韩辅臣说要跪到明天，她讥讽了他一顿，拂袖而去。——就随他跪到明天也不起来。韩辅臣刺伤了她的心，她就采取这么一种断然的决裂态度，没有丝毫挽回的余地。《金线池》一场，其实也是她这种态度的继续发展。她禁止姐妹们在宴席上说"韩辅臣"三字，否则罚酒！最后，她在醉中发现扶着她的是韩辅臣，竟摔开了他，要"你且把这不志诚的心肠与我慢慢等！"杜蕊娘的犄角，现在如此锋利地刺着韩辅臣，这是可以理解的。因为，她好不容易才在第十一次上和母亲彻底闹翻了，搞得母亲没有法子了，谁料想她为之斗争的，却是一个薄幸人！

在这里，我们可以进一步看清她身上的锋芒了。她越是对辅臣冷若冰霜，便越显出她的不可侵犯。她越是锋芒毕露，她和韩辅臣（其实是真心爱她的人）的距离也就越来越远。当你既喜欢她身上的锋芒，又因为她身上的锋芒造成她与韩辅臣之间的隔阂，因而为她着急时，那么，关汉卿描写的这位姑娘身上的锋芒就起了很大作用：为了她的不好惹，不由得不使人痛恨她的母亲了。

最后，在石府尹当堂"列杖擎鞭"的威胁下，杜蕊娘终于"不免揣着羞脸儿"，去哀告韩辅臣代她求免。从杜蕊娘的性格来说，她既不怕母亲敲断筋儿，不见得就会怕石府尹的大棒子的。但是，决不能忽视，这个带有锋芒的人物形象，在此以前已经是完成了；而且，这毕竟是府尹大施官威在压伏一个身份微贱的妓女，可见官势害怕人。同时，更重要的是：作为一个观众来说，看这个戏时，是决不会要求杜蕊娘倔强到底的。因为，观众看得很清楚，韩辅臣其实是毫无二心地爱着她的。她如果倔强到底，那么，胜利的将是造谣中伤的她母亲，而不是韩辅臣和她的爱情。再就杜蕊娘自己来说，她除了恨韩辅臣"心不志诚"以外，即使在金线池旁提出酒令以后，也还是自然地流露出她内心的秘密——委实是对韩辅臣不能忘情的。因此，她请韩辅臣说情，也并不是违反情理的事情。何况在请求韩辅臣的过程中，这位聪明人早已明眼瞧破，石府尹的滥施权力其实是辅臣和他串通的结果，韩辅臣其实是爱她的。——所以她这样埋怨韩辅臣："今日个纸褙子又将咱欺骗！受了你万千作贱，那些儿体面，呀，谁似您浪短命随机应变！"

看起来，《金线池》是一本风情剧或喜剧。采用下跪等卑下行为的韩辅臣，真心爱蕊娘，但却碰了一鼻子灰；在最后，蕊娘以为失误官身，要遭刑宪，不料却走上和辅臣团圆的道路。不过如果细细的考察一下，那决不会把它看作为仅仅是描写儿女风情的一部喜剧。关汉卿告诉我们：隐藏在这部喜剧的背后的，那是一个黑暗残酷的社会！在这反常的环境中，像杜蕊娘这样坚决要求过正常生活的女性，她受了多少回阻折！她积有多么沉重的苦闷！为了达到她的目的，终于越来越学得厉害起来，以便对付像她母亲那样厉害的人。

现在，让我们进入窦娥的生活的世界里去。

蔡婆是放高利贷的。但其实，蔡婆并不是个生来苛刻成性的人。你看她喜爱窦娥，情愿将四十两本利丢了不要，认窦天章为亲家。就证明她并不是瞧不起穷人的，至少，她比《绯衣梦》的王员外要好得多；再看她折了本利还不算，还要再送十两银子给亲家上京赴考做盘缠，足见其慷慨；她把窦娥——这个用五十两银子换来的童养媳，当作亲女儿一般看待，足见其慈祥；这一切都说明她本是个善良之辈。可是，这个心地善良——甚至大有怜悯穷人之心的慷慨、慈祥的老婆婆，却在放着一年对本对利的高利贷！这在我们看来是不可解的，然而在蔡婆看来，却是理所应当的。要是她生活在一个视高利贷为不义的社会中，那么，这位善良的老妇是决不至于放高利贷的；正由于她生活的环境中把一年对本对利的高利贷视作为天经地义的行为，于是，这位善良人才心安理得地化了五十两银子买了个童养媳。

一年对本对利的高利贷，当然是凶狠的；可是，在窦娥生活的世界里。一个非常善良的人，就在不自觉的做着最凶狠的事！

　　就经济地位来说，赛卢医是个被高利贷剥削的人，原也是个可怜人。后来，他也因自己做过坏事而忏悔了，张驴儿要毒药时，他原是不肯的，可见他还未完全泯灭人性；可是，张驴儿一威胁，他便连声说"有药，有药"，可见这又是个经不起风浪的软弱无能者。可是，这么一个可怜虫，在这里却胆敢勒死蔡婆！由此可见，在窦娥生活的周围，即使一个无能无用之人，也竟会做着世界上最凶狠的事！赛卢医骂张驴儿："谁敢合毒药与你，这厮好大胆也！"——可证他原非"大胆"之辈；可是，他现在如果不"大胆"，那么他就无法活下去！他要活下去，那他就必须帮着杀人！

　　张驴儿父子当然是两个泼皮、无赖。可是，这两个人也生活在他们自己的生活逻辑中。如果这是一对从娘胎里出来就带着凶恶习性的父子，那么，在赛卢医要勒死蔡婆之际，张驴儿也不必由后台"冲上"来救人。这对父子至少还不是"见死不救"的人。可是，救了人，他们立刻就要讲价钱：驴儿告诉父亲，"不若你要这婆婆，我要他媳妇儿。何等两便！"（多么奇特！儿子居然给老子说亲！——生活于"礼义之邦"的人们，是说不出口的。）蔡婆不肯，很干脆，"赛卢医的绳子还在，我仍勒死了你罢！"——换句话说，救人——这件很崇高的事，对于张驴儿来说，是和世界上最无耻的事水乳交融，结合在一起的。在张驴儿看来，救人性命正是取得"两便"——最理想的报酬的一件生意。如果做了一件救人义举而取不到报酬时，那宁可不做，仍然勒死她！

　　张驴儿的确是横暴、凶恶、无耻的。但他的横暴凶恶多半是由于他生活的那个社会，可以让他横行霸道，随心所欲的结果。他欺侮人，是由于对方软弱可欺。试想，如果在郊外被赛卢医勒着脖子的不是蔡婆而是杜蕊娘，那么，当着张驴儿的面，她岂不要捆他两个耳光，宁死无怨！问题就在于蔡婆的软弱。她把父子俩接到家里来，当时即被窦娥骂了一顿，何况在家就不必再怕被勒死了吧，可是，她还要"拚的好酒好饭，养你爷儿俩在家"。——这才是迎虎入门，必贻后患！再看赛卢医。他已下定决心"灭罪修因"，如果他对张驴儿严词拒绝——甚至声张起来，那么，张驴儿的奸计也必未得逞。可是，这位已经悔过的人却仍然经不住恐吓，做他本心不愿意做的事。张驴儿遇到的就是这么软弱无用可以欺侮的人，于是，他才会越来越无法无天，横行霸道起来。你看，他初进家门时，嘻皮笑脸地要拉着窦娥拜堂，被窦娥一推，跌了一交，他也只好无可奈何。——钉子虽锋利，但碰到铁板上却只好缩回去。对方软弱，他就声势汹汹，咄咄逼人；对方强硬，他却只能到暗地里施展阴谋狠毒的鬼计了。当然，张驴儿的凶恶与阴险，完全是建筑在他的贪婪上面的，他要取得救人的报酬，他要占有像窦娥这般美丽的女人，他要人财两得，因此，他才无所不为。在我们看来，这真是无赖已极！可是，在张驴儿看来，这是理之当然。你瞧他活该被推了一交以后，还骂窦娥“这小妮子生得十分惫赖”呢！明明是他自己惫赖，然而他却要骂别人惫赖！这种反常的人生哲学的形成，在张驴儿来说，应当是他在救蔡婆以前，曾经向很多软弱得象蔡婆一样的人要过一连串无赖而没有受到任何教训的结果。

在这里，不由人提出这样的问题：难道这个社会没有“王法”么？为什么竟容许这样无赖的父子存在呢？关汉卿给我们作了一针见血的回答：统治楚州的不是别人，而是“但来告状的，就是我衣食父母”，就会朝着告状人下跪的桃杌太守！就是以刑杖来审理一切案件的桃杌太守！在这么一位见钱眼开、糊涂横暴的“执法官”统治之下，高利贷必然成为合法是意料中事，而泼皮无赖可以胆大包天，横行无阻，以及是非不分，善良百姓只好自认悔气，忍受一切痛苦与磨难，更是意料中事。

在《窦娥冤》里，我们看到的不是孤立的一笔高利贷，孤立的一对泼皮父子，在高利贷、泼皮、昏官背后，是一幅广阔无边的横暴贪婪、暗无天日的中世纪社会生活图景。

窦娥就生活在这里。

比起关汉卿笔下的其他女性来，窦娥身上的“温柔敦厚”本来还要多一些。这位出身于书香人家的童养媳，在做了寡妇以后，虽然“气性儿最不好惹的”，但也不过有些空闺自守，孤单寂寞之感罢了。不过是“情怀冗冗，心绪悠悠”而已。

> 莫不是前世里烧香不到头？今也波生招祸尤。劝今人早将来世修。我将这婆侍养，我将这服孝守，我言词须应口。

很显然，这是一位禀性驯良厚道的小寡妇。她除了守守寡，侍奉侍奉婆婆，自己修修来世，过着一种安分守己的生活以外，很难设想，她对生活还有些什么别的企求。人不犯她，她决不会去侵犯别人。

可是，这么一位善良安分、温柔敦厚的女性，在横暴贪婪的逼迫下，却成为世界上最粗野、泼辣——使人可爱的那种粗野、泼辣的人。

窦娥性格的开始发展，是在她婆婆回家以后。——婆婆吞吞吐吐告诉她刚才的遭遇。起先还只是说"那张老汉就要我招他为丈夫"。——救了她，就要她做老婆。窦娥应当意识到婆婆这回遇到的定不是个正派之人。把这么一个陌生老汉迎到家里来做公公，也未免太不好了。何况，六十多岁的老妇人做新娘，不会闹笑话吗？总之，即使按照这些处世为人的最低标准衡量一下，这件事也是万万不可的。窦娥听了婆婆的话，最初就不像一个软弱的小寡妇似的，跟着婆婆一起烦恼，恐惧，哭泣，她劈头一句的回答就是"这个怕不中么！"原因就在于这是个正常的人，有理智的人，而不像她婆婆那样老糊涂，当然更不像张家父子那样的反常，所以她一开口就反对了。

但是，婆婆申诉了自己不得已的苦衷后，接着就告诉她："连你也许了他儿也。"这句话对于窦娥——这个心理状态正常的人来说，应当是一件大笑话！而且，不问情由，把要守寡的自己也许嫁给毫不相识的，想来必非善良之辈的张驴儿，更是有关一生幸福和名誉的事。于是，在这里，一个安分的女性，为了坚持自己的正常生活道路，在她婆婆"顾不得别人笑话"，定要让张家父子进门时，——在这个反常的环境中，开始露出她的锋芒了：

> 我替你倒细细愁。愁则愁兴阑珊咽不下交欢酒，愁则愁眼昏腾腾扭不上同心扣，愁则愁意朦胧睡不稳芙蓉褥！

这里，她没有一句"绕弯儿"的话，她不管婆婆是不是受得了，反正，她觉得六十岁的老婆婆再次洞房花烛是可笑的，反常的，就直率地把这可笑的反常情况，形象地道了出来。虽然她没有正面告诉婆婆说，不该将她自己也许给张驴儿，但是，这些辛辣的嘲笑中，无疑是她认为婆婆"不该"和她自己的"不愿"心情的总迸发。

"我那媳妇儿气性最不好惹的"。——蔡婆的话应当是她和窦娥生活多年的经验之谈。这位不好惹的媳妇，当张驴儿兴高采烈来拉她拜堂时，她不仅不理，反而一交推得他在地上打筋斗，就成为势所必然的行动了。

在这里，需要看一下窦娥身上的贞节观念，窦娥不是为了维系三纲五常，为了保卫"妇道"的目的才贞节起来的。"没的贞心儿自守"——嫁了人的话，那是"连我也累做不清不洁的"，"枉教人笑破口"；如果不贞节，那么，周围的人是会对她笑破口的！（她不是生活在一个孤岛上的人，而是生活在贞节观念很浓厚的一个社会中的人啊！）所以她才劝婆婆"我这寡妇人家，凡事也要避些嫌疑"，不避嫌疑，那是会受舆论非难的。

摆在窦娥面前的是两条路：一条是不贞节——答允嫁驴儿，可是，这条路却会使她蒙耻终身。一条是贞节的道路，可是，张驴儿决不肯让她走这条路。她选择后一条道路，证明她是个生活于贞节观念十分浓厚的社会中的一个识廉耻的人物。然而，选择后一条道路，她一定会遭受横暴贪婪的社会折磨！"兀的不是俺没丈夫的妇女下场头！"这正是横暴贪婪社会中寡妇孤儿的深长沉重的叹息！贞节自是堵绝窦娥走前一条道路的一重樊篱；但是在这里，对方是个泼皮，即使没有贞节观念——封建道德的寡妇，恐怕也不见得会有人心甘情愿嫁他的。

窦娥，这个性气不好惹的青年寡妇决不肯嫁张驴儿，这是必然的。但是，这对于"美妇人我见过万千向外"的张驴儿来说，他横行半世，所遇无阻，如今却碰在石头上，自然是不肯甘休了。这不仅是蔡婆之财与窦娥之色使他垂涎的问题，而且更包括着张驴儿这位"帽儿光光"，"袖儿窄窄"的人的面子问题。这样，冲突自然是不可避免，而是越来越尖锐了。

张驴儿出乎预料，药死了自己的老子，他顺水推舟，将计就计，要窦娥喊他声"亲亲的丈夫"。（药死了老子，却赶紧乘机打算娶媳妇，这又是多么奇特的，反常的现象！）在张驴儿看来，这事是十拿九稳的了。如果你不喊丈夫，那就反咬一口，说你药死我老子，见官去！——这是用衙门的声势以及生和死来威吓她！一个普通的寡妇，谁能经得起这样的吓唬呢？然而，这是出乎张驴儿意外的回答："我又不曾药死你老子，情愿和你见官去！"——反正自己没有做过亏心事，见官有什么可怕的，去就去吧。一直见了桃杌太守，她老老实实地陈叙了经过，最后，她强硬地说："不是（意为：并非）姜讼庭上胡支付，大人也，却教我平白地说甚的！"总之，对于窦娥来说，一是一，二是二，黑是黑，白是白，不是她做，就不是她做，决没有含糊；但是，她与众更不同的地方是在于：她不仅仅是申辩，坚持而已，而且是反过来责难："却教我平白地说甚的！"——她坚持事实和真理，以至于刑杖的威胁，只能引起她的反感和责问。从带着锋芒的语言中可见她性子是多么犟了。直到被打得"才苏醒，又昏迷，捱千般打拷，万种凌逼，一杖下，一道血，一层皮"的地步，她还是喊冤枉，她还是不失她的锋芒，有力地反问"则我这小妇人毒药来从何处也？"这使得横暴糊突，认为"人是贱虫，不打不招"的桃杌太守也无可奈何，只得放下她去逼招蔡婆。

可是，除非她立刻喊张驴儿为亲丈夫——做出这无耻之事；除非她忍见婆婆也"一杖下，一道血，一层皮"地惨死——袖手旁观世界上最残忍之事；那么，这个横暴贪婪社会规定给这位善良的、具有人性的妇人的唯一道路，只能屈招画供，等候处决！摆在正常的人面前的，是一个反常的社会！在这里要坚持做正常的人，那就只有一条路：死！

窦娥急忙拦住公差，不让打婆婆，而自愿招承认罪，这无异是那个横暴贪婪的黑暗社会中的一轮皎洁的明月。自私，是一切横暴贪婪的基础，然而，她生长在这个自私的社会中，却出于污泥而不染，从拦住公差的一刹那直到绑赴法场之际，她丝毫没有想到从这里取得任何报偿，她不是殉财的贪夫，也不是殉名的烈士，她心中只有一个念头："婆婆也，我若是不死，如何救得你！"牺牲自己，就是为了救别人性命。她是妇人，然而却完全具备壮士的气概，这样的人，如果邻家失火，她一定会跳到火中去抱出婴孩；如果见孩童失足落井，她一定会毫不思索地跳下井去救人。但是，她这样做并不希望得到什么。窦娥的自我牺牲，和张驴儿救人必欲得到最好的报酬，在全剧中正是一个尖锐无比的对照！窦娥的光辉性格、正是对横暴贪婪社会的无情嘲笑！

不过，窦娥如果仅仅是个光辉的自我牺牲者，那么，《窦娥冤》这个演到窦娥画供以后，基本上也可以告一个段落了。戏演到这里还只是演了一半，没有完，其根据就在于窦娥是一个"不好惹"的，长着锋芒的，原是个正直不屈的女人。

画供这件事，对于窦娥来说，原来是杀了她的头也不干的。可是，现在她为了不愿见无辜的婆婆惨死杖下，她画了供。这位本来没有杀人，被张驴儿欺凌，痛恨张驴儿的倔强女性，在"没来由犯王法，不提防遭刑宪"的情况下，满腹冤屈和牢骚，"怎不将天地生埋怨！"自然是意料中的事了。

〔滚绣球〕有日月朝暮悬，有鬼神掌着生死权，天地也只合把清浊分辨，可是怎生糊突了盗跖、颜渊！为善的受贫穷更命短，造恶的享富贵又寿延；天地也做得个怕硬欺软，却元来也这般顺水推船！地也，你不分好歹何为地！天也，你错勘贤愚枉做天！哎，只落得两泪涟涟！

这是一节著名的唱词，是在彻底否定封建阶级代表人物桃杌太守统治的基础上，进一步把日月、鬼神、天地（在封建观念中，这些原本是世界上最公正最无私的事物）也一齐都加以咒骂，加以否定了！在这里，从对横暴贪婪社会所发出的最猛烈、最尖锐的抗议中，一位大胆、不好惹的女性形象，一位不屈服的女性形象，浮在我们面前了。一个本来非常温良的妇女，现在却发出如此

"粗野"、"泼辣",震动人心的怒吼!这其间的原因很清楚。泼皮、无赖、官威、刑杖……一切横暴贪婪的压力,就像孩子玩的"竹水枪"塞子,在一头拼命的压,使劲的压,竹筒中的水,不会被压成冰或气体,却因压力愈大,愈是有力地破筒飞射而出,以至于会给泥墙打穿窟窿。

元曲的文章是"自然"的。以〔滚绣球〕来说,这段悲愤激越之词,使人感到如此自然,如此朴素而有力。原因就在于作者掌握了这位不好惹的女人蒙冤不白时的真实感情。如果这位蒙冤者是个自认晦气的人,她此时只可能悲啼;如果她只是个悲天悯人的自愿受苦者,此时也不过是以沉默来代替抗议;正由于窦娥是个不好惹的犟性子,于是,这里不仅是愤怒地抗议,而且是咒骂尽世界上的一切!否定了世界上一切!

正因为环境的压力,压得她——这个正直、顽强的性格到达爆炸的程度,所以她在临刑前还要发三誓(血飞白练、亢旱三年、六月飞雪)来证明白己确定蒙冤。"一腔怨气喷如火,定要感的六出冰花滚似绵!"——反过来,如果她的怨气不是"喷如火",那她根本就不会发下三誓!她要救别人,那只有负屈衔冤;但是,这又是个平时连毫毛也不让触犯一下的人,是个一是一、二是二的人,现在要她负屈含冤,斩下头来,这就无怪乎她有冲天冤气,甚至冲得六月晴天降下瑞雪三尺了!

前些年,有人说"六月雪"是迷信。从上面的情况来看,这场大雪丝毫没有表现窦娥屈服于环境,屈服于命运;恰恰相反,这是窦蛾突破了命运的表现。横暴贪婪的社会规定了她:要救别人,那她只有自认晦气,承认杀了张驴儿的父亲,顶罪而死。可是,她却以六月下雪来证实了自己确是负屈衔冤。六月雪其实是进一步形象地证明,窦娥生活的是个横暴贪婪、不分贤愚、暗无天日的社会。这是一个表达了被压迫者心情的奇妙、大胆的创造!

一直到成为鬼魂见她做官回来的父亲时,窦娥的犟性子依然是宛如生前。窦天章说有鬼,想凭着朝廷钦差的宝剑来恐吓她。她却尖锐地说她父亲:"哎!你个窦天章直恁的威风大!"她诉述了事情的经过,心情还是那么激动:"则我这冤枉要忍耐如何忍耐!"她已成为鬼魂,但她还要到公堂上来对案;她的牢骚和怨恨直到最后都没有平息:"呀,这的是衙门从古向南开,就中无个不冤哉!"——她不仅骂桃杌太守,骂天地,在死后还连古带今都一起加以痛骂。

《窦娥冤》的第四折,较一般公案戏——甚至是关汉卿其他的公案戏,有一个显著的不同,这里的清官了案,完全是在死后犹不失其锋芒的,犹带着一股强烈的不平之气的窦娥的主动之下促成的。

关汉卿对封建制度下横暴、贪婪、无耻的反常生活的攻击，如果不通过窦娥这样一朵带刺的野玫瑰的成长过程，那是无法描写得如此淋漓尽致的；如果没有像窦娥这么一个死后犹犟的顽强性格，在反常生活统治下的人，要获得胜利，那就是很难设想的事了。

在《诈妮子调风月》中，另一具有自己特色的带刺的野玫瑰图展现在我们面前。这里为了便于申述我对这个科白不全的剧本内容的理解，有必要先作如下几点说明：一、这个剧本是以已经定居在中原的女真人的生活为题材的①；二、男主角小千户是燕燕主人家的来客。他的名字不叫六儿②，所以下文只称他为小千户；三、小千户在郊外遇到的那个女子，即是后来他所要娶的女子，姑喊她为莺莺；四、小千户答允燕燕做他的"小夫人"（第一折）或"第二个夫人"，意思并不是答允燕燕做他的妾，而是答允她续弦为妻③。

由于现存剧本科白断烂不全，加上方言土语很多，要想全面解释它是不可能的。这里，我们不能够跟前文一样，通过和燕燕生活在一起的人物，来考察当时社会的面貌；而只能通过燕燕这个人物的四套唱词和若干简明的科白，来看一个大概。

"半世为人，不曾教夫人心困"；同时从小千户初见她时，一下要她端脸水，一下要地端手巾，一下又要她给解扣子，而燕燕都件件使他称心来看，她是会服侍人的。她虽然忙得满头大汗有点牢骚，但毕竟还是好好地把事情做了，毕竟还不失为一个温良伶俐得人欢心的人。因此，她才会成为老阿者——一位做官的女真人家中一位得意的大丫头或贴身丫头。很得主母信任。小千户来了，主母说"别个不中"，所以才派她去服侍来客。

这个大丫头有一套在我们今天人看来是反常的心理。她不愿意嫁人："虽是搽胭粉，只争不裹头巾。"④原因是她必然见过很多妇女因为所适非人，"不分晓便似包着一肚皮干牛粪"，——胀得要死，说不出口。后来，当她将要倒向小千户怀抱中去时，她担扰的是对方"不志诚"；换句话说，弃旧恋新，男人负心是习见不鲜的。社会把这位气性很高的姑娘教育得很聪明。"知人无意，及早抽身"，她不去苦苦找寻男人；她害怕"脚踏虚地难安稳"，于是乎学得有些"没是哏"，有些"村"⑤，"冰清玉洁难侵近。"反过来，她不仅自己立意不嫁人，而且还尖刻地讥笑别人随便嫁人"……笑别人容易婚，打取一个好啼喷！"虽然，她也尝受到没有爱人"担寂寞，受孤闷"的滋味，可是，她害怕一旦脚踩虚地"真说得交（教）大半人评论，那时节旋洗垢不盘根。"——用力洗也洗不尽羞耻了。从这些地方看，燕燕又是一个满机灵、调皮、聪明的姑娘。

可是，现在主母家来了个小千户；而且，主母派她去服侍这位小千户。小千户不但有政治社会地位，而且长得挺漂亮，外名唤做"磨合罗小舍人"。

如果这位像用"官定粉"捏成的美少年，是个至诚君子，那就没有这一本戏。问题是出在：小千户是个对美色贪婪无厌的人。他一见了燕燕，便百般地挑逗她，引诱她，大约是从问燕燕知不知道他的名字、家门开始的。接着，据燕燕的唱词，便是：

> 等不得水温，一声要面盆；恰递面盆，一声要手巾；却热与手巾，一声解纽门。使得人无淹润，百般支分。

——从拿脸水手巾，一直要她解衣服！大约是找不到话题可说，于是，他看看书房，忽然又问燕燕房中铺设如何，（所以，燕燕回答："量姊妹房里有甚好！"）又说这个书房很好。——反正，他要找出话来缠住燕燕不走。最后，他终于直截了当地向燕燕求爱。

可惜没有详细的科白遗留下来。但是，他的狂热而又温柔的追求，却把原来心如止水的燕燕挑动了，甚至于使她感到"若脱过这好郎君，教人道眼底无珍一世贫！"从第三折燕燕所说"咱再对星月赌一个誓"的口气，以及从不愿嫁人的燕燕终于允诺小千户的要求来看，小千户当时一定是非常志诚地向燕燕赌过誓的。他答允燕燕"过今春，先教我不系腰裙"，许下给她"包髻团衫绸手巾"，愿意不顾身份续娶她为小夫人。应当说，小千户不失为当时世界上最有本领的一种人。他的本领之高，诚如我们家乡的一句俗话：能骗水鬼上岸。他能够把一位很有阅历懂得世故人情、深怕男人"不志诚"要负心、因而决心不嫁人、并且还嘲笑别人随便嫁人的姑娘，哄骗到他怀里，使得这位姑娘一往情深，要"把那并枕睡的日头儿再定轮"。从这里可以看出来，他最初在燕燕面前，一定是个燕燕从未见过的志诚君子。但是，曾几何时，这位志诚君子，在郊外游春时，遇到一个美丽的姑娘——莺莺，他不但爱上了她，而且一定又是表现得非常志诚的样子，于是，这才当场获得了她的爱情，获得了她的手帕。姑娘们要求他志诚；小千户也确乎志诚，不过是对每个美丽的姑娘都很志诚罢了。因此，我们对他"说的温良俭恭行忠信"，他每次所表现出来的出乎寻常的志诚样儿，都只能看作为一种现象，而不是他的本质。他的本质只能是这样：以无所不用其极的志诚态度，来满足他对女色的无限贪婪欲望。

在这里，我们不打算用更多的笔墨来叙述燕燕——这位自由自在如游鱼一样的姑娘，怎样被钓上钩的过程。但是，有必要指出：小千户赌誓许她解下腰裙，披上"包髻团衫绸手巾"，要让她做第二个夫人。这对于燕燕来说，不止是小千户对自己志诚的表现，而且，这件事情实现了，那么，她可以不再为奴婢，而可以成为"良"人了。（如所周知，女真统治者都是拥有大批奴婢的。奴婢从良在当时不是一件容易的事！）"我为那包髻、白身"——爱情和从良的愿望，是她委身于这位志诚的小千户的根本原因。

正因为她有很深的阅历，她嘲笑过"别人容易婚"，正因为她要求爱情和从良，所以，当"调让了"之后，她要非常慎重地对小千户说：

许下我的休忘了。

而且，当她走出小千户的书房门时，还要：

忽地却掀帘，兜地回头问。……你可休言而无信！

表现了她对小千户是寄托着无限期望，又抱着三分不放心的，因此，不但在定情之后，一再要小千户别忘了允诺，而且，在寒食节这一天，她不敢和邻姬们贪玩，逃席回来，原因是："今年个不敢来迟，有一个未拿着性儿女婿。"——这句话的反面意思是：早一点逃席回来，要拿她女婿的性儿。于是，我们不仅看到这个姑娘做事扎实、精细和谨慎，而且，还可以看出她想管束丈夫的跃然心理，于是，我们隐约地看到了她身上不好惹的锋芒。可以想象：她如果对小千户不仔细，如果不厉害一些，那么，不仅是爱情和从良的愿望要落空，而且，往常拍着双手格格地嘲笑别人的人，反要被别人嘲笑了。——这对她是比入油锅还难受的事情啊！

精细、厉害、带着锋芒……燕燕性格的背后，站着一个男人负心——对女色贪婪无厌的人欲横流的社会。生活教育了她做事必须精细，对男人必须利害，否则，那真要"脚踏虚地难安稳"了。

这就是燕燕见着从郊外回来的小千户时，一定要入木三分般地察言观色，要搜查他身上的充分根据。终于，她发现了手帕！发现了自己不轻易委身于他的志诚君子竟是一位不志诚的人！发现了自己竟做了自己要嘲笑别人的事！此情此景，很像一位至诚吃素的瞎眼老婆婆，忽然发现孝心的媳妇每餐供养她的竟是肉馒头！也像一位算命瞎子，在过独木桥前给自己算了命，过桥时手脚并用，步步小心，战战兢兢，惟恐掉下河去，但结果偏偏踩着了一段朽木，崩的一声掉下河去！……如果落入燕燕同样的境遇中，有人会大哭一顿，有人会自怨命苦，前世不修，有人会气得两眼发青，甚至上吊，有人会尽最大努力争取对方回心转意……然而燕燕却完全不是这样。"我敢捽碎这盒子玳瑁纳子！"——这大约也是莺莺送给小千户的礼物。她要将莺莺的手帕——小千户视之如宝贝一样的西，"剪了靴楦，染了鞋面"，"做铺持"——将它当做叠鞋底的破布，还算是"一万分好待你！"她说：看你（小千户）这样的"刀子根底"，她要把手帕儿"割得来粉合麻碎！""手帕"夺去了她的爱情，她就要将它割得粉碎！小千户对她不志诚，她立刻要求"天果报无差移"，让"十王地藏"来惩治他！——小千户至此也可以领教她的厉害了！

但是，她是个奴婢，是老阿者派来服侍小千户的，她无法和小千户一刀两断："他若不在俺宅司内。便大家南北，各自东西！"她决定"明日索一般供他衣袂穿，一般送与他茶饭吃"，这些都是她再不愿意做的事，然而，为奴作婢的人，没有人身自由的人，还是不能不做她实在不情愿做的事的。

一方面发现她往常打一千个喷嚏嘲笑的人，恰是今天的自己；一方面，她所深痛恶绝的小千户，却是她主母命她服侍的人；但是，可悲的还不止于此，可悲的还是在于落入这个不幸的境遇中以后，环境规定她无法向任何人控诉。（众所周知，一个受了气的人，能找到一个人诉诉苦，是会减轻精神负担的。）因为她嘲笑过姐妹们，所以她没脸皮向姐妹们控诉，因为她是这份人家的奴婢，而不是女儿，所以她找不到母亲控诉。她现在端的是"包着一肚皮干牛粪"了，气得要胀死，然而不能向任何人说出来。于是，她只是对自己控诉，进而骂自己了：

〔耍孩儿二煞〕出门来一脚高一脚低，自不觉鞋底儿着田地，痛怜心除他外谁根前说！气夯破肚别人行怎又不敢提！……

〔尾〕呆敲才呆敲才休怨天，死贱人死贱人自骂你！本待要皂腰裙，刚待要蓝包髻，则的是折桂高攀落得的！

第三折——燕燕在灯下对着飞蛾独叹："……见一个耍蛾儿往向烈焰上飞腾，正撞着银灯，拦头送了性命。咱两个堪为比并，我为那包髻白身，你为这灯火清！……"这一段刻画得淋漓尽致的著名唱词，其实就是燕燕上述心情进一步发展的结果。可以想象，怀着这种心情的人，她此刻如在洗衣服，她会痛骂河边的老渔翁用香饵钓鱼；她此刻对着黄叶，她会痛骂秋风将它吹下树干来；她此刻对着飘动着的白云，她会骂苍天何不给它归宿；……她此刻对着灯，对着灯上的飞蛾，于是，她就将自己的命运和灯蛾联系起来。"引了咱两个魂灵，都是这一点虚名！"

戏演到这里之所以没有完，而且推向到另一个高潮中去，基础就在于这个婢女性格中的倔强和气高。

小千户"降尊临卑"来到燕燕房里。"贵脚踏于贱地"，这是一件不容易的事，如果不是燕燕而是别人，只要是心肠稍稍软一些，不会不被小千户的再一次志诚所感动的。然而燕燕怎样呢？"你要我饶你，咱（出门去）再对星月赌一个誓。"（向女人赌誓，这恐怕是小千户最惯用的拿手杰作，在别人看来是最慎重而在他做来却是最便当的一件事。赌誓，有什么为难呢？赌个誓，眼前的丫头就是自己的了。——小千户应该是这样想的。于是，走出房门。不料，这一回誓没有赌就不灵验了。）燕燕当时赚他出房门后，"呼的关上笼房门，铺的吹灭残灯"，怎样叫也叫不开了。给他吃了一顿闭门羹！她之所以这样坚决，那是可以理解的。她是个嘲笑过别人随便嫁人的调皮姑娘，她追求的是个志诚君子；她现在已经认识了小千户的真面目，那么，对小千户的再一次诚意，只好加以拒绝。何况，小千户爱上的是一位小姐，而自己是一个丫头，小千户是决不会丢了美丽的小姐而专爱一个丫头的，他的发誓是再也不能相信的了。

这个丫头的行动，当然会触怒小千户（剧本注明：〔末怒云了，下〕，很值得注意）。作为老阿者的贵宾的小千户，当然有法子来惩治她——拿颜色给这个不驯服的丫头瞧瞧。

大约是小千户向老阿者说明自己要娶莺莺，又怕对方不肯，所以需要"假名托姓"找个"能言快语"的媒人前去；小千户在言语中，暗示老阿者，燕燕可以去得。于是，老阿者把燕燕唤来，燕燕先说"不会，去不得。"接唱〔小桃红〕后，又说"燕燕不去"。接着剧本只写着〔末云〕〔夫人怒云了〕。燕燕接着唱〔调笑令〕：

> 这厮短命没前程，做得个轻人还自轻。横死口里栽排定！老夫人随邪水性。道我能言快语说合成；我说波娘七代先灵！

从词意推测，非常显然，燕燕不愿去说媒，而小千户却在旁边撺掇"随邪水性"的老阿者，说她能言快语，非她去说亲不可。是老阿者听了他的话，一定要燕燕去；燕燕不去，老阿者就发怒了。

《调风月》中的社会，其实也是个横暴贪婪的反常社会。关于贪婪，我们已经谈了不少。(小千户对女色，以及对送得起一盒子玳瑁纳子的莺莺小姐家的财富，等等。) 至于横暴，行文至此，大家也都可以了然了。

为了惩治燕燕，吃了一顿闭门羹的小千户一怒之余，竟然定要这位曾被他爱过的姑娘去为他做媒说亲！——手段的狠和辣，不顾别人是否伤心，竟到达这样难以使人想象的地步！

以燕燕的性格和感情来说，她无论如何也是不会去给小千户说亲的。然而，她还是不能不去！在这里，我们同情万箭穿心的燕燕之余，非常形象的看见了封建家长可恶的权威！对待奴婢们惨无人道的暴虐与折磨。

但是，在这样严重的压力之下，燕燕在内心中并没有丝毫屈服。于是，物不得其平则鸣，她咒骂起一切来，甚至骂人家的祖宗七代，骂莺莺一提婚事便允诺是"不识羞伴等"；她甚至行动起来，要在暗中破了这门亲！破亲不成，被莺莺骂了一顿，她以牙还牙，暗中说莺莺必然"有一日孤孤零零，冷冷清清，咽咽哽哽，（我在这旁冷眼）觑着你个拖汉精！"

如果把燕燕的咒骂和愤恨，都解释成为女性的嫉妒，那是不够的。问题显然不是燕燕要从争风吃醋中争得小千户。问题是在于小千户的行为，使她陷于如此尴尬、痛苦、无以告人的境地中去，她有满腹苦楚和牢骚，不能不化为愤怒，不能不用行动来进行报复。

作为一个奴婢，她不能不继续奉命做着自己不愿做的事情。新娘子抬回家了，她要给新娘梳妆插带。这是多么难受的事情！而新娘却偏偏要问她漂亮不漂亮。于是，她在这里不能不用最尖刻的口吻来说：

> 姐姐骨甜肉净，堪描堪塑，生得肌肤似凝酥，从小里梅香嬷嬷抬举，问燕燕梳裹何如！（末句意为：你要问我干么！）

最后，正要拜堂时，大约是燕燕的做官的主人回来了，这位主人是很信阴阳八字的。他问媒人燕燕，小千户和莺莺结合，是否合过八字。在这里，这位满腹牢骚委屈的姑娘，再也忍耐不住了，她公开破口大骂起来，她说莺莺：

> 是个硬败家私铁扫帚，没些儿发旺夫家处。可使绝子嗣，妨公婆，克丈

夫。脸上肇泪屑无里数，今年见吊客临，丧门聚，反复阴阴，半截其馀。
（《挂玉钩》）

当着喜庆堂前，宾朋满座，当着主人、小千户和新娘的面前，一个丫头，居然如此"恶毒"地咒骂新娘的八字。于此，我们可以看出她——正像一只发怒了的刺猬一样，什么小千户的声势，全不在话下了，小千户加给她的痛苦和愤恨，这一下全都破口而出了。

事情的真相大白以后，主人命燕燕也嫁小千户。对于燕燕来说，她既不满小千户，又不满莺莺，这件事原来决不是她愿意的。可是，她不能不承受老阿者的压力。于是，她感到"教燕燕两下里没是处"——左右为难。想来，（因剧本不全，所以只好推测了。）老阿者的压力是十分强大的，所以她终于答允嫁给小千户。但是，对于这件已不是她所心甘情愿的婚姻。她还是有牢骚的：

　　……只合当作婢为奴，谢相公夫人抬举！怎敢做三妻两妇！只得和丈夫
　一处对舞，便是燕燕花生满路。

"只得和"是"不得已而为之"之词。剧本的科白虽缺，但从这里，却透露了燕燕不甘心的心情，透露了家长制对婢女的横暴和强大压力！——这应当是关汉卿不让燕燕出走私奔，却让燕燕带着满腹牢骚嫁小千户的主要目的。

在杜蕊娘生活的世界里，我们看到的是一位倔强可爱的女性在对横暴贪婪的社会进行反击；在《窦娥冤》里，我们看到的也是一个倔强的女性在对横暴贪婪的反常社会反击，不过，这种反击是更为泼辣、顽强、粗野，更为彻底；在这里，我们听到横暴贪婪社会中正常人的最强烈的怒吼；在《调风月》中，我们看到的也几乎是和《窦娥冤》中相仿的情况，同样是对反常社会的无所不至的咒骂和愤恨，但这里的主角却较为调皮、伶俐。当我们进入《救风尘》（或者是关汉卿的另一剧本《望江亭》）的世界时，我们会发现，这里虽然也是个横暴贪婪的世界，这个世界中虽然也生活着被横暴贪婪所折磨的女性，然而在这里，命运操在别人手中的女性，她们不仅是抗议和反击，而且是反过来操纵压迫者的命运了。

《救风尘》中，妓女宋引章的亲娘，我们很难看出她和杜蕊娘的母亲有什么本质的不同。它竟让亲生的女儿做妓女！女儿要嫁人，"只是老身谎彻稍虚，怎么便肯！"她和杜母不同，仅仅是杜母更加毒辣阴狠一些，女儿要嫁人，

她却暗中造谣破坏，而宋母则比较伪善一些，软弱一些，心里其实不愿女儿从良，而嘴里却甜丝丝地对女儿说："不是我百般板障，只怕你久后自家受苦。"当然，由于宋引章想嫁的是周舍，是个阔公子，不像韩辅臣那样穷酸；如果宋引章想嫁韩辅臣之流，宋母态度如何，这就很难说了。总之，这里的母女关系，和《金线池》剧中一样，都是缺少天性的，把亲女儿当作摇钱树的反常的关系。

在《金线池》中，杜蕊娘虽然骂狎客们矜爷害娘，但我们还没看到这些人的具体形象。《救风尘》的描写，却可以为杜蕊娘的话作注解。狎客，是像老爷一样不易侍候的："但来两三遭，不问那厮要钱，他便道这弟子敲镘儿呢！但见俺有些不伶俐，便说是女娘家要哄骗东西。"不问他要钱，他说你摆架子，你不睬他，他说你是没拿到钱的缘故。当然，归根结底，他还是要付钱的。可是，钱在他手里就跟馒头拿在一位小开手里逗着哈叭狗似的，要给，偏不给，逗得对方着急，他也就心满意足，哈哈大乐了。"你道这子弟情肠甜似蜜，但娶到他家里，多无半载周年相弃掷，早努牙突嘴，拳椎脚踢，打得你哭啼啼。"——到手了，腻烦了，玩厌了，他就看不顺眼了，女人在这批人心目中，那就跟哈叭狗在小开心目中一样，讨厌它，那就揍它一顿！即使打死了也不要紧："丈夫打杀老婆，不该偿命"，这是律有明文的。但是以上这些情况，都还是从人物口中叙述出来的。更形象具体地说明，那可以看一下周舍的作为。

周舍是一个有钱有势的公子哥儿，他对宋引章可够得上是情肠甜似蜜的。夏天睡觉给她打扇，冬天给她温被，活像《二十四孝图》中的大孝子。可是，一娶回去，立刻给她五十杀威棒！未娶时，他无异是人间最孝顺的儿子。娶了以后，立刻就变成连天上也找不出的恶煞凶神了。乍看起来，这现象很难理解，但是，看一看上述小开玩哈叭狗的情况，也可以思过半矣。女人，在周舍心目中，那是跟狗差不多的"动物"而已。

决不能把生活在这个非人社会中的宋引章解释成为一个过分的轻弱者。赵盼儿劝她，嫁人还早呢！她的回答是十分沉痛的："有什么早不早！今日也大姐，明日也大姐，出了一包儿脓。我嫁了，做一个张郎家妇李郎家妻，立个妇名，我做鬼也风流的。"她坚决要嫁人，显然是由于认识到自己是狎客们发泄兽欲的工具，她要求在这个反常的环境中过正常人的生活，找个丈夫。因此，她才不听母亲甚至坚决不听赵盼儿的劝，可见她不是那么软弱的人。宋引章丢了秀才安秀实，一定要嫁周舍，在她的思想上，也不是没有打算的。周舍对她太好了，既要嫁人，那有什么理由不嫁周舍呢？有些改编者硬要宋引章去热爱安秀实，其实这是违背这位想过安定生活的妓女的志愿的。嫁安秀实只好去打莲花落，有什么"妇名"可立的？（何况，安排她娘硬逼女儿嫁周舍，那是便宜了关汉卿最痛恨的人物——宋引章上周舍之当，正是关汉卿揭露周舍伪善，前恭后倨的绝妙笔墨！同时，从宋引章不听赵盼儿劝解，终于落入陷阱的事实中，更突出了赵盼儿的阅历和判判能力。）

"觅前程俏女娘"，宋引章其实是个反常生活的不满者，和合理生活的追求者。她的悲剧是在于知人不深，才上了大当。

赵盼儿是个有处世经验的大姑娘。在这一点上，她很像未遇小千户以前的燕燕。生活中的无数的事实，教育了她不愿嫁人。

> ……谁不待挑个称意的，他每都挑来挑去百千回。待嫁一个老实的，又怕尽世儿难成对；待嫁一个聪俊的，又怕半路里轻抛弃！……我想这先嫁的，还不曾过几日，早折的容也波仪瘦似鬼。只教你难分说，空告诉，难泪垂！我看了些觅前程俏女娘，见了些铁心肠男子辈，便一世孤眠值甚颓！

这位"几年来待嫁人的心事有"的姑娘，在环顾周围之后，除了感叹"寻前程觅下梢，恰便似黑海也似难寻觅"以外，她对自己的终身大事抱着静若泰山的态度。

但从她的为人来看，她不像燕燕那样尖刻，当眼见宋引章要上当之际，她不是打一千个嚏喷，格格大笑，而是费尽唇舌，苦口婆心去劝告。"也是你亲姐姐把衷肠话劝妹妹，我怕你受不过男儿气息！"在那个此刻不很耐烦听劝的小妹妹面前，她的语调是带着如此的爱怜和柔情。——她阅世甚深，而身上没有"世故"。对姊妹是赤诚的。同时，从她听了安秀实的话就来劝解宋引章，可以看出她是愿意成人好事的。这位笋条儿年纪的风流人物，原是这么一位温柔而又热忱的人。

赵盼儿的救宋引章，是为了同情和姊妹们的义气。她和宋引章本是"有忧呵同共忧，有愁呵一处愁"的好姊妹。她听说引章如今受了周舍的折磨，她反问自己："你做的个见死不救，可不羞杀桃园中杀白马宰乌牛！"——刘关张的故事，她是如此着迷。她此刻虽然怨引章当初不听话，但并不袖手旁观，而是决定去救她。这个微贱的人物身上，存在着古代被压迫人民身上的一种好品德:"义气"。

赵盼儿是个极顶聪明的人。但她的智慧不是天生的，而是火坑生活的惨痛总结。她能一眼瞧破周舍不是个好东西。那是由于她从丰富的阅历中得出了一条经验:"做子弟的做不的丈夫。"为什么呢?"但娶到家里,多无半载周年相弃掷。早努牙突嘴,拳椎脚踢,打得你哭啼啼。"盼儿应当看过很多同样的事,所以周舍的伪善滑不过她的慧眼。

要救宋引章出火坑,对于这位地位微贱的妓女来说,无异是一只蚂蚁想把一块木头拖上岸来。但是,被人玩弄过的生活,把她教育得很聪明,她摸透子弟们的心肠,知道周舍是个贪婪无厌的色鬼;她唯一的本钱只有自己的色相,这就决定了她对周舍采用先请君入瓮,然后自己来个金蝉脱壳的妙计。

周舍决不是个好惹的人,他辨识了站在面前的是破过他亲的赵盼儿,立刻要关门赶她出去。可是,这个不好惹的男人身上的弱点——贪财好色,却为一个不好惹的妓女看得清清楚楚。他经不住赵盼儿灌迷汤。盼儿说当初"怎知我嫉妒啊,特故里破亲",这句话应当是正中周舍下怀的,何况,赵盼儿还带着车辆鞍马衾房来寻他!于是,几句话,就把周舍——这个调皮的子弟说的着了迷。她安排好,让宋引章来骂一顿,目的是借故让周舍休了宋引章,骗得休书。然而周舍却又是很刁滑的,他怕弄得"尖担两头脱",逼着赵盼儿赌誓。但是,在赵盼儿来说,连自己的色相也牺牲了,何况赌誓呢!她赌了誓,还拿出结婚必需之物:十瓶酒、两只熟羊、一对大红罗。应当说,周舍此刻的目的倒不在羊、酒、红罗(一个贪财的人,在适当的场合也会大大慷慨一番的,所以他是主动地提出要买酒买羊来结婚);在他心目中,赵盼儿不但带了嫁妆来,而且还把婚礼准备得如此周到,这可真是诚心要嫁他的表现!这真是送到口边的一块肥肉!正因为他对赵盼儿深信不疑,他已有所"得",于是他才能有所"割",写下了休书交给赵盼儿。他以为赵盼儿真的自动来上钩,却不料他自己上了赵盼儿的圈套。

但是,周舍毕竟不是好惹的,他发觉事情不妙,立刻去赶上了赵盼儿姊妹,首先就企图夺回休书。他假说,休书上只四个指印,不能算数;赵盼儿展开假休书,他的横暴面目就暴露了:咬个粉碎。他仍要把两个女人带回去。他振振有词地说赵盼儿饮过他的酒,受过他的羊和红罗。然而,这些都不是他的,而是赵盼儿带来的,算不了数。就这样,这个非常不好惹的周公子,就不能不在事先早有安排的一个妓女面前碰了壁!

到这里,我们已可看出赵盼儿的机智了。她的料敌如神,运筹若定,使人想起《群英会》的孔明。但孔明能知曹操中了借刀之计,能够筑台借风,这是"超人"的,多少是作者的幻想;而盼儿的调摆周舍,一切都建筑在这位风尘人物所"可能做"的现实基础上。因为她有阅历有经验，所以做事胸有成竹，非常老练；因为她识透了对方，所以她从容不迫，十分镇定；正因为她清楚周舍的贪财好色，所以她以财色去"引诱"周舍时，就像老渔翁稳坐钩鱼台，无往而不利了。周舍平时玩哈叭狗一般地玩弄女人，现在却正如盼儿所说："鼻凹抹上一块砂糖"，"舔又舔不着，吃又吃不着"，玩弄别人如狗的人，现在反过来被别人玩弄了！

从她最后对周舍的挪揄备至来看，她在救宋引章的行动中，表现了她对"穿着几件虺娘皮（花衣服），人伦事晓得甚的"——像野兽、虫豸一样的子弟们的多少痛恨！当她最后回答周舍的责问，说她曾发过誓时，她说：

> 俺须是卖空虚，凭着那说来的言咒誓为活路。遍花街请到娼家女，那一个不对着明香宝烛，那一个不指着皇天后土，那一个不赌着鬼戮神诛！若信这咒盟言，早死的绝门户！

你们平时骂妓女水性杨花，不守誓言，我就是不守誓言！如今你的把柄拿在我手里，看你怎么办！这对于"一心淫滥无是处，要将人白赖取"的周舍，是多么热辣辣的挖苦！很显然，如果她不是对周舍们带着刻骨铭心的愤慨，决不可能快人快语，把最狡诈、最伪善——横暴贪婪社会的产物周舍，"整"得这样彻底，尽致，哑口无言的。

凭着自己的狡猾、伪善、强霸，自以为可以横行无阻的周舍，这一回可真是骑马一世，在驴背上跌了一交了。当他咬碎了休书时，自以为两个女人无论无何逃不出他的手掌的，"休书已毁了，你不服我去待怎么！"宋引章在一旁怕得要死，然而，赵盼儿却俏皮地、镇静地说："我特故抄与你个休书题目，我在眼前现放着（你的）亲模！"周舍来抢，盼儿说："便有九头牛也拽不出去！"——已被要弄得如浮大海的周舍，这一下以为扳倒一块木头了！可是，木头在他眼前一幌就飘走了！准备周密的赵盼儿，在这里是如此沉重地给周舍一个窝心拳！

一个原来温柔多情的姑娘，为了救出她的姊妹，为了发泄她对子弟们的愤恨，她此刻是成为一个以浑身锋芒刺向对方胸膛的勇士了。

很显然，没有身入虎口的赵盼儿之勇，救不出宋引章；没有万事安排就绪的赵盼儿之智，击败不了生活中最狡诈的敌人；没有不好惹的赵盼儿身上的锋芒，无法把周舍——反常社会中的这个怪物，刺得浑身鲜血淋漓！

无论跑进气性很高的杜蕊娘生活的济南府，或者是智取金牌的谭记儿生活的谭州府，或者是倔强到死的窦娥生活的楚州，以至于口齿伶俐，能说能行，碰不得一下的燕燕生活的女真人府中，……我们都会发现，生活在这个世界中的一部分人，丝毫不讲究人与人之间的正常关系，甚至于是最低限度的人性。

这里，不妨再大概看一下关汉卿的其它剧本的描写。

做尚书的父亲和死里逃生的女儿在客舍中久别重逢了，听说女儿和一个穷书生结婚，不但不加安慰，反而在大怒之下，叫女儿撇开了重病的丈夫，将她"横拖倒拽"上车，扬长回府！——封建制度的必然产物：家长的权威，竟然滥用到如此不通人情的地步（封建婚姻制度、门第制度、礼教观念，在这里都是附于家长之权力而行的。）——《拜月亭》

自己的老婆被强豪势要之人看上了，那只有自认晦气："妻出嫁，夫做媒"，没二话可说（《鲁斋郎》）。强豪势要之人骑马踏死无辜之人不犯罪，死者的儿子来报仇，却要抵命（《蝴蝶梦》）。——这应当是封建制度下的畸形现象：有钱有势者可以横行无阻，毫无顾忌；无钱无势的，软弱的人，只有活该倒霉！

贪财渔色，人欲横流，强者得意，弱者倒霉，是关汉卿许多剧本描写的社会的共同特色。如果问：封建社会难道连"王法"也没有？要知道，这里连皇帝也在帮助强豪夺取人妻！（《望江亭》）君不闻周舍之言："丈夫打杀老婆，不该偿命"。——皇帝本人连同他的法律、制度，都在助人行凶。

换句话说，这里谁跟封建统治势力挂上了一点点钩，那谁就可以横行霸道，蛮不讲理；这种反常的人与人的关系，竟然深入到一般平民家庭中去：一个母亲——封建家长，甚至就可以威逼女儿非做妓女不可。这里，谁有势力，谁更强暴一些，那就可以在财和色上，获取更多的利益。

这是一个横暴、贪婪、无耻的反常社会！——把关汉卿所有的社会剧都浏览一下，立刻会使人浮起这幅可怕的图象！当然，有人压迫人的现象存在，不可免的，必然会有反压迫者的存在，压迫者必然会遭遇到阻力，在横暴无法得逞时，为了贪婪无厌的目的，他们就不能不用软诈硬骗的手段，因而出现了伪善、阴险、狡黠。周舍对宋引章的前恭后倨，小千户对识破人情不愿嫁人的燕燕装得十分"志诚"，张驴儿之买毒药，杜蕊娘母亲的造谣中伤，其原因就在于这些贪婪者遭遇到了阻力，但又不肯放弃他们无耻的目的的结果。

关汉卿的一束带刺的"野玫瑰"就生长在上述环境中。这些娘儿们，说来也颇为平常，不过是妓女想从良，大姑娘要嫁人，证明自己确实没做过伤天害理的事，……诸如此类，在我们看来，确实是太平常的事情。如果在今天，有人要达到这个目的，那么，不仅不会碰到什么为难之处，而且也受到全社会的支持。但，这毕竟是关汉卿所梦想——甚至梦想不到的社会，而不是关汉卿所看见的那个社会。关汉卿所看到的，那是这些平凡人物的正常合理要求，在遭受着那个反常社会的千磨万压。而这些被压迫的姑娘，原来也都是淳良、温柔的，只是由于她们坚持自己的正常生活，使得反常社会吞噬不了她们，结果，她们像长着刺的野玫瑰一样迎着暴雨开放了；她们的性格在中世纪的黑暗生活中，放射出耀眼的刺人的光芒！

关汉卿能够活灵活现地描写出这些身份微贱的不好惹的姑娘性格，证明了他在生活中看见了这种人物的存在；至少，他感到生活中需要有这么一种人，他才会允诺演员的要求，因而不断地写出大批带着锋芒的人物。

关汉卿无疑是横暴贪婪社会的猛烈抨击者，同时是封建压迫下的妇女最忠实的同情者。可是，他并不到生活中去选取一些软弱的性格，通过她们来表现妇女们的苦难，从而表达封建制度的不合理，他非常有兴趣而且异常热衷地选择这些带刺的女人来作为他笔下的正面人物。因而，在关剧中，很少呻吟之声，更多咒骂之语；很少哀怨之词，更多愤慨之声。不管是喜剧也好，悲剧也罢，总之，顽强的封建力量碰在这些不好惹的姑娘身上时，那就像铁板硬碰钢针一样，必然会激起猛烈的火花，穿了一个窟窿！从这里可以看出来，关汉卿致力写下了一整批带刺的女性，表明了他要用最猛烈、最激愤的态度，来反对封建制度下的不合理生活。

"关之词激厉而少蕴藉"（《四友斋曲说》），明朝何良俊的批评，从另一种意义上来看，倒是一语中的。关汉卿写了一连串不好惹的女性，在这里没有一个窈窕淑女，而都是带着三分犟性子的人。触犯了她，至少会挨顿臭骂！她们会骂官、骂王法，甚至骂天骂地骂人家的七代祖宗！关汉卿选择这样一批厉害的姑娘做剧本的主角，是无法叫他的词章多蕴藉而少激厉的。

———————

①关汉卿在一般剧中很少称父母为阿马、阿者。只《拜月亭》、《哭存孝》、《五侯宴》及《调风月》是例外。《调风月》称主母为阿者，是女真人的称呼。又，剧中"女婿是世袭千户，有二百匹金勒马，五十辆画轮车"，以车马来夸耀，这也是女真人生活的特色之一。

②有人认为六儿是小千户的名字，未必。剧中只有第二折及第三折前面将"正末（小千户）""六儿"连写，如小千户名六儿，何不在以前后都写明？剧本中，六儿凡三见：第二折"正末六儿上"，第三折"末六儿一折"，"末六儿上"；凡"末云了""末云"之处，概

不作"末六儿云了",而只是在上场或"一折"之时,连写"末"与"六儿",这分明是两人同时上场作戏的写法。查描写女真人生活的《虎头牌》,其中之仆人即名为六儿。六儿殆为女真仆人惯用的名字——如张三李四之类,非小千户之名。

③从老阿者派服侍自己最得意的大丫头去服侍新来的客人——小千户一事来看,来客如非老阿者的内亲(内弟、内侄之类),那定是她的女婿(后者可能性是更大的)。燕燕允许小千户时,唱"兼上亲上成亲好对门",可证。燕燕搜得小千户襟中的手绢时唱"(我)半良身情深如你那指腹为亲妇,半贱体意重似拖麻拽布妻",这分明是在小千户已有过婚事的基础上发的牢骚。又,老阿者命她说亲时,她唱"燕燕怎敢假名托姓!"求婚而需命媒人假名托姓,这一定是有其他缘故的。——很可能,这是小千户续弦,怕女方不肯,才假名托姓的。小千户答允燕燕做"小夫人","小夫人"如意谓"妾",则小千户亦必有前妻在(未有先娶妾、再娶妻的)。但要是妾的话,则小千户再娶莺莺,不过是再娶一妾,燕燕用不到那么发大脾气;再看说媒娶亲的排场,亦不是小家气派,而是正式的婚礼。可见小千户是在娶莺莺为妻。但,如果当初小千户所允诺燕燕的"小夫人",意即为妻,那么,燕燕在第四折所唱,小千户曾"许第二个夫人做",便有些难解。从上面种种迹象来看,我把小千户的经历描述为:他的夫人已经亡故,现在跑到他的亲戚(姑母或丈母)家来玩。他答允燕燕做他的续弦之妻;可是,他又看中莺莺要娶她为妻。最后,他同时娶了燕燕。

④"裹头巾""从文义来看,应当是女真已婚妇女的标记。剧中小千户和燕燕订约后,许了"包髻团衫绸手巾",可作参证。

⑤"没是哏",一般解作为"狠狠"。燕燕唱"大刚来妇女每常川有些没是哏",应解作为:妇女们总是有几分厉害的。"村",元曲中一般都指乡村的粗俗气质。此处应解为不伶俐,犹如杭州人之说"钝"。

原载《戏剧论丛》1958年第1辑

《西厢记》艺术上的批判与其作者的性格

郭沫若

文学是反抗精神的象征，是生命穷促时叫出来的一种革命。屈子的《离骚》是这么产生出来的，蔡文姬的《胡笳十八拍》是这么产生出来的①，但丁的《神曲》、弥尔敦的《失乐园》，都是这么产生出来的。周诗之"变雅"②生于幽厉时期，先秦诸子的文章焕发于周末，歌德、席勒出世于德国陵夷之时，托尔斯泰、多士陀奕夫士克产于俄国专制之下，便是我国最近文坛颇有生气蓬勃之概者也由于受着双重压迫内之武人与外之强邻。

我国文学史中，元曲确占有高级的位置。禾黍之悲，山河之感，抑郁不得志之苦心，欲死不得死、欲生不得生的渴望，遂驱使英秀之士群力协作以建设此尊严美丽的艺堂。人们居今日而游此艺堂，以近代的眼光以观其结构，虽不免时有古拙陈腐之处，然为时已在五百年前，且于短时期内成就得偌大个建筑，人们殆不能不赞美元代作者之天才，更不能不赞美反抗精神之伟大! 反抗精神，革命，无论如何，是一切艺术之母。元代文学，不仅限于剧曲，全是由这位母亲产出来的。这位母亲所产生出来的女孩儿，总要以《西厢记》为最完美，最绝世的了。《西厢记》是超过时空的艺术品，有永恒而且普遍的生命。《西厢记》是有生命的人性战胜了无生命的礼教的凯旋歌，纪念塔。

礼教是因人而设，人性不是因礼教而生。礼教得其平，可以为人性的正当发展之一助，不能超越乎人性之上而狂施其暴威。男女相悦，人性之大本。种

本篇最初收入一九二一年九月上海泰东图书局出版的新式标点本《西厢》，是作者为所改编的该书写的序引。

①一九五八年，作者在《沫若文集》本中自注："《胡笳十八拍》，一般认为伪托，但情辞十分动人。"一九五九年，在《谈蔡文姬的〈胡笳十八拍〉》中，作者则表示"坚决相信那一定是蔡文姬作的，没有那种亲身经历的人，写不出那样的文字来。"

②"变雅"是《诗经》中《大雅》、《小雅》的部分诗篇。《诗·大序》云："至于王道衰，礼义废，政教失，国异政，家殊俗，而变风、变雅作矣。"它与"正雅"相对，一般是指反映周政衰乱的作品。

族之蕃演由是，人文之进化亦由是。纯爱之花多结优秀之子，这在一般常识上和学理的实验上均所公认。职司礼教者固当因善利导，以扶助其正当的发展，不能多方钳制，一味压抑，使之变性而至于病。我国素以礼教自豪，而于男女间之防范尤严，视性欲若洪水猛兽，视青年男女若罪囚，于性的感觉尚未十分发达以前即严加分别以催促其早熟。年青人最富于暗示性，年青人最富于反抗性，早年钳束已足以催促其早解性的差异，对于父母长辈无谓的压抑，更于无意识之间，或在潜意识之下，生出一种反抗心：多方百计思有以满足其性的要求。然而年龄愈进，防范愈严，于是性的焦点遂移转其位置而呈变态。数千年来以礼教自豪的堂堂中华，实不过是变态性欲者一个庞大的病院！例证不消多举，便举缠足一事已足证明。就男子方面而言，每以脚之大小而定爱憎，爱憎不在乎人而在乎脚。这明明是种"拜脚狂"（Foot-fetishism）。就女子方面而言，不惜自受摧残以增添男女间性的满足，此明明是种"受动的虐淫狂"（Masochism）。礼仪三百不过制造出拜脚狂几千，威仪三千不过制造出受动的虐淫狂几万。如今性的教育渐渐启蒙，青年男女之个性觉悟已如火山喷裂。不合学理、徒制造变态性欲者的旧式礼制，已如枯枝槁叶，着火即化为灰烬。已死的权威我们固无所忍惮，特今痛定思痛，见多少老年男女已固定于变态性欲之下，实不得不令人深受感触。

> 你不拘钳我，可倒不想。
> 你把我越间阻，越思量！

郑德辉《倩女离魂记》①中由张倩女所唱出的这两句歌辞，正道尽我国数千年来数万万变态性欲者的病根。

> 想嫦娥西没东生有谁共？
> 怨天公，裴航不作游仙梦，
> 劳你罗帏数重，愁她心动……①

---

①郑德辉，名光祖，平阳（今山西临汾）人。元代戏曲作家。所作杂剧十八种，现存《倩女离魂》、《㑇梅香》等五种。《倩女离魂》系由唐代陈玄祐传奇小说《离魂记》改编而成。写张倩女与王文举相爱，但婚姻受阻，乃魂离肉体与王结为夫妻。文中所引的两句话，见该剧"楔子"。

《琴心》中莺莺看见月晕时唱出的这几句歌辞，也道尽了我们青年男女对于礼教的权威所生出的反抗心理。《倩女离魂记》所描写的只是潜意识下第二重人格的活动，而《西厢记》所描写的却是第一重人格的有意识的反抗；虽同是反抗旧礼教的作品，《西厢记》的态度更胆大，更猛烈，更是革命的。我说它是"人性战胜了礼教的凯旋歌，纪念塔"，我想凡是有青春的血液在脉管中流动着的人，凡是不是变态性欲者的人，总会表示赞成的。《西厢记》所描写的是人类正当的性生活，所叙的是由爱情而生的结合，绝不能认为奸淫，更绝不能作为卖淫的代辩！

《西厢记》有南北两种之分。《南西厢》据我所见，更有李日华、陆天池两种②，词句较俗。《北西厢》即世间流传的《西厢记》，王实甫作而关汉卿③续之。《惊梦》以后的四出相传汉卿所续。

王实甫是大都人，其生平事迹不详。或以为金时人，或以为元时人，大概是元金之交的人物。其作品除《西厢记》外尚有十二种：

芙蓉亭	丽春堂	破窑记	多月亭
贩茶船	明达卖子	陆绩怀橘	七步成章
丽春园	于公高门	进梅谏	双题怨

———— 见《涵虚子》

然除《西厢记》与《丽春堂》外，馀者均已散失。《丽春堂杂剧》叙金时完颜徒单克宁事④，然其结构与词子均远在《西厢记》下，现存《元曲选》中。《涵虚子词品》评"王实甫如花间美人"⑤，这是从作品中所窥出的作者的风

———————————————

①语见《西厢记·崔莺莺夜听琴》第四折。

②《南西厢》是以南曲演唱《西厢》故事的南戏或传奇剧本的通称。李日华、陆天池都是明代戏曲作家，曾先后以南曲改编《西厢记》，分别称为《南调西厢记》与《陆天池西厢记》，其剧情与王实甫作《西厢记》基本相同。

③关汉卿，号已斋叟，大都（今北京市）人。元代戏曲作家。著有杂剧《窦娥冤》、《拜月亭》、《望江亭》等。传说《西厢记》第五本《张君瑞团圆》为他所作。

④《丽春堂杂剧》本名《四丞相高会丽春堂杂剧》，主要讲四丞相（即右相）完颜乐善的故事。左丞相完颜徒单克宁只是其中一个次要角色。

⑤语见《涵虚子论曲》："古今群英乐府，各有其目：马东篱（即马致远）如朝阳鸣凤……王实甫如花间美人……关汉卿如琼筵醉客，郑德辉如九天珠玉。"（一九七七年中华书局《元曲选》附录：《天台陶九成论曲》。）

格，然而印象模糊，恐王实甫见之亦未为心许。我们细读《西厢记》一书，可知作者的感觉异常锐敏，几乎到了病态的地步。作者的想象异常丰赡，几乎到了狂人的地步。他在音响之中可以听出色彩出来。你看他叙莺莺听琴说出"其声幽，似落花流水溶溶"①，落花的红色，流水的绿色，和两种的动态都听出来了。这分明是种"色听"。他见了作对的昆虫和鸟雀也可以激起一种性的冲动，你看他说："春心荡，怪黄莺儿作对，怨粉蝶儿成双。"②这明明是种"见淫"。他这人的性的生活，我看是有很大的缺陷：他是犯过非法淫的人，他更几几乎有拜脚狂的倾向。你看他说："休提眼角留情处，只这脚跟儿将心事传。"③此外在《西厢记》中叙到脚上来、鞋上来的地方还有好几处。对于女性的脚好像有很大的趣味。所以我揣想王实甫这人必定是受尽种种钳束与诱惑，逼成了个变态性欲者，把自己纯粹的感情早早破坏了，性的生活不能完完全全地向正当方面发展，困顿在肉欲的苦闷之下而渴慕着纯正的爱情。照近代精神分析派的学理讲来，这部《西厢记》也可以说是"离比多"（Libido）的生产——所谓"离比多"是精神的创伤（Psychische trauma），是个体的性欲由其人之道德性或其它外界的关系所压制而生出的无形伤害。

　　精神分析派学者以性欲生活之缺陷为一切文艺之起源，或许有过当之处，然如我国文学中的不可多得的作品如《楚辞》，如《胡笳十八拍》，如《织锦回文诗》④，如王实甫的这部《西厢记》，我看都可以用此说说明。屈原好像是个独身生活者，他的精神确是有些变态。我们试读他的《离骚》、《湘君》、《湘夫人》、《云中君》、《山鬼》等作品，不能说没有色情的动机在里面。蔡文姬和苏蕙是歇司迭里性的女人，更不消说了。如此说时，似乎减轻了作者的声价和作品的尊严性，其实不然，唯其有此精神上的种种苦闷才生出向上的冲动，以此冲动以表现于文艺，而文艺之尊严性才得确立，才能不为豪贵家儿的玩弄品。假使屈子不系独身，则美人芳草的幽思不会焕发；蔡、苏不成为歇司迭

---

①语见《西厢记·崔莺莺夜听琴》第四折。

②语见《西厢记·张君瑞闹道场》第二折。

③语见《西厢记·张君瑞闹道场》第一折。

④又称《璇玑图》诗。《晋书·窦滔妻苏氏传》："窦滔妻苏氏，始平人也。名蕙，字若兰。善属文。滔，苻坚时为秦州刺史，被徙流沙。苏氏思之，织锦为回文璇图诗以赠滔，宛转循环以读之，词甚凄婉，凡八百四十字。"

里，则《胡笳》、《回文》之奇制不会产生。假使王实甫不如我所想象的一种性格，则这部《西厢记》也难产出。瓦格奈 (Wagner) 有句话说得好："生活能如意时，艺术可以不要，艺术是到生路将穷处出来的。到了无论如何都不能生活的时候，人才借艺术以鸣，以鸣其所欲。"

1921年5月2日于上海

收入郭沫若《文艺论集》，人民文学出版社，1979年版

《西厢记》叙说

王季思

一 元微之的《莺莺传》

大约在唐德宗贞元末年（约在公元802—804年），当时跟白居易齐名的诗人元微之（公元778—831年）写了一篇《莺莺传》，叙述张生和崔莺莺的恋爱故事①。因为传里录了一首元微之的《会真诗》，后人多称它作《会真记》。记里说莺莺的母亲郑氏和张生的母亲是从姊妹；宋人王性之即根据这一点和元微之其他方面有关的诗文，考定张生即是元微之，莺莺是永宁尉崔鹏的女儿，是元微之的姨表妹②。本来在北宋熙宁、元丰（公元1068—1085年）以前，有的学者以为《莺莺传》里的张生即是贞元、元和间的诗人张籍③；到赵令畤《侯鲭录》介绍了王性之这段考证之后，人们才一致确认张生即是元微之。至于莺莺究竟是怎样一个人，那是直到近人陈寅恪先生的《读莺莺传》才有比较详实的说明④。陈先生根据唐代士大夫阶层的社会习俗和元微之的《梦游春诗》、白居易的《和元微之梦游春诗》，断言"莺莺所出，必非高门"。他说："若莺莺果出高门甲族，则微之无事更婚韦氏，惟其非名家之女，舍之而别娶，乃可见谅于时人。"陈先生以研究历史的方法，给《莺莺传》作了正确的考据，澄清从北宋以来许多人对《莺莺传》的错误看法，对于我们今天研究唐人小说有很大的帮助。但也有些学者根据陈先生还没有十分确定的意见，即举《莺莺传》和《霍小玉传》作为唐代进士与娼妓文学的代表作品⑤，这是不能令人信服的。元微之集里有《酬翰林白学士代书一百韵诗》，中间四句是："山岫当街翠，墙花拂面枝；莺声爱娇小，燕翼玩透迤。"句下自注说："予昔赋诗云：'为见墙头拂面花。'惟乐天知此。"又微之《嘉陵驿诗》第二首："墙外花枝压短墙，月明还照半张床；无人会得此时意，一夜独眠西畔廊。"题下自注说："篇末有怀。"⑥从这些作品里，我们可以体会到《莺莺传》里"待月西厢下，迎风户半开；隔墙花影动，疑是玉人来"这一节情事应该是真实的。这就说明元微之和他所托意的《莺莺传》里女主人公的恋爱是在月下偷期的秘密形式下进行，不像《霍小玉传》里的李十郎公然地到霍小玉家里求欢。微之这一段恋爱过程，除了他最知己的朋友如白居易、杨巨源、李绅等几个人知道外，还是要保守秘密的。这和当时一般进士对娼妓的态度，也显然有所不同⑦。

大约唐代士大夫阶层一方面由于沾染西北胡族的习俗，男女之间的接触比宋元以下为自由；一方面由于封建社会门第的限制，聘财的需索，婚礼的繁缛，若非出身高门或少年科第得意，在婚姻上很难得到美满的结果⑧。因此男女在结婚以前冲破封建礼教的藩篱，自由恋爱，有时是不可避免的。元微之、崔莺莺不必说了，就是白居易也有过这一类故事的⑨。可是在封建社会里，这种恋爱绝大多数是以悲剧终场的，这中间更其悲惨的往往是女性的一面。白居易《井底引银瓶》诗："为君一日恩，误妾百年身；寄言痴小人家女，慎勿将身轻许人！"即为当时这种习俗，对女性的一面提出了告诫。而陈寅恪先生《元白诗笺证稿》也引《莺莺传》为《井底引银瓶》诗最佳的例证⑩。

唐代习俗，朝廷大臣每每在新进士及第时选择女婿⑪。元微之《赠别蒲州诗人杨巨源诗》："忆昔西河县下时，青衫憔悴宦名卑；揄扬陶令缘求酒，结托萧娘只在诗"。⑫蒲关在黄河西岸，这正是写他自己少年时在蒲州的生活情况的。就诗意看，莺莺的爱上微之，可能是为他的才华所耸动，知道他是可以由文词科举进身的。如果微之在制科得中之前，和莺莺的婚姻名分已定，那他们双方关系也许还有保障；不然，微之少年功名得意，正是长安大族择婿的对象，莺莺门户比较低微，自然不容易和他们竞争。《莺莺传》里说张生以文调及期将西去长安时，莺莺即心知将要永别，"投琴拥面，泣下流连"。果然后来微之试判得中，选授秘书省校书郎，即别娶韦氏，遗弃了莺莺⑬。微之、莺莺的故事，实际是和后来秦香莲、赵五娘的悲剧同一类型的。不过秦、赵因夫妇名分已定，还可到京师寻访丈夫，不像莺莺的"没身永恨，含叹何言"！

元微之的少年境况相当穷苦，我们就他早期所作的许多《新乐府》看，他无疑的跟白居易、李绅都是当时比较进步的诗人。他少年时和莺莺的恋爱，就当时社会习俗说，也应该是一种冲破封建礼教束缚的浪漫行为。虽然后来微之为了个人的功名利禄抛弃了莺莺；然而即在微之跟韦丛结婚之后，他对于自己少年时这一段珍贵的恋爱过程，还是念念不忘、见之吟咏的。陈寅恪先生《井底引银瓶诗笺证》说："乐天诗中之句，即双文（双文即莺莺）书中之言。"元微之，作为一个和白乐天志同道合的诗人看，对于当时封建社会对待那些痴儿怨女的残酷，是不能不体会到的。因此他在《莺莺传》里一方面真实地写出张生和莺莺在恋爱成功时一种喜出望外的心情，一方面转录了莺莺给张生的信，替当时封建社会里被遗弃的少女，倾吐出胸中的怨恨与不平，这是元微之在这篇小说里写得最成功的地方。

我们今天读《莺莺传》，最引起我们反感的是篇末的一段议论，认为张生的终于抛弃了莺莺，是"善补过"。这些地方的确露骨地表现了封建社会士大夫对待妇女的观点，把妇女视为玩物，而又以无赖的口吻来辩解自己的负心。男女恋爱始乱终弃的现象在当时社会是不断发生的。《霍小玉传》写李十郎后来三娶都没有好结果，即是反映了当时人们对于这些轻薄少年的不满。虽然《霍小玉传》的写成在《莺莺传》之后，但这种思想意识应是跟着"井底引银瓶，银瓶欲上丝绳绝"这一类事实的发生而早就存在的。正是由于这种社会舆论的谴责，使这位和白居易、李绅等同时出现于当时诗坛的元微之，在他替自己的罪恶行为答辩时，露出了自己的尾巴。

唐代传奇小说盛于贞元、元和之世，和当时的古文运动一时并兴。当时古文运动的中坚人物，往往也是写小说的能手⑭。他们的作品在宋元以后文学史上的影响很大，而《莺莺传》的影响尤为突出。这除了它比较真实地暴露了封建社会的残酷，引起人们对莺莺的深切同情外；它在写作上的委婉、曲折，曲尽人情物态，也是一个原因。元微之《酬翰林白学士代书一百韵诗》，有"翰墨题名尽，光阴听话移"两句，句下自注说："乐天每与予游，无不书名屋壁。又尝于新昌宅说《一枝花》话，自寅至巳，犹未毕词也。"⑮一枝花即是唐代传说中的名妓李亚仙⑯。元微之和白居易听说一枝花，自寅至巳，这一方面说明元、白这两位诗人对"说话"这种技艺的爱好，一方面说明"说话"这种技艺在唐代贞元、元和之间已经相当发达，因此说一个故事可以花上三四个时辰，而听的人仍不会厌倦。这种"说话"，我们根据敦煌发现的唐代各种变文、俗讲来看，更可以推定它是有说有唱，同时有音乐伴奏的。唐代贞元、元和之间的小说，大都前面是一篇叙事的散文，后面是一首七言的歌咏，这和当时变文、俗讲的体裁有些相似；而叙事的委婉曲折，描摹人情物态，生动周详，又正是一般通俗说唱家的长技。《莺莺传》及其他优秀的唐代传奇在写作上所以比较成功，正是当时文人接受了这种通俗说唱文学影响的结果。

由于《莺莺传》里主要部分暴露了封建社会的不合理，在写作上又吸收了当时通俗说唱文学的长处，因此它在经过了若干年代之后，能够重新通过勾阑瓦肆艺人的说唱，回到广大人民中间去。但同时也由于它拖着一条引人厌恶的尾巴，当它流传到民间之后，终于改变了它的结局，使莺莺与张生以团圆终场。

二 从赵令畤到董解元

元微之的《莺莺传》经过唐末五代的兵乱，到宋初太平兴国二年（公元977年），被收到当时官修的《太平广记》里。大约最初只是极少数的馆阁文人如晏殊（公元991—1055年）、苏轼（公元1036—1101年）等看到[①]，而苏轼对《莺莺传》的传播关系更大。因为当时利用《莺莺传》的题材写作歌词或整套鼓子词的，都是他的门下士或和他关系极密的文人。这些文人以苏轼为首，在当时文坛上享有很高的声誉，他们平时又多风流倜傥，喜欢和娼妓来往唱和，这就很自然地通过他们的传播，使这故事在勾阑瓦肆里流传开来。

苏轼门下的文人以《莺莺传》为题材写成的歌曲，有秦观（公元1049—1101年）、毛滂（约在公元1055—1120年）的《调笑转踏》和赵令畤的《蝶恋花鼓子词》。《调笑转踏》是一种歌舞曲，它是以八句七言的引诗和一首《调笑令》来歌咏古代一个美人的故事的。联合这样八个故事成为一套。秦观咏莺莺的《调笑令》结句："红娘深夜行云送，困亸钗横娇风。"只写到她的月下私期为止；毛滂咏莺莺的《调笑令》结句："薄情年少如飞絮，梦逐玉环飞去。"只写到她的答书寄环为止；内容都没有超越《莺莺传》的范围。这可能是由于体裁上的限制，因为凭借一首短诗、一首小令无法把故事的本末曲曲传出，给人一个完整的印象。赵令畤的《蝶恋花鼓子词》，似乎正是为了弥补这个缺憾而写成的。

《蝶恋花鼓子词》是由12首《商调蝶恋花词》和插在各首词前后的散文道白组织而成的。它除了在内容上、形式上都比秦观、毛滂的《调笑转踏》充实了、扩大了之外，还在结语里否定了元微之传末自以为"善补过"的一段话，而认为这样的结局是一种永远的缺憾。后来在说唱诸宫调和戏剧里，崔、张以团圆终场，可以说是这种看法的进一步发展。

赵令畤在《蝶恋花鼓子词》的开端，说当时倡优女子对张生、莺莺的故事都能"调说大略"。可见这故事最初是作为说话人的题材在勾阑瓦肆里传播的。南宋罗烨的《醉翁谈录》记载当时说话人的传奇小说，首列《莺莺传》，它是和《卓文君》、《李亚仙》、《崔护觅水》、《王魁负心》等属于同一类型的儿女风情故事。说话人的听众主要是当时都市里的商人、手工业工人以及一部分的小吏、士兵，他们的爱好自然跟代表封建统治阶级的士大夫阶层不同。这样,《莺莺传》的结局便只有两种可能:一种是"文君驾车、相如题柱"的团圆结局,一种是"王魁负心、桂英报冤"的悲惨结果。然而儿女团圆的结局比之冤魂出现的场面是更为广大市民阶层所欢迎的,因此这个故事后来就演变为以第一种结局终场。

罗烨《醉翁谈录》所记的传奇小说《莺莺传》虽然是在南宋流行的,但在赵令畤写《蝶恋花鼓子词》时,既然已有许多倡优女子能够"调说大略",这话本应该是从北宋末期一路演变下来的。现传《永乐大典戏文三种》里《张协状元》一种,从他开场时介绍的"占断东瓯盛事,诸宫调唱出来因"及"九山书会,近日翻腾,别是风味"等句子看,应是南宋中叶以后在浙江温州流行的戏文⑱。这戏文有"赛红娘"和"添字赛红娘"的曲牌,可以推想到张生、莺莺的故事在南宋时候还曾被编作歌曲说唱的。可惜这些话本、唱本现在都没有流传下来。

现传说唱西厢故事的作品,在赵令畤《蝶恋花鼓子词》以后,最早也最完整的是董解元的《西厢挡弹词》。董解元据元末钟嗣成《录鬼簿》的记载是金章宗(公元1189—1208年)时候人。他是利用北宋末期,崇宁、大观(公元1102—1110年)以来在勾阑瓦肆里逐渐流行起来的说唱诸宫调的体裁来写西厢故事的⑲。诸宫调的体裁,主要是在一段散文的讲说之后,接唱一套自成首尾的某一宫调的曲子。这样一段讲说接上一套或两套歌曲,所唱各套曲子,宫调时有变换,词牌先后不同,不像《调笑转踏》或《蝶恋花鼓子词》从头到尾唱的是同一宫调的同一词牌,比较单调。董解元的《西厢挡弹词》就篇幅约略估计,比《蝶恋花鼓子词》要增加15倍以上。它除了张生、莺莺之外,添出了许多有声有色的新人物,如法本、法聪、郑恒、孙飞虎等。一些原来在《莺莺传》里不很重要的人物,如崔夫人、红娘、杜确等也开始有了他们各自不同的面目与个性。故事方面,除了增加一些热闹的场面如张生闹道场、孙飞虎兵围普救;一些补充的情节如张君瑞害相思、崔莺莺问病等外,更重要的是把传文里始乱终弃的结局改成了崔、张团圆。由于广大人民是决不同意封建社会士大夫阶层把自己的幸福建筑在别人的痛苦之上的作法的,因此这个对于《莺莺传》带有根本性质的改变和张生这个用情专一的人物的创造,是赋予了崔、张故事以新的生命,使它具有了明显的反抗封建礼教的精神,因而更容易为广大人民所接受而成为后来许多文艺作品的重要题材。至于元微之《莺莺传》的末了,说莺莺在嫁人之后,张生曾以外兄的身分求见,莺莺坚决拒绝了他。在董解元《西厢挡弹词》里,这以外兄身分求见莺莺而终于遭了拒绝的张生,实际上是由另一个角色郑恒来代替了。

《西厢挡弹词》对于《莺莺传》，除了结局改变之外，许多增加的情节主要还是根据传文推衍出来的。如白马将军解围的一节是根据本传"廉使杜确将天子命以统戎，节令于军，军由是戢"这一节演成的。张君瑞害相思一节是根据本传张生自说"数日来行忘止、食忘饱、恐不能旦暮"一段话来的。张生以弹琴挑莺莺，是根据本传莺莺答张生信里"君子有援琴之挑，鄙人无投梭之拒"二句演成的。崔夫人因红娘一段说词，把莺莺许配张生，是根据本传"生尝诘郑氏（即崔夫人）之情，则曰：'知不可奈何矣，因欲就成之'"这一段话推想出来的。这些情节的增补，使这一对青年男女恋爱故事的发展更其入情入理，使读者的心情一路跟着故事的发展，关心着他们的美满结合，而痛恨那些要多方夺取他们、破坏他们、阻挠他们的反面人物，如孙飞虎、崔夫人、郑恒等几个人。

由于《西厢挡弹词》是说唱诸宫调的体裁，这种体裁由北宋崇宁、大观年间流传到金章宗时候，已有百年左右的历史。一般民间说唱家是善于提炼民间口语和一般诗文里还有生命的词句来叙述故事、描摹人物的，董解元在这方面的成就尤其卓绝。他有时连用十几支曲子叙述张生、莺莺的心情，便好像这一对封建时代的善良男女站在我们面前哀诉一样。有时描摹人物，淋漓酣畅，使人应接不暇；有时当紧要关头，又故意盘马弯弓，迟回不发。这些虽都是民间说唱家的惯技，但董解元确是运用得更纯熟的。

董解元在《西厢挡弹词》的末了说："君瑞、莺莺美满团圆，还都上任；郑恒衙内自怀羞耻，投阶而死：方表才子施恩，足见佳人报德。怎见得有此事来？蓬莱刘讷题诗曰：'蒲东佳遇古无多，镂板将令镜不磨；若使微之见新调，不教专美伯劳歌。'"从这段话里，我们可以知道"崔、张团圆，郑恒自杀"这一结局，董解元是有所本的，至少那刘讷题诗的刻本是如此。这刻本据刘讷诗推测③，应是把西厢故事分绘成许多幅图画，附题些诗句在上面，或是一面图，一面诗，像后来有些戏曲小说的刻本一样。董解元《西厢挡弹词》说白部分引了许多题咏西厢的现成句子，可能就是这些刻本里的诗句。再从董解元《西厢挡弹词》说白里那些张生、莺莺唱和赠答的诗词看，除了录自《莺莺传》的以外，其他各章就体格意境看，显然不是同一个人的手笔。这些地方我们可以了解到董解元的《西厢挡弹词》，实际上是从北宋以来各种有关张生莺莺故事的通俗文学、特别是说唱文学方面一种总结性的作品。

三 《西厢记杂剧》和它的作者

董解元《西厢挡弹词》就许多以张生莺莺故事为题材的说唱文学看，确是达到了顶峰；然而它在全部故事发展和人物处理上是不免有些缺陷的。如孙飞虎兵围普救，直到白马将军出兵解围一节，将近全部说唱六分之一的篇幅，使读者的大段时间停留在刀来棒去的砍杀之中，这显然是没有使整个故事更紧密地环绕着张生与莺莺的婚姻问题发展。又如有些地方为了迎合部分小市民的口味，不免"浓盐赤酱"[20]，形容过甚。有些地方为了"卖关子"、耸动听众，使人物的个性不能恰合身分。如莺莺第一次见了简帖发怒，竟至拿镜台掷红娘；又如老夫人听了郑恒的话要悔亲时，莺莺竟私到法聪房里找张生，和张生在法聪面前要双双上吊，这是十分不合一个相国小姐的身份的。张生这个人物虽然初步塑造了个胚模，但显然还有不少地方没有经过细心的琢磨。如兵围普救时张生自说有灭贼之策，却一再留难，必等老夫人亲自相求，才肯出计，近于临危要挟。又如张生跳墙赴约，被莺莺拒绝时，他竟要和红娘"权做妻夫"，近于无理取闹。更其不合理的是当老夫人二次拒婚时，张生竟说："郑公贤相也，稍蒙见知；我与其子争一妇人，似涉非礼。"这又把他写得太容易妥协了[22]。《西厢挡弹词》里这些地方，都只是到了王实甫的《西厢记杂剧》，才得到更合理的处理，使张生莺莺的故事成为当时以及后来封建社会里许多青年男女衡量人物的"春秋"[23]。

王实甫的《西厢记杂剧》，在当时所以会被人们看成像"春秋"一样的经典著作，首先是由于它对"父母之命，媒妁之言"的封建婚姻制度表示不满，正面地提出了"愿天下有情人都成了眷属"的主张，全部《西厢记杂剧》主要是环绕着这个主题发展的。剧中人物凡是为实现这一理想而忘餐废寝、坚定不移的，如张生、如莺莺，都给我们一个十分生动可爱的印象。他写张生、莺莺的月下私期，是那么的美满欢畅、有情有义；写他们的长亭分手，是那么的缠绵宛转、难解难分；使古今无数青年读者，为他们这种美满的恋爱生活所歆动、所陶醉，这就很自然地对于"父母之命，媒妁之言"的封建婚姻制度起了反抗的作用。

红娘这个人物的塑造，在王实甫《西厢记杂剧》里是特别成功的。她在反抗封建婚姻制度上是冲锋陷阵的猛将，使《拷红》一出至今还成为舞台上经常演出的好戏。她在帮助张生、莺莺时又处处表现了她的热情和机智。她在莺莺焚香拜月时首先揭开了这位在封建家庭里长大的小姐的内心秘密；在莺莺看见了张生的简帖撒娇撒赖时，又替她撕下了这从封建家庭里带来的假惺惺面具；最后在莺莺月下赴期时，她更再三催促，鼓舞了她挣脱封建枷锁的勇气，毅然去与她自己的情人私会。这是很现实的，在那样的封建社会，如果没有第三者的有力帮衬，青年男女要想实现自由结合的理想，几乎是不可能的。在这里，作者正是凭借红娘这个典型人物，给当时封建社会里无数青年男女指出了一条通向"有情人终成眷属"的幸福道路的。

老夫人，从作为维护封建婚姻制度的代表人物看，在《西厢挦弹词》里，她的性格还是不够鲜明的，这主要表现在她对张生的态度还是有好感的。到了王实甫《西厢记杂剧》，张生在这位相国夫人眼里，才只是一个没出息的穷小子，可以随便给他一些钱打发他走的。到后来发现了张生、莺莺之间的关系，她为怕辱没相国家谱，勉强承认他们的既成事实；但同时便冷酷无情地逼张生离开了她们。由于她对这位穷书生攀上的这门亲始终不甘心，后来她听了郑恒几句挑拨的话便又翻悔了。当时人们所以拿《西厢记》当作经典看，正因为它反映了当时广大人民的意见：一面提出了一对有情有义、全始全终的夫妇和一些为着实现这种理想婚姻而不惜自我牺牲的侠义人物，作为人们的典范；一面指出了那为着维护门户尊严不顾青年人幸福的封建婚姻制度的不合理，作为人们的戒鉴。明白了这一点，那王实甫的《西厢记杂剧》必然要在郑恒触树、崔张团圆、实现"有情人终成眷属"时终场，而不能中止于《长亭送别》或《草桥惊梦》，是不需要引许多考证资料来说明的[24]。

在说白与曲文方面，王实甫是更能切合各人的声口，曲曲传出他们各自不同的思想感情的。我们从惠明送信时唱的〔正宫·端正好〕这一套曲子看，王实甫对于那以爽朗泼辣见长的北曲并不是不擅长；可是当写到莺莺在长亭送别时，作者运用了同宫调的一套曲子，成功地表现了她的缠绵悱恻的情绪。此外如张生的热情而乐观，红娘的豪爽与机智，也都在他们的说白与曲文的情调里充分表现出来。为着更切合这一对在封建时代有相当文学修养的青年男女的身分，王实甫在张生和莺莺唱的曲文里熟练地运用古典文学里许多为人传诵的诗句和词汇，来传达他们一种深沉的心情和优雅的风格。这便是"小子多愁多病身，怎当你倾国倾城貌"、"系春心情短柳丝长，隔花阴人远天涯近"这些句子所以特别为古今许多青年人所爱好的原因。此外王实甫在描摹环境、酝酿气氛方面，更其是元人杂剧中的圣手，像"梵王宫殿月轮高，碧琉璃瑞烟笼罩"，"风静帘闲，透纱窗麝兰香散，启朱扉摇响双环"，"碧云天，黄花地，西风紧，北雁南飞。晓来谁染霜林醉？总是离人泪"等曲子，往往在剧情一开展的时候，就把读者的心情带到了一种具体环境里，与剧中人分享那一份月色与花香、风声与鸟语。这是我们在另外有些初期元剧作家的杂剧里比较难于遇到的。

关于《西厢记杂剧》的作者，有人以为是关汉卿[25]，有人以为是王实甫[26]，有人以为是王实甫写了前四本，第五本是关汉卿续作的[27]，也有人反过来说，以为关汉卿先写而王实甫续作的[28]。自从金圣叹的批本盛行以后，王作关续一说几乎成了定论。他主要的理由是第五本的曲文宾白没有像前四本那样的紧凑、典雅。要知道在封建社会里，人民和统治阶级之间的各种矛盾是不可能得到圆满解决的。杂剧的作者为了表达人民的愿望，虽然把一个悲剧的结局改成团圆，然而这是缺少现实的根据的，因此在表现上也往往没有力量。《西厢记杂剧》第五本不如前四本精彩，这是一个主要的原因。臧晋叔《元曲选序》，说元人杂剧"虽马致远、乔梦符辈，至第四折往往强弩之末"，也正说明了杂剧创作中的这一种习见现象，因此金圣叹的理由是根本不能成立的。

《西厢记杂剧》谁作谁续的问题既然根本不能成立，剩下的问题便只是关作或王作的问题。我们就现在流传的关汉卿的十几种杂剧看，他所擅长的是刻画种种人情世态，因此他的杂剧里比较多的是写社会问题或借历史故事来反映当时的社会矛盾的。他也写儿女风情的戏，但多数是写妓女与书生的恋爱的。他们之间常因第三者的板障而发出对自己命运的怨恨和对当时社会的诅咒；至于男女双方相互之间的倾慕与爱恋、失望与怨怅，在关汉卿的笔端是较少触及的。王实甫的杂剧流传到今天的还有《四丞相高宴丽春堂》一种[29]，这虽然不是儿女风情的戏，然如第二折开场时的〔中吕·粉蝶儿曲〕、〔醉春风曲〕，第四折的〔双调·相公爱曲〕、〔醉娘子曲〕，那笔路还是跟《西厢记杂剧》相似的。王实甫还有《苏小卿月夜贩茶船》、《韩彩云丝竹芙蓉亭》两种杂剧，各有一折曲文被收录在《雍熙乐府》里，在描摹儿女风情方面，作风和《西厢记杂剧》尤其近似。最早记录元剧作家作品的《录鬼簿》、《太和正音谱》[30]，都把《西厢记杂剧》归于王实甫的名下，我们今天根据关汉卿、王实甫两家各自在戏曲方面所表现的特殊风格看，《西厢记杂剧》为王实甫作更是无可怀疑的。

王实甫的时代，近人王国维根据他的《丽春堂杂剧》，定他为由金入元的作家[31]。因为他认为《丽春堂杂剧》写的是金代的故事，而剧本的末了二句："从今后四方、八荒、万邦，齐仰贺当今皇上。"是以祝颂金皇作结的。其实杂剧末了以祝颂"当今皇上"作结,是勾阑演出时的惯例。这祝颂的皇上,是指杂剧演出时的当朝天子,并不指剧中情事发生时的某一朝代的帝王。今本《西厢记》剧终谢圣语"谢当今盛明唐圣主",金圣叹批本作"谢当今垂帘双圣主",这是更合于当时杂剧的通例的[32]。《元史·后妃传》说元大德年间(公元1297—1307年),成宗多病,布尔罕皇后居中用事,政事都由她决定。据陈寅恪先生的意见,这"垂帘双圣主",正是当时《西厢记》上演时对于元成宗和布尔罕皇后的祝颂。据此推断,王实甫《西厢记杂剧》的写成,当在大德年间,正是元人杂剧的黄金时代。又王实甫的《丽春堂杂剧》第三折有"想天公也有安排我处"及"驾一叶扁舟睡足,抖搂着绿蓑归去"句,都是引用白无咎的〔鹦鹉曲〕的。《朝野新声太平乐府》记冯子振和白无咎〔鹦鹉曲〕在大德六年(公元1302年)。根据这些资料推测,王实甫在戏剧方面活动的年代,主要应在元成宗大德年间及其以后,他的时代应该和白无咎、冯子振相去不远,而比关汉卿、白仁甫稍迟。

当金章宗时的董解元在中国北方弹唱张君瑞、崔莺莺的恋爱故事时,南宋王懋在他所著的《野客丛书》里也提到了张君瑞的名字[33]。这名字当然是根据当时南宋民间的说唱或戏文里的崔、张故事说的。从这里,我们可以推断:在宋、金对峙的时候,崔、张故事虽各自在南北流行,但张君瑞、郑恒等名字和以崔、张团圆结束的故事梗概,应该在北宋末年就已经有了。到元朝统一中国之后,这些各自在南北流行的唱本、剧本,如《莺莺六幺》、《红娘子院本》[34]、《诸宫调西厢搊弹词》、《南戏崔莺莺西厢记》等[35],又重新在大都、杭州等戏剧发展的中心汇合拢来。王实甫的《西厢记杂剧》正是在这种情况之下产生的,因此他比之初期在大都的杂剧作家,如关汉卿、白仁甫、杨显之等带有更多的南宋词人的脂粉气息。以前人比他的曲子作"花间美人"[36],主要是就这一方面说的。

王实甫的《西厢记杂剧》,对于董解元的《西厢搊弹词》说,是又一次总结性的工作。自从他这一部总结性的天才著作产生之后,不但使当时别的有关崔、张故事的唱本和戏曲逐渐归于淘汰,连董解元的《西厢搊弹词》,后来也慢慢的少人知道了[37]。

由于王实甫是处在南北混一的时代。当时元人的武力打通了欧亚的海陆交通,都市手工业商业经济的空前繁荣,替杂剧的发展准备了条件。这样就使王实甫比之董解元有更多的可以驰骋天才的馀地。明、清以来有些学者认为董解元的《西厢搊弹词》高出于王实甫的《西厢记杂剧》[38];这实在是不了解诸宫调和杂剧在体裁上的不同以及中国古典戏剧发展的道路的。

四 结语

崔、张故事从元微之的《莺莺传》发展到王实甫的《西厢记杂剧》，在500年的长时间内，经过人民，特别是城市平民的选择与哺育，经过了许多民间艺人的改造与加工，把这故事真正美好的一面加以发扬扩大，精雕细琢，而割弃了原作里思想感情不健康的一部分，使它成为中国戏曲里一部典范的著作。由于在崔张故事里提出的问题，是向来男女青年所普遍关心的婚姻问题，这问题在中国长期的封建社会里是不可能得到圆满解决的，因此这故事从唐代贞元、元和以后直到今天，还有它反封建的进步意义。

自从王实甫的《西厢记杂剧》出世之后，到现在又过了600多年，当时王实甫《西厢记杂剧》首先演出的"大都"，今天已成了人民的首都，这一部曾经为古今无数热爱自由的青年男女所爱好的戏曲，也只有在这人民的时代，才被一致承认为中国古典文学里的伟大著作。张生、莺莺、红娘，这些在封建时代为无数优秀艺人所共同塑造的典型人物，因此也得到更多的读者、观众的热爱。

然而600多年不是一个很短的时间，元时以北曲格调演出的《西厢记杂剧》，今天已无法在舞台上重现；即过去偶然还在昆腔班子里上演的，也只是明人改编的《南西厢》里的几场戏。它的词曲部分，如不是带着本子对看，一般听众还是不容易领会的。因此各地方剧种的《西厢记》改编本便纷纷出现，有的改编本如越剧《西厢记》且在全国戏曲会演里得到很高的评价㊼。为了发扬中国古典戏曲的优秀传统，满足今天广大人民的要求，对于怎样替这个有着悠久历史的伟大戏曲题材作第三次的总结工作，这责任自然要落在我们这一代戏曲改革工作者的身上。为了做好这第三次的总结性的工作，我们对于崔、张故事的历史发展应该有比较全面的认识。例如元微之的《莺莺传》是在怎样的社会情况下产生的，它为什么会对后来的戏曲小说发生这么大的影响；董解元《西厢掐弹词》的许多情节是怎样添出来的，为什么他对《莺莺传》的结局要作这样大的修正；王实甫的《西厢记杂剧》是怎样产生的，他是怎样利用这种文艺形式反映当时人民的要求的，对这些问题都应该有比较满意的解决。近来有些《西厢记》改本，在《琴心》一场张生不遂所愿时就投奔白马将军的义军，去为老百姓报仇；有的在红娘身上作种种色情的描写；有的在长亭送别之后，张生和莺莺双双私奔。这些不大合理的改动，是和他们对崔张故事的历史发展没有认识分不开的⑩。这篇叙说主要是希望对崔张故事的历史发展作比较全面的说明，提供从事戏曲改革工作的同志们参考。如有错误或遗漏的地方仍希望读者指正。

———————

①据陈寅恪先生《元白诗笺证稿》第一章《长恨歌》，说《莺莺传》之作，"距微之婚期（贞元十八年）必不甚近，贞元二十年乃最可能。"

②见赵令畤《侯鲭录》五《辨传奇莺莺事》篇。

③《侯鲭录》五同篇引王性之说："尝读苏内翰（即苏轼）赠张子野诗云：'诗人老去莺莺在'。注言：'所谓张生乃张籍也。'"

④《读莺莺传》附刊在陈先生《元白诗笺证稿》内。

⑤近人刘开荣著《唐代小说研究》，其第四章《进士与娼妓文学》，即举《莺莺传》、《霍小玉传》为代表作品。

⑥《酬翰林白学士代书一百韵诗》见《元氏长庆集》卷十，《嘉陵驿诗》见《元氏长庆集》卷十七。

⑦元、白集中对他们所熟悉的娼妓如秋娘、阿软、谢好、陈宠、商玲珑等，都公然见之吟咏，不像元微之对莺莺的态度，多少有点忌讳。

⑧《莺莺传》记张生的话："若因媒氏而娶，纳采问名，则三数月间，索我于枯鱼之肆矣。"《霍小玉传》记李生就婚卢氏说："卢亦甲族也，嫁女于他门，聘财必以百万为约，不满此数，义在不行。生家素贫，事须求丐，便托假故，远投亲知，涉历江淮，自秋及夏。"都可想见当时士大夫阶层结婚的不容易。

⑨《白香山诗集》卷十《感情诗》："中庭晒服玩，忽见故乡履；昔赠我者谁，东邻婵娟子。因思赠时语：'特用结终始，永愿如履綦，双行复双止'。自我谪江都，漂荡三千里；为感长情人，提携同到此。"可见白居易年少时也有过这样的恋爱故事的。

⑩见陈先生《元白诗笺证稿》第五章《新乐府》。

⑪《唐摭言》记进士曲江宴云："曲江之宴，行市罗列，长安为之半空。公卿家以是日拣选东床，车马阗塞，莫可殚述。"

⑫见《元氏长庆集》卷二十一。

⑬贞元十八年，微之试判入四等，署秘书省校书。就在这一年，他和尚书仆射韦夏卿的最小的女儿韦丛结婚。

⑭此据陈寅恪先生著的《韩愈与唐代小说》。

⑮见《元氏长庆集》卷十。

⑯ 宋罗烨《醉翁谈录》癸集《李亚仙不负郑元和》条："李娃，长安娼女也。李亚仙，旧名一枝花。"

⑰ 晏殊《浣溪沙》词："不如怜取眼前人。"苏轼《雨中花慢》词："吹笙北岭，待月西厢。"都引用《莺莺传》中诗句，可以证明他们是看过《莺莺传》的。

⑱ 南戏源于南宋时的温州杂剧，大约是在南宋建都杭州，温州成为对外贸易的重要港口，经济特别繁荣的时期。东瓯即温州，九山在温州永嘉城西。

⑲《东京梦华录》载"崇观（即崇宁、大观）以来在京瓦肆技艺"有"孔三传耍秀才诸宫调"。可见它是从崇宁、大观以来逐渐流行的。

⑳ 从"镂板将令镜不磨"看，这刻本一定有莺莺的画像。《伯劳歌》是指李绅《莺莺歌》，因为那首歌是以"伯劳飞迟燕飞疾"一句开端的。从"不教专美伯劳歌"看，这刻本一定还有歌咏莺莺的诗篇。

㉑ 明何良俊《四友斋曲说》："语涉闺阁，已是秾艳，须得以冷言剩句出之……若既着相，辞复秾艳，则岂画家所谓'浓盐赤酱'者乎？"

㉒ 这一节采取徐朔方君《论两厢记》的意见，徐君原文载《光明日报》1955年5月10日《文学遗产》专页。下文说到《西厢挡弹词》对老夫人这个人物没有处理得很好，主要也是他的意见。

㉓ 元人称《西厢记》作"春秋"，见宫大用《范张鸡黍杂剧》第一折。明初王彦贞称他咏西厢故事的百首《小桃红曲》为《摘翠百咏小春秋》，"小春秋"也是对于王实甫《西厢记杂剧》的被称为"春秋"而说的。

㉔《草桥惊梦》以后的第五本各折不是续本，还有两点理由可以说明：（一）王实甫《西厢记杂剧》主要是根据董解元《西厢挡弹词》写的，而《西厢挡弹词》是以崔张团圆、郑恒自杀作结的。（二）《西厢记杂剧》每本结束的地方都有《络丝娘尾》二句，暗示下一本的内容。第四本第四折结处有《络丝娘尾》二句："都只为一官半职，阻隔得千山万水"，已经替第五本张生在京得官，两下阻隔，彼此寄信传情，埋伏了线索。

㉕ 清毛西河《西厢记考证》说："明隆万以前刻西厢者，皆称西厢为关汉卿作。"

㉖ 元钟嗣成《录鬼簿》列王实甫所作杂剧十三种，第一种是《西厢记》（据天一阁旧藏明钞本《录鬼簿》）。明初朱权的《太和正音谱》在王实甫名下也首列《西厢记》。

㉗ 明徐士范刻本《西厢记序》："人皆以为关汉卿而不知有王实甫：盖自草桥以前作于实甫：而其后汉卿续成之者也。"后来王伯良、金圣叹都是主张这一说的。

㉘《雍熙乐府》卷十九《满庭芳西厢十咏》：在第九曲咏关汉卿作西厢之后，接下第十曲说："王家好忙，沽名钓誉，续短添长。"这是主张关作王续的。

㉙《丽春堂杂剧》见臧晋叔《元曲选》巳集上。

㉚ 参看注㉖。

㉛ 见王国维著《曲录》及《宋元戏曲史》。

㉜ 金圣叹评刻小说戏曲，每多任意改动的地方。然而这"垂帘双圣主"五字不是金圣

叹可以凭空捏造出来的，又金圣叹本题目总名第二句："法本师住持南禅地"，王伯良本作"法本师住持南瞻地"，并附校注云："南瞻地旧本作南禅地"，可能金圣叹根据的本子正是王伯良所说的旧本。

㉝见《野客丛书》卷十二《张家故事》条。《野客丛书》卷末有嘉泰壬戌陈唐卿的跋文，嘉泰壬戌是公元1202年，即金章宗泰和二年。

㉞《莺莺六幺》见周密《武林旧事》所载宋代官本杂剧目录。《红娘子》见陶宗仪《辍耕录》所载宋金元三朝院本名目。

㉟近人钱南扬根据《雍熙乐府》、《盛世新声》、《旧编南九宫谱》等，辑得《崔莺莺西厢记》曲文21支，可能即是从南宋流传下来的。

㊱明涵虚子论曲："王实甫如花间美人。"

㊲陶宗仪《辍耕录》《杂剧曲名》条："金章宗时董解元所编西厢记，世代未远，尚罕有人能解之者。"陶宗仪，元末明初人。

㊳明胡应麟《少室山房笔丛》、清焦循《易馀籥录》都有这种主张。

㊳越剧《西厢记》在1952年全国戏曲会演时得剧本奖。

㊵《旧唐书》十三《德宗纪》在贞元十五年（公元799年）十二月有这样的记载："庚午，朔方等道副元帅、河中绛州节度使、检校司徒、兼奉朔中书令浑瑊薨。""丁酉，以同州刺史杜确为河中尹、河中绛州观察使。"和元微之《莺莺传》所记是符合的。以杜确为义军首领，那是违反历史事实的。红娘在《西厢记杂剧》里应该是跟《㑇梅香杂剧》里的樊素一样，是"与小姐作伴读书的"。樊素在《㑇梅香杂剧》里是用正旦扮的，红娘也应该如此。她的满口引经据典，正说明她这一种身分。京戏里的《红娘》以花衫演出，那是不符合她的性格的。

《人民文学》1959年9月号，

据河北教育出版社2005年版《王季思全集》第一卷移录

王实甫生平的探索

——王实甫《退隐》散套跋

冯沅君

在元人杂剧中，《西厢记》久已被视为最珍奇的瑰宝。它的流行的广度与影响的深度是首屈一指的。因此在元剧家中，数百年来，享有普遍声誉的，王实甫实为第一人。

然而，元剧家的身世十九是寂寞的，王实甫也非例外。他到底是个什么样人？许多年来，是没有人能说得清楚的。在天一阁本《录鬼簿》发现之前，大家所依靠的文献是《录鬼簿》所记载那一点点：

> 王实甫大都人。

首先在《录鬼簿》外提出新说，指出王实甫的年代的是王国维先生。他在《曲录》中作出结论，王实甫是由金入元的人。他的论据是：

> 案实父所作《丽春堂杂剧》谱金完颜某事，而末云："早先声把烟尘扫荡，从今后四方，八荒，万邦，齐仰。贺当今皇上。"[1]

王说出后，不少年来，元剧研究者一致同意的采用着。天一阁本《录鬼簿》，发现于一九三一年。它于王的籍贯外，告诉我们王的名字与王的生活的某一个侧面：

> 王实甫大都人，名德信。
>
> 风月营密匝匝列旌旗，莺花寨明飔飔排剑戟，翠红乡雄纠纠施谋智。作词章风韵美，士林中等辈伏低。杂新剧，旧传奇，西厢记天下夺魁。[2]

他原来也是个风流人物，对歌台舞榭的生活是很熟悉的，可能还是艺人们的知交；《西厢记》使他压倒一代作家。

一九三九年，我在中山大学讲元剧，于明人编著的书籍中得到三项关于王实甫的材料。其中较重要的两项，一见陆采《南西厢叙》，一见陈所闻《北宫词纪》。

陆叙较简单，只说：

> ……逮金董解元演为《西厢记》，元初盛行。顾当时专尚小令，率一二阕，即改别宫。至都事王实甫，易为套数。

这里告诉我们两件事：元初还没有王剧，流行的是董词；王实甫曾做过都事。都事这个官职，自晋至清，各代都有。元代的都事似乎更多一些，中书省、枢密府、大都督府、行御史台、大宗正府、大司农司、都护府等机构都有。这个中级官吏，但为所司首领。

陈《纪》卷三有王实甫《商调集贤宾》散套，题目是《退隐》[③]。这个散套的可贵处是在抒写情怀中，透露出作者的身世。其中可供我们参考的有三项：

一、他至少活六十岁。因为曲中有"百年期六分甘到手。数支干周遍又从头。"（《集贤宾》）

二、他的官级可能还不低，但因"碰壁"，遂而归休。因为曲中有"想着那红尘黄阁昔年羞"（《金菊香》），"志难酬知机的王粲，梦无凭见景的庄周"（《集贤宾》），"见香饵莫吞钩，高抄起经纶大手"（《梧叶儿》）。

三、他的晚景很顺适。因为曲中有"免饥寒桑麻愿足，毕婚嫁儿女心休"（《集贤宾》），"且喜的身登身登中寿，有微资堪赡赒，有园林堪纵游，保天和自养修，放形骸得自由"（《后庭花》）。

第三项材料见于《北词广正谱》：

> 闲来膝上横琴坐，醉时节林下和衣卧。畅好快活，乐天知命随缘过。为伴侣唯三个，明月清风共我。再不把利名侵，且须将是非躲。[④]

这支曲大概是个套曲的尾曲。因属佚文，所以关于作者的行事透露的不多；但其中情调则与陈《纪》所录王曲相类，故可增加后者的可信性。

一九五三年，孙楷第先生的《元曲家考略》问世，他在这里提出苏天爵《滋溪文稿》中关于王实甫的新文献。苏集中有为王结写的《元故资政大夫中书左丞知经筵事王公行状》，其中曾道及王结的家人：

> 公（王结）易州定兴人。……父德信，治县有声，擢拜陕西行台监察御史。与台臣议不合；年四十余，即弃官不复仕。累封中奉大夫，河南省参知政事，护军，太原郡公。母张氏，封太原郡夫人。⑤

他又据此作了推论：苏文作于至元三年，而记王结的父母都有封无赠（在封典中，对存者为封，没者为赠），可知此时王德信夫妇尚在，"度其时年至少亦近八十"⑥。

孙先生这个发见是值得重视的。如果苏文中的王德信即《西厢记》作者王实甫，那我们从这里不仅可约略推定他的生卒，而且知道他的家世，他在当时的政治地位，他的性格的某些方面。但是就我所见及的论著，多数人对这段材料持怀疑态度。兹以吴晓铃先生的意见为例：

> 关于王实甫，我们掌握的材料不多。……有人曾根据了王德信这名字，查出在元代妥欢帖木儿至元三年时，有这么一个人，做过监察御史，但究竟是否系《西厢记》杂剧作者还没有可信的旁证。元代杂剧作家一般都是在群众里面的人，顶多做个小官吏，所以生平时代现今都不容易确切考查。⑦

吴先生的论点大抵有二：孙说仅据姓名相同，而无旁证；一般剧家的身世都不显贵，因而曾任监察御史的王德信就没有多大可能是《西厢记》作者。这种不逐新异、谨慎的对待问题的态度是应予肯定的。

我的意见却与孙先生接近，认为苏文中的王德信是因"与台臣议不合"，而"弃官不复仕"的，这与《退隐》散套中的"见香饵莫吞钩"的牢骚语吻合。其次监察御史的官级虽不算如何高，但它"司耳目之寄，任刺举之事"，要"圭表百吏，纠绳四方"，总算是"台省之职"⑧，用它来解释《退隐》散套中的"黄阁"、"经纶大手"倒也说得过去。再次，王结身为重臣⑨，德信因得以"封君"终老，《退隐》散套中的"有微资堪赡赒，有园林堪纵游"可说是这样生活的具体描述。最后，元剧家确多是"群众里面的人"，但这并不排拒其中有少数是贵显的。如《豫让吞炭》、《霍光鬼谏》、《敬德不服老》诸剧的作者杨梓，他就做过杭州路总管，追封弘农郡侯⑩；又如《庄周梦》剧作者史九散仙——史樟，他也是万户⑪。王实甫为监察御史并不足异。如果说苏文需要旁证，《退隐》散套仿佛还有这样资格呢。

当然，这里还存在着两个问题，需要考虑。

第一是王德信的籍贯问题，也就是大都与易州的问题。《录鬼簿》以王实甫为大都人，苏文以王德信为易州定兴人，地域不同，很可能是两个人。我觉得，这个可能诚然是有的，但与此相反的另一可能也不是没有。另一可能之所以有，首先是因为，像这类的问题，在元曲家中，不只王实甫有，别人也有；其次是因为这种歧异还是可以解释的。关汉卿在《录鬼簿》中也作大都人，而乾隆本《祁州府志》⑫则说他是祁州人，这种情况与王的情况颇相似。对于这两个名剧家的籍贯问题，我们很可以作如下的看法：在《元史·地理志》上，祁州与易州同属保定路；保定路与大都路同隶中书省，所谓"腹里"⑬，彼此也接近；这样，同是一人，因地区接近而有误传，也非绝无可能。同时，在当时，大都这个名词有时用的较广泛，甚且与"腹里"差不多。关本祁州，王本易州，而统言大都，好像也说的过去。

第二是王德信的卒年问题。《录鬼簿》以元人记元人事，是考定元曲家行事的重要文献。作者钟嗣成的序作于至顺庚午（1330年），而王实甫则列于"前辈已死名公才人"里⑭。这样的王实甫和苏文中的直活到至元三年（1337年）尚在的王德信怎能是一个人？这种疑问也是可以解释的。解释分两点：《录鬼簿》的自序虽作于至顺元年庚午，但《录鬼簿》的完成却在后七年丁丑，而且好像后来还有所补充。钟书成于丁丑，可由邵元长序文说明：

> ……侧听继先钟先生大名久矣，莫遂识荆。丁丑孟秋，邂逅于东皋精舍，匆匆东之郓城。中秋，复回溪上，示余以新编《录鬼簿》（天一阁本《录鬼簿》）。⑮

既然说是"新编"，大约书即成于这年秋天或稍前。说丁丑以后有所补充，是根据书中关于乔吉卒年的记载：

> 至正五年二月，病卒于家（曹本《录鬼簿》）⑯。

至正五年是一三四五年，上距至顺元年（庚午）已十五年。本来序先书成是作家们的常事，钟书如此，也不足怪异。此其一。孙楷第先生对于王德信的年岁的推断是根据苏文的作期 (至元三年)，我的意见与他微异。我认为：依常例，王德信的受封是由王子结的贵显，所以他受封的时间与王结的卒年关系大，与苏文的作期关系不大。也就是说，我们应从至元二年来推断王德信的年岁。至元二年是一三三六年，王结死于这年的正月，王德信不能死在此时以前。但由此下至一三三七年 (丁丑) 秋，中间约有一年半的时间。王德信此时已是八十来岁的人，可能就在这时死，钟嗣成因列他于"前辈已死名公才人"里面。所以，如果我们这样来看，那就丢开丁丑后曾加补充不论，钟书与苏文中间的矛盾也不是不能解决的。而且，我们似乎还可以将苏文与钟书结合起来使用，把王的卒年更确定一点，放在一三三六年正月至一三三七年秋之间。此其二。

在一九五四年与一九五五年先后出版的《西厢记》和《从莺莺传到西厢记》两书里，王季思先生就曾接触到《西厢记》的作期及作者的年代问题。两处的意见是一致的，后者是这样写的：

> ⋯⋯其实杂剧末了以祝颂"当今皇上"作结，是勾阑演出时的惯例。这被颂祝的皇上，是指杂剧演出时的当朝天子，并不指剧中情事发生的某一朝代的帝王。今本《西厢记》杂剧终场时"谢当今盛明唐圣主"这句话，金圣叹批本作"谢当今垂帘双圣主"，这是更适合当时杂剧的通例的。《元史·后妃传》说元大德年间 (公元1297—1307年)，成宗多病，布尔罕皇后居中用事，政事都由她决定。据陈寅恪先生的意见，这"垂帘双圣主"，正是当时《西厢》杂剧上演时对于元成宗和布尔罕皇后的祝颂[①]。据此推断，王实甫《西厢记》杂剧的写成，当在大德年间，正是元人杂剧的黄金时代。又王实甫的《丽春堂杂剧》第三折有"想天公也有安排我处"及"驾一叶扁舟睡足，抖擞着绿蓑归去"句，都是引用白无咎的《鹦鹉曲》的。《朝野新声太平乐府》记冯子振和白无咎《鹦鹉曲》在大德六年 (公元1302年)。根据这些材料推测，王实甫在戏剧方面活动的年代，主要应在元成宗大德年间及其前后，他的时代应该和白无咎、冯子振相去不远，而比关汉卿、白仁甫稍迟。

这里面的论点是两个：据"垂帘双圣主"来推断，据《丽春堂杂剧》的某些语句来推断，二者中前者更为有力些。拿陈先生与王先生对"垂帘双圣主"的意见与苏文结合起来看，彼此间是没有什么矛盾的，甚且可以说前者支持了后者。

依照苏文，王实甫在一三三六年（至元二年）是八十来岁，则王的生年不妨假定在一二六〇年或稍前，由此到大德，他是四十多岁。一般的说，四十多岁正是人一生的好年月，大有作为的时候；这时候既有相当丰富的生活经验与一定的学术造诣，精力也仍然充沛饱满。就王个人来说，正是在政治上碰过壁，"高抄起经纶大手"的时候。由政治转向文学，出入于"风月营"、"莺花寨"、"翠红乡"，由艺人得到启发，他遂发挥天才，创造出"天下夺魁"的《西厢记》，为争取婚姻幸福的男女青年，草拟下字字珠玑、震人心魄的檄文；这实是顺理成章的，揆诸当时文人的生活规律，并无何刺谬之处。

综合以上的推论，以王实甫自己的作品《退隐》散套为中心，联系《录鬼簿》的记载，孙楷第先生发现的苏文、陈寅恪与王季思两先生对金本"垂帘双圣主"的新解等，我们可以给王实甫的生平画个轮廓：

王实甫名德信，元易州定兴人。约生于一二五五——一二六〇年。曾作过某地县官，声誉很好。后来升任陕西行台监察御史。由于和"台臣议不合"，四十多岁就弃官不作了。据文献，他还做过都事，年代却不易推断。他的性格大约是很正直，所以为老百姓所喜爱，而不善逢迎上司。像不少剧家一样，他也有段冶游生活，这可能是他弃官后的事。向优秀的民间文艺吸取题材，他在休官后不久就完成了不朽剧作《西厢记》[18]。在六十岁时，他用散曲套数描写他退隐后的生活。生活颇优裕，诗酒琴棋，笑傲林泉，但在恬静淡泊的情怀深处，蕴藏久难平复的政治创伤。他的儿子王结是当时的高级官吏，他因而累封为中奉大夫、参知政事、护军、太原郡公。王结六十二岁死时，他与妻张氏都还健在。卒年约在一三三六——一三三七年间。

无可否认，这个轮廓中有很大的盖然性。因为现在所掌握的材料，大都只许我们作假定，不许我们作肯定。但是，仗赖着这些年来古剧研究者的共同劳动，我们对王实甫已由仅知籍贯而达到能假定他的年代、性格、官职，并窥见他的生活的某些侧面，这毕竟是可喜的。在这样的基础上，继续探讨，使推断中的错误降低或消灭，这也不是不可能的。

元贞、大德前后，元杂剧达到高峰，这已是人所公认的事实。十三世纪后期则是这个黄金时代的准备阶段，名作家次第出现。除确知生于金末的白朴外，关汉卿约生于一二四〇年左右[19]；约后十年，而有马致远[20]；再后数年而有王实甫。元贞大德时，白朴约七十馀[21]，关汉卿约六十，马致远约五十，王实甫较晚约四十馀。在整个元剧的丰收季节，在天才作家的经验 (生活的与文学的) 丰富、精力旺盛的年岁，纪念碑式的名剧《西厢记》诞生了。

①《曲录》卷二，杂剧部上。

② "杂新剧" 应为新杂剧之误。

③《雍熙乐府》卷十四，也载此曲，标题也是《退隐》，惟未题作者。《雍熙乐府》录曲而不著作者，是很习见的。如卷十一的未标作者的《昭君出塞》即马致远的《汉宫秋》的第三折。

④见《北词广正谱》 "双调" 下。曲调是 "离亭宴煞。" 据注，它的首曲首句是 "得又如何"，大约全曲也是抒写退休后的逸情和感慨的。《太和正音谱·双调离亭宴煞》也引此曲为例，而题为 "王实甫 '丽春堂' 第四折"。这里当然是有错误的。据《元曲选》，《丽春堂》第四折根本未用 "离亭宴煞"，而且用韵也与此曲不同。不过 "观过知仁"，《正音谱》也透露出这支曲出王实甫手的消息。因为《正音谱》所题不完全正确，故李玉在《北词广正谱》中纠正了它的错误，改题 "套数，王实甫撰"。后来吴梅先生在《南北词简谱》中采用的就是李说。吴先生对李谱不断提出修正意见，对这支曲却无异言，可见他采用李说也不是随随便便的，而是承认它是对的。

⑤《滋溪文稿》卷二十三。

⑥《元曲家考略》王实甫下。

⑦《西厢记》 (吴晓铃校注) 前言。

⑧《元史·贡师泰传》： "再迁吏部，拜监察御史。自世祖以后，省、台之职，南人斥不用，及是始复旧制。于是南士复得居省、台，自师泰始。"

⑨王结曾官中书左丞。中书左丞的官级是正二品，见《元史·百官志》一。

⑩据《乐郊私语》。

⑪元王恽《秋涧集》卷六十六，《九公子画像赞序》： "史开府子，名樟。喜庄、列，屡为万夫长。有时麻衣草屦，以散仙自号。" 天一阁本《录鬼簿》中史九散仙下： "武昌万户散仙公，阀国元勋荫祖宗。……编胡蝶庄周梦，上麒麟图画中，千古英雄。"

⑫《祁州府志》卷八，纪事。

⑬《元史》卷五十八，《地理志》一。

⑭有的本子在关汉卿前只题 "前辈才人"，无 "已死名公" 四字。

⑮ "新字" 是值得注意的，它指出了成书的时间。别本作 "亲"，颇为不辞，显然是 "亲" 与 "新" 形近而误。

⑯ 天一阁本未言乔卒。

⑰ 我最近函托王先生代询陈寅恪先生关于"垂帘双圣主"的论据。陈先生说，解"双圣主"为成宗与布尔罕皇后是王国维先生告诉他的。

⑱ 《西厢记》如成于大德年间，此时王恰好刚休官。有人认为"双圣主"可能指顺帝与皇太后卜答失里，《西厢记》可能成于顺帝时。但《录鬼簿》列王实甫于前期剧家中，他的年代不能与关、马相去太远；而且，即如苏文所言，王在顺帝时尚存，但年已八十许，八十许的人仍从事创作，可能性毕竟是不大的。比较起来，仍以大德说为较妥。

⑲ 孙楷第先生的《关汉卿考略》（《文学遗产》第二期）定关生于一二四〇年至一二五〇年间。我觉得这是较可信的。我考定关汉卿生年用的材料一部分与孙先生同，但因将马致远的生年定在一二五〇年左右（详后），而关以老叟称（见天一阁本《录鬼簿》），年龄可能较马为长，所以将它提前了几年，定在一二四〇年前后。

⑳ 马致远曾在元贞时与李时中、花李郎、红字李二等人一同作剧（《黄粱梦》），在元英宗至治（1321—1323）时，还在作散曲；同时，就他的一些散曲来看，他与艺人共同作剧应是后半生的事。因此，我们将他的生年定在一二五〇年左右（参看《古剧说汇·古剧四考跋》的十三节与注一一五、注一二八、注一三〇）。

㉑ 白朴的生年是人所共知的，但卒年不易定。据他的《水龙吟》（《天籁集》），知他大德十年（1306年）尚在，他可能活到一三一〇前后。

1956年3月于青岛

原载《文学研究》1957年第2期

《琵琶记》中的蔡伯喈

董每戡

　　马克思列宁主义的美学曾教导我们说，以艺术形象的形式反映生活，是艺术，尤其是文学的最重要的特点；凡是作家总是在形象中体现出真实的现象。那末，要真正了解一个作家对世界的真正看法和一部作品的思想意义，决不能只在作者的生平和作品的三言两语中探索，而应该从作家所创造的生动的形象中去找寻，因为作家所处理的不是抽象的思想，和一般的原则，而是活的形象，思想恰就在所塑造的人物形象中显现出来。因此，还是放下《琵琶记》的开场和结局，转而向作者塑造的人物形象方面探索罢。

　　这里，我只想谈三个人物形象——蔡伯喈、赵五娘和张广才。

　　现实的真实描写要求着自由广阔的性格描写，要求着创造十分有价值的非常复杂的人物。当然，我们并不要求一个古典的现实主义作家高则诚非百分之百地达到这个程度不可，如果他能在剧曲中塑造出一两个比较有鲜明性格的人物，符合了现实主义的某些要求，就可算是了不起的作手了。高则诚居然能完成了三个比较复杂而完整的人物形象，已非同小可，我们应该肯定他在这方面的成就。

　　这里，先谈蔡伯喈。因为戏剧故事和王魁、张协两戏文同型，主角的性格就不易避免雷同。首先，我们得了解这点难处，正如近年来的人改编《琵琶记》一样，很容易把蔡伯喈弄成像《陈世美不认妻》里的陈世美再现，类似的故事很容易束缚了主角性格的形式；可是一个有才能的作者是不愿意剽窃抄袭的，定以其智慧力量和对生活的感受使他的作品中的人物具有独创性。高则诚是有创造性的想象力的人，有意地避免雷同，运用由现实生活中体会出来的正确的思想来另行创造蔡伯喈形象，结果，相当杰出地完成了他的独创性。蔡伯喈自始至终处于矛盾困惑中，内心的矛盾丰富了他的形象，矛盾复杂的性格，使他有别于王魁和张协，也不同于后于他出现的陈世美，而他的矛盾都由"三不从"这个关目来的，这个由高则诚创造的关目，不止使情节结构增加了复杂性，使它大不同于王魁、张协两戏文；也使蔡伯喈的性格趋于复杂，构成浑身都是矛盾，既不像王魁那么简单地变质，一成名便负旧交；又不像张协那样狠毒，一翻身便斩贫女，只真实地写出蔡伯喈的自始至终充满了矛盾冲突，这样，就提高了原来民间流传而又被南戏用过的故事的思想性和艺术性。

戏的开头第二出，实际上等于是这个戏的第一出，蔡伯喈的主观愿望，是和母亲、妻子一致的，相反的只有他的父亲，两支曲子说明了这一点，那就是：

> ［醉翁子］（外）卑陋！论做人要光前耀后，劝我儿青云万里，早当驰骤。（净）听剖，真乐在田园，何必区区公与侯？（合前）
> ［侥侥令］（生旦）春花明彩袖，春酒泛金瓯，但愿岁岁年年人长在，父母共夫妻相劝酬。

他只要一家团聚，并不想脱白挂绿，和蔡父望他光前耀后的意趣不同，就是这个戏剧矛盾的萌芽。到第四出《蔡公逼试》，矛盾开始发展，一开头，蔡伯喈就说出了这个矛盾：

> ［南吕引子］［一剪梅］（生）浪暖桃香欲化鱼，期逼春闱，诏赴春闱；郡中空有辟贤书，心恋亲闱，难舍亲闱。

说明了矛盾又复杂了一些，因为加上了"朝廷黄榜招贤，郡中把我名字保申上司去了，一壁厢已有吏来辟召。""苦守清贫，力行孝道"之志便难如愿了，不止蔡父逼，郡里也派吏来催，同时还加上邻居张大公的劝，因此和自己的不愿、蔡母的不放、新妇的不舍形成了冲突。各人的出发点固是各不相同（逼试、催试、劝试、阻试、辞试），主宰双方的意欲只有两种在冲击着，而且都是那个社会所可能有，甚至必然有的生活现象。同时在那个历史年代，主宰蔡父的那种意欲一定占上风，蔡伯喈的意志一定被压抑，这个"辞试不从"被写得近情近理，足以令人相信，陈眉公评为"初辞终去，两尽子情"，是没有错的。

但是"逼试"和"辞试"，虽不是巨大的对抗性的矛盾，表面看来，"辞试不从"在"三不从"关目中，好像只算是一个引子，不过是衬托后面出现的两不从似的，其实不尽然，正像我国古话所说："木之有本"、"水之有源"，同样有它的重要性，因为它是有关于蔡赵全家命运的决定性的起点，是整个剧本的根基，也是后来蔡伯喈不断矛盾冲突的后两个不从的逻辑依据。不难理解，推动戏剧矛盾的就是这第一个不从，如果准蔡伯喈辞试，蔡便在家永叙天伦之乐，便不会有后来那些纠葛了。当然，"辞婚"和"辞官"是显得有特殊意义的，为了"辞婚"不从，才使他永远处于矛盾冲突中，性格简单化或复杂化都取决于这一点；话虽这样说，如果高则诚对生活的感受不深，和创作的能力不强，仍会使人物的性格简单化，例如张协不接受王德用女儿所赠的丝鞭，也就是辞婚，作者并没有使情节结构和人物性格趋于复杂，便足以证实高明之所以高明了。

第十二出《奉旨招婿》，这事件在我国封建社会里，可说是常见的，在《琵琶记》中被处理为情节结构和人物性格的转折点，表面上看这一出写得并不突出，但因为下边有了第十六出"丹陛陈情"来衬托对照，就把奉旨招婿跟上表辞婚这个对立的矛盾突出，蔡伯喈的复杂性格开始形成。因蔡伯喈在那个历史年代和那种情势下是必然重婚的，不如此才是稀见的事。高则诚能具体地写出蔡伯喈由状元及第到强就鸾凤的过程，极细腻地刻画出他在这过程中内心的矛盾，使这常见而并非稀有的生活现象具有动人的艺术魅力，完成了自己的独创性，这才是高则诚的成就。

一个知识分子的由动摇渐变至于蜕化不是那么简单的，必然有他的渐变过程，作者已写过蔡伯喈是一个要"苦守清贫，力行孝道"的人，这样的品质在人民心目中认为是优良的，那末，要他做那背亲弃妻的事，决不能那么简单容易，只要是一个人，内心都不能无矛盾斗争，何况还是品质比较好的知识分子？第十三出官媒来议婚时，必然会是这样的：

> （末丑云）小人是牛太师府里一个院子，老媳妇是媒婆，我两人奉天子之洪恩，领太师之严命，特与状元谐一佳偶。（生云）原来如此，不索多言，且听我说：
> ［商调过曲］［高阳台］（生）宦海沉身，京尘迷目，名缰利锁难脱，目断家山，空劳魂梦飞越。（丑云）状元，是好一个小姐。（生）闲聒，闲藤野蔓休缠也！俺自有正兔丝，亲瓜葛，是谁人无端调引，漫劳饶舌。

这时他还没有起质的变化，甚至连渐变都未开始，这样写是真实的，因他离乡不久，夫妇的感情不能马上淡下去，再说本愿苦守清贫，何能立刻转为贪图富贵？同时他初出茅庐，入世未深，对皇帝丞相的威权之可怕还未有认识，"初生的犊儿不怕虎"，所以不计利害，毫不加以思索，立刻严词拒绝。等到院子以利害说服他：

> 迂阔！他势压朝班，威倾京国，你却与他相别，只怕他转日回天，那时节须有个决裂。

虽然如此，他还不为封建统治阶级的威势所动，越发坚决起来，他说：

> 不须多言，你若果奉圣旨来，我明日上表辞官，一就辞婚便了。

写得如此坚决，正为衬托后来被逼屈服后产生的内心矛盾，显出皇帝和丞相的威势之大，可以左右一个人的意志，可以拆散人的家庭，就这样把深重的罪恶集中到统治阶级的身上来，使读者和观众明白后来蔡伯喈之所以动摇的原因，把憎恨个人的情感移到憎恨封建的统治上去，这是正确的，也是作者提高了原来传说的写法，使情节结构和人物性格都趋于复杂，并且真能反映出那个历史年代社会生活的真实的本质。过去的一般人都认为高则诚为蔡伯喈辩护未免把蔡伯喈写得太好了，所以不能发见《琵琶记》的思想光芒。要知道高则诚把他写得好，正是为了要突出他渐变的原因，真实的意图不是袒护蔡伯喈，而是要揭露罪恶的根源和控诉产生这根源的封建统治阶级，只有这样，文艺作品才具有正确的社会意义，因此，我们该肯定高则诚这种写法是有意义的。

也就因此，第十六出《丹陛陈情》成为全剧中最有斗争意义的一出戏，同时也是在蔡伯喈性格中显出了人民性的闪光，敢于跟封建势力正面冲突，只要他还有这一点勇气，就说明他在此时此地还未远离人民，所思所为都还是和人民对这事件的看法一致，这点子勇气在王魁、张协，甚至后来的陈世美身上都找不到，因之他后来的内心矛盾也不会为王魁、张协、陈世美所能有。

《丹陛陈情》中《入破第一》至《出破》等曲辞无异于李密的《陈情表》，感情真挚恳切，能感动人，尤其《破第二》，《衮第三》和《歇拍》这三支曲，是"辞官"和"辞婚"的理由，也是后来的内心矛盾的依据。因为有关键性的作用，在此摘引原曲：

> 重蒙圣恩，婚赐牛公女，臣草茅疏贱，如何当此隆遇？况臣亲老，一从别后，光阴又几。庐舍田园，荒芜久矣！

（末云）老亲在堂，必自有人侍奉，状元不必忧虑！

但臣亲老，鬓发白，筋力皆癃瘵，形只影单，无兄弟，谁奉侍？况隔千山万水，生死存亡，虽有音书难寄。最可悲，他甘旨不供，我食禄有愧！（末云）圣上作主，太师联姻，状元！这也是奇遇。

不告父母，怎谐匹配？臣又听得家乡里，遭水旱，遇荒饥，多想臣亲，必做沟渠之鬼，未可知；怎不教臣，悲伤泪垂！（生哭）（末云）状元，此非哭泣之处，不得惊动天听。

上表的主要目的显然在"辞婚"，不在"辞官"，前者只有两面：一是在被迫下重婚；要不然就是辞婚，而辞婚必达不到目的，结果还是重婚。那个年代的贵人大都是三妻四妾，重婚在法律上和道德上都不能构成重大罪名，可是居然敢于辞婚，倒是难能可贵的；后者还可以用另种办法来解决，表末说到的"乡郡望无置，庶使臣忠心孝意得全美"。或者令他迎养，都可以不必辞官，由此足见"三不从"都是互相为用的，决不能分割开来看，只不过作者是有意把强迫重婚作为蔡伯喈是否矛盾动摇的关键，矛盾冲突的起点，造成罪恶的根源罢了。当然，在这个历史环境中，这个婚无论如何辞不掉，蔡伯喈性格的矛盾复杂性，就此形成；出末《归朝欢》一曲，又是他内心矛盾的起点：

冤家的，冤家的，苦苦见招，俺媳妇埋冤怎了？饥荒岁，饥荒岁，怕他怎熬。俺爹娘，怕不做沟渠中饿殍？

这感情并不虚伪，因为到此为止，蔡伯喈还未变质，主宰他的意欲还很强烈，但要战胜皇帝和丞相的重压，显然没有可能，这时封建制度还相当顽强地存在，蔡伯喈的相反的意欲，只能跟它矛盾冲突，却不能战胜它。作者如此地反映当时的现实，基本上是现实主义的。在这一出之后所以不接《再报佳期》和《强就鸾凤》，偏偏插入《义仓赈济》，连接着揭露统治阶级的丑恶面貌，同时加深强婚的罪恶和蔡伯喈的意欲受压抑的不合理，把读者和观众引向憎恨封建的社会制度，因此，这情节结构的安排，显得和人物性格的发展不可分，也在这些地方显出艺术性的思想性不可分割的血肉关系。

蔡伯喈经过一番斗争，顽强的封建统治势力压倒他那正义的意欲，他不能不屈服，这样的屈服固然是蔡伯喈的意志力不坚强，或逐渐变质的明证；我们却不能过分责备他，因为这正如马克思所提示的"当旧制度还是世界上先在的权力，而自由相反地只是一种个人的幻想"的时候，他的幻想之被压得粉碎是必然的，而高则诚的好处，就在于写出他为自由作过一番斗争，虽然是徒劳的，终究是蔡伯喈性格中可贵的部分，同时这斗争的徒劳，正显出封建统治势力违反人性的罪恶，可说是具体地绘出了历史的真实风貌。我这样说，曾有人怀疑，以为王魁、张协、陈世美没有这一点斗争性，也许比蔡伯喈更真实，因为一个书生不会敢那样做。我是不同意的，高则诚写这旧制度只是先在权力尚未被历史引到灭亡，故而还有它一定的威力，就因有了蔡伯喈这一种斗争，正说明旧制度已不是十分完整巩固的，必然崩溃的前途就在这里露出了影子，这样写才是符合那个年代的真实，伟大的诗人马雅可夫斯基说过：

> 戏剧不是反射镜，
> 而是——
> 　　放大镜。

旧制度将崩溃的暗影和蔡伯喈思想上的新芽，都被作者安放在放大镜之下，使我们在这里不是只看到了对生活贫乏的反映，而是使我们看到了生活的真实本质，《琵琶记》的思想意义、艺术价值和蔡伯喈性格的生动性，都因为有此一点。车尔尼雪夫斯基曾说过："思想……是产生艺术作品的种籽，是使其生动有力的灵魂。"正适用于此。自然，高则诚不是凭空涌现出这思想，在剧曲中所反映的那个宋元年代，正是旧制度已有了缺口的年代，知识分子的思想意识上，断不会丝毫没有新的因素。蔡伯喈有这么一点点经不起风吹雨打的新芽是可能的，而且他是必然的，这样处理他的性格，不止使性格复杂，主要的是使这性格显现出时代的烙印。王魁、张协、陈世美的性格抓住了社会生活的现象，而蔡伯喈反映了社会生活的本质。

那末，我这样说高则诚写出了蔡伯喈的思想意识上有了新因素，是不是把高则诚估计得过高呢？是不是毫无根据呢？其实，这可以由高则诚创作《琵琶记》的时间地点来说明他有这个可能。他创作《琵琶记》是在至正十三年（1353）方国珍占据庆元路以后，离开任所避乱于鄞——浙江省的宁波，这就是自宋代早已出名的明州，为东南沿海的商业最繁荣的都市之一，它不止是国内商业的要地，而且是对外贸易的要港。高则诚半生耳闻目睹过无数的天灾人祸，同时也看到了受难深重的汉族人民在纷纷起义，离开了为异族统治者当帮凶的推官岗位，生活在商业资本最发达的都市里，一个有良心的知识分子，即使不是主动的，客观的现实在他的思想上，能不起作用吗？我想新都市的市民意识是很容易侵入他的脑子的。那末，他如果有了一些新因素，也不足为奇，那怕只有仅少的一点新因素，都有可能显现在他所精心塑造的主要人物身上的；因此，有意创造区别于王魁和张协形象的蔡伯喈，在品质未起变化之前，敢于做出辞婚辞官向统治阶级抗争的行为，决不是没有来源的了。

也就因此，蔡伯喈思想意识上的新芽是十分脆弱的，倘接战太早，必然被摧毁枯萎，因为离欣欣向荣的时期还遥远得很；可是蔡伯喈居然接战，新芽就被暴风骤雨蹂躏了，便开始了渐变的过程。第十八出《再报佳期》中，首先由媒婆口中总结了蔡伯喈由斗争到屈服的经过情况，跟着展开了蔡伯喈在那种情势下必然趋向的端绪：

> （丑云）咳！我做媒婆做到老，不曾见这般好笑，叵耐一个秀才，老婆与他不要。别人见了媒婆，欢欢喜喜，他反和我寻争寻闹。老相公又不肯干休，只管在家啰皂，把媒婆放在中间，旋得七颠八倒，走得我鞋穿袜绽，说得我唇干口燥，也不怕你亲事不成，也不怕你姻缘不到，只怕你红罗帐里快活；不叫媒婆聒噪。……

说明了在封建势力的压迫下，"亲事不成"也得成，"姻缘不到"也得到，这是他们的"至理名言"。封建社会的婚姻制度本就是这样的，并不是为蔡伯喈洗刷罪恶，实则作者何尝掩饰过蔡伯喈的软弱性？所以马上接下透露蔡伯喈渐变的端绪：

> ［越调引子］［金蕉叶］（生）愁多怨多，俺爹娘知他怎么？摆不脱功名奈何！送将来冤家怎躲？

结果是"这段姻缘，也只是无如之奈何。"固然，事实只有这样地了结；可是，高则诚到此还未忘记这罪孽的根源，在出尾又借媒婆的嘴着重地把它指出来：

> （丑）状元！此事明知牵挂，这其间，只得把那壁厢且都拼舍，况奉君王诏，怎生别了他？……

罪根便是"君王诏"，读者和观众应该对它切齿痛恨，蔡伯喈不过如下场诗末两句所说："情知不是伴，事急且相随"罢了。

因此，蔡伯喈在第十九出《强就鸾凤》中，继续前边的线索走渐变的道路。这出中那支《画眉序》曲子，陈眉公评为"曲已得意了，不似，不似"，认为是高则诚的败笔；我的体会恰相反，原因是陈眉公没有懂得蔡伯喈本质在渐变，性格有矛盾。我以为这一支曲正透露出这一点实质，正是蔡伯喈的"潜台辞"，内心的独白。由灵魂深处突然冒出来的真相，本可以由演员的表演技术表现出来，但在中国戏典就唱出来，有点近乎"背供"的意味，因为他在渐变，原是偏左的，这时已开始偏右，不自然的喜悦情怀不自禁地流露，所以刚只一露，马上就隐蔽起来，所谓"不似"，对他的外在的行为说是没有错；对他的精神世界说，而是"极似"，只要看这支曲和跟在后面的一支《滴溜子》，是两种趋向，就说明高则诚有意写他在渐变过程中的矛盾，现抄引这两支曲来看，便可分晓。

　　[黄钟过曲]　[画眉序]（生）攀桂步蟾宫，岂料丝萝在乔木，喜书中，今朝有女如玉，堪观处丝幰牵红，恰正是荷衣穿绿。（合）这回好个风流婿，偏称洞房花烛。

他为什么这样忘形呢？就因为"丝萝在乔木"，同时被"丝幰牵红"，"荷衣穿绿"迷惑，使潜藏在灵魂深处的，那私有财产制度所孕育而为知识分子都可能有的，个人主义私欲抬起头来，便不自禁地说出了自己的内在的精神面貌，这种潜意识是不自觉地冒出来的，并在此时此地还只能短时的浮现，醒觉之后，便隐蔽起来，继之而出的当然是正常的矛盾心情，于是他这样唱：

　　[滴溜子]（生）漫说道，姻缘事果谐凤卜，细思之，此事岂吾意欲？有人在高堂孤独，可惜新人笑语喧，不知我旧人哭！兀的东床，难教我坦腹！

"漫说道，姻缘事果谐凤卜，细思之……"完全刻画出他此时的矛盾心理，"果谐凤卜"四字，正说明前曲所说是内心的真相，有此真相才有矛盾，而这矛盾也便是社会生活在他的思想意识上的反映，真实的、而且决非偶然的。高则诚抓住社会生活的矛盾，开展这个自始至终的矛盾性格，越是描写得细腻，人物形象越是完整突出。第二十二出《琴诉荷池》和第二十四出《宦邸忧思》都具现了这个创作意图。第二十二出中的三支《懒画眉》和第二十四出中的四支《雁鱼锦》曲子，都抒写出蔡伯喈那种矛盾冲突的情怀，他的动摇矛盾的过程越发显得清楚。现实生活中本是这样。当蔡伯喈那样的人在独自沉思默想的时候，因为离家未久，良心未泯，怀念发妻的心情，自然暂时的还占优势，因而由"只觉指下余音不似前"，过渡到："只见满眼风波恶"和"只见杀声在弦中见"，心理剧烈变化的结果，终于迸出了"只怕眼底知音少，争得鸾胶续断弦"的要求，然而，这样的心情是经不起考验的，待到新夫人一质询，马上垮了。以下的一段宾白写得极好，十分逼真地刻画出在质上已起渐变的蔡伯喈的矛盾心理：

（贴云）相公！你如何恁的会差，莫不是故意卖弄欺侮奴家？

（生云）岂有此心。只是这弦不中用。

（贴云）这弦怎的不中用？

（生云）俺只弹得旧弦惯，这是新弦，俺弹不惯。

（贴云）旧弦在那里？

（生云）旧弦撇下多时了。

（贴云）为甚撇了？

（生云）只为有了这新弦，便撇了那旧弦。

（贴云）相公！何不撇了新弦，用那旧弦？

（生云）夫人！我心里岂不想那旧弦，只是新弦又撇不下。

（贴云）你新弦既撇不下，还思量那旧弦怎的？我想起来，只是你心不在焉，特地有许多说话！

从此以后的曲文和宾白，便显出占优势的不是旧弦，而是新弦，虽然也一度下泪，总觉得"此景尤堪恋"，"此景良宵能几何"？得过且过，又把发妻暂时淡忘了。当然，这也只是暂时的，矛盾不那么容易克服，究竟那边不只一个发妻，还有老父老母，所以《宦邸忧思》还不能不有："他乡游子不能归，高堂父母无人管"，无论如何，足以引起他的忧思，况且"又闻知饥与荒，只怕捱不过岁月难存养，若望不见我信音，却把谁倚仗？"处在这样的情况下，在渐变过程中的蔡伯喈，仍然会有内心矛盾的，同时，"鱼与熊掌"两者能否得兼的问题，也还是他的内心矛盾的有力因素，所以嗟叹："埋怨难禁这两厢，这壁厢道咱是个不撑达害羞的乔相识；那壁厢道咱是个不睹亲负心的薄幸郎！"矛盾就这样的复杂错综，那"恐怕带麻执杖"至于"落得泪雨如珠雨鬓霜"的情况，是真实的；"几回梦里忽闻鸡唱，忙惊觉，错呼旧妇，同向寝堂上"的情况也是真实的；同样地怕"老相公之势，炙手可热"，至于"不如姑且隐忍"的没勇气，何尝不真实？作者就这样真实地塑造出浑身都是矛盾的蔡伯喈来。固然剧本中并未写到他变了质，是因为有一个牛小姐支持他，否则，蔡伯喈很难始终保持在矛盾动摇的阶段。就因为他始终都在矛盾，良心尚未至于尽丧，还能想通过监视设法寄家书，因此上了拐儿的当，一封假家书在这种喜出望外的场合，便粗枝大叶地不暇细辨，至于识不出假信的破绽，狂喜时的疏忽也为事理上所有。同时这样写才能说明他平日间确实时刻想念着家乡的父母和妻子，质虽已在变，却不曾变到忍心地背亲弃妻，由此可以看出作者塑造蔡伯喈形象比较细致，正在此等似不近情，却也合理之处，所以陈眉公评"如何笔迹也不认一认"？便纯是局外人客观的看法，要知道当事者往往会情乱智昏的。不过他的质确实在变，矛盾也很剧烈，在回书中无一语提到入赘牛府事，便是这个缘故，陈眉公看出回书写得不近情，但依然不懂质在渐变这一点，所以评为"全不敢说牛府，何故？"不敢说起牛府才是作者有意透露蔡伯喈变的消息。这点点道理，在这第二十六出末尾蔡伯喈唱的一支中吕过曲《驻马听》曲文中，也可以体味到：

> （生）书寄乡关，说起教人心痛酸！乡亲！传示俺八旬爹妈，道与俺两月妻房，隔涉万水千山，啼痕缄处翠绡斑，梦魂飞绕银屏远。（合）报道平安，想一家贺喜，只说道再来相见。

不只在回书中不提牛府入赘事，甚至希望拐儿也不提及，"只说道再来相见"，"只说道"三字便隐含不愿说的道理。作者还是极力写他的内心苦痛。第二十八出《中秋赏月》就为此而设，实则这一场"过场戏"可有可无，前边已把矛盾心情写够，再补一笔，显得多余的重叠拖沓，虽然有几支曲子是好的。当然，作者这样做也还有他的理由，那是为了时间须有间隔，使《感格坟成》后不马上接《乞丐寻夫》，有间隔才对，这一场过场戏为此还是可以有的。如果就人物的感情论，马上接第三十出《瞷问衷情》不是不可以，也许更紧凑，感情上升得快，把观众的情绪拉紧提高。按我国古典戏曲的习惯写法，时间间隔并不大重要，且在第三十出开头的中吕引子《菊花新》一曲和念词《生查子》都是说寄家书一事，倘没有那一出过场戏，更显得接得紧凑。不过，有此一停顿、间歇，仍有其好处，这已在第二节谈到过，不再赘。

到这里为止，蔡伯喈的性格始终保持着矛盾冲突，复杂而完整，第三十出虽然仍保持这种写法，却因结尾不是当时生活中所有的，就从这里起把蔡伯喈的性格发展搅乱了，原可以不谈下去，但作者已写下了下边十多出戏，不能不再谈几句。蔡伯喈在这时的生活已是荣华富贵，称心如意，正如牛小姐在第三十出中说的：

> 你吃的是煮猩唇，和烧豹胎，待我道你少穿的呵，你穿的紫罗襴，系的是白玉带，你出入呵，我只见五花头踘，在你马前摆；三簷伞儿，在你头上盖，相公，休怪奴家说你，你本是草庐中一秀才，如今做著汉朝中梁栋材，你有甚不足？只管锁了眉头也，唧唧哝哝不放怀。

就因为过着这样的生活，后来牛小姐要将他要回家的事告诉她的父亲，他怕弄僵了事情，说："你爹爹如何肯放我回去，你且休说破了！"一再不敢，真是"怕牛如虎"，跟"丹陛陈情"时迥然不同，软弱性已发展到极点，这样的人，就很难再回到赵五娘的怀里，倘牛丞相再施点压力，可能会走入牛丞相的行列，性格的发展必然是这样，并且那个历史环境是他无能抗拒的。这在第三十二出《听女迎亲》中有更显著的例子：

> [正宫过曲] [四边静] （外）李旺你去陈留，仔细询端的，专心去寻觅，请过两三人，途中好承直。（合）休忧怨忆，寄书咫尺，眼望旌旗捷，耳听好消息。
> [前腔] （生）只怕饥荒散乱无踪迹，他存亡也难测，何况路途间，难禁这劳役。（合前）

怪不得陈眉公评说，"依你说不要去更好"，然而作者由于阶级出身带来的思想意识的局限，不愿鞭挞蔡伯喈，仍写出和蔡伯喈性格发展规律不合的团圆结局。

照原作，蔡伯喈始终不能解决的矛盾，是由牛小姐出人意外的贤慧把它解决了，即使牛小姐能这样做，牛丞相未必肯答应，即使牛丞相能转变到成为这样开明的人（据我看是不可能的），赵五娘又如何？依据赵五娘那样敢于担当一切的坚忍性格，是不会满意蔡伯喈离家以来这些背亲弃妻的可耻行为，那末她能否愿意再和他相处呢？这些都是问题。如果依据各人原有的性格判断，牛小姐该不会贤慧得过分，牛丞相不会转变得那样出奇，而赵五娘倒可能像后来出现于舞台上的秦香莲，然而不能平白地添出一个理想的化身包拯，因而赵五娘势必至于被抛弃或自己甘心不再和蔡伯喈结合，来一个不了自了的抗议，至少在道义上的胜利，还是可以得到的，正如别林斯基所说的："……如果悲剧的主人公在战斗中获胜，那末，结局可以用不着流血，而戏剧也并不因此而丧失其悲剧的伟大性。一个人抛弃了构成状况、环境、空气、生活的生活，眼睛底光亮的东西，永远失掉获得充分幸福的希望，只剩下一条路——把不幸的重担集于一身，在高贵的沉默，静静的哀愁和庄严胜利的自觉中荷重迈进，还有什么光景比这更崇高呢？……"是的，在势力悬殊的情况下斗争，巨大的对抗性的矛盾无法解决时，战败的一方倘以庄严的沉默表示不合作不妥协的抗议，是足以构成悲剧美的。《琵琶记》的女主人公赵五娘，是被作者塑造为自中国土地上生长出来，有纯朴善良而又坚忍果敢灵魂的女性，处处把她的个性放在具有崇高道德意义的地位上来刻画，她有深刻而惊人程度的责任感，对人对事对生活的态度都十分慎重严肃，那末，她完全可以担负起一切的不幸来，而且也一定是她愿意担负的，同时也是势所必然的，倘使《琵琶记》是这样的收场，倒真是一个十分完整的崇高的悲剧，其思想意义和艺术价值，无疑是巨大的；然而，可惜现有的《琵琶记》是有了一个不自然的人为的团圆结局，也有人说："这个结局可能不只是作者的想法，也许人民也有如此想法。"这是没有错的，人民同情受尽苦难的赵五娘，当然希望她有夫妇重圆的一日，但决不是这样的团圆。同时，当时的人民在思想上也有它的局限性，如果作者真能忠于现实，他的现实主义的创作方法，终能战胜自己的落后意识的话，还是可以按照现实生活的发展规律，写出蔡伯喈性格应有的发展的，因为文艺作家不能老在群众的背后，必须走在他们的前面。现在这个结局，不止破坏了蔡伯喈和牛丞相的性格的完整性，尤其使赵五娘的性格不能得到更高的发展，杜勃洛留波夫说："创造崇高的性格在命运的打击下被迫妥协是一条平稳的大道。"高则诚就走了这一条平稳的大道，因而，《琵琶记》的思想光芒便黯淡下去了。

《〈琵琶记〉简说》，据广东高等教育出版社 1999 年版
《董每戡文集》中卷 65~79 页移录

赵五娘的悲剧

戴不凡

　　这里先谈赵五娘：

　　蔡伯喈的性格，几乎成为讨论《琵琶记》的中心问题。研究高则诚创造的这个人物，对于理解作者的思想，的确有很重要的意义。不过，撇开了赵五娘来谈蔡伯喈，那是不可能全面理解"琵琶记"内容的。这里，我不想运用机械的统计方法，说四十二出戏中，赵五娘的出场次数远比蔡伯喈为多，因而断言这个人物在剧中具有何等的重要性；只消举出下列事实，就可以说明她在作品中的重要地位了：看"琵琶记"时，我们最关心的不是别的，而是赵五娘的命运究竟如何？她究竟能不能摆脱重重的苦难？当然，我们也关心蔡伯喈究竟能不能辞婚，能不能辞官，能不能回到陈留郡去？但是，对蔡伯喈的这种关心，是和我们对赵五娘的关心不可分的。假如陈留郡没有一个如此令人同情喜爱的赵五娘，那么，蔡伯喈能不能回去，就不会使我们这样关心，这样引人屏息注视了。赵五娘应当是《琵琶记》的中心人物，是剧本中最重要的主角。可惜，这个很明显的事实，却被某些对《琵琶记》很有研究的同志忽略了。他们探讨了蔡伯喈的性格，可是，这个人物在作品中的位置却没有公允的估计，以致他们纵然承认赵五娘写得很成功，但由于"蔡伯喈没有写好"的缘故，因而断言"琵琶记"是一部反现实主义的作品。既承认作品的主要人物是写得成功的，但是又说这部作品的基本倾向是不好的。某些否定《琵琶记》的意见显得苍白无力，不止在于对蔡伯喈性格的分析不能令人信服，还在于根本论点就是自相矛盾的。

　　在开始谈到赵五娘的时候，我要修正自己对这个人物的看法。在以前写的一篇介绍《琵琶记》的文章中（译文发表于 1956 年 3 月 16 日《俄文友好报》），我指出了赵五娘性格的各个方面，特别强调了赵五娘这个形象是"苦难"两字的化身。——高则诚通过这个被功名富贵夺去了丈夫的人物，揭露了封建社会制度加在一个普通妇女身上的重重苦难。但是，问题不止在于赵五娘受了苦难，更值得注意的是：在苦难中，赵五娘是竭尽自己的一切可能，始终不渝地坚持下来，斗争过来，这个性格的强大力量，首先在于她有高度的责任心，坚韧无比的毅力，可以牺牲自己所有的一切的精神。我以前只注意她受苦，却没有注意她的苦难中所表现的高贵品质；只注意了这个形象的消极意义，忽略了她积极的一面，这是带有极大片面性的。

在这里，有必要先说明赵五娘是不是一个世俗"孝妇"？因为，许多对"琵琶记"的奇特结论，就是从这里来的。（例如，有人以为，假如答案是肯定的，那么，作品所同情的主要人物就是一个完全符合封建阶级口味的人物了，于是，作者高则诚也就成为宣扬封建道德的喇叭，不配称为一个伟大的艺术家了。）

不过，在我看来，答案还是否定的。

赵五娘的确是贤孝的，但却不是世俗的孝妇。如所周知，封建阶级衡量妇女，是以"三从四德"为最高准则的，但是，赵五娘并不符合这个标准。这特别表现在她对公公、丈夫的态度上面。——她并不是以家长和丈夫的意志为意志的。以"逼试"来说，当她知道伯喈要离家求取功名时，她先是责备伯喈"《孝经》、《曲礼》，你早忘了一半"；（生活在古代社会中的人，她们是很难提出其他更进步的理由来说服对方的。）后来，她知道这并不是伯喈的自愿而是公公的决定时，她对于家长的意志，也不是逆来顺受的。她当着伯喈说：

> （沉醉东风）你爹行见得好偏，
> 只一子不留在身畔！（介）
> （白）我和你去说咱！……（唱）
> 休休，他只道我不贤，
> 要将你迷恋。
> 苦，这其间怎不悲怨！ ①

她不止是不同意而已，相反，她还责备公公的主张错误呢！金圣叹尝斥骂离经叛道的莺莺"亦不解三年大比是何事"；如果圣叹细读"南浦嘱别"，恐怕会对

---

① 本书引用《琵琶记》原文，一般都根据清初陆贻典钞本"蔡伯喈琵琶记"。（此本不分出数，不标出名）所引用的出数和出名，据李卓吾评本。

赵五娘骂得更凶的。因为，五娘不仅不管黄榜招贤是何事，竟连企图光耀门楣的公公的用意亦不管，反而还要骂公公，反而还想一把拉着丈夫去评理。在逼试问题上，赵五娘比崔莺莺更加离经叛道！虽然，最后伯喈还是上京去了，可是，这并不意味着她就此同意了公公的决定和丈夫的行为。——伯喈离家以后，她一直是在埋怨着的。很显然，赵五娘不是家长、丈夫意志的顺从者，因此，这个贤孝妇就不能不和"三从四德"的孝妇有根本的区别。我们如果再看一看另一场极关重要的戏——"代尝汤药"，更可以看出这是个什么样的人物了。在这场戏中，发愤已极的蔡公，定要媳妇改嫁。按照封建道德来说，五娘这时可以走两条路：一是服从公公——家长的遗命，才可谓"孝"矣；二是顾全"名节"，"一马一鞍"，这也够得上造贞节坊的。赵五娘口中虽然也说是"烈女不嫁二夫"，可是，她心中真正考虑的却不是这些。

"公公命严，非奴敢违。只怕再如伯喈，却不误了我一世！"（陆贻典钞本）

多么可怕的生活呵！蔡伯喈苦害了她半世，但是她还不能不把这个苦害了她半世的人当作幸福的依靠。她并不是为了遵循上面两条世俗的道路才不改嫁，以至于演出剪发葬父、琵琶上路这些因不改嫁而产生的悲剧的。只是因为蔡伯喈使她吃尽了苦头，她有着经验，有着自己的打算，才决定自己的生活道路的。她还是为了自己的幸福而不是为了做孝妇和烈女才死守在蔡家的。赵五娘分明不是一个唯父命、夫命是从的人物。如果把这样一个人列入世俗孝妇的队伍中去，那真是非常冤枉的。

有人以为赵五娘和蔡伯喈其实并没有什么爱情。——象分别的时候，还在老唱着"为爹泪涟，为娘泪涟，何曾为着夫妻上意牵！"如果真是这样，那也是不能不怀疑赵五娘是个世俗孝妇的。不过，赵五娘既然是一个有自己意志的妇人，如果她不爱伯喈，那么，怎么可能在分别时去为伯喈的父母"泪涟"呢？分别以后，又怎么会盲目地去孝敬伯喈的父母呢？（何况，她既不同意蔡公逼试；何况，公婆对她都还有猜忌呢！）问题首先在于：作为一个戏的批评者，究竟能不能从戏的角度来看剧本的描写。象刚才举过的例子，赵五娘要拖着蔡伯喈去爹跟前评理，如果关起书房研究，那一定只能得出这样的结论："你爹行见得好偏，只一子不留在身畔！"这不过仅仅是描写赵五娘考虑生计问题而已！但是，台下的观众看戏至此，一定会理解，这并不单纯是生计问题，而且还有更主要的内容。全剧一开场——"高堂称庆"时，作者就已经告诉我们，这是一对新婚不久的夫妻，这是一对感情和睦的夫妻，这是一对对生活有共同理想的夫妻；而这一出戏一开始，我们又听到她唱着："春梦断，临镜绿云撩乱。闻道才郎游上苑，又添离别叹！"于是，当她批评丈夫忘了"孝经""曲礼"，骂公公"见得好偏"，要拉丈夫去说理时，这样一个人物此刻的内心中，是否充满着"离别叹"，是否有难舍难分的爱情，这是不说自明的问题。她嘴上虽说着"云情雨意，虽可抛两月之夫妻"，但事实上，恐怕正是难抛两月之夫妻，才使这位知书达礼的新娘子在台上来一个"介"——要拉丈夫去评理呢！这才使她猛然之间又心虚起来，想起"他只道我不贤，要将你迷恋"。于是，就在拉着蔡伯喈时又只好"休休"地放下手来了。（否则，她如果没有心虚的因素——如果一点没有什么爱情，根据"孝经""曲礼"办事，那就毋须在拖着丈夫时忽地又放开手了。）除非导演跟演员根本不懂戏为何物，不注意把人物前后的心情、关系连贯起来，看她此刻内心里在要求什么，想些什么，（例如：祝英台唱着"我家有棵大牡丹，梁兄要采请快来"，就以为祝英台此刻是在邀请山伯去她家采牡丹。）那么，这里决定不可能把赵五娘处理成为一个只是在口中说着"孝经""典礼"——所谓封建教条的概念化人物。总之，赵五娘在离别的场合，虽只是吞吞吐吐地说了半句"夫妻恩情"，但在实际上，"夫妻恩情"是浸透在她骨髓里的。"妾非荡子妇"（"临妆感叹"），除非把她理解为一个荡子妇，否则，这位古代的新娘子，口中决说不出"亲爱的，我舍不得离开你呀！""你是我的心，我的灵魂呀！""你走了，我多么寂寞呀！"……以及诸如此类的绵绵情话的。同时，剧本也并不是没有正面地描写赵五娘和蔡伯喈之间的爱情的。"南浦嘱别"时，那一股"无限别离情"，那一种难舍难分的情状；"临妆感叹"时，希望"君还念妾，迢迢远远，也索回顾"；"里正劫粮"时，她要投井自杀，但是想起了"我丈夫当年分散，叮咛嘱咐，爹娘教我与他相看管"，因而又从井边走回来，这些描写，都应当认为是最深厚的爱情描写。如果不是爱，而只是所谓封建教条在支持着她，那么，她首先就应该高高兴兴送伯喈离家，而不至于说"无限别离情，两月夫妻，一旦孤冷"了；即使有些留恋不舍，她也应当勉励伯喈得中归来光耀门楣，而不至于当着张大公和公婆面前反唇相稽，骂伯喈"你爹倒叫别人看管"了；在赈粮被劫，无法再活下去的时候，也可以投下井去完成做孝妇的任务，而不必继续忍苦活下去了。——一个人把丈夫的托咐看得比生命还重要，你能说这不是炉火纯青的夫妻恩情在支持着她？

为了行文方便，有必要把蔡伯喈对赵五娘究竟有没有爱情的问题，也先在这里谈一下。问题之所以显得重要，是由于有的文学批评家认为，赵五娘和蔡伯喈身上有的只是"孝"，（关于蔡伯喈之孝留待以后再谈）他们之间并没有什么爱情。因而给剧本带来许多概念化的描写。而这些所谓概念化的描写，据说又是跟高则诚的创作意图"不关风化体，纵好也枉然"相联系的。总之，他们力图就此证明"琵琶记"之所以取得艺术上的成就，是由于"生活于作者狭隘观念的补充"。当然，这里没有必要研究这一"结论"；应当先研究的是：得出这一结论的一些根据是否充分？——剧本究竟有没有描写蔡伯喈和赵五娘之间的爱情？就戏论戏，剧本不但描写了五娘对伯喈的爱，而且也还非常生动地描写了伯喈对五娘的爱的。即以"南浦嘱别"来说：（观众看这场戏之前，早就在"高堂称庆"中看到这对夫妻和谐的关系了。）前半出描写五娘要拉伯喈去评理的一场不必说，这出戏的最后一场是：作者有意让蔡公蔡婆等先下场，在台上只留下这对新婚不久，相敬如宾，但就要离别的夫妻。蔡伯喈回答"你如何割舍便去"的赵五娘的，是这样一些话："肠已断，欲离未忍；泪难收，无言自零"；"宽心须待等，我（岂）肯恋花柳，甘为苹梗。……我没奈何分情破爱，谁下得亏心短行"；而夫妻俩的共同感觉（合唱）则是："从今去，相思一样泪盈盈！"……单从字眼来看，难"割舍"，"分情破爱"，"相思"，……已经是写爱情的洋洋大观了。（不知道有些批评家为何不引证这些字汇，而偏说他们身上只存在"孝"？）而且，根据这些唱词，舞台上至少也会出现悲啼拭泪，再三叮咛，"耿耿此心惟天可表"一类的形象。这出戏最后是伯喈先下场。但根据刚才难舍难分的情绪，根据赵五娘在伯喈下场以后的唱词："他那里谩凝眸，正是马行十步九回头，……"只要稍稍懂得戏曲舞台规律，谁都可以设想，蔡伯喈的这个"下场"，决不是往下场门一走就完结。这里一定会有个极其动人的"下场"的。至少，伯喈在和五娘最后分手时，走一步，要回顾一下；步法，不是轻快而是沉重的；脸部不是死板板，而是愁眉苦脸的[①]。在这里，谁都不会把这个场子的最高目的解释为宣传"孝道"——所谓封建教条，这是一个极其深刻的描写爱情的场子。至于剧本在这里写蔡伯喈只说"卑人有父母在上，岂敢久恋他乡！"而不说"卑人有娘子在家，岂敢久恋他乡！"

---

①以前浙江金华的"昆腔班"演"南浦"时，剧本虽大体上一如原著，但有所丰富。我记得离别时，五娘向伯喈连说"官人慢去！"，作凝立状，凄楚动人。（较"十八相送"最后，祝英台的那种离情别绪犹有过之）完全是爱情描写。这一镜头及五娘的道白，则诚原著没有写明，但显然是在原著基础上增添起来，而不是外加进去的。

以及伯喈考中以后，作者只较多地写他如何思念父母，而较少提及如何思念赵五娘，其实都是"意在言中"之笔。有人认为，蔡伯喈这节唱词："几回梦里，忽闻鸡唱，忙惊觉，错呼旧妇同问寝堂上"，正表现了这位"孝子"要求于妻子的也是"孝"，他们之间并没有什么爱情。这种说法之所以不能使人信服，是由于它比一次简单化的生活检讨会还要十倍糟糕！（生活检讨会无论开得怎样不好，总不至于根据梦境去分析一个人的思想的。）其实，作者写这节唱词的主要目的，无非是为了表现蔡伯喈跟牛小姐的同床异梦而已。同时，把"高堂称庆""南浦嘱别"等场边连贯起来看一下，伯喈既跟五娘有深切的爱，那么，他在牛府做梦时，"错呼旧妇（五娘）同问寝堂上"，实质上也就是把思亲和思妻当作一回事来描写。这一种异常精练而又形象化的手法，倒是很值得后人学习的。而且，夫妻双双去问问父母的早安，这不仅不是什么封建礼教，相反，这倒是正常的有恩情的夫妻才能做得到的事呢。只要不把爱情的描写，局限于鸳鸯蝴蝶、比翼双飞的狭隘范畴，那么，在全剧中，就会发现，爱情——这股潜伏于人物内心中的巨流，是在如何推进着剧情的发展。反之，如果只是简单地认为，要表现蔡伯喈的爱情，就必须写他如何想念老婆，甚至梦里也不忘跟老婆亲亲我我，那倒是不符合这个人物的身份和感情的了；那么，高明也将成为太不高明的作者了。另外，为了证明爱情不存在于蔡伯喈身上，还有人从剧中寻出两节话来："比似我负义亏心台馆客，倒不如守义终身田舍郎。""（赵五娘）终是我的妻房，义不可绝。"说他身上有的，不过是"义"——封建道德里丈夫对妻子相应的义务而已！并说，认"佳人才子"为"琐碎不堪观"的高则诚头脑里，根本"还没有爱情这个概念"。（重点都是我加的。）当然，十三世纪的高则诚，不习惯说"爱情"——这个流行还不到半世纪的名词，有什么值得非议的呢？但是，"情爱"（如刚才举过的"分情破爱"）、"情义"的实质，跟今人所说的"爱情"基本上是一样的。梁山伯在楼台会中，第三张状子告的"你这无情无义的祝英台"；英台吊孝时也说"非是妹妹无情义"[1]；（如果说：义只是男对女的义务，这里就不通了。）梁祝几乎是我们古代的"爱神"，他们都不说"爱情"，而只说"情义"，将为之奈何！如说这种"义"也是封建道德，那么，连梁祝都是封建道德的信徒了。谁能这样相信呢！又如，我们说"王魁负义"，难道是在责备王魁没对敫桂英尽到封

———————

[1] 越剧旧本及抄本"梁祝宝卷"（作者藏）都有此二句。新改编本已将它们删去了。

建道德的责任么？只看到"义"字，而不探讨它的实质，那是得不出结论的。

总之，剧本是描写了五娘对伯喈的爱情，也描写了伯喈对五娘的爱情的。只要不仅仅按照陈最良跟杜丽娘解"毛诗"的方法①来看剧本的描写，而是把这些描写当作为要在台上演出的戏来看，那就会知道，高则诚认为"琐碎不堪观"的"佳人才子"，那必定是另有所指，他决不是完全不懂爱情；相反，他在这里倒是很生动写了比较高尚蕴借的爱情的。因此，从认为剧中没有描写爱情出发，来论证生活如何补充了作者狭隘的观念，其立足点就是架空的。

回头再来看赵五娘吧。

赵五娘既然不是一个世俗孝妇，那么，又怎么理解她口中所说的，要做"孝妇贤妻"，要做不事二夫的"烈女"这些话呢？剧本描写赵五娘是在伯喈离家以后，不得不代丈夫去尽子职的时候，才说出"既受托了蘋繁，有甚推辞"这样的话，才想到"索性做个孝妇贤妻，也落得名标青史"的。（李卓吾在此处评道："如画！"这是很可注意的。）其实，做名标青史的孝妇贤妻，既不是她的初衷，也不是她追求的目标。这是生活在以做孝妇贤妻为荣的中世纪社会中的赵五娘，在事出无奈的时候，聊以自解的一种想法。她是在不能不侍奉公婆的客观情势下，才产生这个倒不如干脆做个世俗孝妇的想法的。她愿做"烈女"，其实也因为除了不改嫁以外，没有其他更好的生活道路。她是在不能摆脱对蔡伯喈的爱情，不能半途推卸伯喈付托的责任，不能眼见公婆饿死，又不能在生活中找到其他更好道路的情况下，才出于无可奈何地声言，愿做个世俗的"贞女"。这个孝妇和贞女，不同于世俗的孝妇和贞女，关键正在这里。

赵五娘是孝敬公婆和丈夫的。但她显然不是受世俗伦理观念的支配，而是为了自己的幸福和爱情才这样做的。赵五娘要做"孝妇"和"贞女"，不是她中了世俗伦理观念的毒害，而是世俗社会迫得她没有其他道路可走的结果。为了幸福和爱情而表现得很"贤孝""贞烈"，跟为了"三从四德"而表现得很贤孝和贞烈，这是两种截然不同的伦理观念。

同时，我们更不能不看到她生活的具体情况。丈夫离家，留下白发公婆，如果她不去侍养，那么，不仅会引起当时社会的责难，即使在今天看来——特别是在那样的大饥荒中，丢了公婆不管，这也不仅是个"贤孝"与否的问题，

---

① 见"牡丹亭"之"闺塾"，或京戏的"春香闹学"。陈最良解"毛诗"的方法，是以限于解释字面为特征的。

而是属于是不是合于为人之道的问题了。赵五娘在灾荒中尽心竭力地孝敬公婆，显然表现了普通人类同舟共济患难相扶的高贵情谊。如果我们不把这种在被剥削阶级的人们中存在得更为普遍、更为纯洁深厚的正常人类的共同感情，只归属于封建阶级一个阶级，那么，我们无论如何不忍说侍养饥饿的白发公婆的赵五娘是一个世俗孝妇。

因此，只看到赵五娘表面上的贤孝贞烈，就贸然不加区别地给她戴上一顶世俗的孝妇贞女之冠，我觉得是有些冤哉枉也，不很合适的。

说明赵五娘不是世俗的孝妇，目的不在于就此简单地证明写这个人物的作者是否想借她来宣传世俗之"孝"。丰富多采的戏曲传统剧目证明，一个作者即使把一个彻头彻尾的三从四德的封建妇女，当作为他剧中令人同情的人物，都不能证明作者是想借此宣传封建道德。庐剧《休丁香》就描写一个完全忠实于封建道德的少妇郭丁香，她尽一切封建的贤妻良母所应尽的责任来争取丈夫的欢心，然而她得到的却是打骂和被休弃，甚至于不敢回娘家，在途中投河自尽。作者的目的，分明是在通过这位标准的封建少妇的悲剧，来提示封建道德逼得一位善良人走向自尽的道路。[1]因此，即使有本领把赵五娘解释成为一个标准的世俗孝妇，但在剧本的具体描写中，作者告诉我们的，也仍然是因她要做孝妇而带来的悲剧——而非喜剧，这也只能说是作者在提示"孝"——这种封建道德给予一个妇女的磨难，却不能反证作者是在宣传这种"孝"的。说明赵五娘并非封建孝妇的意义是在于：可以更深刻地说明这个悲剧人物之可悲：她本无意做世俗孝妇，然而她不能不做世俗孝妇来自慰；而不情愿地以世俗孝妇来自慰以后，却仍然没带来什么好处，反而是精神和物质上的磨难，以及公婆对她的不信任。假如说，赵五娘是不自觉地——或心甘情愿地做一个世俗孝妇而受到种种磨难已经是令人可悲的，那么，带着满腹委屈和埋怨在做孝妇而受到种种磨难，那就是更深刻的一场悲剧了。

事实上，这里已经接触到赵五娘的性格特征了。

目前，不少分析剧本的文章中（包括我所写的某几篇文章中），往往挑用了勤劳啊，勇敢啊，善良啊，以及诸如此类的抽象名词，蝟集到一个人物身

_____

[1]"休丁香"一名"张(万)郎休妻"。在民间说唱和若干剧种中，是广泛流行的。安徽省就有专演这一个故事的剧种——"丁香班"。本书作者曾写过一篇"从'休丁香'说起"的文章(见 1957年 5 月 30 日《北京日报》)，目的就是为了说明上述论点。读者有兴趣时，不妨参看。

上，来代替对某一个特定性格的具体分析，似乎也已成为风气了。但是，这些抽象名词的集合，正如同一撮甘草一样，虽然少有补益，却并不能真正主治某种病症，——真正准确地对某个性格说中要害。不必举别的例子，看一看秦香莲和赵五娘却是两个不同性格的人！——单纯地用"甘草"，在这里是解决不了问题的。

许多人爱以秦香莲来比赵五娘。从事件来看，她俩的遭遇几乎是完全相同的；秦香莲甚至还比赵五娘更苦一些。同样是丈夫赴考无音信，而且，襄阳县旱得比陈留郡还凶一些，父母也是饿死了，同时，秦香莲既没有张大公帮忙，而且还有一双儿女——负担比赵五娘还重！但是，秦香莲毕竟还是秦香莲，和赵五娘的性格还是有区别的。（当然，我这里指的是旧本前半部中的秦香莲。）同时，在事实上，——至少是我个人的感觉中，秦香莲的性格是远不如赵五娘的性格更复杂更感人的，它并没有能如剧名所示，"赛"过"琵琶"。

显然，高则诚如果只描写赵五娘希望蔡伯喈快回来，而伯喈始终没有音信；不仅是丈夫没有音信，而且还遭受了严重灾荒，在灾荒中挑起生活的重负，……显然，高则诚如果只描写一个妇女在如何勇敢地和艰苦的客观生活环境作奋斗，那么，他还是写不出赵五娘这个光辉灿烂的性格的。

熟悉秦香莲的人，一定知道她原先辛勤伴读到五更，目的是为了希望陈世美能够考中功名。但是，赵五娘不是这样一个人。她原来是"惟愿取偕老夫妻，长侍奉暮年姑舅。"（"高堂称庆"）——和丈夫、公婆永远在一起过着团聚的生活。（谁能说这是一种封建思想的表现呢?）因此，她并不希望伯喈去应举，甚至还要阻止伯喈去应举。当然，我这样比较，目的不在于从对科举的态度上来贬低秦香莲；秦香莲希望佐夫成名正跟张广才鼓励伯喈应举一样，是生活在科举制度下的普通人们希望亲邻上进的一片好心的表现。不脱离人物生活的历史环境，无论如何是不能去责备张广才既鼓励蔡伯喈赴试后来又不做自我检讨的。但是，不能不承认，坚决反对丈夫应试，而以一门团聚为最高幸福的赵五娘，在那个招女婿必须是状元的社会中，她对生活的理解是高人一等的。她和秦香莲对生活的看法是有所不同的。

这个人物的命运格外令人酸鼻，这个悲剧性格之所以令人感到特别强大，不止在于她抗击了巨大的灾难，还在于她的内心憧憬——一门团聚的生活理想遭受无情的毁灭以后，带着满腹委屈，在大饥荒中毅然地挑负起蔡家的生活重担。

可以想象，假如赵五娘幻想做状元夫人，或者，她起先不同意蔡伯喈去考状元，后来经过蔡公训戒，到底也同意了，那么，她的主观愿望跟客观环境一致，没有什么抵触，就不会有"南浦送别"这样凄楚的场面。悲剧的产生，正由于她不同意伯喈上京，但是，"功名欲逼人"（高则诚诗）的客观环境却逼得她不能实现自己的理想。（公公一定要丈夫去应举，丈夫又不敢坚持不去；自己得想起来说理，但是，她又怕公公说她"迷恋丈夫"。新过门的媳妇在从前是"受气筒"，她是不能不顾虑"人言可畏"的。）如果她坚决起来斗争，定不让伯喈上京，那么，只有和蔡家决裂的一条路。她既不能离开蔡家，那么，她就必须服从公公的支配，牺牲自己对生活的理想。总之，赵五娘是带着满腹牢骚，——"我的埋怨怎尽言！"跑到南浦去做她不愿做的事的——送丈夫上京应举。但是，问题不止在于她心灵憧憬毁灭了，还在于她牺牲了自己的理想以后，有个实际问题——蔡家的生活重担立刻就要加到她身上。"我的一身难上难！"——赵五娘对这一点显然是意识到了的。试想：夫家不是一份富裕的家庭，公婆已是风烛残年，自己又是一个肩不能挑，手不能提，又不能街坊买卖做生意的普通妇女，在古代社会中来维持这份家庭，真是谈何容易的事情啊！"南浦送别"甚至成为一句成语，原因正在于这不是一场普通的离别，而在于赵五娘是带着其他离人所没有的那种沉重的怨恨和预感到了的不幸，在送别她的丈夫，在接受她丈夫给她的付托。高则诚能在戏的开场不久，就给予观众在某些悲剧的高潮中也感受不到的悲剧气氛，原因正在这里。

但是，如果伯喈离家以后，不久就回来了；或者，没有其他意外事故，显然是不会产生悲剧的。这个悲剧越来越具有震撼人心的力量，是在于赵五娘埋怨蔡伯喈不回来的情况下，还决定尽可能地好好去侍奉蔡伯喈的父母。

聪明的高则诚，他不是依靠赵五娘自己在"临妆感叹"时的宣言来完成这个性格的描写的；他描写了陈留郡的大灾荒，（连家道小康的张大公也在领赈粮过日子了，可以想象：没有丈夫在家的一个女人，要侍奉公婆是多么艰难的一件事情啊！）才把赵五娘的性格从根到底揭示出来。

这里不能不特别提一下，高则诚没有选取一些个人性的（如疾病、火灾等）灾难来描写赵五娘。他描写了他那时代最习见的严重天灾。他告诉人，不只是一个赵五娘，而是有无数赵五娘在受着同样的苦难！而且，在描写这一场巨大的天灾的时候，他还没有忘记狠狠地鞭笞像社长、里正那样的仓老鼠，这就更使得他的剧本广阔地展开了一幅中世纪黑暗生活的图画，更富于社会意义了。

在灾荒之下，婆婆和公公吵闹起来了。蔡婆怪蔡公为什么要逼走儿子！赵五娘呢？她挑着这付力所难任的生活重担，难道不怨蔡公逼走伯喈，难道不怨丈夫薄幸不归来吗？但是，当饥饿的公婆争吵起来时，她并不是帮助婆婆去和公公吵闹，发泄；而是反过来帮助公公去劝解婆婆不要闹意气。人说哑子吃黄莲是苦的；赵五娘则是口中含着黄莲而不愿说苦！（李卓吾在这里说她是"圣妇"，的确是很有道理的。）她这样做并不是没有目的。她是怕被旁人议论；（丈夫不在家，公婆为饥饿而吵闹，不明事实的人还说是媳妇不贤而引起的！——在封建社会中，做一个媳妇的人，有多少难言之隐呵！）她是不愿意"空争着闲是非"，（争吵一番，不见得伯喈就会因此回家的），她是有她高尚目的的："但愿公婆从此相和美！"——在如此艰苦的环境中，她还在继续追求着一份和睦的家庭。

在灾荒中，她典卖了衣珠首饰；她也顾不得"不出闺门"的明训，抛头露面，"含羞忍泪向人前"去请赈粮。——对一个古代妇女来说，这是多么使她难堪的事啊！但是，她费尽了口舌请回来的赈粮，结果竟被里正抢回去。在那个你不死我就不能活的岁月里，赵五娘解衣换粮的哀求——"宁使奴身上寒，只要与公婆救残喘"，都不能打动里正。她已经尽了自己的一切努力了，但还是得不到一粒米。她想起了公婆，"继然他不埋怨，道我做媳妇的有何干；他忍饥，添我夫罪愆，教我怎见得我夫面！"自己也在饿着肚子的赵五娘想着的公婆要饿肚子了，想着的是因此会教丈夫增加了罪愆。她无法向丈夫交代。就在环境无法使她活下去的这个时候，她想到了死：投井。常看悲剧的观众一定会知道，当生活中不可突破的障碍摆在一个具有悲剧性格的人物面前时，他（她）往往是以死来代替他对现实的抗议，以死来作为他的解脱。赵五娘处在无法继续活下去的境遇中；她也可以死，她死了，决不会有人说她坏话而只有同情她的，因为在事实上她自己并没有什么过失，并没有对不起蔡伯喈的地方。但是，想起了丈夫的付托，想起了饥饿的公婆从此无人侍奉，——"我死却他形影单"，她终究还是从井边走了回头。她要是只为着自己打算，那么，这时候，死对于她是一张最好的救苦救难的良方，是一种最彻底的解脱方法。显然，她不是为着自己才决定活下去的，她是为了不归来的蔡伯喈交给她的责任，为了面临着饥饿的蔡伯喈的家，为了对她有猜忌的公婆在儿子无音信又遇大饥饿的时候能够继续活下去！她的行动中，流露了多么伟大的人道主义精神！多么浓厚的对公婆的感情！多么浓厚的对蔡伯喈的爱情啊！

赵五娘"吃糠"为什么特别感动人呢？为什么会产生高则诚写"吃糠"时"双烛交辉"这类神话性的传说呢？原因和上面说的正是相同的。一个普通人落到不得不吃糠的地步，能唤起我们对他困苦生活的无限同情；但是，赵五娘吃糠，不仅是唤起人们的同情而已，她还有一股激动人心的巨大力量。她和蔡伯喈本是糠和米一般"相依倚"的，他们是被深中了功名富贵之毒的蔡公"簸扬得两处飞"的；但是，在大灾荒中，她还以米去侍奉蔡伯喈的父母——蔡公蔡婆，而自己却吃着狗彘所食的糠！而为了不使年老的公婆伤心，她只能背地里吞咽着这刺人喉咙的糠！（赵五娘吃糠可以"动天地，泣鬼神"，原因正在这里！）但可悲的还不止于此，她虽在吃着糠，但那吃着米饭的婆婆却在嫌她不供应鲑菜，还在怀疑她瞒着人在偷吃好东西！而这，并不是一次了，也不止是蔡婆一个人对她如此；早在里正劫粮后，赵五娘要投井时，蔡公见了就还以为她在路上玩儿呢！（"呀！你在这里闲行，教我望得肝断！"）总之，她吃了人所不能吃的东西，做了人所难做的事情，然而，换来的是怀疑，猜忌，不被信任，不被体谅！这个人物的可贵，就在这里：她虽然处在这样的环境中，但她仍丝毫不改变自己对蔡公蔡婆的态度！

我不打算用更多的篇幅来叙述高则诚是如何描写这个巨大的悲剧性格了。不过还不能不指出一下：如果不看见赵五娘是牺牲了自己的生活理想，不看见她在埋怨蔡伯喈不归来，不看见她公公婆婆平时对待她的态度，那么，决不可能看出赵五娘剪卖了身上唯一可卖钱的东西——头发，罗裙包土去埋葬公婆，是如何难能可贵的事！只有这样，我们才可以在"琵琶上路"这出戏里，发现这个人物的感情是如何高贵！——公公拆散了她们夫妻，在灾荒中还那样不体谅她，现在，害她只落得一个人孤孤单单怀抱琵琶万里迢迢求乞上京去找丈夫的悲惨境遇中，然而她对于已死的公婆却表现得如此恋恋不舍，毫无怨言，甚至还细心描画遗容，不忍分离地背着他们同行，去找他们生前依门依闾盼望的儿子呢！——在这里，你可以看见，这是心胸多么透明的一个人物！像水晶一样，是一尘不染的。你可以感触到这个人物内心的感情仿佛汪洋大海那样深厚，那样震人心弦！试想，在蔡家——坚决逼走儿子的蔡公、蔡妇吃糠时还责备媳妇不供应鲑菜的蔡婆的家庭中；在贪污"事发尽不妨，里正先吃棒"——大鱼吃小鱼的社会中；在"里正劫粮"——官匪不分，"拐儿行骗"——胆敢到状元头上行骗的岁月里；特别是在那个专横、顽固自私，到达不让女儿给公婆戴孝这样地步的牛丞相所统治下的苦难的中国，出现像赵五娘这样一个晶莹的性格，能说这不是中世纪暗夜中的一颗灿烂的星星么！

从这里已不难看出赵五娘和秦香莲的区别究竟何在了。赵五娘不单是一个夫婿不归，遭遇天灾人祸，和客观环境进行艰苦斗争的人物。（当然，这样的人物形象也是有意义的。）她正跟一个失去孩子的母亲一样，拭去了自己的满眶热泪，却去劝另一位失去孩子的母亲不要痛哭！她正跟一只受了重伤的苍鹰一样，并不因为它的两个同伴害它受了伤而心存芥蒂，相反，它却不顾自己的创痛，毅然负着同样受伤的两个同伴在暴风雨中飞行。……这样一个人物，用"顽强的毅力"，"十二分的善良"，以及诸如此类的抽象词汇，是不足以形容其万一的。

赵五娘不同意伯喈赴试，可是，她却挑起因伯喈赴试而带来的严重恶果；她意识到蔡家的生活担子是难挑的，可是，她却"明知其不可为而为之"地挑了起来；她埋怨蔡伯喈不归来，可是，她却尽其所能地照顾蔡伯喈的父母；她不满意公公逼走丈夫，公公婆婆对她又有猜疑，可是，她却不因此减低对公婆的敬爱。而她们又是生活在一个饥荒的年月中！"夫妻本是同林鸟，大难来时各自飞"；赵五娘不同于别的妇女，就在于"大难来时"依然"不自飞"！赵五娘的悲剧是在这样具体情况下的悲剧。显然，如果只是丈夫离家，家乡饥荒，是不会造成赵五娘型的悲剧的。（而只是造成象前半部秦香莲那样的悲剧。）如果赵五娘是象"闺范""列女传"这些书中的一些世俗孝妇贞女一样，死样活气，循规蹈矩，麻木不仁，逆来顺受，一味以服从丈夫、父母为无上美德，对生活没有或很少有自己的高尚见解，——正如别林斯基所说的，那些在衙门里安份守己地当差，在区法院或县法院里兢兢业业地埋头算账，说话单纯，不读诗篇，把实际看得高于诗歌的人，都不配作为如此感人的悲剧主角。因为，一个自己的幸福和理想完全被蔡家父子彻底扯毁的人，依然能够在人不能自保的时候，尽一切可能来全力搞好蔡家的家庭，这决不是一种轻而易举的事！不是具有强大精神力量的人，早就会被这个水深火热的环境给她的——从精神上到肉体上的磨难压成齑粉了！

赵五娘这个悲剧人物，决不止是令人可怜，悲悯，同情。（如同我原来对她理解为"苦难"的化身那样。）她不是被风风雨雨打得垂头丧气的牡丹，她是在严霜中迎着北风开放的菊花。面对着这个强大的性格，正如夏日蓝天初升的旭日，奔腾万里的黄河，耸入云霄的泰山，越看越会令人感到她的无限庄严，不自觉地肃然起敬，油然地感到一股强大的鼓舞力量。

上面仅仅还是从赵五娘本身的遭遇来看，已经是令人心酸的感动的了。同时，如果我是坐在台下看"琵琶记"，那么，心酸和感动的程度，一定会十倍于此。这不只是由于导演和演员在处理赵五娘时可以根据剧本大大发挥，更重要的是：看戏的人，一方面固然看见赵五娘在吃糠、卖发、罗裙包土，同时，他还能看到洛阳的富贵生活，还能看到蔡伯喈在牛府招亲，在荷池赏夏，……

还能看到蔡伯喈也在如何思念着赵五娘，如何欲归不得。换句话说，台下的观众能够看到赵五娘意想不到，也是她最不愿意去设想的事件。她为着爱情在蔡家受折磨，然而，观众却看到她的爱已经是因伯喈入赘牛府而被破损了；她期望伯喈归来，她渴望"一家欢乐值钱多"（"高堂称庆"出中，五娘的"下场诗"），然而，看见伯喈欲归不得的观众知道，她这种希望是永远不能兑现的了。在这种情况之下，观众自然而然地更加会感到赵五娘遭遇的可悲；更加会感到忍受着一切磨难，积极跟苦难斗争的赵五娘的伟大了。

高则诚描写的赵五娘的性格，有没有缺点呢？我以为是有的。在"南浦嘱别"时，她叮咛蔡伯喈"早办回程，十里红楼，休恋着娉婷"；在"临妆感叹"时，她还期望伯喈"君身岂荡子"；可是，在"书馆悲逢"时，这个为伯喈受尽了千辛万苦的人，对伯喈的再婚却毫无怨言。当然，我们不能不估计到，此刻的赵五娘，她急于要向伯喈诉述的是什么，也不能不看一下牛小姐对她的善意态度，同时，更不能不估计她现在的身份——贫道姑，处境——是在那"威倾京国"的牛府中当佣人，和她所生活的时代——以一夫多妻为合法的社会中，但是，前后对照起来看，这一点无论如何是不够统一的。

当然，我们可以用各种不同的理由来解释或贬斥高则诚描写上的这个漏洞。不过，不管如何地将这个缺点夸张，总不能因有微瑕就说它不是白璧。一个十三世纪的作家在给我们写下象赵五娘这样伟大的悲剧性格的同时，也带来了这么一点不够完整的描写，总不能因此就根本否定这个作家的。因为，用一点不能推翻全面，正如太阳上面存在黑子，但不能因为上面有黑子，就说太阳是不亮的。

《论古典名剧琵琶记》37~59 页，中国青年出版社，1957

散曲之研究

任二北

一　概说

曲始自元季，而源于宋词。较其各调体段之长短，则词有单调、双叠、三叠、四叠之分，而曲则单调居多，双叠已少，三叠、四叠更无论焉。南北套中，虽有幺篇换头，前腔换头之曲，但既为换头，即不啻另成一调，可以舍幺篇、前腔而独用，与词之换头，必与上阕连续一首中者，不同也。(亦略有例外，如南曲中之〔四换头〕等调，特极少耳。)换言之，即曲牌体段，视词为短，大抵当词中之引，近而已。盖词至南宋，慢曲之外，又有所谓四片（即四叠）之序子,(见张炎《词源》。〔莺啼序〕是其例。)已极尽长调之变，易为曲体，遽反短制，正是物极而反耳。

曲之单调名小令；合单调若干成套为套数；一套或四五套而插以科与白者为杂剧；如此再益至四五套以上，则为传奇。（此仅就形式长短而言。）处今日而言曲，寻常多知有传奇，知杂剧者已较少；知套数者乃益少；知小令者则更少。即知套数小令者，亦多目为曲中余事，而绝不重视之也。即就后世曲家之著作统计之，亦以传奇为多，而杂剧以下则递减。有清一代之曲，传奇固汗牛充栋，以数千计，而杂剧则其半犹不及焉；(晨风阁本《曲录》所载，清人杂剧粗具，传奇脱略尚多，犹未足据以为定数也。)至于套数小令之专集，诚不数遘矣。

其实曲中套数小令之体段长短，正可谓与诗词相埒：盖一首小令，犹一首绝句律诗也，亦犹一首短调中调之词也。作者缘调填词，既写一首，倘意有未尽，则同调不妨连拈二三首，四五首，乃至七八首，随意增附——明人谓之"重头"。或不愿取同调为重头者，则竟选宫调，或套数，其格局长短，仍可从人取舍，绝无一定，要不过与诗中之联章，词中三四叠之长调相当而已。

故吾人果沿曲之流，尽曲之变，方为杂剧，为传奇；若探曲之本，溯曲之源，则转为小令，为套数也。世有好曲体之活泼生动，俊爽风流，而亟欲染指其间，藉以陶写情性者乎？则幸勿因传奇之板重，杂剧之骨董，遂骇而敛手；须知用此种文字，只须轻描淡写，而即能得个中风趣者，固有小令与套数在，正不妨相从一试也。

套数小令，总名曰"散曲"。扬搉其篇章之类别，钩稽其体调之因宜，务令学者知所谓曲苑者，其中境界，亦正有与诗坛词囿，恰好相当者，既不以卑靡而鄙远曲，亦勿因繁重而厌弃曲，是述兹篇之大旨也。

二　书录

散曲书籍，自来冷僻；购求既觉为难，借读亦鲜其处，兹所勉为著录者，一为曾经考见部分，列在前，凡选著之人，卷数，刊本，年代悉详备焉；一为粗识名目部分，列在后，选著之人各项，不能备具，因未曾寓目，但知旧有此书耳。浅陋疏略，何足当博雅一盼！特以自来专门汇录此等书名者，尚未有人，姑从草创，徐图补正也。

甲选集

元

阳春白雪十卷　杨朝英　至正初刊

残元本阳春白雪　杨朝英　存一卷　至正初刊

太平乐府九卷　杨朝英　至正辛卯刊

乐府群玉五卷　无名氏　明钞本

乐府新声三卷　无名氏　旧钞本

自然集一卷

中州元气十册

天机余锦

明

盛世新声十二册　无名氏　正德丁丑刊

词林摘艳十卷　张禄　嘉靖乙酉刊

雍熙乐府二十卷　郭勋　嘉靖庚子刊

南词韵选十九卷　沈璟　万历刊

北宫词纪六卷　陈所闻　万历甲辰刊

南宫词纪六卷　同上

词林逸响四卷　许宇　天启癸亥刊

太霞新奏十四卷　顾曲散人　天启丁卯刊

青楼韵语广集八卷　方悟　崇祯辛未刊

吴骚合编四卷　张旭初　崇祯丁丑刊

北雅三卷　宁献王权

彩笔情词六卷　张栩

雅音汇编十二卷

词林选胜

三径词选

乐府群珠

百一选曲

风月锦囊一册

南北宫词十八卷

南北宫词纪年一卷

南北词广韵选十九卷

名贤珠玉集一册

吴歈萃雅

遴奇振雅

选唱赚词一册

诸家宴燕词三十册

十英曲会二册

停云馆袖珍乐府

　　以上皆专门曲选；如明人《情籁》等书，词与曲兼选者，尚不与焉。惟未经考见之本，是否纯为曲选，亦未敢言耳。所列之中，《残元本阳春白雪》现存者二卷，全书若干卷失考；然即此二卷中，已有一百十一首，为十卷本所无，则二者虽名目同，选者同，似亦未能认为一书，故分列之也。《词林逸响》，风、花、雪、月四卷，惟风、花二卷为散曲，余非。《南北宫词》十八卷，乃南北词各六卷，北词别集六卷。此书钱、倪两家《元史·艺文志》皆列之；但南曲虽始于元末，而南北分宫，并立对峙，则自明始，此书疑仍为明人所纂。

　　乙别集

元

　　乔梦符小令一卷　乔吉　明李开先辑　隆庆丁卯刊

　　张小山北曲联乐府三卷外集一卷　张可久　影写元刊本

　　金缕新声　吴仁卿

　　诗酒余音　曾瑞

　　九山乐府　顾德涵

　　升平乐府　朱凯

　　醉边余兴　钱霖

　　本道斋乐府小稿　吴本世

　　小隐余音一卷　汪元亨

　　云林清赏一卷　汪元亨

　　月湖今乐府　周月湖

　　夹漈余音一卷　郑杓次

　　双溪醉隐乐府十一册　耶律铸

　　沈氏今乐府　沈子厚

　　云庄乐府一卷

明

　　诚斋乐府二卷　周宪王有燉　宣德甲寅刊

　　写情集二卷　常伦　正德刊

　　沜东乐府二卷　康海　嘉靖甲申刊

　　碧山乐府一卷　王九思　嘉靖癸巳刊

　　王西楼先生乐府一卷　王磐　嘉靖辛亥刊

　　陶情乐府四卷　杨慎　嘉靖辛亥刊

　　杨升庵夫人词曲五卷　徐渭　订本　嘉靖刊

　　柏斋何先生乐府一卷　何瑭　嘉靖辛亥刊

　　南曲次韵一卷　李开先王九思　嘉靖辛亥刊

　　江东白苎四卷　梁辰鱼　嘉靖刊

　　海浮山堂词稿四卷　冯惟敏　嘉靖丙寅刊

　　萧爽斋乐府一卷　金銮　万历刊

　　花影集五卷　施绍莘　崇祯刊

　　词脔一卷　刘效祖　康熙庚戌刊

　　淮海新声等一卷　朱应辰等　清末刊

秋碧轩词稿　陈铎　有新辑本

唾窗绒　沈仕　有新辑本

齿雪余香　史磐

敲月轩词稿　张凤翼

宛转歌　冯梦龙

情痴瘭语一卷　沈璟

词隐新词一卷　沈璟

曲海青冰二卷　沈璟

方诸馆乐府　王骥德　有新辑本

南峰乐府一卷　杨循吉

息柯余韵　陈鹤

欸乃篇　王澹翁

鸥园新曲　夏言

林石逸兴十卷　薛论道

清明曲一卷　陈继儒

清江渔谱

清溪乐府一卷

闲情杂拟一卷

义山乐府一卷

缶歌一卷

清

自怡轩乐府四卷　　许宝善　　乾隆癸丑刊

香消酒醒曲一卷　　赵庆熹　　道光刊

养默山房散套一卷　谢元淮　　道光刊

以上皆专门曲集，或与诗词集合刻，而绝非诗词卷中之附载也。至于诗词卷中附载之曲，如元人乔吉之《文湖州集词》，李齐贤《益斋乱稿》之词曲，沈禧《竹窗词》之乐府，明人蜀成王让栩《长春竞辰余稿》之拟元人乐府，李祯《侨庵诗余》之北乐府，瞿吉《乐府遗音》之北曲，俞琬伦《自娱集》之词余，王与端《栩斋集》之词曲，魏荔彤《怀舫集》之杂曲等，尚不与焉。清人散曲，则专集特少，而诗文词集后之附载者居多。如沈谦《东江别集》之南北曲，朱彝尊《曝书亭集》之叶儿乐府，陈维嵋《亦山草堂集》之南曲，厉鹗

《樊榭山房集》之北乐府，吴绮《林蕙堂集》之填词，尤侗《西堂杂俎》之《百末词余》，蒋士铨《忠雅堂集》之南北曲，吴锡麒《有正味斋集》之南北曲，刘熙载《昨非集》之附曲，许光治《江山风月谱》之散曲，杨恩寿《坦园丛书》之词余等，殆难备举。曩曾有《清人散曲杂钞》数册，已罗致者三十余家，诚得其万一耳。

元人专集，散佚最多。如乔吉咏西湖《梧叶儿》百首，李显卿作赚煞成四百篇等，见《录鬼簿》，其尤著者也。即马致远东篱，徐再思甜斋，贯云石酸斋等人之作，及今散见于诸选本者，尚各近百首，则当时未必无汇稿，有汇稿未必仅此数，可以想见也。间尝辑《元初四家散曲》，（关，白，马，郑）《酸甜乐府》等帙，虽有意缀拾丛残，显扬幽晦，而涉猎未广，搜采无多，终未足以尽酬所志耳。

至于专门论散曲之书，自来无之。元周德清《中原音韵》后所附《作词十法》，乃专为北曲之散曲而发者，余则曲论，曲话中间及之耳。

三　名称

"散曲"二字，自来对"剧曲"而言。惟普通以为凡演故事者谓之剧曲，杂剧、传奇皆是也；凡不演故事者，即为散曲。以余所知，则此种解释殊非也。盖凡所谓"事"者不过包含"言"与"动"两层，而散曲中纪言者有之，纪动者亦有之，纪言兼纪动者亦有之。（详下节"体段"）谓演故事即非散曲，断断不可矣。特散曲所纪之言动，毕竟为零碎片段者，且无科白。科白者，散文也；曲乃韵文也。若纯以韵文纪事，而又必其有首有尾，于势为不能。剧曲纪事，必具首尾，故不能离科白。散曲纪事之所谓"纪"，毕竟描写居多，叙述有限，故亦不需科白也。然则欲为散曲下一定义，或者曰："凡不须有科白之曲，谓之散曲。"当较为妥贴矣。至于本为杂剧中有科白之套曲，而选者削其科白，仅登曲文，如《词林摘艳》、《雍熙乐府》等书所载者，当然勿能误认也。

据前列定义，统属于散曲之下者，有散套与小令两种。"散套"二字，对剧曲中不散之套而言；"小令"二字，对套曲体制较大者而言。"散曲"为总名，"散套"、"小令"为分别之名——此原则也。惟明周宪王有燉《诚斋乐府》二卷，后卷题曰"套数"，前卷题曰"散曲"，而一按其究竟，则前后卷皆普通所谓散曲。前卷所载，小令而已。是乃又以"散曲"二字与"套数"相对而称，不成套之谓"散"矣，——盖例外也。且此处"套数"二字，亦是借称，本来应称散套，特此项借称，已极习惯，"套数"不啻即为"散套"之别名矣。散曲名称之可述者，原不过如此而已，乃元燕南芝庵《论曲》有曰：

> "成文章曰乐府；有尾声名套数；时行小令唤叶儿。套数当有乐府气味，乐府不可似套数（此二字乃衍文当删）街市小令，唱尖新倩意。"（"倩"一作"茜"，俱未明其用意。或者因街市小令只取声调尖新，足令俗耳美听，故曰"倩意"也。作"茜"者，或为误文。）

周德清《中原音韵》又继之曰："乐府小令两途。乐府语可入小令；小令语不可入乐府。"是于前列四名以外，又添"乐府"，"叶儿"两名；而所谓"套数"者，其意义范围又与前不同；所谓"小令"者，本意之外，又生别意，皆不可不一辨矣。兹为该括简明起见，连前列四名，一并条订如下：

（一）散曲

①本意：无科白相联贯之谓"散"，对于有科白之剧曲而言。分散套与小令两种。

②别意：即小令也。无成套之联络之谓"散"，对于套曲而言。

（二）散套　为散曲之一种。各套独立而不联贯之谓"散"，对于剧曲中有联络之套而言。

（三）小令

①本意：为散曲之一种，体制较为短小，对于成套之曲而言。与词中所谓五十字以内之小令者不同。

②别意：即街市俚歌。虽亦合乐可唱，但其辞未经文学上之陶冶。

（四）乐府　曲之别名。（原无论剧曲，散曲，皆包含在内，但用者多以指散曲。）表示曲之为曲，乃曾经文学上之陶冶而后始成者，所以能入乐府，充一代雅乐之乐辞，与寻常街市中之俚歌不同也。

（五）套数

①本意：有首有尾者。（兼包剧曲之套，与散曲之套。）因必以"套"计数，曰一套，两套，……故名。

②别意：即散套。

（六）叶儿　即小令。小令中在元时风行之调，又别名叶儿。

（七）大令　即散套。惟冯惟敏《海浮山堂词稿》内用之。芝庵《论曲》中，所谓"套数"，皆其①本意也；所谓"时行小令"之"小令"，亦其①本意也；所谓"街市小令"之小令，则其②别意也。《中原音韵》所谓"小令"，亦②别意也；《中原音韵》评于志能曲曰："此乃张打油乞化出门语也，敢曰'乐府'！"是可为"乐府"乃与"俚歌"对立之证。王骥德《曲律》论套数曰："套数之曲，元人谓之'乐府'"。——《九宫谱》定总论曾引其语——将"乐府"二字，范围看得太小，殊非。

总之：前人书中，称散套处，固必为散曲，即称叶儿处，亦无不为散曲也；称乐府套数处，仅有时为散曲，而称小令处，于最少机会，且并非曲，（为俚歌）更无论为散曲矣。

四 体段

散曲虽大别为散套、小令两类，而体段由短至长，形式、性情，种种不一。兹先表列其名类，而后一一略予说明：

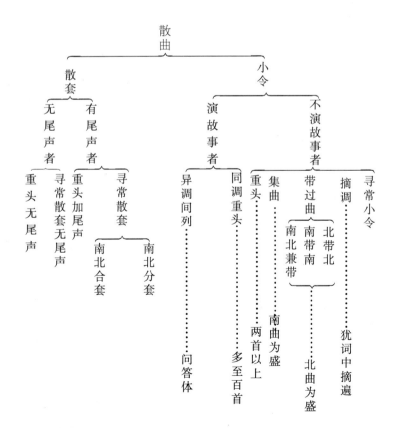

（一）散套与小令之分　"有尾声名套数"，乃通常情形也。元曲散套，已多无尾声者，（详下文〔十一〕）。明时散套，更不待言矣。夫套曲之普通情形，本来有三：（甲）至少二首以上同宫调之曲牌相联。（乙）有尾声。（丙）首尾一韵。（详下文〔九〕）此三点中，自小令有重头之一体，而后无论南北，（甲）之一层，已不必散套为然矣。而（乙）又无论南北，都往往不然。是所余南北套曲规模，始终不渝者，惟有（丙）耳。故散套与小令间，严为剖别，其异处并不在一大一小，一短一长，一单一复，一有尾一无尾，惟论小令则无论单复，都可以首各为韵；（带过曲之数调，只算一首。）论散套则无论短长，全套要必叶一韵。——斯乃二者颠扑不破之分别也。故检古人之作，前后几曲，若用韵偶同者，虽不必其为一套；但前后几曲，若叶韵既已不同，则绝无再认为套曲之理矣。（此种《雍熙乐府》十六卷内甚多。如《吴骚合编》等书，又惯将前人四首或六首小令题旨仿佛者，强为联成一套，而分别注明其用韵，混乱体例，割裂成文，毫无足取。）。

（二）寻常小令　此指单阕之曲而言，为散曲中之至简者，亦即曲中之至简者。此与诗之一首，词之一阕相当，而尤较为简。盖一首中一韵到底，不若诗词之能换韵，且虽有换头，而大抵分离而另立也。既属至简，则即认此一体为曲中之单位，亦无不可已。

（三）摘调　此指套曲中之一二调精粹者，从全套内摘出，作为小令，本来非小令也。自来套曲文字，多敷泛之词，其精粹部分，每仅在尾声；顾尾声非可单独摘出，以供传唱者，于是论文者对于其全套固不屑取，而对于此尾声亦无能为力也。然精粹部分，倘并不在尾声，且所在之调，又可单独传唱，作为小令者，于是读者为爱惜文字计，乃可以刊落其馀，但存此调已。此种例子，在前人选本中，虽难考见，而《中原音韵》之《作词十法》后，附有定格四十首，其中有〔雁儿落带得胜令〕咏指甲者，周氏忽于题下，注一"摘"字，其意云何？盖即谓此首本非小令，是从一套曲内摘出者耳。（此套全文待考。）又《作词十法》中，第四法"用字"条有曰："套数中可摘为乐府者能几？"据此，所谓"摘调"一种办法，元人固确有之，特不甚著耳。按词中大曲，多者有二十馀遍，体段之长，超过曲中长套；乃在宋时，为便于歌唱，对于此种冗长之大曲，久有"摘遍"之办法，即就大曲之若干遍中，摘取其声音美听，且可单独传唱，起结无碍者一遍，作为慢曲，如〔泛清波摘遍〕，〔熙州摘遍〕等是也。夫词中摘大曲之遍而为慢曲，曲中则摘套曲之调而为小令，二者固情势相当，意趣相类也。观于此，然后觉于散曲中别立此"摘调"之一体，当非无知妄为，自我作古矣。

（四）带过曲　带过曲本来仅北曲小令中有之，后来南曲内与套数内亦偶尔仿用耳。即作者填一调毕，意有未尽，再续拈一他调，而此两调之间，音律又适能衔接也。倘两调尤嫌不足，则可以三之；但到三调为止，不能再增，再欲有增，则进而改作套曲可也。

"带过"二字，或连用，或任用其一，或用"兼"字代，都可。有北带过北者，有南带过南者，有南北兼带者；其调皆详见"五用调"一节中。

又北曲中如刘伯亨散套，有双调〔沙子儿摊破清江引农乐歌兼破雁儿落二犯白苎歌〕等，并非二三全调之相联，乃仿佛南曲中之集曲矣。——是带过曲而类集曲者，又一种也。

（五）集曲　集曲犹词中之犯与摊破，专属于南，可与北之带过曲相当，而内容绝异。盖带过曲乃许多整个之调相联续，其名亦即用各调原名相联；集曲则撷取各调之零碎句法相联续，而另为定一新名也。（如《雍熙乐府》所载《集贤宾》"太平年"云云之南北合套中，有〔北元和令〕、〔上马娇〕、〔胜葫芦〕，三调相带过，别立新名，曰〔元和上马胜〕，俨同南集曲之情形，而又各调全用，绝非集曲，实为自来北曲中，或南北合套中所绝无仅有者，不足为据。且并不能与于前述刘伯亨散套中带过曲而类集曲者之例也。）自南曲由元音而渐至昆腔，传奇家于全部数十出中，不欲复用同调，以为当行，于是始盛此等集曲之作，梁辰鱼或竟为首创之人，《江东白苎》集中，所载《九疑山巫山十二峰》等，视其名似仍为一单调，而实则有九调十二调之句法，参杂其中也。（集曲最长者，莫如《三十腔》，乃于三十枝不同之调中，缀句而成。）且其取调，有时并及尾声，或竟用尾声全部以为殿，则更觉成为非套非令之物，元人体制，至此荡然，无一毫存矣！夫论声音，集曲多细腔赠板，自足阐发昆腔妙处，若无体格，则全出拼凑，因而论其文字，亦大抵饾饤，读之陈言泛语，味同嚼蜡者居多，豪情胜概，固难以言，即首尾一贯，不支不复者，亦鲜见也。吾每谓曲中转变，至于昆腔之集曲，不能声文并茂，词乐兼谐，实为大憾。在传奇中，有情节，宾白，及前后部分，互相衬搭，犹不嫌其如此；若散曲中，余详考前人制作，文章方面，集曲直无立足馀地。《江东白苎》一书，自来矜为此中与重，至张旭初于《吴骚合编》中，且推为曲中之圣，亦全为其首先采用崑腔而已，无乃过之甚欤？

《江东白苎》中，有中吕入双调《楚江情带金字经》一调。按《楚江情》乃集《香罗带》，《皂罗袍》，《一江风》，三调中各数句而成者，初名《罗江怨》，后名《楚江情》也。然则以《楚江情》而带《金字经》，是以集曲而带寻常小令也，较之二三调寻常小令之互带者，乃又复一层矣。

（六）重头　重头者，头尾悉同之调，一再重复之谓也。其名用于曲中，始见于徐渭所编之《杨叔荙夫人词曲》，而其体则元人自来即有之，直似诗词中之联章，并不奇也。晏殊词，有"重头歌韵乡玲琮"之句。《中山诗话》云："重头，入破，皆绲管家语。"其说不详。大约词中前后阕完全相同者，即谓之'重头'；起头数句前后不相同者，即谓之'换头'；曲中于重同之调，亦遂借称'重头'矣。此名甚古，则可断言，然未暇详考也。论其重复次数多寡，则全无一定；至少两首，渐加而四首，六首，八首，十首，……都无不可。即成单数作三首，五首，……亦从来无禁文。重头之至多者，莫如李开先之百阕傍妆台，王九思和之，各重至一百首；（两种合刻，名《南曲次韵》。）他如下文所引之《摘翠百咏》，亦《小桃红》之百首重头也。重头与带过曲较，形式之不同有二：❶带过曲至多三调相带过；重头多寡无定，至多有百阕者。❷带过曲乃异调各一首相带过；重头则同调若干首相重复也。至于性质之不同，亦有二：❶带过曲数调带过，即常认作一阕；重头之一调多阕重复，每阕仍各算一首。前者既为一首，故一韵；后者既为多首，故可首各一韵也。❷带过曲仅一题，而重头可阕各一题。如元张可久《卖花声》四首重头，终题为"四时行乐"，而各首分题，则"春"，"夏"，"秋"，"冬"；且"春"叶《欢桓》，"夏"叶《江阳》，"秋"叶《庚亭》，"冬"叶《支时》，阕各一韵，亦阕各一咏也。然二者性质，亦有一大处相同者，则皆为寻常小令与散套之过渡体也。故南曲中两调或四调重头，即可成套；（群下文〔十一〕〔十二〕。）此种套曲中重头与小令中重头之分别，即在一韵与不一韵耳。

（七）同调重头演故事之小令　据上文，重头无不同调者；兹曰"同调"云云者，对下一种"异调间列"者而言耳。既欲演故事，则故事必有情节，往往非一调所能尽，其必借重重头，本无待言也。如《雍熙乐府》十九卷所载《西厢十咏》，以十首《满庭芳》，分咏张生、莺莺、红娘、夫人、法聪、杜确、郑恒、孙虎，及作《西厢杂剧》之人关汉卿、王实甫，一共十人，并不纪事，是不过为寻常之重头耳，尚非此一种也。至同卷又载《摘翠百咏小春秋》，以〔小桃红〕一百首，从张生离洛阳叙起，直至崔张团圆，一同之官为止，倘谓之剧曲，则无科白；倘谓之散套，则又调各为韵，且为北曲而无尾声；倘谓之寻常重头，则内容叙演故事，故不得不为别立名目曰"同调重头演故事者"矣。原文每首皆有标题，如"生离洛阳"、"莺和生诗"、"夫人许亲"、"惠明发怒"等等；但此又与寻常重头之分题，不容一例看待，亦正以其内容为叙演故事者也。兹摘录百首之八，以概其余：

《摘翠百咏小春秋》　此七字为目录内所标，以下所录，概依卷内原式。
〔小桃红〕　　西厢百咏　此为卷内百首前所标。
……
五十九　事闻夫人
清白相国重当朝，这妮子先不肖。泼贱奴才听他调，往来挑。谁知养下家生哨！把咱气倒，等他来到，粗棍打折腰。
六十　红行莺嘱
若还你到母亲前，见责休埋怨。款里慢把良言劝。问根源，觑些喜怒承机变。望姐姐可怜！替说些方便，善为我辞焉。
六十一　夫人诘红
叮咛行坐守闺房，谁料你将心放！夜静更深没拦当，小花娘，勾引小姐同胡创。有何勾当？因甚狂荡？实与我说行藏！
六十二　红娘受责
家翻宅乱闹啾啾，谎的我难开口。恼犯尊颜怎收救？没来由，自家揽得愁来受。雨点似棍抽，火急般追究，做媒的下场头！
六十三　红答夫人
既然奶奶问根苗，只索从头道：当日寺中解危闹，那功劳，至今一向何曾报？俺姐姐意好，怕哥哥心恼，因此效凰鸾交。
六十四　莺莺自念
这场烦恼怎周折？老母寻枝节。暗箭连珠把人射。枉咨嗟，兢兢战战心乔怯。脸儿羞怎遮？怀儿愁怎卸？有甚话儿说？
六十五　红劝夫人
尊前敢掉巧舌头！有事当穷究。看了张生那清秀，本风流，胸中志气冲牛斗。与姐姐既有，望奶奶将就，结末了燕莺俦。
六十六　夫人允诺
养女从来气不长，恼得我魂飞荡！家丑不可外谈扬，这一场，吞声忍气难和他讲。沉吟了半晌，你说的言当，何必再商量？
……

　　通体以词纪言，以题纪事，通体遂有脉络，遂成穿插，其格颇觉新奇。姚华《箓猗室曲话》曾引全词，谓〔小桃红〕亦南词，绝非；又谓其制题颇开《南西厢》之先，余则谓其全篇内四字题目，实别有作用耳。夫同一崔张事迹，赵令畤先以十首〔蝶恋花〕词隐括之，此继以百首〔小桃红〕曲隐括之，虽二者之为词曲异，为"十""百"异，所以隐括之法异，而为联单调以演故事，固二者之所同也。且在词为大曲联套之绪余，在曲为杂剧省白之别调，亦足资词曲间之参互比较矣。

　　"摘翠"是摘取精粹之意；"小春秋"恐犹谓小故事耳。姚氏曰："用韵遣辞，可断为元曲。"余亦谓然，所惜者，舍此以外别无他例足资参证耳。

　　（八）异调间列演故事之小令　元钟嗣成《录鬼簿》曰："王晔，字日华，杭州人。体丰肥，而善滑稽。能词章乐府。临风对月之际，所制工巧。有与朱士凯题《双渐小青问答》，人多称赏。"此所谓《双渐小青问答》者，向不知为何体；及见《乐府群玉》，载《问答》全部，乃知亦散曲中小令之别体耳。《群玉》一书，通本皆小令，无一套曲，是不独为元人选本中所绝无仅有，即有明一代，号为鼓吹风雅，冗编滥选，充实一时者，亦未见有独张小令之专书也。夫《群玉》体例既彰明如此，今《问答》竟载其中，其为小令，而非他体，尚有疑乎？余见明钞本《群玉》卷二所载，末一人曰："王日华乐府"，小字注曰："钱塘，南斋"，是可知王氏之号，为南斋也。其次一行题"〔庆东原〕"，小字注曰："《风月所举问汝阳记》。自黄肇退状至议拟，凡计一十六首。"此所谓《风月所举问汝阳记》者，必为一杂剧名，（历考元明以来纪剧之书，皆无载此名也，可据以补前书之遗也。）而兹十六首问答之辞，即隐括自退状至拟议之一段情节，为本剧中之所原有者也。十六首之调名、题目、用韵，具录如下：

　　〔庆东原〕黄肇退状（天田）　〔天香引〕问苏卿（庚亭）　答（真文）
　　〔凤引雏〕再问（庚亭）　答（天田）　〔凌波仙〕驳（天田）　招（天田）
　　〔天香引〕问冯魁（江阳）　〔凌波仙〕答（箫豪）
　　〔天香引〕问双渐（江阳）　〔凌波仙〕答（庚亭）
　　〔天香引〕问黄肇（姑摸）　〔凌波仙〕答（家麻）
　　〔天香引〕问苏妈妈（天田）　〔凌波仙〕答（箫豪）　议拟（庚亭）

　　据上所列，十六首既无尾声，又不同韵，则不得谓之套曲。既用〔庆东原〕、〔天香引〕、〔凤引雏〕、〔凌波仙〕四调，则不得谓之同调重头。四调之于十六首，占数既不均匀，排列又甚错综，故余谓之"异调间列"也。十六首中，除一起一结外，余则七问七答而已，故余谓之"问答体"也。所谓"举问"者，即举发审问之意；"退状"者，即原告；"议拟"者，即判决也。双渐小青事，元曲中播咏甚盛，仅亚于崔张而已。王晔之文字亦不恶，兹摘录六首以明之：

......

〔凤引雏〕（再问）（此调即〔殿前欢〕）

小苏卿言词道不实诚，江茶，诗句相兼并。那件着情？休葫芦提提面应，相偄幸。端的接谁红定？休教勘问，便索招承。

又（答）

满怀冤！被冯魁掩扑了丽春园。江茶万引谁情愿！听妾明言：多情小解元，休埋怨，俺违不过亲娘面，一时间不是，误走上茶船。

〔天香引〕（问冯魁）

冯魁嗏你自寻思：这样娇姿，效了琴瑟，不用红娘，只留红定，便系红丝。量你啊是什么风流浪子，怎消得多情俊俏猱儿！供吐实词，说了缘由，辨个妍媸。

〔凌波仙〕（答）

黄金铸就劈闲刀，茶引糊成划怪锹。庐山凤髓三千号，陪酥油尽力搅。双通叔你自才学，我揣与娘通行钞，他掂了咱传世宝，看谁能够凤友鸾交！

......

〔天香引〕（问冯妈妈）

苏婆婆常只是熬煎，临逼得孩儿，一迷地胡搦。使会虚脾，着些甜唾，引起顽涎。用力的从教气喘，着昏的一任头旋。只为贫钱，将个婵娟，卖上茶船。

〔凌波仙〕（答）

有钱问甚纸糊锹！没钞由他古定刀。是谁俊俏谁村拗，俺老人家不性索。冯员外将响钞递着，双生啊休干闹，黄肇嗏且莫焦，价高的俺便成交。

......

异调间列之例，亦惟见有此一组。其体既重在问答，可以谓之纪言者；而前一种同调重头，则言事兼纪者也。观于此，演故事之不仅于剧曲，于散曲亦有之，应毋待赘矣。又寻常散令中如孙周卿〔蟾宫曲〕题琵琶亭云：

> 到浔阳夜泊星槎，送客江头，忽听琵琶。下马维舟，回灯借问："何处人家？""妾本是京师馆娃，嫁商人沦落天涯。"再转龙牙，细拨轻爬，声裂檀槽，月满芦花。
> 见乐天细问根芽，襟搭鲛绡，玉笋笼纱。"家住长安，十三学乐，髻绾双鸦。今老却朝云暮霞，再休提秋月春花。自叹咱家，两鬓霜华，有锦难缠，泪湿琵琶！"

似此言动兼纪，亦可谓为演故事者。故散曲之演故事，实随在多有，且不仅以上所述两种，是亦不可不省耳。

（九）南北分套 "南北分套"，本无此名，此特对下列一种南北合套而言，假设如此耳。兹分别论之：

（甲）套曲普通情形 套曲之组成，普通有三种情形：

（子）至少二首同宫调之曲牌相联，若宫调虽异，而管色相同者，亦可互借入套。但北曲中小令之专用牌调，（详下文"用调"节）及南曲中特殊数调，（如仙吕〔美中美〕，〔油核桃〕之与〔醉罗歌〕、〔醉花云〕，越调中〔下山虎〕，〔五韵美〕之与〔包子令〕、〔扑头钱〕等。）则虽宫调管色无不同，亦不能联套也。最长之套，如元刘致上高监司正宫〔端正好〕套，竟有三十四调之多。

（丑）有尾声，以示全套之乐已阕。

（寅）全套首尾一韵，此层最紧要。

（乙）南北套之异同。

（卯）北散套应发生在北剧套之前。二者无大区别，惟剧套体制，较之散套，进而稍繁耳。南散套应发生于南剧套之后。因传奇出数较多，所谓排场，各种不一，其曲套情形，亦遂繁夥，与散曲之套多异矣。

（辰）南套部分为引子、过曲、尾声三部分，甚显著。北曲于尾声以外，无可分划。又南有赚曲一种，以调节或联络前后调之板拍，北虽间亦有之，而不显著。

（巳）北套借宫之风极盛，有全套连尾不过五六调，而借他宫之调，多至四五阕者，南套不然。（间有如杨慎《陶情乐府》内正宫〔锦缠道〕春日怀萧楚云套，全套除引子与尾外，只馀三调，乃两借南吕，一借仙吕，借宫之多，正与北曲情形无异，但极少见。）

（午）北套尾声，繁简长短不一。每与他调混合为一体，如〔后庭花煞〕，〔好观音煞〕等是。且其煞尾之部分，有非常之长，非一调所能尽，乃分若干段以尽之者，如十三煞、十煞、七煞等，无论剧套散套中，皆数见不鲜者也。南尾声则极简单。句法平仄虽随宫调而异，（详沈璟《南曲谱》）而大抵十二板，故尾声有十二红之别名。又北尾声亦称煞、尾、煞尾、收尾、结音、庆馀；南尾声亦称余音、意不尽、余文、十二拍尾。

（未）南套联法未失传，变化更动，作者倘为知音，今日犹可自主。若北套中，首尾数曲，虽似一定，而中间各曲，则联法不详，惟有遵守前人程序而已。

（丙）南曲情形　（此就一般南套略述之。若剧套之排场配搭，具详近人许之衡《曲律易知》、王季烈《螾卢曲谈》等书内。）

（申）引子：不论宫调；每牌不必全填，与过曲不同；唱时只点鼓扳，不和弦管。至于过曲之各调相联，或以其性质为准，如有赠板细唱者在前，无赠板粗唱者在后，乃其荦荦大者。或以向来之习惯为准，在剧套中，有排场关系，习惯尤多。

（酉）南套成因，各种不同。宫调之选定，悲喜刚柔，必按合文字内情，此通例也。此外有因题定套者，（如咏八景则成八调之套，咏四时则成四调之套。）有自南北合套中抽去北曲而成者，（例如《南词韵选》所载，中吕〔泣颜回〕"薄情忒情杂"一套，即是抽去北词者。）有集同韵之小令数首而成者，（例如《白雪斋》集李日华、金銮、沈仕、张凤翼四人〔玉芙蓉〕各一首，为四时闺思一套。）此外特殊情形尚多，一时难以备举也。

（十）南北合套　元钟嗣成《录鬼簿》云："沈和，字和甫，杭州人，能词翰，善谈谑，天性风流，兼明音律。以南北调合腔，自和甫始。……"是南北合套，由来甚早，有南曲未久，元人即创行之。盖北曲每套限一人唱，歌者久以为苦，南北声音又各有所偏，宜相调和，二者融合成套，则各救其弊，得中和之美矣。此种在剧曲与散曲中并行不废。《曲律易知》中举合套式七，又谓通行者只有四，殊不然。查《九宫大成谱》中，仙吕以下十一宫调，各举南北合套二式，末仙吕入双角一调内，所举独多，凡十二套，合共三十四套；其他各选本中所列，出此三十四式之外者，粗粗计之，尚不下十馀式，是自来合套究有若干，虽未得其确数，要必在五十以上，而必不照七与四之数，则可断言者也。

合套规律，要在南北两调之声音，恰能衔接而和美；在知音者，原不妨按律配合，多出新巧，若不知音者，则惟有遵从前人常用之成式，不容妄事连缀，多出笑柄也。考以上所云数十式中，普通情形固是一南一北，相间不乱，（其开始或以南起，或以北起，皆可。）但有少数亦不尽然者。大抵所用北调中，如有带过曲在，则虽将二曲相带过者，只作一曲算，（用三曲之相带过者未之见。）实际上亦已成两北一南之偏势矣。此种于《大成谱》所载仙吕入双调之合套中最多。又如《雍熙乐府》所载，越调南〔绣停针〕，北〔小桃红〕套中，一北之后，继以二南，又继以三北，（并非带过曲）。《北曲拾遗》所载双调北〔锦上花〕，南〔销金帐〕一套中，一南之后，继以二北，又继以二南，又继以四北，于此可见合套之中，各调相连，只要音律和美谐应，亦不必定守一南一北相间之成例也。

（十一）重头加尾声之套　由一调重头以成套，南曲中始有之。北套之至简者，有仅一调一煞者，稍长则为一调，一幺篇，一煞；此一调，一幺，加以一煞之局格，不啻即南套中重头加尾声之滥觞也。套中重头，与小令之重头不同：凡调之能为小令者，即无不可为小令重头；至于调之可以联套者，则不必其皆可重头加尾而成套也。观许氏《曲律易知》于配搭一节之类别诸调中，有"宜叠用"与"勿叠用"之两种，可以知矣。盖宜叠用者，方可以屡用前腔，加尾成套，勿叠用者，必不能如是也。综许氏所列各宫调曲宜叠用者，不过四十有六：

　　　仙吕五　羽调一　正官三　大石一　中吕七　南吕五　黄钟二　越调四　商调四　双调九　仙吕入双调五

许氏又谓叠用至六枝成套者，在前人所已用，不过〔锁南枝〕、〔香柳娘〕、〔懒画眉〕、〔桂枝香〕数调。此其所述，虽不无脱略狭隘，大概要不过如是也。

重头成套，本以不加尾声为原则，（详下文〔十二〕）所以加尾声者，多因文意方面，必有几句结束之语耳。其重头之数，为二，为四，为六，皆成双；间有如〔三仙桥〕用者多作三枝，是特殊者也。

（十二）寻常无尾声之套　套数在元人，轻易无无尾声者。其无尾声者，大抵有下列三种情形：（甲）所用曲调有特别情形者，不用尾。如无名氏《货郎担》杂剧，南吕一套，《一枝花》后用〔九转货郎儿〕，九转既完，乐遂阕，不用尾，因〔九转货郎儿〕为特制之曲也。（乙）用带过曲结者，则省尾。如乔吉南吕杂情套，〔一枝花梁州〕后，用〔骂玉郎〕、〔感皇恩〕、〔采茶歌〕之带过曲，则不用尾。张酷贫《汗衫记》剧双调〔新水令〕套，末用〔雁儿落〕、〔得胜令〕之带过曲，则亦不用尾。（丙）所用末调，可以代尾者，则不再用尾。如商调套以〔浪来里〕结，双调套以〔清江引〕结者甚多。此外剧套中亦有无尾而不得其故者，如无名氏《㓟㓟旦》剧中吕〔粉蝶儿〕套，以〔古竹马〕结，张国宾《罗索郎》剧双调〔新水令〕套，以〔水仙子〕结等是。又有原文本属有尾，而传本脱误者，如《词林摘艳》所载白朴《箭射双雕》剧，中吕〔粉蝶儿〕套无尾，实则有尾，而《摘艳》脱之，又《北词广正谱》双调载白氏〔乔木查〕套无尾，实亦有尾，而谱脱之也。

至于南曲寻常无尾者，在散曲中极少，有之，则下列所谓重头无尾者也。

（十三）重头无尾声之套　重头无尾声，惟南曲中有之。沈璟《南曲谱》曰："一个牌名做二曲，或四曲，六曲，八曲及两个牌名止一二曲者，俱不用尾声。"——此重头无尾声最早之说也。沈氏所云种种，于《曲律易知》等书中，得其例皆甚易，惟所谓两个牌名各止一曲者，既非重头，其形又酷似北带过曲，其例颇不多见。如梁辰鱼《续江东白苎》内所载，中吕入双调〔摊破金字令〕与〔夜雨打梧桐〕之遇张一儿，商调〔黄莺儿〕与〔簇御林〕之幽兰是也。

一牌做两曲四曲等等，与两牌各做二曲，以成一套，固可无尾声，即三牌或四牌各做二曲四曲不等，以成一套，亦可无尾声，此三牌四牌之前，加用引子者，亦有之，是皆在重头无尾声之列也。又两三牌之重头，有相间以列者，惟其每牌不止一首，而为重头，故亦可无尾声。如"引，〔白练序〕，〔醉太平〕，〔白练序〕，〔醉太平〕，〔白练序〕，〔醉太平〕"，除引以外，两牌各重作三首，而相间以列，并无尾声，亦遂成套矣。

总之，既以一调或诸调重头以组套，则引与尾之有无，皆可任意焉，特尾声之无，益为注目耳。

五　用调

剧套用调甚多，而又不欲重复，故有时搜及冷僻。散套欲便于歌唱，习于句读，故冷僻不用；南北分套如此，合套亦如此。合套定式，详于《大成谱》；重头套用调，详于《曲律易知》。已如前所言，兹概从略。至于小令之用调，则普通所见，似乎层出不穷，而实际按之，亦无几也。顾自来未有统计及之者，因于此一详之。

小令用调，大抵以声音美听，可以单独歌唱，不病割裂者为标准。惟元曲唱法，今已失传。（北曲诸调，在今昆腔中，虽亦有谱可唱，但适成其为昆腔而已。每调中原腔幸而尚存者，不知究剩几分之几。自明初南曲盛行，北调即渐成绝响矣，何论后世？观何良俊《四友斋丛说》，沈德符《顾曲杂言》等书所纪，可以知之。）所用为小令之诸调，究竟在当时歌唱如何美听，除周德清《中原音韵》之《作词十法》中，所言各调平仄阴阳，如何为妙，如何为尤妙外，他即无可揣拟矣。在南曲中，则习为小令之诸调，大抵为腔细婉而板繁密者，（即有赠板之曲）尾声、引子，固不能填作小令，即过曲中之粗急直率者，小令中亦从来无人援用也。兹分别南北，著录其牌名如次：

（一）北曲小令　北曲小令用调，又应分作三种：

（甲）小令专用者　此一类见清李玉《北词广正谱》各卷目录后，兹汇录之，得五十调，皆不能与他调相连而入套者也。

（黄钟）昼夜乐　人月圆　红衲袄　贺圣朝

（正宫）黑漆弩　甘草子　汉东山

（仙吕）锦橙梅　太常引　三番玉楼人

（南吕）干荷叶

（中吕）山坡羊　乔捉蛇　鹘打兔　摊破喜春来

（大石）百字令　喜梧桐　初生月儿　阳关三叠

（小石）青吉儿　天上谣

（高平）木兰花　于飞乐　青玉案

（商调）秦楼月　桃花浪　满堂红　芭蕉延寿

（越调）凭阑人　糖多令

（双调）新时令　十棒鼓　秋江送　大德乐　大德歌　祆神急　楚天遥　青玉案
（与诗馀同）殿前喜　皂旗儿　枳郎儿　华严赞　得胜乐　山丹花　扫晴娘　鱼游春水　骤雨打新荷　河西水仙子　河西六娘子　百字折桂令

以上五十调中，〔太常引〕、〔初生月儿〕二调，李氏谱原未列入小令，兹按两调套曲中从未用过，故为补入。〔扫晴娘〕调，李谱且未收，兹援〔天上谣〕例（两调同为明人创作）补入。又李谱本来所列，尚有南吕之〔金字经〕，商调之〔水仙子〕及〔蝶恋花〕，越调之〔小络丝娘〕，双调之〔播海令〕、〔蟾宫曲〕诸调。兹按〔金字经〕有时借入双调之套曲中；〔水〕、〔播〕

两调，谱中所引之例，已明为套数中作；〔蝶恋花〕在谱中，商调则仅有其名，并无曲文，其名当指诗馀中之〔蝶恋花〕也，双调所列，则又是套曲，并非小令；〔蟾宫曲〕在元人皆以为〔折桂令〕，李氏据一二首字句之小异者，便别为一调，其实正可不必，〔小络丝娘〕实即〔络丝娘〕之末两句，断不能独自成调，而况谱中引例为《西厢记》，《西厢记》中又明标为〔络丝娘煞尾〕，从来固已，无人用作小令，即论其句法，亦绝不成为小令之调也。——凡此种种不合者，兹为一概删去。再谱中中吕尚有〔齐天乐过红衫儿〕一调，因明明为带过曲，已划归下文（丙）种内。

此五十调，虽为小令专用者，乃通常并不习用；习用者惟〔山坡羊〕，〔凭阑人〕，〔大德歌〕三调而已。其次为〔河西六娘子〕，〔百子折桂令〕，余外皆属冷僻。如商调中〔桃花浪〕以下三调，惟贾仲明《金童玉女》杂剧中，曾用作附唱之小令，除此直未见有人用过也。

（乙）小令套曲兼用者　共六十九调，兹择其实习用者三十调，著圈以别之：

（黄钟）刮地风　出队子

（正宫）塞鸿秋○　叨叨令○　醉太平○　小梁州　六么遍　白鹤子

（仙吕）后庭花　醉扶归　游四门　寄生草○　醉中天○　节节高　金盏儿　一半儿○　忆王孙　赏花时

（南吕）金字经○　四块玉○　玉交枝　梁州

（中吕）满庭芳○　喜春来　醉高歌○　红绣鞋○　普天乐○　朝天子○　上小楼　迎仙客○　四边静　四换头　挂枝儿○

（般涉）耍孩儿

（商调）梧叶儿○　凉亭乐　酷葫芦

（越调）天净沙○　小桃红○　寨儿令○　黄蔷薇　雪里梅

（双调）折桂令○　水仙子○　庆东原○　驻马听○　拨不断○　清江引○　落梅风○　沉醉东风○　步步娇　碧玉箫　沽美酒　殿前欢○　阿纳忽　庆宣和○　卖花声　得胜令　春闺怨　风入松　胡十八○　月上海棠　快活年　牡丹春

（待考）丰年乐　时新乐　霜角　阿姑令　比叠翠

（丙）带过曲调式　带过之曲，前人习用者，为格不多。兹汇录之，仅得三十二调；亦择习用者六调，著圈以别之：

（正宫）脱布衫带小凉州○　小凉州带风入松

（仙吕）后庭花带青哥儿

（南吕）骂玉郎带采茶歌　骂玉郎带感皇恩采茶歌○

（中吕）十二月带尧民歌　醉高歌带喜春来　醉高歌带摊破喜春来　醉高歌带红绣鞋　快活三带朝天子　快活三带朝天子四换头　快活三带朝天子四边静　齐天乐带红衫儿

（越调）黄蔷薇带庆元贞

（双调）水仙子带折桂令○雁儿落带得胜令○雁儿落带清江引　雁儿落带清江引碧玉箫　一锭银带大德乐　沽美酒带太平令○沽美酒带快活年　对玉环带清江引○楚天遥带清江引　梅花酒带七弟兄　竹枝歌带侧砖儿　江儿水带碧玉箫

（中吕带双调）醉高歌带殿前欢　满庭芳带清江引

（正宫带双调）叨叨令带折桂令

（南带过曲）朝元歌带朝元令

（南北兼带）南楚江情带北金字经　南红绣鞋带北红绣鞋

以上皆小令中之带过曲，其有在南套中偶见，而小令中从未见过者，如〔风入松带急三枪〕等，兹概未列。又《乐府群玉》载曹明善有〔三棒鼓声歌〕一调，分明是三调相带过者，则当查明补入。又带过曲有用别名者，如〔鸿门奏凯歌〕，即〔雁儿落带得胜令〕，〔湘妃游月宫带折桂令〕，即〔水仙子带折桂令〕等，勿再混列。

以上北曲小令用调三种，共一百五十二调，约当北调全数（据《北词广正谱》为四百四十七调）之三分之一强，而普通习用者，总不过四十馀调耳。

（二）南曲小令　南曲小令用调，可别为原调与集曲两种。原调对集曲而言，即南九宫十三调中原有之调，并非如集曲之用许多曲句，拼凑集合而成者也。

（仙吕）（原调）皂罗袍○桂枝香　排歌　浪淘沙　月儿高　傍妆台○月中花　解三酲○西河柳　春从天上来

（集曲）醉罗歌○月云高　甘州歌　解袍歌　一封玉　解酲歌　醉花云　香转南枝　月照山　闹十八　九回肠　十二红　醉归花月渡　二犯桂枝香　二犯月儿高　二犯傍妆台

（正宫）（原调）玉芙蓉○锦缠道

　　　　（集曲）锦亭乐

（大石）（原调）催拍　两头南　两头蛮　红叶儿

（中吕）（原调）泣颜回　驻云飞○　普天乐　驻马听○　石榴花　永团圆　番马
　　　　舞秋风
（集曲）榴花泣　倚马待风云
（南吕）（原调）一江风　懒画眉○　梁州序　大胜乐　贺新郎　宜春令　销
　　　　金帐　香罗带
（集曲）罗江怨○　三学士　七犯玲珑　六犯清音　梁州新郎　梁沙泼　大香
　　　　浣溪刘月莲　六犯碧桃花　七贤过关　巫山十二峰　九疑山　八宝妆
　　　　仙桂引　仙子步蟾宫
（黄钟）（原调）侍香金童　传言玉女　啄木儿　画眉序
（越调）（原调）绵搭絮
（商调）（原调）黄莺儿　集贤宾○　山坡羊○　高阳台　水红花
　　　　（集曲）金络索　黄罗歌　莺花皂　山羊五更转　梧蓼金罗　黄莺学
　　　　画眉
（小石）（原调）骤雨打新荷　象牙床
（羽调）（原调）马鞍儿
　　　　（集曲）胜如花　四季盆花灯
（双调）（原调）玉胞肚○　锁南枝　风入松　四块金　玉交枝　柳摇金　朝天
　　　　歌　江儿水　孝顺歌　步步娇　淘金令　转调淘金令　锦法经　四朝元
（集曲）二犯江儿水　娇莺儿　江头金桂　孝南歌　二犯柳摇金　孝南枝　玉
　　　　枝供　六幺令犯　落韵锁南枝　摊破金字令　折桂朝天令　锦堂月
　　　　玉江引
（待考）征胡兵　弥陀僧　对美人　美樱桃

以上南曲小令用调：原调五十八，集曲五十五，待考四，共一百十六调，约当南调全数（据《南词定律》为一千三百四十二调）十分之一弱，而普通习见者，不过十馀调而已。

以上南北小令用调各百馀，乃就选本专集中所得见者汇列之。料想元明时作小令传唱之调，必不止此。如永乐间所梓行之《诸佛名歌》，其编排分别南北，歌以调从，一调或数十歌，或数歌不等，绝无所谓联套情形，是亦当归入小令一类者，乃其所用之调，不但不见于以上所列者甚多，即自来各谱书内，亦每每未曾收采，于此可见小令之中，自来多佚调矣。

六　作家

　　曲家大抵为潦倒文人，既鲜知遇于当时，复少显扬于后世，作剧曲者然，作散曲者又何独不然？且散曲篇幅简短，更易于遗佚，而作者兴到弄笔，往往随作随歌，随歌随弃，不甚爱惜，盖初不欲藉此以沽名也。于是履贯既多模糊，姓字复将湮没，篇章零落，人物消沉，历览词场，莫此为甚！其实论曲家所业，亦未尝不承风雅之遗，而小道郑声，横施鄙弃，从来已觉非分，若千载以后，作者并一姓一字之亦不复传，得毋过欤。缘就各书，汇集其名，聊存鸿爪。仕履不详，难同继先之《鬼簿》，品藻未备，亦殊涵虚之评林；并名字之分歧，时代之颠倒，有时亦所不免。盖搜采尚嫌未广，考订益复不遑矣。

　　元

　　　　乔吉　张可久　吴仁卿　曾瑞　顾德润　朱凯　钱霖子云　吴本世　汪元亨　周月湖　郑构次　耶律铸　沈子厚　李齐贤　沈禧

以上十五人，有专集或诗文词后附集，已见"书录"一节中者。

　　　　王修甫　白贲无咎　彭寿之　张子益　京幹臣　石子章　阎仲甫　元好问　蒲察善长　王鼎和卿　鲜于枢伯横　吕元礼　刘秉忠　商政叔　徐琬子方　容斋　芝菴　卢挚疎斋　胡祇遹紫山　姚燧牧菴　贯云石酸斋　刘致遒斋　时中　崔彧　李秋谷　粤敦周卿　严实忠济　庚天锡吉甫　马九皋　阿鲁威　阿里耀卿　史知州　马谦斋　仇州判　冯子振海粟　吴克斋　陆子友　盍志学　侯正卿　吴正卿　关汉卿　白朴仁甫　马致远　王伯成　左敬之　郑光祖德辉　郑廷玉　杜仁杰善夫　亢文苑　吕止菴　赵文一　高文秀　李茂之　纪君祥　杨君择　冀子奇　孙叔顺　王仲诚　不忽麻　李邦基　高安道　董君瑞　陈子厚　赵明道　景元啓　李寿卿　杨朝英澹斋

以上六十六人，据《残元本阳春白雪》增。

　　　　商挺左山　吕照轩　吕侍中　杨果西菴　赵天锡　薛昂夫

以上六人，据十卷本《阳春白雪》增。

　　　　张养浩　吕济民　周德清　邓玉宾　查德卿　吴西逸　孙周卿　武林隐　王元鼎　阿里西瑛　卫立中　李伯瞻　赵显宏　唐毅夫　高拭　李爱山　宋方壶　王爱山　朱庭玉　盍西村　李伯瑜　程景初　钟嗣成丑斋　赵彦辉　杜遵礼　孙季

昌　秦竹村　周文质仲彬　李致远　童童　沙正卿　王仲元　睢景臣　曾褐夫
孛罗　吕天用　陆登善　任昱则明　姚守中　杨立斋　杨氏　赵莹

以上四十二人，据《太平乐府》增。赵莹一人，见何梦华旧藏钞本。

　　赵善庆文宝　曹明善　王晔　陈德和　张子坚　丘士元　高克礼

以上七人，据《乐府群玉》增。

　　陈草菴

以上一人，据《乐府新声》增。

　　范居中　赵良弼　廖毅　李显卿　王思顺　苏彦文　李用之　黄公望　萧德
祥高可通

以上十人，据《录鬼簿》增，皆却言有散曲者。

　　方伯成　李邦祐　李文蔚　李好古　李子昌　沈和　吴昌龄　胡用和　范康
张鸣善　张碧山　贯石屏　黑老五　杨景华　王廷秀　刘庭信　兰楚芳

以上十七人，据《词林摘艳》增。

　　虞集

以上一人，据《雍熙乐府》增。

　　于伯渊　孔文卿　李洞溉之　李子中　狄君厚　施惠　马彦良　班惟志彦功
康进之　萨都剌　萧德润　阙志学

以上十二人，据《北宫词纪》增。

　　柴野愚

以上一人，据《太和正音谱》增。

　　　滕宾　邓学可　鲜于必仁去矜　陈克明　季子安　张子益　刘燕哥　刘伯亨

以上九人，据《北词广正谱》增。

　　　王一山　王十熙　史楚甫　朱经　白玉真人　李正则　伯颜　周诰　孟昉　邵
元长　胡致居　耿子春　张天香妓　陈在山　卢彦威　崔雪竹　聂镛　冯华　苏彦
文　贾伯坚　刘婆惜妓

以上二十一人，据《曲家姓字小典》增。
　　　以上元人著有散曲者，共二百零八人。

明

　　　朱有燉　伦常　康海　王九思　王磐　杨慎　杨夫人　何瑭　李开先　梁辰鱼
冯惟敏　金銮　施绍莘　刘效祖　朱应辰　陈铎　沈仕　史磐　张凤翼　冯梦龙
沈璟　王骥德　杨循吉　陈鹤　王澹翁　夏言　薛论道　陈继儒　朱让栩　李祯
瞿吉　俞琬伦　王与瑞　魏荔彤

以上三十四人，有专集，或诗文词后附集，已见"书录"一节中者。

　　　王越　王子一　王田　王子安　王子章　王文峰　包应龙　丘汝晦　丘汝成
史直夫　吕景儒　谷子敬　宁斋　胡以正　恒轩　侯正夫　段显之　徐知府　唐以
初　耿子良　陈克明　张善夫　张禄　张氏　崔子一　曹孟修　朱权　汤式　杨彦
华　杨景言　贾仲名　臧允中　刘东生

以上三十三人，据《词林摘艳》增。

　　　徐霖子仁　王春泉　胡宾竹

以上三人，据《雍熙乐府》增。

　　　顾梦圭　祝希哲　刘龙田　李日华　虞竹西　张文台　周秋汀　陆之裘　陶

陶区　秦时雍　曹大章含斋　吴嶔　殷都　唐寅

以上十四人，据《南词韵选》增。

　　王文昌　王寅　史沐　杜大成　吕泾野　李子昌　汪道昆　茅溱　高濂　倪民悦　孙湛　陈所闻　陈石亭　康纬川　张五山　张伯纯　张炼　盛敏耕　黄祖儒　云梦山人　赵南星

以上二十一人，据《北宫词纪》增。

　　冯二酉　王宠　王守仁　王问　方洗马　文征明　史榮　皮元素　朱长卿　李如真　汪廷讷　沐石冈　周梅墟　邵宝　武陵外史　邢雄三　胡汝嘉　胡文焕　范晶山　高明　高石楼　晏振之　徐惺予　孙幼如　孙百川　苏子文　莫是龙　许然明　张茅亭　张月坞　黄参凤　汤三江　汤东野　费胜之　程中权　乔卧泉　杨立斋　赵晋峯　郑若庸　顾仲芳

以上四十人据《南宫词纪》增。内杨立斋与元人不同。

　　钱福　吴无谷　罗钦顺　顾木斋　吴载伯　杜圻山　燕仲义　薛常吉　周君建　毛莲石　顾大典　孙孺彝　李复初　梅鼎祚

以上十四人，据《词林逸响》增。

　　卜世臣　王昪　王厚之　方氏　沈则平　沈瓒　沈自晋　沈君善　沈自征　范夫人　袁于令　凌濛初　陆包山　张少谷　冯延年　贺五良　董斯张　刘氏　蕲州妓　顾应里

以上二十人，据《太霞新奏》增。

　　宛瑜子　朱镜如　张叔周　杨德芳　王敬夫　沈懋学　顾起元　张解元　张景岩　马孟河　孙子京　朱长卿　张舍　沐希甫　王玉阳　王元和　沈清狂　马绥妓

以上十八人，据《青楼韵语广集》增。内王玉阳疑即王骥德。

　　王穉登　文彭　李文澜　沈嵊　李东阳　何西成　周幼海　秦冰澳　张伯瑜　张旭初　张熙伯　陈石坡　许彦辅　屠隆　虞交俞　骆永叔　关九思

以上十七人，据《吴骚合编》增。

　　虞味蔗　洗尘　景世珍　湖西主人

以上四人，据《北曲拾遗》增。

　　李唐宾　黄良用　杨文奎　杨景辉

以上四人，据《北词广正谱》增。

　　赵王　王衡　王骐　王廷相　王廷陈　王世贞　王宗正　包郎郎　甘莹　李梦阳　锁懋坚　谷继宗　何太华　杨一清　杨斗望　何景明　林廷玉　范甫　段炳　夏完淳　陆九畴　郑思笠　戴梅川　陈沂　陈继儒　许少华　杨君谦　杨维桢　董中峰　谢溱　韩苑洛　高珩　简绍芳　顾乃大　姚小涞　扶遥　佘壬公　伍灌夫　张苇如　沈端蕙女士　景翩翩　郑云敫　董如瑛　董贞贞　薛素素　顾长芬　呼文如（最后七人乃妓女）。

以上四十七人，据《曲家姓字小典》增。
　　以上明人著有散曲者，共二百六十九人。
　　以上元明散曲作家，共著录四百七十七人，虽搜罗未备，要亦得其十之七八矣。大约两代作者姓字，今日可考者，总在五百以上，是则可断言者。此已录四百馀人，中凡知其名者，概用其名；字甚显而名甚僻者，则注其字于名之下。惟就中尚难免将一人之名与字，分列为二者，是犹待精密考订者耳。
　　清代散曲家著作，既无选本，亦无纪载之专书，汇集其人颇难。须从诗文词集后面，广为寻检，非若辑元明两代作者，凭少数选本谱录，评论杂书，即能得其大概者也。兹姑以《清人散曲杂钞》中所列者，移录于此，明知挂一漏万，不足一盼，要为博洽之士，具有同好，而有志斯道者，引其端绪而已。

　　许宝善　赵庆熺　谢元淮　沈谦　朱彝尊　陈维崧　厉鹗　吴绮　尤侗　蒋士铨　吴锡麒　刘熙载　许光治　杨恩寿

以上十四人，有专集或诗文词后附集，已见上文"书录"一节中者。

　　汤传楹　凌霄　陈栋　张景祁　沈起凤　詹湘亭　韩朝衡　孔尚任　陈子龙　秦云肤　周闲　魏熙元　张应昌　沈卓　毛莹　石韫　左辅　袁崇冕　张九钺　顾贞立　吴蘋香　孙云凤（最后三人为女士）

以上二十二人；合共三十六人。

七　作法

　　散曲作法，较剧曲为易，为其体段较简，作者又直抒胸臆，无情节、排场、宾白、科介之为累也。然惟其体段简短，无可衬搭躲闪也，文字之工拙，乃亦无从苟且。且曲体繁简，虽种种殊，若其根本，则端在散曲，故全曲作法之根本，亦端在散曲，正未容忽略也。

　　曲之根本作法，于何处见之？曰：见之于作成以后，确实是曲，而非诗，非词，并非其他一切之长短句也。徐渭《南词叙录》曰："填词如作唐诗：文既不可，俗又不可，自有一种妙处，要在人领解妙悟，未可言传。名士中有作者，为予诵之，予曰：'齐梁长短句诗，非曲子。'何也？其词丽而晦。"此与李清照讥宋初人词为句读不葺之诗，张炎讥辛刘豪气词为长短句之诗。固同一辙也。特谓作曲者误入齐梁长短句，乃就极疏者而言，若普通之误，大都误入两宋长短句者为多，即与诗馀——词——不能判别也。曲家第一若能尽脱词法，则所作者，虽不中亦不远矣。沈雄《柳塘词话》谓："前人有以词而作曲者，断不可以曲而作词。"其言外若谓以曲作词，断乎不可，以词作曲，则并非不可，并非断不可也，殆亦知其一不知其二耳。彼元曲何以谓当行？盖奔腾驰骤，一毫不受词法之拘束也；昆腔以后之散曲，又何以弊？即曲体本来流动者，梁辰鱼辈，复返之于凝静，而与词境为邻也。兹欲明散曲之作法，第一先严词曲之分，分形式与精神两方面略论之。

　　吾国韵文中之长短句，由词变而为曲，实进化也。其进化之处，端在长长短短，极尽长短变化之能。譬如一字之句：在词中除冷僻之调，〔十六字令〕

之起拍，与〔哨遍〕之换头所有者外，其他鲜见也；在曲中则〔寨儿令〕、〔山坡羊〕、〔醉春风〕、〔驻云飞〕、〔月儿高〕等，惯用之调中，固常见之也。二字之句：在词中短调，如〔河传〕所有，半阕之内凡三四用之，且与三字句、四字句相邻接，颇嫌破碎；在长调如〔锁窗寒〕、〔暗香〕、〔兰陵王〕、〔沁园春〕等换头处所有者，又单独用之，二字之口气，截然而止，复嫌板重。若在曲中，与五字句或七字句参互以见，则以上词中两嫌，皆蠲免矣。又曲之长短句法中，重在多用单数字之句——三言、五言、七言；至若〔喜春来〕（七七七三五）、〔塞鸿秋〕（七七七七五五七）、〔寄生草〕（三三七七七七七）、〔落梅风〕（三三七七七）等调，则通体之中，且不用一双数字之句也。曲调于许多单数字之句中，间插一二双数字之句法，再益以对句、排句、叠句，则通首句调、陡觉起落振荡，抑扬顿挫，极尽摇曳生动之趣矣。更因衬字之办法，在词为偶见，在曲则常有。于是本来双数字句，于必要时，可以单之，本来单数字句，于必要时，可以双之，要仍不失其本来之句法与音节，而行文之间，虚处既得转折贯串之施，实处又得提挈点醒之用，牌调谱式之限制，至此虽严而亦宽，虽死而亦活。拘束之中，旷然乃有伸缩回旋之馀地，而作者乃意无不达，语无不安矣。观于此，全元长短句之乐府，虽于平仄四声之外，又首创阴阳清浊，而为格律极严之韵文，但其句法之极尽长短变化之能，实迥非齐梁唐宋诸代长短句乐府所及。其极严之外，别有极宽之径，作者固毋庸因其格律之严，骇而退却也。至于散曲之中，衬字虽不能多，要不可废；作者能应有尽有，既得句法中活泼流利之用，又无谱律上偭规越矩之嫌，斯最为合法矣。

曲调中之叶韵，较他种长短句为密。通体句句叶韵之调，不一而足。又其韵无不平、上、去三声互叶者，非若词中，平韵则全调皆平，仄韵则全调皆仄，间有一二互叶之体，亦甚少也。惟每一首曲或每一套曲中，不能换韵，"东同"则"东同"到底，"江阳"则"江阳"到底。夫不换韵途径虽窄，而平、上、去互叶则开展实多。且所谓曲韵者，既不如诗韵之拘牵，又不如词韵之泛滥，悉摈古音，较谐俗口，而又无乖于音部；至于一韵到底，又自有其蓬勃充沛之善，不可误以为难而废之也。惟北曲中向有入声派作平、上、去三声用之一法，殊不能遍合于南北人之口，则视其制度为过去之历史，今日置而不用，仍仿词法，凡入声韵，一首之中，皆单叶之可也。

顾句法之极尽长短变化之能，与夫韵脚平上去三声之一韵互叶，二者于曲，果有何利益可言，有何成绩可观乎？曰：有之，则如此以后，曲调乃接近语调，便于使用语料是也。孔颖达《诗正义》谓："风雅颂有一二字为句，及至八九字为句者，所以和以人声而无不协也。"足见人声实为长长短短之句读。韵文句法，既极尽长短变化之能，自于人声无不协矣。人但知元曲之高，在不尚文言之藻彩，而重用白话，于方言俗语之中，多铸绘声绘形之新辞，以形成其文章之妙，而不知欲如此者，必先有接近语调之曲调发生，然后调中方便于尽量采用语料；倘金元乐府仍旧泥守南宋慢词之长短句法，整而不化，凝而不疏，静而不动者，则虽铸就甚多语料之新词在，亦格格不得入也。《董西厢》所用之调，名称与形式（指前后两叠而言），虽多因袭于词中之长调，但其各调之句法，实变幻莫测，初非词调之本来，而后其文章乃能恣肆，即是证据。故南宋慢词之长短句法，不近语调者，乃天生运用文言材料之长短句；金元曲调之长短句法，接近语调者，乃天生运用语言材料之长短句；各具特性，未可苟同。作者若必欲抉破藩篱，易地以为之，亦何尝不能成篇，特终非其本色耳。要当各适其性，因利乘便，以发展其本体之所长。作曲者则必曲折尽情，委婉如话，斯判别于词，而得作曲根本之法也。至于凡百韵语，一经平、上、去三声互叶，读之便觉低昂婉转，十分曲合语吻，亦即十分曲达语情，此亦为他种长短句所不可及，而独让之与金元之曲者；盖非如此不足以逼真口气，成所谓"代言"之制，更非如此，不能于一切语料，作活泼之运用也。此实吾国韵文方法上之一大进展，曲家诚不可以不谨守而善用之矣。（词中短调，五七言为多，不如慢词之板重，故南唐北宋之小令，尚多用语体之可能，且有高绝者。慢词中之用语体者，若黄庭坚之一味俳俚，固毫无韵美之可言，即李清照之力主本色，所成就者，亦只一人之数词而已。是非关作者之不努力，实因慢词之韵调音节，与语言寡合，终难以白描为本色耳。顾黄、李犹皆北宋词家也，至于双白、二窗则更无主持本色之议论，而诸家所撰词调，机局何似，固人所共悉也。故谓南宋慢词，天生合用文言，当不为过耳。近人选白话词，亦每及长调之慢，然所得者，多为浅近文言之作，非真正语体。至若李渔等人之词，全以曲手为之，乃深中明词之极坏习气，而近人每每爱其为白话词，真所谓盲人道黑白矣。）

　　以上就形式方面而言也。若曲之判别于词者，固不仅仅于句法、韵脚、材料之一则如话，一不如话也。同一话也，词与曲之所以说者，其途径与态度亦各异。曲以说得急切透辟，极情尽致为尚；不但不宽弛，不含蓄，且多冲口而出，若不能待者；用意则全然暴露于词面，用比兴者，并所比所兴，亦说明无隐，此其态度为迫切，为坦率，可谓恰与诗馀相反也。（惟唐五代北宋词之态度，犹多与曲相同者。如张耒之叙贺铸《东山词》有曰："是所谓满心而发，肆口而成,虽欲已焉,而不得者。"所谓"肆口而成",欲已不得,金元好曲子正如此。)为欲极尽情致之故,乃或将所写情致,引为自己所有,现身说法,如其人之口吻以描摹之;或明为他人之情致,则自己退居旁观地位,以唱叹出之,以调侃出之,此其途径为代言,为批评,亦皆诗馀中所不有者也。作曲者既已运用句法,韵脚,多采语料,倘又循是以得曲中说话之途径与态度,则所作者判别于词,而得曲之根本也必矣。

总之,词静而曲动,词敛而曲放,词纵而曲横,词深而曲广,词内旋而曲外旋,词阴柔而曲阳刚;词以婉约为主,别体则为豪放;曲以豪放为主,别体则为婉约;词尚意内言外,曲竟为言外而意亦外。词曲之精神如此,作曲者有以显其精神,斯为合法也。

为便于彼此比较,益为著明起见,尝就学作词曲之进程上,画分为四层步骤:初步妥溜,文理以外、句法、四声、叶韵俱能妥贴顺溜之谓。词与曲虽各妥溜其所妥溜,不必尽同,而首先必求此妥溜则一也。次步在词为清新,在曲为尖新。新,乃二者之所同,惟词乃托体于浑穆,尖非其所宜,曲之感人在敏锐,尖正得其所也。三步在词为沉郁,在曲为豪辣。沉郁者,情之所发,郁勃而不能尽忍,郁积而不能尽宣,语之所出,重不知其所负,深不知其所止,而词既已成矣;豪辣者,尖新而能入于大方,情之热烈,可以炙手,词之所鞭策,痕坼立见,而曲既已成矣。四步于词为可以入亦可以出者,有所为亦不必有所为者,其语触著多而做作少者,难以名之,权曰空灵;于曲则为灏烂,盖由险而趋平,由奇而入正,虚涵浑化,而超出于象外者,曲之高境也。此所比较,仅限于诗馀与曲文。其他附属曲文之科介、宾白,皆不与焉。盖专为曲之基本说法,故即可当散曲之作法观也。(曲取尖新,见王骥德《曲律》;豪辣、灏烂详下文"派别"中)

又为简易浅明计,尝就词曲之名称立说,以见其精神与作法:杂剧则其精神端在内容之杂,传奇则其精神端在情节之奇,或得其反义为不奇。至于散曲,则径曰曲之精神在散,而曲之作法亦全在散也。盖上文所谓动也,放也,横也,广也,外旋也,皆适符于散之义。作者须放开眼取材,得元人之光怪陆离;撒开手下笔,得元人之奔放恣肆。若一狃于寻常词章之故态,或存雅俗之见,或悬纯驳之分,则是有所拘执而不能放也,散也,去作曲之法远矣。然则问散曲之作法如何者,固可以一言以蔽之曰"散"耳。

至于谐声协律,造句谋篇,种种琐屑之义,则有前人成说可稽。兹于元明两代,各引两家之谕以取则焉。

（甲）凤头猪肚豹尾说　　元陶宗仪《辍耕录》卷八曰："乔梦符吉，博学多能，以乐府称，尝云：'作乐府亦有法，曰凤头猪肚豹尾六字是也。大概起要美丽，中要浩荡，结要响亮。尤贵在首尾贯穿，意思清新。苟能若是，斯可以言乐府矣。'此所谓'乐府'，乃今乐府，如〔折桂令〕、〔水仙子〕之类。"按此说非专限于曲中某一体言者，短之为一首小令，长之为一本杂剧，无不如此，殆为元曲中大小体制所同具之不二章法也。凤头美丽，所以擒控题旨，引人入胜；猪肚浩荡，所以发挥题蕴，极尽铺排；豹尾响亮，所以题外传神，机趣遥远。三者之中，豹尾最紧要，必不可少；猪肚次之，每为一篇中便于逞才，发舒笔力之处，故作者亦必不肯忽；惟凤头一层，注意者较鲜耳。清刘熙载《艺概》曰："一宫之内，无论牌名几何，其篇法不出'始'、'中'、'终'三停。始要含蓄有度，中要纵横尽变，终要优游不竭。"即剽乔氏之说也。

散曲之中，其于豹尾也，除文字机趣遥远之外，尤需四声紧严，一字不苟。一调之末句，与一尾之尾声，其应紧严也同；尾声之末句，末句之末字，尤要之要焉。其于猪肚也，于文字极尽铺排之中，凡遇对句（两句合璧对，三句鼎足对，四句联璧对，多句联珠对，隔句扇面对）及短韵（一字句叶韵，或两字句叶韵），务各还其程式；而对句尤紧要，盖曲之妆点饱满，排场驰骋，对句之为助实多也。至若凤头之美丽，则全属文字之事，其道不一，无待举矣。

（乙）作词十法　　元周德清《中原音韵》内，有所谓"作词起例"者，又题作"作词十法"，所谓"起例"即"十法"之末一法也。此乃专就散曲言作法者，与燕南芝庵《唱论》之论唱法，同为元人论曲，今日仅传之篇，不无可贵。十法者：一知韵、二造语、三用事、四用字、五入声作平声、六阴阳、七务头、八对偶、九末句、十定格也。定格既为以上九法之起例，则十法者实仅九法耳。周氏又总括九法为四事：第一知音，四、五、六、七、九各法皆属之；第二造语，二、八两法属之；馀为第三用事，第四用字。其原文简约，且有晦涩处，尝辑后来诸家之说，为之疏证，并撷其要义，成条例十五则，兹录如后，以见其概焉。

（一）散曲必经过文学艺术之陶冶而后成立，要与俚歌有别。

（二）曲为合乐之韵文，作曲应先明乐腔，再识乐谱，审音而作，以无伤于音律为原则。

（三）北曲无入声，凡入声皆分作平、上、去三声读。凡在句中之入声字，如需作平声者，应注意毋乱其全句平仄之本来规律。

（四）元时北曲，只平声分阴阳，上去不分，入声作平，俱属阳。

（五）曲之文体，其构成也，用语言为主，用文言为辅。

（六）曲中语言，以天下通语（今所谓国语）为主。

（七）曲以语意俱高为上，短篇之词简，则意尤欲至。

（八）长篇要腰腹饱满，首尾相济——即乔氏猪肚之说。

（九）曲语忌蛮狠、猥琐、险刻、卑污、油滑、生涩、庸腐。

（十）曲之语句，要能读去看去，人人都晓，唱时听去，又人人都晓，各方面俱宜顾到，一无所碍方算合作。

（十一）散曲务少用衬字。

（十二）作曲宜留心每调务头何在，务头所在，皆音美之处，文字务宜谨慎。下笔能令声文并美最好；不能，亦要勿因文字之陋，而伤及声音之美。若不辨务头何在，则凡遇调中调尾，曲谱内注明平、上、去一定不可移易之处，无不恪遵谨守之，则务头亦十九在其中矣。

（十三）曲中遇句法成双之处，或数句句法相同者，皆宜作对偶。

（十四）曲中末句最要紧，不但平仄不宜苟且，意思亦宜精警，即务头之所在也——即乔氏豹尾之说。

（十五）散曲内每首小令，不能重韵。

就中如（十一）之论衬字，周氏原文本来主张绝对不用，即下文所引王骥德语亦如此，不但与一般元曲事实不符，且亦大背曲之体制，万不可从，故此处条例中，易"不用"为"少用"；（十五）之不能重韵，是普通情形，间亦有以有意重韵为美者，所谓文无定法，神而明之，存乎其人也。如下举曲中，三"阳"字韵，是其一例：

〔黄蔷薇带庆元贞〕　　天宝遗事　　元·高克礼

又不曾看生见长，便这般割肚牵肠。唤奶奶酪子里赐赏，撮醋醋孩儿弄璋。断送他潇潇鞍马出咸阳，只因你重重恩爱在昭阳，引惹得纷纷戈戟闹渔阳。哎！三郎，睡海棠，都只为一曲《舞霓裳》。

（丙）小令套数论　　明王骥德《曲律》内有小令、套数、章法各节，及杂论两节，其中所论散曲作法，大抵为南曲而发，然北曲亦足资借镜也。兹摘录三条如后：

作小令与五七言绝句同法，要酝藉，要无衬字，要言简而趣味无穷。昔人谓五言律诗，如四十个贤人，着一个屠沽不得；小令亦需字字看得精细，着一庆句不得，着一草率字不得。弇州论词，所谓"宛转绵丽浅至儇俏"，正作小令至语。……

此一节中，于小令文字之所尚与所忌，说来甚为明显，亦甚切实。就中"浅至"一层，尤为紧要。曲要浅入而浅出：浅出之谓"浅"，深入之谓"至"；不然则所有之"酝藉"与"绵丽"，必皆失之沉晦或软弱，而所谓"趣味"者，属于词而不属于曲矣。王氏又曰：

> 套数之曲，元人谓之乐府，与古之辞赋，今之时义，同一机轴：有起有止，有开有阖；须先定下间架，立下主义，排下曲调，然后遣句，然后成章。切忌凑插，切忌将就，务如常山之蛇，首尾相应，又如鲛人之锦，不着一丝纰颣。意新，语俊，字响，调圆；增减一调不得，颠倒一调不得；有规有矩，有声有色，众美具矣，而其妙处正不在声调之中，而在句字之外。又须烟波渺漫，姿态横逸，揽之不得，挹之不尽。摹欢则令人神荡，写怨则令人断肠，不在快人，而在动人。此所谓风神，所谓标韵，所谓动吾天机，不知所以然而然，方是神品，方是绝技。即求之古人，亦不易得。……大略作长套曲，只是打成一片，将各调胪列，待他来凑我机轴；不可做了一调，又寻一调意思。……

> 作曲犹造宫室者然。工师之作室也，必先定规：式自前门，而厅，而堂，而楼，或三进，或五进，或七进，又自两厢而及轩寮，以至庾，庚庖湢藩，垣，苑，榭之类，前后左右，高低远近，尺寸无不了然胸中，而后可施斤斲，作曲者亦必先分段数：以何意起，何意接，何意作中段敷衍，何意作后段收煞，整整在目，而后可施结撰。此法从古之为文，为辞赋，为歌诗者皆然，于曲则在剧戏，其事原有步骤，作套数曲，遂绝不闻有知此窍者；只漫然随调，逐句凑拍，掇拾得之，非不间得一二好语，颠倒零碎，终是不成格局。……

此二节论套数需有机轴、间架、主意，不可节节增附，自属切实；至于姿态、风神、标韵之说，似较蹈空；且谓"求之古人，亦不易得"，是其说在昔人制作中，从未实现，几同理想矣。然所谓机轴等等，寻常各体之文字，莫不皆然，何待为散曲特别言之？王氏之所以硁硁为言者，盖因前人所作套数，太为芜乱，太无章法，甚者且出乎常情之外，有不得不申此戒者耳。若论其旨，则甚浅也。倘文章必欲成就曲之所以为曲者，则姿态等等，又岂容缺？至于致之之道，要仍以先得上文所谓根本作法者为主耳，其他则与一般文字固无异也。（王氏说之前一段内"不在快人，则在动人"二语，殊支离，置之可也。快人乃动人之一种，既快人矣，岂尚有未动人者乎？）

（丁）《填词训》　《填词训》者，吴人张旭初附刻于《吴骚合编》之卷端者也。《合编》内所有例言评论文字甚陋，而此数篇附刻者独较雅驯，未知果张氏作耳。（一同附刻者，另有三篇，不知何人辑为一卷，总名曰《衡曲麈谈》，今有董氏《读曲丛刊》本。或张氏先编《麈谈》，后来借登入《合编》，亦未可知。所论句句中肯，且有条贯，兹节录之：

> ……且子亦知夫曲之道乎？心之精微，人不可知，灵窍隐深，忽忽欲动，名曰"心曲"。"曲"也者，达其心而为言者也。思致贵于绵缈，辞语贵于迫切。长门之韵，宜于官样而带岑寂；香闺之语，宜于暗藏而饶绮丽；倚门啭笑之声，务求纤媚而顾盼生姿；学士骚人之赋，须期慷慨而啸歌不俗。故咏春花勿牵秋月，吟朝雨莫混夜潮；"瑶台"、"玉砌"，要知雪部之套词，"芳草"、"轻烟"，总是郊原之泛句。又如命题杂咏，而直道本色，则何取乎寓言？触物兴怀，而杂景揣摹，则安在其即事？甚且士女之吻无辨，暌合之意多乖；文情断续，而忽入俚言；笔致拗违，而生吞成语：又曲之最病者也。乃若传奇之曲，与散套异：传奇有答白，可以转换，而清曲则一线到底；传奇有介头，可以变调，而清曲则一韵到底。人第知传奇中有嬉笑怒骂，而不知散曲中亦有离合悲欢。古伤逝惜别之词，一披咏之，愀然欲泪者，其情真也。故曲不贵撴实，而贵流丽；不贵尖酸，而贵博雅；不贵剽袭，而贵冶创；不贵熟烂，而贵新生；不贵文饰，而贵真率肖吻；不贵平敷，而贵选句走险。有作者起，必首肯吾言矣。……

此一节中，"思致绵渺，辞语迫切"，最得曲之大体。"迫切"二字，尤下得妙。以下谓必情切其人，景即于事，方不泛不滥，陈义尤当。至于口气之不明，头绪之杂乱，俚言成语之用不得宜，亦无一不深中自来散套之弊也。如所谓"流丽"者，上文妥溜之说有之；所谓"冶创"，所谓"生新"者，上文尖新之说有之；"不贵尖酸，而贵博雅"者，上文所谓尖新而能入大方，乃臻于豪辣之意也；所谓"选句走险"者，亦上文豪辣之方也。

以上四说:(甲)、(乙)皆出元人,可作北曲之法观;(丙)、(丁)皆出明人,可作南曲之法观;然大义则无不通,初不因南北而有所歧异也。至于清人之论,鲜得明达。如冯班《钝吟文稿》云:"套数之体,当使西园公子,南国佳人,坐绮筵而听之。苟杂以鄙词,恐辱我象板鸾箫也。小令务在调笑陶写,施于斜行小字,嘌唱曼声,但得俊语相参,收拾出众,便为佳手。"此其所言,局面之狭,望而知非真知曲境者。盖所见囿于昆腔以后之南曲,所论亦即以此为限,固无足怪;谢章铤曾讥冯氏论词,谓为"目未观前辈典型",实则冯氏于曲,亦如此也。清人曲论,惟魏际瑞南北曲校语一节,为新切可观,因非专为散曲立论者,兹不泛引。近人如吴瞿安先生《顾曲麈谈》论清曲作法,第一少借宫,第二少重韵,第三少衬字,又谓词藻中能避去淫亵语最妙,则为上文所已及或未及者,并皆要义,不可忽略,附及于此。

八 内容

如前节所论,词曲间精神之比较,为词敛而曲放、词深而曲广,若论二者之内容,当然为词纯而曲杂,词精而曲博矣。夫我国一切韵文之内容,其驳杂广大,殆无逾于曲者。剧曲不论,只就散曲以观:上而时会盛衰,政事兴废,(咏史怀古之篇,歌功颂德之作,自来各体文字多有,曲亦为然,无待举也。至如元刘致《上高监司》〔端正好〕两套,一叙洪都某年大饥之状,赖有监司济恤以时,民得复安其居;一陈当时库藏积弊,吏役弄奸情状,并详举改革办法——直以套曲之体代说帖,代条陈,最为新异。其有关一代政俗,亦最为显著。其他人情风俗,政教治迹,散见于各家散曲中者多有之,不胜举也。)下而里巷琐故,帏闼秘情,其间形形式式,或议或叙,举无不可于此体中发挥之者。冠冕则极其冠冕,淫鄙则极其淫鄙,而都不失为当行也。以言人物,则公卿大夫、骚人墨客,固足以写,贩夫走卒、娼女弄人,亦足以写。且在作者意中,初不以与公卿大夫、骚人墨客有所歧视也。大而天日山河,细而米盐枣栗,美而名姝胜境,丑而恶疾畸形,殆无不足以写。而细者丑者,初亦不与大者美者,有所歧视也。要之:衡其文字之大多数量,虽为风云月露,游戏讥嘲,而意境所到,材料所资,固古今上下,文质雅俗,恢恢乎从不知有所限,从不辨孰者为可能,孰者为不可能,孰者为能容,孰者为不能容也。其涵盖之广,固诗文之所不及,而时代体裁,又恰与诗馀为邻,由诗馀继承而来者。前后相形之馀,一宽一窄,乃益觉其各趋极端,暗中若有谁使为然者。世人但知词曲二事，向来并称，其间必相去不远，而不知细按之，由词递曲，其变迁之骤，趋向之反，实较其他任何两种文体为尤甚而且著也。

何以言词曲之内容各极其宽窄也？曰：约之可举四点：

（一）词仅可以抒情写景，而不可以记事，曲则记叙抒写皆可，作用极广也。夫情景之描摹，终限于自己心目中一时所及，其杼轴之广，何如人事变幻之古今远近，繁杂无穷？寻常词中，不能叙事，斯所刊削之材料多矣。盖词之叙事者，辄觉义止于词，有伤浅直。虽特殊之工者，其言外之意，亦终不如融情化景者之厚也。词不但不能叙事，并议论亦不能多发，多发则易流于野放，而不见婉约沉郁之致。方之诗文，其所容者，自惭逼仄矣。惟曲不然，重头多首之小令，与一般之套曲，固有演故事者，即寻常小令中，亦有演故事者，已详上文体段一节中。据其所举之例以观，即可知题目而外，散曲并不需有科白（如剧曲所有）或诗文（如秦观《调笑》、赵令畤《蝶恋花》等所有）以为引带。但曲文本身，尽可纪言叙动，初无害于其文字之工也。盖曲之宗旨，原不必篇篇一定具何等大道理，大作用，即随便说几句话，叙一段事，亦自足成趣。惟其可深可浅，可浓可淡，可理想，可事实，而后所容者乃自广矣。

（二）词仅宜于悲，而不宜于喜，曲则悲喜兼至，情致极放也。韵文之内容莫大于抒情。顾词之为词，非意内而言外不为工，而欢乐之情，每每言外即无他意可属，难见其工矣。朱彝尊作《紫云词序》谓："欢愉之言难工，愁苦之言易好，昌黎亦善言诗矣。至于词或不然：大都欢愉之辞，工者十九，而言愁苦者十一焉耳。"不知何所见而云然，实为怪事！谢章铤《赌棋山庄词话》驳之已详。大概词中一为情意欣快之篇，颂祷揄扬之作，辄觉不耐咀嚼与寻绎，勉强为之，不碍体韵，即伤气格。此所以大雅之词集中，必不多存寿词，不仅以其为酬应之作而少之也。至于曲则不然：得机趣者即为工。人于曲之玩味，亦绝无待于咀嚼寻绎而后快者。机趣相投，一触而得。愁固随以蹙额颦眉，欢亦从而手舞足蹈。惟其言欢志喜，初无害于其文字之工。庆祝、颂赞乃亦成曲家可以有为之题目，而曲之内容，又以宽矣。故陈所闻南北两《词纪》中，均特立"祝贺"一门，论者固未可执衡词之道以非之也。再元代曲家，志趣大抵乐天，祝俗人之营营功利者固太陋，即视彼为情志所缚，郁郁不伸者亦太痴。故如屈大夫之为人，动遭调侃；而渊明归来犹迟，希夷不醒最得。是若辈之人生志趣也。因而文字之中，虽极颓唐、极危苦之境，亦必以极放旷、极兴会之语出之，满纸豪情万丈，令人神旺。否亦熙熙皞皞，生机无限，从无阴冷郁塞之象，令人望而气沮者。斯亦读元曲者之一快也。词家之推崇词体，可以藉源本《风》《骚》为辞，若推崇曲者，则独不可以此为附会。盖曲之内容，普通实有一种绝对乐天之旨趣，弥漫于其中，非《风》《骚》之所有也。

（三）词仅可以雅，而不可以俗，仅可以纯，而不可以杂；曲则雅俗俱工，无所不容，意志极阔也。孙麟趾谓："牛鬼蛇神，诗中不忌，词则大忌。"若在曲中，则为大不忌。袁枚见人诗集中题目皆雁字、夹竹桃之类，以为此种题目，大家集内非不可存，终不可开卷便见，此是文章局面云云。夫文章之不讲局面者，殆莫过于曲矣。作者于其所作，初无所存心于抗今希古，与于著作之林，传之千古，以享盛誉也；亦不专为文章而作文章。但取其能入乐传唱，遣兴一时即已了事矣。兴之所至，随遇而可。雅固可，俗又何尝不可？要局面何用？刘熙载《艺概》于《魏书·胡叟传》语"既善为兴雅之词，又工为鄙俗之句"，变换之以论曲曰："其妙在借俗写雅，面子疑于放倒，骨子弥复认真。"余谓持刘氏之语以论曲，犹有疑憾，当复变换作"面子确实放倒，骨子自然认真"方妥。盖面子之放倒，并非"疑于"，"疑于"是终未放倒也；骨子之认真，亦勿庸"弥复"，"弥复"有时即不免矜持，所认反觉太过而不真矣。曲惟其于动机、方法、作用，种种都纯任自然，故不问局面，雅俗并包，而内容遂尔阔大。天下事惟不讲局面者，其局面乃真大耳。词则不然，一切以雅为归，即不啻以雅为局面。借雅写俗者，词有之；借俗写雅者，词中未闻。故曲系"自然化"，词则"雅化"也。姑就题目而论，词集之中，若全是"春景"、"夏景"、"闺情"、"送别"等题，则鲜不为后来作家所笑者。意此类字面，实浅俗不成题目。必也，如南宋姜夔等，于填词之外，并刻意撰题，字斟句酌，成一种清腴峭拔之小品文字者方合。然而在曲，则满眼所见者，不但"春景"、"闺情"等俱是题目，即"王大姐浴房中吃打"、"长毛小狗"、"右手三指"、"大桌上睡觉"、"穿破靴"等亦俱缀于调名之下为题，毫不为怪也。嘻！有南宋词派于题目限得极严，择得极雅，做得极工，即有元时曲家于题目放得极宽，取得极俗，写得极粗。曲家岂皆未见宋词之所业耶，而乃不受其一毫之影响，且若故意与之相径庭者，不亦异乎？观于此，曲能容俗，昔人之薄之在此，而实则其内容因此方阔大，今人之尚之，亦正在此也。

（四）词仅宜于庄而不宜于谐，曲则庄谐杂出，态度极活也。合前两条之悲喜兼至，雅俗俱工，当然即得此一条之庄谐杂出，本无待言。惟散曲中之重俳体，出于异常，而非寻常，有不得不另条以明之者。曲家于俳体与非俳体，心目中毫无轩轾。俳体之格势极多，制作不穷，几占全部著述之半。其所以致此者，盖曲之初创，本属一种游戏文字，填实民间已传之音调，茶馀酒后，以资笑乐者耳，初非同于庙堂之乐章，亦无所谓风诗之比兴也。及关马乔张之辈继出，胡侍所谓皆终其身沉抑下僚，郁郁不得志者，激而愤世，放而玩世，乃利用此不关紧要之曲体，以供其喜笑怒骂，嘲讥戏谑，固无足怪，亦不足责也。自后因音乐传播之广，作者兴起之杂，虽梨园行院，亦复有绿巾之词，其他可想。有才始则激而为此，放而为此，不才继乃惟此是好，惟此能仿，此风乃愈煽而愈张，文字乃有是而有不是矣。词之初兴，亦同是一种游戏小文，惟创导者之时会，承袭者之人材，有别于曲，遂终形成其端谨严密之体。就中情态之弛，至调笑为已甚，若再进而嘲谑，则大非分矣。然因是而摈斥愈严，刊落愈多，以论内容之广，当然迥不如曲耳。（散曲中俳体二十五种附见于后。）

综此四点，藉词之比较，然后于散曲之内容，自已了解，且可知其所以包罗之广，而涵孕之杂者，或关体裁上之解放，或关历史上之成因，初非偶然，亦非无故也。至前人之论著，涉及散曲内容者，兹亦略举一二，见义如次：

明宁王权《太和正音谱》之上卷，先列《乐府》十五体，继列《杂剧》十二科。十二科乃杂剧内容之分类，无涉于散曲。至于十五体，则含意未纯，有涉文章之派别者，有涉文字之内容者。"乐府"一名，义本兼包剧曲、散曲两种，详上文名称一节，兹既曰"乐府十五体"，而不曰"杂剧十五体"，可想其一切所分别者，当然不专指剧曲而言也。兹录十五体中涉及文字内容者八体如次，馀归下一节论之。

（一）"黄冠体　神游广漠，寄情太虚，有餐霞服日之思，名曰道情"。按道情内容有两种：一乃超脱凡尘，一乃警醒顽俗，兹举二例以见之。至于清人徐大椿所为之道情，内容益广，详见下一节中。

〔水仙子〕　乐清箫台　（元）乔吉

枕苍龙云卧品青箫，跨白鹿春酣醉碧桃，唤青猿夜拆烧丹灶。二千年琼树老，飞来海上仙鹤。纱巾岸天风细，玉笙吹山月高。谁识王乔！

〔叨叨令〕　道情　（元）邓玉宾

一个空皮囊包裹着千重气，一个干骷髅顶戴着十分罪。为儿女使尽些拖刀计，为家私费尽些担山力。您省的也么哥！您省的也么哥！这一个长生道理何人会？

（二）"承安体　华观伟丽，过于侁乐。承安，金章宗正朔。"按承安体中，包含庆赏、祝贺，与及时行乐等作，例不备举。

〔一枝花〕　庆赏（摘自套曲）　（明）周宪王

玳筵排翡翠屏，香篆袅狻猊兽，卷珠帘迎五福，开宝殿庆千秋。瑞霭轻浮，日色迟宫漏，双声满凤楼。喜孜孜仙女擎杯，娇滴滴仙娥劝酒。

（三）"玉堂体　公平正大"。按此体与下列之草堂体相对待，大概歌颂太平及揄扬功业之作皆属之。惟流传之元明散曲中，内容专属此种而不杂他义者，不多见也。

〔呆骨朵〕　上太师（摘自套曲）　（明）丘汝成

丹书铁卷金花诰，抚华夷四海名标。旌旗影款动蛇龙，金鼓响惊飞燕雀，出落着威武飞熊兆。调鼎鼐，理阴阳，居廊庙，普天下贺太平寿域开，宰臣每整乾坤安定了！

（四）"草堂体　志在泉石。"按归田、乐道诸词，俱属此体，制作极多。

〔水仙子〕　闲乐　（元）张可久

竿头争把锦标夺，石上闲将宝剑磨，朝中熬得罗袜破。不归来等什么！问闲中乐事如何？——嵩山樵唱，武夷棹歌，湘水渔蓑。

（五）"楚江体　屈抑不伸，摅衷诉志。"按曲中作草堂体之放旷语者居多，虽极颓唐，亦多以兴会出之，已如上文所论。故此一体若真认为自伸屈抑之作，则实际甚少；若所谓摅衷诉志者，指寻常感喟思慕，一切言情之作而言，则所系属者多矣。

〔普天乐〕　秋怀　（元）张可久

为谁忙？莫非命！西风驿马，落月书灯。青天蜀道难，红叶吴江冷。两字"功名"频看镜，不饶人白发星星！钓鱼子陵，思莼季鹰，笑我漂零。

（六）"香奁体　裙裾脂粉。"按一切言情之篇，多分属于此下三体中。属于此者，多从正面说话，体亦较正；属骚人体者，每以旁观态度作调侃口吻，属俳优体者，则诡异淫亵无所不至。

〔一半儿〕　春醉　　（元）陈克明
海棠红晕润初妍，杨柳纤腰舞自偏。笑倚玉奴娇欲眠，粉郎前，一半儿
支吾一半儿软。

（七）"骚人体　嘲讥戏谑。"按此体名目欠妥，因其实际与楚江体绝异，
而名目则甚相混也。此体中之著作，已多属于俳体者。再"嘲讥"与"讥刺"
不同。元人散曲，态度大抵光明磊落，要骂人便明白骂，绝少暗中隐射者。明
人剧曲，动多讥刺，用作寻仇泄恨之具，识者早已非之；其褊狭之度，暧昧
之容，散曲中幸而不染；究其故，则元曲首先之直率亢爽，实有以成其风气也。

〔醉中天〕　佳人黑痣　　（元）杜遵礼
疑是杨妃在，怎脱马嵬灾？曾与明皇捧砚来。美脸风流杀！巨奈挥毫李
白，觑着娇态，洒松烟点破桃腮。

（八）"俳优体　诡喻淫虐，即淫词。"按诡喻乃曲中行文之常法，未必
皆淫词。此谓"即淫词"者，盖指诡喻而又淫虐者也。下文所附列之俳体，其
义甚广，所谓淫词，乃其中之一种，此外非淫词之俳体尚多也。故此所谓俳优
体，乃狭义之俳体耳。

〔拨不断〕　胖夫妻　　（元）王鼎
一个胖双郎，就了个胖苏娘，两口儿便是熊模样，成就了风流喘豫章，
绣帏中一对儿鸳鸯象，交肚皮厮撞。

此八体所订，虽未足以尽该前人一切之作，而大概已具。明陈所闻选《南
北宫词纪》十二卷，北纪立门类八：宴赏，祝贺，栖逸兼归田，送别，旅怀附
悼亡，咏物，宫室，闺情；南纪立门类十三：美丽，闺怨，宴赏，祝贺，题
赠，寄慰，送别，写怀，伤逝，隐逸，游览，咏物，嘲笑。若衡之以涵虚所列
八体，则咏赏、祝贺者，承安、玉堂二体也；栖逸、归田、隐逸者，黄冠、草
堂二体也；送别、旅怀、悼亡、题赠、寄慰、写怀、伤逝、游览者，楚江为
多，而黄冠、草堂，亦兼寓其中也；宫室者，亦玉堂、草堂也；咏物则骚人为
多，闺情则香奁为多，而俳优、草堂，有时亦寓焉；嘲笑则骚人、俳优二体

也。散曲选本中，分别门类，取材较广者，惟陈氏一书，兹涵虚八体，既已足以该之，馀可概见矣。

此外选集，有专门辑录一体者，别集则尤甚。观其所专何体，即可知此体著作之多，占散曲内容部分之大矣。如《自然集》专门为道曲，《青楼韵语广集》专门为题赠青楼、眷恋坊曲之作，《吴骚合编》专门为丽情欢会、伤离惜别之词，皆其著者。别集之中，各体几无不有专书，而以归田、乐农、休居、小隐诸集为尤夥，是足以瞻历来散曲家之生活志趣大概如何，亦即历来散曲内容之大概如何也。

附散曲俳体二十五种

此所谓俳体者，指广义而言。凡一切就形式上，材料上，翻新出奇，逞才弄巧，或意境上调笑讥嘲，游戏娱乐之作，一概属之。王骥德《曲律》列巧体于俳谐之外，盖视所谓俳谐之义甚狭也。兹就管见所及，分为七项，曰：关于韵者，关于字者，关于句者，关于联章者，关于材料者，关于意者，待考者。七项之内，共列广义俳体之格二十五种，各为举例如次。至于各体创始何人，记载何书，源于诗词者情形如何，不暇一一详及矣。

（甲）关于韵者二种

（一）短柱体　通篇每句两韵，或每两字一韵，元人所谓"六字三韵语"也。

〔折桂令〕

銮舆三顾茅庐，汉祚难扶，日暮桑榆。深渡南泸，长驱西蜀，力拒东吴。美乎周瑜妙术！悲夫关羽云殂！天数盈虚，造物乘除。问汝何如？笑赋"归欤"

（二）独木桥体　通篇叶同一字韵。

〔塞鸿秋〕　　（元）张养浩

春来时香雪梨花会，夏来时云锦荷花会，秋来时霜露黄花会，冬来时风月梅花会。——春夏与秋冬，四季皆佳会，主人此意谁曾会！

（乙）关于字者五种

（三）叠韵体　每句中除韵外，都用叠韵之字。各句所叠之韵不必同。

〔粉蝶儿〕（摘自套曲）　　（元）梨园黑老五

从东垄风动松呼，听叮咛定睛争觑，望苍茫扩广黄芦。恰樵夫遇渔父，递知机携物。便盘旋千转前湖，看寒山晚，关滩渡。（按此曲第四句内，

"恰樵"二字出格矣。)

（四）犯韵体　每句首字，犯本句末字之韵。

〔桂枝香〕　（明）无名氏

娇娃低叫，萧郎含笑。映窗纱体态轻盈，描不就形容奇妙。想牵情这厢，想钟情那厢，撩人猜料。朝来心照。巧推敲：原非紫玉藏春院，盗取红绡赍夜逃。

（五）顶真体　后一句首字，即用前一句末字，亦谓之联珠格。

〔小桃红〕　（元）无名氏

断肠人寄断肠词，词写心间事。事到头来不由自。自寻思，思量往日真诚志。志诚是有，有情谁似？似俺那人儿。

（六）叠字体　通篇用叠字。

〔天净沙〕　（元）乔吉

莺莺燕燕春春，花花柳柳真真。事事风风韵韵，娇娇嫩嫩，停停当当人人。

（七）嵌字体　嵌五行，嵌数目，散曲中有之；若嵌五色，五声，八景，嵌数目而一至十顺去逆回等，剧曲中如《牡丹亭》等有之，散曲中未见。

〔清江引〕　（立春，限句内分嵌五行及"春"字。）　（元）贯云石

金钗影摇春燕斜，木杪生春叶。水塘春始波，火候春初热，土牛儿载将春到也！

（丙）关于句者三种

（八）反复体　每句中字面，颠倒重复，反复言之。

〔水仙子〕　（元）无名氏

恨重叠，重叠恨，恨绵绵，恨满晚妆楼；愁积聚，积聚愁，愁切切，愁斟碧玉瓯。懒梳妆，梳妆懒，懒设设，懒爇黄金兽；泪珠弹，弹珠泪，泪汪汪，汪汪不住流。病身躯，身躯病，病恹恹，病在我心头。花见我，我见花，花应消瘦；月对咱，咱对月，月更害羞；与天说，说与天，天也应愁。

（九）回文体　此体曲中极少见。元琐非复初序《中原音韵》，谓周德清所作乐府，有回文体，并举"画家名有数家嗔，入门闭却时来问"，谓皆往复二意，今省其句不尽可解。《杨夫人词曲》内，有下列一调，殆亦此体。惟其调与寻常〔雁儿落〕作五言四句者不同；顺读其词，为六六五五五六，共六句，五韵，倒读其词，若仍用原句法，则第三，四，五句，皆甚勉强。舍此更无他例，姑录于此以俟考。

〔卷帘雁儿落〕　（明）杨慎妻

难离别情万千，眠孤枕愁人伴。闲庭小院深，关河传信远，鱼和雁天南，看明月中肠断！（倒读如下："断肠中月明看，南天雁和鱼远。信传河关深，院小庭闲伴。人愁枕孤眠，千万情别离难。"）

（十）重句体　一篇中多同样口气之句，小曲中仿此式者甚多。

〔折桂令〕　（明）汤式

冷清清人在西厢，叫一声张郎，骂一声张郎。乱纷纷花落东墙，问一会红娘，絮一会红娘。枕儿馀，衾儿剩，温一半绣床，闲一半绮床。月儿斜，风儿细，开一扇纱窗，掩一扇纱窗。荡悠悠梦绕高唐，萦一寸柔肠，断一寸柔肠。

（丁）关于联章者一体

（十一）连环体　次章首句，即用前章末句之辞意，共作四首重头者居多。

〔清江引〕　（元）贯云石

……………………………………且开怀与知音谈笑饮。

　　且开怀与知音谈笑饮，一曲瑶琴弄。弹出许多声，不与时人共，倚帏屏静中心自省。倚帏屏静中心自省………………

（戊）关于材料者八种

（十二）足古体　通篇用成句为主，其不能合调处，另为语或加衬以足之。体名见《杨夫人词曲》。

〔塞鸿秋〕　（元）妓

到春来梨花院落溶溶月，到夏来舞低杨柳楼心月，到秋来金铃犬吠梧桐月，到冬来清香暗渡梅梢月。呀！好也么月？总不如俺寻常一样窗前月。（按此曲足古体兼用独木桥体。）

（十三）集古体　集唐诗者居多。

〔懒画眉〕　（明）高石楼

露华清冷蓼花愁，风物凄凄宿雨收。杖藜徐步立芳洲，长溪南路当群岫，闲看桥西一片秋。

（十四）集谚体　集谚语。

〔锁南枝〕　（明）金銮

闲言来嗑，野话儿剾，偷嘴的猫儿分外馋。只管里吓鬼瞒神，吃的明吃不的暗。搭上了他，瞒定了俺，七个头，八个胆！

（十五）集剧名体　集杂剧或传奇名。

〔端正好〕（摘自套曲）　　（元）孙季昌

鸳鸯被半床闲，蝴蝶梦孤帏静，常只是哭香囊两泪盈盈。若是这姻缘簿上合该定，有一日双驾车把香肩并。

（十六）集调名体　集词曲调名。

〔醉春风〕（摘自套曲）　　（元）王仲元

我一半儿情感玉花秋，一半儿忆王孙归塞北。我这应天长拨不断怨别离，对秋风怨忆。又折倒的风流体危赢。红衫儿宽褪，翠裙腰难系。

（十七）集药名体　别有集花名者，例不多见。

〔折挂令〕　　（明）无名氏

想当归一字成亲，谁想槟榔，没子无成。耽搁的半夏三多，无影无形，独活兜零。害的我骨柴柴死禁，想的我黄芩芩仪容。恨塞川芎，埋怨砂仁。你自待官桂茴香，闪的我羌活伏苓。

（十八）隐括体　隐括前人诗文以成。

〔混江龙〕　隐括《归去来辞》（摘自套曲）　　（元）张可久

既心为形役，何须惆怅自生悲。悟往之不谏，知来者堪追。明日方知今日错，今朝便觉夜来非。舟摇摇以轻飏，风飘飘而吹衣。间征夫以行路，恨辰光之熹微。乃瞻衡宇，适我闲中意。虽休官早，犹恨来迟。

（十九）翻谱体　与前一体相仿，惟此之所翻，用意尤在声谱，大抵取材于古乐府及诗馀。又明清人翻北曲为南曲者尤多，亦属此类。

〔一封书〕　谱诗馀〔长相思〕　　（明）王骥德

纱窗外鸟啼，惜芳菲红作堆；雕阑畔蝶飞，恨葱笼绿渐肥。宿雨恹恹初睡起，不觉庭前花影移。忆归期，数归期，梦见虽多相见稀。

（己）关于意者四种

（二十）讽刺体　托咏物以暗中讽刺，极少见。

〔清江引〕咏柳　刺伯颜擅权　（元）曹明善

长门柳丝千万缕，总是伤心处。行人折柔条，燕子衔芳絮，都不由凤城春做主。

（二十一）嘲笑体　或托咏物，或托咏事，明作嘲笑，极多见。例同上文涵虚八体中骚人体所举。

（二十二）风流体　专门嘲笑风流，警戒漂荡子弟者。体名见《诚斋乐府》。

〔寨儿令〕　　（元）刘庭信

没算当，不斟量，舒着乐心钻套项。今日东墙，明日西厢，着你当不过他的连珠箭急三枪。鼻凹里抹上砂糖，舌尖上送与些丁香。假若你便铜脊梁，者莫你是铁肩膀，也擦磨成风月担儿疼。

（二三）淫虐体　谑浪秽亵无所不至，例同上文涵虚八体中俳优体所举。

（庚）待考者二种

（二四）简梅体

（二五）雪花体　以上二种，见琐非复初《中原音韵》序中。谓"吾友……周德清……所作乐府、回文、集句、连环、简梅、雪花诸体，皆作今人之所不能作者。"简梅疑与五数有关，雪花疑与六数有关，均未得其详，待考。

九　派别

涵虚子所定乐府十五体，除前节已引之八体外，尚有关于文章派别者七体如下：

（一）"丹丘体　豪放不羁。"

（二）"宗匠体　词林老作之词。"

（三）"盛元体　快然有雍熙之治，字句皆无忌惮。"

（四）"江东体　端谨严密。"

（五）"西江体　文采焕然，风流儒雅。"

（六）"东吴体　清丽华巧，浮而且艳。"

（七）"淮南体　气劲趣高。"

此七体中之盛元体，似与前节所列之承安体颇为相近，惟其解释语中，实重在"字句皆无忌惮"一句，故仍属之此处派别方面。惟此七体中，细按之，仍有重复及不切实处：仅丹丘体之"豪放不羁"，江东体之"端谨严密"，东吴体之"清丽华巧"，可以鼎峙而立，成为三派；若盛元之"字句皆无忌惮"，淮南之"气劲趣高"，其义皆可于丹丘体之"豪放不羁"四字中见之；西江之"文采焕然，风流儒雅"，可以附见于东吴体之"清丽华巧"内；若宗匠之"词林老作"，不过指作者笔下老练而言，是于各派之中皆有之，若其本身，终不能自成为文章之一派也。

仅列豪放，端谨，清丽三派，事实上已可以广包一切。盖元曲之文章，本以用意遣辞，两俱豪放不羁者为主，其馀者虽概目之为别调可也。惟曲之为事，境界广阔，而方法放任，初不故步自封，画成任何褊狭之畦町，以自限而复限人也。故一面尽管以豪放为主，而一面于变换豪放者，亦一一听其自然发展：倘用意方面，较豪放为平实，为和易近人，而不作恣肆放诞，且遣辞又多用循循规矩之文言者，则听其为端谨严密之一派；倘遣辞方面，较豪放为渲染，为焕然成采，（前一种虽多用文言，但不必即焕然成采；此种焕然成采，但不必即用文言。）而不俚质白描，且用意仍清疏潇洒者，则听其为清丽华巧一派——三派鼎立，分别在词意之收放与文质之间。仅言"豪放"、"端谨"、"清丽"，于意亦既足以表见其各派之特色，若又赘以"不羁"、"严密"、"华巧"者，则皆为进一步之说耳。惟三者之中，"不羁"、"华巧"皆无间言，而端谨进一步之"严密"，独有所不可。盖曲之工，全恃机趣，端谨者其趣已鲜，所谓"严密"，若于机趣中见之自佳，若已鲜机趣之端谨，复严密其组织，岂不蹈冷静、沉滞之弊乎？故实际上一首散曲，既端谨而复严密，而仍不失其为好曲子、妙曲子者，其例殊不多见也。再所谓"豪放"者，既属辞意双方之事，而不仅属于意，则有时如言情之作，其意境无所谓放，亦无所谓不放者，但其遣辞若甚本色，则仍属豪放一派；若遣辞不尚本色而尚藻采，则是清丽矣。因此三派之中，豪放与清丽尤为要紧，尤较易辨，惟端谨者，有时不甚显著，其词遂亦在可有可无之间矣。吾人寻常看散曲，若觉其既非豪放，又非清丽者，即可归之于端谨。故端谨一派，内容甚杂，有善有不善：善者不过为稳成，为大方，终非第一流好曲子；不善者则为平庸，为板滞，为枯涩，全无足道矣。因此端谨之称，若易为"平稳"二字，而视作曲中消极方面之一派，则尤较妥贴也。

元人散曲之中，豪放最多，清丽次之，端谨较少。明人散曲，大抵与之相反：多者少之，而少者多之，若清丽则仍属居中。然在明人之心目中，端谨者不以为端谨，而正以为清丽；实则丽而不清者居多，有时且非曲之丽，而实为诗词之丽，又其琐屑饾饤，一切迥非元曲比，前之所谓三派，于此已不适用矣。昆腔以后之南曲，此种情形乃大著特著，昆腔以前，尚去元人之矩矱不远，下文当详论之。兹就元明人散曲中，先各举三例，以见三体之确然不同，而确可认为文章之三派也。

〔折桂令〕 （元）卢挚

想人生七十犹稀，百岁光阴，先短了三十。七十年间：十载顽童，十载尪羸，五十岁除分昼黑，刚分得一半儿百日。风雨相催，兔走乌飞，仔细沉吟，都不如快活了便宜！

又　　　（元）庚天锡

环滁秀列诸峰，山有名泉，泻出其中。泉上危亭，神仙好事，缔构成功。四景朝暮不同，宴酣之乐无穷。酒钦千钟，能醉能文，太守欧翁。

又　　　（元）张可久

对青山强整乌纱，归雁横秋，倦客思家。翠袖殷勤，金杯错落，玉手琵琶。人老去西风白发，蝶愁来明日黄花。回首天涯，一抹斜阳，数点寒鸦。

以上三首皆北曲，皆见于散曲之第一部选本《阳春白雪》，第一个曲调〔折桂令〕中，并非从各处选择而来者，可以见元曲中随在能用此三派，以分别其文章也。就中卢词全用白话，意固旷达，辞亦亢爽，当然属豪放一派；庚词意亦不俗，只通篇脱胎于古文，比较前后两首，则显觉平稳，而机趣为逊也；张词除去"回首天涯"四字外，其馀句中句外，（句中如"青山"与"乌纱"，句外如二、三两句，四、五、六三句，七、八两句，十与十一两句）皆成对仗，而意趣潇洒，不因藻翰而伤缛，则分明为清丽一派也。

〔朝元歌〕　　　（明）冯惟敏

花街，柳街，风月时时卖；阳台，楚台，云雨连年债。爱重如山，情深似海，一刻千金难买。分付多才：青春一去不再来，且把锦心埋，常将笑口开，荣枯利害，丢搭在九霄云外！

〔懒画眉〕　　　（明）陈所闻

沧洲何幸结比邻！文雅还怜意气真。溪头明月照开尊，酒甜脱帽支双鬓，白眼看他世上人。

〔一封书〕　　　（明）金銮

青溪畔小园，任荒芜种几年；黄庭畔小笺，任生疏写半篇。分来红叶春前好，摘去青葵雨后鲜。又不颠，又不仙，拾得榆钱当酒钱。

以上三首皆南曲，同见《南宫词纪》末卷内，用词虽异，而同属隐逸一类，其内容固相去不远。顾所谓豪放、清丽者，前后两首，望而可辨，而中间一首之为端谨，亦易由比较而得也。

以上因涵虚之乐府十五体，约为豪放、端谨、清丽三派之说。前人之论散曲派别，与此说相接近而足为参证者，略引一二如次：

元贯云石《阳春白雪序》曰："盖士尝云：'东坡之后，便到稼轩。'兹评甚矣！然而北宋徐子方滑雅，杨西庵平熟，已有知者。近代疏斋媚妩如仙女寻春，自然笑傲；冯海粟豪辣灏烂，不断古今，心事又与疏翁不可同舌共谈。关汉卿、庚吉甫造语妖娇，适如少美临杯，使人不能对殢。……客有审仆曰：'适先生所评，未尽选中，谓他士何？'仆曰："西山朝来有爽气。'……"按《阳春白雪》即为散曲中第一部选本，则此序所论，宜可注意。吾觉元人对于当时散曲所分派别，确可于此一序中见之。盖所谓"东坡之后，便到稼轩"者，乃借词中豪放一派，以规抚曲之大体也。虽"兹评甚矣"一语，词意含糊，但贯氏实谓曲之文章，正应类于苏辛之词派，而不可同于周秦姜张婉约一流，故序中劈头始有此语，其宗旨固彰明较著也。——此可为曲以豪放为主之第一证。序末之品评选本中其馀诸人，概以西山朝来爽气喻之。夫所谓"爽气"者，正为不沉晦，不沾滞，不涂饰，不拘束，……之意也；诸人词品，既皆如是，足见元代散曲之一般风派矣。——此可为曲以豪放为主之第二证。序中谓"不可同舌共谈"者，乃指豪辣灏烂之与妩媚妖娇二者而言也；至于妩媚与妖娇之间，固无甚区别，贯氏虽两分之，实则正所谓"可以同舌共谈"者耳。顾妩媚妖娇之意，恰与清丽相拍合，而序中上文所谓"滑雅"、"平熟"者，又正与端谨相接近，贯氏之于滑雅、平熟，乃独不以与下文数派相提并论。——此又足证元曲之中，虽连端谨，共有三派，而实惟豪放、清丽两派，乃永久对峙者耳。他如《太平清话》谓"元士大夫以乐府名者，奇巧莫如关汉卿、庚吉甫、杨淡斋、卢疎斋，豪爽则有冯海粟、滕玉霄，蕴藉则有贯酸斋、马昂夫"，所言实以贯序为本，而故为增饰者耳。"奇巧"、"蕴藉"含义皆不中肯，不如贯说之可注意矣。

涵虚子有群英格势九十余条，后之论曲品者，每依据之。实则其于每人作四言一语者，皆随笔拈缀，模糊影响，令人无从捉摸，王骥德讥之，宜也。刘氏《艺概》中约九十馀条为三品："一曰清深，如吴仁卿之山间明月；二曰豪旷，如贯酸斋之天马脱羁；三曰婉丽，如汤舜民之锦屏春风"，亦仅就涵虚之语以为归纳，并非从三家之作，实地体会而得者。且豪丽两派之外，多一"清深"，"清深"为义之不隐洽，远不如"端谨"矣。

以上为散曲派别之概论，以下剔去端谨，专取豪放、清丽两派论元人。豪放一派，元人虽许冯子振、滕玉霄两人，而两人今日流传之曲不多，（冯仅小令四十二首，滕仅十四首）。据其所传者以观，实无以十分著明豪放之义，吾人未可盲从，当断以马致远为此派之代表也。马作见于拙编《元四家散曲》一书中，有令百四首，套十七首，除乔吉、张可久外，元人散曲之篇幅，此为最富矣。《秋思》一套，自元周德清以来，即评为散曲中第一，其煞尾云：

蛩吟罢一觉才宁贴，鸡鸣时万事无休歇，何年是彻？看密匝匝蚁排兵，
乱纷纷蜂酿蜜，闹穰穰蝇争血。裴公绿野堂，陶令白莲社。爱秋来那些：和
露摘黄花，带霜分紫蟹，煮酒烧红叶。想人生有限杯，浑几个重阳节。人问
我顽童记者：便北海探吾来，道东篱醉了也。（字句从《乐府新声》）

若问此曲何以成其为豪放，则无人不知其为意境超逸，实使之然，文字不过适
足以副之耳。然重赖意境之超逸，以造成豪放，乃豪放之第一义也，此外更有
他义。如马氏〔拨不断〕小令云：

菊花开，正归来，伴虎溪僧、鹤林友、龙山客，似杜工部、陶渊明、李
太白，有洞庭柑、东阳酒、西湖蟹。哎！楚三闾休怪。

意境自与前曲完全相同，而意境之外，修辞亦大有可注意者，则全曲之中，用
人名地名物名以表象者，联贯成串，其多实出于寻常也。第三句之连举三地，
有如地理志；第四句与末句之连举四古人，有如点鬼簿；第五句之罗致诸品，
无以似之，殆类市中之南货铺。此种修辞法在寻常之诗词中，要皆不宜，所谓
"羁"是也。而在曲中用之，乃特放异彩，所谓"不羁"是也。故此曲之所以
形成豪放不羁者，端由于修辞法之特殊，不仅倚赖意境，此乃豪放之第二义
也。更如马氏〔寿阳曲〕曰：

心间事，说与他："动不动早言两罢。'罢'字儿碜可可你道是耍，我
心里怕那不怕！"

此曲所写之情，乃人之明明于我薄幸者，而我始终原谅之，只认为耍，不认为
真，自己则矢志坚贞，以待他人之挽回于万一，绝无怨恨之意，可谓深得风人
温柔敦厚之旨矣。顾其文全用白描，无论雅俗之材料，都不借重妆点，此种恰
与清丽一派相反，亦认为豪放，乃完全脱离意境之豪放而豪放者，豪放之第三
义也。马氏以外，如白朴、贯云石、刘致、冯子振、汪元亨、马九皋等，皆豪
放之尤者。盖凡属元代曲家，无人不有此派之作，特多寡之间，各家不同耳。

清丽一派，若依贯氏前序，举卢、关为代表，则不如举乔、张之妥善。盖
所谓"丽"者，其材料或俗或雅，都无不可；而乔多用俗，张多用雅，二人既

自来并称，合之又适可表见此派之全义也。以俗为丽者，诗词中不常见，而实为曲中本色；人因其不常见也，每目之曰奇丽。以雅为丽者，沿诗词中之所已有，而新之变之，颖俊精致，人人所好，人人能赏，可即以"雅丽"二字别其派。无论奇与雅，其为丽也，机趣要不能板，而腠理要不能滞，此所以又统在清丽范围之内也。

乔有《乔梦符小令》一卷，雅俗兼该，融洽无间，最为当行。清厉鹗评其曲，以为出奇而不失之于怪，用俗而不失其为文，殊得奥窍。后人之为曲，不难于雅丽，亦不难于豪放，而独难于此奇丽。如清初朱彝尊、厉鹗辈，提倡乔、张两家散曲，其所摹拟者，只能及张，终未尝及乔，盖笙鹤翁（乔之别号）之绝技，凡笔端只能雅而不能俗者，一概无从问津矣。如〔水仙子〕情词及咏雪曰：

> 眼前花怎得接连枝？眉上锁新教配钥匙。描笔儿钩销了伤春事，闷葫芦咬断线儿。锦鸳鸯别对了个雄雌，野蜂儿难寻觅，蝎虎儿甘害死，蚕蛹儿别罢了相思。

> 冷无香柳絮扑将来，冻成片梨花拂不开，大灰泥漫不了三千界。银棱了东大海。探梅的心嶵难捱。面瓮儿里袁安舍，盐罐儿里党尉宅。粉缸儿里舞榭歌台。

此等曲除上文所谓诡喻以外，别饶妩媚，读者每以为奇则有之，丽未必然，盖看惯以雅为丽者，狃于所习耳。乔氏以外，关汉卿、查德卿等散曲内，亦常有奇丽之作。关氏〔不伏老〕一套煞尾为尤著，云：

> 我却是蒸不烂、煮不熟、捶不匾、炒不爆、响当当一粒铜豌豆，您子弟谁教钻入他锄不断、斫不下、解不开、顿不脱、慢腾腾千层锦套头？我玩的是梁园月，饮的是东京酒，赏的是洛阳花，扳的是章台柳。我也会吟诗，会篆籀，曾弹丝，会品竹。我也会唱鹧鸪，舞垂手，会打围，会蹴踘，会围棋，会双陆。你便是落了我牙，歪了我口，瘸了我腿，折了我手，天与我这几般儿歹症候，尚兀自不肯休。只除是阎王亲令唤，神鬼自来钩，三魂归地府，七魄丧冥幽，那其间才不向这烟花路儿上走！

张有《张小山北曲联乐府》三卷，外集一卷，共七百馀首，为元人散曲中流传最多者，此外且无一剧曲，故张氏可谓散曲之专家也。其曲十之八九为雅丽一派，馀亦有豪放与奇丽者，特少数耳。张氏当时受何影响而致成此派，惜其生平事迹不彰，无从追考。要其所成者，实仅十之四五，恰到好处，其馀虽不侪于端谨，总嫌参用词法过多，并非论曲者所宜提倡也。清人不善学之，有一种"词人之曲"，即张氏此派之末流矣。如下列〔一半儿〕及〔水仙子〕云：

> 花边娇月静妆楼，叶底沧波冷翠沟，池上好风闲御舟。可怜秋！一半儿芙蓉一半儿柳。

> 金鞭袅翠动花梢，翠袖揎香赠柳条，玉波流暖迎兰棹。西湖春事好，相逢酒圣诗豪。醉墨洒龙香剂，新弦调凤尾槽，草色裙腰。

两曲俱属雅丽，与前举乔作以俗为丽者，显然不同。然如次首中，末句之蓄意，与"袅翠"、"揎香"、"流暖"等之措辞，全是词境，以较前一阕之萧疏，岂不嫌其过乎？清丽一派，作家甚多，如张氏之至处者固少，如张氏之失处者亦少。徐再思、任昱、李致远、曹明善等皆其流。如徐之〔梧叶儿〕曰：

> 芳草思南浦，行云梦楚阳，流水恨潇湘；花底春莺燕，钗头金凤凰，被面绣鸳鸯：是几等儿眠思梦想！

虽用比兴，却连所比所兴者亦于末句明白说出，大别于诗词，斯最得体也。

世间事既有两极端者，亦必有中和者。豪与丽，虽分明两派，而以一人兼有之，或以一词兼有之，皆寻常事。近人有因苏、辛词集中，未尝无一二婉约之作，周、秦诗集中，亦未尝无一二豪放之作，遂谓放与约不足为词之两派。实则分词曲之派别，应以词曲为单位，曰"此词约，彼曲放"可，不应以词人曲人为单位也；即论断各家之派别，其著作之多数如何，自足为据，不应因其少数之作相反，而遂全部抹杀也。譬如马与乔、张，虽各明其派如上文，而派外之作，与两派融会之作，固无人无之，要不足以动摇其大体矣。兹举马之〔小桃红〕、张之〔殿前欢〕，以为豪丽兼用者例：

> 画堂春暖绣帏重，宝篆香微动。此外虚名要何用！醉乡中，东风唤醒梨花梦。主人爱客，寻常迎送，鹦鹉在金笼。

> 望长安，前程渺渺鬓斑斑。南来北往随征雁，行路艰难。青泥小剑关，红叶溢江岸，白草连云栈。功成半纸，风云千山！

以上论元人散曲之派别，以下分昆腔流行前后两时期，以论明人。

明代未有昆腔以前，北曲为盛。涵虚子所列明初十六家中，惟汤式一人之传作，有五十馀套，馀皆二三篇，未足言派。汤之套数简短，不病拖沓，惟多赠答酬应之作；端谨之馀，与一二小令，皆豪丽参用。十六家外士大夫染翰此业者甚多，亦都零星无足数者。惟周宪王有燉之《诚斋乐府》，哀然成帙，足称一家。而论其文字，乃十九端谨，且庸滥居多，豪丽两面，均鲜至处。由是以观，明初散曲，大致殆偏于端谨矣。自后则康海为一派，冯惟敏为一派，王磐为一派，沈仕为一派，皆各有面目，未见雷同。而康、冯之为豪，王、沈之为丽，则又其大概之一致者耳。兹各见论例如次：

康海《沜东乐府》，用本色为豪放，摆脱明初阘茸之习，力为振拔，有功于明代散曲之作风不少。惟贪多务博，殊欠剪裁，是其一失；用俗之处，往往为俗所累，元人衣钵，未尽真传，是其二失；其中极热极怨，而表面以解脱之语尽之，时觉捉襟露肘；展其全集以观，无非愤世、乐闲两类之作，而志趣并非真正恬淡，根本有异于元贤，是其三失。此三失虽不必独集于康氏一身，而康氏实启此派之始，王九思、李开先辈，则应分任其咎者也。明人之论调，多抑康而祖王，真所不解。兹举康之〔雁儿落带得胜令〕，及王之〔水仙子〕：

数年前也放狂，这几日全无况。闲中件件思，暗里般般量：真个是不精不细丑行藏，怪不得没头没脑受灾殃。从今后花底朝朝醉，人间事事忘。刚方，徯落了膚和滂；荒唐，周全了籍与康。

一拳打脱凤凰笼，两脚蹬开虎豹丛，单身撞出麒麟洞。望东华人乱拥，紫罗襕老尽英雄。参详破邯郸一梦，欢息杀商山四翁，思量起华岳三峰。

冯惟敏《海浮山堂词稿》四卷，生龙活虎，犹词中之有辛弃疾，有明一代，此为最有生气，最有魄力之作矣。王世贞、王骥德辈之品评，皆嫌冯氏本色过多，北音太繁，多俠寡驯，时为纰颣，盖皆昆腔发生以后，"南词"盛行时之议论，殊不足据也。冯氏之长处，正在本色与寡驯；惟其如此，乃能豪辣。若论其失，有因恣肆之极，伤于犷悍者；有因任情率性之极，词意近于颓唐，不能凡百兴会者。至于全集之中，豪辣者多，而进一步浑涵于灏烂之境者犹少，是亦其成就上之缺憾，诸家之中，独冯氏斯足责也。冯之意志，亦极怨极愤，所异于康、王者，任怨愤便索性将全部怨愤痛快出之以示人，较少做作；而才气之横溢，笔锋之犀利，无往而不淹盖披靡，篇幅虽多，各能自举，不觉其滥，亦非康、王一派之所及也。冯氏此派，后无来者；唐寅小令，间有与之相会处。其前有一常伦，亦微近之，而才气皆远不及。《曲律》谓陈沂、胡汝嘉爽而放，按陈仅传雪词，爽则有之，豪未必也；胡仅传夏词，堆垛而已。兹举冯之〔塞鸿秋〕乞休，以见豪辣，〔雁儿落带得胜令〕谢友枉驾，以见灏烂：

论形容合不著公卿相，看丰标也没个抬搜样，量衡门又省了交盘账，告尊官便准俺归休状。广开方便门，大展包容量，换春衣直走到东山上！

邀的是试春游张曲江，访的是耽酒病陶元亮，行的是快吟诗唐翰林，坐的是会射策江都相。呀，这的是白云明月谢家庄，抵多少秋风野草镇边堂；你只待平开了西土标名字，俺只待高卧在东山入醉乡。周郎，耳听着六律情偏畅；冯唐，身历了三朝老更狂。

王磐《王西楼先生乐府》一卷，善为清丽，王骥德颇能赏之。于元人之中，兼得乔、张之趣。其丽也，不仅工雅，兼能出奇；其清也，萧疏放逸，且好为游戏诽谐之作，而不用康、冯两派之粗豪，一以精细出之。明人之中，所知者惟金銮一人，是其一派。兹举王之〔沉醉东风〕蝶拍及金之〔河西六娘子〕闺情：

庄子梦轻轻按醒，谢公诗句句敲成。撺断的燕舞娇，供亲的莺歌应。俏知音千载韩凭。独占了梨园板色名，难怪那滕王阁图形画影。

海棠阴轻闪过凤头钗，没人处款款行来，好风儿不住的吹罗带。猜也么猜。待说口难开，待动手难抬，泪点儿和衣暗暗的揩。

沈仕《唾窗绒》一卷，亦为清丽，而以香奁体著闻。于元人颇得王鼎之趣，冶艳之中，生动新切。其失在偶摹元人淫亵之作，后人踵之者又变本加厉，皆标其题曰"效沈青门体"，沈氏遂受谤无穷矣。沈德符盛推康、王、陈（铎）、沈，自成为化治之音，后所不及，或者沈氏之作不止于香奁也。惜《唾窗绒》原本佚而不传，而顾名思义，与诸选本之所载者，实香奁居多耳。兹举〔懒画眉〕两首：

倚阑无语掐残花，蓦然间春色微烘上脸霞。相思薄幸那冤家，临风不敢高声骂，只教我指定名儿暗咬牙。

　　东风吹粉酿梨花，几日相思冈转加。偶闻人语隔窗纱，不觉猛地浑身乍。却原来是架上鹦哥不是他。

　　以上四家，王、金之笔最为整饬，可云无弊，馀皆有得有失。他如杨慎夫妇，合处有西楼白屿（金）之精，而冗杂亦复如康、王。陈铎所作，套数尤多稳称，颇类明初汤式，令则不出王与沈。明人皆以其与梁辰鱼相伯仲，实则陈之文字，绝未入《江东白苧》圈套也。陈所闻虽在昆腔大行以后，而其著作品格，与汤式、陈铎最为相近；若纳之下文梁、沈两派中，殊为不妥，故亦附及于此。

　　昆腔以后，只有南曲，而北曲亡矣！南曲又多参词法以为之，形成所谓"南词"，而曲亡矣。昆腔创始于魏良辅，一时新曲首先采用者，厥为梁辰鱼之所制，在剧曲为《浣纱记》，在散曲则为《江东白苧》一集。张凤翼序之，谓掷地可作金声；张旭初于《吴骚合编》内，至推为"曲中之圣"焉。自有昆腔，南曲之宫调、音韵，一切准绳俱定，传奇之法愈密，犯调、集曲，日盛一日。沈璟为《南曲谱》及《南词韵选》二书，楷模大著，学者翕然宗之，龙子犹于《太霞新奏》中，对沈有"词家开山祖师"之称焉。起嘉隆间，以迄明末，将近百年，主持词馀坛坫者，文章必推梁氏为极轨，韵律必推沈氏为极轨，此为昆腔以后之两大派。一时词林，虽济济多士，要不出两派之彀中也。其文章独不从梁，而韵律独不从沈者，剧曲则有汤显祖之《四梦》，散曲则有施绍莘之《花影集》。夫文章之不从梁，两家乃戛戛独造，千古不朽矣。若韵律之不从沈，适为两家之病，亦百世而不能易者也。——得失之间，炯然不侔，有如此者。兹论昆腔以后散曲之派别，不能不分举梁、沈、施三家。

　　梁辰鱼之曲派，为文雅蕴藉，细腻妥贴，完全表现南方人之性格与长处，去北曲之蒜酪遗风、亢爽激越者，千万里矣。惟此种阴柔之美，实宜于词之收敛性格之文学，而不宜于曲之放散性格之文学，故其取材取径，于不知不觉之间，无一不与宋词相接近，而与元曲相背驰者，结果乃得一种词不成词、曲不成曲之物。吾尝论此派之末流，以为意境迂拘而色彩揉杂，硁硁于字句之渲染，又只有枯脂燥粉，敷衍堆嵌；拆碎固不成片段，并合亦难象楼台；臣姜宋词，宋词不屑；伯仲元曲，元曲奇耻。天下依违于两可之间，欲兼擅其胜，而卒至进退失据，成共弃之物者，昆腔以后，《江东白苧》派之散曲，是其一也。此所言为欲阐扬元人之绝艺，保存曲体之本源，不无过激之处，然实从体会比较而得，非徒托空言，所谓"乐府"之选集与所谓"南词"之选集，其书今日俱在，是非究竟，可以实按也。（元人多称曲为乐府，昆腔以前，选集、别集皆以"乐府"名，或以"词"名，亦必不分南北，盖不专门为南曲也。昆腔以后盛行"南北词"之名，如《南词韵选》、《南北宫词纪》等，皆曰"词"而不曰"曲"，或特创名目，曰"新奏"，曰"吴骚"，而独鲜用前人习用之"乐府"二字者，风气使然，亦一奇也。其名称既多用"词"字，其文字之多用词法，固可以反证矣。）幔亭歌者（袁于令）曰："词才不同，梁伯龙以豪爽，张伯起以纤媚，沈伯英以圆美，龙子犹以轻俊；至于秀丽，不得不推王伯良。"夫如伯龙者，倘犹推为豪爽，则如元人马东篱之振鬣长鸣，白仁甫之奋翮高举，岂不皆成犷悍顽野，不可向迩之怪物耶？歌者与龙子犹为接近，龙乃明末梁派之中坚，（选《太霞新奏》之顾曲散人，疑即龙氏。）沉溺此中，既深且久，指黑为白，指鹿为马，亦无足怪矣。惟此派之弊，尤在套数与集曲，若单双或重头之小令中，犹间有生动之作也。兹录梁集第一套内咏轻云之〔长拍〕及小令〔山坡羊〕，以略见其得失：

舞按霓裳，舞按霓裳，歌停金缕。送月来被人间留住。这是蕊宫仙驭，鬟半偏游戏天衢；尽驾绛绡舆，引飞琼控两两彩鸾归去。几见瑶池传曲远？谁还念黄鹤楼中千载虚？问仙姬何事，冒雨湿罗襦？又不知春山淡淡锁，何日还舒。

病淹淹难医疗的模样，软怯怯难存坐的形状，急煎煎难摆划的寸肠，虚飘飘难按纳的情和况。空自忙，全然没主张。盟山誓海都成谎，辗转思来，更无的当。凄凉，为甚更长似岁长？萧郎，莫认他乡是故乡。

沈璟之曲派，乃一面文字受梁氏之影响，而一面自己又专求律正与韵严。沈氏好翻北曲为南曲，《曲海》、《青冰》二卷皆是也。目的专在使一时歌场繁衍南声，故材料剪取前人之现成者亦可，不必由己出也。其文既为声而发者多，为文而发者少，则其受韵律之拘牵，而生气剥夺，尚待言乎？沈氏于所翻诸曲，虽自命名曰"青冰"，实则去"蓝水"犹远甚，直是点金成铁，活文字则死之，新意境则腐之耳。原其初意，盖欲纳北曲文字之美者，入于南曲声音之美中，以收声文并美之效；而实则隐括体，词翻曲，北翻南，集曲，种种办法，同一补于声音者鲜，而害于文字者多，得不偿失耳。同沈氏一派而才具较长者为王骥德。王氏能赏识元曲，且极知南曲与南散曲之弊，以此中无杰出人才，足举其业与元人抗，时致深慨焉。其集独以乐府名（《方诸馆乐府》），而衡其造就，仍未跳出梁沈窠臼，风气囿人，一至于此哉！沈氏以《中原音韵》为主，选《南词韵选》一书，韵严律正者为上上，韵严而律稍舛者为次上。王氏则另创《南词正韵》，专为南曲而设，分出〔姜光〕、〔坚涓〕、〔居遽〕、〔机奇〕等新韵部。又新制集曲三十三调。（集曲在散曲中文字之弊，已见上文"体制"一节，兹不复赘）惟王氏小令，亦多奇俊之作，其故详下文论小曲一派内。兹举沈氏翻元曲，及元曲原文，及王氏自制曲，见例如次：

〔八声甘州〕　集杂剧名，翻元人吴昌龄北词。　　（明）沈璟

因缘簿冷，叹鸳鸯被卷，枉怨银筝。秦楼月影，蝴蝶梦中孤另。曾留汗衫馀馥在，漫哭香囊两泪盈。柳眉䴙双峰，为才子留情。

春宵多月亭，记曲江池上，丽日初晴。蓝桥仙路，裴航恰遇云英。万花堂畔言誓盟，玉镜台前作证诚。他负心几曾？教鱼雁传情。

〔滚绣球〕　集杂剧名，咏情。　　（元）孙季昌

常记的曲江池丽日晴，正对着春风细柳营，初相逢在丽春园遣兴，便和他谒浆的崔护留情。曾和他在万花堂讲志诚，锦香亭设誓盟，谁承望下场头半星儿不应！殃及杀调风月燕燕莺莺，只被这西厢待月张君瑞，送了这花月东墙黄秀英，盼杀君卿！（按此套即沈氏所翻。《太平乐府》属孙季昌，首曲〔端正好〕已见上文俳体第十五，并资参照。）

〔二郎试画眉〕　集〔二郎神画眉序〕。二调　　　（明）王骥德

长安远，望迢迢蔽浮云不见。过眼流光风一剪，记年时选胜，六街长，骤金鞍，酒侣诗朋多缱绻。问什么花深柳浅。狭斜到处成留恋，从抛彩笔如椽。

施绍莘之曲派，乃融元人之豪放与清丽，而以绵整出之。时代微后于沈璟之选《南词韵选》。其人亦工音律，自蓄歌童，所作无不制谱付拍者。《花影》一集，南北令套共四卷，令六十馀，套八十馀，不为不富，乃今日流传之明人选本六七种内无及施氏一字者，其故可以思矣。盖所谓选本六七种者，皆梁、沈之派，录词标准，首整韵律，而施氏所长，则首异梁、沈，施氏所短，又首伤韵杂，斯无怪二者之格格不相入矣。有明一代散曲文字，实惟冯、施两集，为真不可少。陈继儒曰："子野才太俊，情太痴，胆太大，手太辣，肠太柔，舌太纤，抓搔痛痒，描写笑啼，太逼真，太曲折。"此其赞施氏者不为过分，一方面且不啻为曲家立一明训。盖所言实语语中肯，凡为曲者，莫不应然也。他姑勿论，只辣手一层，即梁、沈之派所特乏，而冯、施之派所特具者，尤为

明著矣。沈德生又曰："子野外服儒风，内宗梵行，其于世间色相，一切放下，其性灵颖慧，机锋自然，不觉吐而为词，溢而为曲，以故不雕琢而工，不磨涤而净，不粉泽而艳，不穿凿而奇，不拂拭而新，不揉摘而韵。"按所谓"放下色相"，原以论人，实亦可以论词。其所言之反面，词章泥于色相，及专于雕琢、磨涤、穿凿、拂拭、揉摘中讨生活者，正不啻即为梁、沈两家写照也。施派以后，亦无来者，惟清人赵庆熹差近之。兹录施氏春游述怀套内〔叨叨令〕，及合镜词套内〔金索挂梧桐〕：

且寻一个顽的耍的真知音风风流流的队，拉了他们俊的俏的做一个清清雅雅的会，拣一片平的软的衬花茵香香馥馥的地，摆列着奇的美的趁时景新新鲜鲜的味。兀的便醉杀了人也么哥，兀的便醉杀了人也么哥，任地上干的湿的混账啊便昏昏沉沉的睡！

怎车干恩爱河？推不动相思磨。袄庙烧完，渐近蓝桥路。今朝出网罗，到凤凰窠，争气潘郎成就奴。羞惭了搬唆诽谤销金口，涂抹了长短方圆画饼图。从今啊刀山变做了软衾窝，真个是悲处欢多，况更是欢处欢多，把"欢"字浑身裹！

以上明人散曲派别，昆腔前后，共列康、冯、王、沈、梁、沈、施七家。此外当时有所谓"才士之曲"者，如王世贞、汪道昆、屠隆等之散曲皆在内，则全非当行，王骥德已辟之，无足论矣。惟尚有小曲一派，为不可不述者。小曲之音调，兼源于南北曲，而文字则得于北曲者独多；其声势所及，昆腔以后之各家小令无一不受其影响者，即康、冯辈之小令中，亦每存小曲面目也。陈宏绪《寒夜录》纪卓珂月之言曰："我明诗让唐，词让宋，曲让元，庶几〔吴歌〕、〔挂枝儿〕、〔罗江怨〕、〔打枣竿〕、〔银铰丝〕之类，为我明一绝耳。"此言大有识见：就散曲言，梁、沈之所谓"南词"，固绝不足与元人北曲对峙，即冯、施之业，亦承元人馀绪，未足以云分庭抗礼也；若明人独创之艺，为前人所无者，只有小曲耳。王骥德《曲律》云："小曲〔挂枝儿〕，即〔打枣竿〕，是北人长技，南人每不能及；昨毛允遂贻我吴中新刻一帙，中如喷嚏、枕头等曲，皆吴人所拟，即韵稍出入，然措意俊妙，虽北人无以加之，故知人情原不相远也。"可见小曲精神，虽因缘北地而来，而南人固亦优为之，甚至所以优为之者，不仅在小曲本身，且侵入南北小令之中矣。此前人从无言及者，兹为别出，并举例以明之：

〔月云高〕　　　　　康海

吞声宁耐，欲说谁俅采？惹得旁人笑，招着他们怪。欢喜冤家，分定恹缠害。去不去心头恨，了不了前生债，教我心上黄连苦自捱，却似锁上门儿推不开。

〔玉抱肚〕　　　　　冯惟敏

冤家心变，这些时谁家鬼缠？打听得有个真实，我和他两命难全。神灵鉴察誓盟言，不叫冤家只叫天。

〔风入松〕　　　　　陈铎

想才郎一去几多时，谁知他节外生枝。书来止说功名事，不道著"思情"两字。本待要寻活觅死，怕落下歹名儿。

〔锁南枝〕　　　　　沈仕

雕阑畔，曲径边，相逢他猛然丢一眼。教我口儿不能言，腿儿扑地软。他回身去，一道烟，谢得腊梅枝，把来他抓个转。

〔驻云飞〕　　　　　梁辰鱼

小小冤家，拖逗得人来憔悴杀！雅淡堪描画，举止多潇洒。咱曾记折梨花，在茶蘼东架，忙询佳期，倒答着闲中话，一半器人一半耍。

〔锁南枝〕　　．　　王骥德

才郎至，喜倒颠，匆匆出迎羞不前。含笑拜嫣然，秋波谩偷转。"你把归期误，办取捆打先。"谁道见郎时，都做一团软！

〔驻云飞〕　　　　　施绍莘

索性丢开，再不将他记上怀。怕有神明在，嗔我心肠歹。呆！那里有神来？丢开何害？只看他们，抛我如尘芥，毕竟神明欠明白！

〔江儿水〕　　　　　龙子犹

郎莫开船者，西风又大了些，不如依旧还奴舍。郎要东西和奴说，郎身若冷奴身热。且受用而今这一夜，明日风和，便去也奴心安帖。

诸调之中，如〔锁南枝〕、〔驻云飞〕，犹可谓之本为小曲用调，若其馀者，固皆南曲也，然诸家之文字，则一例化于小曲矣。

前人之论明代散曲者，有王世贞之《曲藻》，徐复祚之《三家村老委谈》，沈德符之《顾曲杂言》，王骥德之《曲律》，张旭初之《衡曲麈谈》等。诸家当时所见散曲之集，今日不能尽见。今日于数百年后，以旁观地位，觉得极其明瞭者，诸家当局，反而昧昧不察。故以诸家议论，衡兹篇之所主张，多见其凿柄矣。

　　至于清代散曲，约可分为四派：第一南曲派，承明末梁、沈之馀风，好为南曲，如沈谦、吴绮、陈维崧、蒋士铨、吴锡麒等皆是。沈谦集中，于集曲、翻谱等事，亦多为之，乃梁、沈之嫡传。若两吴集中之合作，间如明之王磐、金銮，绝非梁、沈所能限矣。第二骚雅派，倡乔、张之清丽，而一味赏其骚雅，好为北曲，如朱彝尊、厉鹗及后来之刘熙载、许光治等皆是。刘氏说主乔、张之骚雅，而所作因求被诸声歌，故俯就南曲，以用其昆腔，（其实元人北曲，昆腔内亦自有谱可唱。）馀人集中，则绝少南曲，与第一派异也。朱、厉等一味崇雅，虽未得元人真味，要得雅之真味，成所谓"词人之曲"，又非明人梁、沈辈之参用词法，或所谓"南词"者，所可"同舌共谈"矣。第三道情派。此派乃徐大椿所创成，处于元明南北曲及小曲之外。小曲内容，大抵男女情词。徐氏之道情，则黄冠体中之警醒顽俗也。徐氏自谓构此颇不易，必情、境、音、词，处处动人，方有所谓道气。（见陆以湉之《冷庐杂识》）其前郑燮之道情，自与此为一派，特郑氏之作，所警醒顽俗者，不过勿贪富贵功名而已，道家之套语也；若徐氏所警者，乃世情积弊，人事恶习，敢言他文所未尝言，他人所不敢言者，固于世道人心，极有感化作用之文字，非等闲俚唱可比，自足另成一派，与其馀者并列也。第四为赵庆熺派。清代散曲之有赵，犹明代之有施，虽局面较狭，而文字亦恰到曲之好处，非此不足以存曲体之真价矣。如骚雅派，则曲为词之附庸而已，南曲派亦曲之尾闾而已，道情派与小曲，又同为旁枝而已。惟赵氏一派，自有其自己一时代之面目，并不貌袭元人，而实本元人之法，可以列于曲之正统之中也。

〔小桃红〕　　　赠苏昆生（摘自套曲）　　　吴绮
　　枉湿了浔江袖，还剩得兰陵酒，尽红牙拍断红珠溜。放青鞋踏遍青山瘦。把黄冠撇却黄金臭，管什么蛟龙争斗无休！
〔梧桐树〕　　　西施　　　吴锡麒
　　西风吹白纻，歌罢人何处？莫道功成，肯逐鸱夷去，算回顾，只有烟波路。吴苑千秋，花也愁无主；越客千丝，网也兜难住，剩相思石上苔无数。
〔水仙子〕　　　　朱彝尊
　　半湖山上采樵夫，百步桥边垂钓徒，三家村里耕田父。这生涯都不苦，要"归欤"只便"归欤"。锦屏风苍崖红树，白雪滩金齑玉鲈，绿杨弯赤米青菰。
〔殿前欢〕　　　秋思，用张小山春思韵　　　厉鹗写秋思，芭蕉叶叶竹枝枝。南湖风雨凉何自？潘鬓成丝。虫声唱鬼诗，雁影排"人"字，凤纸书仙事，馀香灭后，幽梦回时。

〔水仙子〕　　海棠　　　许光治

红绵绣凤扑华铅，红锦回鸾散舞钱，红丝颤雀翘妆钿。过清明百六天，画墙低何处秋千？宿粉晕流霞炫，明脂洗垂露鲜，是花中第一神仙！

〔道情〕　　刺时文　　　徐大椿

读书人，最不济，烂时文，烂如泥。国家本为求才计，谁知道变作了欺人计。三句承题，两句破题，摆尾摇头，便是圣门高弟。可知道《三通》、《四史》是何等文章？汉祖唐宗是那朝皇帝？案头放高头讲章，店里买新科利器。读得来肩背高低，口角嘘唏。甘蔗渣儿嚼了又嚼有何滋味？辜负光阴，白白昏迷一世！就教他骗得高官，也是百姓朝庭的晦气。

〔江儿水〕　咏月（摘自套曲）　　赵庆熹

自古欢须尽，从来满必收：我初三瞧你眉儿斗，十三窥你妆儿就，廿三觑你庞儿瘦，都在今宵前后！何况人生，怎不西风败柳！

以上论三朝散曲派别，各家粗见得失，未曾详尽，举例亦不能备。琐屑之处，参看拙著《曲谐》；其说间有出入者，则以此篇所见为准。

散曲之形式与精神，本身与作家，据以上八节所叙论者，已可得其大概而有馀。顾犹有未及之义，而甚为紧要者，如散曲之音乐与歌唱如何，散曲之前途如何，于今后文学上之地位如何，有志作散曲者，今后之任务如何等皆是也，兹再约略见之。

观于上文用调一节，知北曲十七宫调，而散曲用其九，南曲十三宫调，而散曲用其十一。南北曲之音乐，今所仅传者，只有昆腔，却非元人之原唱。元人之南北曲乐，均用弦索，即明人之唱南曲，在昆腔以前者，亦以能上弦索为准，观于何良俊《四友斋丛说》等所纪可知，非若昆腔之以管笛为主器也。然元曲之腔谱唱法，与宋词同一不传，深可叹惜。吴瞿安先生谓曾见用乙凡二音之南曲古谱，恐即昆腔以前元明人之唱法矣，惜未收之，不知其书终落何所。惟昆腔亦非凭空结撰者，元明旧腔有一部分尚留存于昆腔之内，固意中事，特无从确实证明之耳。曲乐普通情形，兹不多及，择其尤关散曲者，为纪述如次。

元杨朝英选《阳春白雪》、《太平乐府》二书，所流传之元人散曲独多。乃杨氏于第一书前，附刻芝庵《唱论》，第二书前附刻卓从之《北腔韵类》，足见二者于元人多数之散曲，皆甚有关也。芝庵之姓名历略不可考，杨氏称为"燕南芝庵先生"，并依据其《唱论》中所有一条，分《阳春白雪》一书为大乐、小令、套数三类。所谓"大乐"者，宋、金两朝，苏轼、吴彦高等之词十首也，足见宋词唱法，当时所流传者仅此十首，而小令、套数之唱法，必与此十词之唱法相邻近。且《唱论》中所谓敦拖、打擞、停声、待拍、起末、过度、取气、换气、慢、衮、序、引、三台、破子、小唱等，张炎《词源》内论词之唱法，亦皆有之，是亦宋词、元曲唱法相去不远之一证也。惟周德清作《中原音韵》，序中首先指摘杨氏之《阳春白雪》，以为其中阴阳去上，不合律度，难于歌唱者甚多。周氏所主张者，为平分阴阳，入派三声。尝于席间闻歌〔四块玉〕起句曰："彩扇歌，青楼饮"，周氏之友罗宗信非之，而琐非复初为改唱"买笑金，缠头锦"，周氏乃皆与赏识，以为知音。盖〔四块玉〕次句首字，应用阳平声，作"青"则必唱为"晴"矣，不若"缠"字正属阳平，唱来可得本音也。周书又著明每调中务头所在，以收声文兼美之效，亦涉于当时散曲之唱法者。——此元人散曲唱法之略可参见者也。

元时南曲发生甚早，但终元之世，未见有一首南调之散曲。南北合套，为元人沈和所创，著在《录鬼簿》，凿凿可据，但终元之世，不但杂剧中无之，即散曲内亦未一见合套之文字，殊可怪也。散曲中之南曲，最早者殆为明初周宪王《诚斋乐府》内所有，其腔谱唱法如何，应无改于元音。沈德符谓嘉隆间度曲知音，推松江何良俊，而何氏《丛说》有曰："老顿云：南曲中如'雨歇梅天'，《吕蒙正》内'红妆艳质'，《王祥》内'夏日炎炎'，《杀狗》内'千红百翠'，此等谓之'慢词'，教坊不隶琵琶筝色，乃歌章色所肄习者。南都教坊歌章色久无人，此曲都不传矣。"所谓"雨歇梅天"，当系散曲，乃与《吕蒙正》等剧曲所有，同为慢词。此所谓"慢词"，疑与南宋慢词之唱法更近，而与北曲及一般南曲较为促拍快唱者则有别，故得其名也；其唱法当时虽不传于一般人，或独得于魏氏，而氏之昆腔，或即以此种慢词为本，亦未可知耳。至于北曲中，如康海之精于琵琶，王九思之未曾填词先慕国工按谱等，其所以唱者，当亦元人之旧。——此昆腔以前，明人散曲唱法之略可考见者也。

昆腔以后散曲之唱法，乃较为明白矣。顾起元《客座赘语》曰："万历以前，公侯与缙绅及富家，凡有燕会小集，多用散乐。或三四人，或多人，唱大套北曲，若大席则用教坊、打院本，乃北曲大四套者。"沈德符《顾曲杂言》曰："老乐工云：凡学唱，从弦索入者，遇清唱则字窒而喉劣。"魏良辅《曲律》曰："清唱，俗语谓之冷板凳，不比戏场借锣鼓之势，全要闲雅整肃，清俊温润。"清李斗《扬州画舫录》曰："清唱以笙、笛、鼓板、三弦为场面。"又曰："清唱鼓板，与戏曲异：戏曲紧，清唱缓；戏曲以打身段，下金锣为难，清唱无是苦，而有生熟口之别。"此四条中，顾氏所谓之"散乐"，应即沈、魏、李三氏所谓之"清唱"——唱而不演之谓"清"，不用金锣喧闹之谓"清"。至于其所唱者，盖有两种：一则仍为剧曲，有宾白者，唱时或开白，或否；一则为散曲，无宾白、引子者。盖散曲本无场面可言，弦管、鼓板已足，本无需乎金锣，正合充清唱之资料耳。故清唱者，乃散曲惟一之唱法，清唱所唱，不必尽为散曲，若唱散曲，则无不为清唱者也。然此种情形，即如《客座赘语》所言，昆腔以前，亦何尝不如此？何以独属之于昆腔以后？曰：因昆腔以后，散曲忽另有一别名曰"清曲"，清曲清唱，至此制度乃格外确定之故也。散曲别名清曲，上文于名称一节内未曾及。此名何时发生，无考，所见较早者，为沈宠绥《度曲须知》，然尚非其始也；嘉隆间有昆腔后，魏、沈诸人，既说起"清唱"二字，"清曲"之名恐即随之而有矣。夫言"散乐"，则所唱为"散曲"；言"清唱"，则所唱为"清曲"；——二者固一辙矣。又清唱之中，所以清之程度、深浅不同，极清之时，虽弦、管、鼓板，亦被清去不用，专以显明肉音，《顾曲杂言》之所谓，正是此意，即袁宏道《虎丘记》曰："比至夜深，箫板亦不复用，一夫登场，四座屏息，音若细发，响彻云际"者，亦非此耶？——此又昆腔以后，明清人散曲唱法之大略也。

散曲之全盛时代，只在元明两朝，至清即已大衰。若问散曲今后之前途如何，当先了解散曲至清代何以大衰，何以远不如其剧曲之所成就。（今日已知之数，元明杂剧共约一千馀种，清则仅约二百馀种。但元明传奇，共约七百馀种，而清则竟约一千馀种。至于散曲，元明作家共约五百五十人，专集共约一百四十种，选集共约五十种，而清则作家仅约七十人，专集不足十种，选集一种并无。）夫词与散曲，同为乐府，二者之文章，至明之季世，同沦于卑靡。惟论音乐，则散曲犹有昆腔可唱，与词乐之全亡者不同，何以清人于词反盛，于散曲反衰？凡一代乐府，其文字之盛衰，应随其音乐以为变迁。音盛文亦盛，音衰文亦衰，此为原则。惟此原则，自上古以来，历代无不合。至于清，独不合。清代自己无乐府，于前代乐府中，自汉魏六朝以至唐宋，其乐皆亡，而其文皆盛，独于近古元明之乐府，其乐未亡，而其文反衰。音乐之力量，至此竟不足以维系其文字，岂非有背于一般之原则乎？然于元明乐府中，清人并非全弃之也，若于杂剧、传奇之乐与文，固为之一如其他乐府，所弃者，独散曲耳。故散曲至清，论体格之尊，即令不如词矣，何至于亦不如剧曲？论音乐之全，即令不如剧曲矣，何至于亦不如词？此一问题，似乎难得圆满之解答也。然细思之，则亦有可通之理在：清代散曲所以不如词者，盖因清人于一切学问艺术之思想，较元明人为谨饬。元人高尚之散曲，因明散曲之弊，久已不闻于世；闻之，清人亦多嫌其过肆。至若明末卑靡之散曲，则又本不足以动人；而宋词托体，较为雅静纯谨，于是适投所好也。清代散曲所以不如剧曲者，盖因戏剧为任何时代所不可少之物，在清初以传奇体之歌舞剧最为进化，而最为完美，故剧曲文字，虽同一较词为肆，而清初亦随明代以继盛。若散词、散曲，究竟非戏剧可比。元明两代，既可取散曲而置散词，则清代亦何尝不可取散词而置散曲乎？至于昆腔之乐，既已有之于剧曲，则亦不必再有于散曲矣。——此清代词与剧曲都盛，而散曲独衰之故，大概可言者也。

至于今后之情势，则大不然矣：今后对于一切学问艺术之思想，较清人为解放而自由，若将元人高尚之散曲，从模糊错误之板本中整理而清顺之，公之于世，必无因其粗俗放肆而唾弃之者。一方面，今后之戏剧格外进化，格外完美，以言兴观群怨，娱乐感化，断非元明传奇体之歌舞剧所能胜任而愉快。且昆剧之造成，其事实异常繁重：一部新传奇，由案头而登诸场上，谈何容易。填词而外，首为订谱，然后选脚色，配排场，唱词，念白，演身段，制砌末，盖非数十人之力，数年之久，千万金之费，不易致也。所劳苦消费者如此，而既成以后，终不能收得相当之效果，则其事如何可通行乎？故元明之剧曲，今而后实无继长不息，一如清初之馀地矣。夫剧曲既无再盛之可能，散曲反得优容之馀地，则今后致力于曲之文章者，即应完全倾向于散曲，而今后散曲之前途，准情酌理，审时度势，其地位至少固当较优于清代耳。

兴言及此，乃觉散曲之前途，固别具阻碍，又有不可不明之两义在：第一，曲乃声律极严之文体，在彼专论剧曲之律者，对于散曲，一向以为轻简无比，无律可言，而在今日一般文人，一闻其为体调、句法、四声、阴阳、叶韵、协乐，皆厘然有定之文体，将无不掩耳而疾走者，以为似此重重束缚，处处荆棘，何从自由发表情感与意志？其中只有苦可吃，而无好可讨耳。至于内容之如何宽博，精神之如何解放，机趣之如何清新，而声韵之如何谐美，皆不暇计及，概予埋没矣！对于此种难其律而废其事者，吾当告之曰：曲在元代，实为平民文学，并非资才超绝者方能为，虽优伶娼妓，尚有"绿巾之词"，其他可想。岂今之文人，其才具乃元代优伶娼妓之不若乎？又无论词调曲调，皆有一种吟讽与歌唱，两兼其美者。凡一曲牌，既只随口吟讽亦觉其美者，则其句调必与语调相合。如此，曲调虽有一定句法，又安见其不自然？亦在选择而用耳。至于四声、阴阳，乃时时刻刻实现于吾人言语声音间之事实，辨之即得；苟为同文同语之国人，辨别言语声音间之四声、阴阳一事，殊不足以难之也。曲亦文艺耳，艺非习不成。若不欲习而只欲成，世无其事，何况艺乎？
——此律难一层，似足为散曲前途碍，而实则不成问题也。第二，曲为乐府，
乃合乐之韵文，是所优于其他之无乐可合者。欲散曲之行于今后，必使其乐府
之资格，先得保持勿失。不然，作散曲者，声律既已考究，徒供吟讽，无以歌
唱，是所成者为哑曲，哑曲先失乐府之本，征之往迹，必难远播矣。然歌唱散
曲，固然借重昆腔，犹必有人善于制谱，四声、阴阳，虽曰有定，亦何尝一调
之中，字字全定？此不定之部分，同是一调，便各首不同。欲被声歌，必有人
于主腔之外，善于按其逐字之四声、阴阳，连贯其主腔，以成逐板逐眼之细
腔，而成此首一定不易之谱，为他首所不能通假者。词曲所以讲四声阴阳者，
非无故也，目的即在形成各首之专谱，非若皮黄乱弹，风琴唱歌，一谱美听，
万词争用，歌词则尽管"其一"、"其二"乃至"其百"、"其千"，而声谱仍
一成不变也。彼曲家于所制之曲后，注明"用《牡丹亭》某出谱"或"《长生
殿》某出谱"者，皆门外汉事，不然，四声、阴阳，逐字从人者，亦笨伯耳。
顾今日能唱前人旧词、昆腔成谱者，尚不乏人，若能就南北曲新词，制昆腔新
谱者，举国之中，有几人耶？不制新谱，则难唱新词；新词不皆唱，则难望其皆
作。世之昆腔制谱之人，实为散曲今后前途之一大障碍，言之不胜为散曲惧矣。

夫各种文学与音乐，皆自有其时代，时代一过，自无复其盛况之理，提倡
者固不可不识分际。如昆腔乃我国仅传之古乐，散曲乃我国仅传之"活乐府"，
国人今后，于此二者流行之，自不必期，保存之，要不可忽。顾二者实互有保
存之能力作用与机会在，亦惟二者互相保存，方能真正具存，舍此无更善之
法，此不可不为一般有志保存昆腔者，正言而告也。盖保存音乐与保存文字者
不同：文无成法，有成文即可以见法，有《元曲选》等书，而元人剧曲已成之
文，及成文之法，尽在是矣。但有《九宫大成谱》，与《纳书楹曲谱》等书，
昆腔已成之腔虽在此，若所以构成之法，则不尽在也。譬如欲保存吃饭之事
者，仅囤积已成之米粒已足乎？仅少数之人时出其积谷，试吃一番已足乎？抑
并需昌明米谷耕种之法乎？近人保存昆腔者，只知翻印《大成谱》，增订《纳
书楹谱》，创设昆曲传习所而已，而不知凡此皆所以著录传唱昆腔已成之定谱，
未尝传习实行制造昆腔之活法也，虽曰保存，其效未充，而其事未至矣。必
也，有新词可托，有新谱可成，时得其应用，并不求普遍，但求极尽其能事，
犹之欲保存吃饭者，能传稼穑之方，时为实行，而有所新获，使天下之饥者，
虽别有所饱，而时亦得此新获之物，以助餍其欲，助果其腹，然后谷之种真不
绝，而谷食之事果然存矣。顾寄托昆腔之新词，其体裁究将何属乎？元明剧

曲，于戏剧方面，去时代太远，其构造也，又难成而难用，则剧曲以外，又将何属乎？斯不待言，惟有散曲耳。托昆腔于散曲，散曲乃可繁可简之体，只要一面昌明谱法，即可以随作随谱，随谱随歌，事轻而易举，能尽而效至，无论庙堂典礼，燕会清娱，黉舍弦歌，闾阎嘌唱，无往而不可用散曲，亦无往而不可用昆腔，散曲于以真传，而昆腔亦于以真在矣。因此，保存昆腔，乃今后散曲惟一之责任。散曲只凭其文字，诚亦足以自表，然有昆腔为之声，则羽翼更丰，而轮辕益固也。慨自有昆腔以来，散曲之文字，于以大坏，昆腔实深负散曲，若今后二者果能相依而立，相得益彰，则散曲终不负昆腔耳。

故今后之曲家，与其刻意为杂剧、传奇，又明知其无登场搬演之望者，则毋宁掉其笔锋改为有希望之散曲。今后之昆曲家与其竭全力于传习元明旧剧之定谱者，毋宁分其力之大半，以昌明制谱之法，选择新制之散曲，努力为之成谱，以延昆腔之真生命。而为散曲者，当然取法于元人之豪放清丽，借镜于明之冯、施，清之徐、赵，以元人之艺术，入今日之社会，不拘拘于面目，而极尽其作用与能事。合用散曲与昆腔，于不成优美文学之皮黄乱弹之词，与不按我国文字声韵之西乐歌词，及小调歌词以外，别张一种词乐，以试当一代之乐府，瞻其效果究竟如何，且即寓二者保存之目的于其中，是述兹篇者一最大之建议矣。

附补正（原文见本志二十三卷七号）

（一）书录补正　前载书录一节，缺误甚多，以拙著《曲录初补》内所见者为准，（载《国闻周报》三卷四十三期至四卷前数期）兹不赘。

（二）作家补正

元补十一人：王实甫，马昂夫，顾仲清，赵孟頫，萧德理，曹元用（子贞），倪瓒，以上见初印本《北宫词纪》；珠帘秀，张怡云，见《太平乐府》，皆妓；张彦文，见《乐府新声》；化成甫，见《乔梦符小令》。

明补五十八人：明宣宗朱植，朱见沛，朱弥钳，朱弥鋠，朱载埻，朱载玺，顾应祥，盛鸾，屠本畯，俞彦，黄方荫，陶辅，王雪斋，郭夛，司马泰，谢九睿，南溪散人，乔龙溪，高笔峯，苏雪蓑，陈元朋，李先芳，皇甫百泉，张瘦郎，席阆仙，以上廿六人皆有别集；毛双峯，苏复之，穆仲义，康浚川，花纶，顾衡宇，陈横崖，陈全，施幼平，陆采，潘子素，刘函山，陆弼，牟清溪，徐遵晦，陈素庵，郑虚泉，弭少庵，倪少江，叶显祖，以上廿人见初印本《北宫词纪》姓氏表；刘基，徐畹，张重，陆广明，刘时达，顾本斋，范甫，徐复祚，彭孙贻，顾闇生，严九灵，沈彦博，以上十二人见

《曲家姓字小典》。

清补三十一人：洪昇，邹枢，沈日霖，马日璐，陈章，汪次颜，杨小坡，（二人名待考）徐逢吉，孔广森，邹必显，何承燕，沈逢吉，谢春镕，曹斯栋，缪艮，许成杰，汪抡秀，裘雨香，徐大椿，刘熙载，仲振履，陈钟祥，赵对澂，黄钧宰，诸联，郑方坤，张维屏，雪樵居士，孙云凤，吴绡，吴逸香，（三人女士）皆见《曲家姓字小典》。

前录元二百七人（本志二十三卷七号——五页上十五行"九人"应作"八人"）兹补十一，共二百十八人；前录明二百七十人（移入袁崇冕），兹补五十八人，共三百二十八人——元明散曲作家，共著录五百四十六人。前录清三十五人，兹补三十一人，共六十六人。

前录姓名中，已知疏谬，应改订或增注者，列如下：元京干臣"京"一作"荆"。吴克斋应改吴仁卿。兰楚芳"兰"一作"蓝"。陈克明应改据《中原音韵》增。明人恐另有陈克明，见《词林摘艳》。刘燕寻外，别见刘燕儿，应同。明张五山应改张四维。周梅墟应改周履靖。陆包山应改陆治。袁于令应改袁晋。韩苑洛应改韩邦奇。简绍芳应据《北宫词纪》增。董如瑛应据《青楼韵语广集》增。清詹湘亭应改詹应甲。袁崇冕应属明。吴蘋香应改吴藻。其出手民误排者：元吕照轩应改吕止轩。杨氏应改王氏。明伦常应改常伦。施绍莘应改施绍莘。康纬川应改康㳂川。张舍应改张舍。

（三）用调补正 出于手民误排者：北调内〔鹃打兔〕应改〔鹊打兔〕。〔青吉儿〕应改〔青杏儿〕。又北调〔叨叨令〕、〔迎仙客〕，南调〔黄莺儿〕、〔金落索〕，〔二犯江儿水〕，皆脱去一圈。

（四）其他补正 一〇六页上十一行，〔十二红〕应改〔十二时〕。一〇三页上十三行，"小春秋恐犹谓小故事耳"，应改"小春秋乃小《西厢》也"。《西厢》称为"春秋"，元人或已然。《范张鸡黍》剧内王仲略云："小生不曾读《春秋》，敢是《西厢记》？"此白若非臧懋循所增，则元人已以《西厢》为"春秋"矣。明单宇菊坡丛话云："《西厢记》人称为春秋。或云：曲只有春秋，而无冬夏，故名。"《西厢》究竟何以谓春秋，单氏说难通，尚待考。

此外，手民误排之字甚多，不胜枚举矣。

原载《东方杂志》第23卷第7号、第24卷第5、6号

1926年4月、1927年3月

词 话 考

孙楷第

一 词话乃元明习语

钱曾《也是园目》有《宋人词话》十六种。缪荃孙跋《京本通俗小说》云：

> ……书即《也是园》中物。《错斩崔宁》、《冯玉梅团圆》二回，见于书目。而"宋人词话"标题，"词"字乃"评"字之讹耳。

此竟疑"词话"之"词"字为错字。王静安先生跋大唐三藏取经诗话云：

> ……《也是园书目》有"宋人词话"十六种。"词话"之名，非遵王所能杜撰者。此有诗无词，故名"诗话"……皆《梦粱录》、《都城纪胜》所谓说话之一种也。

按：《取经诗话》乃说经之本。其本有词偈，有说白。词偈即诗之流，故名"诗话"。余藏明天启本《历代史略十段锦词话》，乃杨慎所撰。其下卷第十段"说元史"词云：

> 一段词，一段话，联珠间玉；一篇诗，一篇鉴，带武间文。

此处上下联同意。"一篇诗"即"一段词"，"一篇鉴"即"一段话"。知"诗话"即"词话"。静安先生区"诗话"、"词话"为二，非也。又《曲录》一录《灯花婆婆》等十二本，释题云：

> 右十二种钱曾《也是园目》编入戏曲部（按：宜云附剧曲部)，题曰："宋人词话"。遵王藏曲甚富，其言当有所据。

静安先生反复引"词话"二字，信其不误。然未言"词话"二字出处。今按《梦粱录》卷十九《闲人篇》，记闲人所习业，有唱词白话。似"词话"之称，宋已有之。然未详。以余所知，则"词话"二字，始见《元史》。卷一百五《刑法志·禁令》章云：

> 诸民间子弟不务正业，辄于城市坊镇演唱词话，教习杂戏，并禁治之。

二字亦见元曲。关汉卿《救风尘》杂剧第三折《滚绣球·幺篇》云：

> ……你则是忒现新，忒妄昏，更做道你眼钝。那唱词话的有两句留文："咱也曾武陵溪畔曾相识。今日佯推不认人。"我为你断梦劳魂。

此则出其目，并用其词。汉卿，至元延祐间人，则至少元时已有"词话"之名矣。"词话"二字，明人尚沿用之。有目宋人小说为词话者，见钱希言《狯园》及《桐薪》。《狯园》卷十二《二郎庙》条云："宋朝有《紫罗盖头》词话，指此种"。《桐薪》卷一《灯花婆婆》条云："宋人《灯花婆婆》词话，甚奇"；卷三《公赤》条云："考宋朝词话有《灯花婆婆》，第一回载本朝皇宋出了三绝，第一绝是理会五凡公赤上底"云云。《紫罗盖头》，《灯花婆婆》，即《也是园目》著录题曰"宋人词话"者也。有目时行小说唱本为词话者，见钱谦益《列朝诗集》甲集卷十六《王行传》，云："行为人市药，籍记药物应对如流。迨晚，为主妪演说稗官词话，背诵至数十本。"有目戏文副末开场语为词话者，见明刊李九我评本《破窑记》第一出，眉评云："凡传奇开场词话，须要冠冕，包括本文始终事情，勿落俗套为妙。"有编说唱本名"词话"者，如诸圣邻之《唐秦王传词话》，杨慎之《十段锦词话》。有著书拟说唱本名"词话"者，如无名氏之《金瓶梅词话》。有其书非唱本，而读者称词话已惯犹呼之为"词话"者，如熊大木序《大宋演义中兴英烈传》云："杨涌泉谒于余曰：敢劳代吾演出辞话，庶使愚夫愚妇亦识其意思。"李大年序熊大木《秦王演义》（即《唐书志传通俗演义》）云："词话中诗词檄书，颇据文理，便俗人骚客披之，自亦得诸欢慕，岂以其全谬而忽之。"是也。静安先生谓"词话"二字，非遵王所能杜撰。今征之诸书，知其确有依据如此。则缪荃孙谓《也是园目》"宋人词话"，"词"字乃"评"字之讹，其为臆说明矣。

二　元之词话即宋之说话

宋人书记杂伎，无云"词话"者。"词话"二字，盖起于金元之际，逮元明遂成习语。如上所述。然元之杂伎，固承受宋、金之旧者。元之"词话"与宋之"说话"，是否为一事，此极重要之问题也。王静安先生《跋三藏取经诗话》云："诗话词话，皆《梦粱录》、《都城纪胜》所谓说话之一种。"意谓"词话"即"说话"，然未举其证据。余则以元夏伯和《青楼集·时小童传》证之。传云：

> 善调话，即世所谓小说者。如丸走坂，如水建瓴。女童亦有舌辩，嫁末泥度丰年，不能尽母之技云。

"调话"二字，叶德辉刊本如此作。今按元、明人书无以"调话"二字连文者，"调话"必"词话"之误。明人尚名小说为"词话"，可证也。伯和谓"词话"即"小说"，虽据当时语言之，而其所记实与宋人言"说话"及"小说"者如出一口。此可以二事明之：（一）文云女童有"舌辩"。"舌辩"二字，本宋人目说话者之词，《梦粱录》卷二十《小说讲经史篇》所谓"说话者谓之舌辩"是也。（二）文中形容时小童"词话"之美，谓"如水建瓴"。此亦宋人喻小说人之语。《梦粱录·小说讲经史》篇云：

> ……且"小说"名"银字儿"……有谭淡子、翁二郎、雍燕、王保义、陈良甫、陈郎妇枣儿、徐二郎等，谈论古今，如水之流。

据此，知元之"词话"一名"小说"者，即宋之"小说"无疑。宋之"小说"，在元时既有"词话"之称，宋之"讲史"，"说经"在元时是否可以"词话"概之，此亦值得讨论者。余意"词话"二字，指说话时唱词吟词而言，本是通称。"小说"既名"词话"，则"讲经史"等在宋时一律属之"说话"者，在元时亦可一律称为"词话"，此亦无问题。今之《唐秦王传词话》演唐初事，《十段锦词话》演历代史事，是讲史；则元人云"词话"，当等于宋人云"说话"，凡敷演故事用说唱之体者皆称之，固未限于专门演烟粉灵怪公案之事者也。

元之"词话"即宋之"说话"，证以《青楼集》而知之矣。宋之"说话"，即唐五代之"俗讲"。俗讲演世间事之"变文",在宋则为"小说"、"讲史";俗讲"讲唱经文",及演佛经故事之"变文",在宋则为"说经"。宋"说话"之"小说"、"讲史"及"说经",既相当于元之"词话";然则唐之"俗讲"实亦"词话"也。宋以来又有"平话"。纪昀谓优伶敷演故事者谓之"平话",清人书或作"评话"。据李斗《扬州画舫录》所记,"评话"与"平词"有别。"平词"为不吟唱者,则"评话"当为吟唱者。然则"评话",亦"词话"也。是故同一演唱故事杂伎,在唐谓之"俗讲";在宋谓之"说话",又谓之"平(评)话";自元以来谓之"词话",今谓之"说书",亦有云"评话"者。以其品目言之,谓之"俗讲";以其演说故事言之,谓之"说话";以其有吟词唱词言之,谓之"词话";以其评论古今言之,谓之"平(评)话";以其依傍书史言之,谓之"说书":其名称不同,其事一也。

三　词话词字之解

元明人所谓"词话",其"词"字以文章家及说唱人所云"词"者考之,可有三种解释:

(一) 词调之词

宋郭茂倩《乐府诗集》所载汉、魏、六朝旧曲,或目以歌词,或云曲词,如"相和歌词"、"企喻歌词"等是也,此皆相沿旧称。是以曲文为词,由来已久。然后世于此等概云乐府,因未尝有词之专称。隋、唐以还,燕乐代古乐而兴,俗部二十八调用之声歌,广布人间。天宝以来,文人有依其声制曲者,于是有长短句之体,而世人别于诗谓之为词。宋世乐曲色目虽多,要之因乐以立词者,通谓之词,当时习惯固如此也。以词曲演唱故事者,宋有诸宫调小令。诸宫调金、元尚有之,如《西厢记》、《刘智远》、《天宝遗事》,人所习知。小令如赵德麟《侯鲭录》所载逍遥子商调《蝶恋花》词,写张生、莺莺事,自叙云"鼓子词"。其体后世亦有之,如《清平山堂》本之《蒋淑贞刎颈鸳鸯会》用商调《醋葫芦》小令写之,是也。"鼓子词",当因所用乐器有鼓得名。《武林旧事》载"淳熙十年,车驾入宫,起居太上。后苑小厮儿打息气,唱道情。太上云:此是张抡所撰鼓子词"(卷七)。息气即渔鼓。则道情亦谓之"鼓子词"。《旧事》所载又有"弹词",弹词亦当说唱故事。今说书人犹呼之可证也。演故事之小令,明人谓之词话。钱希言《桐薪》卷三云:"逍遥子商调《蝶恋花》十一首,盖宋朝词话中可被弦索者。以后逗漏出金人董解元《北西厢》来，而元人王实父、关汉卿又演作北剧。"小令既称词话，诸宫调亦可称词话。然则元之词话，似可为诸宫调及小令之体，所谓词者是词调，此一解也。

(二) 偈赞之词

此等歌词，考其文体，大抵原于呗赞。译述者祖述梵音，而句法则采中国之诗歌形式。其初古音传写，尚有师承。嗣则以意为之，新声滔荡，殆与时曲俗调无别。而俗讲僧尤喜用之，于叙说中多附歌赞，意在疏通经讲，兼以娱众；后世说书者效之，遂于诗歌词曲外另成此种文体。今追求其本，命之曰偈赞词。固无不妥也。考唐五代俗讲本，有二体，一曰"讲唱经文"，一曰"变文"。讲唱经文，其体先引经文，次说解，次歌赞。经曰唱，歌赞曰吟，说解曰白。变文则例不引经，只以说解与歌赞结合而成。故其文有白，有吟，而无唱。其歌赞，句或五言，或七言。或三言两句后，继以七言三句；三言两句后，继以七言七句。短者略似律绝，长者乃如歌行。当时亦径称之曰词，或曰词文。此等词，为讲唱经文及变文所必需，与说白相辅而行，不可缺一。后世杂伎敷演故事者，其词亦以用偈赞词者为多。唯其体有不纯者：如明人宣卷例不诵经，正文每段偈赞后，多附词调。其词调或叠唱一曲，或一曲之后更易他曲，亦不一律：此兼用偈赞词与词调者也。又如明本《唐秦王词话》，其词为偈赞词，而于形容服饰相貌之处，则间着词调，如《鹧鸪天》、《西江月》、《临江仙》等：此以偈赞词为主而间以词调者也。但此等皆有偈赞词，与赵德麟之《蝶恋花》词，无名氏之《鸳鸯会》、《醋葫芦》小令，纯用词调者异。其体虽不纯，固犹是变文之绪馀也。若后世整本之鼓儿词弹词，大抵纯用偈赞词，不间以词调，则与唐之变文无异矣。要之，偈赞之词，在古今说唱本中所用最广。其历史自唐至今，亘千馀年，亦至为悠久。宋元说唱情形，今虽难详考，然以意揣之，宋之说经，即唐、五代之转变，亦即后世之宣卷；其事既同，其词体亦当不至歧异。宋之小说讲史，即唐、五代讲人间俗事之变文，亦即元明之词话。其事既同，其词体亦当不至歧异。则谓元以来词话，词字当指偈赞词言之，亦甚合理，且尤近于事实。此又一解也。

(三) 骈俪之词

话本中有称骈文为词者，如以下所举三例：

1.《西湖三塔记》开篇说西湖风景云：说不尽西湖好处，吟有一词云：

江左昔时雄胜，钱塘自古荣华。不惟往日风光，且看西湖景物。有一千顷碧澄澄波漾琉璃；有三十里青娜娜峰峦翡翠。春风郊野，浅桃深杏如妆；夏日湖中，绿盖红渠似画。秋光老后，篱边嫩菊堆金；腊雪消时，岭畔疏梅破玉。花坞相连酒市；旗亭萦绕渔村。柳洲岸口，画船停棹唤游人；丰乐楼前，青布高悬沽酒帘。九里乔松青挺挺；六桥流水绿邻邻。晚霞遥映三天竺；夜月高升南北峰。云生在呼猿洞口；鸟飞在龙井山头。三贤堂下千浔碧；四圣祠前一镜浮。观苏堤东坡古迹；看孤山和靖旧居。杖锡僧投灵隐去，卖花人向柳洲来。

2.同上，又有小词单说西湖好处：

都城圣迹；西湖绝景。水出深源；波盈远岸。沉沉素浪，一方千载丰登；叠叠青山，四季万民取乐。况有长堤十里，花映画桥，柳拂朱栏；南北二峰，云锁楼台，烟笼梵寺。桃溪杏坞，异草奇花；古洞幽岩，白石清泉。思东坡佳句，留千古之清名；效杜甫芳心，酬三春之媚景。王孙公子，越女吴姬，跨银鞍宝马，乘骨装花轿。丽日烘朱翠，和风荡绮罗。

3.诸圣邻《秦王词话》第三十三回前附骈文①一首，题曰词：

碧草成茵砌带墙，万紫千红斗争妍；芳菲渐入诗人境，试咏东风第一篇。水浮鸭绿，山叠螺青。花柳呈奇，园林选胜。良辰美景，裁红剪翠助春容；霁色韶光，簇锦堆霞供赏客。泥融飞燕子一双双，绕栋穿帘；沙暖睡鸳鸯一对对，依洲傍渚。金勒马缓嘶原上草；玉钗人笑折路旁花。寻香粉蝶好，花迷蝶，蝶迷花；掷柳黄莺新，柳恋莺，莺恋柳。谢安石携妓东山，杜工部曲江春宴。

《西湖三塔记》，《也是园目》著录，以为宋本。诸圣邻《秦王词话》，自旧本出。据此二书，知宋明演说家有以骈文为词者。此又一解也。

上所说三种词，以古今话本证之，如宋、元、明旧本之以说白与词曲结合者，后世说散本妆点处偶附小词数首或只一首者，其词均词调之词也。唐人讲唱经文、变文与后世词话说书，以五七言吟词与说白结合者；所着吟词，皆偈

---

① 《秦王词话》第三十八回、第三十九回前附词亦皆骈文，不具引。

赞之词也。后世说散之本，妆点处所附诗，形式略同讲唱经文、变文中之短偈，诗之与偈，华夷异语，其事相类，则此等以文论固亦可谓偈赞之词也。如说散本妆点处所附四六短文，则为骈俪之词，此数者文体不同，皆可以词括之；此不可不辨者也。又自声音关系言之，则此等词文区别，亦属必要。唐之俗讲，谓背诵经文为唱，以经声之抑扬抗坠言之也。谓歌赞为吟，歌赞即呗喽，实亦唱也。必别于诵经而谓之吟者，盖腔调之异耳。明人宣卷，于词调谓之唱，于偈赞谓之念，亦讹称为白；念白实亦吟也，必别于词调而谓之念白者，亦腔调之异耳。要之，词调曰唱，歌赞曰吟曰念曰白，皆声文也。则此等所谓词者，皆是歌词，缘其歌声有异，故赋予之字不同耳。而说话人所谓词，尚有不必歌者。骈文如释家之忏疏，道家之青词，皆可歌。余曾见硬黄纸青词，其字旁着工尺，与曲谱同。在话本，则四六短文，似以声节之，而与唱有别，故曰吟。其律诗绝句与联对，当亦讽诵而止，与唱有别。至宋以来话本之用偈赞体或说散体者，其所附小词只曲，当时是否倚声歌之，今亦无从考究。大抵散乐全盛之时，伎艺人之知音者多，且歌场奏伎，非只一人，其说话时遇此等词颇有倚声歌之之可能。至后世音多失传，话本之附只曲小词者亦少，文中及开篇，偶见词调，则径以讽诵出之，与诗句及四六短文同科。则词调之本可唱者，亦变为讽诵之词矣。是故，同一词也，有唱词，有吟词，有讽诵之词，有本属唱词，因不能唱而出以讽诵之词。亦不可不辨者也。

四　词话之体制

词话词字之解，与其所以为词者有种种不同，上文言之已详。今综合古今话本，包此诸词，从而辨其体制。约言之，可得以下六体：

1.以经文，白文，与偈赞结合而成话本者，如唐之讲唱经文。其事为：

唱（经声）+白+吟……

2.以白文与偈赞结合而为话本者，如唐之变文及后世之鼓儿词、弹词。其事为：

白+吟……

3.以白文与词调结合而成话本者，如宋之鼓子词及宋元诸宫调。其事为：

白+唱……

4.以白文偈赞与词调结合而成话本者，如明之宝卷。其事为：

白+吟+唱……

5.以白文与偈赞结合而成话本；间膝以词调，诗，联对摘句，及四六短文者，如明之《唐秦王传词话》。其事为：

白+吟+诵……

6.话本以白文演成，间膝以词调，诗，联对摘句，四六短文者，如明以来以说散为主诸小说。其事为：

白+诵……

凡伎艺人说话，门庭甚多，或大同小异，或以意制作，出此入彼，原不可以一定形式概古今诸体。至文人造作小说，尤可随意为之（如《金瓶梅词话》，就大体观之为第六体，然亦兼第二第三两体，实包数体而成书者）。是则以上所举六体，亦不足以尽词话之体制。惟要其大端，不外此六种而已。明人演世间事之词话，今尚存明刻二三种，可微见其体制。较古之元人词话，以原本之存于今者甚少，不能详言。惟以意揣之，上文所举第二至第五体，当皆在元人词话范围之内。盖元之杂伎，上承唐宋，下启明清，其时所谓词话，其体制派别，当介于宋、明之间而相去不远，此可断言也。又见存《京本通俗小说》，缪荃孙谓其本为景元抄本，而词意近似宋人。除《碾玉观音》、《西山一窟鬼》、《定山三怪》外，着歌词者甚少。其号为宋本之《五代史平话》，亦是说散本，无歌词。倘此等非由吟唱本改作者，则后世不唱词调不吟偈赞之平词一门，似宋、元间亦有之。则谓上文所举第二体至第六体，悉在元人词话范围之内，固亦无不可者。唯稽之《元史》，于词话曰"演唱"，关汉卿杂剧所引词话遗义，亦确是唱词。后来平词一门，虽与说唱并行，而就一般以说散为主之话本而言，其所从出底本，大抵为说唱之本。则说话之唱词调与吟偈赞二体，其用实较平词为广。宋之说话，小说一名银字儿，可知其用银字管；有弹词，可知其用弦索；有鼓子词，可知其动鼓板。宋、元为散乐杂伎最发达之世，其时所谓词话，似当以唱词吟词与说白结合者为主也。

原载 1933年《师大月刊》10期，据作家出版社1956年版

《俗讲、说话与白话小说》移录

社会科学文献出版社网站

www.ssap.com.cn

1. 查询最新图书　　2. 分类查询各学科图书
3. 查询新闻发布会、学术研讨会的相关消息
4. 注册会员，网上购书

本社网站是一个交流的平台，"读者俱乐部"、"书评书摘"、"论坛"、"在线咨询"等为广大读者、媒体、经销商、作者提供了最充分的交流空间。

"读者俱乐部"实行会员制管理，不同级别会员享受不同的购书优惠（最低7.5折），会员购书同时还享受积分赠送、购书免邮费等待遇。"读者俱乐部"将不定期从注册的会员或者反馈信息的读者中抽出一部分幸运读者，免费赠送我社出版的新书或者光盘数据库等产品。

"在线商城"的商品覆盖图书、软件、数据库、点卡等多种形式，为读者提供最权威、最全面的产品出版资讯。商城将不定期推出部分特惠产品。

咨询/邮购电话：010-59367028　　邮箱：duzhe@ssap.cn

网站支持（销售）联系电话：010-59367070　　QQ：168316188　　邮箱：service@ssap.cn

邮购地址：北京市西城区北三环中路甲29号院3号楼华龙大厦　社科文献出版社读者服务中心　邮编：100029

银行户名：社会科学文献出版社发行部　　开户银行：工商银行北京东四南支行　　账号：0200001009066109151

图书在版编目（CIP）数据

20世纪中国文学研究论文选. 辽金元卷/张燕瑾，赵敏俐丛书主编；张燕瑾选编.
—北京：社会科学文献出版社，2010.1
ISBN 978-7-5097-1166-8

Ⅰ.①2… Ⅱ.①张… ②赵… Ⅲ.①古典文学-文学研究-中国-辽金时代-文集
②古典文学-文学研究-中国-元代-文集 Ⅳ.①I206-53

中国版本图书馆 CIP 数据核字（2009）第 201339 号

20世纪中国文学研究论文选·辽金元卷

丛书主编 / 张燕瑾　　赵敏俐

选　　编 / 张燕瑾

出 版 人 / 谢寿光
总 编 辑 / 邹东涛
出 版 者 / 社会科学文献出版社
地　　址 / 北京市西城区北三环中路甲 29 号院 3 号楼华龙大厦
邮政编码 / 100029
网　　址 / http://www.ssap.com.cn
网站支持 / (010) 59367077
责任部门 / 人文科学图书事业部　(010) 59367215
电子信箱 / bianjibu@ ssap.cn
项目经理 / 宋月华
责任编辑 / 薛　义　段景民
责任校对 / 孔　军
责任印制 / 岳　阳　郭　妍　吴　波

总 经 销 / 社会科学文献出版社发行部
　　　　　(010)59367080　　59367097
经　　销 / 各地书店
读者服务 / 读者服务中心(010)59367028
排　　版 / 北京春晓伟业
印　　刷 / 三河市文通印刷包装有限公司

开　　本 / 787mm×1092mm 1 / 16
印　　张 / 28.5
字　　数 / 503 千字
版　　次 / 2010 年 1 月第 1 版
印　　次 / 2010 年 1 月第 1 次印刷

书　　号 / ISBN 978-7-5097-1166-8
定　　价 / 1680.00 元（共十卷）

本书如有破损、缺页、装订错误，
请与本社读者服务中心联系更换